研究叢書47

伝統と変革

一七世紀英国の詩泉をさぐる

中央大学人文科学研究所 編

中央大学出版部

はしがき

本書は、中央大学人文科学研究所内の研究会チーム「一七世紀の英詩とその伝統」の研究成果をまとめたものである。私たちのこの研究会チームは二〇〇三年四月に発足し、これまでに三〇回近く研究会を開催してきた。毎回一七世紀の様々な英詩を取り上げ、その多様な解釈の可能性を模索しつつテクストを様々な角度から読み込んできた。詩の形式的特徴やそこで表現された思想はもとより、その時代背景や文学史におけるその作品の位置づけなども視野に入れつつ研究員同士で侃侃諤諤の議論をして、一七世紀の詩を少しでも深く理解しようと努めてきた。そしてそのような研究会を積み重ねるうちに私たちが改めて認識したことは、一七世紀が、それ以前の英詩の伝統を受け継いで見事に開花させる一方で、それ以降の英詩に大きな影響を及ぼす新たなスタイルを築いた時代であったということである。一七世紀英詩を主に扱った論文集である本書の表題を「伝統と変革」とした理由はそこにある。従って副題にある「一七世紀英国の詩泉」には二重の意味が含まれている。一つには、一七世紀の英詩に影響を与え、その源泉となったそれ以前の詩や思想という意味であり、もう一つには、後代の詩に影響を与えた、その源泉としての一七世紀英詩という意味である。

一七世紀英詩には大きく分けて三つの流れがあると一般に言われる。ベン・ジョンソンの流れを汲み、甘美で流麗な抒情詩を得意とする王党派詩人、ヨーロッパに広範囲にわたって現れた芸術的傾向であるバロック的性質が認められる形而上詩人、それにエリザベス朝のスペンサーの延長上にありながら一七世紀詩壇に独自の地位を占めているピューリタン詩人ミルトンである。しかし実際の一七世紀詩壇はそれほど単純には分類できない。それぞれ具体的な作品を精査すれば、王党派詩人と形而上詩人の境界線はしばしば曖昧になるし、何よりこのような分類では収まりきらない詩人が他に大勢いるのである。つまり一七世紀の英詩は、このように単純に分類するにはあまりに豊饒な世界であると言える。

英国の一七世紀は、スチュアート王朝と時代的にほぼ重なっているが、その幕開けから宗教的、政治的な対立が顕在化した。エリザベス一世が崩御し、スコットランド王ジェイムズ六世がイングランド王ジェイムズ一世としてロンドンに向かう途上の一六〇三年四月、ピューリタンの聖職者が宗教儀式の新教化を請願した。いわゆる「一千人の請願」(Millenary Petition) である。ジェイムズ一世兼六世は検討を約束したが、結局翌年のハンプン・コート会議で国教会側の強硬な反対に会い、ピューリタンの要求はほとんど認められず宗教的対立の火種を抱えることになった。特にピューリタンが要求した国教会の「監督制」(episcopacy) 廃止については強力な抵抗があった。「主教なくして国王なし」(No bishop, no king.) というのがジェイムズ一世の基本的な考えであり、国教会の監督制は国王の絶対的な権力の制度的な枠組みと考えられていたからである。一部のピューリタンは信仰の自由を求めて英国を離れ新大陸に渡った。ただしピューリタンから出された英訳聖書刊行の要望については、宗教界における権威の増大を図る国王との利害が一致したために認められ、欽定訳聖書が英訳聖書の決定版として一六一一年に刊行されることになった。またカトリック教徒も新しいイングランド国王に対して、エリザベス一世がとっていた厳しい対カトリック政策の緩和を期待したが、結局その期待も裏切られて失望し、一六〇五年に火薬陰謀事件を起こしている。それによって国内ではカトリック教徒に対する警戒心がますます高まっていくが、王政復古後はそのカトリックに国王のチャールズ二世とジェイムズ二世が肩入れして、議会との新たな対立を引き起こすことになる。一七世紀においては国教会、ピューリタン、それにカトリックの勢力が三つ巴となって、さらにそれらが政治的権力とも絡み合い、時代を動かしていくのである。

この当時、宗教問題は政治問題と不可分であった。国教会は「監督制」を護持したが、それは大主教や主教が管区内の教会を監督するというヒエラルキーが国王の支配に好都合だからである。特にロード大主教とストラッフォード伯は監督制を強化することで国王の支配を隅々まで行き渡らせようと考えた。他方ピューリタンの中の長老派は緩やかな階層制度を組織していたが、信徒代表である長老と牧師の間に上下関係はない。またクロムウェルの属していた独立派は各信徒集会の自主性を尊重し国教会からの分離を主張したが、それは国王の支配からの脱却を意味した。特に重要なのは国教会の中でも「アルミニウス派」(Arminians) と称される一派(その代表者がロード大主教である)とピューリタンとの教義上の対立である。アルミニウス派は信徒の自由意志を重んじ、信徒が救済されるか否かはその自由意志がかかわってくると考える。その場合、信徒の正しき導き手として彼らと神との間に介在する聖職者の役割の重要性が増し、延いては国王至上法によって国教会の最高権威者と規定された国王の権力の増大に繋がる。しかしピューリタンの予定説では、神による救いはあらかじめ全て決定していて、人間の自由意志は全く認めない。また信徒と神は聖書を通じて直接対峙するのでそこに聖職者が入り込む余地は少なくなる。その説で強調されるのは神の絶対意志であり、国王の宗教的権威は排除される。

一六六〇年の王政復古後は、クロムウェルの護国卿時代に対する反動で、いわゆる騎士派議会で成立したクラレンドン法典に見られるようにピューリタンを始めとする非国教徒への迫害が強まった。その一方で国王対議会という対立の構図が、今度はカトリック対国教会という形をとって再度大きな問題となり始めた。フランス亡命中にカトリック的環境で育ち、またカトリック信者である母親の影響を受けてカトリックに対して同情的であったチャールズ二世を牽制して、議会は対仏共同戦線を張るためにオランダ、スウェーデンと共に三国同盟を結ぶ。それに対抗してチャールズは、仏国王ルイ一四世とドーヴァーの密約を結び、信仰自由宣言を発布し英国をカトリック化することを企図したが、それに反発した議会は審査律を制定して公職からカトリックを締め出した。結局名誉革命によって、カトリック政策を推し進めようとしたジェイムズ二世が亡命し、新教徒のウィリアムとメアリーが新国王として迎えられることで、カトリック対国教会という対立の形をとった国王と議会と間の緊張は緩和することとなったのである。

一七世紀の詩人はそのほとんどが好むと好まざるとにかかわらず、また直接的であれ間接的であれ、この大きな宗教的、政治的対立の渦に巻き込まれていた。この対立的構図に加えて挙げられる一七世紀英国の特徴的現象は、ロンドンを中心に商業活動が活発化し、重商主義に基づく海外貿易が盛んに行われたことであり、また宗教が大きな関心事である一方で王立協会の設立に象徴されるように科学的精神が浸透し始めたことである。このような時代的特徴が一七世紀の文学風土を形成し、そこから幾多の優れた詩人が輩出したのである。

本書は二部構成になっていて、一七世紀の具体的な詩作品の分析を中心とした第一章から第六章までを第一部、より広い視座から文化的、歴史的コンテクストの中で一七世紀という時代を捉える第七章から第一二章までを第二部とした。以下、本書の各章の要旨を簡単に紹介する。

第一章、土屋繁子の「CARPE DIEM の意味するもの――一七世紀英詩の一面」は、シェイクスピア、ダン、ハーバートも考察の対象に加えつつ、マーヴェルとヘリックに見られる Carpe Diem のモチーフを比較検討する。土屋は、マーヴェルの「はにかむ恋人へ」とヘリックの「乙女たちへ」が共に Carpe Diem の考えに依拠していながらも、前者に見られる Carpe Diem が広い世界からヴィジョンを狭め凝縮していった果てに得られた到達点であるのに対して、後者のそれは広い世界の一部として扱われていて、その詩の展開は開かれたものであると論じ、その二つの Carpe Diem の対照性を明らかにする。

第二章、安斎恵子の「涙のロザリオ――クラショー「涙する人」におけるマグダラ像不在の逆説」は、クラショーの詩「聖マリア・マグダレン――涙する人」においてマグダラ自身が描かれていないという多くの批評家の指摘を検討し直す。そして安斎はこの詩の中に、娼婦としての罪や穢れと結びついた一般的マグダラ像を敢えて排除することで、罪深い女の悔悛ではなくて、キリストの愛に打たれた魂の絶え間ない浄化を語るという詩人の戦略を読み取る。マグダラに肉体的輪郭を与えず、悔悛の涙についての視覚的イメージを連ねることで、マグダラの魂の変容が表現される。そのイメージの連鎖は、マリオ・プラーツが評するように「エピグラムまたはマドリガルの、進展することなくぎこちなく繋げられた「ロザリオ」ではなく、むしろ血の通った言葉による、密接に繋がった「マグダラの「涙」の諸相から成る「ロザリオ」であると安斎は結論づける。

第三章、清水ちか子の「「友情」の解禁―オリンダの挑戦」は、イギリスで最も初期の女性詩人の一人であるカサリン・フィリップスを取り上げ、彼女の詩の中で繰り返し謳われる「友情」がどのようなものであるか、また一七世紀当時の女性にとって友情を賞賛し育むことがどのような意義を持っていたのかを考察する。文学史の中に埋もれかかっていたカサリン・フィリップスは、フェミニズム批評の隆盛の中で新たに発掘され注目され始めた詩人の一人である。彼女は当時の女性には古典に親しむ機会がほとんど与えられないことに疑問を抱き、当時としては珍しく積極的に古典を学んだが、清水は彼女の「友情」に対する考え方にその古典の影響があると論じる。

第四章、兼武道子の「空虚と過剰―ロチェスター伯の修辞」は、王政復古期の宮廷文化の中でもとりわけ異彩を放っていたロチェスター伯の人物像と作品の相関関係を明らかにする。兼武は、まず放蕩児として振舞うロチェスターに過剰な演技性を認め、その裏返しとして、自己を滅却する彼の空虚な受動性を指摘する。そしてそのような演技性、あるいは演劇性が、彼の作品の重要な要素になっていると論じる。特にロチェスター伯の注目すべき三つの作品における語り手に焦点を当て、その弁論家としての語りに支えられた作品の修辞的側面に深い考察を加える。

第五章、森松健介の「ミルトンから『ミルトン』へ―ブレイクが先輩詩人から受け継いだ衣鉢」は、ブレイクにおけるミルトンの影響と彼らの親近性を明らかにするものである。特にブレイクの後期預言書に焦点を当て、そこにミルトンの伝統を詳細に読み取っていく。そして森松は、二人の詩人が生きた時代背景の類似性に注目し、その時代的状況が両詩人の反体制派的、予言者的な性格を濃くしていると論じる。またブレイクの『ミルトン』を『エルサレム』への序曲と位置づけ、芸術論的性格が目立つそれらの預言書の根幹にあると考えられる社会改革的思想に光を当てる。

第六章、笹川浩の「対立と調和―ジョン・デナムの『クーパーの丘』について」では、いわゆる地誌詩の伝統の濫觴と目される『クーパーの丘』が分析される。笹川は、その詩の中で謳われる「不調和の調和」の表象としての「チャールズ一世」と「テムズ河」の重要性を強調し、前者の理念的、静的な「不調和の調和」と後者の動的で再生可能な「不調和の調和」の対照性が、チャールズ一世処刑前後のデナムの考えの変化を反映していると論じる。チャールズ処刑後に加筆されたテムズ・カプレットが謳うダイナミックな力としての「不調和の調和」は、理念としての脆弱な「不調和の調和」を補い、歴史的文脈の中での調和の成就を可能にするのである。また笹川は、風景、社会、政治、経済、それに宗教に関して述べられる「不調和の調和」の基底に「視覚」と「空想」の「不調和の調和」があると考え、その「視覚」と「空想」の調和を更に推し進めようとした詩人こそ、後のロマン派詩人のワーズワースでありコウルリッジであったと指摘する。

第七章、上坪正徳の「メランコリーの水脈―シェイクスピアとミルトン」は、一六、一七世紀のイギリスにおいて強い関心が寄せられたメランコリーの概念がどういうものであったかを考察し、その概念がシェイクスピアの『ハムレット』とミルトンの『沈思の人』にどのような影響を及ぼしているかを明らかにするものである。この論考において上坪は、ガレノスの考え方に由来するメランコリーとアリストテレスの考えに基づくメランコリーの二つの系譜の存在を明確にした上で、特にイタリアの新プラトン主義哲学者フィチーノを経由してヨーロッパに復活した後者のメランコリー観の重要性を強調しつつ、その豊かな概念がハムレットの性格創造や『沈思の人』の創作を可能にしたと論じる。

第八章、石原直美の「英国ルネサンス期ソネットにおける鏡のイメージ」は、ワイアット、シドニー、ダニエル、スペンサー、ドレイトン、シェイクスピアといった詩人のソネットに見られる鏡のイメージを丹念に調べ、それを基に一六世紀から一七世紀初頭にかけての文学的モチーフとしての鏡の多様な役割を考察している。

第九章、米谷郁子の「ダンのロンドン」は、ジョン・ダンの『諷刺詩』を取り上げ、その作品の中に、通常の風刺文学では本来距離が保たれるはずの風刺主体と風刺対象の一体化を見出す。米谷は、『諷刺詩』の語り手が、資本や財が溢れ圧倒的な勢いで拡大していく大都市ロンドンの中を「気まぐれ屋の連れ」と一緒に散策する過程で、都会に見られる様々な現象を風刺しながらも、実際にはいつの間にか自分自身がその風刺の対象に与していることを、「カタログ化」、「循環する資本」、「ホモエロティシズム」といった視点から述べている。

第一〇章、井上美沙子の「香料の世界と英国の詩―ミルトンを中心として」は、香料の歴史を概観し、またいくつかの文学作品における「香り」にまつわる表現を紹介した上で、ミルトンの『失楽園』を「香り」という視点から論じ、人と神を繋ぐという「香り」の役割の重要性を強調する。

第一一章、秋山嘉の「庭の想い―イーヴリンとカウリーを読む」は、ベーコン、マーヴェル、ミルトン、ポウプ、イーヴリン、そしてカウリーの言説の中で「庭」がどのように捉えられていたかを論じる。そして「庭」対「荒野」、あるいは「人口」対「自然」という二項対立的な枠組みの中で捉えきれない「庭」の概念の発展の系譜を明らかにする。また秋山は、ウィリアム・テンプルが導入した「シャラワッジ」という用語の了解不可能性が果たした役割を強調しながら、一七世紀における「庭」の概念に後代のロマン派的な考えの萌芽が認められることを論証する。

第一二章、大野雅子の「英国における「ティー」と「女性」の関係」は、ダンカン・キャンベルなる人物によって書かれた「ティーの歌」という詩を手がかりにして、一七世紀後半から一八世紀前半にかけてのイギリス社会においてティーが担っていた文化的象徴性を解明する。大野は、コーヒー・ハウスが政治的、あるいは文芸的議論のための公共的空間として機能していたためにコーヒーが男性性と結びついていたのに対して、ティーは私的空間である家庭の飲み物と考えられ、女性の領域に属していたと論じる。そして「ティーの歌」には、上流階級の礼儀《ポライトネス》と結びついた女性性の賛美だけでなく、ティーを飲むことで社会的地位を顕示しようとする女性に対する皮肉も読み取れると結論づける。

以上の各論文を一冊の書物にまとめるにあたり、最小限の表記上の統一を図ったが、その一方で執筆者の筆の勢いを削がないように配慮して各自の裁量に委ねたところも少なからずある。それぞれの論文は、一七世紀の英詩とその周辺という共通のテーマを持ちながらも、独自の視点で論じている。それぞれの章における視点の違いは、とりもなおさず一七世紀文学の多面的性格を物語っている。無論これで一七世紀の英詩の諸相を論じ尽くすことなどありえるはずもなく、本書で取り上げられた詩は、この時代の作品のほんの一部であることは重々承知している。それでも本書全体として一七世紀英詩の重要な特質を提示しているのではないかと自負している。本書が一七世紀英詩の理解に少しでも役立てば、これに勝る喜びはない。

なお本書の表紙としてセント・ポール大聖堂の写真を用いたが、それはこの大聖堂がある意味で一七世紀英国を象徴していると考えたからである。チャールズ一世が即位した当時、この大聖堂は荒廃していた。国王はそれを、当時ロンドン主教であったロードの献策もあり英国国教会の権威づけのために修復することに決めた。しかしピューリタンの中で特に過激な人々はその修復が国教会の監督制の強化に繋がることを恐れ、それに反対したのである。つまりセント・ポール大聖堂は国教会とピューリタンの攻防の場でもあったのだ。修復された大聖堂は一六六六年のロンドン大火で灰燼に帰したが、クリストファー・レンによって再建された。そしてその再建された大聖堂は、王政復古後の、そして名誉革命後の新しい英国の象徴となったのである。その大聖堂が現代の英国を代表するミレニアム・ブリッジと共に写る表紙の写真は、まさに一七世紀英国と現代英国の調和を表現し、現代の英国にも一七世紀英国の精神が脈々と息づいていることを私たちに象徴的に伝えている。

最後に、本書の刊行にあたって、人文科学研究所事務室、及び中央大学出版部の方々に様々な形でご協力をいただいたことに対して謝意を表したい。彼らは、時として筆が滞りがちな私たち執筆者を寛大な心で見守ってくれただけでなく、校正の段階で惜しみない労をとって下さった。この場を借りて衷心より御礼を申し上げる。

二〇〇九年一二月

研究会チーム「一七世紀の英詩とその伝統」

責任者　笹　川　　浩

目　次

第二部　一七世紀英国文化の展開

目次

第一部　一七世紀英詩とその影響

第一章　CARPE DIEM の意味するもの
——一七世紀英詩の一面

土屋繁子

はじめに

一七世紀の英詩のなかで、carpe diem の系統に連なるものとして高い評価を受けている詩に、いわゆる形而上詩人の一人アンドルー・マーヴェルの「はにかむ恋人へ」（"To His Coy Mistress," 1646）と、形而上詩人たちの外に位置するロバート・ヘリックの「乙女たちへ、時を惜しむことを」（"To the Virgins, to make much of time," 1648）がある。

ジョン・ダンに始まる形而上詩人たちの最後尾にいるのがマーヴェルであって、ダンとマーヴェルには約五〇年の開きがある。その間にジョージ・ハーバート、ヘンリー・ヴォーン、リチャード・クラショーの三詩人が収まるが、ヘリックがこうした形而上詩人とは別の道を歩みながらも、carpe diem というマーヴェルとの共通点を持ったことは、なかなか興味深い。マーヴェルよりも三〇歳年長のヘリックは、形而上詩人たちとの比較によく引き合いに出され、引き立て役になることが多いが（Benett : 04）、同時代の詩人との関連よりも、一六世紀後半のエリザベス朝の詩から多くを学び、その流れを汲むと位置づけされる。この二人の詩人の carpe diem 詩は、二つの流れの交差点でもあろう。

carpe diem というラテン語は「この日を楽しめ」「この日を摑め」などと訳され「現在を楽しめ」という刹那的享楽主義を表すものとされるが、ローマの詩人ホラティウスの『頌歌』(*Odes*) のなかで、快楽主義者のモットーとして使われて広まった。しかし起源は更に遡って、三〇〇年近くも前に快楽主義者の祖と言われたエピクロスの言である。とはいってもエピクロス自身にとって、「快楽」とは、後世に伝えられたような肉体的、官能的快楽のことではなく、心の平和のことであった。こうした誤解の出所は、エピクロスの論敵たちの非難や中傷であったという（岩崎・八五）。意味を取り違えられたまま何世紀にも亘って伝えられたのは、中傷に端を発したにも拘らず、人々の共感を獲得したということであろうし、またそれ以前に、真理の発見を目的としていた哲学が、エピクロスによって「いかに生きるか」という倫理的領域に広がったことが受け容れられたということでもあったのであろう。宗教と政治が絡み合っての内乱を抱え込んでいたイギリスの一七世紀前半は、不安にさいなまれた時代であったが故に、束の間の現在の快楽の勧めである carpe diem が説かれたのであろうこと、また、それが単純な意味合いのものではなかったであろうことも、充分に頷ける。

第一節　マーヴェルと同時代の詩人

形而上詩の祖であるダンと、その弟子の一人マーヴェルとは、どの様に違うのか。ダンは何故「この日を楽しめ」とは歌わなかったのか。

二〇世紀になって、現代的要素の詩人として一気に評価が高まったダンについては、多くのことが語られ、論じられて来た。ローマ・カトリックの家の生まれでありながら、一六一五年に英国国教会の聖職に就き、二六年にはセント・ポール大寺院の司祭長となった、というように信仰上の二つの対立軸を抱えていた、とか、遊び人から信仰に目覚めた人である、とか伝えられる経歴も劇的だが、彼の詩はそういう彼自身の内側を劇化して複数の視点を示すものである。とはいえ、それは拡散的自我ではなく、自己を一つの小宇宙として捉え[1]、外なる大宇宙に対峙しようとしたものであった。しかし、それは確固たるものにはなり得ず、自我の織り成す恋愛詩も、全てが完璧に成就した愛を歌えたわけではない[2]。やがてダンは神に向かうこととなり、「聖なるソネット」（"Holy Sonnets," 1633）を書くに至るが、それ以前の初期の詩では、意識（時間）によって空間的存在を支えようとしたり、逆に空間が意識に侵蝕されたりする。その絶妙な構築作業に形而上的ウィットが力を発揮していたのであった。ダンが'die'というエリザベス朝の俗語[3]を幾度も用いたのは、おそらく生のなかに死を見ようとしたことであったのだろう。或いは死を生に取り込もうとしたのであって、ダンは魂だけを評価するのではなく、形而下的な肉体を貶めることのなかった詩人であったのだ。小宇宙は全てを含むものであるべきだったのである。従ってダンには、死を意識して「この日を楽しめ」などということはない。「死よ驕るなかれ」（"Death be not proud"）というソネットを後に書いた詩人でもあるのである。

ダンに比べると、ハーバートには来世（死）への傾きが見られる。しかし、全てのものは死ななければならない、と歌われても、そこから「この日を楽しめ」とはならない。現実への関心が、神への信仰に裏打ちされたバランス感覚を伴っているからであろう。たとえば、修行用の首輪を題材にした「首輪」（"The Collar"）の結びで

私は人が「子よ」と呼ぶのを聞いたと思った。
そこで「わが主よ」と答えた。

Me thought I heard one calling, Child;
And I repli'd My Lord.

と歌われるような Child と Lord という父子関係のゆるぎなさは carpe diem とは無縁であろう。代表作「滑車」("The Pulley")や「生」("Life")にしても、「花」("The Flower")にしても、神のもたらす調和への厚い信頼があって、そこには綻びはない。

むしろエリザベス朝のシェイクスピアのソネットに見られる時間意識の方が、マーヴェルの carpe diem に近いかもしれない。たとえば『ソネット』(*Sonnets*, 1609)の六四番を読むと、愛するものの美しい姿がやがて時間によって朽ちていくという不安、愛も朽ちるという可変性の認識の強さが感じられる(Kawanishi : 34)。またソネット全一五四篇の中頃に位置する七三番の「あの季節をあなたは私のなかに見るだろう」("That time of year thou mayst in me behold")は、かなり carpe diem に近い。冬の季節、一日の黄昏、残り火の輝きに自分自身を擬えて、「これを見れば君の愛も更に強まり／やがて別れ行くものを更に深く愛すだろう」と歌っている言葉に、死に収斂する時間の作用に逆らって愛を求める型が感じ取れる。相手が女性ではなく、若い貴公子ではあるけれども(Kawanishi : 39)。

シェイクスピアは carpe diem の詩人であるなどと言われたことはないであろうが、時間の侵蝕作用に逆らって、「だからこそ今、愛が深まるだろう」、と口説く言葉は、carpe diem の手前すれすれのところにいるように見える。或いは、シェイクスピアの多彩、多様な世界には carpe diem の芽も含まれていた、と言うべきか。

ダンよりも安定した、明晰な詩を書いたマーヴェルには、シェイクスピアと同様の調和、次の時代には失われてしまう調和がまだある。伝統を受け継いでいるということでもある。T・S・エリオットは、そのエッセイ

「アンドルー・マーヴェル」（"Andrew Marvell," 1934）のなかで、マーヴェルの詩の貴重な特質を文学的特質、文明の特質と呼び、マーヴェルの最上の詩は「ヨーロッパ、つまりラテン文化の産物である」と述べている（Eliot : 292-304）。それを最もよく表している作品が「はにかむ恋人へ」であるとして、その主題はローマのルクレティウスやカトゥルス以来のヨーロッパ文化の伝統を踏まえながら、マーヴェルのウィットがイメージを多様化し、秩序を変えた、と論じる。そのウィットとは、軽さと真面目さが結びついたものであり、厳格なピューリタニズムには期待出来ない、とエリオットは述べ、更に、このような理知的、都会的なウィットに見られるマーヴェルの特質は、その後の時代には消滅することになる、と時代風潮を踏まえてマーヴェル論を結ぶ。

マーヴェルの初期の詩は、殆どが二項対立を軸としており、対話の形であったり、対立する要素を統合する過程を辿ったりする。中頃に書かれた「魂と身体の対話」（"A Dialogue between the Soul and Body"）はその最たるもので、

魂以外の何がウィットを持ち得たか？
　罪にふさわしい私を作り上げるために

What but a soul could have the wit
　To build me up for sin so fit?

と曖昧さを残しつつも二つを結びつける。マーヴェル自身がウィットという言葉を道具と認識して用いている例でもある。また、他の詩でも対比構造がよく用いられており、たとえば「不運な恋人」（"The Unfortunate

Lover")では、幼児の愛と暴君の愛とを対比させる。その他、「○○○に寄せて」というありふれた詩の形式も、書くものと読むものとの関係であると考えれば、彼の詩の大半は二極構造の上に成り立っていると言えるだろう。更に、彼の残した殆どの詩は恋愛詩か政治詩（クロムウェル関連の詩）という二つのグループに分けられることを考えれば、マーヴェルの世界の骨組みは、もともと二極構造なのだということになる。王党派と共和政府派との間で揺れ動いた詩人、ヘレニズムとキリスト教学を抱えた詩人としては、当然のことでもあろう。その対応の仕方にマーヴェルらしさがあるのである。

更に細かく見れば、マーヴェルの殆ど全ての詩のなかに背反するイメージや感情の共存、或いは分裂と二重性を見ることが出来る。圧巻は「はにかむ恋人へ」の後に書かれた「アップルトン邸に寄せて」("Upon Appleton House")（この詩もタイトルの最後に「わがフェアファックスに寄せて」"To My Fairfax"(4)とあるように、相手のある詩であるが）の最終第九スタンザであって、そこには、当時の政治的混乱と黙示録的世界の終りという、二重のヴィジョンが提示されている。それが彼なりの統合なのである。

ウイリアム・エンプソンはその著『曖昧の七つの型』(*Seven Types of Ambiguity*, 1930）のなかで、曖昧の第三の型（二つの考えが一語で結ばれる型）として、「アップルトン邸に寄せて」と「決意した魂と創られた快楽との対話」("Dialogue between the Resolved Soul and Created Pleasure")からの詩行を例に挙げ、第五の型（文が一方から他方へ移動するとき比喩が違う意味へ発展させる型）の例に「クロムウェルのアイルランドからの帰還に寄せるホラティウス風頌歌」("An Horatian Ode upon Cromwell's Return from Ireland")、「不運な恋人」、「子鹿の死を嘆くニンフ」("The Nymph Complaining for the Death of her Fawn")、「ヘスティング卿の死への挽歌」("Upon the Death of the Lord Hastings")、「目と涙」("Eyes and Tears")を引用している（Empson : 104-6, 166-73)。それほどマーヴェルの二重性は目を惹くのであって、それが二〇世紀に彼が高く評価されるようになった要因の一つなのであろう。

第二節　マーヴェルの「はにかむ恋人へ」

では、注目の「はにかむ恋人へ」はどのように読めるのであろうか。

まず全体の構成は三段論法を軸にして、「仮定」と「現実」、そして「結論としての口説き」へと展開する。

もし僕たちが充分な世界と時間を持ってさえいたら、
ねえ貴女、このはにかみも罪にはならないだろう。
僕たちは腰を下ろし、どちらへ歩いていこうかと考え、
僕らの長い愛の一日を過すだろう。

Had we but world enough, and time,
This coyness, Lady, were no crime:
We would sit down, and think which way
To walk, and pass our long love's day.

と、ゆったりとした口調で先ず仮定が展開され、それが大きくなり始める。

広大な架空世界の具体的空間としては、遥かインドのガンジス河、近くはマーヴェルの故郷ヨークシャーのハ

ンバー河口が挙げられ、時間は過去に遡って「ノアの洪水」の一〇年も前から、未来はユダヤ人の改宗するときまで、彼女が拒んだとしても構わない、それに見合って植物のように成長する「僕」の愛は、「諸帝国よりも広大になり、時間もゆっくりになる」。宗教と政治も絡む壮大なイメージである。更に挙げられる数字が次第に増えて、時間の長さが強調されることになる。

百年は貴女の目を讃え
貴女の額を見つめるのにかかり、
二百年は二つの乳房を讃えるのにかかる
けれど三万年が残りに費やされ
最後の時代は貴女の心を見せることになる。
何故なら、貴女はこの状態に価するのだから
僕もそれより低い割合ではあなたを愛しはしない。

An hundred years should go to praise
Thine eyes and on thy forehead gaze;
Two hundred to adore each breast;
But thirty thousand to the rest;
An age at least to every part,
And the last age should show your heart;

For, Lady, you deserve this state,
Nor would I love at lower rate.

「貴女はこの状態（state）に価するのだから」と、彼女を大切に思っていることが強調されるとき、この state は品位、立派さを意味するのであろうが、「国」という意味合いをも響かせているのかもしれない。またインドへの言及は、一五七九年に初めてイギリス人がインドに到達して以来のインドとの関係、或いはまた一六二〇年にメイフラワー号がアメリカに上陸して以来の、海外進出の国家イギリスの、空間的意識の広がりをも示すものであろう。この時代だからこその表現なのである。

しかし三段論法では、仮定は次の段階で否定される。

しかし背後に僕はいつも聞く
時の翼ある戦車が急いで近づくのを。
そして僕らのかなた前方には
広大な永遠の砂漠が幾つもあるのだ。

But at my back I always hear
Time's winged chariot hurrying near:
And yonder all before us lie
Deserts of vast eternity.

と「僕」は彼女の関心を「現実」に引き戻すが、背後に近づく戦車を聞くのは「僕」であり、前方の永遠の砂漠を見るのは「僕たち」である。二人はばらばらなのだ。この視覚化された不毛の永遠は死のイメージであり、それを受けて、彼女がこのまま死んでしまったらどのようになるのか、が次の八行で語られる。

貴女の美しさももはや見られないし、
貴女の大理石の納骨堂では、僕のこだまする歌も
響きはせず、そこで長く保たれた処女性を
蛆虫どもが味わおうとする。
そして貴女の風変わりな貞操も
塵と化し、僕の全ての欲望も灰となる。
墓は素晴らしい私的な場ではあるけれど、
そこでは誰も抱き合ったりはしない。

Thy beauty shall no more be found;
Nor in thy marble vault, shall sound
My echoing song; then worms shall try
That long-preserved virginity:
And your quaint honour turn to dust;
And into ashes all my lust.

The grave's a fine and private place,
But none, I think, do there embrace.

ここでの「私的な場」とは性的な意味をも含むが、肯定的イメージとしては用いられていない。マーヴェルの「死」はシェイクスピアやダンの'die'のような、性的意味合いを含まない。それを包み込む「生」はない。こうして彼女のおぞましい死体のイメージ、そして誰もいなくなってしまう空虚さが強調されることで、三段論法の最後の「それ故に……」という口説きが説得力を増すことになる。

さあ、だから若々しい膠が朝露のように
貴女の肌に留まっている間に
また自発的な魂が瞬間的な火とともに
あらゆる気孔から発散している間に
さあ、出来るうちに戯れよう
そして、さあ、恋の猛禽たちのように
むしろ一気に僕たちの時間をむさぼろう
時間のゆっくりむさぼる力で衰えるよりは[5]

Now, therefore, while the youthful glue
Sits on thy skin like morning dew,

And while thy willing soul transpires
At every pore with instant fires,
Now let us sport us while we may;
And now, like amorous birds of prey,
Rather at once our time devour,
Than languish in his slow-chapped power.

とたたみかけるような口説きは、快楽的なイメージをも含んで力強くなるが、更に‘Let us’と口説きが重ねられる。

僕らの全ての力と全ての優美さを
丸めて一つの球にして
力づくで人生の幾つもの鉄格子の向こうから
僕らの楽しみの数々をもぎ取ろう。

Let us roll all our strength, and all
Our sweetness, up into one ball:
And tear our pleasures with rough strife,
Thorough the iron grates[6] of life.

ダンの 'die' のように、性が時間に打ち勝つこともあるかもしれない、と思わせるほどの呼び掛けである。この詩の冒頭で時間的、空間的に拡大していたイメージを、三段論法の最終段階で「一気に時間をむさぼろう」と行動的に生きることを呼び掛けて凝縮に向かわせていたのを、更に「球」に圧縮し、それによって「僕らの楽しみをもぎ取ろう」と、むしろ破壊的にも見える行為を勧めるのである。時間と空間の圧縮、そして静から動への誘い。圧縮のイメージ。後半二行の意味は意図的曖昧さと無意識的曖昧さを含んでいるのであろうが、性的なニュアンスとエネルギーは感じられよう。積極的な carpe diem の勧めなのである。そしてその行為の意義、或いは究極の時間観が、曖昧ながら、結びの二行に説かれる。

僕らは太陽を静止させることは出来なくとも
それでも太陽を走らせるのだ。

Thus, though we cannot make our sun
Stand still, yet we will make him run.

太陽を静止させて時間を止めることは、第一スタンザの時間の歩みを遅くすることの極みであるが、そのようなことは出来ないけれど、逆に時間を速めよう、というこの結びは第一スタンザの逆転である。そして、「僕ら」はいまや受身ではなく、行為の主体者となって、愛し合おうというのである。エリザベス朝の詩には、sun と son との語呂合わせがよく用いられていたが、ここでその読み方を採るならば、太陽は息子でもあり、愛の行為の結果としての息子を一瞬思わせ、更に息子とは神の息子キリストであるのかもしれない（Stocker：228–31）。

もしそうならば、ここには黙示録的な意味も重ねられるのであろう。

そもそものヘレニズムでの carpe diem では、人々にとって死は最終的なものであるという前提があって、だから今のうちに楽しもう、との呼び掛けになるのだが、キリスト教神学では、キリストの勝利により、死後の生が認められる。そこで時を速め、再臨を速めることで、黙示録的勝利、つまり時間からの解放を手に入れることが出来るのである。そのように読むならば、マーヴェルは異教的な carpe diem をキリスト教的なコンテキストへ組み入れて、いわば意味の逆転を見せたことになる。

「はにかむ恋人へ」が書かれたのは、一六四六年であり、この年は四年前に始まったチャールズ一世と共和政府側の争いである内乱が終ろうとしている時であった。その背景がこの詩にも影響を及ぼしていない訳がない。実際にマーヴェルは、この詩の後に「ホラティウス風頌歌」など、彼がラテン語書記を務めていたクロムウェル、議会軍の司令官クロムウェルを讃える詩を書いていて、(7) 充分に渦中にあった詩人であった。王政復古後に国会議員を三期務めた政治家でもあった。「アップルトン邸に寄せて」に描かれた一連の出来事も、国家の状況であり、選ばれた人々の黙示録的運命である。クロムウェルを全面的に支持しきることはなく、曖昧さを身上としたマーヴェルであるが、もし黙示録的に考えるならば、内乱はイギリスという国の罪に対する天罰であり、一六四九年のチャールズ一世の処刑はイギリスの祝福された運命を予言するものということになる。従ってクロムウェルのアイルランド制圧も神の摂理によるものと言えよう。政治に影響される日々を送っていた詩人にとって、時間は変わり易さ、移ろい易さ、或いは逆に継続性を意識させるものであった。

しかし、現実の時間の切迫感があるからこそ、「今を楽しめ」と逃避的に考えてこの詩を書いた、という解釈も出来そうである。キリスト教ではない、ヘレニズムの落とし子である carpe diem に逃げ込もう、キリスト教のコンテキストから逃れよう、というように。或いはまた、本心を隠す偽装としての carpe diem だ、と考えることも不可能ではない。幾つもの意味に受け取れる詩を書くこと自体が、一六四六年という時点での彼の心境を表しているのかもしれない。

第三節　ヘリックの carpe diem

マーヴェルに比べると、ヘリックはまるで対極にあるかのように、一四〇〇余りの簡潔で解り易い短詩を残した。彼はデヴォンシャの片田舎の牧師であり、内乱のときに職を失ってロンドンに出たが、王政復古の後に再び元の職に戻った。揺れたマーヴェルとは違って、変らぬ王党派、英国国教徒であり、チャールズ一世の究極の勝利を願い続けていた詩人である。『ヘスペリデス』(*Hesperides*, 1648)と名づけられた全詩集には、チャールズ一世への献辞が付けられている。ヘスペリデスとは西の方にある祝福されたものたちの島の名前であり、黄金の林檎の園を守る三人の姉妹に由来した名前である。(彼女たちの母親がヘスペラス(=ヴィーナス)であった。)そこで、この詩集が一つの園であり、収められた詩は、黄金の林檎に擬えられているとも考えられる。詩集は二部構造になっていて、前半が古典を模したベン・ジョンソンの抒情詩の流れを汲んでいるのに対して、後半は二六七の宗教詩が「聖歌」("Noble Numbers")というタイトルで纏められている。専ら宗教体験を歌っているこれらの詩は、ハーバートの『寺院』(*The Temple*, 1633)の影響で書かれたものであり、哲学的深みには欠けている。ヘリックはダンと同じように、俗から聖への変身を遂げた詩人のように言われることがあるが、ダンほど劇的な道は辿ってはおらず、前述のように、形而上詩人のグループには入らない。いわば最後のエリザベス朝詩人なのである。素朴で純粋な短詩がその身上で、二行詩、四行詩が圧倒的に多く、五〇行を超えるものは一六篇、一〇〇行を超えるものは七編のみである。前半では牧歌(Pastoral)の詩人として、生を肯定し、瞬間の美を讃え、詩によって生と死を超えようとする姿勢を見せている。(8) 彼の書く詩は、おおよそ愛の歌、牧歌、社交詩、警句というようなジャンルに分けられ、地上的な時間の世界に興味があったことが窺える。多くの架空の女性たちに宛てた愛の歌、知人、友人についての気の利いた寸描なども、基本にあるのは幸福感である。後に彼の「乙女たちへ、時を惜しむことを」に曲をつける作曲家が現れたのは、彼の詩が軽やかで優しく、本質的に歌う詩であることを示している。(9)

そのヘリックは、実は死後一五〇年経ってから注目された詩人である。沢山の雑多な詩を残した、と見えていたのが、それなりに小宇宙を構成していたことが判ってきて、評価されるようになった、ということであろうか。その雑然としているような詩集の印象と結びついているのであろう、よくアンソロジーに入れられるのが、「乱れの悦び」("Delight in Disorder") である。この短詩は、女性の着るものはきちんと整わない方が美しい、と歌うものではあるが、実はタイトルはdの頭韻を踏み、一行には八音節が並び、二行ずつの脚韻も揃って、形は整っているのである。更によく見ると、この小詩は乱れのみを賞賛しているのではなく、「放縦な礼儀」(a wild civility) を見ているのであって、それなりの統一感を持っているのが判る。このような統一への志向は、実は詩集全体にも窺われるのであって、その全体的な統一的ヴィジョンを見逃してはならない。たとえば巻頭の王への献辞に次いで「要旨」("Argument") と題するソネット、更にミューズに宛てたソネットを置いているのは、伝統的形式を重視している顕れであり、また全篇を支える大きな一つの柱としてのヘリックの王党派意識も注目に価する。王への献辞に合わせるかのように、'To the King' と大きな活字でタイトルを印刷した詩が五篇、適当に間隔を空けて登場して全体を七部に分けており、他に王に関する詩も二三篇ちりばめられている。そこには内乱の時代の王党派、英国国教徒であるが故の時間意識があり、それは全篇に及んでいると言ってもいいだろう。彼が歌いたかったのは、究極的には人間と時間の関係なのであろう。一方、聖職者にふさわしく、死と再生が絶えずヘリックの意識に絡みついており、それが明日は死ぬかもしれない、だから今を楽しもう、という carpe diem の口説きとなる。

雑多と見える彼の多くの詩には、王に関する詩と同じように、繰り返し現れる主題が幾つもある。自分自身についての詩が二四篇、神についての詩が二三篇、愛については一八篇、書物については八篇、などである。繰り返しによって、ヴィジョンの拡散を避け、引き締めているのであろうが、絶えず関心が立ち戻る同一主題が、この詩集の縦糸となっている観があり、さしずめ横糸が時間ということになろうか。

自然の美を愛したヘリックには花々を歌った詩が多いが、殆どはその盛りの期間の短さ、生命の儚さを嘆くものであり、たとえば「すみれへ」（"To Violets"）や「水仙へ」（"To Daffodills"）のように、今を盛りと咲いている花々に乙女たちを重ね、「われわれ」を重ねる。そこから carpe diem の呼び掛けになる。ヘリックが carpe diem を主題にした詩は、「乙女たちへ」の他に少なくとも一五篇はある。[10] ノースロップ・フライは、ヘリックを享楽主義的詩人であるとして、「彼の carpe diem は経験する喜びの限界を受け容れている」と述べている（Frye：299-301）が、生命の儚さの認識のみに終らないで、「だから……」と、積極的に楽しみを求めよと歌うのは、死のイメージを強調したマーヴェルとは違って、現世尊重の生き方なのであろう。しかし、はっきりと時間の果ての死を意識した詩に「彼の経帷子」（"His Winding-sheet"）がある。経帷子を「あなた」と呼び、「あなたに会うために全ては作られた」と言うが、死で終るのではなく、

そして明るみに出されるべく
　暫し隠れてここに横たわり
次にあの偉大なプラトン的な年に

その時にこそ　ここで会うのだ。

And for a while lye here conceal'd,
　To be reveal'd
Next, at that great Platonick yeere,
　And then meet here.

と、再生のイメージで終る。生にウェイトが置かれる再生であり、ヘリックにとって、大切なのはあくまでも地上の時間なのである。

「乙女たちへ」と並んでよく取り上げられる詩に「コリナは五月祭に行く」（"Corinna's Going a Maying"）がある。古代から続く異教的な春の祭を背景に、祭という儀式で死を乗り越えるというようなキリスト教的な意味も感じさせる詩である。クレアンス・ブルックスは、この詩の異教的な面は戯れ気分と結びつくと考え、キリスト教的な面を真面目さと結びつけるが（Brooks：62-73）、時代背景の然らしめるところでもあろう。五月祭の朝の「さあ起きなさい」という呼び掛けに始まり、いかに神々がこの日を迎えているか、いかに花がコリナの寝坊を嘆き、鳥が神への賛歌を歌っているか、が歌われ、乙女たちに身支度をするように呼びかける第一、第二スタンザに続いて、戸外の美しい生き生きとした風景が描かれる。参加しないのは罪なのである。そして浮き立つような祭りの様子が歌われて結びの第五スタンザが carpe diem の形になる。このスタンザだけでも一篇の詩として通用しそうな纏まりがある。

さあ、行こう、僕らが青春の只中で
時間の無邪気な愚行を扱っている間に。
　僕らは自由を知る前に
たちまち年を取って死ぬ。
人生は短く　一日一日は
太陽と同じく　遥かに去る。
そして蒸気のように、一旦消えた
雨に滴のように　二度と見つからない。
　だから君や僕が寓話になったり
歌や過ぎ去る影になるときは
　全ての愛も　好きなものも　悦びも
果てしない夜に僕らとともに横たわるのさ。
だから時間が役に立って　僕らが衰えるだけの間に
さあ、僕のコリナよ、さあ、五月祭に行こうじゃないか。

Come, let us goe, while we are in our prime;
And take the harmless follie of the time.
　We shall grow old apace, and die
　Before we know our liberty.

Our life is short; and our dayes run
　As fast away as do's the sunne:
And as a vapour, or a drop of raine
Once lost, can ne'er be found again:
　So when or you or I are made
　A fable, song, or fleeting shade;
　All love, all liking, all delight
　Lies drown'd with us in endless night.
Then while time serves, and we are but decaying;
Come, my Corinna, come, let's goe a Maying.

この詩は、第四スタンザまで、自然の恵みに溢れた五月祭がいかに楽しいか、と躍るようなリズムで語った後、この最終スタンザだけに滅びのイメージが登場するのだが、軽やかなリズムのせいもあって、プラスのイメージの印象の方が強い。マーヴェルの carpe diem がマイナスのイメージを強調していたのと比べると、陰と陽のような違いである。第四スタンザまでに歌われた世界は、自然と神と人間が重なり合っていて、そこに歓びと哀愁が絡まるが、この最終スタンザで「僕ら」の世界に焦点が合わさって明確な carpe diem となる。最後の言葉 Maying とは、五月祭の祝い、あるいはそれに参加することだが、花摘みという意味合いもある。最終二行で decaying と Maying という対比的な言葉に韻を踏ませているのも鮮やかである。

問題の詩「乙女たちへ、時を惜しむことを」は、四つの四行詩からなるが、やや趣を異にしていて、一行目で全てが語られ、以下はその説明である。

薔薇の蕾を摘みなさい、摘める間に
　時の爺は　いつも　飛んで行く。
今日は微笑む　この同じ花が
　明日は　死んでしまうだろう。

輝く天の灯りの太陽は
　高く昇れば昇る程
それだけ早く終りとなって
　それだけ近くに沈んで行く。

初めの時代がいちばんいい。
　その頃青春と血がもっと温かかった。
けれど過ぎてしまえば駄目になり、最悪の時代が
　いつも前の時代の次に来る。

だから、はにかまないで　君たちの時間を使いなさい。
　結婚できるうちに　結婚しなさい。

何故って　一旦婚期を外したら、
　君たちは永久に行き遅れるのだから。

Gather ye Rose-buds while ye may,
　Old Time is still a flying:
And this same flower that smiles to day,
　To morrow will be dying.

The glorious Lamp of Heaven, the Sun,
　The higher he's a getting;
The sooner will His Race be run,
　And neerer he's to Setting.

That Age is best, which is the first,
　When Youth and Blood are warmer;
But being spent, the worse, and worst
　Times, still succeed the former.

Then be not coy, but use your time,

And while ye may, goe marry:
For having lost but once your prime,
You may for ever tarry.

バラッド風の韻律は、話を調子よく進めて行く。それは時間の展開をも映しているので、「薔薇の蕾」は「花」となり、今日は明日となる。更に一日は時代となる。悪いことは比較級となり、最上級となる。その先のことは語られなくとも、最悪のことが待ち受けているらしい。そのように匂わせて「だから……」と口説かれるので、最終第四スタンザは次第に増してきた切迫感を全て受け留めるだけの力を持たねばならない。「薔薇」は乙女たちであり、「蕾」は青春時代の乙女たちであり、イメージが重ねられて、自然の営みと人間の営みが重なる。世界が立体的になる。

E・M・W・ティリアードは、ヘリックの詩では「差し迫った悲劇に直面してさえも、素晴らしい生き方は一つの可能性でしかない」（Tillyard：52-7）と言うが、一般に carpe diem の勧めは、確かに可能性でしかない。ヘリックのこの詩の終り方は、「結婚できるうちに結婚しなさい」と開かれた結末のように述べた後に、「一旦婚期を外したら、永久に行き遅れるのだから」と、再び可能性を狭めるもののようではあるが、これは単にタイミングの問題であるのかもしれない。とはいえ、第一スタンザをよく見ると、一行目は青春を薔薇の蕾に喩えながら、乙女たち自身がその蕾を摘む人でもあるので、主体と対象が不明確であり、外への発展がない。しかし三行目で「同じ花」と言われるのが「薔薇の蕾」であって、蕾が開くまでの時間の経過が背後にあり、乙女たちが盛りを迎えるまでの時間経過も示唆されている。見かけほど単純な詩ではないのである。

またこの詩は時間の進行とともに、次第に空間領域を広げているとも読めるのが面白い。第二スタンザでは太陽の動きによる一日の時間経過が語られるが、sunとsonの語呂合わせが読者の脳裏をかすめるならば、「息子」は若い男性でもあり、男性の側の老い易さへの言及としても受け取られる。第三スタンザの「青春と血」という言葉も、どちらかというと男性に、或いは男女を問わず若者たちに向けられているような印象があるので、乙女たちに宛てられたこの詩は、背後に男性への勧告もあるようにも感じられるのである。更に最後のスタンザには「乙女」という言葉は含まれていないので、男女双方にあてはまる結婚の勧めと受け取ってもおかしくない。

このように、この詩には多重的意味の可能性があるので、それだけ幅広く読者に訴える詩なのである。特定の個人に向けられたのではないcarpe diemは、そこで生活の智恵のように、教訓のように、受け取られることとなる。もともとエピクロスの哲学も、そのようなこの世での生き方の勧めとして人々に支持されてきたのであろう。

おわりに

マーヴェルの「はにかむ恋人へ」が特定の女性に対しての口説きであるのに対して、ヘリックの「乙女たちへ」は不特定多数の女性（或いは男女）に宛てられているということは、興味深い対比である。ヘリックはジュリア、アンシア、エレクトラ、コリナなど、架空の名前の何人もの女性に宛てて恋の歌を書いたが、この「乙女たちへ」は、一般論的に、或いは総論的に歌われているのである。この詩が特に広く支持され、読まれ、曲をつけて歌われもしてきたのは、明るく軽やかで口調も良く、carpe diemが分かり易く表現されているということもあるだろうが、見かけ以上に異なった読み方が出来るせいでもあろう。読む者が自分に引き寄せて読めるということである。このようなヘリックの開かれた展開に対して、マーヴェルの「はにかむ恋人へ」は、独自のウィットによる三段論法で多くの読者を獲得してきたが、ヘリックとは逆に、ヴィジョンを狭め、凝縮して行った果ての carpe diem であった。

二人の作品群を比べても、マーヴェルの二項対立的構造と、ヘリックの雑多なものをゆるやかな統合に持ち込もうとする志向とは、相反しているように見えるが、carpe diem を共通項として眺めることは出来る。carpe diem を挟んで二人が対照的に見えるのは、ヘリックがエリザベス朝の伝統を受け継ぎ、王党派であったのに対して、マーヴェルは新しい形而上詩人のグループに分類され、政治的には王党派から共和政府派に移行したという、それぞれの政治的、宗教的立場から来るものでもあろうが、自然の美を愛した田舎牧師のヘリックと、内乱の時代に政治家たちと関わりを持ち、自らも国会議員を務めたマーヴェルの生活文化の違い、具体的な生活環境の違いも見逃せないだろう。ヘリックはあくまでも地上の生活を愛し、人間を愛していた詩人であり、次第に神を意識するようになって宗教的体験を詩にしたが、彼の宗教は統合的なものであって、厳密にキリスト教であった訳ではない。一方、後に共和制支持者となったマーヴェルは、長く揺れていて、絶対的に安定したヴィジョンを持つには至らなかった。「庭」（"The Garden"）に見るように、美しい花々の咲く、愛の庭から荒野へと去っていく人なのである。「はにかむ恋人へ」で「植物的な愛」と歌っていたものの、彼にとっては植物からなる庭自体が安住を許さない誘惑者であった。結局は庭の外に生きるものたちの carpe diem を求めることになるのである。

二人の carpe diem の詩を見るとき、「今を楽しめ」という言葉で括れる部分は同じでも、マーヴェルの前提と、ヘリックの前提は逆である。マーヴェルは広い世界からヴィジョンを狭めて carpe diem に辿りつき、ヘリックは広い世界の一部として carpe diem をはめ込んでいる。言い換えれば、マーヴェルの carpe diem の前提は、時間の果てにある死だが、ヘリックの前提となるのは、「一旦婚期を逃がしたら」というタイミングの問題であり、この世での行き方なのである。このような二人の carpe diem の詩に、一七世紀前半の精神風土の複雑さ、或いは多様性を読み取れるのではなかろうか。

（1）*Holy Sonnet,* No. 5 に「私は一つの世界／精巧に作られた小宇宙」とある。
（2）ダンの場合、成就された愛の歌は「朝日」（“The Sun Rising”）と「列聖」（“Cannonization”）だけである。
（3）エリザベス朝の詩には ‘die’ は「死ぬ」という普通の意味の他に、性的な意味を込めて使われることが多かった。
（4）Thomas Fairfax（1612-71）は内乱のときの議会軍総司令官。マーヴェルは一六五一－三年頃に、彼の令嬢の家庭教師を務めた。
（5）使用テキストでは ‘glue’ だが、一般には ‘hue’ とされている。その方が整合性があるが、「膠」というのは形而上詩的な「奇想」とも言える。
（6）使用テキストでは ‘grates’ だが、一般には ‘gates’ とされている。
（7）クロムウェルを歌った詩として、他に “The First Anniversary of the Government under His Highness the Lord Protector, 1655” と “A Poem upon the death of His Late Highness the Lord Protector” がある。
（8）詩を書くことで永生を獲得する、という考えは、シェイクスピアの『ソネット』にも見られる。
（9）Louise Schleiner の *Herrick's Songs and the Character of* Hesperides（English Literature Renaissance 6, pp. 77-91）によると、ヘリックの三一篇の詩に少なくとも四〇の曲がつけられているそうである。
（10）ヘリックが carpe diem を織り込んだ詩として、次のものがある。――“A Lyric to Mirth,” “To Dianeme,” “Corinna's going a Maying,” “To Daffodills,” “His age, dedicated to his peculiar friend,” “To Daisie, not to shut soon,” “To live freely,” “To enjoy the time,” “To Blossoms,” “Few fortunate,” “To a Bed of Tulips,” “An end decreed,” “To Youth,” “To Sappho,” “To be merry.”

使用テキスト

Donno, E.S.（ed.）, *Andrew Marvell: The Complete English Poems.* Penguin Books, 1974.
Hutchinson, F.E.（ed.）, *The Works of George Herbert.* Oxford, 1941, rpt. 1972.
Martin, L.C.（ed.）, *The Poems of Robert Herrick.* Oxford University Press, 1965.

参考文献

Alavez, A. *The School of Donne*. Chatto, 1961.

Bennett, J. *Five Metaphysical Poets*. Cambridge University Press, 1964.

Berthoff, Anne. *The Resolved Soul: A Study of Marvell's Major Poems*. Prinnceton University Press, 1970.

Bradbrook, Cleanth & Thomas, M.G. Lloyd. *Andrew Marvell*. Cambridge University Press, 1940.

Brooks, Cleanth. *The Well Wrought Urn: Studies in the Structure of Poetry*. Reynal & Hitchcock, 1947.

Eliot, T.S. "Andrew Marvell," *Selected Essays*, Faber & Faber, 1934, rpt. 1953.

Empson, William. *Seven Types of Ambiguity*. Chatto & Windus, 1930, 3rd Edition 1977.

Frye, Northrop. *Anatomy of Criticism*. Princeton University Press, 1957.

Iwasaki, Chikatsugu.（岩崎允胤）『ヘレニズムの思想家』講談社、一九八二年。

Kawanishi, Susumu.（川西進）*Shakespeare's Sonnets*. 鶴見書店、一九七一年。

Leavis, F.R. *Revaluation,: Tradition & Development in English Poetry*. Chatto & Windus, 1936, 3rd Edition 1953.

Legouis, Pierre. *Andrew Marvell*. Oxford University Press, 1968.

Leishman, J.B. *The Art of Marvell's Poetry*. Hutchinson, 1966.

Patterson, A.M. *Marvell and the Civic Crown*. Princeton University Press, 1978.

Press, J. *Herrick,* Longman, 1961.

Stocker, Margarita. *Apocalyptic Marvell: The Second Coming in Seventeenth Century Poetry*. The Harvester Press, 1986.

Tillyard, E.M, W. *The Metaphysicals and Milton*. Chatto & Windus, 1956.

第二章　涙のロザリオ
――クラショー「涙する人」におけるマグダラ像不在の逆説

安斎恵子

はじめに――批判の洪水の後で

リチャード・クラショーの作品のなかでも、「聖マリア・マグダレン――涙する人」（"Saint Mary Magdalene or the Weeper," 1648, 1652）は、とりわけ多くの議論を誘った問題作である。端的に言えば、おそらくこれ以上に惜しげもなく批判の言葉を浴びせられた作品はない。先行研究を辿ると、この詩に限らず、クラショー自身がさまざまなハードルを越えずには十分に理解できない詩人だった事実を確認できる。(1) 一方で、マリオ・プラーツ、オースティン・ウォーレン、ルイス・L・マーツらのクラショー文学の理解を助ける地固めとなった数々の先行研究に加え、「涙する人」の本質に読者を一層引き寄せてくれるように見えるいくつもの有益な批評に導かれるとき、否定的な評語を羅列するという過去のクラショーへのアプローチの、儀礼にも似た前置きを割愛することも許されるのではないかと思えてくる。ただ、繰り返されてきた批判とその反論に、クラショーの特質を探る糸口があることもまた確かだろう。

彼の詩が度々拒絶を招いてきたのは、ときに否定し難く奇怪に見える（それゆえ悪名を馳せた）コンシートや、夥しい逆説とオクシモロンへの戸惑いばかりでないだろう。作品における声の「非個人性」、揺るぎないように見える彼の信仰の表明、恍惚とした賛美歌の調子は、ダンやハーバートの内面の苦渋や疑い、葛藤を露わにする声と並べられると、確かにある種の欠如感を与え、同じくダン、またミルトンと対照されるとき、思想や表現の「男性的」逞しさの欠如としての「女性性」(2)にも結びつけられ、ある種の拒絶や警戒を招くことにもなった。さらに、過度に情動的・耽美的な詩風は、ときに「感情」の実体の欠如という批判を招き、また詩の知的性質は認められつつも、過去の古い批評のなかには、「思想」の欠如を示唆するものさえ存在する。(3)

同時代のイギリス詩人に照らしたときに異質に見えるクラショーの詩に消化不良を感じる批評家の最終的態度は、しばしば「異国性」(foreignness) という括りで片付けることでもあった。イエズス会士らラテン語詩人たちが培ったエピグラム芸術、ルネサンス期以来一世を風靡したエンブレムの伝統、マリーノやゴンゴラといったイタリアやスペインの詩人たち、瞑想詩の伝統、聖テレジアらの神秘思想など、クラショー文学への直接・間接のさまざまな影響が跡付けられてきたが、クラショーが少なからぬ批評家のあいだで根強い拒絶反応を引き起こしてきた要因には、「バロック」的奇想によって強調された「カトリック」的性質(4)もあるだろう。

アンソニー・ロウは、「涙する人」に対する批評が往々にして共感を欠く理由のひとつとして、この作品が存在を認知されていなかった祈りの様式に属している点を挙げる。これは「情動ないしは感覚に基づく祈祷」の極端な例で、瞑想の典型的な方法や構造を見出そうと期待する読者は必ず失望することになるというのである。「結果は叙事詩を期待して牧歌的哀歌を読もうとするのと同じようなことになる。批評家は、問題の本質を認識できるとは限らず、自らの批評基準ではなく詩自体に非難を投げかけることもあろう」(Low : 133)。こうした評言は、今日のクラショー再評価の過程で批評者の視点そのものの偏向が示唆されるようになった動きの一例を示しており、またこれからクラショーのテクストに向かう過程で警戒すべき態度を示唆している。

クラショーの特質に新たな光が当てられるようになった今日でもなお、聖テレジアを讃える詩の情熱に心惹かれても、「涙する人」については、感覚的表現の美しさを感じつつも、どこか気の知れない、理解しがたい謎のように感じられ、鑑賞を拒まれる疎外感を否定できない読者も多いのではないかと思われる。特に、タイトルに歌われるマグダラのマリアの姿を求めてこの詩を読もうとするとき、肩透かしをくったような印象を受けるだろう。しかし、ともすれば駄作に分類されながらも、この作品は不思議な光を宿し続けて、読者の眼差しにより深い何かを求めているように見える。

「涙する人」について、プラーツは、「エピグラムまたはマドリガルの、進展することなくぎこちなく繋げられたロザリオ」と評した（Praz, 1973：218）。彼はまた、この「エピグラムのロザリオ」を、ペトラルカのソネットに泡立ち一六世紀を通してひとつの川の規模にまで着実に成長していた涙の文学の頂点とみなす見方を示唆しつつ、「マリア・マグダレン、悔悛、宗教は、この詩とほとんどあるいはまったく関係がない」と言い切っている（Praz, 1973：226)。彼が宗教とさえ無関係とみなした作品の構造を「ロザリオ」に見立てたのは、何という皮肉であろうか。とは言え、この語は、奇しくもこの作品の本質を示唆している。彼が構造上の欠陥を指摘するために使った「ロザリオ」は、その後根強く繰り返される否定的キーワードにもなり、またこの詩から積極的な意味を汲み出そうとする者にとってはひとつの出発点ともなった感がある。本論もまたこの評語を意識しながら始めたい。大方の批評家が指摘するマグダラ像の不在という問題に着目しながらこの詩に寄り添うとき、涙をめぐって繰り出される機知の一見相互の脈絡を欠く諸要素が、まさに数珠のように繋がっているのがわかるだろう。マグダラの「涙」の諸相から成る「ロザリオ」が、実は、血の通った言葉であることを示すことが、この論考の目指すところである。

第一節 「マグダラ」を歌う

1　涙の文学のヒロイン

「聖マリア・マグダレン――涙する人」（以下「涙する人」と略記）について、オースティン・ウォーレンは、この作品には、物語、登場人物の性格、心理、教訓が排除されており、マグダラのマリア自身は詩に参与していない、したがって、「涙」と題されて然るべきだと述べている（Warren：127）。大方の批評家が認めるこのようなマグダラ像の「不在」は、はたしてどのような意味を持つのだろうか。作品を通して検証を試みる前に、いくつか前置きが必要だろう。

中世以来、マグダラのマリアの罪と悔悟は、繰り返し説教や劇等で語り続けられ、この上なく美しく同時に最も罪深い女マグダラの改宗のドラマは、絶大な魅力で人々を惹きつけた。一五五一年のトリエント公会議の、悔悛の秘蹟に関する教義文書[5]は、反宗教改革の宗教的、情緒的、美的要求を効果的に満たす文学様式の発展に寄与し、マグダラの涙は、聖ペテロの嘆きと共に、悔悟の象徴として改悛の涙をテーマとする「涙の文学」というジャンルで涙の氾濫を生むことになった。涙の文学は一六・一七世紀のヨーロッパに溢れ、イギリスの宗教詩の大半もこの文学の流行に参与する。そして涙に濡れ罪を悔いるマグダレンの名を語源として、「涙をためた」(maudlin）という語は、マグダラにとっての数々の記念碑の「名誉と言えるかいささか疑わしい」(Malvern：9)ひとつとして一七世紀の英語に定着し、その名は「涙する人」と同義語となる。

マグダラのマリアが「涙の文学」のヒロインとなる背景には、次の項で確認する、聖書に登場する複数のマリアと無名の女たちを一人の「悔悛者」に統合し、またその悔悛者をキリストの花嫁と見る伝統がある。さらに、キリストの復活後は、マルタやラザロと共にプロヴァンスに渡り、伝道と奇跡によって異教徒を改宗させ、サント・ボームの荒野の洞窟に入って三〇年間にわたり過去の罪を悔い苦行と観想の生活を送ったという伝説をはじめ、さまざまな伝説がこの伝統のなかに流れ込んでいたと考えられる(6)。

2 聖書のマグダラ

聖女たちの模範、「娼婦たちのアイドル」(岡田・九一以下)として、ときに旧約聖書のイヴや異教神話の女神にも重ねられ、まさに八面六臂の活躍で「神話」(Malvern : 14)となったマグダラのマリアだが、敬虔なアングロ・カトリックだったクラショーも、これから取り上げるダン、ハーバートも、聖職者であって、基本的に聖書から大きく逸脱することなくマグダラをイメージしていたものと推測できる。

福音書における「マグダラのマリア」は、イエスの宣教全体を通して多くの場所に同伴する者として言及され、正典四福音書のすべてにその名が刻まれている。ルカ伝では、一二人の使徒たちと共にイエスの宣教活動の旅に同行し奉仕する女性たちのなかで、「七つの悪霊を追い出していただいたマグダラの女と呼ばれるマリア」の名が最初に挙げられる(八・1—3)。十字架のイエスが息を引き取る場面に、遠くから見守る女性たちの一人としてマグダラの姿がある(マタ二七・55—56、マコ一五・40—41、ルカ二四・1—10、ヨハ一九・25)。マタイ伝では、マグダラを含む見守る女性たちは、「ガリラヤからイエスに従って来て世話をしていた人々」と説明されている。イエスの母を最初に挙げるヨハネ伝の例を除けば、いずれもマグダラの名が女性たちのなかで最初に挙げられる。この事実が示唆するように、マグダラは女性弟子の筆頭と考えられ、男性弟子たちに劣らぬ卓越した弟子として描かれている。マグダラは、キリストの磔刑の場面ばかりでなく、埋葬に立ち会い(マタ二七・61、マコ一五・47)、キリストの墓に行き、復活の最初の証人となり(マタ二八・1—7、マコ一六・1—8、ヨハ二〇・1、

11―13）、天使を介してあるいは復活したイエスから直接に、他の使徒たちへの伝達の役目を任され（マタ二八・7、マコ一六・7、ヨハ二〇・17）、人々に奇跡を伝える（マタ二八・8、10、マコ一六・10、ルカ二四・8―10）。特にヨハネ伝で、立ち去る男の弟子たちとは対照的に、墓に留まり、復活したイエスとただ一人対面し、直接に言葉を交わすところ（二〇・14―17）は、彼女が特別な存在であることを印象づける極めてドラマチックな場面である。

キリスト教グノーシス派の新約聖書外典、いわゆるナグ・マハディ文書研究の大家であるカレン・キングは、外典のひとつ『マリア福音書』について論ずるなかで、イエスの最初の重要な弟子、初期キリスト教運動指導者としてのマグダラ像を強調し、ヨーロッパの一般的伝統であった「悔い改めた娼婦」というマグダラ観を一蹴し、卓越した弟子としての肖像が「悔悛した罪人」の肖像に塗り替えられる経緯を詳細に説明している（King：141-54）。キングの解説を参考に結果だけを要約すれば、「七つの悪霊を追い出していただいた」と説明されるマグダラのマリアが、ルカ伝で直前に置かれた逸話の、イエスの足を涙で濡らし自分の髪で拭い香油を塗った無名の罪深い女（七・36―50）と同一視される。そして、類似した逸話であるヨハネ伝（一二・1―8）のベタニアのマリアと混同され、またルカの罪深い女と同様にイエスによって罪を赦されたヨハネ伝の「姦通の女」（八・1―11）をはじめ、福音書中の無名の罪ある女と結びつけられて、中世とルネサンス期以降支配的なイメージとなる悔い改めた娼婦としてのマリア像に発展する。一方、他の女性たちばかりでなく、男の弟子たちにも増してイエスに愛されたように見えるマグダラは、オリゲネスをはじめとする教父たちの雅歌解釈のなかで、繰り返し、花婿キリストに対する花嫁（救い主に対する教会）に見立てられ、官能的な比喩表現で飾られる。

現代のフェミニスト神学を参照したが、無論、クラショーが前提とするのはあくまで伝統的な悔悛のマグダラであるのは間違いない。罪深い女という前提があるからこそ、「涙する人」のマグダラ像は特異に見えるのである。特に歴史的なマグダラのマリア観をめぐって問題を孕んでいるらしきルカ伝の記述に、悔悛の涙の直接的水源がある――イエスがファリサイ派の人の家で食事の席に着いていたとき、ある「罪深い女」が「香油の入った石膏の壺を持って来て、後ろからイエスの足もとに近寄り、泣きながらその足を涙でぬらし始め、自分の髪の毛でぬぐい、イエスの足に接吻して香油を塗った」。罪の女に触れられているイエスを訝るシモンに、イエスは言う、「この人が多くの罪を赦されたことは、わたしに示した愛の大きさで分かる。赦されることの少ない者は、愛することも少ない。」（共同訳、三六―八、四七節）。

イエスの足元に身を投げ出して、足の汚れを涙で洗い、髪で拭った大胆なこの女性――肉の存在としてのキリストに直に触れたこの女性が、聖テレジアの熱情に心酔したクラショーを魅了したとしても不思議はない。

3　マグダラの輪郭――ダンとハーバート

マグダラの涙への傾倒の系譜のなかで、クラショーは、間違いなくイギリスを代表する一人と言えるが、その作品は同じテーマの英詩のなかで異彩を放っている。先輩詩人ジョン・ダンのソネット「マグダレン・ハーバート夫人へ――聖マリア・マグダレンについて」（"To the Lady Magdalen Herbert, of St. Mary Magdalen"）におけるマグダラの素描を見てみよう。マグダレン・ハーバートはジョージ・ハーバートの母。この詩はこの時代の一般的なマグダラ像の輪郭を確認する上で興味深い。

　あなたと同じ名前のその女《ひと》の、親から受け継ぐ土地は
　　ベタニア、家族と共有する土地はマグダラでした。
　活発な信仰がこの女《ひと》を大いに動かして、かつて

教会が知る以上のことを知ったのでした。
復活を知ったのです。この女《ひと》から生まれた祝福が
余りにも多いので、教父のなかには、
一人の女がこれほどのことをなし得たと信じられずに、
マグダラの女が二人か三人いたと考える者もいます。
どうぞ、その数を増やして下さい、その名声と共に。
あなたの清らかさを、彼女たちの信心に加えて下さい。
同じ名前を持つように、彼女たちを模範として下さい。
その後半の生きざまを。……　（一―一二行）

Her of your name, whose fair inheritance
Bethina was, and jointure *Magdalo*:
An active faith so highly did advance,
  That she once knew, more than the Church did know,
The *Resurrection*: so much good there is
  Deliver'd of her, that some Fathers be
Loth to believe one woman could do this;
  But, think these *Magdalens* were two or three.
Increase their number, *Lady*, and their fame:

To their *Devotion*, add your *Innocence*;
Take so much of th'example, as of the name;
The latter half; . . . [7]

このソネットを以ってダン自身のマグダラ観を判断することはできない。[8] ハーバート夫人に詩集を捧げるために書いたこのソネットにあっては、話をややこしくせずに、一般通念にカタログ的な触れ方をしたと解するのが妥当だろう。ともあれ、ダンがここで少なくとも常識として踏まえているように見えるのは、伝統的なマグダラ観、ベタニアのマリアをマグダラのマリアと同一人物と見る見方である。このような同一視はこの時代のイギリスの教会でも一般的に受け入れられていたと見てよさそうだ。だからこそ、複数のマグダラの女がいたという説[9]が面白おかしく利用されるのだろう。このソネットでは、ハーバート夫人への配慮があって、ダンはマグダラのマリアの強い信仰と行動力、キリストの復活の証人という栄誉を称え、「罪深い女」としての側面に関しては抑制が効いた調子になってはいるものの、マグダラの信心に「あなたの清らかさ」(your *Innocence*) を加えよと言っている点や、模範にすべきと推奨するのが「その後半の生きざま」であるところに、イエスと出会う以前の「前半の生きざま」がほのめかされている。

もうひとつ、ダンの作品で、風刺の効いた「聖遺物」("The Relique") には、もっと艶かしいマグダラ像が投影されている。聖職者としての説教における公式見解がどのようなものであったとしても、ここには俗説への傾斜や男性的な偏見の表出がある。もし「悪しき信仰が支配する時代や国で」(八行) 自分の墓が掘り開けられ、墓堀が自分の骨に腕輪のように巻きついている恋人の金髪 (最後の審判の日に蘇ったときに、肉体が失った体の一部を取り戻すために失った場所へと赴くというので、墓での魂の再会を願ってした工夫) を見つけたら、自分の骨と恋人の髪は「聖遺物」となり、そうなれば「君はマグダラのマリア、そして私もそれによって何者かになろう」（Thou shalt be a Mary Magdalen, and I／A something else thereby）（一七―八行）（P：112）。

恋人の金髪は、豊かな髪の持ち主として絵画や詩に描かれるマグダラの連想を強める。金髪の持ち主がマグダラのマリアのような存在なら、共に横たわる「私」は、「キリストのような存在」ということになろう。先のソネットで言及されていたマグダラ複数説と関係づけるなら、不定冠詞が付いたマグダラは「マグダラのマリアの一人」ということかもしれない。ちなみに、ここで歌われる恋人たちは「我々の守護天使と同様、性の区別も知らず」、挨拶の口づけはすれども肉体関係はないという「奇跡」を成し遂げたことになっている。腕に巻きつけられた髪というエロティックなイメージの背後に、マグダラがキリストとの間に特別な関係があったという見方が踏まえられている。しかもこの特別な関係への引喩は、詩冒頭の明らかな女性呪詛が響くなかで導入されている。墓を掘り返すのは、古い墓の再利用が目的なのだが、一つの墓が新たな人間を「迎え入れる」（entertaine）という事態に関して、「墓も、一つの寝床に一人だけをよしとしない女の本性《さが》を学んだ」（For graves have learn'd that woman-head／To be to more then one a Bed）（三―四行）のだと説明している。マグダラへの言及は、豊かな髪から肉体を持った女を意識させ、とりわけ肉欲の罪に穢れた女への呪詛の延長線上にその名が置かれるとき、先のソネットで行儀よく抑制されていたものがここに迸り出ている印象を受ける[10]。

ダンの二つの詩とは対照的な調子で、ハーバートが「マリア・マグダレン」（"Mary Magdalene"）において瞑想の出発点とするのは、先に引用したルカ伝第七章である。同じ一節を題材にクラショーが書いたエピグラムについては後述するが、ここではその準備として、ハーバートのマグダラ観を見ておこう。

ハーバート夫人に敬意を表しつつ多面的なマグダラ像を軽妙な機知で処理したダンとは立場も違い、母の守護聖人マグダラのマリアという主題に取り組むハーバートは、生真面目に彼女が罪びとであったことを明確に記すことを怠らない――「彼女はかつて主の掟を踏みにじったことがあった」（二行）。そして瞑想の焦点は、穢れたマグダラがキリストの足を洗うという矛盾に当てられる。

その身が汚れていたというのに、なぜ彼女は
穢れようもない主を清めようとしたのか。
……
いとしき魂よ、彼女は知っていたのだ、畏れ多くもどなたが
自らの穢れを担い給うかを。そして自らの罪が神ご自身にまで
跳ねをかけることを。　（七―八、一三―五行）

She being stained herself, why did she strive
To make him clean, who could not be defiled?
. . .
Dear soul, she knew who did vouchsafe and deign
To bear her filth; and that her sins did dash
Ev'n God himself. . . [11]

主が「穢れようもない」というハーバートは、キリストの足の汚れや、マグダラの罪によって受ける汚れを、直接的に表現することを慎重に避けているように見える。泥が跳ね返るように、罪びとの犯した罪が神自身に跳ね

返ることは語られているが、神がマグダラの道徳的堕落としての「穢れ」を引き受けても、根本的に神を同じ地平に引き降ろすことにはならないことを示唆するかのようである。こうして、罪びととの接触にもかかわらずキリストの聖性は保たれる一方で、伝統的な罪の女としてのマグダラの「穢れ」、すなわち性的な罪は、「彼女は一人を洗って、二人を洗った」(in washing one, she washed both)(一八行)と結んでもなお、拭い切れない嫌悪の痕跡を残しているのを感じずにいられない。[12]

クラショーに先行する英国詩人二人を取り上げたが、彼の後に続く詩人についても簡単に補足しておくと、ヘンリー・ヴォーンは、「聖マリア・マグダレン」(“St. Mary Magdalen”)において、マグダラを愛による変容のモデルとして高らかに歌い、悔悛したマグダラの内面から溢れ出る美を、過去の虚栄と対比させ、彼女の「悲しげで涙流す目」(pensive, weeping eyes)は、かつては「罪のふしだらで誘惑する密偵」(sins loose and tempting spies)であったが、今や不動の恒星へと変容したと歌う。[13] また、涙の文学の系譜上、明らかにクラショーに影響を受けつつ、このジャンルをパロディー化しているアンドリュー・マーヴェルは、「目と涙」(“Eyes and Tears”)第八連で、「だからマグダレンは、より賢明な涙のなかに、虜にする目(captivating eyes)を溶かし、その液体の鎖が流れ、集まって、贖罪者の足を縛ることができたのだ」と歌い、また、ほのめかしでは気が済まないとでもいうように、さらにこの第八連のラテン語版をこの詩の末尾に添え、「かくしてマグダレンは彼女の好色な愛人たちを退けて」と、マグダラの娼婦としての前歴を露骨に書き記している。[14] マグダラ像に付き物のこうした罪と穢れの刻印は、後で見て行くように、クラショーには見出し難く、このことが、マグダラ像「不在」の印象を強めていると思われる。

第二節　変容する水

1　溶けゆく水晶、上昇する水、祈り

ようやくここで「涙する人」の世界に足を踏み入れよう。最初の版は、ハーバートの『聖堂』（*The Temple*, 1633）に敬意を表して『聖堂へのきざはし』（*Steps to the Temple*）と名づけられて一六四六年に出版された詩集の冒頭を飾る。題名にはまだ「聖マリア・マグダレン」の名はなく、「涙する人」（"The Weeper"）だった。このとき一五連だった詩は一六四八年版では三一連に拡大・修正される。その後一六五二年にパリで死後出版された『我らの神への賛歌』（*Carmen Deo Nostro*）にも、瑣末な修正がなされただけで四八年版とほぼ同じ形で収録されている。ちなみに、この詩で展開されるテーマのいくつかの素描を含む「涙」（"The Teare"）が、『聖堂へのきざはし』には収録されていた。本論で扱うのは「涙する人」の最終版であるが、改訂の方向性と意義にも触れながら読み進めていこう。

最初の五連までは、改訂版も四六年版をほぼそのまま残している。

幸いあれ、泉の姉妹たち、
　銀色の足もつ小川の産みの親たち、
　　常に沸き立つもの、
　溶けゆく水晶、雪の山々、
絶えず自らを費しつつ決して使い果たされない――それは

あなたの美しい目、愛しきマグダレン！　（第一連）

Hail, sister springs!
　Parents of silver-footed rills!
　　Ever bubbling things!
　　　Thawing crystall! snowy hills,
Still spending, never spent! I mean
Thy fair eyes, sweet MAGDALENE![15]

冒頭の「泉の姉妹たち」には、ミルトンの牧歌的哀歌『リシダス』（*Lycidas*, 1637）の「さらば、歌い始めよ、ジュピターの神座の下から湧き出でる清らかな泉の姉妹神たちよ」（Begin then, Sisters of the sacred well,／That from beneath the seat of *Jove* doth spring）（一五―一六行）のエコーが感じられ、「銀色の足もつ」は、同じく『リシダス』一〇三行、ケム川の守護神の足取り（footing）の連想を誘う。[16] 涙の源たるマグダラの目は、詩想の源泉ヘリコン、その涙は詩人を導きこの詩全体を潤す詩神《ミューズ》として呼びかけられているようである。泉や小川、雪を抱く山といった自然の隠喩、牧歌的異教的世界のなかで、最終行の名前以外に、マグダラを直接的に想起させる手がかりは見当たらない。

氷の溶解のイメージと涙の泉からの連想か、これらの詩行の背後に、オウィディウス『変身物語』のビュブリス（アポロンの孫娘）が、自らの涙で溶け去って泉に転じる挿話を見る注釈者もいる（Cummings : 331n）。この乙女は、双子の兄への燃える思いに取りつかれ、罪に苦しみ、拒絶され、正気を失った果てに力尽きて、「氷ついていた河の水が春の陽に溶けるように」自らの涙で溶け去り、その後にこんこんと湧き出る泉ができたという。[17]溶けて姿を失う変身譚は、クラショーのマグダラと対照区別すべきものとして捉える限りにおいて興味深いものに見える。それは「涙する人」におけるマグダラ像の輪郭の不在を暗示する一方で、マグダラの涙の存在感を逆に際立たせる。「絶えず自らを費しつつ決して使い果たされない」と高らかに歌う詩行は、パウロの言葉、「あなたがたの魂のために大いに喜んで自分の持ち物を使い、自分自身を使い果たしもしよう」（I will very gladly spend and be spent for you）（二コリ一二・15）を響かせつつ、惜しみなく流出しながらも決して涸れることのない水源の豊かさを讃えている。

第一連には、名前以外に、マグダラを直接的に想起させる要素はないと述べたが、「罪」や「罪びと」の明示的な刻印の代わりに、悔悛者マグダラの涙する目を象徴するのは、「溶けゆく水晶、雪の山々」という表現である。水晶は、涙を湛える澄んだ美しい眼を視覚的に表現するだけではない。硬い水晶と冷たい雪の溶解には、頑なな罪深い心の悔悛による劇的変容を見ることができる。一七世紀において crystal が「氷ないし凝結した雪で、時を経て溶離不可能なまでに凝固したもの」（Williams：99n）と捉えられているとすれば、雪との並置は自然なものに見え、このように雪と並べられる限りにおいて、その固さと冷たさは、閉ざされた心を示すにふさわしい属性となる。

「溶けゆく水晶」は、悔悛を象徴的に表すと同時に、上昇する水に転ずる。地上のものに喩えられていた水源は、第二連で「絶えることなく星降らす天空」（Heavens of ever-falling stars）（二行）に引き上げられる。降る星（涙）が大地に蒔かれる種に喩えられ、種蒔きと刈り入れの隠喩によって、涙は種であると同時に大地を潤す恵みの雨となる。ここには「涙と共に種を蒔く人は喜びの歌と共に刈り入れる」（詩一二六・5）の喜ばしい響きがある。

第三連では、なぜか前連の大地に降る星という喩えが無効にされる。「だが我々は皆惑わされている」（But we're are deceived all）（一行）、すなわち、星はあくまで「不動」（true）（二行）な存在であって「落ちるように見えるだけ」（they but seem to fall）（三行）だと説明する。この理屈の導入は、涙を落ちる星に喩える、世俗詩にありがちな月並みな修辞を敢えて退け、見かけに対照される実（星の「不動」性は揺るがぬ信仰を示唆するだろう）によって、涙の価値を押し上げようという意図だろうか。涙は、落ちる星という世俗的隠喩と決別すると同時に、重力への従属から解き放たれるように、天に向かって上昇する水となる――「あなたの涙は天に向かう。天の胸が、その穏やかな流れを飲む。そこには、乳の流れる川がゆったりと流れ、あなたの流れはその川の上を漂い、それこそが乳の精髄」（Upwards thou dost weep.／Heavn's bosome drinks the gentle stream.／Where th' milky rivers creep,／Thine floates above; and is the cream.）（第四連一―四行）。銀河のさらに上を流れる水として「乳の精髄」となる涙は、次の連ではケルビムの朝食として聖なる作用を及ぼすと歌われる。悔悛者の涙は、天使たちにとって喜ばしく好ましい栄養になる。マニングは、ここに「一人の罪人が悔い改めれば、神の天使たちの間に喜びがある」（ルカ一五・10）の反映を見ている（Manning：39）。「乳」は、「乳と蜜の流れる土地」（出三・8）としての約束の地、また信じる者が「生まれたばかりの乳飲み子のように」慕い求めることを促される「混じりけのない霊の乳」（一ペト二・2）、主の恵みの象徴をも連想させる。

落ちるはずの涙が天に向かって上昇するという奇想は、「祈りの上昇運動」（Low：140）を体現する。再び「水晶」に話を戻せば、罪びとの悔悛の劇的変化を示唆する「溶けゆく水晶」は、同時に、祈りごとに繰られるロザリオの珠を連想させる。水晶・涙・祈りの繋がりが明確になるのは第二四連。この連も最初の版に第一八連として存在していた連で、いくつかの語と表記の修正を受けたが、四六年版では「祈り」（Prayer）の語が強調されてもいた（W：134）。涙には溜息が寄り添い、それは祈りの芳しい香となって立ち昇る。

あなたの歌は、大気に心地よい静けさを与えるだろうか。
あなたの落ちる涙は正確に拍子を取る。
あなたの香しい息の祈りは
香を焚く煙の雲に乗り、天に昇るだろうか。
いつも、吐息をひとつ吐くたびに、そう、休止ごとに、
祈りの珠がひとつ、そう、涙がひと粒、落ちるのだ。　（第二四連）

Does thy song lull the air?
Thy falling teares keep faithfull time.
Does thy sweet-breath'd praire
Up in clouds of incense climb?
Still at each sigh, that is, each stop,
A bead, that is, A Tear, does drop.

ここに涙する行為とロザリオの祈りの経験の結びつきを見ることができる。ひと粒の涙が過ぎ行く瞬間の現在に集中するロザリオの珠となって、涙を流す行為の時間的区切りは祈りを捧げる息の区切りと重ねられる。(18)

2　火と水の融合

マグダラの涙の聖なるものへの変容を、珠を繰るように連を重ねて歌う、祈りとしてのこの詩の基本的性格

は、今見たように、最初の版において明らかだった。四六年版を概観してクラショーの意図として読み取れるのは、まずマグダラの涙が祈りの息となって上昇し、天に迎えられ、天使たちの滋養物となり、さらなる霊的成熟を増す、という祝福のヴィジョンを最初に示すこと。四六年版第五連の後には天の祝宴が語られ（四八年版では第一二連）、当初の意図は、マグダラの涙が天の水に合流し、天使たちの葡萄酒となるという霊的価値の成熟を一気に示すことにあったと推察できる。同時に、地上的なものを並置しながら、俗との対比のなかで涙の聖性を強調するという方向性も意図されていたと考えられる。また、第一連の crystall の語には、罪びとの頑なさと同時に、ロザリオの祈りを構成する珠としての水晶、さらには Christ-like の地口を読むことができるだろう。[19] 四六年版では、Christall と綴られ、この地口がより明瞭に感じ取れる。この語には、固く冷たい物質としての水晶を溶かす熱の源ばかりでなく、「キリストのように」という祈りも暗示されていると見ていいだろう。

四八年の改訂で題名にマリア・マグダレンの名が明示され、同時に二行の題辞が加わる。「見よ、傷を受けた心と、血を流す目とが、結び合うところを。その女《ひと》は、燃え立つ泉か、涙流す炎か」（Loe where a Wounded Heart with Bleeding Eyes conspire./Is she a Flaming Fountain, or a Weeping fire?）。これによって、第一連の異教的にも見える世界で、自然の泉や川や雪解け水の源泉に作用する熱が、より明確に意識させられることになった。この題辞が期待させる火の機能をめぐるヴィジョンの展開が詩のなかでは十分でないとする見方もあるが（W：121n）、それは表面的な印象を書き留めたコメントだろう。この詩を飾るエンブレムには、涙するマグダラの胸の前で、傷ついた心臓が血を流し、上部からは炎を発し、羽をつけていかにも飛翔しようとしている様子が描かれている（W：123）。この「傷」は、第一八連で明らかになるように、キリストの愛に射抜かれた傷である。

よく先の尖った、あの方の射た矢こそ

この井戸を掘り、この葡萄の木の枝を整えたもの。
そして傷を受けた心に、
この涙する目へと至る道を教えたのだ。
愚かな恋人たちよ、去るがいい、無作法な手よ、慎むがいい。
子羊がここに、その白い足を浸されたのだから。
（第一八連）

Twas his well-pointed dart
That digg'd these wells, and drest this Vine;
And taught that wounded HEART
The way into these weeping Eyn.
Vain loves avant! bold hands forbear!
The lamb hath dipp't his white foot here.

「よく先の尖った」は「よくねらいの定まった」の意味もあるかもしれない。愛に射抜かれる心臓は、「聖テレジアへの賛歌」（"A Hymn to Sainte Teresa"）ではもっと官能的な表現を伴って、テレジアの射抜かれた心臓が「快い死をもたらす矢」（the sweetly-killing DART）にいとおしむように口づけると歌われる（一〇五―六行）（W no. 61 : 56）。そこで「甘し傷」（delicious Wounds）（一〇八行）と表現される「愛の傷」（痛手）の主題は、雅歌に遡る。雅歌は、キリスト者の霊的成長の最終段階を示し、神のロゴスとの霊的結婚を歌うキリスト者にとっての喜びの書である。この雅歌において、ロゴスの矢に射抜かれた魂としての花嫁が、愛の痛手を訴えるのである（雅五・

8)。

キリストは、エンブレム芸術においても伝統的に矢を射る愛の神として描かれる。[20] さらにこの連には、園丁(ヨハ二〇・15)、葡萄の樹(一五・1)、生きる水を与える井戸(四・14)といった、ヨハネ伝を中心とするキリストへの引喩がふんだんにあり、キリストの存在が十分に意識され、井戸は、マグダラの涙が湧き出る泉であると同時にキリスト自身の象徴とも重ねられる。ヤコブの井戸におけるキリストの約束は、その脇腹から血と水が流れる磔刑の「予期的表示」なのである(Dickson：55)。天に向かうマグダラの涙を歌った第四連で、マグダラは「天の上の水、それがいかなるものかをもっともよく教えてくれる」(五―六行)と讃えられる。四六年版では、最終行に、天を表す言葉として「水晶の大海」(Christall Ocean)という表現が使用されていた(W：124)。マグダラの涙が向かうべき天の上の水には、生ける水としてのキリストの言葉、「わたしを信じる者は、……その人の内から生きた水が川となって流れ出るようになる」(ヨハ七・38)が想起される。

四八年版の加筆は明らかに、キリスト及びキリストとマグダラの繋がりを強調する方向でなされている。葡萄酒の象徴もこの方向性のなかに位置づけられる。天の祝宴の葡萄酒に言及する第六連は、改訂によって第一二連に移され、「涙」という素描的な詩の第五連(W no.60：51)が修正されつつ第一一連に組み込まれた。この改訂によって、葡萄の木が身につけた乙女の宝石が「花婿である太陽に頬を赤らめる」と歌われるとき、この宝石は花と実の両方をイメージさせ、末尾の「あなたの目という、このたっぷりと水を含んだ花は、熟せば、それだけ芳醇な葡萄酒になるだろう」(This watry Blossom of thy eyn,／Ripe, will make the richer wine)の二行が次の連への橋渡しをして、涙の葡萄酒への変容のヴィジョンを肉付け、感覚的な説得力を与えている。

こうして続く第一二連で、天の祝宴が催され、「天使たちは水晶の小瓶を持ってやって来て、あなたの涙をいっぱいに湛えたその目から、彼らの主の水、彼ら自身の葡萄酒を汲み出す」と歌われるとき、イエスが水を葡萄酒に変えた、カナの婚礼の奇跡（ヨハ二・１―12）が想起される。葡萄畑や葡萄の樹は選ばれた民の象徴であり、特に雅歌では花嫁が花婿を誘い、そこで愛を捧げようと歌うのが葡萄畑だ。[21]雅歌は、教父たちによって、キリストと教会の婚礼の宴の祝婚歌として読まれた。天と地を結びつける神の愛のしるしとしての葡萄、「花婿」としての太陽と乙女、そしてこの第一二連の祝宴は、自然な連想としては、雅歌の花嫁と花婿、マグダラとキリストの婚礼の宴を重ねて読みたくなるところである。第一五連では、マグダラの美しさを讃える表現「おお、その頬は、あなた自身の驟雨によってほどよく水を撒かれた、貞潔な愛の花床。その眼は、あなた自身の泉で洗われ身を整えた、乳のように白い鳩の巣」（O cheeks! Bedds of chast loves／By your own showres seasonably dash't;／Eyes! nests of milky doves／In your own wells decently washt）には、雅歌の花嫁の美しさを讃える「その目は鳩のよう」（一・15）と同時に、花婿の美しさを讃える「目は水のほとりの鳩　乳で身を洗い、形よく座っている。頬は香り草の花床、かぐわしく茂っている」（五・12―13）が響く。

第一五連末尾で「おお、愛の才知よ、このように泉と庭をひとつの顔に置くことができるとは」（O wit of love! that thus could place／Fountain and Garden in one face）と歌われ、この詩の至るところで泉に喩えられるマグダラの目は、雅歌の「封じられた泉」（fons signatus）に結びつくことが示唆される――「わたしの妹、花嫁は、閉ざされた園。閉ざされた園、封じられた泉」（四・12）、「園の泉は命の水を汲むところ　レバノンの山から流れて来る水を」（四・15）。

ハーバートら一七世紀英国詩人にとって、果てしない水の循環はたいてい恩寵の降下と魂の再生、その結果として魂の上昇ないし天の源との魂の再統合の隠喩として機能する、とディクソンは論じている（Dickson：2）。第一五連で強く想起される雅歌の泉は、旧約聖書においてさまざまな形で現れる生命の水の予表を完成し、旧約におけるあらゆる水の予表は、キリストという本型において成就する。ヨハネの黙示録で「小羊の妻である花嫁」

（二一・9）と呼ばれる新エルサレムにおいて、生命の木と共に水晶のように輝く命の水の川が、この聖なる都の中核をなす。「水と涙が問題になるとき、クラショーの機知は目覚しい水力学的考案能力を明らかにする」というのはプラーツの言だが（Praz, 1973：214）、まさにその実力がいかんなく発揮されているのが、「涙する人」の涙の変容である。

　もうひとつ注目すべき改訂として、クライマックスへ向かう重要な位置（第二七連）に、「涙」という作品から切り取られた苦難の薔薇のイメージが挿入されたことが挙げられる。第二四連では「香しい息の祈り」が「香を焚く煙の雲」に乗って天に昇るヴィジョンが示されていた。第二七連前半では、香が焚かれる様子に、苦悩のうちに発せられるマグダラの祈りの息を重ねて歌っているのか、「勢いよく容赦ない炎に責められて、溜め息吐く拷問を受けた甘い香り」（sigh tormented sweets, opprest／With proud unpitying fire）（一―二行）が放たれる。後半には薔薇の香りの抽出が同様の苦痛に満ちたイメージで歌われる。

　　無慈悲な炎で痛めつけられて、
あまりに熱い寝床で汗をかき、
苦難の薔薇は、涙を落とす。　　（第二七連四―六行）

　　Such Teares the suffring Rose that's vext
With ungentle flames does shed,
Sweating in a too warm bed.

この連と関連して、第一七連には、内なる炎と涙の協働への驚嘆がある――「かくも大きな炎が、同意し得るのだろうか、永遠の涙がこのようにあなたを蒸留することに」(Can so great flames agree／Æternall Teares should thus distill thee!)（三―四行）。本来蒸留を推進するべき「炎」が主語とならずに涙が主語となっているところが一種の奇想なのだろう。「蒸留する」と訳した語（distill）には、一滴一滴、搾り出すように液体を引き出す、時間を孕むイメージがある。悔悛の涙を大きな炎が絶えず煽ってマグダラに永遠の涙を流させ、マグダラは（その不純な要素を除かれて）浄化される。

第二七連に話を戻せば、薔薇はクラショーの象徴体系のなかで、キリストの血、キリストの傷口の象徴にも使われる。茨の冠がキリストの額に咲かせるのも薔薇である（W：38-87）。エピグラム「十字架の我らが主の傷について」(“On the wounds of our crucified Lord”)（W no.45：24-5）では、キリストの足の傷から流れる血とマグダラの涙を並置し、「その口の咲き誇る唇は、あまりにも尊い薔薇の花」(a mouth, whose full-bloom'd lips／At too deare a rate are roses) と歌う（第二連一―二行）。同時にこの傷口は、目にも喩えられている。「見よ、血が滲み出るその目を、それは幾粒もの残酷な涙を露わにする」(Lo! a blood-shot eye! that weepes／And many a cruell teare discloses)（第二連三―四行）。そしてマグダラがキリストの足にした「幾つもの口づけ」(Many a kisse) とそこに落とした「幾粒もの涙」(many a Teare) が、キリストの足の傷（口と唇、目）によって、つまり血によって贖われることが歌われる。

愛によって熱せられ、浄化され、香りを抽出される、マグダラの涙の蒸留は、キリストの受難に重ね合わされる。プラーツは、第二七連にマリーノのエコーを見ている（Praz, 1973：225）。マリーノは、キリストの血を、美しい花を熱して芳しく蒸留した液体の芳香に喩えており、血を流すことをやはり「汗をかく」(sweating) に相当するイタリア語で表現している。血と発汗の結びつきは、サウスウェルにも見出せる。「キリストの血の汗」

("Christs bloody sweat")と題される詩で、火と水の逆説的統合が、伝統的な自己犠牲の象徴ペリカンと不死鳥を用いて歌われているが、冒頭にはオリーブ絞りと葡萄絞りの象徴が導入されている。[22] 先に見た葡萄から葡萄酒へという流れも、第二七連の受難のイメージや一七連の永遠の涙による蒸留のイメージと無関係ではない。葡萄の房が熟してやがて酒槽（葡萄絞り器）で汁を搾られるように、救い主はその血を犠牲に供する。

二行の題辞にあった「血を流す目」は、マグダラの傷を負った心臓から流れ出る血と涙の混合であり、それはまた受難のキリストがその肉体から血を流す傷口でもある。「炎」(fire) と韻を踏む「結び合う」(conspire) は、「共に息をする」(breathe together) が原義である。ロレーン・ロバーツは、「涙する人」（ひいてはクラショーの主要な宗教詩の大半）における奇想は、「愛の機知」、すなわちキリスト及びキリストの人間との愛の「共同行為」(conspiracy) だと述べ、明らかにこの語の原義をクラショーが使って、悔悛と救済の融和への鍵を提供していると見る (L. Roberts : 178-9)。傷を受けた心は涙する目と結び合い、涙する目は人類のために血の涙を流すキリストと結び合い、共に息づくことが示唆される。こうして冒頭の二行の題辞に圧縮して示された、相対立するエレメント（水と火）の合体というモチーフ、目から流出する透明の液体と傷口から迸る血との合流は、基本的にぶれることなく各連を貫いていく。

第三節　官能性をめぐる問題

1　俗から聖へ

ここで、多くの批評家たちのマグダラ像不在に関する評言の要点をまとめておこう。まず、聖書の（あるいは伝説上の）マグダラの行動や性格を語る物語の欠如。つまり、彼女の固有性を確認できる特定の場面設定や出来事が見出せないということ。この彼女の固有性の欠如に付随するのは、悔悛の涙をテーマとしているにもかかわらず、「罪びと」であった過去、端的に言えば、伝統的なマグダラ観にある肉欲の罪や虚栄の生活に身を委ねていた娼婦として前歴への明確な言及がないという点だろう。また一方で、マグダラの内面の葛藤や激情も描かれていない、つまり、自らの罪と向き合う苦渋やキリストへの思いの吐露がマグダラの言葉として語られていないという点。さらに付け加えるなら、ウォーレンが欠如の項目に「教訓」を挙げていたことが示すように、マグダラに対する、詩人の〈わかりやすい〉道徳的判断がないように見えることが、マグダラ像の不在を印象づけていると考えられる。まずは、罪に結びついた肉体の不在という問題を、この作品における官能性の表出を通して検証していこう。

ウォーレンは、この詩の題名は「涙」とすべきだと述べた。実際クラショーが「涙」と題して書いた八連からなる詩と比較するとき一層明白になるのは、マグダラの悔悛の尊さと純粋さを、俗なるものから区別していこうとする意図である。マグダラの涙は、自然のなかに見出せるさまざまな美や物質的価値と比較される。第六連では、「沈みゆく（辺りを染める）太陽ゆえに」（For the Sun that dyes）赤く染まった夕焼けの風景に対し、十字架上で死する（自らの血で赤く染まる）神の息子ゆえに（For the Son that dies）泣くマグダラの涙を、悲しみと甘美さの合体の極致として讃えている。どんな装飾品にも増して悲哀の女王が最も輝かしい威厳を湛えることを可能にするのも「最も高価な真珠」である涙だと歌われる（第七連）。

第八連では、自然の露は、「サクラソウの青白い頬」を濡らすこと、「百合のうなじで添い寝する」（sleep／Nuzzel'd in the lilly's neck）ことよりも、むしろマグダラの涙となることを望むと語られる。人間の感情を自然の事物に付与し、涙が尊いものであることを露自体の気持ちのように語り、続く第九連では、「はにかみながら」（coyly）「バルサムを滴らせる」（balsom-sweating）大枝（第九連二―三行）が涙と対照される。生き生きとした感覚に訴える表現を生み出す擬人法・活喩法[23]は、実は冒頭からこの詩を支配しているのだが、ここにヤングが指摘する擬人法の効果、すなわち、自然の事物は擬人化されることによって自然を超える意味に満ちたものとなり、人間と同じひとつの神の被造物として、霊的なものが万物に浸透していることを示唆する働き（Young : 150）を認めることもできるだろう。ここでは同時に、露という自然の事物の憧憬によって、神の恩寵の象徴としての涙の格別な価値が示され、涙は自然界の花々を飾る物質的な露と区別されている。

擬人化された自然の事物を彩る官能的な表現は、「涙」という詩の第五連から切り取られて「涙する人」の第一一連に組み込まれた「乙女の宝石」をめぐる描写にも見出すことができる。「紫がかった蔓が身につけた乙女の宝石は、親である幹から覗き見て、花婿である太陽に頬を赤らめる」（Such the maiden gemme／By the purpling vine put on,／Peeps from her parent stemme,／And blushes at the bridegroome sun)。この表現を、原型となった「涙」の第五連と対照してみると、「涙」では、「乙女の宝石」を身につけていたのは、「戯れる春」（the wanton Spring）だった。これによって、この宝石は花に見立てられていることがわかる。擬人化された春が、雄々しい恋人である太陽と戯れるとき、まだ蕾だった花が陽光を浴びて開花するというわけだ。このようなイメージは、シェイクスピアの『リチャード二世』第一幕第三場二一四行の「四度の戯れる春」（four wanton springs[24]）や、ミルトンの「キリスト降誕の朝を歌う」（"On the Morning of CHRISTS Nativity"）において自然が「そのたくましい恋人である太陽と戯れる」（wanton with the Sun her lusty Paramour）（三六行）という描写（D : 114）さえ連想させる。繁殖力と奔放さを表すこの春のイメージに加え、「乙女」が「覗き見て」「顔を赤らめる」対象は「雄々しい太陽」（manly Sun）であった。こうして、擬人化された自然の活力は、極めて地上的な官能性を湛えていた。「涙」から「涙する人」に移動したとき、「乙女の宝石」は「紫がかった蔓」という葡萄の蔓を飾るものとなり、宝石は、花から葡萄の実へめまぐるしく変容し、また「雄々しい太陽」が、雅歌を思わせる「花婿」の名を与えられて、単なる太陽の擬人化を越える意味合いを帯び、聖の領域へ接近する。この改訂も、マグダラとキリストとの関係を映し出す改訂の方向性を示す一例だが、ピリオドで区切られた前半の「乙女」が「顔を赤らめる」という反応は、霊的な熱の作用を示唆しつつも、地上的・人間的な感情を留めていて、俗から聖への移行に微妙な緊張を孕ませつつ、これから見るようなマグダラの美の描写とは対照区別すべきものとして配置されているように見える。

2 甘美な戦い

太陽を「覗き見て」「顔を赤らめる」花や実、「百合のうなじに添い寝する」露、「はにかみながらバルサムを滴らせる」大枝のような表現が醸し出す官能性に対して、マグダラのマリアの美しさが高らかに歌われる第一四連から一六連の表現を見ると、目は、情け深く雨を降らせる四月、頬は、その雨に誠実に応えて花を咲き誇らせる五月という季節で表現され（第一四連）、また、雅歌の引喩を響かせつつ、その頬は、驟雨に濡れた「貞潔な愛の花床」、目は涙に洗われた「乳のように白い鳩の巣」に喩えられる（第一五連）。「泉と庭」が共存する顔を創り出した「愛の才知」は、第一六連の戦闘・論争の隠喩群を生む。ここで繰り広げられる「甘美な戦い」（sweet Contest）（一行）で争うのは、苦悩と愛、涙と微笑み、雨と陽光、頬と目で、「口づけを交わしつつ反駁し合う」（Each other kissing and confuting）（四行）。そしてそれら相反するものは、「愛の美しき諸力」（loue's sweet powres）（第一七連六行）によって調和を得る。

官能的隠喩に満ち溢れながら霊的な解釈を許し、愛の聖と俗の渾然一体とした表現を提供する雅歌の隠喩を借りるとき、マグダラも生き生きとした官能的表現を（安心して）獲得する。そして「口づけを交わしつつ反駁し合う」という官能性には、クラショーが度々使用する“sweetness”という共感覚的な美と調和の概念の表出がある。咲き誇る花々と恵み深い雨に喩えられる「愛と苦悩」は、本質的に甘美なせめぎ合いとなって、マグダラのうちに展開しているのである。

このような官能的な表現は、あくまでマグダラの内面の表出に与えられたものであって、視覚化し難い美の描写である。そしてその描写の対象は、涙を流す目と、涙に濡れた頬くらいで、クラショーのマグダラの肉体は輪郭を欠いている。視覚芸術におけるアトリビュートに照応する物にも無縁である。マグダラをテーマとする西洋絵画に描き入れられる諸要素、すなわち瞑想のシンボルとしての髑髏、苦行を表す鞭、悔悛前の奢侈と虚栄の象徴たる衣服や宝飾品も、悔悛後の苦行の衣装となる粗布も登場しないばかりか、キリストの足に塗る香油や香油が入った壺も言及されず、キリストの足を拭った豊かな髪への言及もない。「涙で洗い、髪で拭う」代わりに「銀で洗い、金で拭う」(Wash with Sylver, wipe with Gold) という表現があるばかりである（第二〇連最終行）。

この「銀で洗い、金で拭う」という高度に象徴化された表現に影響を与えた可能性のあるマリーノ[25]は、マグダラの描写に関して、クラショーとは対照的な詩を残してもいる。ティツィアーノが一五三〇年代初めに制作した裸体のマグダラ像（フィレンツェのピッティ宮所蔵）に刺激されて書いた、マグダラをめぐる官能的な詩である[26]。この詩の思想自体は決して単純なものではなさそうだが、伝統的なマグダラ像の枠組に依拠していることは冒頭の導入部分でわかる――「懇願と悔悛のうちに人里離れた庵で独り自らを責め苛み、花の盛りの年頃に犯した罪に、痛ましくも美しく涙する」、「かつて狂った世界をかくも彷徨い、のちにキリストにかくも愛され、かくも彼を愛した女」（第一連一―四、七―八行）。罪に穢れた過去と悔悛後のマグダラとが繰り返し対照されるが、マグダラの「主の信奉者」としての側面への言及は申し訳程度で、（ティツィアーノのマグダラ像を契機としているため、当然のことながら）詩人の視線はもっぱら彼女の姿に注がれ、肉の罪ゆえに一層その罪深い肉体が強調される。「雪のように白い手」（第一二連一行）、裸身にまといつき「薔薇と霜」（乳房と白い肌）の上で「尊い雨のように波打つ豊かな髪」（第一〇連一―二行）も、すべて過去の肉の罪に色濃く結びついている。その持物である香油の壺（アラバスター）さえも、抜けるような白い肌と重ねられ、またその白い肌に妖しい香りを供したものとして言及される（第一三連一―四行）。

実際、ティツィアーノの裸体のマグダラの絵には、持物として、傍らに丸みのある白っぽい壺が添えられている。そしてそれ以上に派手に、ヴィーナスのような裸体を強調する豊かな髪が飾る。一五六三年に閉幕したトレント公会議で、聖画像のあるべき方向が確認された後に制作された同じ画家の悔悛のマグダラには、聖書や髑髏といった持物が追加されると同時に、その肉体は服を着せられる。[27]そしてその豊かな髪もいくらかおとなしく描かれ、壺もまた、白い肌との関係を断つように色を変えることになった。

クラショーのマグダラには、肉欲を刺激する官能性と直結する豊かさゆえに「髪」は描かれないのかもしれない。ティツィアーノの裸体のマグダラ像や、その絵にかこつけて書かれたマリーノの詩と対照すれば、この反宗教改革の寵児的聖女の「艶かしくも敬虔」という古典的なイメージを表現するときの「艶かしい」（voluptuous）（Grierson：181）という語ほど、クラショーの「マグダラ」を指していない語はないだろうと思われてくる。クラショーのマグダラの場合、過去の罪への想像を誘うような生身の女としての姿形の描写はない。香油さえ持たされることがないのは、マリーノのマグダラに投影されていたように、香油や香料は、「この上なく精妙でふかくしみとおる方法で、ある人の現存を他に移す」[28]ことも可能にし、エステル（エス二・1―17）やユディト（ユデ一〇・3―4）の例に見るように、男たちを魅了する手段にもなり得ることと無関係ではないのかもしれない。

悪女への呪詛に似た表現をマリーノから引き出した〈ティツィアーノの〉マグダラの罪深い肉体の官能性と、クラショーのマグダラをめぐる官能的表現の質の違いは、クラショーの「罪」に対する眼差しと大いに関係があると考えられる。「涙する人」第一連で、悔悛の涙は、溶解する雪に見立てられてもいた。この白さは多義的であろう。マリーノも、マグダラの罪に結びつく肢体を雪や霜に喩えているが、クラショーの視線はこのような雪の（「罪深い」）白さに留まることをしない。溶けゆく雪の残像は、一転、穢れと対照的な貞潔さを暗示するようにさえ見える。雪の「白さ」は、「悔悛を契機にマグダラが目指そうとする心の純粋さを示す」（Bertnasco：112）と説明すれば、わかりやすいかもしれないが、クラショーのマグダラの「白い」肉体は、悔悛の涙を契機に、一気に溶解して流れ去り、透明化する。

第一四連で五月という季節で表現されるマグダラの頬には、咲き誇る花々があり、これは頬の赤みを想像させるものでもあるが、花咲かせる庭と泉は、マリーノの「薔薇と霜」が指す肉体美とは対照的であり、また、マグダラの頬に咲く花には、サウスウェルが「マリア・マグダレンの羞恥」（"Mary Magdalens blush"）で歌ったマグダラに見出せるような、内心の罪の意識が表面化するときの羞恥の赤みには見えない。サウスウェルはマグダラに、顔が赤く染まるのは「恥の印」、「狂乱の発作の感情から生起するもの」（一―二行）と語らせている（B：32）。先に見た第二連の涙と重ねられた種蒔きのイメージにしても、詩篇の喜ばしい響きや、種蒔きの喩え話（イザ五五・10―11）を通して、大地が実を結ぶように地にうずもれて死ぬことを欲したキリスト自身を想起させはしても、サウスウェルが同じ詩のなかで「私は悪い種を蒔いてしまった、さらに悪い果実が今や私の収穫だ」（Bad seed I sow'd: worse fruite is now my gaine）（五行）とマグダラに語らせる苦々しい響きはなく、むしろ「悪い種」をパロディー化するかのように、クラショーの「いつも種蒔く季節」（'Tis seed-time still with thee）（三行）を生きるマグダラの種蒔きのイメージは単純に美しいものと感じられる。

第四節　マグダラ不在の意味

1　罪の問題――穢れと浄化

こうした罪に対する表現の特異性について考える手がかりのひとつは、マグダラとキリストの直接的な接触を扱うクラショーのエピグラムにあると思われる。クラショーはマグダラをめぐるエピグラムをいくつも残しており、先に言及した磔刑のキリストの傷についてエピグラム（W no. 45の他、no. 271 : 390, 391参照）のような直接的には聖書の一場面に依拠しないものも含め、復活の日の朝にキリストの墓にやって来た場面（W no. 49 : 27, nos. 276, 277, 278 : 394-6）、ルカ一〇章三九節の、忙しく立ち回ってイエスをもてなす準備をするマルタと対照的に、イエスの足もとでじっと話に耳を傾けるマリア（W no. 201 : 344, 345）といったように、複数の場面でのマグダラが見出せる。このなかで直接的に罪と涙に深く関わる場面は、ルカ伝七章を題材とするエピグラム（W no. 15 : 13）と、十字架のキリストの足の傷をめぐるエピグラムである。この二つのエピグラムは共に、一六三四年に出版された『聖なるエピグラム』（*Epigrammatum Sacrorum Liber*）にラテン語で収録されたものを、後に本人が英語で書き直したもので、『聖堂へのきざはし』にも収められている。この二つのエピグラムがキリストの足を中心に据えるものであるように、「涙する人」においても、キリストの「足」こそが契機であり目的となる。キリストの愛がマグダラの涙を引き出したことが語られる第一八連の最終行に「小羊の足」が出てくるのは偶然ではないだろう。キリストの愛・キリストへの愛によって流れ出た涙は、最終連でキリストの足に戻って行く――「会いに行くのは尊いもの、われらが主の足なのです」（We goe to meet／A worthy object, our lord's Feet）。

ルカ第七章を題材とするエピグラムを見てみよう。

彼女の目の奔流は、彼の足の汚れなき汚れを舐めるように流し、
彼女の髪の炎がまた、それを舐めるように拭う。
この炎はこうして冷まされいっそう明るく輝き、
この奔流は汚れを受けていっそう汚れなき流れとなる。

Her eyes flood lickes his feets faire staine,
Her haires flame lickes up that againe.
This flame thus quench't hath brighter beames:
This flood thus stained fairer streames.

同じ一節について瞑想したハーバートの「マリア・マグダレン」は既に概観しておいたが、ハーバートの場合、「穢れた」罪びとが聖なるイエスを「洗う」という矛盾するように見える行為の意味付けに焦点があり、伝統的な罪の女としてのマグダラの「穢れ」は、拭い切れない印象を残していた。クラショーのほうは、キリストの足の「汚れなき（美しい）汚れ」という矛盾語法、そして水と火という相反する性質が渾然一体となる変容への驚異に目が向けられる。キリストの足の汚れは、この地上に肉の存在となり人間の罪を背負う印でもある。聖なるものと人間的なるもの、時間と永遠の合体の神秘である受肉というキリスト教神学の中心的逆説に、クラショーの焦点はある。

クラショーは、マグダラの改悛の涙がもたらす劇的変容の場面の中心に、キリストの足の「汚れ」を据えることで、悔悛者マグダラの罪や穢れは一気に洗い流されたかのような印象を作り出す。無論、大前提に彼女の罪が

あるのは自明だが、流した涙自体がすでに美しいものであって、それがイエスの足に触れることでいっそう美しくなっていることは注意していいだろう。同時に注目すべきは、キリストの足とマグダラとの接触は、極めて官能的な表現で歌われている点である。これは、ルカ伝で幾度となくキリストの足に口づけるマグダラの行為を想起させる。「足」は、キリストの体のなかでも、肉の存在を最も強く象徴する部分と捉え得ること、そしてそれゆえに、キリストの足が持つ性的な意味合い[29]を思い合わせれば、この「肉」の存在として接触は、一層生々しく感じられよう。

エピグラムの三行目は、自然な現象としては水によって炎が鎮静化するところを、キリストの足の汚れとそれを洗う涙によって炎がより鮮やかに燃え上がるという逆説である。炎はキリストへの愛の象徴と見れば、罪を背負うキリストの足の汚れに触れながら、溢れ出る涙は、愛の渇望を癒しつつも、さらに一層大きな愛を煽り、浄化されると捉えられるだろう。

この英語のエピグラムを、ラテン語版（W no. 163 : 323）と比較するとき、英語版の四行における言葉の選択の確かさを認めることができる。ラテン語版でとりあえず気づくことは、英語版の官能的な表現は見当たらないことだ――「極めて静かな波が聖なる塵を洗い、黄色の髪の明るい炎がこの波を洗う。その波は塵のなかを流れて清さを増し、同時にその火はこの水のあいだを燃えて清さを増す」。これはウィリアムズの英訳（W no. 163 : 322）に頼ったものだが、ラテン語版で「聖なる」（sacras）、「より清らかな」（purior）という、聖性と浄化をより直接的に意味する語を使用しつつ、キリストの聖性と涙の清さを区別している。これに対し、英語版では汚れなき汚れという、より素朴で力強いオクシモロンの使用、キリストの足の汚れに触れた（stained）ことによる涙の浄化が強く表現され、またキリストの聖性と、涙の清らかさが同じ形容詞（fair）で示されている。これは、人類の罪を背負うキリストの愛の圧倒的力を象徴するように思われる。さらに言えば、キリストの聖性とマグダラの涙の清さを結ぶ同じ形容詞の力強さの根底には、キリスト自身が汚れに対して示す態度へのクラショーの畏怖があると考えることができるかもしれない[30]。

「涙する人」に話を戻せば、キリストの足との直接的接触を歌うエピグラムのキーワードであった形容詞（fair）が、そこかしこでマグダラの目や涙の形容に使われている。これは月並みな美の形容の無意味な反復ではないだろう。ベルトナスコは、クラショーが罪や自己といった問題に没入する様子が見られない点に関して、神の人間に対する圧倒的な愛を基盤とする、聖フランソワ・ド・サル（St. François de Sales）流の楽観主義の影響を見ている（Bertonasco：68-72）。確かに、聖フランソワが罪に関して語る姿勢は、クラショーの罪をめぐる表現に通じるものがある。この聖人は、マグダラを引き合いに出しながら、罪は犯した時点では恥ずべきものだが、悔やみ懺悔したとき、それは「我々の救済に役立ち、悔悟と懺悔は罪の醜さと悪臭を消し去るほどに美しく良い香りがする」と述べている[31]。まさにこの悔悟と懺悔の喜ばしい結果こそが、クラショーの「涙する人」においてマグダラの美しさとして語られているとも考えられる。クラショーは、第一四連で、「あなたの頬のなかで微笑んでいる五月は、あなたの目のなかで四月をみごとに告白する」（Well does the May that lyes／Smiling in thy cheeks, confesse／The April in thine eyes）（一─三行）と表現する。マグダラの頬は薔薇色でいかにも愛の喜びに溢れているが、実はその美しさは悔悛の涙を流す苦悩の証しである。マグダラの頬に咲く「誠実な花」（faithful flowres）（六行）は、キリストへの愛・信仰心の象徴だろう。肉の存在の証でもある頬の赤みは、罪の自覚からの羞恥や葛藤の表出を経由することなく、悔悛の涙に誠実に応えて育つ精神的美徳を示すものとなる。五月の花の「告白」は、涙の示す悔悟と共に、「美しく良い香り」を十分に漂わせているように見える。もし、このような表現の背後に、神の人間に対する圧倒的な愛への信頼を考えなければ、涙の清さを強調する形容詞の反復同様、花も泉も表面的な美辞麗句に見えてしまうことになろう。

2　聖と俗のあいだ――「花嫁」と「花婿」の距離

「涙する人」のなかには、肉の存在としてのキリストとマグダラの接触のドラマは、決してわかりやすい形で反映されていない。ルカ七章についてのエピグラムでは、かなり抽象的でありながら確実に官能的な表現が使用されていた。自ら進んでキリストに触れたマグダラの情熱を歌う、十字架のキリストの足の傷をめぐるエピグラムでは、血を流す傷口に口づけるという、さらに生々しい接触のイメージがある。こうしたエピグラムと比較するとき、「涙する人」では、むしろ、肉の存在としてのキリストとマグダラの接触を官能的に歌うことを極力控えているような印象が際立つ。

唯一、二人の接触について言及しているのは第一八連だろう。最終行の「子羊がここに、その白い足を浸された」に、ルカ伝の出来事を読み取ることができる。「浸された」(hath dipp'd) という経験を表す時制は注意を惹く。同じ連の前半には、この詩のなかでは例外的な過去時制の使用がある。キリストの射た矢は「井戸を掘った」(digg'd)、「木の枝を整えた」(drest)、傷を受けた心に涙する目へと至る道を「教えた」(taught) のである。歴史的な出来事としての二人の接触、同時に魂の接触のドラマの契機が、ここに語られている。

第一八連でようやくその契機が明らかにされる魂の接触のドラマだが、詩のなかでは、マグダラから溶け出し溢れ出た涙は、キリストの足を目指して終わる。最終的に霊的婚姻の喜ばしいヴィジョンのなかに落ち着くことなく、涙がキリストの足へと向かう事実は、地から天へ、俗から聖へという直線的な方向に安心することを許さず、涙が「芳醇な葡萄酒」となり天の祝宴の「水晶の小瓶」を満たすまでにはまだ必要な時間があること、繰り返される悔悛、不断の祈りを示唆しているように思われる。

マグダラにキリストの姿を最も強く重ね合わせるのは、先に引いた第二七連の苦難の薔薇だろう。第二四連で打ち出された祈りと溜息は、第二七連ではより強く感覚に訴える表現となって、祈りの上昇運動を締め括る。そのような意味ではこの連をこの詩のクライマックスと見ることもできるかもしれないのだが、ここで歌われる芳香の抽出のイメージは、甘い香りと苦渋との合体である。しかも、苦難の薔薇から搾り出される香りのエッセンスは、発汗のイメージを伴いつつ涙として滴り落ちる。

容赦ない火に熱せられた結果、発汗のイメージで捉えられている液体は、キリストの血を思わせることは既に触れたが、これはまた、ルカ二二章四四節のオリーブの山での祈りで、苦しみ悶えるキリストが流した汗、「汗が血の滴るように地面に落ちた」を想起させる。フランシスコ会の新約聖書注解は、「苦しみもだえ」に使われているギリシア語「アゴニア」（英訳は agony）は、新約聖書中ここだけに見られる特別な語として、キリストの内的苦しみと戦いを表し、血の汗はこの戦いの結果として身体に現れた自然現象だと解説している。[32] 汗はこのような生々しい苦しみの表出にもなる。第二七連において、そのような苦難の薔薇が流す汗や溜息が、マグダラのものとしてイメージされるとき、この寝床は産褥の床にさえ見えてくる。詩のエンディングに向かう次の連で、流出する涙の粒は「輝く兄弟たち」（bright brothers）、「放浪する息子たち」（fugitive sons）と呼びかけられ、マグダラの目は「多産な母たち」（fruitfull mothers）と表現され、同じ連でマグダラの目は「高貴なる悲しみの巣」（nests of noble sorrow）と言い換えられる。雛を育み巣立たせる「巣」は、保護と充足の場所であり「生成の象徴」でもある（Williams : 53, 123）。四六年版ではここに「悲しみの膨らんだ子宮」（swolne wombes of sorrow）というはっきりと肉体を連想させる隠喩が使用されていた。「子宮」から「巣」への改訂が象徴する、マグダラの肉体の輪郭をぼかしていく作業に似た聖性の強化は、「涙する人」の作品としての成熟と洗練を意味するものではあるだろう。それでもなお、第二七連の「寝床」に結びついた「汗」、マグダラがキリストに重ね合わされる受難の薔薇のイメージには、肉の存在の生々しさがある。

「涙する人」は、キリストの足が象徴する肉の存在としてのキリストとマグダラの出会いを契機としながら、マグダラの魂の愛と苦悩の甘美なせめぎ合いを讃え、また、「花嫁」と「花婿」の霊的結婚のヴィジョンに誘いつつ、同時に、マグダラの魂がキリストへ至る道は、「キリストのように」あろうと願うこと、キリストの受難に身を重ねることを通してしかあり得ないことを、極めて感覚的なイメージで示唆する。この危うくも絶妙なバランスにこそ、「受肉に内在する聖と俗のあいだの緊張を劇化する文学技法」とヤングが説明する（Young：24-5）、宗教的パロディーとしてのこの詩の醍醐味があると言えるだろう。

3　枠組の超越

スペイン詩人ロペ・デ・ベガの『マグダラの涙』（*Las Lágrimas de la Madalena*, 1614）について論じるなかで、ペリー・J・パワーズは比較対象としてクラショーのマグダラに言及している。ロペは、ラザロの家、キリスト復活の朝の墓など、マグダラのマリアが登場する四つの具体的な場面を設定しているが、彼の描写の目指すところは、読者が肉体の目で見るのではなく、内なる目で見ること、すなわち、マリアを外から観察するのではなく、彼女を内から知ることだと説明する（Powers：280）。そして彼が注目するのは伝統的なマグダラ描写につきものの、改悛前の奢侈と虚栄を象徴する、身に着けた装飾に関する記述も、改悛後にそのような装飾を脱ぎ捨てて粗布をまとうという記述もないことだ。「それはあたかも、ロペがこれら［キリストとマグダラ］二つの魂の直接的接触のドラマから注意を逸らしそうなものをすべて避けようと欲したかのようである」（Powers：281）。この考察は、クラショーのマグダラ像の不在の意味を考える上でも注目に値する。パワーズは、クラショーのなかに見出されるロペとの類似点として、感覚的なイメージである涙を、対象の視覚的な知覚に依存するよりは純粋に知的な連想に依存する一連のイメージへと、つまり、涙であって涙にあらざるもの、物理的な限界から解放された対象へと変換する点を挙げている。ただ、結論的には、「にもかかわらず、クラショーの一連のゴンゴラ風の変奏には、マグダラのマリアの物語の〔ロペに〕対応する扱いがまったくない。というのはここには、物語が不在で、実際、マリアも不在で、あるのは涙と泉である目ばかりだから」（Powers：287）という表面的な観察に舞い戻ってしまうのだが。

クラショーのマグダラとキリストとの魂の接触のドラマは、先に見たように、詩のなかでは、過去の出来事としてその契機が語られていた。その出来事でさえ、聖書の場面に依拠することなく、ファリサイ派の人の家も、食卓も、小道具も一切持ち出さずになされている。だからこそ、涙に結びつく記述はないものの、ルカ伝の問題の記事と類似する他の福音書の記事、すなわち、ベタニアでイエスが香油を注がれる記事（ヨハ一二・1―8、マタ二六・6―13、マコ一四・3―9）のいずれにもある、高価な香油を注いだマリアに対する周囲の非難とそれに対するイエスの擁護を、「銀で洗い、金で拭う」マグダラの行為に対比される物質的な富への言及（第二〇・二一連）に読み取ることも可能になる。そして、ルカ伝の涙以外にも、十字架のイエスのために流す涙、墓を訪れたときの涙、伝説的な悔悛の苦行と共に流す涙など、さまざまな涙が、クラショーのマグダラの涙に混じり合っているように見えてくる。

マグダラとキリストの接触が語られた、第一八連最終行の小羊の足からの自然な発展として、キリストの足取りを忠実に追うマグダラの姿を想像させる連――悪名高い奇想を含む第一九連が続く。「そして今、あの方がさ迷うところにはどこでも、ガリラヤの山中であれ、あるいは、もっと敵の多い道であれ、あの方のあとを、二つの忠実な泉が追ってゆく」（And now where're he strayes,／Among the Galilean mountaines,／Or more unwellcome wayes,／He's follow'd by two faithfull fountaines）。この後の「歩く浴槽」（walking baths）、「涙流す装置」（weeping motions）、「どこにでも運べる、簡潔な大海」（Portable, and compendious oceans）という奇想の暴走にも見える涙の機能の羅列は、マグダラのキリストへの献身、悔悛の涙の浄化、たゆまぬ苦行の実践を表しているものと考えられ、キリストの信奉者として聖書の要所に姿を見せる歴史的なマグダラと、苦行と瞑想の日々を送る伝説のマグダラの両方を想起させる。

涙は「今」キリストの後を追う。この「今」は、前連で語られた魂の接触の後の「今」、つまり、キリストの愛に触れマグダラが心を溶かしてからの時間が「今」なのである。涙は、第一九連の奇想に使用されている動詞の形も示唆するように、「常に」(still)、「絶えず」(ever)、流れ続けていることが要所で強調される。

英詩を含めフランス、ドイツ、イタリア、スペインなど、バロック期のヨーロッパの抒情詩について論じたL・M・コーエンは、クラショーのマグダラと並べて、二人のイタリア詩人、フォンタネッラとマリーノから引用し、二人のイタリア詩人の場合、マグダラは自分自身の罪のためだけに泣くが、「クラショーにとっては、マグダレンは世界の罪のために泣くように見える」と述べている(Cohen : 154)。確かに「涙する人」第二三連でマグダラの涙は、夜も昼も休むことなく、「すべてのもののために涙する」(weeps for all)(四行)。マグダラの涙は歴史的・伝統的なその罪の固有性を超越し、マグダラの肉の輪郭は限りなく透明化し、「神を求める魂」(Low : 135)として普遍化される。

4 「罪」と「女」の溶解

『聖堂へのきざはし』への序文(これはクラショー自身の手になるものではないが)には、この詩集に収められた作品は「幸いなる魂が天に昇るきざはし」となるべく書かれたと記されている(W : 651)。これは、この詩集の冒頭を飾る「涙する人」の意図でもあるはずだ。神を求める魂としてのマグダラのマリアを通して読者に向かうべき道を示しているのだとしたら、クラショーもまた、読者の「注意を逸らしそうなものをすべて避けようと欲した」としても不思議はない。キリストとマグダラの「魂」の接触、キリストの愛がもたらす魂の変容を歌うにあたって、クラショーが排除したのは、「罪深い女」の姿形、過去の罪への言及である。それが肉欲の罪の穢れに対する忌避としてではないことは、マグダラを扱うエピグラムからもわかるだろう。ロウがクラショーのマグダラが普遍的であることを示すために、「万人」(an Everyman or Everywoman)(Low：135)と表現しているのは示唆的だ。一五世紀末の英国道徳劇の主人公を想起しつつ、マグダラの性別への配慮もあってのことかもしれないが、「神を求める魂」には、無論、性の区別はない。

キリストの愛の矢が泉を湧き出させたことを歌う第一八連には、「愚かな恋人たちよ、去るがいい、不遜な手よ、慎むがいい」という声の噴出があった。この声は一体どこに向けられているのだろうか。それは、エンブレム芸術においてよく見られる、聖なるエロスが俗なるエロスを一掃する図式のように[33]、小羊が「その白い足を浸された」泉としてのマグダラの涙の清らかさを保証するための、いわば俗(地上的な愛・情欲)を退ける儀式のように見えなくもない。ことによると、この声にこそ、祈りのなかに織り込まれたマグダラの過去の罪への非常に間接的なほのめかしを読むことができるかもしれない。いや、さらに想像をめぐらすなら、これは、この詩を読む人々に向かって、ある種の下種な視線を牽制しているのではないか。あるいは、「不遜な手」は、詩を書く者の手で、これはマグダラに群がるあまたの詩人たちへの牽制でもあるのだろうか。

ともあれ、この第一八連の直後に、クラショーが、歴史的存在としてのマグダラを想起させながら、最も肉の存在から離れたマグダラ像を配したのは暗示的だ。そこには、「目」という言葉さえ使用されない。まさにキリストを求める魂の表象である。涙という小宇宙を大海にさえ拡大して見せる誇張の仰々しさ以上に、滑稽なまでに姿を水に変えたマグダラ像にこそ、この奇想に対する反発の火種があったのではないだろうか。しかし、もしこれがキリストへと至る茨の道を暗示するものだとすれば、この詩のなかで最も哀れにも痛々しいマグダラ像ということになるだろう。

クラショーがマグダラを通して歌おうとしたのは、罪深い女の悔悛のドラマというより、キリストの愛に打たれた魂の絶え間ない浄化だ。第二六連で、「あなたの墓が、あなたについて伝えることになるのは、生きた時間の長さではなく、悲痛を生きた時間の長さ」(Not, so long she lived,／Shall thy tomb report of thee;／But, so long she grieved) と、その人生への言及があり、続いて「このように我らはあなたの記憶を刻まねばならない」(Thus must we date thy memory) とクラショーは結んでいる。それは、花の盛りの罪深い日々を含めた人生の時間ではなく、キリストに出会って罪を赦されてからの悔悛の涙と祈りの時間こそ、我々が思いを馳せるべき何かであるということだろう。これはクラショーが非常に真っ直ぐに示している「教訓」ではないだろうか。そしてこの教訓は、実際、「涙する人」における明示的な罪の刻印の不在において実践されている。また、これは、彼がルカ伝七章についてのエピグラムで見せた罪と汚れへの眼差しとも符合する。「伝記に関する情報不足が後代のキリスト教徒たちの想像力を掻き立てた」(King：149) 結果、娼婦のレッテルを貼られ、「罪の女」の前歴を引きずって来たマグダラのマリアだったが、「涙する人」は、マグダラの罪を暗黙の前提としつつも、マグダラを、「罪」と「女」の名誉とは言い難い合体から解放する祈りの詩、と捉えることができるだろう。

おわりに――愛の痛手

キリストの足という受肉の神秘の象徴を契機とし、罪と汚れの逆説を中心に据えながらも、マグダラの肉体にはほとんど輪郭を与えることなく――キリストの足に「接吻してやまなかった」(ルカ七・45) その唇も例外ではない――悔悛の涙の美しさを際立たせる視覚的イメージの連鎖に留まりながら魂の変容を歌う、という離れ業をクラショーは試みている。それは読者に、高度に知的な想像力の全開を要求するのは間違いない。クラショーの感覚的表現を通して祈りに寄り添うとき、中世の絵画に描かれるような苦行に勤しむ窶れ果てた老女のようなマグダラを見るのとも、また、無数の西洋絵画のなかでことさらに美しくエロティックに描かれる罪の女の姿を眺めるのとも、異質な体験がある。ここに見出せる美は、罪と共存するのではなく、傷や苦悩と共存する。肉欲に対して相反するが実は本質的にそれほど変わらない反応──マグダラ像に刻まれた罪の印を探して安心しようとする視線、あるいは「虜にする目」に快楽を貪ろうとする視線──このいずれも濁った視線を、「涙する人」の涙の美しさは退ける。また、「容赦なき愛」の与える苦痛を想うことなく、マグダラを「艶かしくも敬虔」という矛盾するものの混在を確認してそこに留まる怠惰な目には、感覚的なものを介して飛翔しようとする魂の軌跡、圧倒的な愛に打ちひしがれる苦痛とそれを生き抜く悦びを想像することは不可能だろう。(34)

ベルトナスコは、クラショーの罪の扱いに聖フランソワ・ド・サル流楽観主義の影響を指摘したが、興味深いことに、彼はまた、同じ聖人の思想を参照しながら、クラショーの「傷」、「血」、「矢（槍）」の執拗な使用を擁護して、これらが注意を喚起しているのは「自己愛はゆっくりとかつ激しく死ぬ」ということだと述べている(Bertonasco：78)。物質的な快楽を捨て悔悛と瞑想の生活を送ること、実際に信仰を生き抜くことは、たとえそれが何ものにも代え難い魂の喜びであっても、壮絶な苦痛を伴う生に違いない。クラショーを魅了した聖テレジアは歌う。

私の内に生きることなしに　私は生きています
……
ああ　この世はなんと長いのでしょう
さまよう地上のつらさ

この牢獄　この鉄鎖
そこに霊魂が閉じ込められています
救いを望んで
私はただ愛の痛みを感じています
私は死なないゆえに私は死にます(35)

惜しみない涙と共に捧げる祈りの歌は、マグダラの涙する顔に、苦悩と愛の「甘美な」戦いを歌い、「愛の美しき諸力」による調和を讃えなければならない。「涙する人」のアクロバティックに変容する水の底流には、愛に動かされ無限に繰り返される自己滅却の苦役を引き受ける魂への共感——絶えず自らを費やしつつ決して使い果たされないものへの憧憬があると考えていいだろう。

（1）　クラショー研究の書誌としては以下を参照。Roberts, John R. *Richard Crashaw: An Annotated Bibliography of Criticism, 1632-1980.* University of Missouri Press, 1985. Roberts, Lorraine M. and Roberts, John R. "Crashavian Criticism: A Brief Interpretive History," Roberts, John R. ed. *New Perspectives on the Life and Art of Richard Crashaw,* University of Missouri Press, 1990.
（2）　女性性をめぐる批評基準への疑問視の例は、Roberts, John R. ed. *New Perspectives.* pp. 128, 128n 参照。
（3）　Grierson, H.J.C. *Cross Currents in English Literature of the XVIIth Century.* Chatto & Windus, 1929（new. ed. 1958）, p. 182 参照。
（4）　例えばR・V・ヤングは、現代批評家のなかには、当時のピューリタン同様、感覚に訴える礼拝の凝った形に気分を害する者もあり、典型的な現代のプロテスタントの感受性がクラショーを嫌悪ないし敬遠する背景にあることを示唆する。Young, R.V. *Richard Crashaw and the Spanish Golden Age.* Yale University Press, 1982, p. 24.

（5）トリエント公会議の悔悛の秘蹟に関する教義文書については、吉田幸子『サウスウェルとクラッショウ―ピューリタニズムとカトリシズムの美意識』あぽろん社、一九八六年、付録参照。

（6）マグダラのマリア像の変遷や伝説については以下を参照。Malvern, Marjorie M. *Venus in Sackcloth: the Magdalen's Origins and Metamorphoses.* Southern Illinois University Press, 1975. Powers, Perry J. "Lope de Vega and Las Lágrimas de la Madalena." *Comparative Literature,* vol. 8, 1956, no. 4, pp. 274-6. 岡田温司『マグダラのマリア―エロスとアガペーの聖女』中公新書、二〇〇五年。西洋絵画におけるさまざまなマグダラ像については、岡田、Malvern の前掲書及び『西洋絵画の主題物語Ⅰ聖書篇』（『美術手帖』一九九六年四月増刊号）美術出版社、一九九六年参照。

（7）Patrides, C.A. ed. *The Complete English Poems of John Donne.* Everyman's Library, 1991, p. 317. ダンのテクストの引用はこの版に拠り、以下本文中の引用は（P：317）のように出典を示す。

（8）マグダラ信仰が非常に熱烈であった時代にあって、ダン自身はこの反宗教改革の人気者である聖女に格別な想像力を掻き立てられたということはなく、マグダラは彼にとって主としてキリストの復活を伝える者であったとヘレン・ガードナーは概括し、マグダラの「罪」が一般に信じられているような性的な罪であることにさえ疑問を投げかける説教をダンが行っていることを指摘している。Gardner, Helen. *The Divine Poems.* Oxford Clarendon Press, 1952, pp. 56-7.

（9）ダンが言う「教父たち」の一人と思しきオリゲネスは、『雅歌講話』で、マタイ、マルコ、ヨハネのベタニアの女性は、ルカの「罪の女」とは別人であることを強調する。オリゲネス著、小高毅訳『雅歌注解・講話』キリスト教古典叢書10、上智大学神学部編、創文社、一九八二年、二四四頁参照。今日ではベタニアのマリアはマグダラとは一応区別されているようだ。フランシスコ会聖書研究所訳注『新約聖書』中央出版社、一九八〇年、一六七頁。荒井献『新約聖書の女性観』岩波書店、一九八八年、三八一―二頁参照。

（10）この詩はマグダラ像の戯画化と見るべきだろう。吉田、前掲書三三頁参照。吉田氏は、一六・一七世紀に流行った俗から聖へという宗教的パロディー（クラショーもまた基本的にこの方向で書いている）の逆を行く、聖から俗へ向かうダンのパロディーのひとつとして、特にイギリスにおけるマグダラ・ブームの火付け役であったサウスウェルへの屈折した思いをこの詩に読み取っている。

（11） Tobin, John ed. *George Herbert: The Complete English Poems.* Penguin Books, 1991, pp. 163-4.

（12） ヘレン・ヴェンドラーは、「いとしき魂」と「穢れ」の組み合わせを「衝撃的な矛盾」と評し、最終的にこの詩における共感の欠如を指摘している。Vendler, Helen. *The Poetry of George Herbert.* Harvard University Press, 1975, pp. 161-3.

（13） Fogle, French. ed. *The Complete Poetry of Henry Vaughan.* New York University Press, 1965, p. 305.

（14） Smith, Nigel. ed. *The Poems of Andrew Marvell.* rev.ed. Pearson Longman, 2007, pp. 52, 53n.

（15） Williams, George Walton. ed. *The Complete Poetry of Richard Crashaw.* Norton, 1974, p. 123. クラショーのテクストの引用はこの版に拠る。本文中のこのテクストからの引用は、Williams の研究書と区別し、必要に応じて作品番号と頁数を併記して（W no. 74 : 123）のように示す。

（16） Darbishire, Helen. ed. *The Poetical Works of John Milton.* Vol. II. Oxford University Press, 2000, pp. 165, 167. ミルトンのテクストの引用はこの版に拠り、以下本文中の引用は、（D : 165, 167）のように出典を示す。

（17） ビュブリスの変身譚については、オウィディウス著、中村善也訳『変身物語』（下）岩波書店、一九八四年、三六一―四九頁参照。

（18） この祈りと落涙の時間の扱いについて、ゲーリー・クチャルは、ハーバートの「祈りI」（"Prayer I"）における祈りの喩えのひとつ、「天使の齢」（Angels'age）との関連に触れている。Kuchar, Gary. *The Poetry of Religious Sorrow in Early Modern England.* Cambridge University Press, 2008, pp. 84-5.

（19） Sabine, Maureen. *Feminine Engendered Faith: The Poetry of John Donne and Richard Crashaw.* Macmillan Press Ltd, 1992, p. 209.

（20） クラショーとエンブレム芸術の関わりについては以下を参照。Bertonasco, Marc F. *Crashaw and the Baroque.* University of Alabama Press, 1971. マリオ・プラーツ著、伊藤博明訳『奇想主義研究―バロックのエンブレム類典』ありな書房、一九九八年。

(21) 葡萄の樹や実の象徴については、マンフレート・ルルカー著、池田紘一訳『聖書象徴事典』人文書院、一九八八年、三三六―七頁参照。

(22) Brown, Nancy Pollard. ed. *The Poems of Robert Southwell, S.J.* Oxford University Press, 1967, pp. 18-9. サウスウェルからの引用はこの版に拠り、以下本文中で（B：18-9）のように出典を示す。

(23) クチャルは、活喩法（prosopopeia）への注目を促し（Kuchar. *loc.cit,* p. 79ff)、マグダラの目と涙が読者を振り返って見ているような効果をクラショーが創り出そうとしていると指摘する。つまりカラバッジョら反宗教改革期の画家たちが絵画において試みたやり方（宗教的場面の描写のなかに見る者が入っていく感覚を可能にする手段として絵の枠組を壊すやり方）を、「涙する人」で実践しており、このような戦略で目指すのは、詩の感情的効果を高めつつ「キリストの現存」（Real Presence）の効果を再現することだと述べている（p. 89)。

(24) Ure, Peter. ed. *King Richard II*（The Arden Shakespeare). Methuen, 1956, p. 34.

(25) Cummings. *loc.cit.,* p. 335n.

(26) マリーノのテクストは以下を参照。Ferrero, Giuseppe Guido. ed. *Marino e i Marinisti.* R. Ricciardi, 1954, pp. 582-6.

(27) 岡田、前掲書、一六一―四頁参照。

(28) X・レオン・デュフール他編集、小平卓保・河井田研朗訳『聖書思想事典』三省堂書店、一九七三年、三四三頁。

(29) Steinberg, Leo. *The Sexuality of Christ in Renaissance Art and in Modern Oblivion.* 2nd ed. University of Chicago Press, 1996, pp. 149-51.

(30) 「汚れ」の問題への興味深いアプローチを示す論稿としては、Sabine, Maureen. "Crashaw and Abjection: Reading the Unthinkable in His Devotional Verse." *American Imago,* vol. 63, 2006, pp. 423-43.

(31) St.Francis de Sales. translated by Michael Day. *Introduction to the Devout Life.* Everyman's Library, 1961, pp. 40-1.

（32）　フランシスコ会聖書研究所訳注『新約聖書』、二七九頁参照。

（33）　プラーツ『奇想主義研究』、二五四頁参照。

（34）　Malvern. *loc.cit.*, pp. 78, 81.

（35）　鈴木宣明監修、高橋テレサ訳『アビラの聖女テレサの「詩」』聖母の騎士社、一九九二年、一五―七頁。

参考文献

Bertonasco, Marc F. *Crashaw and the Baroque.* University of Alabama Press, 1971.

Brown, Nancy Pollard. ed. *The Poems of Robert Southwell, S.J.* Oxford University Press, 1967.

Cohen, J.M. *The Baroque Lyric,* Hutchinson University Library, 1963.

Cummings, Robert. ed. *Seventeenth-Century Poetry: An Annotated Anthology.* Blackwell Publishers Ltd, 2000.

Dickson, Donald R. *The Fountain of Living Waters: The Typology of the Waters of Life in Herbert, Vaughan, and Traherne.* University of Missouri Press, 1987.

Ferrero, Giuseppe Guido. ed. *Marino e i Marinisti.* R. Ricciardi, 1954.

Gardner, Helen. *The Divine Poems.* Oxford Clarendon Press, 1952.

Grierson, H.J.C. *Cross Currents in English Literature of the XVIIth Century.* Chatto & Windus, 1929（new. ed. 1958）.

King, Karen L. *The Gospel of Mary of Magdala: Jesus and the First Woman Apostle.* Polebridge Press, 2003.

Kuchar, Gary. *The Poetry of Religious Sorrow in Early Modern England.* Cambridge University Press, 2008.

Low, Anthony. *Love's Architecture: Devotional Modes in Seventeenth-Century English Poetry.* New York University Press, 1978.

Malvern, Marjorie M. *Venus in Sackcloth: the Magdalen's Origins and Metamorphoses.* Southern Illinois University Press, 1975.

Manning, Stephen. "The Meaning of 'The Weeper.'" *A Journal of English Literary History,* vol. 22, 1955, pp. 34-47.

Martin, L. C. ed. *The Poems: English, Latin and Greek of Richard Crashaw.* 2nd ed., Oxford Clarendon Press, 1957.

Martz, Louis L. *The Poetry of Meditation: A Study in English Religious Literature of the Seventeenth Century.* rev.ed. Yale University Press, 1962.

Okada, Atsushi.（岡田温司）『マグダラのマリア―エロスとアガペーの聖女』中公新書、二〇〇五年。

Parrish, Paul A. *Richard Crashaw.* Twayne Publishers, 1980.

Powers, Perry J. "Lope de Vega and *Las Lágrimas de la Madalena.*" *Comparative Literature*, vol. 8, 1956, pp. 273–90.

Praz, Mario. *The Flaming Heart: Essays on Crashaw, Machiavelli, and Other Studies in the Relations Between Italian and English Literature from Chaucer to T.S. Eliot.* Norton, 1973.

——. 伊藤博明訳『奇想主義研究―バロックのエンブレム類典』ありな書房、一九九八年。

Roberts, John R. *Richard Crashaw: An Annotated Bibliography of Criticism, 1632–1980.* University of Missouri Press, 1985.

——. ed. *New Perspectives on The Life and Art of Richard Crashaw.* University of Missouri Press, 1990.

Roberts, Lorraine. "The 'Truewit' of Crashaw's Poetry." Summers, Claude J. and Pebworth, Ted-Larry eds. *The Wit of Seventeenth Century Poetry.* University of Missouri Press, 1995, pp. 171–82.

Sabine, Maureen. *Feminine Engendered Faith: The Poetry of John Donne and Richard Crashaw.* Macmillan Press Ltd, 1992.

——. "Crashaw and Abjection: Reading the Unthinkable in His Devotional Verse." *American Imago*, vol. 63, 2006, pp. 423–43.

Steinberg, Leo. *The Sexuality of Christ in Renaissance Art and in Modern Oblivion.* 2nd ed. University of Chicago Press, 1996.

Vendler, Helen. *The Poetry of George Herbert.* Harvard University Press, 1975.

Warren, Austin. *Richard Crashaw: A Study in Baroque Sensibility.* University of Michigan Press, 1957.

Williams, George Walton. *Image and Symbol in the Sacred Poetry of Richard Crashaw.* University of South Carolina Press, 1963.

——. ed. *The Complete Poetry of Richard Crashaw.* Norton, 1974.

Yoshida, Sachiko.（吉田幸子）『サウスウェルとクラッショウ—ピューリタニズムとカトリシズムの美意識』あぽろん社、一九八六年。

Young, R.V. *Richard Crashaw and the Spanish Golden Age.* Yale University Press, 1982.

第三章　「友情」の解禁
——オリンダの挑戦

清水ちか子

はじめに

「詩人の魂」は「詩人の亡きあとも、長く、長く、人々の心の中で生き続ける」とシャンソンに歌われている。しかし、その魂も、それを伝えようとした詩人の存在も、人々の記憶からすっかり消えてしまうこともある。一七世紀のイギリスに生まれ、三〇余年の短い生涯を生きたカサリン・フィリップスも、一度は忘れられた詩人の一人であった。近年になって、彼女の詩は再び読まれ始め、注目を集め、いろいろな視点から論じられるようになってきた。カサリン・フィリップスは、アメリカに移住したアン・ブラッドストリートと並んで、英語で詩を書いて世に知られたのが最も早い女性詩人である。「たぐいなきオリンダ」、「ウェールズの詩人」、「王党派詩人」と言われるカサリン・フィリップスの『詩集』（*Poems*）は彼女の死後三年たって、一六六七年に、カーディガンシャー出身の議員チャールズ・コタレルの指示によって出版された。そこには、抒情詩一一六篇、フランス語からの訳詩五篇、フランス劇の父コルネイユの悲劇の翻訳二篇が収められた。この『詩集』は、一六六九年、一六七八年、一七一〇年と三度版が重ねられたが、以後はそれが途絶え、彼女の名も世の中から消えていった。しかし、二〇世紀に入ると、彼女の作品がアンソロジーに載り始め、選集や注釈書、評論、伝記等が相次いで出版されるようになった。

かつての文学史は、男性本位の規準の中で編纂されていたので、生前賞賛されている作家でも、女性のばあいは、とかくそこに名が載ることはなく、アンソロジーにも選ばれず、ほとんど無視される情況にあった。ごく最近まで、近代初期のイギリスには、女性の作家が出なかったものと思い込まれていた。しかし、近年それが疑問視され、実際当時の女性が何を書き、何を読み、いかに行動したのかを探究して、近代初期の歴史を書き直すことに力が注がれるようになった。作品や生涯が未知のままに埋もれていた女性詩人を、新たに発掘しようと目指す動きが、活性化したフェミニズムの立場からも起こっている。

時代と共に、男女の位置や役割にも変化が起こった。二〇世紀の驚異的な自然科学の発展は、人々の価値観を大きく変えた。情報の量と伝達の速さも加わって、価値観は多様化し、個性化してきた。情況が変われば新しい考え方が生まれ、過去に対する新たな疑問も起こり、問題提起がなされる。このような時機を得て、近代初期にいた女性詩人達の名が浮上してきた。メアリー・ロス、イーミリア・ラニヤー、アン・コリンズ、アナ・トラプネル、マーガレット・ルカス・キャヴェンディッシュ、アン・ブラッドストリート、そしてカサリン・フィリップス達である。ブラッドストリートは、二〇世紀半ばに「十番目のミューズ」(Ivy Schweitzer: *The Tenth Muse Lately Sprung Up In America*) として評価され、カサリン・フィリップスは、詩の中の世界に住む自らを〈オリンダ〉(Orinda) と名のり、この名によって、九人のミューズに続く一〇番目のミューズでありたいと願った。

一度人々の記憶から消えてしまった詩人達は、関係資料や記録が失われていて、不確かなこと、不明なことが多く、その全容を知るには困難がある。しかし、残された詩そのものが、作者がいかに生きていたかを知らせる確かな証しであり、そこに詩人の魂は息づいている。男性優位の、女性には制約の多かった時代に生きて、女性詩人として、当代の著名な文人達から高い評価を受けながら、カサリン・フィリップスは、突然この世を去った。短かくも密度の高い生涯の中でオリンダの残した数々の「友情」の詩は、人間関係が稀薄になったように見える現代、警鐘の響きをもって人の心を共鳴させるかもしれない。彼女は、「友情」に力点を置きながら、人と人とのつながりの重要さを歌い、当時の混屯状態にある世の中に目を向け、人々の融和と調和によってそこに静けさがもどることを願った。確かに友情は、人間以外の生き物の持たないものであることを思うと、他の情愛より上に位置づけられるかもしれない。当然、それは一部の人々の特権とすべきものではなく、誰もが享有でき、環境の影響をこうむりやすく、一人では弱い人間を奮い立たせる原動力となる。

不明な点がまだ多々あるカサリン・フィリップスだが、今までに知られていない詩の原稿も発見され始めている。オリンダの姿を鮮明にするには、今は中途段階にあると言える。しかし、現時点でもすでに、彼女の詩作品は、現代人に、人のつながりを振り返る契機を与える力がある。

第一節　二つの禁——古典と友人

詩は、その作者が生きた社会環境・家庭環境・時代背景など偶然待ち受けていた運命的な基盤があって、それに詩人としての感性と表現力が働いて、生まれてくる。

カサリンが生きた一七世紀は、イギリスが大きな転換点に立った時代である。イギリスばかりでなく、ヨーロッパ大陸においても、三十年戦争をはじめ各国間の争いが絶え間なく、諸国が大きな変動に揺れ動いて、経済、政治、思想、文化面に危機の影が見られた。その上、各地で異常気象による凶作が起こり、飢饉が見舞い、体力が低下した人々の間にペストなどの伝染病が度を重ねて大流行した。さらに、方々で反乱、暴動、一揆が群発するといった不安定な情況にあった。一方一七世紀は科学的研究が発展した時代で、方法として実験が重視され、これまた、大きな転換期であった。

イギリスでは、ピューリタン革命（一六四〇―六〇）と名誉革命（一六八八―九）が起こったが、カサリン・フィリップスは、その一生のほとんどを、ピューリタン革命の混乱期の中で送った。前世紀に始まった国教会とピューリタンの対立が、宗教問題から政治問題に移り、国王と議会の対立が激化して武器をとる内戦となり、空位時代・共和制時代を経て、王政復古となるまでを、カサリンは目の当りにしたことになる。

彼女は、ロンドンの裕福な織物商人ジェイムズ・ファウラーと妻カサリン・オクスンブリッジの間に一六三二年一月一日に誕生した。母方の祖父ジョン・オクスンブリッジは、ピューリタンの長老教会派で王立医科大学のフェロウだった。また母の兄弟のジョンは牧師で、アンドルー・マーヴェルやジョン・ミルトンの知人であった。マーヴェルは、ジョンの家で暮らした時期があったが、その時、かつて専任牧師としてバーミューダ島にいたことがあるジョンから島の話を聞き、心動かされて作った詩が「バーミューダ」（"Bermudas"）である（*History of English Poetry*, Vol.Ⅲ, Macmillan & Co. 1924）。また母方の祖母は、若い頃から詩を書いていたので、彼女もピューリタンの文人サークルとつながりを持っていた。

一六四〇年、カサリンは、ハックニー（Hackney）にある長老教会派の寄宿学校に入学している。一七世紀の初めには、女子の寄宿学校が、とくにロンドン近郊に増設され、都市部の裕福な商人や地方のジェントリーの子女達が、外国語や音楽など、当時の上流社会（polite society）が若い女性に期待する教養を身につけることに重点を置いていた。一六世紀に普及した男子のためのグラマースクールや大学では、ラテン語・ギリシア語を主教科とし、ルネサンスのヒューマニズム研究に力を入れていた。それは、ヨーロッパから、古典とルネサンス期の作品を輸入して、イギリス文学の向上をはかるという目標があったからである。学内で英語を使うことは、翻訳実習以外は厳禁だった。古典研究は、教養ある紳士の育成に不可欠なものとされ、この考え方は、一七世紀にも引き継がれていた。日本では、かつて、女性は漢字を読んでもよいが、書いてはいけない時代があったが、一七世紀のイギリスの女性は、古典語を読むことも書くことも、一般的に認められていなかった。一八世紀のフェミニスト、ウルストンクラフトは、まず女性が古典を研究する権利を持つことが、男女平等には絶対必要であると説いている。

カサリンは、古典に強い関心を持った。女性が古典語を学ぶことはできないとしても、すでにチャップマンによるホメロスの英訳が出ており、その他、テューダー朝にはラテン語文学の翻訳が盛んに行なわれていたから、古典の知識を身につけることができたはずである。西欧の作詩法は、ギリシアで確立したものの応用であったから、詩に関心を持った彼女としては、古典の文献から学びたいことがいろいろあったと思われる。

ハックニーの学校在学中に、カサリンは詩作を試み始めた。詩を書いていた祖母の影響もあったと言われる。当時は、女性が詩を書くことに対して男性の偏見があった。しかし、完全に女子だけが生活する寄宿学校には、その偏見の眼はとどかなかったので、学校は彼女にとって詩作の訓練の場になっていた。彼女は、ウェールズ生まれのヘンリー・ヴォーンの詩が好きで、彼の作に習ってかなりの詩を書いていた。後年彼女がウェールズに住むようになって、ヴォーンと知り合うことになる。

カサリンは、外国語科目はフランス語とイタリア語を学んだ。当時ヨーロッパの上流階級の共通語となっていたフランス語は流暢に話せる力をつけていたので、これがのちにコルネイユ劇の翻訳を可能にした。彼女は、長いフランス語のロマンスを読むことにも熱中していた。また、ジェイムズ・シャーリー、ボーモント、フレッチャー、そして王党派の劇作家ウィリアム・カートライトの劇を愛読した。

ピューリタンの家庭で育ち、ピューリタン系の学校で学び、信仰も篤く、ピューリタンの文人とのつながりを持つ身内もありながら、彼女の眼は、その基礎的な環境から離れていき、王党派の人々の文学作品に向けられ、英国々教を高く評価するようになった。それは、在学中に出会った二人の親友の影響による。その一人は、メアリー・オーブリーで、ウェールズ・グラモーガンシャーの王党派指導者サー・ジョン・オーブリーの娘である。ハックニーの寄宿学校は、長老派の有名なソーモン夫人によって運営されていたが、王党派の家庭の子女も入学していた。もう一人の親友は、都会の商人の娘メアリー・ハーヴィーで、彼女は、血液循環を発見したウィリアム・ハーヴィーの姪である。そしてのちに、王党派の芸術サークルの中心であった作曲家ローズの弟子となる。このメアリーを通して、将来カサリンは、ローズのサークルの文化人達とつながりを持つことになる。

一六三〇年代半ば頃から、フランス出身の王妃ヘンリエッタの影響で、イギリス宮廷ではいわゆるプラトニック・ラヴが流行した。側近達は、フランス語のロマンスや、人気のある劇作家の芝居に登場する人物の名で互いを呼びあって、プラトン学を実践していた。この優雅な振舞い方はうわさとなってハックニーの女子校にも伝わり、少女達はこれをまねていた。カサリン・ファウラーは、自らを〈オリンダ〉と名のり、メアリー・オーブリーをシャーリーの劇中人物の名で、〈ロザーニア〉(Rosania) と呼んだ。この、いわば雅名を使うことは、後年カサリンが創設する「交友の会」(Society of Friendship) でも実践された。

カサリンが一〇歳の時に父が亡くなり、母は再婚するが、また夫が亡くなり、さらに、ウェールズ・ペンブロウクシャーの準男爵リチャード・フィリップスと三度目の結婚をする。カサリンは学校を退学し、ロンドンを離れ、母に従ってペンブロウクシャーに移る。リチャードは、かつてはゆるやかな王党派であったが、この時には、すでに議会派に変わっていた。この継父も亡くなり、一六四八年、彼女は、彼の遠縁にあたるジェイムズ・フィリップスと結婚してカーディガンシャーに住むことになる。ジェイムズは八歳年上で、彼女とは再婚であり、幼い娘が一人いた。彼は陸軍大佐で、議席を持ち、他にもいくつかの重要な任務を担っていた。一六五〇年代は、クロムウェル配下の議員として、ウェールズにおける広報担当の責任者を務めた。議会の会期中は、カサリンも夫と共にロンドン住まいをした。

カーディガンの田園生活に心安らいで、カサリン・フィリップスは詩作に励んだ。詩の中の世界に住む彼女の名は、あの〈オリンダ〉であった。オリンダは、空位時代の初め頃、文芸サークル「交友の会」を創設し、主宰した。当初彼女は、この会を真の友の集う同人とし、古典ギリシアの交友のルールを模範にしたいと考えていたと見られる。会のメンバーは、王党派の文人、オリンダの学友、近隣の知人などであった。宮廷崩壊と共に終わった王宮の文芸サークル活動は、ロンドンのヘンリー・ローズが自宅で始めた音楽・文学の会と、ウェールズのカサリン・フィリップスが主宰する「交友の会」に場所を移し、王党派のメンバーによって、継続されたのである。彼女は自作の詩の原稿を回し、それを読む人の範囲が徐々に外へも広がり〈オリンダ〉の名が世に知られるようになって、著名な文人の賞賛を受けるに至った。

家庭生活に目を向けると、一六五五年に男子が、一六五六年に女子が誕生した。しかし、第一子ヘクターは生後短い命で亡くなった。また一六六〇年、継娘フランシスが一二歳で世を去った。オリンダは、子供の死による深い悲しみの歌を残している。

王政復古によって夫ジェイムズは、議席も、土地も、金銭もすべてを失った。カサリンは、夫の身分保全のために、ダブリンやロンドンに出向いて、王党派の知人の中を奔走した。この間にも、詩人としての彼女の名声は高まり、知人の範囲もさらに広まった。そして、一六六二年、ダブリンでオーラリ伯爵の依頼があって、コルネイユの悲劇『ポンペイ』(*Pompee*) を完訳した。これは、当時文芸活動の中心地となっていたダブリンで上演され、成功をおさめ、翌年、ダブリンとロンドンで出版された。

『ポンペイ』の成功に力を得て、出版業者リチャード・マリオットが、カサリンの許可を得ることなく彼女の詩集を編集出版し、一六六四年一月、それが彼の書店で発売された。しかし、作者の強い要請により、数日後に販売中止となったが、すでにかなりの部数が世に出たと見られている。これが、彼女の生前の唯一の詩集である。後楯のある出版ではなかったので、彼女の謙虚さ、用心深さが現われたとも見られる。

同年の春から、カサリンは所用でロンドンに滞在していたが、不幸にもそこで天然痘にかかり、六月二二日に急逝した。彼女は、息子ヘクターのかたわらに埋葬された。その墓のあるオシス教会（St. Osyth's）は一六六六年のロンドン大火で焼失している。

一六六七年、「たたえるべきカサリン・フィリップス夫人——たぐいなきオリンダ」（The most deservedly Admired Mrs. Katherine Philips／The matchless Orinda）の『詩集』が出版された。

死後出版のこの詩集の巻頭には、オリンダを偲ぶいくつかの詩文が載せられている。カウリーは、彼女の急死を驚き、百余行の詩をおくって、その偉業をたたえている。カサリンが亡くなったのは、彼女がカウリーを訪問してから間もなくのことであった。

むごい病魔よ！　そうだ！　おまえは、自分の力を見あやまったのだ。
　死の山なんかが滅ぼせるものではない。
彼女の不朽の名声の上には
　　永久のピラミッドが建てられたのだ。
その頂点は天までとどき、底面は大地のごとく広がる。

Cruel Disease! there thou mistook'st thy Power;

　No Mine of Death can that Devour;
On her Embalmed Name it will abide
　An Everlasting Pyramide,
As high as Heaven the top, as Earth the Basis wide.
　　　　　　　("On the Death of Mrs Katherine Philips," sec. 1, ll. 20–24)

だが万一アポロンが
　女の頭に月桂冠を載せようとするならば
ためらいもなくオリンダを選ぶだろう
　サッポーや、名だたる九人のミューズが
　　待ちかまえていようと、不平を言おうと。

But if Apollo should design
　A Woman Laureate to make,
Without dispute he would Orinda take
　Though Sappho and the famouse Nine
　　Stood by, and did repine.　　(Ibid. sec. 2, ll. 14–18)

このように、カウリーは、オリンダをサッポーやミューズ九女神よりも上位に位置づけて絶賛している。

カサリン・フィリップスの一生を振り返ってみると、それは決して平坦なものとは言えない。彼女が生まれてきた世の中は、歴史上特筆される混乱期にあった。ピューリタンの家で育った利発な彼女は、すでに四歳で聖書を通読し、熱心な信者として、聖書と、教会に関する責務を学んだ。また神学書について論争し、主教達と衝突することがあったと伝えられているところを見ると、彼女は早くから自分の意見を持ち、それを強く主張できる少女だったらしい。一〇歳の時から数年のうちに実父と二人の継父の死にあい、目まぐるしく彼女の家庭環境は変わった。一六歳からの結婚生活でも、議会派の夫と、王党派の文人とつながりの多い妻とでは、互いに複雑な心境になることもあっただろう。そして、生まれて間もない男子と、継娘との悲しい死別があった。彼女は詩の中で、自らを「私」ではなく「オリンダ」と呼んで三人称で扱い、客観視しながら情感を述べ、怒りも、不安も、悲しみも昇華させていたのだろう。しかし、当時、カサリンが最も必要としたのは、支えとなる友人の「友情」であった。彼女の詩作の主要なテーマは、「友人」・「友情」となっていった。

従来の西欧では、男女の間にいろいろと差別があり、女性に対する制約が多かった。なかでも、とくに目を引く二つの禁止事項があった。それは、「古典語を読み書きすること」と「友人関係を持つこと」である。これはどちらも男性のみが享有してきた。カサリンは、女性である自分も古典によく通じて、そこから、知性と知恵を身につけること、また、混乱して不安の多い世の中で、支えあっていける友人を持つことに意欲を燃やした。彼女の詩には、古典ギリシアで確立した友情の観念が影を落とし、友人と共にハーモニーの火を明るく燃やしながら、荒れ狂う愚鈍な世界を冷たく見やる彼女の姿がある。

第二節　友情——理想と現実

カサリンの生まれ月 January は、前向きと後向きの二つの顔を持つローマ神話のヤヌス神（Janus）に捧げられた月とされているが、彼女は、その神さながら、前方にも後方にも目を凝らした。時の流れの後方を振り返っては、西欧の国々の文化の共通の源泉である古代ギリシアの文物に視線をめぐらした。従来、西欧では高い教育を受け、学問できるのは男性に限られていたが、彼女は、その男性によって形成されている当時の世の中の実状を直視した。そして、自分が、男性と同等な高い教養を身につけること、従来、これも男性が専有してきた友人関係——ギリシアの哲学者の言うところの真剣な知的な友人関係——を、女性の彼女も持てるような未来を期待した。

一六六七年の『詩集』に収められたカサリンの抒情詩一一六篇のテーマは、圧倒的に「友人」（Friend）、そして「友情」（Friendship）である。彼女は、たゆまずこのテーマを歌い続け、友情を人間のあらゆる愛情の中で最も高く位置づけた。一節六行の一五節からなる「友人」（"A Friend"）では、次のように言っている。

友情は、この高貴な炎の抽象概念、
　それは、精製され、濁りを取り除いた愛、
天使の愛には及ばずとも、それに次ぐもの、
　激情のように強いが、粗野ではない。
友情があれば、うれしい永遠が来る。

そして友情は天国の縮図。

Friendship's an Abstract of this noble Flame,
'Tis Love refin'd and purg'd from all its dross,
The next to Angels Love, if not the same,
As strong as passion is, though not so gross:
It antedates a glad Eternity,
And is an Heaven in Epitome.　　("A Friend," sec. 2)

友人関係と言えば、今では、何の制約もなく自由にもてる人間関係である。しかし、西欧では、古代ギリシア以来、長い間、それは伝統的に男性のみに認められたものであった。西欧における「友情」の観念はどのように確立したか、「友情」をどのようにとらえてきたかをたどってみると、女性詩人カサリン・フィリップスが、あえて「友情」を多くの詩の題材にして、女性も友情を持つ資格があると強調したことが理解できる。

前八世紀のホメロス以来、ギリシア人は、『イリアス』と『オデュッセイア』から実際的な知識と教訓を学んできた。前一三世紀に起こったトロイア戦争を扱ったこの二大叙事詩には、神・英雄・人間が混然となって戦いに参画する様が描かれ、戦場における男性の友情の実例が多く語られている。アキレウスとパトロクロスの友情、パトロクロス戦死のあとのアキレウスの怒りと悲しみ、そして、すさまじいアキレウスの復讐を受けたヘクトルの死をもって『イリアス』は終っている。戦いで生死を共にする男性の友情のあり方は、ひときわ熱く歌われている。狩猟や戦争は、まさに男の、利害を共にする活躍の場で、堅い連帯を必要とした。それは、女性の役割のない場であった。

前六世紀、レスボス島にサッポーが出た時代のギリシアでは、女流詩人が各地にいて、男子の文人に伍して詩作することができた。この事から、当時は女性が自由で、男性と対等な位置を認められ、教養も高く、知的にも優れていたことがわかるが、それは、例外的な時代と言える。それにしても、女性は、叙事詩を書くことは認められていなかった。

前五世紀には、長期にわたる二つの戦争があった。まず、ギリシア連合軍が大ペルシアに勝利したペルシア戦争(前四九〇―四七九)である。ペルシア人の後裔、現代のイラン人の中には、二五〇〇年前のこの戦争以来、西欧との敵対関係が始まり、それが現在まで続いていると考える人々がいる。ほぼ五〇年を経て、アテネとスパルタの都市国家間で戦われたペロポネソス戦争(前四三一―四〇四)があり、スパルタの勝利に終った。大きな戦争以外にも、絶えず各所に戦役や反乱が起こり、都市間の力関係や、連合・同盟関係が目まぐるしく変化した。

戦乱が続く時代には、戦場で何の役割もない女性は軽視され、社会的地位は急激に低下した。公の場所に出ることは認められず、女性の教育は家事に関する範囲に限られた。したがって、知識も乏しく、教養も低くなり、行動の場も、ほとんど家庭内に限られていた。アテナイのばあい、男子の結婚は兵役を終えてからで、通例三〇歳を過ぎてからだったが、女子は一五歳前後で家庭に入った。夫婦間のこの大きな年齢差によっても、家庭内での女性の位置は低くなり、夫との対等な、真のパートナーにはなれなかった。その結果、当時のギリシアでは、男子間の愛情が流布し、少年愛(パイデラスティヤー)の習慣が起こった。「プラトニック・ラヴ」の名称を生み出したプラトンの『饗宴』(シュンポシオン)は、同性愛が対話の中心になっている。当時は、この種の関係を大いに奨励すべきだとする文学が多く、男性間の愛情は、男女間の愛よりも尊いとされた。女性の位置が低下すると共に、少年愛が盛んになることは、古今東西で見られる現象である。男女の結婚は、愛の結実というより、子孫を得て国家に尽くすための契約事項のようなものだった。

二つの大戦争にはさまれたほぼ五〇年の間に、アテナイは類を見ない創造力に富んだ高い文化を生み出したのである。ペリクレスの民主改革があって、自由な自己表現ができるようになり、悲劇・喜劇・歴史劇が隆盛を極めた。また、荘麗なパルテノン神殿等の建造があり、彫刻家達が、神話を題材に崇高な彫像を残した。そして、ペロポネソス戦争でスパルタに破れたあとですら、アテナイはギリシア文明の中心であり続け、再び台頭すると、こんどはテーバイとの戦いに負けたスパルタと連合してテーバイを打ち破った。この頃から、アテナイでは雄弁術が盛んになる。また、ソクラテス（前？四七〇―三九九）のあとを受け継ぐプラトン（前？四二七―三四七？）、その弟子アリストテレス（前三八四―三二二）が出て膨大な著作を残す。彼らは、盛んに「友情」を論題とし、友情の観念が確立された。友情は最高の美徳とされ、真剣にこれを探究して、友人関係が実践された。そして、しばしば、哲学が真の目的とする知への愛・善への愛と等格であるとし、これは男性のみが亨有するものとした。女性が友人となり得るか、女性は友情を受けるに足る者か――それは、哲学という高尚な領域においては疑問視された。ギリシア人は、主知主義に徹していて、センチメントを持っていても、それをセンチメンタルな情趣として表わすことはしなかった。真正な友情は知的なものだという哲学者の認識にもこの特性が出ている。

前四世紀に入ると、女性軽視は徐々に緩和される。男女の能力については、プラトンもこれを同等と見て、男女共学を提唱するようになった。

都市国家間の対立、戦乱が絶え間なく続いたことにより、ギリシアは疲弊した。そして新興国マケドニアの侵略により、前三三八年、ギリシアの実質的な独立は終焉を迎える。しかし、マケドニアはギリシアの独立は奪ったが、その精神と大家達が生み出した高い文化を継承した。マケドニア王アレクサンドロス（前三五六―三二三）

は、アリストテレスの弟子となり、彼の帝国はギリシア文化を基礎とする文化圏を形成した。アレクサンドロスの遠征によって、その文化はオリエントに広まり、東洋文化と影響しあってヘレニズム文化が生じる。一方、故国の荒廃を見て、大量のギリシア人が祖国を去り、新生活を求めてアレクサンドロスの帝国に流入し、さらにそこから、教師として、商人として、世界各地に流出していった。このようにして、都市国家というせまい地域で生み出された精神と高度な文化は、彼らによって、広い世界に向けて伝わっていった。四方各地に根づいたアテナイの文化は、今日に至るまで、その地に、文学や名称など、何らかの形で痕跡を残している。新大陸アメリカに古代ギリシアのアテネ（Athens）という地名が複数あることは、不可解とも言えるアテナイへの憧憬である。

前二世紀に出現したローマ人は、ギリシアを征服し、ヘレニズムの文化も手中にした。そして、ヘレニズム文化をすっかり学習したローマ人は、それを補足し、グレコ・ローマ文化の形で西欧文明につなげた。ローマの帝政時代は一五世紀まで続く。プラトンの著作は難解な上、体系化されたものではないので、ローマ時代の初期には人の記憶から消えかけたことがあったが、三世紀、エジプト生まれのギリシア人哲学者プロティノス（二〇四／五―二六九／七〇）によって解説が加えられた結果、新しいシステムに進展し、新プラトン主義が生まれた。これは、たちまち地中海沿岸に広がった。一四世紀から一六世紀にわたるルネサンス期には、古代ラテン語の担う文化、古代ギリシア語の担う文化に流れる古代精神が探究の対象となり、それが再生した。ギリシア語も読解でき、ラテン語の力に最も秀でていたのがカトリックの僧侶達であったから、神が万物の中心であることを説く彼らの間に、キリスト教以前の人間中心の自由な精神が、ギリシア語や、ラテン語訳により、まず浸透した。古代の精神は、キリスト教に深く潜行した。当時は文化のあらゆる領域において、古代をモデルとして再生がなされた。しかし、「友情」の観念はもともと古代に確立したものだから何の変わりもない。ルネサンス期の友情について書かれたものによると、ほとんどギリシア古典期と同じ位置づけが継承されている。高尚な、哲学的な友情による交友関係を持つことは、男性のみの重大事だった。しかし、ルネサンスの一時期、イタリアのカスティリョーネやイギリスのトーマス・モアは著作の中で、社会における女性の英知と女性の果たす役割を認めるようになっている。一方、ルネサンス運動の先覚者、オランダのエラスムスは男性に関して、英知と支配力の衰退が見られることを指摘し、それとなく社会のしきたりを諷刺した。確かに、当時は最高の階級における女性は、男性と対等の教養を備えていた。学識も高く、芸術をよく理解し、自ら詩を作り、楽器を奏で、歌を歌った。しかし、女性の優遇は、ごく限られた支配階級だけのことで、一般には、男性優位の原則に変化は起こらなかったと言える。

一七世紀の混屯状態にあるイギリスにカサリン・フィリップスは生まれてきた。脅威と不安に満ちた社会では、支え合える友人が必要であった。それは、男女共に同様のことだったが、友人関係の実践は、従来どおり、絶対的に、男性の素養と見られる時代であった。ルネサンスの輝きが薄れ始めた一六世紀から一七世紀にかけて、地中海からはるか北方のイギリスでは、新プラトン主義がブームとなっていた。古典に関心を持ったカサリンは、知的な、高尚な友人関係は男性専有のものとするという考え方がギリシアに始まっていることを知った。プラトンの哲学が確立した友情の観念は、新プラトン学でも脈打ち、西欧諸国に流入していた。知的な高尚な交友は、賢明な彼女にとっては理想的に思われた。そして、こういう人間関係を持つ資格は女性に解禁すべきだと考えた。日常生活においても、詩作活動においても、「友情」は彼女の一大関心事となった。カサリン・フィリップスは、西ウェールズの田園で、静かな知的革命を起こした。彼女は「友情」という男性の領域のものを女性の領域に向かって解放し、それに対して、彼女独自の精神的新古典主義とも言える観念を構築した。彼女は、「友人」（"A Friend"）という、一節六行、一五節からなる詩の中で、友情と友人の資質について述べている。

血縁よりも、夫婦の絆よりも高尚なもの、
　それは、もっと自由なのだから。結婚の至福
それは、ただ結合によって成立ち
　友愛に向かうか、悲嘆に向かう。
説得や欲望によって結婚は続くが
友情は愛と敬意から湧き起こる。

Nobler then Kindred or then Marriage-band,
　Because more free; wedlock-felicity
It self doth only by this Union stand,
　And turns to Friendship or to Misery.
Force or Design Matches to pass may bring,
But Friendship doth from Love and Honour spring.

（“A Friend,” sec. 3）

知恵と知識が友情には必要だ
　知恵は相談のために、知識は話し相手になるために。
主要ではないが、それでも
　従順さと純真さもほしいものだ。
何ものでも愛することはできる。だが、

馬鹿者は友人にはなれぬ、それがきまりだ。

Wisdom and Knowledge Friendship does require,
  The first for Counsel, this for Company
And though not mainly, yet we may desire
  Both complaisance and Ingenuity.
Though ev'ry thing may love, yet 'tis a Rule'
He cannot be a Friend that is a Fool.　(Ibid. sec. 9)

五六行からなる「友情」（“Friendship”）では、「友情、それは愛の精髄、それは、高々と燃える故に、より明るく燃える純粋な火」（Friendship, that Love's Elixir, that pure fire／Which burns the clearer 'cause it burns the higher）、「友情は（紋章のように）最も単純な時に最も豊か、孤立した時に最も勇敢、処女のように静かで、眠れる鳩よりも無心、幻覚の中の聖者のように満ち足りている……」（Friendship（like Heraldry）. . . ／Richest when plainest, bravest when alone;／Calm as a Virgin, and more Innocent／Than sleeping Doves are, and as much content／As Saints in Visions;）と言って、オリンダの友情のあり方の理想が表明されている。ここでも、それは「静か」で「無心」であることがくり返されている。「友情」を知的なものととらえ、男女の夫婦愛より優れているという見方は、古典ギリシアの哲学で形成された観念を反映している。また、彼女は、「友情」を「火」あるいは「炎」にたとえる。それは、くすぶったりせず、完全燃焼して、静かに明るくあたりを照らす。「友情」を女性に向けて解禁しようと企てる彼女の詩は、女性間の友情に焦点をしぼり、女性も男性と同様に、あるいはそれ以上に、知的友人関係を持つことに適性があると主張する。

カサリンが結婚してカーディガンに移った当初は、政変で無秩序な不安の多い時代でも、静かな田園の隠遁生活に安らぎをおぼえて満足していた。そこに引きこもっていれば、身を守ることができるという安心感があり、ロンドンの社交生活の魅力は消えていた。ところが、その安全と思われたカーディガンシャーで、一六五一年、王党派のジェントリーによる暴動が起こった。それはすぐ鎮圧されたが、議員の夫ジェイムズは、事後処理に当たる責任者の一人に任命された。政治家の妻として、カサリンは、危険は身近にもあり、のどかな田園にも平和はないことを実感しただろう。この頃の作と見られる「浮世離れの友情――アーデリアへ」（"*A retir'd Friendship, To* Ardelia"）で、彼女は次のように歌う。

さあ、私のアーデリア、こちらの木陰へいらっしゃい。
　そこでやさしく、ちょっと魂をまぜ合わせ、
無心に一ときを過しましょう。
　そしてまじめな愚行にほほ笑みかけましょう。

ここには王冠をめぐる争いはない、
　運命が変わる恐怖もない。
偉い人が眉をひそめたといって、震えあがることもない。
　身分にも奴隷などはないのです。

Come, my *Ardelia,* to this Bower,
　Where Kindly mingling Souls awhile
Let's innocently spend an hour,
　And at all serious follies smile.　　(“*A retir'd Friendship, To* Ardelia,” sec. 1)

Here is no quarrelling for Crowns,
　Nor fear of changes in our Fate;
No trembling at the great ones frowns,
　Not any slavery of State.　　(Ibid., sec. 2)

一節では、友人アーデリアを木陰にいざない、心を通わせて、無心の時を過ごそうと言っている。カサリンは、「友情」を「無心な」（innocent）ものとし、時には「無心そのもの」（innocence）と見ている。「無心に」（innocently）ということは、「友情をかみしめて」いる感じが伝わる。二節では、ここには権力闘争も、身分の差別もないと言い、さらに続けて三節では、「ここには、偽りも、裏切りも、野望も、流血も、陰謀もない。あなたの面ざしのように静かだ」と述べる。四節では、「ここに坐って運勢の星に感謝しよう。こんなにしあわせな静けさを与えてくれたから、戦争の喧騒から遠く逃れ、お互いの心の中に住んでいられるのだから」と、心を支え合う友人がいることの幸福感を歌う。五・六節では、友情、無心の強さを述べる。

なんで恐怖心をいだいたりするの？

世界がひっくり返っても愛は気にしない。
たくさんの危険がふりかかっても
友情があれば平気でいられる。

Why should we entertain a fear?
Love cares not row the World is turn'd:
If crouds of dangers should appear,
Yet Friendship can be unconcern'd.
(Ibid, sec. 5)

私たちは魔力を身につけている、
だから、恐怖だって不快でない。
友情には、無心には、
害そのものが害を加えられぬから。

We wear about us such a charm,
No horrour can be our offence;
For mischief's self can do no harm
To Friendship or to Innocence.
(Ibid, sec. 6)

七・八節で、焼けつくような世界を歌い、最後の九節では、魂を融合させる友情の力強さを述べてこの詩は終わる。

でも私たちは（互いの心を確かめ合って）
　荒れ狂う世界を軽蔑する。
王侯が望んでも得られぬものを、
　静かな、自由な魂で享受しよう。

But, we (of one anothers mind
　Assur'd) the boisterous World disdain;
With quiet Souls and unconfin'd
　Enjoy what Princes wish in vain.　(Ibid., sec. 9)

ウェールズ在住と思われるアーデリアという女性については、よくわかっていない。この詩はアーデリアに呼びかけているが、ほとんど全体にオリンダの所感が述べられている。不安な時代に友人がいることは心強い、という、実質的な、現実的な友人関係を語っている。一方、オリンダは、友情を探究の対象として、抽象的に、観念的に語ることもする。彼女は友情は魂の融和であり、神秘なもので、人から与えられるのではなく、自ら探求することによって、奥深い悟りのように到達するものであると考えた。

「友情の神秘——最愛のルケイジアへ」（"Friendship's Mistery, To my dearest Lucasia"）の冒頭で、オリンダ

は、次のように誇らしげに歌い出す。

さあ、私のルケイジアよ、
　奇跡が起こって、男達の信仰は
　愚鈍な荒れ狂った世界に向かっているのだから、
　不思議な、驚異の力で、
　私たちの愛にこそ宗教があることを見せてやりましょう。

Come, my Lucasia, since we see
　That Miracles Mens faith do move,
By wonder and by prodigy
　To the dull angry world let's prove
　There's a Religion in our love.
（"Friendship's Mystery, To my dearest Lucasia," ll. 1-5）

無秩序な世の中では、誠実や信頼は無力だ。友情にこそ、心の寄り処となる宗教があるとオリンダは感じる。この一節でもそうだが、"world"（世界・世の中・世の人々）は、腹立たしいものとして彼女の目にうつっている。それは、彼女が生きていかなければならない現実の世界である。詩の中で、「愚鈍で野卑な」（dull brutish）、「不正な」（false）、「盲目の」（blind）、「荒れ狂った」（stormy, boisterous）、「油断のならない」（treacherous）、「荒廃した」（ruined）、「不誠実な」（unfaithful）、「意地の悪い」（ill-natured）、などの形容詞がつけられている世界である。オリンダの交友の詩は、そのほとんどが、「友人」・「友情」を歌うと同時に、世界のいまわしい現状を述べ、そこで生きるには、いかに人と人が調和し融合するつながりをもつことが大切かを歌っている。

オリンダは、男性に伍して、プラトン学の理想の友人関係を女性間で実践しようとした。それは、フェミニズムの先駆をなす革新だった。しかし、現実の女性の友人関係には、何かと問題が起こるものであった。その問題は、まずレジーナとの間に起こる。一六四九年と五〇年、彼女は、娘と夫をひき続き亡くした。同情したオリンダは、さびしい友人に再婚相手を紹介したが、その気にならなかったレジーナは、彼女の元を去って、海を渡りアントワープへ行ってしまった。オリンダは、レジーナを「無節操の女王」(the Queen of Inconstancy) と呼んで、激しい怒りの詩を書いている。次に、ハックニー以来の親友ロザーニアとの袂別が起こった。一六五二年ロザーニアが結婚した時、オリンダは招待されず、結婚について、事後まで何も知らされないでいた。秘密裏の結婚という、あからさまな友人の裏切りに失望して、彼女はそのことをいくつかの詩に書いた。のちに二人は一度会うが、友人関係の修復はなかった。この出来事は、探究の対象としての哲学的友情とはちがって、現実の友情には限界があることを、再びオリンダが実感する機会となった。そして、この痛手を軽減したのは、その少し前に知り合っていたルケイジアとの交友である。彼女は、オリンダより一歳若く、すでに結婚しており、夫ジョンは、ペンブロウクシャーの地主階級であった。ルケイジアとの交友は一〇年続き、その間、彼女の名は、オリンダの詩に絶えず登場する。ルケイジアという雅名は、彼女が、一六五一年の末に、オリンダ主宰の「交友の会」に入会した時に、カートライトの劇中から選んで贈られたものである。一六五五年、オリンダが、生まれて間もない息子ヘクターを失った時、ルケイジアは彼女の大きな支えとなった。同じ年に、ルケイジアの夫が亡くなった。オリンダは、まだ心痛の中にあったが、夫を失った友人を慰め、励まし、二人の親しいつき合いが続いた。オリンダの『詩集』出版に際して、カウリーが寄せた詩で、当時、女性の交友がいかに新しいもので、人目をひいたかがわかる。

友情という高名は、今まで三、四人の
有名な昔の人の名を語ってきた。
ついに、その話は、耳障りになり、うんざりして、
今、美わしいルケイジアとオリンダの栄光の、新しい、新しい、
目を見張る話を聞いて喜んでいる。

The fame of friendship, which so long had told
Of three or four illustrious Names of old,
Till hoarse and weary of the tale she grew,
　Rejoyces now to have got a new,
　A new, and more surprising story
Of fair Lucasia and Orinda's glory.

一六六二年、オリンダはルケイジアの再婚相手として、チャールズ・コタレルを紹介しようとした。彼は、「交友の会」の会員としてポリアーカス（Poliarchus）と言い、年齢は、四〇代後半だった。ルケイジアには、すでに自分の意志で決めた男性がいた。オリンダは、その男性との結婚を強く反対したが、彼女の反対を押しきってルケイジアは結婚した。オリンダは、結婚式には出席したが、彼女はひどく泣き続け、「目の前の式の様子も

見ることができなかった」と言い、「友人の結婚式は、友情の葬式になる」と手紙に書いている。こうして、ルケイジアとの友人関係は途絶した。

三人の女友達との交友は、すべて彼女達の結婚問題を原因として終わった。五六行の詩「友情」では、夫婦の伴には、ともすると、不純なところがあると述べられている。

すべての愛は神聖だ。そして夫婦の絆は、
ほまれ高く、神性なもの。
だがそこには、欲望や、たくらみや、
いやしい目的がまざっているかもしれない。
それは友人達が軽蔑するもの。

All Love is sacred, and the Marriage-tie
Hath much of Honour and Divinity.
But Lust, Design, or some unworthy ends
May mingle there; which are despised by Friends.　（"Friendship," ll. 29-32）

前出の「友人」三節でも、結婚の愛より友情はまさるものとして、プラトン学の影響を見せているが、結婚に対する嫌悪感は、彼女独自のもので、結婚問題を契機に、友人達が、離れていったことに起因するのではないか。彼女自身の結婚に目を向けると、彼女は賢い、よき妻、頼もしい妻だった。王政復古で運命が暗転した夫を励ます詩（"To my Antenor March 16, 1661/2"）を作り、夫のために、王政復古後の王族の人々に詩を贈り、王党派の知人の間を走りまわって助力を求めた。オリンダは、かつて夫が遠方へ出向くため、しばらく家を離れた時に書いた詩（"To my dearest Antenor, on his Parting"）の中で、夫と自分の結びつきを「炎」(flame) にたとえている。これは、彼女が純粋な「友情」を表わす時に使う言葉であり、その上、この同じ詩で、彼女は夫に「友よ」(Friend) と呼びかけている。オリンダは、自分と夫とは、夫婦愛より上位に位置づけている「友情」によって結ばれ、夫と自分は友人であると表明したかったのではなかろうか。

オリンダは、詩の中で「友情」を論じ、友人関係を謳歌している。彼女はそれを人間が生きる上で必須のものと感じていただろう。だから、交友に関して男女の差別があることは許しがたく、友人関係を持つ女性の権利を主張したのである。

第三節　「交友の会」——実践の場

カサリン・フィリップスが、空位時代の初頭に「交友の会」を創設したのは、時代の中で起こったある要請と、自分自身の意志とによるものであった。この会は、文芸の同人であると同時に、人とつながりを持つ交友の場であった。

崩壊以前の宮廷では、文芸活動が盛んで、王党派の文化人が大勢参加していた。また、フランス出身の王妃と側近の貴婦人達は、高尚なプラトン学のサークルを作り、優雅にプラトニック・ラヴを実践していた。宮廷崩壊後、この王宮文化を絶やさないように努力したのは、作曲家ローズとそのサークルの楽人、文人、彼の弟子達であり、ローズは自宅を活動の場とした。かつては、文芸活動など拒絶反応を見せていた強壮な騎士党の人々の中にも、不安な空位時代になると、人とつながりを持つことのできる活動に共感を持つようになった。王党派の人々にとって、脅威と不安のこの時期に、最も必要と感じたのは、連帯と交流であり、強い信頼の持てる人間関係であった。それは、各地で武器をとって闘った男性も、家を守った女性も同様だった。

このような情況を見てとって、オリンダはウェールズにも、文芸を通して交流する場となる「交友の会」を創立し主宰した。まだ十代の若さで、著名でもない中流階級の出身の、ロンドンから遠く離れて暮らしている女性が発足させたその会を、多くの一流の王党派の文人・楽人達は歓迎した。彼らが、この会を、真剣に、喜んで認めたのは、オリンダの人間性の力と、すぐれた詩才を伝え聞き、高く評価していたからであり、また、強い危機感の中で人とつながりを持つ機会を必要と感じていたからである。当時の王党派の人々の間では friendship という言葉は「同盟」という意味にもなった。

この会についての詳細を知る記録はほとんど無く、オリンダ自身の詩や、会員の書簡などから推測するほかはない。会員は、王党派文化人、オリンダの学友、彼女がロンドンから移ってきてから親しくなったペンブロウクやカーディガンのジェントリー階級の人々などであった。ウェールズの住人以外は、ロンドン方面に住んでいた。遠く離れて暮らしていても、彼らは、同じ一つの会を基盤としてつながっていられるという安心感と連帯感を持つことができた。メンバーは、カサリンが〈オリンダ〉と名のったように、王妃のサークルの風習にならって、ほとんどが古風な響きのある雅名を使っていた。雅名の多くは、オリンダが選んだもののようである。会員数は、常に一定というわけではない。王政復古前までの雅名のリストの中で、少なくとも二〇の名が誰のものかわかっている。リストの会員全体が同時に在籍していたわけではなく、会員だった期間にもずれがあり、さらに、名ばかりの会員もいたと思われる。アーデリアも、レジーナも、学友のロザーニアも入会していた。男性の雅名では、〈パリーモン〉(Palaemon)、〈フィラスター〉(Philaster)、〈シルヴァンダー〉(Silvander)、〈アンテノル〉(Antenor) などがある。オリンダの詩に歌われる雅名の人物すべてが会員だったわけでもない。

会はどのように運営されていたかについては、いろいろな推測がされている。メンバーが、特定の場所に集まって、文芸作品を発表し話し合うサロンだったのではないか、あるいは、決まった場所に集まることはせず、芸術を生み出す心の知的向上をはかるために、作品や情報を会員間で交換していたのではないかなどの見方がある。女性に関しては、そこに、抑圧されたレスビアン願望の影が見られるという意見もある。オリンダの詩の内容から見ると、女性達は顔を合わせて語らう機会を持っていたようだが、男性達は、自分の詩や作曲した作品、あるいは社会問題についての評論を投稿するだけで、歓談の場には加わった様子はない。

オリンダと最も親しい友人となったルケイジアの入会した時のことを、オリンダは、「すてきなアン・オウエン夫人に――〈ルケイジア〉の名を受けて、一六五一年、一二月二八日入会されたことに寄せて」("To the Excellent Mrs Anne Owen, upon her receiving the name of Lucasia" and Adoption into our Society, December 28, 1651) という記録のような題名の詩を書いている。一六五一年は、主宰者オリンダは一九歳で、ルケイジアは一八歳だった。当時、女性のメンバーの年齢は、ほとんどが十代の終わりと推測されている。結婚してデリング夫人となっていた学友メアリー・ハーヴィーの名が見当らないが、ローズの音楽の弟子であった彼女は、彼のサークルで活動していたのではないか。その夫のエドワードは会員になっていて〈シルヴァンダー〉といった。この名の出所は〈ロザーニア〉と同じく、シャーリーの劇である。オリンダの夫ジェイムズは、議会派だから、実質的な会員ではなかったのだろうが、オリンダは彼を、〈アンテノル〉と呼んだ。アンテノルは、ギリシア神話に出てくるトロイの老将で、ヘレンをスパルタに送り返すようプリアモス王に進言し、トロイ戦争を終結させようと努力した人物である。王党派の人々と親しく交流している妻は、議会派の夫にアンテノルのような役割を果してほしいと願っていたと見られる。若いオリンダがこの会を創った当初の目標は、そこを文芸活動の場にすること、ギリシアでプラトンが示した交友を自由に実践すること、さらに、混屯状態の世の中になっていても、その小さい領域だけは、調和と秩序を乱さない場所にすることだった。

オリンダはでき上った詩の原稿を会員達に回しながら詩作に励んだ。彼女の詩人としての評判は広まった。最初に、オリンダの詩才に会の外の人々の目を向けさせたのはヘンリー・ヴォーンであった。前述したように、彼女は、ハックニー時代にヴォーンの詩が好きで、それを手本に詩作を始めたのだが、そのヴォーンと、ローズを共通の知人とし、ウェールズを共通の居住地とすることで、詩作品の交流が続いたのである。

王政復古を迎え、やがて王宮に文芸活動の場を得た王党派の会員達は、オリンダの「交友の会」から遠ざかっていったと思われる。

一六六三年二月一〇日、ダブリンに於けるコルネイユの『ポンペイ』の上演は大成功をおさめた。それはフランス悲劇の初の韻文による英訳で、円熟したヒロイック・カプレットで貫かれ、一方原典に忠実なものであった。オリンダはダブリンで賞賛の的となり、知人も増した。ダブリンに滞在している間に、彼女は「交友の会」の再構築をはかった。彼女の勧めを受けて入会した貴婦人達はいたが、社会的身分のちがいによって、真の友人関係は持てないことを、オリンダは悟ることになった。ダブリンではほめたたえられたオリンダであったが、カーディガンに帰ると、そこには、彼女の才能に感嘆の声をあげる文学仲間も、ルケイジアに取って代る親しい友人もいなかった。オリンダは、この頃のつのるさびしさと、やり場のない挫折感を手紙に書いている。この時期に、彼女は、やはりコルネイユ作の『ホラティウス』の翻訳を手掛けるが、これは未完に終わっている。

オリンダの「交友の会」は、彼女の死によって、会員にはげみを与えてきた中心人物を失った。また、彼女が理想とし、基盤としてきたプラトンの原理の影も薄れた。しかし、この小さな会の果した大きな業績があった。それは、入会した王党派の人々が、この会によって文芸活動を続けられ、その結果として、王宮で培われた文化のスタイルの消滅をくいとめることができ、それが復古後の王宮文化へつながることになったのである。

おわりに

詩人として、これから円熟期に入ろうというところで、カサリン・フィリップスは、にわかにこの世を去った。彼女は、混乱した、不安に満ちた一七世紀のイギリスに生まれてきた。自分が置かれた現状を無批判に生きる女性ではなかった彼女は、疑問を持つと、それを解決して前へ進もうとする強い精神力と実行力を持っていた。そして彼女は、毅然として、精力的に、積極的に生きた。旺盛な探究心を持って、古代からも、現代からも、多くを学びとった。その過去・現在から得た知識や知恵と、生まれながらの感性が、未来に活かされる可能性を見とどけることはできずに世を去った。しかし、一冊の『詩集』に彼女が残した詩歌の数々は、一人でいると弱い人間でも、人とつながりを持つことによって強く生きられることを示した。そして、知性を高め合うことによって、人間関係は向上し、魂を融合させ、調和を生み出せば、さらにそれが広がって世界の調和へと進展し、秩序が保たれると考えた。彼女の『詩集』の序文の中でコタレルは次のように言っている。

古代のギリシア語やラテン語のように、現在のフランス語のように、われわれの言語が世界に知れわたれば、彼女の詩は、せまいわが島国にとじこもってはいない。大陸に人が住んでいる所どこまでも、大海に岸辺がある所どこまでも広く伝わっていくだろう。

Were our language as generally known to the world as the Greek and Latine were anciently, or as the

French is now, her Verses could not be confin'd within the narrow limits of our Islands, but would spread themselves as far as the Continent has Inhabitants or as the Seas have any shore.

今こそ、この言葉が現実となる時が来た。英語は世界に知れわたった。情報は、電波にのって飛びかっている。人間は地球上に広がり、大気圏外に長期滞在する人がいる時代だ。南極の基地や、国際宇宙ステーションのような狭い空間に、限られた人数で暮らす時には、人の融和と協調がなければ、目的を達成することはできない。オリンダがテーマとした「友情」――それは偉大な調和をかもし出して、いろいろ異なる要素をかたくつなぎ合わせ、高尚なものにすると彼女は言う。

カサリンは、人間社会にとかく起こりがちな差別を嫌悪した。女性に禁じられてきた友人関係を持つことの解禁に挑戦した。さらに彼女は、友人の心の中に、自分の永遠性を託そうとしている。「ウィストン埋葬所」という詩で、オリンダは、自分が死んでも、友人が生きているかぎり、その友人の魂の中で、自分は不滅になると歌う。

……私は死後も生きている。
私の〈ルケイジア〉が生きていれば、
私は生きつづけるでしょう。
この虚飾の葬列を離れ、満足して、
彼女の心を私の記念塔として。
心は石ではないけれど、

とくべつな愛の奇蹟によって、
それは私のための石碑になるでしょう。
そこには、どんな墓にもないような
碑文が刻まれているでしょう。
「ここに、オリンダ眠る」ではない。その碑文は
「ここに、彼女は生きている。」

. . . after death too I would be alive,
And shall, if my *Lucasia* do, survive.
I quit these pomps of Death, and am content,
Having her heart to be my Monument:
Though ne're Stone to me, 'twill Stone for me prove,
By the peculiar miracles of Love.
There I'le Inscription have which no Tomb gives,
Not, *Here Orinda lies,* but *Here she lives.*　（"Wiston Vault", ll. 15–22）

魂の永遠性を、オリンダは友情に託した。自分が詩に歌い続けた「友情」の中で、生き続けることを期待した。
カサリン・フィリップスは、詩人として、生前すでに高い評価を受けた。彼女がいた時代は、男性の偏見により、女性が詩を書いても、詩の作者としては、女性というだけの理由で、男性詩人の下に位置づけられていた。

だから、カサリンが賞賛を受けたことは、異例なことだったと言える。しかし、彼女が亡くなり、彼女を知る人も世を去ると、まだ根強く続いていた男性の偏見によって、彼女の名は、他の女性作家とともに、歴史書から放逐されてしまった。カサリン・フィリップスは、一度は人々の記憶から消えたが、さいわいにして近年発見され、蘇り、息づき始めた。彼女の詩は、簡潔な言葉と、力強いリズムで「友情」を歌い、それは、人の心に響きわたる。時には、滲み入るようなやさしさを伝え、怒りや失望も語る。価値観が多様化している現代人は、それぞれに彼女の詩を受けとめ、思い思いの評価をするだろう。彼女の詩に触れることは、人それぞれの友情のあり方を見直す契機となるかもしれない。そして、カサリン・フィリップス（オリンダ）の魂は、人々の心の中に棲みついて、時折、人とのつながりの大切さを思い起こさせる警鐘を鳴らすかもしれない。

使用テキスト

Philips, Katherine. *Poems* (1667). A Facsimile Reproduction with Introduction by Travis Dupriest, Scholars' Facsimiles & Reprints. An Aibor, 1992.

Philips, Katherine. *Printed Publications 1651-1664*. The Early Modern Englishwoman: A Facsimile Library of Essential Works, Series II. Printed Writings, 1641-1700, Part 3. Volume 1. Ashgate, 2007.

Philips, Katherine. *Printed Letters 1697-1729*. The Early Modern Englishwomen: A Facsimile Library of Essential Works, Series II. Printed Writings, 1641-1700, Part 3. Volume 3. Ashgate, 2007.

参考文献

Thomas, Patrick. *Katherine Philips*（'*Orinda*'）. University of Wales Press, 1988.
Chalmers, Hero. *Royalist Women Writers 1650-1689*. Clarendon Press, 2004.
Post, Jonathan F. S. *Henry Vaughan–The Unfolding Vision*. Princeton University Press, 1982.
Post, Jonathan F. S. *English Lyric Poetry–The Early Seventeenth Century*. Routredge, 1999.
Yokoyama, Koichi.（横山紘一）『ルネサンスと地中海』世界の歴史16、中央公論社、一九九六年。

第四章　空虚と過剰
――ロチェスターの修辞

兼武道子

はじめに

王政復古期といえば、遊蕩、享楽、放縦などの言葉が連想され、退廃と洗練を特徴とする一つの時代の姿が思い浮かぶ。「陽気な君主」（The Merry Monarch）と呼ばれたチャールズ二世の君臨する宮廷文化の只中にあって、派手な行動と人となり、また文才においてひときわ異彩を放つ一人の詩人がいた。第二代ロチェスター伯爵ジョン・ウィルモットである。

チャールズ二世の宮廷人たちは、詩人や劇作家のパトロンとなったり、自ら執筆したりして、盛んに文筆活動を行っていたらしい。その中でもロチェスターは、当時の人々の耳目を集める存在だったようだ。早世したために残された作品数が多くはなく、しかも詩が回覧されて多くの人の手に渡ったため、真作と確認できる作品はさらに少ない。それでも現在においてもなお無視できない存在感を放つ詩人であり、たとえば『オックスフォード英文学辞典』（*The Oxford Companion to English Literature*, 7th ed.）の記述では、抒情詩においては「一七世紀最後の主要な形而上派詩人であり、社会と文壇に対する諷刺詩においてはオーガスタン作家たちの最初の一人」

(Rochester's lyrics [make him] one of the last important metaphysical poets of the 17th century, and he was one of the first of the Augustans, with his social and literary verse satires) という位置づけがなされて、「重要な作品群を残した」(produced an important body of poems) と評されている。

しかし、文学辞典によるこの評言は、とりもなおさず、ロチェスターの詩人としての高い評価が近年まで必ずしも自明なものではなかったことを明らかにしているだろう。二〇〇一年の *TLS* (*The Times Literary Supplement*) の記事でも、ロチェスターは長らく「人物としては確かに知っているが、まず読まない作家」(John Wilmot, second Earl of Rochester, has long been a character we feel certain we know and a writer we do not read) (Sharpe : 26) だったと述べられている。実際、ロチェスターに対する批評的関心が高まりを見せ始めたのは比較的最近のことであり、一九九〇年代半ばになってからである。研究が本格的に始まった一九五〇年代以降、一九八〇年代に論文集が編纂されるまでは、発表されるのはほとんどが単発的な論文という時期が長く続いた。しかしようやく一九九〇年代半ばになってから、研究書や作品集などが相次いで出版されるようになり、一九九九年には、新しい編者による作品集が出版された。これを受けて *TLS* は、巻頭の長い記事を組み、作品からの引用をふんだんに織り交ぜながら、作風や文体、政治的スタンス、一種独特な道徳性や後代への影響などを紹介して[1]、ロチェスター作品の持つ可能性を広く読者に伝えた。一連の関心の高まりを反映するように、一九九五年には、人物としてのロチェスターに取材した二篇の戯曲もロンドンの劇場 (Royal Court Theatre) で上演されている[2]。このように、「まず読ま〔れ〕ない作家」としてのロチェスター像は、最近一〇年余りの読み直しと再評価によって、修正されつつあるといえるだろう。

人物としては知られていても、作品が読まれてこなかったというのはなぜだろうか。一つの理由として、人物像のインパクトがあまりにも強いことが挙げられる。奢侈と放埒と不品行のほとんど代名詞のようになっているチャールズ二世の宮廷にあって、当代きっての放蕩児（rake）と呼ばれたロチェスターだから、個人的な逸話には事欠かず、それらは一八世紀、一九世紀を通して伝説のように語り継がれてきた。また、ロチェスターの作品には、性的にあからさまで、ほとんど露悪趣味に近いようなものが多数見受けられる。「十七世紀の悪名高い『ポルノ詩人』」（グリーン・三二五）としてのイメージが一人歩きして、ロチェスターは長い間人々の好奇心と道徳的な批判の対象になってきたのである。先に引用した批評家が作品を「まず読まない」と言ったのは、現代に至ってもなお、ロチェスターがいわくつきの詩人であることを示唆しているだろう。話題性が作品の評価に先行しがちな詩人なのである。

しかし、ロチェスターは露骨な詩人というだけのレッテルを貼られて片付けられるべきではないし、一面的な評価には収まりきらない多面性を持っている。この論文では扱わないけれども、特に、後代に与えた影響の大きさは見逃すことができないだろう。たとえば、ホラティウスを模倣した文体による文壇の諷刺という詩のジャンルは、英語ではロチェスターが創始したものであり、ロチェスター本人との直接的な作品の応酬からドライデンの『マックフレックノー』（*Mac Flecknoe*）が生まれたといわれている。(3) また、ポウプが、諷刺詩人としての先輩かつライバルとして、陰に陽に終生ロチェスターを強く意識し続けていたことも、英文学史においてロチェスターが持つ大きな意義を明らかにするものだろう。(4)

この論文では、逸話や本人による回想に基づいて、まずはロチェスターの人となりを考察し、放蕩児としてのジェスチャーに窺われる演技性を確認したい。次に、作品に焦点を移し、ロチェスターの代表作といわれる「理性と人間に対する諷刺」（"A Satyre against Reason and Mankind"、以下「諷刺」）を取り上げる。(5) この作品は、従来、哲学や神学など当時の思想的な背景との関係において批評されることが多く、形式や作品の構成についてはあまり論じられてこなかった。しかし実は、伝統的な修辞学にのっとって書かれていて、正式な弁論の構造を持っていることを指摘したい。さらに、「諷刺」と対になった作品といわれる「ロンドンのアルテミザから田園のクロエへの手紙」（"A Letter from Artemiza in the Towne to Chloe in the Countrey"、以下「アルテミザ」）と、もう一つの代表作といわれる「ないものについて」（"Upon Nothinge"）でも、修辞性が重要なモチーフになっていることを検証する。このように修辞学との関連において詩を読解することで、ロチェスターの作品が修辞的弁論としての自覚的な構成を備えていること、また、それらの弁論の持つ、儀式的なまでに精度を高められた形式性が、弁論家としての仮面を操る演技的な作詩法によるものであることを明らかにしたい。

第一節　人物について

ロチェスターの評伝を読むと必ず紹介されている逸話がいくつかある。たとえば、財産と美貌で評判のエリザベス・マレットが宮廷に出てまだ間もないころ、他の花婿候補たちを出し抜いてロチェスターが六頭立て馬車で誘拐し、王の不興を買ってロンドン塔に幽閉されたこと。自分の従僕に番兵の扮装をさせ、宮廷でめぼしい貴婦人の私室のドア脇に毎晩立たせてスパイとし、そうして仕入れた情報を元にいくつも詩を書いたこと。さらには、手持ちの作品を見せるようにチャールズ二世に促され、うっかり手渡したのが王本人についての諷刺だった（"A Satyr [In the Isle of Brittain]"）ため、またもや宮廷を追放されて、すでに少なくはない追放歴にもう一回を加えたこと、などなど。悪ふざけの武勇伝とでも呼んだらよいのか、この種の面白おかしい話は他にいくつも伝わっている。機知（wit）の働きだけを頼りにして、他愛もないことに宮廷人としての命運を賭してみせる危なっかしさを含めて、まるで王政復古期喜劇に登場する当世風遊び人のステレオタイプを実人生で実行しているかのようでさえある。(6) 傍若無人とも見えるそのようなロチェスターの仲間を、マーヴェルは「陽気な一味」（the merry gang）（Pinto: xviii）と呼んだ。一緒に会食したイーヴリンの目にロチェスターは「不敬な才子」（a very profane wit）（Vieth, "Introduction": xxvi）と映り、ピープスは「どうしようもないワル」（so idle a rogue）（Rawson : 3）と評した。

実際のところ、ロンドンはロチェスターにとって、ある種の舞台だったのかもしれない。後年になって、当時の乱脈ぶりを語るロチェスター本人の言葉には、行動していたのは本人としてではなく役柄だったという意識が透けて見えるのである。たとえば、妻子がいるオックスフォード州北部とロンドンで二重の生活を送っていたロチェスターは、「ブレントフォード（現在のキュー植物園があるあたり）にやってくると悪魔が乗り移り、オルダベリーかウッドストックの田舎に戻るまで出てゆかないと言っていた」（He was wont to say that when he came to Brentford the devill entred into him and never left him till he came into the country again to Alderbury or Woodstock）（Aubrey, in Farley-Hills : 178）という。また別の機会に回想して、「都合五年の間、ずっと酩酊のしどおしだった。外から見ていつもそれと分かるわけではなかったが、……あの頃は完全に自分の制御ができるほど覚めていないことがあった」（for five years together he was continually Drunk: not all the while under the visible effect of it, but . . . he was not in all that time cool enough to be perfectly Master of himself）（Burnet, in Farley-Hills : 50）とも言ったようだ。それを酒と呼ぶにしても、あるいは悪魔としか呼びようがないにしても、何か得体の知れない力に操られてでもいるかのように、我を忘れて放埓な毎日に明け暮れたというのである。たしかに、ある時目が覚めて改心した人がいかにも言いそうなことではあるだろう。しかしそれと同時に、伝承として読むこれらの言葉には、酒や悪魔への単なる責任転嫁にとどまらない、ある種の空虚な受動性とでもいうべき自分のなさを見てとることができる。この虚ろな自分があるからこそ、ブレントフォードに来ると人が変わったようになり、ロンドンでは放蕩児という仮面を徹底的に演じることができたのかもしれない。もちろん、演技としての放蕩といっても、本当のロチェスターは放蕩児ではなかったと言いたいわけではない。むしろその逆で、仮面をつけてロンドンにいる間は完璧な放蕩児だったということだ。

ロチェスターの行動の一つの側面が、空虚さの裏返しとしての過剰な演技性であるとすれば、その精神生活においてもロチェスターは背反したようにも見える二つの極を生きた。当時の宮廷では、皇太子時代に王の家庭教師でもあったホッブズの唯物論が「流行の理論」(fashionable system) (Everett : 8) だったという。ロチェスターは、宮廷でこれを吸収した。「宮廷は彼に酒色の道を教え、その上ホッブズ思想を徹底的に吹き込んだ」(the Court [,] which not only debauched him but made him a perfect *Hobbist*) (Wood, in Farley-Hills : 170) と当時の記録が語っている。明敏で器用、あり余る才知と言葉の才能に恵まれたロチェスターが、当時の知的動向についても周囲をしのぐ理解を示し、修得した思想を思うままに展開しただろうことは想像に難くないし、後に見る作品「諷刺」をはじめとして、彼の詩作品にもそのことが現れている。このように、徹底的な唯物論者ロチェスターは死後の魂の存在について懐疑的であり[7]、周囲には無神論者とみなされていた。しかし、不摂生がたたって健康が衰えるにつれて、神や宗教への関心を顕わにするようになり、幾人かの神学者や牧師と手紙や直接の会見で意見を交わして、真剣な議論をするようになったらしい。ある日、病床で聖書の一節を牧師パーソンズに朗読してもらっている時、信仰に目覚め、召使を含め家じゅうの者を集めて悔悛を宣言したという[8]。別の牧師に宛てた同じ旨の手紙も公にされている。

ロチェスターの死後に牧師のバーネットが発表した手記には、ロチェスターが宗教に対する過去の自分の態度について述べた箇所がある。普段の無軌道ぶりを「深く反省」(severe Reflections) し、「恐怖」(horror) で心が弱くなったような時には、様々な周囲の影響から自分を守り「精神を強くするために……信仰や宗教上の懸念を可能な限り取り払った」(fortifie his Mind . . . by dispossessing it all he could of the belief or apprehensions of

Religion)（Burnet, in Farley-Hills : 51）と語ったらしい。既成宗教を疑い、ある種の知的な実験として無神論的思考を試みながらも、その無神論もまた仮の視点でしかありえないと実感している人の言葉だろう。あるいは無神論とか仮の視点などという表現もおそらく適当ではないかもしれない。ここにあるのは信仰も感情もただひたすら「取り払〔う〕」という否定の働きだけであり、それによって自己が自己を「強くする」という精神の休みない運動だけである。それは意志的であっても方向性を持たない。しかしまた同時に、これらの精神の作用が罪の意識と無縁ではないと同時に、宗教に対する反撥といういわば負の方向性を持っていることは示唆的だし、結果的にどのような形をとるにしても、懐疑と否定を通して救いを求めているということも明らかである。少なくとも、後年の宗教的な立場から回顧するロチェスターは、過去の精神生活をそのように意義づけしているように見える。

罪と救いの両極を希求した生涯について、ロチェスターの葬儀の説教でウィルモット家付きの牧師パーソンズは次のように述べている。

かつて故人は罪に染まった人の中でももっとも罪深い人でした。……まさに優れた資質があったからこそ、そうなりえたのです。……故人の罪はその資質にも似て、……どれもが際立ち、並はずれたものでした。その目指したところにはどこか独特で逆説（パラドックス）的なものがあって、不信心にあっても著作にあっても、他の人には手も届かなければ思いもよらないようなものでした。……罪に深く帰依した故人は、罪への殉教者として……生きたのです。

[H] e was once one of the *greatest of Sinners*. . . And truly none but one so great in parts could be so

> [.] ...His Sins were like his Parts, ...all of them high and extraordinary. He seem'd to affect something singular and paradoxical in his Impieties, as well as in his Writings, above the reach and thought of other men.... [S] o confirm'd was he in Sin, that he lived ... a Martyr for it.
>
> (Parsons, in Farley-Hills：46)

美徳（virtue）と悪徳（vice）という対人的・道徳的な枠組みではなく、神に対する罪（Sin）という形而上的な軸が設定されることで、ロチェスターの人柄に根差したパラドックスが浮き彫りになる。罪への透徹した志向を、後年の宗教性の裏返しとして位置づけることの可能性が示唆されるのである。放蕩児として振舞い、ふと訪れた空白の時間に自分を「深く反省」して「恐怖」にとらわれた時、身ぶりや仮面としての信仰を徹底的に拒んだロチェスターは宗教に対して潔癖だといえるのではないか。思考と行動の一つの極において懐疑を徹底させたロチェスターの、負の信仰と呼べるかもしれないものに、パーソンズは「罪への殉教」という逆説的な表現を与えたのだと考えられる。ロチェスターに対するサミュエル・ジョンソンの有名な道徳的判定「無益かつ無用に生き、若さと健康を過剰な官能性のうちに燃やしつくした」(he lived worthless and useless, and blazed out his youth and his health in lavish voluptuousness)（Johnson, in Farley-Hills：204）を一つの見方とし、ハズリットの描く悪のヒーロー像「人が尊重するあらゆるものに向ける蔑みはほとんど崇高の域に達している」(his contempt for everything that others respect, almost amounts to sublimity)（Hazlitt, in Farley-Hills：214）を経て、ロチェスターは「根は宗教的」(fundamentally religious)（Pinto: xxvii）だったという見解も二〇世紀以降には改めて提出されている。(9)

妻のエリザベスに宛てた手紙の中で、ロチェスターは「人間の欲求と、それを満たす手段と定められたものの間には大きな不釣合がある」(greate disproportion 'twixt our desires and what is ordained to content them)（Pinto:

xxvi）と述べたという。自分が求めるものの大きさと、人間に許された行動の形式との間にある絶対的な隔たりを指摘するこの言葉には、自身の限界に対する苛立ちや、虚しさが現れている。このように、欲求しつつ、実現の不可能性もまた同時に見てしまう二重の視線は、ロチェスターの作品にも共通している。作品に登場する男女は、盛んに活動し、才走った台詞を口にしながらも、どこか滑稽で、愚かしく、哀れである。彼らは、欲望のパターンを踏襲し、社会的な約束事として演じ続ける以外に行動する方法を持たない。知を求め、誤って理性を道案内にしたばかりに、あえなくも懐疑の海で息絶えてしまう「諷刺」の登場人物。「アルテミザ」では、女が誘惑する役、男は引っ掛かる役という当世風の結婚の形式に「うまく騙されていることとの完璧な幸せ」（The perfect Joy of being well deceaved）（115）を、とめどなく嬉々として語る人物が登場する。「歌」（"Song [An Age in her Embraces pas'd]"）の語り手である放蕩児は、嫉妬と疑念によって「極限まで高められた愛」（Love rais'd to an extream）（26）のメロドラマを演じながら、「苦痛は騙さない」（But pain can ne're deceive）（32）の一言でそれが虚構であることを暴きつつも、詩の最後まで空々しく優雅な恋愛遊戯を続ける。これらの人物たちは、自らの世界が限定されていること、また自分は秩序という虚構の中でステレオタイプの役柄を演じているに過ぎないことをよく意識しているからこそ、まるで観客の要請に応えるかのように、わざとらしいまでに完璧な、パロディー寸前の演技をしてのけるのだろう。しかし、賑やかに語り、行動する人物たちも、いつかは沈黙する。役柄の仮面を外したとたん、虚構は崩れ、個人として存在しなくなるのである。その意味で、「ないものについて」という一つの作品は、ロチェスターの作品の多くに対して、メタの関係にあるのかもしれない。役柄が続いている間、すなわち語り手や登場人物が仮面をつけ、社会的なルールや習慣、約束事としての形式に従って演技をしている間は、台詞としての詩が紡ぎ出されている。仮面という形式があるから、かろうじて成立する「あるもの」（somethinge）、つまり作品があるのだ。言葉でできた「あるもの」が終われば、後に残るのは「ないもの」

(nothinge) だけなのである。

第二節　作品について

ロチェスターの人生において、放蕩が虚無の裏返しとしての仮面であり、ロンドンを舞台にした演技だったことを述べた。実はロチェスターは演劇と縁が深い。劇作品も執筆しているし、女優を愛人として劇場にも出入りしていたらしい[10]。また、変装してロンドンを徘徊することを趣味としていた。このようなロチェスターの演劇への関心は、詩作品にも現れている。多様な人物たちを生き生きと活動させ、短い台詞でそれぞれの性格を鮮明に浮き彫りにする手法は、ロチェスターにとって詩の執筆も演劇と切り離せないものだったことを窺わせる。ロチェスターの文体の一つの特徴が、話し言葉のテンポやリズムであることも、演劇との類縁性を示唆しているだろう。人物の台詞や抒情詩だけではなく、文壇に対する諷刺や、理屈の勝った作品にさえも、人が話しているかのような臨場感があるのだ[11]。エズラ・パウンドが、ポウプに比べてロチェスターの文体は「歌って」(singing) いて、ポウプは古いけれどもロチェスターは「一九一四年のロンドン」(Rochester is London, 1914)(Pound : 158 ; 172) であり、新鮮さを失っていないと評したのは、ロチェスターの作品の演劇的な臨場感や、話し言葉を基本とした文体にも理由があるように思われる。

これから論じる三作品「理性と人間に対する諷刺」、「ロンドンのアルテミザから田園のクロエへの手紙」、「ないものについて」にも、様々な語り手が登場する。「諷刺」は討論の形式をとり、主要な語り手が相手を論破する劇的な設定になっている。「アルテミザ」は、ロンドン社交界の噂話を、ある女性が女友達に逐一報告する、おしゃべりによる書簡詩の形式を持つ。「ないものについて」では、語り手は哲学者風のポーズをとり、自説を展開してみせる。いずれの語り手も性格を異にし、語り口もバラエティーに富んでいて、ロチェスターの演技的で変幻自在な想像力が発揮されている。

また同時に、これらの作品には、ロチェスターの他の作品にはほとんど見られない、ある共通した特徴がある。語り手たちがそれぞれ弁論家として造形されていて、古典修辞学にのっとり、あるいは意図的に反逆した形で、自らの弁論を述べているのである。ロチェスターにとっては、よい文体とは修辞と詩が一体となったものであり、修辞は詩作一般の要でもあった。「ホラチウス風に」("An Allusion to Horace")では、ホラチウスの有名な詩行を引用して、「修辞を詩に宿らせなさい」(Your Rhetorique with your Poetry unite)(25)と述べている。[12] しかし、上記の三作品においては、卓越した文体や効果的な表現という漠然とした意味を超えて、弁論の作成と発表の術としての古典修辞学が作品の結構を支えているのである。以下の議論では、それぞれの作品の構造やモチーフとして、古典修辞学がどのように使われているかを考察したい。それと同時に、修辞的な弁論の持つ形式性や、ステレオタイプとしての弁論家像が、ロチェスターの演技としての語りとどのように関連するかも検証したい。

これまでの批評において、ロチェスターの代表作の一つである「諷刺」は、主に思想内容に重点を置いた読解がなされてきた。背景となっている思想家や文学者、あるいは神学的な論争との影響関係の解明が中心であった。[13] たとえば、人間と動物を比較対照し、理性の間違いやすさや虚しさを指摘して、人間より動物の方に優越性を認めるという論点は、プリニウスやプルタルコスなど古代の作家たちに始まり、モンテーニュの『レーモン・スボンの弁護』(*Apologie de Raimond Sebond*)やボワローの『諷刺VIII』(*Satire VIII*)を経由して、ロチェスターに引き継がれたテーマであることが明らかにされている。また、人間にとって恐怖こそがすべての行動の根本の動機であり、人は保身のために相手を裏切り、欺き、支配しようとするという詩の後半の主旨は、ホッブズの『リヴァイアサン』(*Leviathan*)で描かれる人間の自然状態に着想を得ていると考えられている。このように、「諷刺」を思想的文脈において読解する試みは大きな成果をあげてきたが、作品の構成や論の展開については、いくつかの例外を除き、あまり論じられてこなかった。[14] この論文では、「諷刺」が古典修辞学の弁論の形式をとっていることに注目したい。[15]

先回りをする形になるが、まず最初に、修辞学の伝統的な弁論の形式と「諷刺」の構造を照らし合わせておきたい。修辞的弁論は主に六つの部分から構成される。[16] 最初に、序言(exordium)が置かれる。弁論の主題が提示され、聞き手(読み手)の注意をひきつける部分である。「諷刺」では、冒頭部分(1-7)がこれにあたる。人間よりも動物の方が優れているという語り手の主張に読者を同意させて説得することが、弁論としてのこの詩の目的なのである。続いて、陳述(narration)では、事柄のあらましが事実に即して述べられ、主張の内容が展開される。作品では、人間の理性が当てにならないことが寓意的な物語の形で述べられる部分(8-45)である。次の分割(division)においては、これまでに論じられてきた問題が列挙され、争点が整理される。作品では、語り手と対話相手のやりとりの過程で、機知と理性、誤った理性と正しい理性、理性と人間性が区別される箇所(46-111)にあたる。立証(proof)の部分では、語り手の主張が証明される。詩では、動物との比較において、知的にも道徳的にも、人間の方が優れているとは言えないことを論証しようとする部分(112-73)がこれにあたる。次の反論(refutation)では、相手の議論が反駁される。尊敬すべき立派な政治家と聖職者の存在が事実上否定され、人間の救い難い浅ましさが暴露される部分(174-219)である。結言(peroration)は、最後にこれまでの論を振り返ってまとめる箇所(220-5)である。このように、弁論の構造に即してロチェスターの議論の展開を整理することはできるものの、作品を全体として見ると、主張が論点から論点へとなめらかに進行していて、機械的な印象は与えない。対話相手との間に劇的な緊張をはらみながら、ある時は論理的に、またある時はユーモアをまじえて、流麗で陰影に富んだ口調で詩が展開される。わずか二二〇行あまりの詩ではあるけれども、豊富な内容と雄弁な語り口が、実に緻密な構成によって支えられているのである。文体の変化に注目しながら、修辞弁論としてのこの詩の議論を以下に見てゆきたい。

詩の最初で、弁論の主題が提示される。

もし私が（こんな目にあっているのは私が実際に
あの奇妙で不可思議な生き物、人間の一人だからなのだが）
自分の身の程を自由に選ぶことができる魂で
どのような肉体でも好きなのをまとうことができるなら、
犬か猿、あるいは熊にでもなってみたい。
何でもよいが、ただあのうぬぼれた動物だけはごめんだ。
理性をたいそう自慢にしているあの動物だけは。

Were I (who to my cost already am
One of those strange prodigious Creatures Man)
A spirit free to choose for my own share,
What case of flesh and blood I pleas'd to wear;
I'de be a Dog, a Monky, or a Bear.

Or any thing but that vain Animal
Who is so proud of being Rational.　(1-7)

人間よりも動物であることの方が望ましく、理性は誇るに足るものではないという語り手の主張は、先述のとおりモンテーニュやボワローと同じ思想的系譜に属している。当時のロチェスターの読者にとって、議論の立て方として特に目新しい主題というわけではなかっただろう。そうはいっても、もとより常識的な見解ではない。この命題が前提とし、かつ疑問を投げかけているのは、人間は地上における万物の長であるという、古代においてすでに表明され、中世とルネサンスを経て受け継がれてきた、存在の連鎖の考え方である。[17] 新プラトン主義やキリスト教の教説とも整合しつつ、人々の考えに深い影響を及ぼしてきたこの思想に、ロチェスターの語り手は議論を吹きかけ、弁論による説得を試みようとしているのだ。それが作品の修辞的挑戦となっている。

続く陳述部分は、冒頭で述べられた論者の主張が、具体的な出来事に即した物語として展開される箇所である。作品では、理性は不確実で当てにならないことが、ある哲学徒による精神の探求という諷刺的な寓話の形で物語られる。この人物は、理性を先導とし、知を求めてはるばる難儀な旅をする。しかし、「理性は精神の鬼火である。／自然の光である感覚は置き去りにして／道なき道、あてどない危険な道をたどって／誤謬の沼地や茨の茂みを抜けて行く」(Reason, an Ignis fatuus of the Mind,／Which leaving Light of Nature, sense, behind;／Pathless and dangerous wandring wayes it takes,／Through Errours fenny boggs and thorny brakes) (12-5)。理性を光にたとえるのは常套だが、ここではむしろ理性と対立するはずの感覚こそが確かな光であって、理性の方は頼りなく当てにならない鬼火にたとえられている。理性を道案内にすれば、道を照らしてくれるどころか、人間精神にひそむ暗く危険な場所へと誘い込まれるのである。そこには様々な誤謬が、底なしの沼地や行く手を阻む茨という寓意的な姿をとって待ち受けている。「一方、誤ってついて行った者は苦労して／でたらめが積み重なった脳内の山また山をよじ登らされる。／思考するたびにつまずき、まっさかさまに／懐疑という無限の海へと落ちて行く」（Whist the misguided follower climbs with pain／Mountains of whimseys heapt in his own brain;／Stumbling from thought to thought, falls headlong down／Into doubts boundless Sea）（16-9）。間違って理性について行ったばかりに、自身の頭の中を堂々巡りして、思考の山を登っているつもりでも、いつの間にかつまずいて転落している。その挙句、懐疑にとらわれて身動きがとれなくなってしまう。理性に従って思考すればするほど、間違いや懐疑に陥る可能性も高いのである。このように、理性の間違いやすさが指摘され、「理性をたいそう自慢に」することの愚かしさが、寓意的とはいえ具体的な状況において叙述されるのが、弁論としてのこの詩の陳述部分である。

事柄の顛末を物語る陳述を終えて、「諷刺」は次の部分、つまり争点を整理する分割へと進む。機知と理性の区別や、理性の中での区分などが行われる箇所である。まず、ホラティウス以来の諷刺詩の伝統に従って、語り手の対話相手が導入される。ロチェスターの作品においてこの役目を果たすのは、語り手と真っ向から対立する説教師である。この人物は、理性は天の恵みであり、人間と動物を決定的に隔てる神聖な力であるといって、伝統的な立場から意見を展開するのだが、まずは卑屈とさえ映る低姿勢で登場してきて、語り手に迎合しようとする。「それではお言葉に甘えて申し上げますが、／機知とかいう、調子よく人をからかう冷やかしを批判するものなら何でも／私は大好きでして」（Then by your favour any thing thats writt／Against this gibeing, gingling knack call'd Witt,／Likes me abundantly）（48-50）。しかし、話している間にだんだん調子が出て、語り口が独断的になってくる。

辛辣な論文を書いて〈機知を〉やっつけてやりたいものです。
しかしあなたはあまりにも無謀だから、それはしばらく差し置いて、
ペンの矛先を別の方向に転じましょう。
あなたの退廃した精神は何に沸き立ち、逆上して
理性と人間をののしらせるのか？
栄光に満ちた人間に祝福あれ！

I long to lash it [wit] in some sharp essay,
But your grand indiscretion bids me stay,
And turns my tide of Ink another way.
What rage ferments in your degenerate mind,
To make you rail at Reason and Mankind?
Blest glorious Man!　(55-60)

口調の変化に注目したい。最初は愛想がよかったのが（「お言葉に甘えて申し上げますが」）、次にうぬぼれをちらつかせ（「辛辣な論文」）、批判の矛先を機知から語り手の「無謀」に向け変えたかと思うと、今までの会話調から急に説教調に転じて、語り手を居丈高に叱りつけている（「あなたの退廃した精神は」）。語り口の変化は、ぎこちない三行連句（essay-stay-way）から、いきなりてきぱきとした二行連句（mind-Mankind）に切り替わっていることにも現れている。会話ではのらりくらりとしているが、一旦説教師の仮面をつけると、水を得た魚のように手慣

れた弁舌をふるうのである。しかも語り手を叱責した後は恍惚へと急上昇（「栄光に満ちた人間に祝福あれ！」）して、「希望と恐れの真実の根拠を世に示すのだ」（give the World true grounds of hope and feare）（71）と自信満々に締めくくっている。この文体の操作には、聖職者に対するロチェスターの痛烈な皮肉と批判が込められているだろう。詩の最後の部分で、「うわべだけ」（a pretence）（195）の説教をする聖職者が言及され、「罪を叱責するといっては人をあざける」（for Reproof of sins does Man deride）（194）と非難されるが、その聖職者は、ここで語り手を「退廃した精神」と頭ごなしに決めつけているこの説教師を想起させる。

一七世紀の神学的論争の主な話題を盛り込んで、説教師は演説を行う（58–71）[18]。語り手は相手の論点を一つ一つ取り上げ、パロディー化することで反論する。人間は神の「似姿」（Image）（63）として作られていて、理性は霊的な祝福であると説教師が主張すれば、語り手は「この超自然の恵みがあるばかりに虫けらが／自身を神の似姿だなどと思いこむ。／短くせわしない己の一生を／永遠と永久の祝福になぞらえてしまう」（This supernatural Gift, that makes a mite／Think hee's the Image of the Infinite;／Comparing his short life, voyd of all rest,／To the Eternall, and the ever blest）（76–9）とやりかえす。理性の「高みを目指す感化力」（aspiring Influence）（66）によって人間は感覚を超越し、宇宙の謎を解くのだ（We take a flight beyond Material sense;／Dive into Mysteries, then soaring pierce／The flaming limits of the Universe）（67–9）と説教師が息巻けば、語り手はそれを戯画化する。「〈理性の〉翼に運ばれて、どんな愚物でも突き進む／無限の宇宙の果てまでも。／魔法の塗り薬のおかげで老いぼれ魔女が／体もろくに動かないのに空を運ばれてゆくようなものだ」（Born on whose [reason's] wings each heavy Sott can pierce／The limits of the boundless Universe.／So charming Ointments make an old Witch fly,／And bear a crippled carcass through the sky）（84–7）。指摘されているように、理性に導かれた探求をダイナミックな飛翔（Dive . . . then soaring pierce, Born on whose wings . . . ）の比喩で表すこの箇所は、先ほど描かれた鬼火を追っての山登りの上り下りと対応している。[19] 理性を正反対の魔法にたとえつつ、形而上学的な真実の探求とは、実は先ほどの誤謬と危険に満ちた道行きを大々的に宇宙規模の飛翔として展開させるようなものだと言って揶揄するのである。

説教師の主張の主旨は大きく二つに分けられる。一つめは機知と理性を区別することであり、二つめは理性こそが神聖な力であり、人間の栄光だということである。先に指摘したとおり、「諷刺」のこの箇所は弁論の分割部分にあたる。つまり、説教師の演説において、機知と理性という問題の分割が行われたことになるのだ。理性の聖性に対する語り手の反論がこれに続き、理性の中でさらなる分割がなされることになる。霊的な力としての理性を批判した後、語り手は、自分が「認め」て従う「正しい理性」とは何かを論じ（I own right reason, which I would obey）(99)、理性の中でも「正しい」理性と間違った理性という二種類が区別されるのである。

正しい理性の働きについて、語り手は明快に主張する。「思考は行動を統御するためのものだから／行動のないところでは思考は御門違いなのだ。／私たちにふさわしい行動範囲は人生の幸せであり／その先を考えようとするのは愚かというものだ」（Thoughts are given for Actions government,／Where Action ceases, Thought's impertinent.／Our sphere of Action is Lifes happiness,／And he who thinks beyond, thinks like an Asse）(94-7)。この主張に見られるような、学問的究明による学知と、経験に基づく実践知という区別は、古典ギリシアの時代からなされてきたものである。[20] ロチェスターのいう実践知とは、「意志によって欲望に境界を設け、形を与える」（That bounds Desires with a reforming Will）(102) ことで目的を達成する働きをするものであり、ギリシア的な節制と中庸の徳に近いとも言えよう。たとえばアリストテレスの『ニコマコス倫理学』では、極端な感情や欲求を排し、中庸を選択する「ただしきことわり（オルトス・ロゴス）」（アリストテレス（上）・五八、二二五、二四七）が人格の要として重要視されるが、ロチェスターがその存在を認める「正しい理性」も、これに似た機能を持っていることが指摘されてよい。もっとも、ロチェスターがここで真面目に哲学的議論をしようとしているとは思えない。空腹を感じたら「私の理性は食べろという」(my Reason bids me eat)(107)けれども、あなた(説教師)の理性は「今何時だ」(that answers what's a clock)(109)と応じるというのは、自身の経験的な現実を無視してまでも、社会的な通念に縛られた慣習を優先することに対する揶揄であり、そのように不自由な状態を「倒錯している」(Perversly)(108)と評するのが主張の要点だと考えられる。弁論の手続きによって、超越的な理性と区別されるべき「正しい理性」を取り出したのは、厳密な思想を表明しようとしているというよりも、分割という形式を借りて、対話相手を諷刺するための視点を確保することに主眼があるということもできるだろう。

弁論の分割部分において、形式的には二種類の理性が区別された。超越的な力としての理性を否定し、「正しい理性」を認めることで理性の一部を諷刺の対象から外した語り手は、次に対象を人間性へと広げ、諷刺の根拠を示す立証へと話を進める。この箇所では、モンテーニュやボワローの作品と同じように、動物と人間を比較することが行われ、人間の行動のもっとも根本的な動機として、ホッブズの思想を変形させた形で、恐怖が挙げられる。[21]その論拠を、時には論理(logos)に、時には読者の感情(pathos)に訴えつつ、またある時には語り手の人格(ethos)に対する信用さえ誘い出すようにしながら、説得を目指して繰り出すのである。まずは論理による説得を目指して、人間の知恵が検討される。

　一番賢い生き物とは、最も確実な方法で
　自分の目的を達成するものであろう。
　だからジョウラーが野うさぎを見つけ出して襲う手際が
　ミアズが委員長の職務を果たすのよりうまければ

一方は政治家、他方は犬ではあるけれど
公正に見ればジョウラーの方が賢いことになる。(22)

Those Creatures are the wisest who attain
By surest means, the ends at which they aime:
If therefore *Jowler* finds and kills his Hares,
Better than *Meeres* supplies Committee chaires;
Though one's a Statesman, th'other but a Hound,
Jowler in Justice would be wiser found.　(117-22)

この箇所の論理構成は、「賢さとは目的に合った手段を見つけることである」「ＡはＢよりも手段を見つけることに長けている」「ＡはＢより賢い」という三段論法の形式になっている。もっとも、このように結論するためには、ＡとＢの目指す目的が同一でなくてはならないのは言うまでもないが、論拠の提出に擬似論理が使われていて、いかにも立証の手続きを踏んでいるように見せかけられているということに注目したい。次には、第二の手段として感情による説得が試みられ、人間の道徳が秤にかけられる。「鳥は鳥を食べ、獣は獣を襲う。／しかし人間のみが人間を裏切る残酷さを持っている。／必要に迫られて、動物は食べるために相手を殺す。／人間は自分の利益にもならないのに人を破滅させる」（Birds feed on birds, Beasts on each other prey,／But savage Man alone does man betray:／Prest by necessity they kill for food,／Man undoes Man to do himself no good）（129-32）。これ以降しばらくの間、語り手の口調はこれまでの冷静さを忘れて、呪詛に近いものになっている。動物には見られないであろう人間の卑劣さを誇張して、人間に対する批判と嫌悪の感情に読者が同意することを求めているのである。人間の徳性はすべて恐怖から生まれ、保身のための手段でしかないこと（The Good he acts, the Ill he does endure,／'Tis all from Feare to make himself secure）（155-6）が力説されるのも、読者の人間嫌悪をあおり、感情による説得を目指しているのだろう。最後には、第三の方法である、信用による説得が行われる。「もし嘘つきが相手と知りながら／行い正しく振舞っていたら／破滅させられてしまう」（If you think it fair／Among known Cheats to play upon the square,／You'll be undone――）（161-3）。邪な振舞いは悪意によるものではなく、邪な社会のゲームに参加するために必要だからだという主張は、語り手の人柄に対する読者の信用をとりつけるための修辞的な手段だろう。このように、弁論の立証部分においては、人間を諷刺する論拠として、擬似三段論法という論理的な構成による説得と、同意による感情の説得と、信用による説得という三種類の方法がとられている。

激した口調の立証部分が終わると、語り手は気を取り直すかのように体勢を立て直し、興奮した自分との距離をとって、客観視を試みる。「憤懣やるかたなく、以上の言葉を私は／驕り高ぶった世界の虚飾に満ちた人たちに浴びせかけた」（All this with Indignation have I hurl'd／At the pretending part of the proud World）（174-5）。弁論が反論部分へと進むと、語り手は以前のような、軽みのある、諧謔的な口調を取り戻す。人間を弁護する相手方の反論を、さらに反駁する箇所である。立派な政治家と聖職者という、尊敬すべき類の人たちが吟味される。「廉直な政治家」（upright a Statesman）（185）とは、「その手腕と政策を／自身の家族ではなく、国を養うために用いる」（Who does his Arts and Policies apply,／To raise his Country, not his Family）（187-8）ような人だが、そのような政治家に宮廷で「お目にかかったことはない」（yet unknown to me）（180）。もちろん、語り手に面識のないような宮廷人は存在しないのである。聖職者については、世俗の欲にまみれた幾人かを戯画化してから、その反対として「柔和で謙遜、誠実な思慮の人」（a meek humble Man of honest sense）（216）、「敬虔なその生活が／人智を超えた神秘的な真実をまことに信じている証となっている人」（Whose pious life's a proof he does believe／Mysterious Truths, which no man can conceive）（218-9）という理想像を掲げる。しかし、実際に目にするのは先述の説教師のように、柔和であるどころか「罪を叱責するといっては人をあざけ〔り〕」、神秘を信じるのとは対照的に、理性によって「希望と恐れの真実の根拠を世に示す」と言い放って自分の力を過信する人ばかりだというのである。理想的な政治家と聖職者という、尊敬されるべき人たちの存在を事実上否定することで、結果的に人間全体の優越性を否定している。

そして弁論は結言に入る。上記で言及された、正しい政治家と敬虔な聖職者を指して、「もし地上にそのような神のような人がいるならば／私は今、彼らの前で私のパラドックスを撤回しよう」（If upon Earth there dwell such God-like men,／I'le here Recant my Paradox to them）（220-1）と語り手は言う。慇懃で、ものものしい譲歩のポーズである。ここでのパラドックスという語は「広く受け入れられている意見や信念に逆行する所説、あるいは信条」（a statement or tenet contrary to received opinion or belief）（*OED* 1.a）という意味で使われていると考えられる。すなわち、作品の冒頭で提出された、人間より動物の方が望ましい存在であるという修辞的課題を指している。正しい人はいないという語り手の主張が反証されたならば、作品そのものの冒頭から自説をすべて撤回するというのである。しかしもちろん「神のような人」という撤回の条件はあり得ないものなので、大げさな撤回のジェスチャーはますます空々しく、決して撤回することはないという反語的な表明となっているのだ。さらに進んで、作品の最後の二行では、実質的には見せかけの譲歩によって、かえって諷刺の核心部分が明らかになる。「もしそのような人がいたとしても、だがこれだけは言わせてもらおう、／人と人との隔たりの方が人と獣の隔たりよりも大きいと」（If such there be, yet grant me this at least,／Man differs more from Man, than Man from Beast）（224-5）。ほとんどの人間を獣と同列とみなすことによって、人間の下劣さに対する語り手の嫌悪が確認されて詩は完結する。

右に見てきたように、この詩は、冒頭の修辞的課題としてのパラドックスをめぐる六つの部分からなる伝統的な修辞弁論としての形式を備えている。思想的な内容の豊かさと、七変化する文体の眩惑的な多様性が、秩序正しく整備された弁論の手続きによって根底から支えられているという印象を与えるのである。しかしその理路整然とした構築性とうらはらに、この作品には奇妙な破滅性も感じられないだろうか。形だけだとしても、冒頭のパラドックスが撤回されることもその一つだし、形式的な撤回の後に残る結論もまた、自己破壊的なのである。人間のうち圧倒的多数の人たちは、人間ではあるけれど、実質はむしろ獣に近い。ほとんどの人間は、人間であって、人間でない。語り手のこの発言は、逆説、すなわち矛盾としてのパラドックスである。しかも、この発言は自己矛盾しているだけではなく、作品の先行する部分とも矛盾してはいないだろうか。というのは、人間対動物という二項対立で両者を区別して考え、前者を貶め、後者を望ましいものとして主張してきたのに、詩の最後に至って、獣が人間より低いものという前提で発言がなされているからである。冒頭のパラドックス、すなわち人間より動物の方が優れているという命題を、最後のパラドックス、すなわち人間は人間ではなく、ほとんど動物と同じだという命題が、打ち消していることになるのだ。つまり、「諷刺」という作品は、自らの始点を結論によって破壊して終わっているといえるだろう。しかし、自己を消尽した瞬間に、この作品は、自分の尾を飲み込む蛇ウロボロスのように再生するのかもしれない。弁論の結論で、人間であって人間ではないことが明らかになった語り手は、詩を再び仮定法で語り始める立場に立つことになるからである。「もし私が……自身の身の程を自由に選ぶことのできる魂で……」。一つの命題から出発したロチェスターの修辞弁論は、儀礼的なまでに正確な古典修辞学の手続きを踏みながら、循環するパラドックスの中で、自身を構築しつつ同時に取り崩すかのような、終わりのない動きを見せるのである。

「諷刺」と同年に書かれ、「対になった作品」（pendant pieces）（Vieth, "Introduction": xxxvii）とみなされるのが「ロンドンのアルテミザから田園のクロエへの手紙」である。対をなすという判断の一番の根拠になるのは、これら二つの詩に共通する語り手の性質であろう。「諷刺」は男性の宮廷人、「アルテミザ」は身分ある女性という違いはあるものの、いずれも当世風の才人として描かれている。しかし、語り口や議論の構造は二つの詩においてかなり異なっている。「諷刺」の語り手が、相手を追い詰めて論難する好戦的な修辞的弁論を展開するのに対し、「アルテミザ」の語り手は、ロンドンの社交界の噂話を田園にいる友人の女性に手紙で伝えるという形をとっているのである。これら二つの詩の修辞性の共通点と相違点を念頭に置きつつ、「アルテミザ」へと検討を進めたい。

田園にいる友人のクロエに宛てて手紙を書き始めながら、アルテミザは、詩を書く女性が世間からどのような目で見られるかについて述べる。詩を書くのは危険な高みに昇ろうとすることで（lofty flights of dang'rous Poetry）（4）、文名をあげようと冒険に出た「頑丈な船（才気ある男性）でも遭難する」ところに、わざわざ「女性の頼りない船で乗り出して、翻弄される」（How would a Womans tott'ring Barke be tost,／Where stoutest Ships（the Men of Witt）are lost?）（12-3）ようなものだから、「慎重にならなくては」（'twill be discreetly done）（20）と、しおらしく自制してみせる。ものを書くことは女性らしい慎み深さやたしなみに逆らうことで、大きな危険を冒して書いた作品も、「失敗すればやじられるし、うまくいっても鼻つまみ」（Curst, if you fayle, and scorn'd, though you succeede）（23）になるだけ。いずれにしてもよいことはない。だから「売春婦と呼ばれるのと同じくらいの不面目なのよ／女性詩人というのは」（Whore is scarce a more reproachfull name,／Then Poetesse）（26-7）とアルテミザは心得顔で自分に言い聞かせる。しかし、ロチェスターの創造する語り手がこのままおとなしくしているわけはない。社会的なコードを内面化した、優等生じみた説教をひとしきり展開した後で、アルテミザは一転して、「わたしは正真正銘の女性だから」(like an Arrant Woman, as I am)(24)と開き直ると、たった二行で今までの謹厳さを一笑に付し、分別を転覆させてしまう。「あまのじゃくと罪が楽しくって、／いても立ってもいられない、書き始めるまでは」(Pleas'd with the Contradiction, and the Sin,／Mee-thinkes, I stand on Thornes, till I begin)(30-1)。

才気煥発なアルテミザが、機知だけを武器にして、向こう見ずな綱渡りをしてみせることに無上の快感を覚える才人の系譜に属していることは明らかだろう。自分の属する社会において、女性が詩を書くことは身を滅ぼすことと同じだと分かっていながら、沈黙の中に安住していることを許さない才気が、自制と慎重さ(discretion)を押し切ってしまうのだ。「諷刺」の中で、機知の人である語り手を説教師が「あまりに無謀」(grand in-discretion)(56)となじっていることが思い出される。また、同じく「諷刺」で、語り手が機知を「虚しく軽薄なうぬぼれ」(vain frivolous pretence)(35)と呼び、才人を「売春婦」(common Whores)(37)になぞらえていることとも通じる。おそらくロチェスターの創造したアルテミザは、それらの忠告など百も承知なのだろう。いかにも「正真正銘の」粋人らしく、危険を横目で見ながら、自分の中の「あまのじゃく」を楽しんでいるのである。

語り手が才人だということは共通していても、「諷刺」と「アルテミザ」では、作品の構造が異なっている。先に述べたように、「諷刺」の語り手は、伝統的な修辞の形式にのっとり、政治、哲学や神学などを題材にして、公の性格の強い弁論を展開する。それに対して、アルテミザは、町の噂話を親しい友人に宛てた私信に仕立てている。アルテミザの詩は基本的におしゃべりだから、伝統的修辞学の範疇の外にあるのだ。しかし、一見すると無定形で行き当たりばったりのように見えるこの詩は、実は伝統的な修辞とは別の構成に従って構造化されている。むしろ、後に見るように、修辞学に反逆するそぶりさえ「アルテミザ」の語り手は見せるのである。

「アルテミザ」の形式に特徴的なのは、語りが入れ子構造になっている点だろう。アルテミザがクロエに宛てて、ロンドン社交界の最新の恋愛事情を伝える書簡が一番外の枠組みとなり、その中に「さるご婦人」(a fine Lady) (74) が登場する。その「ご婦人」が語る恋愛談義の中に、コリンナという、さらに別の女性が登場する。アルテミザは、クロエに向かって「ご婦人」の話を直接話法で伝えつつ、「ご婦人」についての見解を差し挟み、当の「ご婦人」はコリンナを描きながら、彼女についての判断を述べるのである。噂話がまた別の噂話を内包し、語り手だった人が別の談話サークルでは話の登場人物となる。書簡の書き手のアルテミザも読者にとっては作品の登場人物だから、波紋状に広がる噂話の輪の中に読者も参加しているような気がしてくるのだ。

合わせ鏡のような印象は、アルテミザ、「ご婦人」とコリンナの三人が、いずれもそれぞれの程度において才人であり、しかも登場する順に世間ずれの程度が亢進していて、ある種のコミカルな奥行きを出していることによって増幅される。アルテミザはクロエに向かって社交界のニュースを伝える。「このみだらな都」(this lewd Towne) (33) では、愛は「良からぬ営み」(an Arrant Trade) (51) になってしまい、「皆、愛という行為を／完璧なまでに練り上げ、感情は置き去り」(To an exact perfection they have wrought／The Action *Love*, the Passion is forgott) (62-3) といって、風習喜劇でおなじみの、ファッションと打算の集大成とでもいうべき愛の状況を面白半分に嘆いてみせる。アルテミザの話に登場する「ご婦人」もまた、弁舌さわやかに愛と結婚について自説を展開する。賢い才人の男性は「うまく騙されていることの完璧な幸せ」(The perfect Joy of being well deceaved) (115) を退け、結婚制度の傍観者という安全な立場に身を置きながら女性の真実を知ろうとするので、「人の中でもこういう手合いをこそ女性は避けなければ。／魔法は正確な知識によって消えてしまうのだから」(Women should these of all Mankind avoyd.／For Wonder by cleare knowledge is destroy'd) (119-20) という。一方、「心優しく御しやすいバカ」(Kinde easy Foole) (124) においては「愚かさがすべて協力しあって／彼の欲望をおだて上げ、私たちの欲望の味方をしてくれる」(his Follyes all conspire,／To flatter his, and favour Our desire)(125-6)から、「これこそが真に女性のための男性なのです」(These are true Womens Men)(135)と結論を下して、罰当たりな滑稽味にあふれた警句を連発し、処世訓を垂れる。才人と「バカ」で世間のバランスがとれていて、捨てる神あれば拾う神ありという持論を補強する例として挙げられるのが、もう一人の人物コリンナである。彼女は才人に捨てられて破滅の淵をさまようが、ロンドンに出てきたばかりで世間知らずな田舎貴族の御曹司を上首尾に誘惑し、たんまり貢がせてから毒殺して、自分の産んだ庶子を後継ぎに据えるという才覚を持っているというのである。

登場人物が三人ともに才人であるということは、彼女たちの話しぶりから読者に知られる仕組みになっている。コリンナは田舎貴族の目には「とても綺麗で、とても見事に話す人」(A Creature looke soe gay, or talke so fine)(241)として映る。「ご婦人」を評してアルテミザは、「彼女は／男性と同じだけ本も読み、恋愛経験も豊富で、学はもっと豊富、／鋭い才気を持っている。／他人の欠点も長所も分かっているけど、自分のことだけは分かっていない」(such a One was shee, who had turn'd o're／As many Bookes, as Men, lov'd much, reade more,／Had a discerning Witt, to her was knowne／Ev'ry Ones fault, and meritt, but her owne)(162-5)と述べ、「慎重さ以外はすべて持っている」(Except discretion onely; she possest)(168)と分析する。「ご婦人」の才能を伝えるこの台詞の中で、特に興味深いのは、「自分のことだけは分かっていない」というアルテミザの洞察である。アルテミザの「ご婦人」に対する評価は、「ご婦人」が自分とコリンナの間に相関性があると気づいていないことに基づいていると思われる。コリンナは自分に熱をあげてくれる男性を利用して社会的地位の安定を図るが、「ご婦人」もまた同様に、自分の目的を達成し、地位を保つために、夫を道具として使っている(74-7, 80-92)。コリンナの破滅ぶり、のしあがりぶり、犯罪への転落ぶりを「ご婦人」は諷刺的に語りながら、より安定した社会においてはあるが、一歩間違えばそれと大差ない軌跡を自分もたどっているのである。人物の相関性はそれだけにとどまらない。この「ご婦人」とアルテミザの間にも、社会的地位や分別の程度以外に共通するところがあって、アルテミザもまた「自分のことだけは分かっていない」気配があるのだ。「慎重さ」を欠いていると「ご婦人」を評しているが、アルテミザ自身も「罪が楽しくって」詩を書くという無謀を冒さずにはいられなかったことを思い出しておきたい。(23) また、若いアルテミザは年上の「ご婦人」の話しぶりに対して、批判含みに態度を保留して、「ちょっぴりの分別が／矢継ぎ早の不遜に混じっている」(some graynes of Sense／Still mixt with Volleys of Impertinence) (256-7)(24)と判断を下すが、一〇年も経てばアルテミザがこの「ご婦人」さながらに世間を渡っていても不思議ではないだろう。(25) ある批評家の指摘するように、いずれの登場人物も、自分が批判し、諷刺する行為の典型になっていて、「二重の機能」(double function) (Rothstein : 33) を果たしているのである。

このように、「アルテミザ」という作品は、登場人物による複数の物語が互いの姿を映し出し合い、性格も相通じる語り手たちが相手を批評し合う構造を持っている。他人を諷刺することが自分への諷刺となり、発言が自己に対する批評となっているというのは、自己言及的パラドックスの一つのありかたを示している。(26)「諷刺」のパラドックスが主に修辞学的な課題であり、論拠をあげて説得するという、手段と目的による前進的な構造を見せたのに対し、「アルテミザ」では、入れ子構造になった複数の語りが、パラドックスによって互いを照らし出し合う共鳴的な作りになっているのである。

パラドックスの扱いの違いだけではない。「ご婦人」のとめどない雄弁が、古典修辞学の約束事を無視して奔流のように流れ出ることも、二つの詩の修辞性の違いを明らかにしている。まず、彼女の弁論には段落がない。部分から成り立った秩序ある弁論の構造など念頭にないのである。また同様に、話の終点もない。たとえば、登場の場面では、アルテミザのいる部屋に突然飛び込んできて、大げさに忙しそうな身振りをした後、いきなり話し始め、才人と「バカ」のいずれを伴侶として選ぶべきかについて一挙にまくし立てたところで、ようやく一息つくのだが、それも話が一段落したからというわけではない。

これこそが真に女性のための男性なのです。——ここでやむなく
息が切れたので話を止めたわ。黙ろうと思ったからではないの。
そして窓に走り寄った。見つけたのよ。
彼女の大切なかわいいお友達のお猿がつながれているのを。
四〇回も微笑み、同じだけ風変わりなお辞儀などして
……
とうとうお猿にこんなやさしい言葉を聞かせたの。
キスしてちょうだい、おかしなミニチュア人間さん。
……
三〇分もお世辞をたらたら連ねていたわ。

These are true Womens Men.—Here forc'd, to cease
Through Want of Breath, not Will, to hold her peace,
Shee to the Window runns, where she had spy'de
Her much esteem'd deare Freind the Monkey ti'de.
With fourty smiles, as many Antick bows,

・・・
And made it this fine tender speech att last.
Kisse mee, thou curious Miniature of Man;
・・・
For halfe an houre in Complement shee runne.　(135-46)

修辞学では、長い文章を適切に使うことが効果的な弁論のために肝要だとされている。たとえばキケロはこのように述べる。「文の終わりは、言葉を継げなくなるまで息を使い果たすところではなく、息継ぎをするところであ〔る〕」（キケロ（下）：223）。すなわち、息が切れたところで話を打ち切り、場を移して別の話へと突入する「ご婦人」は、弁論の基本的なルールに正面から逆行しているのである。さらに、身ぶりと声を自然に調和させつつ弁論を展開するのが古典修辞学の作法だが、「ご婦人」は、猿に聞かせる弁論を始める前に、さまざまな芝居がかったジェスチャーをしている。これは、詩の冒頭で、アルテミザの部屋に大急ぎで飛び込んで来て、「風変わりな、五〇もの身ぶりで／忙しさを表現して」(all the hast does show,／That fifty Antick postures will allow) (93-4) からいきなり話し出したことの繰り返しであり、「ご婦人」の話しぶりが伝統的な雄弁術の実践とはかけ離れていることを強調している。

「ご婦人」だけではなく、アルテミザもまた、止まることを知らない雄弁の例に漏れない。詩を終えようというとき、まずは「でもそろそろ潮時ね、／クロエが気の毒だわ。だってわたしはよく知っているのだもの／書き手が種をまいた退屈を、読者は刈り入れないといけないのよね」(But now 'tis tyme, I should some pitty show／To Chloe, synce I cannot choose, but know,／Readers must reape the dullnesse, writers sow)（258-60）といい、「ご婦人」

とは違って、自分は書き手（話し手）としてのルールをわきまえていることを誇示する。しかし、もちろんのことだが、実行は伴わないのである。「次の便でまたお話を教えてあげるわね、／今回のと合わせたら、本ができるわよ。／天国ぐらい真実で、地獄よりも破廉恥なの。／でもあなたは疲れたでしょう、わたしも疲れたわ。それではね」(By the next Post such storyes I will tell,／As joyn'd with these shall to a Volume swell,／As true, as Heaven, more infamous, then Hell;／But you are tyr'd, and soe am I. Farewell)（261-4）。疲れたときにようやく筆をおくアルテミザは、息が切れて話し終わる「ご婦人」と同様に、反修辞学的な弁論家なのだといえるだろう。

このように、「アルテミザ」という作品は、「諷刺」と同じく才人が語り手となっているにもかかわらず、複数の物語が入れ子構造をなしていること、また登場する女性たちが奔流のようにとめどない雄弁をふるうことにおいて、「諷刺」に見られる古典的修辞弁論の厳密なまでに整った形式性と明らかな対照をなすのである。「諷刺」の語り手が、典型的な弁論家として造形されているとするならば、「アルテミザ」の語り手たちは、反典型として描かれているといえるだろう。

修辞的伝統と関わりの深い作品として、最後に「ないものについて」を検討したい。語り手が「ないもの」について思量し、その起源や属性などについて述べつつ、「ないもの」を讃える、思索的な諷刺詩である。このように、本来はふさわしくないと思われる題材に対して讃辞をささげる趣向の作品は、修辞学では「逆説的讃辞」(paradoxical encomium）と呼ばれるジャンルに属している。このジャンルの最も古く有名な例に、古代ギリシアの修辞家ゴルギアスの散文作品、『ヘレネ頌』（*Encomium of Helen*）がある。ヘレネは夫を捨て、愛人と駆け落ちをしてトロイア戦争のきっかけを作った女性だから、道徳的には咎められるべき存在であるが、ゴルギアスはあえて修辞的な挑戦としてヘレネを弁護してみせる。駆け落ちに至った四つの理由（神の思し召し、力ずくで連れ去られた、言葉で説得された、一目惚れしてしまった）を挙げ、いずれの場合もヘレネ本人の意思とは無関係で、強者から弱者への一方的な働きかけだから、彼女は非難されるべきではなく、むしろ被害者であると論じるのである。(27) このような詭弁すれすれの弁論を見事に組み立てて、ありえないと考えられていたことについて読者（聴衆）を説得することは、ソフィストとしての技量の見せ場の一つであった。(28) ちなみに、すでに失われてしまったが、ゴルギアスには『ないものについて』（*On What is Not*）という作品があることも知られている。

「修辞的な戯れ」（rhetorical jest）（Miller：145）としての逆説的讃辞は、弁論作成の練習として修辞学校などで古来から作られてきたが、ヨーロッパで特に盛んだったのは一六世紀から一八世紀にかけてだったらしい。(29) 中でも最大の作品はエラスムスの『愚神礼讃』（*The Praise of Folly*）で、一七世紀にはロチェスターの「ないものについて」以外にも、ダンや王党派詩人たちが作品を発表したことが知られている。(30) 題材は奇抜でも、形式としては通常の演示弁論（panegyric）と同じで、対象となるものの古さ、貴さ、美しさ、有用性などが主要な褒めどころ、すなわちトポス（topos）だという。(31)

ロチェスターの「ないものについて」も、この言葉遊びの伝統に即した形式をとっている。語り手は「ないもの」に呼びかけ、褒めどころそれぞれについて、「ないもの」を考察する。まずはその「古さ」を讃える。「『ないもの』よ、あなたは暗闇よりもさらに年長の兄弟／あなたは世界が作られる以前からすでに存在していました。／（揺るぎない）あなただけは、終末を恐れることがありません」（*Nothinge*, thou elder brother, even to shade,／Thou had'st a beinge ere the world was made／And（well fixt）art alone of endinge not afrayd）(1-3)。天地創造以前の話だから、これより古いものはない。「ないもの」が存在するという人を食った逆説を皮切りに、「ないもの」が世界以前に存在していたり、始まりがないから終わりもないなどという涜神的な言辞をロチェスターは澄ました口ぶりで展開し、世界の生成を物語る。(32) 原因も、経過もなく、ただいきなり「ないもの」は「あるもの」

を宿し（When primitive nothinge something straite begot）（5）、続いて世界が生まれてくる。「物質という、あなたの系統の中でも一番のひねくれ者が／形象に助けられて、あなたの腕を逃れ／反逆者である光が、あなたの畏くも翳ったお顔を見えなくしたのです」（Matter, the wickedst ofspringe of thy Race,／By forme asisted, flew from thy Embrace／And Rebell Light, obscured thy Reverend dusky face）（13-5）。このようにして成立した世界は、一時の間「ないもの」の平和を乱すが（spoyle thy peacefull Realme）（18）、時間の働きによって物質界は「あなたの飢えた胎内へと」送り返される（to thy hungry woombe drives backe thy slaves againe）（21）という。常識的な考えでは、「あるもの」の方が「ないもの」によって常に脅かされ、時間の経過とともに破壊されて無に帰すというのが普通だろう。しかしロチェスターの逆説的な宇宙では、「ないもの」が存在し、光が対象を照らし出さず、「ないもの」が「あるもの」に脅かされている。すべてが裏返しである。しかも「あるもの」は破壊されるだけではなくて、「ないもの」の胎内に戻る。すなわち映像のコマが巻き戻しされるように、生まれていなかったことになるのだ。存在が否定されるのである。

　次に語り手は、常套に従って、「ないもの」の尊厳と恩恵、有用性を逆説的に讃える。聖職者が独占しようとする真実は、「ないもの」の中に潜む。「ないもの」は美徳の人から何物も奪わず、悪人は「ないもの」へと祈りを捧げる。学者たちは「ないもの」の足許で学問に精を出し、政治家の論争は「ないもの」へと決着する。すべては「あなたに同化しさえすれば、安全この上なく、最善なのです」（when Reduc'd to thee are least unsafe and best）（36）。宗教、道徳、学問、政治という人間活動のすべてにおいて「ないもの」が遍在し、せわしなく虚しい人間の営みの最終的な到達点として、唯一確実な地位を占めている。破滅こそ最大の達成かつ休息であり、「ないもの」という逆説的な報いによって、人々の努力はようやく平和と安住の恩恵を受けるというのである。

　不吉な冷笑を湛えた語り手の口調は、次には時事諷刺風の軽妙な語り口へと一転する。「ずっしりした『あるもの』は遠慮して立ち入らないのです／君主の金庫と政治家の頭には」(weighty somethinge modestly abstaines／From princes Coffers and from Statesmens Braynes) (40-1) とおどけてみせてから、社会的な権力の象徴へと話を進める。「『ないもの』は、しかつめらしく装った阿呆に宿ります。／あなたのために彼らは恭しげな姿形を工夫して作り出すのです。／上等の綿で作られた袖、毛皮やガウンなどを。そしてあなたのように賢く見せようとします」(Nothinge whoe dwel'st with fooles in grave disguise,／For whome they Reverend shapes and formes devise,／Lawne Sleeves and furrs and gownes, when they like thee looke wise) (43-5)。宗教、行政、法曹界などの社会的な機構を例にとって、儀式という形式の虚構性と、可視的な権威づけによって騙し騙される人間の愚かさを笑っている。

しかし、社会の制度を作っているこれらの人々は、「ないもの」を「あるもの」であるかのように見たて、衣装や儀式などの「あるもの」を組み合わせて自分の役柄を演じていることにおいて、この詩の語り手にどこか類似しているとはいえないだろうか。「ないもの」を題材に、修辞的伝統の約束事にのっとり、「恭し」い顕彰のポーズをとりながら、多彩で巧みな「姿形」の言語表現を組み合わせ、弁論を「工夫して作り上げる」語りの行為は、一種の空虚な儀式に他ならない。文字どおり内容が「ない」分だけ、儀式のための儀式としての側面が強調されるともいえるだろう。儀礼性に対するロチェスターの怜悧な諷刺は、逆説的に翻って、自らに対する諷刺ともなるのである。

「ないもの」という名詞は、指示対象となる概念を欠いているが、言語の体系の中では擬似的な「あるもの」として取り扱われる。そして具体的な意味を欠いたまま、文法のルールに従って文章の構造に組み入れられ、さらにこの作品のように、弁論のルールにのっとって作品を構成することもできる。「ないもの」という名詞をめぐるこの作品は、あたかも意味作用から独立して自律的に運動し、構造を自ら組み立てるかのようなそぶりさえ見せる言語の様式性を浮き彫りにするのではないだろうか。内容も素材もほとんど「ないもの」としてできているにもかかわらず、詩的弁論としての結構を備えているこの作品は、まるで、冷え冷えとして軽い、透明な構築物のようである。

おわりに

この論文では、人物と作品という二つの側面からロチェスターを見てきた。ロチェスター本人による回想や、伝記的な逸話には、虚無の裏返しとしての過剰な演技性が窺われた。作品もまた演劇的な側面を持っていることは、たとえば「諷刺」、「アルテミザ」そして「ないものについて」において、語り手の多様な人物造形や、人物像を浮き彫りにする巧みな文体の操作、そして話し言葉のリズムをとらえた軽妙な口調に現れていた。さらに、これらの作品においては、語り手たちも演技するのであり、弁論家という典型、あるいは反典型を演じる存在として描かれていた。

「諷刺」は、語り手と対話者の間の劇的な緊張を保ちつつ、六つの部分からなる伝統的な説得弁論として展開されていた。当時の哲学や神学上の論点を盛り込みながら、理性は信頼に足るものではなく、人間よりも動物の方が優れているという命題へと読者を説得することを目的としていた。しかし、弁論の最後に導き出された結論は、大部分の人間は人間ではなく、むしろ動物に近いというものであり、それ自体が矛盾であると同時に、冒頭の命題にも矛盾していて、作品は構築と破壊の循環に追い込まれていることが分かった。

「アルテミザ」は、主人公が社交界の噂話を友達に伝える書簡体の詩である。主要な語り手のアルテミザは「ご婦人」を、「ご婦人」はコリンナを論評して、複数の語りが入れ子構造になっていた。しかし、三人の登場人物は互いに似通っていて、相手に対する語り手の考察がそのまま語り手にも当てはまるという、パラドックスの仕掛けによって作品が構築されていた。このように、複数の語りが互いを反映し合う作りになった「アルテミザ」は、「諷刺」の説得弁論としての構成と対照をなしていた。そればかりではなく、「アルテミザ」の語りが「諷刺」で実践されている伝統的な修辞学の約束事を無視し、むしろそれと対立していることは、語り手たちの雄弁が、止まらないおしゃべりとして描かれていることにも明らかであった。

「ないものについて」は、修辞的な弁論の最も基本的な形の一つである逆説的讃辞の形式をとっている。「ないもの」という言葉をめぐって思索を展開し、古さ、貴さ、恩恵などについて「ないもの」を讃える作品であった。まさに内容がないだけに、逆説的讃辞としての作品の結構や、修辞学の約束事に基づいて展開される論の運びなどの言語の様式性が際立っていた。

このように、修辞学の視点からロチェスターの作品を読むと、よく整備された緻密な構造が明らかになる。それと同時に、完成された形式や各種の約束事からなる修辞学に対して、作品がある種の批判あるいは批評となっていることが分かる。「諷刺」と「ないものについて」は伝統的な弁論の実践であるが、「諷刺」は自己破壊の循環へと追い込まれ、「ないものについて」もまた、自らの空虚な儀式性に対する諷刺となっていた。典型的弁論家としての役柄を演じる語り手たちは、仮面をつけ、修辞学の約束事に従って弁論を展開するが、弁論が終点に達すると、編み出されてきた弁論は、仮面もろともに「ないもの」へと帰すのである。その一方で、「アルテミザ」は、いわば反弁論として、伝統的な形式以外の修辞性を実現していた。語り手たちが展開する噂話は、アルテミザの終わらない手紙に代表されるように、過剰で際限のない反弁論として継続されてゆくのである。ロチェスターは、典型と反典型という二つの仮面を用いて、空虚と過剰という二つの対照的な修辞性を作品へと結晶させたといえるだろう。

（1）　Rawson, pp. 3-4.

（2）　Bechler, pp. 16-7. 上演されたのはスティーブン・ジェフリーズの『リバティーン』（*The Libertine*）とジョージ・エサレッジの『伊達男』（*The Man of Mode*）。

（3）　Ellis, p. 379. ロチェスターは一時ドライデンのパトロンをしていたが、後に仲違いをしたという。「マックフレックノー」で諷刺されるシャドウェルは、ロチェスターが一時高く評価した詩人である。「マックフレックノー」執筆の経緯についてはSelden, p. 178に詳しい。

（4）　Ferraro, p. 119, Baines, p. 137. ポウプには「アタベリーでロチェスター伯のベッドに横になってみて」（"On lying in the Earl of Rochester's Bed at Atterbury"）という作品もある。

（5）　以下、ロチェスターの作品からの引用はラヴ編集の詩集による。

（6）　エサレッジの『伊達男』に登場する主要人物の一人ドリマントはロチェスターをモデルにしている。

（7）　Burnet, in Farley-Hills, p. 52.

（8）　Aubrey, in Farley-Hills, p. 178. ちなみに、死因は梅毒というのが定説になっている。他方でロチェスターは若いころから壮健ではなく、梅毒説は誇張されているという見解もある（Greer, p. 5 ; p. 11 ; p. 25.）。

（9）　グレアム・グリーンによる伝記も、ロチェスターの形而上的な関心を浮き彫りにする。同様の見解はGreer, p. 67にもある。

（10）　劇作品には、ジョン・フレッチャーの戯曲を翻案した悲劇『ルシーナの凌辱、あるいはヴァレンティニアンの悲劇』（*Lucina's Rape Or The Tragedy of Vallentinian*）がある。ドライデンの『当世風結婚』（*Marriage-à-la-Mode*）には執筆協力をしている。愛人エリザベス・バリーを介した俳優たちとの交流についてはJ. Johnson, p. 132に記述がある。変装についてはJ. Johnson, p. 108に詳しい。

（11）　誰かが話しているかのような文体で諷刺を書いたのは英語ではロチェスターが最初といわれている。Treglown, p. 84.

（12）　ちなみに、ホラティウスの同じ箇所をポウプも『道徳論』（*Moral Essays*）の冒頭で引用している。

(13) たとえば Fujimura, Griffin, Thormählen による研究など。
(14) この作品に構造的な統一が欠けているという指摘は、古くは Vieth, "Toward", pp. 256-7 や White, pp. 283-4、Thorpe, pp. 240-1 によってなされてきた。一九九九年版の編者ラヴも、作品は三五行目で突如「まったく別の話題」(a complete change of subject) へと飛躍していると考える。
(15) R・ジョンソン、カズンズ、ロスタイン (Rothstein : 31-2) も修辞的弁論の構造との類似を認めているが、ジョンソンとロスタインは大まかな対応の指摘にとどまり、カズンズの説は作品をあまりにも細かく区分しすぎて、臨場感ある口頭弁論としての流れを見失っているように思われる。
(16) 言述の諸部分については名称も区分の仕方もさまざまである。ここではキケロや『ヘレンニウスへの弁論術』(*Rhetorica ad Herennium*) と同じ六部分形式を採用している『修辞学用語辞典』(*A Handlist of Rhetorical Terms*) に従う (Lanham, p. 171)。
(17) Lovejoy, pp. 186-7.
(18) 説教師の論点と一七世紀の神学的論争との対応は、Thormählen, p. 167 で詳しく論じられている。
(19) R. Johnson, p. 369.
(20) たとえばイソクラテスによるプラトンのアカデミー批判など。ロチェスターへの直接の影響であるホッブズの用語を使うならば、「学識」(Sapientia) と「慎慮」(Prudentia)（ホッブズ・I　九三）の区別にあたる。
(21) Fujimura, pp. 212-3, Griffin, p. 172, Thormählen, pp. 178-9.
(22) 発音を表すために Jowler の名前を Joaler とつづっている手稿もあるらしいので、ジャウラーではなくジョウラーと表記する。
(23) アルテミザは才人だが、慎重さを欠く「ご婦人」は才人ではないという批評家もいる (Manning, p. 110)。
(24) 同様のことをアルテミザは ll. 148-9 でも言っている。
(25) 正式な教育を受けてはいないが学があり、臆せず意見を発表し、奇矯とも見える所作をするという点から、「ご婦人」のモデルは、文筆家のニューカッスル公爵夫人マーガレット・キャヴェンディッシュであるという意見もある

(Thormählen, pp. 130–1)。アルテミザも文筆活動をしているので、キャヴェンディッシュはアルテミザと「ご婦人」の二人にとってのモデルだということもできるかもしれない。

（26）Colie, p. 355.

（27）Gorgias, pp. 23–7.

（28）ソフィストとは、ギリシア全土を旅しながら弁論術を教えていた教師である。『ヘレネ頌』のような作品は、模範弁論として書かれ、広く配布されて、生徒を集めるための広告のような役割を果たしていたらしい。

（29）Miller, p. 147. 修辞学の発生とほとんど同時に生まれた逆説的讃辞は、一八世紀後半の修辞学の凋落とともに作られなくなっていったという（Miller, p. 171）。

（30）ダンの作品では、「自然に従ってはならない」（"That Nature is our worst Guide"）、「死ぬ勇気があるのは臆病者だけである」（"That only Cowards dare Dye"）、「女性の移り気を弁護する」（"Defence of Womens Inconstancy"）などがミラーの論文では紹介されている（Miller, pp. 158–9）。

（31）Miller, pp. 147–8.

（32）虚無を受け入れることは、無神論を唱えることと事実上同一だったという（Colie, p. 222）。

参考文献

Aristotle. 高田三郎訳『ニコマコス倫理学』全二冊、岩波文庫、一九七一—三年。

Baines, Paul. "From 'Nothing' to 'Silence': Rochester and Pope." *Reading Rochester*. Ed. Edward Burns. Liverpool: Liverpool UP, 1995. pp. 137–65.

Bechler, Rosemary. "Wit, or Prince of all the Devils?" Rev. of *The Libertine*, by Stephen Jeffreys, Royal Court Theatre, London, and *The Man of Mode*, by George Etherege, Royal Court Theatre, London. *The Times Literary Supplement*. 13 January 1995, pp. 16–7.

Cicero. 大西英文訳『弁論家について』全二冊、岩波文庫、二〇〇五年。

Colie, Rosalie. *Paradoxia Epidemica.* Princeton: Princeton UP, 1966.

Cousins, A. D. "The Context, Design and Argument of Rochester's 'A Satyr against Reason and Mankind.'" *Studies in English Literature, 1500–1900.* 24.3 (Summer 1984), pp. 429–39.

Everett, Barbara. "The Sense of Nothing." *Spirit of Wit: Reconsiderations of Rochester.* Ed. Jeremy Treglown. Oxford: Basil Blackwell, 1982, pp. 1–41.

Farley-Hills, David ed. *Rochester: The Critical Heritage.* London: Routledge, 1972.

Ferraro, David. "Pope, Rochester and Horace." *That Second Bottle: Essays on John Wilmot, Earl of Rochester.* Ed. Nicholas Fisher. Manchester: Manchester UP, 2000, pp. 119–31.

Fujimura, Thomas P. "Rochester's 'Satyr Against Mankind': An Analysis." *John Wilmot, Earl of Rochester: Critical Essays.* Ed. David M. Vieth. New York: Garland, 1988, pp. 203–21.

Gorgias. *Encomium of Helen.* Ed. and Trans. D.M. MacDowell. London: Bristol Classical-Gerald Duckworth, 1982.

Greene, Graham. 高儀進訳『ロチェスター卿の猿』中央公論社、一九八六年。

Greer, Germaine. *John Wilmot, Earl of Rochester.* Horndon: Northcote, 2000.

Griffin, Dustin H. *Satires Against Man: The Poems of Rochester.* Berkeley: U of California P, 1973.

Hobbes, Thomas. 水田洋訳『リヴァイアサン』全四冊、岩波文庫、一九五四—八五年。

Johnson, James William. *A Profane Wit: The Life of John Wilmot, Earl of Rochester.* New York: U of Rochester P, 2004.

Johnson, Ronald W. "Rhetoric and Drama in Rochester's 'Satyr against Reason and Mankind.'" *Studies in English Literature, 1500–1900.* 15.3 (Summer 1975), pp. 365–73.

Lanham, Richard A. *A Handlist of Rhetorical Terms.* 2nd ed. Berkeley: U of California P, 1991.

Lovejoy, Arthur O. *The Great Chain of Being: A Study of the History of an Idea.* Cambridge, Mass.: Harvard UP, 1936.

Manning, Gillian. "*Artemiza to Chloe.* Rochester's 'female' epistle." *That Second Bottle: Essays on John Wilmot, Earl of Rochester*. Ed. Nicholas Fisher. Manchester: Manchester UP, 2000, pp. 101–18.

Miller, Henry Knight. "The Paradoxical Encomium with Special Reference to its Vogue in England, 1600–1800." *Modern Philology*. 53.3, 1956, pp. 145–78.

Pinto, Vivian de Sola. "Introduction." *Poems by John Wilmot Earl of Rochester*. London: Routledge, 1953. pp. xv–xlx.

Pope, Alexander. *The Poems of Alexander Pope*. Ed. John Butt. London: Routledge, 1963.

Pound, Ezra. *ABC of Reading*. London: Faber, 1961.

Rawson, Claude. "The soft wanton god." Rev. of *The Works of John Wilmot Earl of Rochester,* ed. Harold Love. *The Times Literary Supplement*. 17 September 1999, pp. 3–4.

Rochester, John Wilmot Earl of. *John Wilmot, Earl of Rochester: The Complete Works*. Ed. Frank H. Ellis. London: Penguin, 1994.

——. *The Works of John Wilmot Earl of Rochester*. Ed. Harold Love. Oxford: Oxford UP, 1999.

Rothstein, Eric. *Restoration and Eighteenth-Century Poetry 1660–1780*. Boston: Routledge, 1981.

Selden, Raman. "Rochester and Shadwell." *Spirit of Wit: Reconsiderations of Rochester*. Ed. Jeremy Treglown. Oxford: Basil Blackwell, 1982, pp. 177–90.

Sharpe, Kevin. "Longing for what?" Rev. of *The Satyr,* by Cephas Goldsworthy, *That Second Bottle,* ed. Nicholas Fisher, and *John Wilmot, Earl of Rochester,* by Germaine Greer. *The Times Literary Supplement*. 29 June 2001, p. 26.

Thormählen, Marianne. *Rochester: The Poems in Context*. Cambridge: Cambridge UP, 1993.

Thorpe, Peter. "The Nonstructure of Augustan Verse." *Papers on Language and Literature*. V. 3, 1969, pp. 235–51.

Treglown, Jeremy. "'He knew my style, he swore.'" *Spirit of Wit: Reconsiderations of Rochester*. Ed. Jeremy Treglown. Oxford: Basil Blackwell, 1982, pp. 75–91.

Trotter, David. "Wanton Expressions." *Spirit of Wit: Reconsiderations of Rochester*. Ed. Jeremy Treglown. Oxford: Basil Blackwell, 1982, pp. 111–32.

Vieth, David M. "Introduction." *The Complete Poems of John Wilmot, Earl of Rochester*. New Haven: Yale Nota Bene, 2002, pp. xvii–lxix.

——. "Toward an Anti-Aristotelian Poetic: Rochester's *Satyr Against Mankind and Artemisia to Chloe,* with Notes on Swift's *Tale of a Tub and Gulliver's Travels*." *John Wilmot, Earl of Rochester: Critical Essays*. Ed. David M. Vieth. New York: Garland, 1988, pp. 253–82.

White, Isabelle. "'So Great a Disproportion': Paradox and Structure in Rochester's *A Satyr Against Reason and Mankind*." *John Wilmot, Earl of Rochester: Critical Essays*. Ed. David M. Vieth. New York: Garland, 1988, pp. 283–97.

第五章　ミルトンから『ミルトン』へ
――ブレイクが先輩詩人から受け継いだ衣鉢

森松健介

略語表：*M*＝『ミルトン』、*J*＝『エルサレム』、*FZ*＝『四人のゾア』、*A*＝『アメリカ』、*L*＝『ロスの書』、*VDA*＝『アルビオンの娘たちの幻想』、*MHH*＝『天国と地獄の結婚』。*YP*＝『ミルトン散文全集』。ブレイク引用にE印があるものはErdman編の『詩・散文全集』、他はStevenson編の『ブレイク詩集』による。

はじめに

ジョン・ミルトンがイギリス・ロマン派詩人たちに与えた影響は計り知れない。ワーズワースは宗教・戦争・文筆等すべてが内的幸福を見失ったイギリスの現状を嘆いて「ミルトンよ！　あなたはこの時間にも生きているべきだ／イングランドは、あなたを必要としている。この国は／水のよどんだ沼地だ」("London," 1802）と歌い、自己の作品のなかにミルトンの影響を色濃く反映させた。コウルリッジは一八〇一年のサウジー宛の手紙に「ミルトンと比較した場合には、アイザック・ニュートン卿さえも、取るに足りない小者だと見えてくる」と書いた。一八三二年にも「ニュートンは偉人であった。しかしお許しを得て言わせてもらえば、一人のミルトンを得るには多数のニュートンを必要とすると思う」（*Table Talk*, July 4）と述べ、思想にも作品にも彼の影響をにじませた。シェリーももちろん旧式のキリスト教を破棄した文人としてミルトンを崇め、「彼が生きるにはふさわしくない乱世のなかに、ミルトンは時代を啓蒙しながら（illuminating）孤立して立っていた」（*A Defence of Poetry*）として、特に彼の脱時代性を讃えた。だがミルトンが最も大きな影響を与えたのはブレイクに対してであろう。しかもそれは、イギリス叙事詩の伝統となった、国家と人類を視野に入れての、詩人ならではの新たな価値観の展開という、きわめて本質的な文学上の影響なのである。以下の拙文は、その最大の影響が及んだと思われる、ブレイクの後期叙事詩群の一つに焦点を絞って、ミルトン的伝統を読み取ろうとしたものである。

第一節　《予言者》としてのミルトン、ブレイク

本章表題の示す題材に取り組むのは、二〇、二一世紀に到ってもなお世界に蔓延する人間状況が、この二人の詩人によって批判されたそれぞれの時代状況と酷似し、彼らの議論と作品が、汎時代・汎人間的な意味をなしていることを指摘したいからだ。

二人の詩人は多くの点で共通性を持つ。とりわけ彼らの政治的・文化的環境と、それらに対する反応においてそうである。本稿では、序論めいた本節のあと、まずこれらの環境を瞥見しつつ、二人の類似性と影響関係を探る。次いで先輩詩人の影響下にブレイクが達成した文化的前進をこの作品に読み取りたい。そのためには筆者自身の作品解釈を示さなければならない。そこでは政治経済的意味合いを所々で指摘することになるが、『ミルトン』（*Milton*, 1804-8）が芸術論・人間論でもあることを承知の上で、ブレイクにとってのヴィジョンとは「本質的に政治的・歴史的概念であり、芸術だけではなく正しき社会を創造しようとする機能」（DiSalvo : 139）――ブ

レイクの言葉ではエデン園の恢復――だったという理解の上に立って書く。

ただしエデン園の恢復は次作『エルサレム』(*Jerusalem*, 1804-20) での作業である。『ミルトン』はその大作に向けての態勢が整う様を大団円としている。『ミルトン』の完結部ではブレイクの住居のあたりからイエスが歩み寄るのが見えるとともに、アルビオン(英国)の二四の都市が覚醒し、不死の四大都市に集合して現れる(*M* 42 : 16-23)。これら四大都市は『エルサレム』では具体名を挙げられ(*J* 46 : 23-4)、アルビオンの覚醒のために働く。女性エルサレムの救出と楽園アルビオンの恢復が主題となる『エルサレム』の、いわば端緒が『ミルトン』の末尾に示されるのである。イエスの姿に畏怖を感じたブレイクは「骨まで震え、一瞬、通路の上に大の字になって倒れた」(*M* 42 : 25-6) と書かれる。ウイトライヒはこれを、パトモスのヨハネがイエスを見て倒れる記述(*Revelation* 1 : 7) に対応することを指摘しつつ (Wittreich 1973 : 47-8)、この瞬間はブレイクがヴィジョンを取り出す門口なのだ(同 : 48) とする。筆者も『ミルトン』は、『エルサレム』が展開するまさにその瞬間で終わっている(同 : 47) とするウイトライヒに賛同し、ブレイクの三大予言書は、企図のみに終わったさらに大きな叙事詩の断片だと述べたフライ (Frye 1947 : 313-4) の洞察も尊重する。

さて本節では両詩人の《予言者》的意図について述べる。そしてミルトンを《予言者》として扱う傾向は、ブレイクを初め後期ロマン派詩人にも拡がったことも瞥見する。

ミルトンの時代においては、《宗教的熱中 (Enthusiasm)》は危険視されていた――体制派はもとより、プロテスタンティズムの本家本元ルーテルさえ、急進的・庶民的なこの種の《熱中》は標準的なプロテスタンティズムに敵対するものと考えていた。イギリスでも王政復古の直前には、世紀初めに書かれたバートンの『憂鬱症の分析』(*The Anatomy of Melancholy*, 1621) を利用して《宗教的熱中》を病理学的に解釈する書籍類が出ている。また直後には王の処刑を非難しつつ、《熱中》による政治批判を狂気と結びつける書が出ている。(1)《熱中》を個人的病状として処理し、精神障害者を排除する意図がここには存在した（Shoulson：223）。《熱中者》は神から直接の啓示を得たとして語ったが、個々の信者の内部に宿り、直接信者に語りかける神の存在は、多くの反体制宗派に見られた考え方である（enthusiasm は語源的に「内部に神を持つ」意＝Ferber：27）。ミルトンがこの立場に近かったことは、二〇世紀を通じて論証され、二〇〇八年の論評でも強調されている（Shoulson：225ff.）。

ウィトライヒは、ミルトンより半世紀以上を隔てたロマン派詩人たちが、この種の反体制的宗教観を有していたミルトンに文明改新の力を求めた様を指摘し、「だからこそシェリーもブレイクと歩調を合わせるように、ミルトンを、忘却状態に陥っているヨーロッパの《覚醒者》としたのだ。……彼らは、ミルトンが自己の時代に行ったことを、自分自身の時代に対して為したいと思ったのだ」（Wittreich 1975：147）と述べている。ロマン派バイロンにも『ダンテの予言』（*The Prophecy of Dante*, 1820?）という作品があり、《予言者》ミルトンの影響が感じられる。ここで言う《予言者》は、シェリーが『詩の擁護』の結末で語った「非公式な、人の世の法の制定者」、つまり時代の精神を反映して時代の諸悪を弾劾する者、「未来が現在の上に投げかけている巨大な影を映し出す鏡」（Reiman：508）の役割を果たす者と近似した意味を持つ。詩人のこの使命感はミルトンがスペンサーから受け継ぎ、さらにブレイクとシェリーがミルトンから受け継いで英国叙事詩の伝統を打ち立てたと言える（森松 参照）。

ミルトンは一見単純な自然詩のように見える『沈思の人』（*Il Penseroso*, Writ. 1631?, Pub. 1645）の終結部でも沈思の際の憂愁の効果を述べつつ、「終には老年の経験を克ち取り／なにか予言者的特質にまで近づきたい」（173–4）と歌った。『リシダス』（*Lycidas*, 1637）も、エリザ朝以来の詩人の処女作的なエレジーではなく「すでに完成された詩人が《予言者》の役割を自認する詩編……で、予言が『失楽園』と同一視された作品」（Wittreich 1979：86）とする説得力ある研究がある。ミルトンはスペンサーと同様に、パストラルやエレジーの表皮の裏に体制批判を忍び込ませた（『コリン・クラウト』（*Colin Clouts come home again*, 1595）には《予言者》的中核があり、『羊飼いの暦』（*Shepheardes Calender*, 1579）には《諸予言》の集合が見られ、宗教的・政治的寓意が満ちているという分析が為されている＝同：108；87ff.）。さらに明白にミルトンは『教会政治の理由』（*Reason of Church-Government*, 1641）第七章で、世に多くの分裂と予言者的発言があることやアイルランドで反乱が起きること自体が変革を促す要素だと論じ、自然物を見ても判るように「異質なものの混交（the struggl of contrarieties）があって初めて変化が生じる」と述べている（*YP*Ⅰ：795）。また『アレオパジティカ』（*Areopagitica*, 1644）のなかで、好ましい精神的建造物を打ち建てるには多様な考え方の協働が必要だと説く際にも、精神内容として必須な予言者的資質を語っている――「建造物の全ての部品が同一の形をしていることはありえない。いやむしろ完成度は次のことに懸かっている……多くの穏健な異質物と、協力の精神ある相違物から、全建造物と構造を立派なものとして示す高雅で優美な均整感を醸し出すことに」（*YP*Ⅱ：555）。

そしてミルトンは続けて「だから私たちはもっと思慮深い建設者になろうではないか、精神上の建築をなすに当たってより賢明になろうではないか」（同）と言い、「民数記」の一節（11：27-9）を匂わせつつ「主の人民すべてが《予言者》となる……日が今や近づいているように思われる」（*YP*Ⅱ：555-6）と結んでいる。ブレイクの『ミルトン』の吟唱詩人もその結びの言葉として、上記「民数記」の一行（11：29）「すべての主の民の予言者たらんことを」を引いている（*M*1：37）。『ミルトン』のミルトンは「ブレイクを通じて、英国に予言者の精神を再び燃え立たせる」（M. Johnson：233）のだと言えよう。ミルトンの時代を一瞥すれば、チャールズⅠ世による一一年に及ぶ議会無視などの圧政が後退して長老派が実権を握ったけれども、今度は長老派自体が圧制者となった。せっかく《ブラッドショー令》（一六四二年一月）による検閲廃止が実現したのに、長老派は新たな検閲法（一六四三年六月）を発布した。これへの抗議が『アレオパジティカ』であり、これは無許可のまま出版された。

検閲を無視し、禁じられた言説であっても、それを世に言い広めるのが《予言者》の使命であり、混交した様ざまの言説のなかからこそ、真に建設的な方策が産まれる、という弁証法的思考形態がこの散文作品には満ちている。ミルトンが範をとったヘブライの《予言者》とは、まさしくこのような権力に屈しない、正義を見つめる批判者であった。これをブレイクは『ミルトン』において受け継いだ。

『ミルトン』の先行作品『ロスの書』（*The Book of Los*, 1795）にも当然ロスは登場して「永遠の予言者」（*L*1：31）とされているし『ミルトン』と執筆時が少し重なる先行作品『四人のゾア』（*The Four Zoas*, 1797–1804）でも「永遠の予言者」と呼ばれている（*FZ*4：70）。『ミルトン』でも彼は「予言の霊（spirit）」（*M* 24：71）である。いずれの作品でも予言者は、未来を言い当てる者という以上に、正義の唱道者である。そしてロスは、唱道者であるばかりか、正義の実現に向かう行動者でもある。また「永遠の」という意味は、人類の歴史の過去未来を通してのという意味であって、したがってロスは登場人物であると同時に理法《ロゴス》でもある。彼は『ロスの書』では長期にわたって「《永遠》の巨大な岩のなかに凍てついて立っていた」（*L*2：1-2）、つまり人類史における正義の唱道は、容易に実現を見なかったとされる。だが機が熟してから彼は溶炉を築き、鉄床と鉄槌を用いて、暴政の象徴であるユリゼンを縛り始める（*L*4：139-42）。

このロスが『ミルトン』での実質的主人公となる。この予言者は人間的であって、欠点がないわけではない。人の力で試行錯誤を繰り返しつつ、ミルトンの助力を得て次第に努力を実らせてゆくのが作品の主題となる。『四人のゾア』でもロスはユリゼンを縛って「限定しようとする」（土屋・七七）のに、自分の協力者となるべき自己の《流出》であり妻でもあるエニサーモンも同時に縛るため、「ロスはユリゼンを縛って自分自身を縛ることになる」（Otto 2000：165）——批判者がのちに批判の対象と同じ過誤に陥る様は、革命や改革ののちにしばしば見られるように人間界の一大欠陥である。これが「彼は自分が見ているものになってしまった」（*FZ*IV：203）

の意味である（この一句は『エルサレム』に繰り返される）。そして『ミルトン』におけるサタン（セイタン）はロスから最後に生まれた子として描かれるが、ロスは我が子の偽善性に最初は気づかない（*M* 7 : 33-41）。彼と一心同体となるべき流出エニサーモンも「ミルトンを不可解な人物と見なし《サタンはアルビオンの上に解き放たれるだろう》（*M* 17 : 33）などと見当はずれなことをいう」（鈴木一九九四・二五九）。またロスはミルトンが自己の体内に入ったことにさえ、なかなか気づかない。「……なぜなら人間は《空間》と《時間》の／複数の座標が、《永遠》の秘密を顕わにしてくれるまでは／自己の体内器官に何が生じたかに気づかないものだから」（*M* 21 : 8-10）――これは、ブレイク自身にミルトンの意義が自覚されるまでのプロセスが長かったこと（時空の制約を受ける人間的限界）を物語るものであろう。だがこの自覚ののちには、ロスはより正確に正義を見分けることのできる批判者・予言者となる。

　ブレイクが『ミルトン』の書き始めに登場させる吟唱詩人（the Bard）も、まさしくこの種の《予言者》である。ブレイク自身がまた、詩霊をもって絵画と詩を制作する予言者を自認していた。彼の時代の背景も、ミルトンのそれと同じく、千年王国を期待するかたちで社会への不満を述べ、ユートピアを希求するのが大衆文化の定番的な考え方になっていた（Mee : 28）。ブレイクにとってその考え方の模範の一つはミルトンであり、またミルトンが模範とした旧約聖書の《予言者》だった。私たちは『聖書』に拠り所を持つ作品は、キリスト者にのみ意味を持ち、門外漢にはその価値が失せるように思いがちである。だが一七世紀のカウリーは「叙事詩に最も相応しい主題は聖書」（Ferguson : 165）と言った。ブレイクは一七、八世紀が共通の文化パラダイムとしていたキリスト教（特に旧約聖書）を叙事詩に用いたに過ぎない。『失楽園』のようなきわめてキリスト教的であるに違いない作品も、一八、九世紀には『アレオパジティカ』と同じ根を持つと考えられていた――「これらの世紀における批評が、基本的に、ミルトンの詩芸術と政治論は一つの統一体であったと主張したのは、健全な見方である」

（DiSalvo：28-9）と言える。ブレイクにおいても、『聖書』は彼の芸術と政治論に発想を提供する素材なのである。かつまたブレイクは、後年に罵倒の対象としたスウェーデンボリなど新興宗教的説教者だけではなく、リチャード・ブラザーズのような過激な宗教者からさえ発想の端緒を得ている。

『ミルトン』では当時巷に逆巻いていた多様なキリスト教宗派に関して、ロスの子供たちであるリントラ（反体制派）とパラマブロン（当惑する一般市民たちを示唆）が、感情的な新興宗教の流布やヴォルテールやルソーなどの自然宗教を否定的に歌ったのち（*M*22：37-45）、それらがスウェーデンボリにさえ劣ることを示唆しながら（同：46-7）、他方でスウェーデンボリの後年の変質を「既成教会に髪を切られたサムソン」（ここにもミルトンの影響）と表現し、さらに今度は肯定的に（ブレイクも多少の共感を覚えたメソジストの）ホイットフィールドとウェスリーの名を出す。「地の全てに信仰は無い。神の書は踏みつけられている。／神は二人の使徒、ホイットフィールドとウェスリーを遣わされた。彼らは予言者なのか／痴れ者、または異常者か？」（同：61-2）。そのウェスリーは一七六八年に、サマセットの庶民たちを見た感想を日誌に書いた――「ありとあらゆる意見を持った人びとだ。再洗礼派、クエーカー、長老教会派、アリウス主義者、無律法主義者、モラヴィア兄弟団などなど」（See DiSalvo：35）。下層に接する階級的位置にいたブレイクであったからこそ、ロー・カルチャーの息吹に触れる機会も多かったのである。

下層の眼という特性をブレイクに関して忘れるわけにはいかないだろう。小予言書『アメリカ』（*America*, 1793）を見れば「工場で臼を碾く奴隷を野原に走り出させよ」（*A*6：42）とか「三〇年、微笑みを知らなかった／鎖に繋がれていた魂……」の妻と子たちを「圧制者の鞭のもとから還らしめよ」（同：44-7）など、日本のプロレタリア詩人の言葉と見まがう詩句が眼に飛び込む。前の引用は、ミルトンの『闘士サムソン』（*Samson Agonistes*, 1671）を想起させる（Makdisi：91）。また黒い肌に焼き印を押された「太陽の子たち」を「彼らは従順、俺の鞭に従う」（*VDA*：21-2）とうそぶくブロミオンもまた奴隷所有者である。だが「ブレイクの描く奴隷は奴隷貿易批判のみではないばかりか、《暗いサタンの工場》はイギリスの産業革命初期における産業現場を、より強く示唆しているように見える。……またブレイク作品に用いられたこの《工場》（Mill）は（特定の産業ではなく）強制労働の現場一般を指す」（Makdisi：90，括弧内森松）と見るべきである。一七九〇年代の労働条件は一日一四時間労働、週六日、夜も大半労働、休息もなしという状況で、今日の日本の《派遣切り》、《名ばかり店長》、《復活した蛸部屋》等に似る。この一七九〇年代に、世紀初めの革命文書が再刊された。アメリカの独立、フランスの革命がこれらの文書で願望されたことの実現のように感じられ、ブレイクの『アメリカ』と『ヨーロッパ』（*Europe*, 1794）が書かれた。だがブレイクの時代には、選挙権の拡大と私有財産の公認という中産階級的《自由》と、より下層の人びとの求める初歩的人権を得る《自由》のあいだに大きな差異が生じた。ブレイクは特殊熟練工階級で、これは当時下層よりは上の階級だったが、この階級は庶民を交えた各種宗教セクトのシンパでもあった（Ferber：26）。彼は下層の人びとの立場に立って書くことのできる《予言者》である。

また別の面では、神話的叙事詩における女性の活躍という点でもブレイクはミルトンを継承した（のちに述べるヘイリーの叙事詩論の影響もある）。『失楽園』は、後述のように、ブレイク諸篇の本歌なのである。なぜなら『失楽園』は「創世記」に基づいているからだ。ディサルヴォは、キリスト教以前の神話では、いかに万物の基としてのガイアなどの女性が中心的位置を占めていたかを指摘する（DiSalvo：110-33）。「創世記」の執筆者はヤハウェという男性神信仰のために、極力古代神話の女性中心主義を排除したが、なおそこには女神崇拝の痕跡が多く見られるという（同：115；132-3）。『失楽園』（*Paradise Lost*, 1667）第九巻（834-8）では、エデン園として豊穣の女神の果樹園が再現されている。また女性喪失は文化混乱を招くのである――

『四人のゾア』でブレイクは、彼の属する現代および古代世界における現状《ステイタス》・旧態《クオ》を普遍化するために造られた古典古代と聖書による神話類を脱構築しようと企てている。この企ての中でブレイクは、神話類がその隠蔽に役立ってきた社会的、性的、文化的、心理的進展の歴史を明らかにするために、この神話類を再構成しようとする。『四人のゾア』中の決定的場面は、アルビオンと四人のゾアがそれぞれの女性流出を捨てる様を描く箇所だ。その結果、男女の関係が原初的両性の戦闘へと陥ることになる。　(DiSalvo：124)

長詩の表題ともなるエルサレムだけではなく、『ミルトン』におけるエニサーモンとオロロン等の女性の重要性を誰しも否定できない（『ミルトン』第二巻は《女性巻》=鈴木一九九四・二五四）。ヴァーラ（ヴェイラ）や、彼女を指すと思われる《蔭多き女》、ヴァーラの分身ラハブとティルザなど、悪役として理解されている女性たちが果たす肯定的役割にも注目すべきである。

その上、最近では北欧神話のブレイクへの影響が重視されている。ルネサンス以来、常に詩人の思い描く理想の発想源の一つとして機能してきていた原始信奉は、マクファーソンの描いたオシアンを通じて、ブレイクにも影響を及ぼしていた。ジョン・ミーは少なくとも一七九〇年代のブレイクにとって聖書が唯一の霊感的テキストではなかった、この事情によって聖書のステータスは薄められ、ブレイクの詩はより体制転覆的なものとなったと述べている（Mee：76-83）。実際、ブレイクの聖書の扱いには、アイロニーあり、捩《もじ》りあり、逆転ありで、ミルトンが最後の三叙事詩で見せた、比較的正統に近いキリスト教からは遠く離れている。しかし体制的宗教に囚われない聖書の扱いは、ミルトンの根本姿勢であった。キリスト教教義そのものを論じている次のミルトンの言葉をよく読んでおきたい。

外部的聖書、とりわけ「新約聖書」はこれまでしばしば原意転換（corruption）されがちであったし、事実、原意転換されているのである。この事態が生じたのは、多種多様な信頼できない権威者たちに処理が託されてきたからである……。

……キリストの昇天以降、どの時代にも《真理の柱》、《真理の基盤》であり続けたのは、眼に見える教会ではなくて、信者たちの心なのである。この心たちこそ、紛うことなき《生ける神の住処、かつ教会》なのである。　　（Milton（*YP*）ProseVI=*Christian Doctorine*：588；589）

ブレイクはこの姿勢そのものをミルトンから受け継ぎ、自在に想像力を駆使して、新たな《予言者》として叙事詩を書いたと言えよう。

他方、『ミルトン』におけるサタンの原型として偽善者の名を着せられてきたウィリアム・ヘイリー再評価が、かなり前に行われた――「軽蔑されたヘイリー像はこんにちでは過去のものだ」（Wittreich 1975：230）――こう述べたときにウィトライヒが注目したヘイリーの著『叙事詩論』（*An Essay on Epic Poetry*, 1782）の言う叙事詩のあるべき姿を纏めれば――

①　人間の心の把握。女性を叙事詩の主役に抜擢せよ。
②　脆弱なアレゴリーの助けを借りない心理の探索。
③　新たな詩は新たな美と反秩序を具現せよ。機械的なものを有機的なものに置き換えよ。
④　天国と地獄は使い古されたから、叙事詩人は新たな神話を模索すべし。
⑤　新たな叙事詩は国家的意味合いを持つべし。主題は「自由」であるべし。また主題は政治、社会、宗

教、芸術などに多様に関わるべし。　(See Wittreich 1975 : 236)

――「これらの推奨項目がブレイクの叙事詩予言書、特に『ミルトン』と『エルサレム』を形成したことは自明である」(同) とウィトライヒは結んでいる。ブレイクが「新たな叙事詩人」として、ミルトンが示そうとしてなお示しきれなかったもの、一八世紀ミルトン批評では歪曲されていたものを、自分の時代の「国家的意味合い」をもって書き直そうとして、ブレイクはきわめて多様な発想源を利用したと考えられる。

ブレイクは、相反物 (contraries) を衝突させて意味あるものを産出する弁証法的思索 (Hoagwood : 71) の名人であり、これら異質な神話の数々を導入して、新たな叙事詩を書いたと言える。そしてこの作品においても、『エルサレム』におけると同様に、「詩歌に足枷をかけることは人類に足枷をかけることだ！　国々の詩歌、絵画、音楽が破壊されるか繁栄するかにつれて、国々も破壊され、繁栄する！　人間の原初の状態は叡智、芸術、学問であったのだから」(*J.* "To the Public" 末尾) という主張が感じられる。だがこれは単純な芸術優位論ではない。社会の進歩の動因としての詩歌という考えの基には、先に述べたシェリーの「非公式な、人の世の法の制定者たる詩人」という感覚が強固に横たわっている。つまり、芸術論としての『ミルトン』と『エルサレム』も、その大本に社会改善思想が含まれているのである。本稿では特にこの面に光を当ててみたいのだ。

第二節　ミルトン、ブレイクを取り巻いていた諸状況と彼らの反応

ミルトン (一六〇八出生) が生まれる直前のエリザベス朝後期から、イギリス革命に到る時代には、プロテスタントのなかから派生した反体制的宗教セクト間で、王室や貴族、およびそれにも増して権力を揮う既成宗教を

批判する気運が高まっていた。革命最初期の一六四一年に《長期議会》がようやく廃止した星室庁（Star Chamber）は、王権の基盤をなす特別刑事裁判所であった。国教会大主教ロードの絶対権力のもとで星室庁は、反体制派弾圧のために専断と苛酷を極めた。この体制は、このほかにも文書の検閲、聖職の売買、領地の拡大、苛酷な一〇分の一税の取り立て、形式的儀式の強制などの点でも、本来の正義に反していると考えられた。これに対抗するには、権力が自己の思想的基盤であるとして僭称されていたキリスト教を批判し、真実のキリスト教を主張して反体制的ディスコースを掲げるしかなかった。このために拠り所としてヨハネの「黙示録」が用いられた。「黙示録」に記された《千年王国説》が広く信じられ、キリストの再来が待たれた。しかしそれは妄信ではなく、人知では打ち壊しがたい悪の根源を転覆する願望の、この時代と地域の条件に応じて現れた形態だった。したがってこの反体制運動は、キリスト教という局所的な宗教の内部の問題ではなく、横暴を極める権力者とその批判者という、人類史に頻繁に登場する対立関係だったのである。

ところで「黙示録」の本質とは何か？　小河陽著『新版総説新約聖書』に拠れば「黙示とは、字義通りには《覆いを取り除くこと》」であって「秘密の知識の神的伝達を本質とし、幻ないし幻聴によって神から人間存在についての最も処理しがたい問題……に関わる啓示を提供」するものであり、「絶望的現状況に対する悲壮な覚悟と神の直接的介入に対する緊迫した期待」を文章化したものだとされる（小河・四二〇—一）。また「黙示録」が書かれた時代背景は、緊迫度の差こそ様ざまであろうがミルトン、ブレイクの時代背景に似て「書物の内容から推測しうる執筆環境は、敵意と抑圧の状況の中で、飢饉、戦争、疫病、経済的圧迫が日常的な描写となる状態」（同・四三九）であった。また「黙示録」の役目については「その内容への傾聴を通して、読者の常識を暴力的に粉砕するときに、黙示録はその黙示たる機能を果たす」（同）とされる。これは本稿の扱う主題の理解には、きわめて重要な解説である。

イギリス革命の前夜には、数多の宗教セクトが現れた。検閲を恐れて出版されなかった言説も多数であった。歴史は比較的に安全な資料だった。ウェントワスでさえ歴史の観点から「エゼキエル書」と「ダニエル書」等より暴政の例を引いた（Hill 邦訳一九九七・六三）。アメリカで印刷されたマープレレットの秘密パンフレット（政体攻撃文書）が、一六四〇年の検閲崩壊によってイングランドにおける再販を見、この不敬な論調をレヴェラーズ、ディガーズ、ランターズ、初期クエイカーが踏襲した（同・六七）。このうちディガーズの指導者ウィンスタンリーは、真の自由は共産主義社会においてのみ実現するとした。一六二〇年から五〇年に到る年月は、下層民にとって大きな苦難（戦乱、高税、兵士の宿営・略奪、凶作、飢饉、疫病）の時だった（同：155）。一六四八―九年には教会や王家の土地の貧者への分配を説くパンフレット多数。このなかで共産主義を説いたウィンスタンリーは、ランターズのいう性的自由や地主とその長子が財産を処分する自由を認めず共有地に入植、一年続いた（同）。

ブレイクの身辺にも、戦乱・貧困などが渦巻いていた。ミルトンが『市民の力についての論文』（*Treatise of Civil Power*, 1659）に引用した聖句――「神は、力あるものに恥をかかせるため、世の弱き者を選ばれた」（*I Corinth.*, 1：27）という聖句は、ブレイクの時代にも広く意識されていた（DiSalvo：37）。下層階級中心にできた宗教セクトは、ミルトンの時代を受け継いでいた。《モラヴィア兄弟団》はウィンスタンリーの共産主義を受け継ぎ、一七七四年にアメリカで最初のシェイカー共同体を作るべく海を渡った（同：35）。仕立屋出身のマグルトンが、従弟のリーヴとともにマグルトニアンズと呼ばれる、三位一体を否定する集団を興し、「二人は黙示録的情景の目撃者を自称した」（同）。ブレイクは、投獄された新興宗教家ブラザーズとともに、英国の仏革命攻撃を非難した（同）。このような宗教的急進主義の真っ只中にいたという点でもブレイクはミルトンに似ている（ほかに松島二〇〇二参照）。

これら二つの時代のセクトはいずれも、聖書からの直接の霊感を拠り所として、自己の精神のなかに現れたとされる神の指示に従って主張を繰り広げた。教会を通じての救済というカトリシズムに対して、これらのセクトは神の恩寵を個々の信者の胸の内に宿るものとした。ミルトンにおいては、この考えは個々人がその人の教会だという考えに近接していた。既成宗教の《聖職者》と、彼らが執り行う儀式は軽蔑の対象となった。ミルトンは一セクトだけに加担しはしなかったが、この点で反体制セクトに同調した。彼は『失楽園』第四巻で、原初のアダムとイヴが神への祈りを声を合わせて捧げ「それ以外の儀式は／何一つ守りもしなかった、純粋な崇拝だけだった／これこそ神が最もお好みになる礼拝」(736–38) と歌った。やがてこれは見事にブレイクの作品全体に受け継がれる——彼もまた既成宗教の儀式を無意味とした。『エルサレム』での「私の中の自己本位 (selfhood) を消滅させよ」(*J* 5 : 22) に関してブルームは「これはブレイクの描くミルトンに負けまいと模倣する願いだ。人間的でない部分を洗い流そうというのだ。既成契約宗教の腐敗したぼろ布を脱ぎ捨て……制度化した歴史的キリスト教のすべての破片から精神を解放しようというのだ」(Bloom 1965 : 410) と述べて、両詩人のキリスト教解釈の特異性を指摘する (同 : 410–1)。

ミルトンのエレジー『リシダス』(初版は一六三七) でさえ、一六四五年になってようやく彼自身がその「序」でもって明らかにしたように、反体制的言辞を牧歌の表皮の裏に隠していた。牧歌はそもそも表面の意味しか持たない文学ではない。宗教・政治・経済上の批判と非難が、主として羊飼いの生活を隠れ蓑として述べられる(スペンサーも然り)。パタソンはこのことを、ウェルギリウスから今日に到る伝統すべてのなかで明らかにしている (Patterson : 全編)。ミルトンは『リシダス』の世界へ闖入する偽羊飼い——「自分の腹を膨らませるために／羊の群れに這い込み、闖入し、よじ登る輩はもう沢山だ！／……見ることもできない、口だけの輩！　牧杖の持ち方も知らず／忠実な牧人の技とされる他の職掌も／少しでさえ学び知ったことのない輩！」(114–15 ; 119–21)——を描いて、世俗的利得のために聖職に就く牧師、ひいては既成宗教そのものを非難していたことが、革命の時期になってようやく明らかにされた（ラスキンは《主教の元の意味が「見る」であり、牧人の元の意味が「（自分の口を楽しませることではなく）羊に食べさせる」である》ことを指摘した＝See Caray：248）。ブレイクは後年、牧歌が持っていたこの隠れ蓑構造を、一見牧歌とは見えない部分にまで拡大して用いることになる。

難解で謎めいたこの種のディスコースの源は「黙示録」だった。ミルトンの時代には、多くの人びとが「黙示録」に惹かれ、そこでの意味の《予言者》になった。彼らは当時の高位聖職者を「黙示録」の《反キリスト》に見立てた。『復楽園』で打ち克つキリストへの、既成宗教に拠らない直接的信仰は「精神的力のみならず政治的な意義も」（DiSalvo：24）有すると彼らは感じた。ならば信仰は既成価値否定に向かう。ブレイクはこれを受け継いだ——「キリストとその使徒を信じよ、喜びのすべてが破壊されつつある人びとが世にいるということを」（*M*1：16-8）。こうして「ブレイクが詩歌をミルトン的基準へと復帰させたとき、一八世紀芸術家の大半が離脱してしまっていた急進的芸術の英国伝統へとブレイクは復帰しようとしたのだ」（DiSalvo：34）。

時として論じられる旧説とは異なって、ブレイクはミルトンの『復楽園』（*Paradise Regained*, 1671）のみからこの伝統を受け継いだのでは決してない。実際、ブレイクの友人で画家のパーマは、ブレイクの共感がミルトンのピューリタニズムにあったというよりは「ミルトンが、共和制という雄大な企画を支持したことにあった」と回想している（Gilchrist: *Life of William Blake* より。Wittreich 1970：96）。すなわちブレイクはミルトンの散文による政治パンフレット類にも触れていたと考えられる。ミルトンの宗教・政治分野での《予言者》的発言を熟知すればこそ、ブレイクはヘイリーのためにミルトン像を制作するときにも、またミルトン諸作品に挿絵を描く際にも、当時の慣習に妥協しつつミルトンが発言した部分とブレイク自身の本音とを組み合わせて表現したのであった。「ヘイリーの詩人信仰（bardolatry）を表向き軽蔑しないかたちで、ブレイクはヘイリーのミルトン観と妥協しないところを見せている」（Wittreich 1975：4）。

革命に対する失望と、その後の自己調整という点でも両詩人は似ている。英国革命、仏革命ともに、当初は希望に満ちたものであった。だがそのあとに、革命以前よりもさらに好ましくない圧政が現れた。両詩人の「叙事詩による努力は、《革命への期待の再調整》を達成するようにと企てられた」（Wittreich 1973：54）。両詩人は《逆転の発想》によってこの再調整を図った、というのである（同：55）――

革命〔およびその帰趨〕は文化を混沌へと還元する。既成価値観とイデオロギーが喪われるだけではなく、かつてそれら文化を支えていた美的システムも喪われる。かくして、新たな価値体系と新たな世界観を構成するまさにその芸術家たちが、同時に新たな美学を創造しなければならない。ミルトンはこれを行った……ブレイクもまたそのような詩人であった。（Wittreich 1973：58）

しかし革命後政権内部に入ったミルトンは、一時的とは言え今日の目から見て過ちと感じられる行動をとった。彼はカトリックを認めないという点で、それまでの信念を変えなかったのだが、その結果としてイギリス・プロテスタントによるアイルランド・カトリックの弾圧に賛成し、大虐殺の報に接しても特に抗議をしなかった（Hill：157）。出版物に対しても目を光らせるべきだと考えたとも言われる（同）。だが革命後、かつて急進的だった宗教セクトが自己保身に走り、千年王国はやってこず、重税が廃止されず、政治の混乱が続くうちにミルトンは次第に疑問に駆られ、一六五五年には政府から年金を与えられるかたちで事実上政界から引退した（同：181-91）。一六五八年六月の検閲制度厳格化はミルトンの政権離れを決定的にしたに違いない（同：192）――「ミルトンはまもなく、宗教問題に国が干渉することに強く反対する論陣を張り……個人独裁に反対し……国家宗教の維持というクロムウェルの結論を決して受け容れなかった」（同）。

ブレイクはあるいはこの時期前半のミルトンを、『ミルトン』のなかで過誤を犯したとして描いたのかもしれない。確かに時代は新たな予言者、最下層の知的部分が求める予言者を必要としていた。しかしブレイク自身も仏革命には失望し、『天国と地獄の結婚』や小予言書における急進性を軌道修正する姿を見せた。ミルトンが結局は叙事詩（特に『復楽園』）のなかで、キリストその人に世の救いを託する方向に進んだのに似て、ブレイクもまた『ミルトン』と『エルサレム』において、キリストを人間の想像力の集合体として表現する方向に進む。これもミルトンの影響であろうが、ブレイクの場合には、キリストが他者への慈愛と兄弟愛という意味での想像力とされる点、すなわちミルトンのキリスト以上に、本来の宗教臭を脱した独自の意味に用いられる点で特異である。ミルトンは国家宗教周辺の特権を晩年にも認めなかった。ブレイクはさらに一歩進めて、教会そのものを、たとえば『四人のゾア』第八夜で「地上の王たちの囲い女（Harlot）」（*FZ* Ⅷ：602）と罵倒した。

第三節　『失楽園』とブレイク

ブレイクの作品のなかで、ミルトンが最も非難されているように見えるのは『天国と地獄の結婚』（*The Marriage of Heaven and Hell*, 1790）においてである。しかしこれを自明の事実と見る前に、この初期予言書の構造、とりわけ「この作品中、いつブレイクが《自己の言葉で》語っているのか」（Gleckner：103）を考えておく必要がある——ミルトンに対する批判の語り手を直線的にブレイクとして解するべきかどうかが、まず問われなければならない。また仏革命への絶望を経たブレイクが後期ミルトンへの評価を高めた可能性も考えなければならない。ブレイク前期の急進的進歩主義と後期のユートピア志向を峻別して指摘する評論もある（Williams：144）。

そしてミルトンが在世中の罪を洗い清めてからロスのもとへ降下するのは、『失楽園』における自己の過ちを洗滌する意味――すなわちブレイクがこの先行作品を否定しているという議論がある。確かにブレイク自身が想像のなかのミルトンに「私の『失楽園』に誤り導かれるなかれ」（Wittreich 1970：96）と告げられたとされる。『ミルトン』ではアルビオンとして示される人類を「潜在的な可能性へと目覚めさせるために」抽象物としての宗教を人間化すべく、ブレイクがミルトンに挑戦した（Newlyn：261）とは確かに言えよう。ブレイクは明らかにこの先行作品を脱構築的にパリンプセスト化している。一八世紀のミルトン神格化を避けている（Newlyn：259）というのが正しい。だが『失楽園』をよく読むなら、この作品こそブレイク叙事詩のモデルであることが明らかとなろう。しかも『失楽園』と同様に、『ミルトン』においても詩の幕切れが当初から強烈に意識されている――「いったい何に動かされてミルトンは……／自分の六重の流出を救い出し、自分自身を滅ぼすために深みに旅する気になったのか？」（*M* 2：16；20）。「六重の流出」はオロロンを指すことは明らかだ。彼女との再会と合体が幕切れであり、これが『失楽園』の幕切れ同様に、様ざまな寓意を持つのである。またオロロン自体が「ミルトンの詩 ＋ 人を愛する彼の諸衝動 ＋ 全てが女だった彼の家族などの総合体」（M.L. Johnson：233）と言えるほどに象徴の幅が大きく、しかもオロロンは、初めて川として登場する際の美的イメジ（*M* 21：15-9）に取り巻かれている。人間の自立の象徴にもなる『失楽園』のエヴァに匹敵する詩的複合体である。この複合体を呼び出す制作態度は「芸術を政治学の中心に据え、詩人を共同体全体の要請に応える者とする」（Newlyn：260）ミルトン・ブレイク両者の態度である。

作品制作の根本が類似する上に、ナラティヴも近似する。『失楽園』の《御子》が人類救済のために地上に降臨する様そっくりに、ミルトンは天上の安楽を捨てて、今度は『失楽園』のセイタンに似て、奈落（abyss）すなわち人間界（Newlyn：264）に降り立つ。アダム同様、彼は作品の当初から完全性を具えた人物ではない。第三二図版で奈落に落ちる《自己滅却》の決意と想像力重視の姿勢を天使に是認され、最後に愛に満ちた女性的原理であるオロロンを得て人類救済の態勢を整える。「世界は全て彼らの前にあった……／二人は手に手をとって……／……道を辿った」のは『失楽園』と『ミルトン』の共通の結末である（『エルサレム』もこれに似る）。

重要な技法の面にも、酷似した所がある。「ラーヴァターの『人間についての格言』に対する書き込み」（'Annotations to Lavater's *Aphorisms on Man*', 1789）のなかで、ブレイクが、百合からその純白を、ダイヤモンドからその硬さを除去する愚を語るとき、そのきっかけとして彼はラーヴァターの原典に書かれた「すべてを擬人化する途方もない想像力を、ミルトンから除去する」愚に目を留めている。ブレイクへのミルトンの影響のなかで、この信憑性を無視した擬人化の手法は、きわめて大きなものの一つに数えるべきであろう。

ミルトンの時代から一八世紀にかけては、《自然》をそのままに写す蓋然性・信憑性（the probable）と、読者を惹きつける驚異性（the marvellous）のどちらを重視すべきかという詩論が盛んに行われた（Jackson : 1-35）。ジョンソン博士でさえミルトンの伝記を記しつつ、『リシダス』を、「それに内在する非信憑性（its inherent improbability）」（S. Johnson : 302）のゆえに徹底的に嫌った。だが全体としては一七四四年のポウプ没後、非蓋然性に対する考え方が変化したとされる（Jackson : 15-6）。そしてミルトンの信憑性を無視した擬人化の手法、たとえば『失楽園』第二巻の《罪》と《死》の擬人化によって、当時《崇高》の一要素と考えられていた概念の曖昧化・神秘化は、世紀初頭からすでに注目を浴びていた。アディソンはこれを激賞し、同時に叙事詩にはこれは異物の闖入だとする――「叙事詩の一部と考えない場合には……非常に完成された詩である」（*Spectator* No. 309; Addison. vol. 2, 431）。つまり明確に古典古代のジャンルであるべき叙事詩には無縁な、時代地域が別種な（foreign）要素の混入だとした（Knapp : 53-5）。古典古代神話の神々とは別種の、信憑性を欠く人物・事象の混入は許されないとしたのである。ブレイクはこの一八世紀的常識に反して、どれほど無抑制にこの超自然的《崇高》に満ちた擬人化手法を採りいれたことか！

ブレイクの前・後期予言書類の登場《人物》のほぼすべては、人間であるとともに抽象概念であり、また歴史であり場所である。《彼ら・彼女ら》は宇宙的・全時間的規模の《人物》であるから、当然《崇高》の伝統を大きく発展させる。今かりそめに『失楽園』第二巻とブレイクの予言書類を比較してみるだけで、いかに彼がミルトンを発想源として彼独自の叙事詩形態を作りあげたかが判る。

ここでの《崇高》の意味を、アディソンが用いていた一八世紀的に広義な意味（恐怖を呼ぶほどに超自然的で信憑性を欠くという意味）に用いるならば、『失楽園』第二巻の次のような描写はすべて《崇高》な要素を持ち合わせた擬人化である。しかもそれらは例外なく、ブレイクの叙事詩構想に先鞭をつけている。まずは神と人間の敵を擬人化したセイタンが地獄の門へと向かう描写──「この間に神と人間の《敵》は／この上なく高度な企画に炎と燃えて／速やかな翼を身につけ、地獄の門へと向けて／孤高の飛翔を探索した」（629-32）。「炎と燃え」(inflam'd）る人物の姿はブレイクには枚挙にいとまがない。まったく読者が予期しない「速やかな翼」もまた、ブレイクの人物が突然示す超人的行為と同質である。

地獄の門を護る美女（以下この美女にまつわる出生関係は「ヤコブ書」1：15によるものの、「ヤコブ書」記述は平板で《崇高》の要素を欠く）は、下半身が蛇（652）──彼女が父と同衾した結果として生まれた息子が産道を通る際の激痛で下半身が変形した（781-5）のである。ミルトンによるこの人物の造形がブレイクの人物の奇っ怪な姿の先取りであるとともに、近親相姦による出生もまたブレイクには模範となった。またこの永遠界では美形だった女がセイタンと同時に《墜落》した地獄では、外観も内実も変形した別人格で、その名も《罪》（Sin）となっているのも、ブレイクの《人物》たちが、永遠界での名と《墜落》した物質界での名を別々に持ち、別人格として固有の精神内容を誇示する考案を促したものと言えよう。

そしてこの美女は、父セイタンがなお天国にあったとき、神への陰謀で《炎と燃え》さかった父の頭から産まれた（754-8）。ブレイクの《流出》たちの先行例にほかならない。

この父と娘の近親相姦によって産まれた息子《死》にも、ブレイクのサタン、あるいはユリゼンの、暴政と苛酷の擬人化手法に相通じるものが見える。娘が父に「あなたの娘であり恋人であるわたし」（870）と名乗るのも、ブレイクの登場人物の相互関係を知っている読者には、見事な魁を見る思いがする。

さらに『失楽園』の母《罪》と息子《死》は頻繁に近親相姦を重ね、毎時間母は懐胎し、毎時間子が生まれる（790-7）。しかも子等は、ケルベロス犬とともに、都合によっては母の子宮に隠れ、避難する（657-9；798-802）。ブレイクにおける出生の超自然的・超時間的様態と共通する。また人物が他の人物の肉体の一部に避難する情景もブレイクに頻出する。

この《死》とセイタンが対決すべく合い向かう場面では、セイタンは彗星のように燃え、蛇遣い座一面が火事のようになり、彼の頭から疫病と戦争が噴出。二人の渋面の暗さに地獄全体が黒ずむ（707-11：719-20）。驚愕の場面の連続で、まるでブレイクを読んでいる錯覚をさえ覚えさせる。ブレイクもまた《崇高な驚愕》（sublime astonishment）を用いて、それまで人間に未経験だった新たな真実を認識する方向へ進んだ（De Luca：20）詩人である。

さらに『失楽園』の時空構成もブレイク予言書類に酷似――地獄の門を開いたときに見える大海は「境界を持たず／面積・容積もなく、長さ、幅、高さも失せ／時間と空間が消えている。ここでは世界最古の《夜》と／《混沌》とが、《自然》の《始祖》然として／永遠の《無秩序》を保持している……」（892-6）。これとよく似て『ミルトン』においても、『エルサレム』におけると同様、場所の構成は変幻自在で、キリストの処刑地カルバリーの丘の麓にロンドンの街があったりする。またブレイクの時間構成もまさに脱構築そのもの――作品内の「歴史上の時代と時間は常に順序を変えることができる」（Otto：45）。主人公ロスは作品の時間構成に相応しく、

『失楽園』第三巻の神——「その高所で、過去、現在、未来を見通す」（III, 78）神——と同じ時間の支配を与えられるのである。ブレイクは予言書類で「（シェリーもそうだが）時間上の特定の出来事ではなく、人類の精神生活の永遠的現在を表出する」（Hoagwood : 4-5）と要約することができよう。

ここから《崇高》を離れた諸要素を見よう。ミルトンは『失楽園』第四巻で、エデン園のアダムとイヴが裸体であり、「あの神秘の箇所も当時は隠されていなかった」（312）とした上で、「自然の働き」を何ゆえに恥じ、不純視する必要があるかと歌う（313-8）。実際「膨らんでくるイヴの乳房が／裸のままアダムの胸に押し当てられ」る描写（495-96）もある。二人が眠りにつく前の交合を詳しく記し、「私たちの創造主は、産め殖やせと命じておられる。一体どなたが禁欲を／命ずるものか、神と人との敵である破壊者以外には?」（748-9）と性とその歓楽を賞賛する。これをそのまま引き継ぐようなブレイクの性についての開放的な考え方は、よく知られるところである（今泉　参照）。

この『失楽園』第四巻ではまた、「その後野生のものと化した（since wilde）」（341）動物たちの原初の姿が描かれる。ライオンも虎も熊も、他の動物たちと楽しげに共存して跳ねている（343-7）。この動物たちにまつわる原始信奉の点でも、多くの作品でブレイクはミルトンを受け継いでいる。『ミルトン』ではセオトーモンが「思いやり深い雷鳴とともに虎とライオンを創って」（*M* 28 : 27）いるし、作品終幕の最後の二行「大地の上のすべての動物たちがありとあらゆる力をもって／国々の偉大なる収穫とワインの醸造に駆け参じようとしている」（*M* 42 : 39-43 : 1）は、幸福の到来が動物にも及ぶ点で特に印象的である。

『失楽園』第四巻の地球の豊饒をセイタンが見る場面では、蔭に満ちてひんやりとした洞窟の描写とともに「これら洞窟の上には、それを覆うようにして葡萄蔓が／紫の房を捧げながら」（258-9）繁茂している様子が書かれる。ブレイクでも葡萄がいかに豊穣の象徴として用いられることか！　ロスは葡萄の収穫に携わる労働者に向かって叫ぶ――「偉大なるワイン醸造と収穫が地上に訪れるぞ！／……隠されていた叡智が／動物植物鉱物から求め採られるのだ」（*M* 26 : 18–21）。そしてこれが上記の最終行に直結する。

セイタンは『失楽園』第四巻で「わたし自身が地獄だ」（75）と漏らす。地獄とは人の精神状態だというミルトンの考えもまた、ブレイク作品の各所に受け継がれる。『ミルトン』では光の天使が、あなたは《永遠の自己滅却》と呼ばれる《状態》であるとミルトンに告げる。この《状態》は死と地獄にも敢えて入る精神のことである（*M* 32 : 26–9）。

そしてブレイクもまた、視力を失ったミルトンが『失楽園』第三巻で歌った「弱き人間の眼には見えないことどもを／見て語れるように」（54–5）という言葉に従って、想像力による作品を書こうとしたと言えるのである。

第四節　『ミルトン』の一解釈

まず冒頭近くの長大な「吟唱詩人の歌（"Bard's Song"）」が重要だ。その中心主題の一つに、人間存在の三分類がある。カルヴァンの分類に促されながらも、ブレイクは、カルヴァンのエリート主義と預定説に激しく抗して、それを転覆させる。《選ばれた者（the Elect）》は、救いを《預定》されている者ではなく、サタンがこれに属すとされるように（*M* 7 : 5）、社会の支配権を握ったエリート層であり、ブレイクでは最下位に置かれて常に批判の対象となる。三番目の《見捨てられた者（the Reprobate）》は、（ブレイクでは）滅びに《預定》された《定罪者》ではなく、社会の異端者・アウトサイダーとして《選ばれた者》から迫害を受ける者たち、すなわち旧約・新約の予言者的人物群である。キリストもこの階層の一員であることは、「キリストが聖処女の胎内で罪を身につけ、十字架に掛かって（ようやく）それを脱いだ」（*M* 5 : 3）という一行が「母の胎内に在るときから破滅のために作られた者」（*M*7：3-4）というこの階層の定義によって補強される。キリストも《見捨てられた者》であることが明示されるのだ。なぜならキリストは「パリサイ人とローマ人（選ばれた者）の世界への脅威であったからだ」（Otto：45）。またその中間に位置づけられる「罪から救われる者（the Redeemed）」の内実を知るためには、次の詩句が示唆的である――

彼女ら〔ここでは単にイギリス女性たち＝Stevenson：569を採用〕は、好ましいと思った者たちを
陶酔させる喜びを味わわせつつ　彼女らの天国へと取り上げる、
なぜなら《選ばれた者》は罪から救われることはできない、彼らは
道徳法の残酷の中で常に、捧げ物と贖罪によって新規に創造されるからだ。
（*M*5：9-12）

すなわち権力の座に近い、現世的《選び》に浴した者は、道徳の法をふりかざし、賄賂や、罪人とされた者たちの償い（処刑や投獄を示唆）によってさらに権力を獲得し、罪から救われることはできない。これに対して《救われる者》も多数いることがここに示唆されている。彼らは予言者的な正義を唱える人物でなくてもよい。これが「罪から救われる者（the Redeemed）」であろう。これを総括して「彼ら三階級は、二つの相反物と、理を立てる否定だ」（*M*5：14）。三階級のうち、《見捨てられた者》と《救われる者》が相反物とされ、両者は相補的・弁証法的に良き発展の基となる。だが《選ばれた者》は、反人間的な、否定的な役割しか演じ得ない。

暴政は常に批判者を産む。だがその中間にそのどちらにも属することをしない、またはし得ない人びとがいる――こうして三階級は呈示されたが、彼らは所属を替えることもあり得る。この点についてはオットーの問いが示唆的である――ミルトンは当初予言者的人物《見捨てられた者》であったが、チャールズ一世が処刑され、ク

ロムウェルのラテン語担当秘書官になったとき、ミルトンはなおその階級であり得たか？（Otto：48）
　リントラは「《見捨てられた者》の一人、破滅へと作られた一人」（*M*8：34）として、サタンの偽善を見破る（*M*8：35）。その役割については「リントラの予言者的怒りは《自然》を掘り起こす」（Bloom 1965：344）という言葉が正しく言い当てていよう。彼は常に鍬を持ち、表面的な外貌を掘り起こして、事の本質を示そうとする。ブレイクはこの一節を書くとき、当然『失楽園』第三巻で変装したセイタンが天使を瞞すときの言葉「人も天使も／見えぬ姿で闊歩する唯一の悪《偽善》を／見ないでいることはできない」（Ⅲ，682-4）を意識していただろう。だがこれを見抜いたリントラが人間社会に有益となるためには、より平凡な《罪から救われる者》としてのパラマブロンが必要とされる。「リントラ一人では、その役割は破壊的となる。リントラの仕事は彼の相反物の仕事と組みにされることが必要である」（Otto：50-1）――パラマブロンの馬鍬は、荒っぽくしか耕されていなかったリントラの地面を、なだらかな平面と化する。畑に相応しくされた地に、やがて種が蒔かれる。
　この場面でのサタンは、革命等の似而非《えせ》正義を経て権力の座に就いた者たちのアレゴリーであると言える――革命前の優しげな言葉、労働に明け暮れるパラマブロンの馬鍬を一日分（ただしこれは永遠界の千年＝*M*7：14）乗っ取って、その馬鍬による平等化（後の言葉では民主主義）もどきをしてみせるが、あっという間に彼の本質が暴露される（サタンが馬たちを狂わせ、ともに働く者たちを傷つけたとパラマブロンが独白している＝*M*7：28）。この作品が書かれたときには、フランス革命は暴虐へと向かっていた。ミルトンを登場させるこの作品では、当然クロムウェル革命の変質が意識されていたであろう。実際にクロムウェルの名は、この作品に登場する。ロスたちが上記の三階級を創造しているときの描写だ――「チャールズは罪への許しをミルトンに対して求め、クロムウェルも同じ気でいる（Charles calls on Milton for atonement: Cromwell is ready.）」（*M*5：39）。
――この一行の理解には、"atonement" の代わりに "help" を入れてみればよい。ミルトンが一人に "atone-

ment" を得てやる側なのである。上記の《罪》を、チャールズ一世の処刑に与する側にいたミルトンの罪科と誤読するときには、『ミルトン』の性格が大転換するであろう。また後続のクロムウェルの部分との繋がりはまったく判らなくなろう。こうして権力の座に就いたチャールズとクロムウェルが、その《選ばれた者》の地位を捨てたいと自ら求めていると読んでこそ、三階級の創造神話に合致するのである。これはサタンが失神し「数学的割合が生命の割合によって制御されたときに」生じた（*M* 5：44）とされる——すなわち杓子定規の価値基準が、生きてゆくものの感覚で見直されるときの描写なのである。

そしてパラマブロンとサタンの不和の一日はロスによって「自然のなかの一空白とされねばならない」（*M* 8：21）と宣言される。サタンはやがて不合理な律法・病と死の創始者、したがって人間界の強制的秩序だけでなく必然的・機械的に人間を拘束する宇宙秩序の支配者として示されるが、ロスはこれに対抗すべく、時間のなかの一日を消そうとするのである（ロスは時間の管理者であり、『四人のゾア』[Ⅳ：328–9] ではユリゼンを縛る鎖として日時を織りなしている）。だがサタンは「私だけが神、他に神はおらぬ」（*M* 9：25）と称し、この作品の最終に近い部分でも同じ言葉を繰り返し（*M* 38：51）、「ついには万物が一つの巨大なサタンとなる」（*M* 39：1）とうそぶく。万物・宇宙という自然界の法と、人間界の律法とが統一的にサタンに統御される。ハッチングズはサタンがあの馬鍬を乗っ取る場面を念頭に置きつつ、サタンのニュートン的な水車という象徴は「統治の言説の一形態」で、「ブレイクの予言書類は、《万物が一つの巨大なサタン》であるという幻想を世に広めようとするサタン」の機械論的自然観を、覆そうとする試みだとする（Hutchings：138）。その証拠として示されるのが、サタンが馬鍬を乗っ取った日の労働者たちの自由を失った窮状である（*M* 7：28 他）（Hutchings：同）。

一七九〇年から一八〇〇年にかけては、労働者についてのきわめて多数の著作が出た。だが多くは生産性向上のための労働者論（政治的・経済的支配のためのもの）だった（Makdisi：100–1）。極貧階級はこう分類された——

《勤勉な貧者》、《有用な貧者》、《困窮的貧者》、《ジンを喰らう貧者》、《怠惰なる貧者》、《犯罪を犯す貧者》（同：101）。最後の四者には、やがてアンダー・クラスという名が付せられる。しかし貧者の存在は（生活の必要から以外には人間は働くものか！　という論拠から）社会的に必要とされた。したがって労働者の自由時間は罪悪視された（これに反撥するようにブレイクは『四人のゾア』冒頭に「労働の前には休息を」と記している）。そして極貧者から労働を得るための施設が多数建設され、また貧者の子供に規律を教えて労働力とした（同：103-4）。当時の著作者の一人コフーンは、貧困は労働の源泉、だから人びとを適切なレベルの貧困状態に保つことが肝要だ。無力、病、老齢、幼少などで労働できない《困窮的貧者》は害悪であると書いた（同：102）。他方では貧者の実態も記述されていた。「貧者の食物、衣類、薪、蝋燭……等が課税されている。彼らの多くは極度の節約をし、税を払っている。端的に言えば彼らは英国政府の支え手だ、公正に評価して、社会のなかの最も貴重な人びとである。だが報酬として彼らは何を得ているか？　政府からの圧政と軽蔑だけである」（Dyer：5）——この社会状況が上記の場面で象徴的に描かれたのだ。世界と日本の、二一世紀的状況とあまりにも似ていないだろうか？

この間この吟唱詩人の歌の中ではロスの判断力に限界が在ることが示される。サタンの本性が見抜けないのである。この機に乗じてサタンは「すべての者を私の個人的道徳（moral individuality）に従わせよ……違反者たちは永久に裂いて放擲するぞ」（*M* 9：26；29）と宣言する。当初の理想を掲げて見せて、本質を完全にすり替える輩が人の世に必ず現れる。上記引用は、まるでスターリンを思わせる——「サタンの胸に巨大な底知れぬ深淵が開いた」（*M* 9：35）という言葉も同様に、フランス革命後の恐怖政治、ヒトラーそしてスターリンの大虐殺を連想させる。すなわちブレイクは人の世に絶えず現れる暴政の構造を描いているのだ。リントラはサタンの危害がパラマブロンに及ばないように壁を築き、火の壕を作る（*M* 9：43-5）。リントラは正当な反体制的義憤を表す《人物》だが「サタンは憐憫の知恵しか持たず、義憤の知恵を学び取っていなかった／だから壁と壕を破壊し、義憤は義憤のままに、憐憫は憐憫のままにされた」（*M* 9：46-7）。憐憫には善悪両面があり「そこに潜む独善、偽善、押しつけ、高慢という悪性面をあらわすものでもあり、その悪性面が激しく断罪される」（川崎・三七）という指摘は、この場面を明快に解釈している。権力の座に立って、時に憐憫を行使するのは心持よいものである。批判者の義憤は、権力者から見れば危険な怒りに過ぎず、《憐憫》の対象にはならない。

このあとでサタンは「自己の本性（identity）から諸法律を我がために作る」（*M* 11：10）——他者と人類のためのモラルではなく、個々人の勝手なモラルが世を支配する。そして死者の霊たち（生命力を失った、サタンの取り巻きたち）はサタンを崇拝する（*M* 11：14）——これもスターリン等、専制者とその追随者の世界である。このことのためにサタンは、《永遠者》の声によって墜落した《選ばれた者》の一員に数えられ、パラマブロンはサタンの法から解放された《救われた者》とされる（*M* 11：19-23）——ただしこの《声》によれば、選民《エリート》は墜落と連想されるが、《永遠者》が立ち入ることのできない一般の世では選民は選民としての特権を享受する——イデオロギーによって、三階級の分け方はいかようにも変化するのである。このようにして「例の三階級は、我々の世界に固有な状況を表す」（Otto：53）。この場面でのサタンをクロムウェルと見るかどうかという問題はあまり本質を衝いているとは言えない。彼が権力の座に就くと同時にアイルランドでの暴虐を始めとする悪政の根源となったことは確かである。だがこの吟唱詩人は、人の世の現状をミルトンに知らしむる歌を歌っており、人の歴史全体、堕落した人間界に繰り返し生じる政治構造を示しているのである。

レウサの登場する場面（*M* 11-3：図版）の意味についてはこれまで論評が少なかった。もちろん彼女はミルトン『失楽園』第二巻の《罪》の書き直しである（実際彼女は地の精に《罪》と呼ばれる＝*M* 12：39）。《永遠者》の声による裁定の場面で、サタンから産まれた娘である彼女は、父の弁護のために突然現れ出る（*M* 11：28）。ブルームはパラマブロンを真の芸術家と見、その才能を嫉視するサタンをヘイリーと同一視して、芸術家の職能

（馬鍬）を横取りしようとしてなし得なかった父サタンに同情する女としてレウサを理解している（Bloom 1965：354）。興味深い解釈だが、サタン＝ヘイリーという等式に私たちはこだわる必要はない。「諸法律を我がために作る」サタンにはより広い一般的な意味がある。リントラの鋤が耕したでこぼこの土を、生産に繋がる沃土に作りなすパラマブロンの馬鍬は、レウサの詳細な描写によれば生命を持っており、万物に自己流の秩序を与えようとするサタン（*M* 12：14-9）に反逆して炎を発したのである（*M* 12：20-3）。平凡・穏健な民衆の力である。

レウサは言う――「この父を復活させるには何をなせばいいでしょうか？／個人の作った法を神聖と称し、《救い主》を蔑む父を／アルビオンの肉体を永遠の戦火に巻き込んで得意げにしている父を」（*M* 13：4-6）――この三行は大きな響きを持っているから、この場面は身勝手な法律が人びとを苦しみに巻き込む世の様を、パラマブロンの馬鍬、馬、地の精などの反抗でもって描いている（*M* 12：10-20）と言える。その使用人（servants）、すなわち一般の労働者がことの成り行きを理解しないでいる（*M* 12：14）様もまた、世の常である。サタンに関して「生命の生き生きした表面を、ブレイクなら《数学的形態》とでも呼ぶはずの、侵入を許さない外装（exterior）に変えようとする人物」（Otto：52-3）と見て、人間的関係が権力者の定めた法や慣習という外面的な膜や壁を挟んでの対立へと堕落する様子を描いた場面と読むこともできよう（上記の「外装」への変化を、沃土からコンクリートへの変更と読めば意味がよく判る）。レウサは、一面ではミルトンの描いた《罪》と類似した姿に描かれながら（*M* 12：29-39）ここでは女性器や性的な《罪》の表象ではない。愛する父の過誤を救いたい心を持った文明の批判者でありながら、パラマブロンへの恋ゆえに彼の妻エリニトリアからは逃げ隠れして、エリニトリアがサタンを歓待する愚を指摘できない女性（*M* 12：40-45）、社会の前面に出て意見を開陳できない女性の象徴である。

このサタンを処罰から救うために、善意に溢れたエニサーモン（ロスの流出かつ細君）は新たな空間を創設する（*M* 13：12-4）。ミルトンが体内に入る前のロスと同様に、エニサーモンにも不完全なところがある。人類は時には善意から、サタン的な人物を匿い、名声の対象にさえしてきた。かくて六〇〇〇年（*M* 13：17）が経過。《神の手》は「二つの極限をお作りになった――まず不透明、次いで収縮という極限を。／不透明はサタンと名づけられ、収縮はアダムと名づけられた」（*M* 13：20-1）。『四人のゾア』第四巻（270-1）にも描かれるとおり、不透明は光の反対概念で人が達することのありうる最悪の精神形態、収縮は人が陥る最低の非能力である（Stevenson：349n）。吟唱詩人の歌のなかでフォール以降の六〇〇〇年、つまり人類史を示そうというブレイクの意図が読み取れる。楽園から墜落した人類は、この両端を持った階級社会を作りなしてきた。吟唱詩人はこの窮境を天上界のミルトンに訴えているのである。

大声を上げていた吟唱詩人は、ミルトンの胸に退く（*M* 14：9）。ここから作中人物《ミルトン》の地上への降下が始まる。永遠界の安楽を捨てて永遠の死の世界へと赴く理由は、作品冒頭部に語られていたように「吟唱詩人の予言者的な歌」に「心動かされ」（*M* 2：21-2）たからである。これは『失楽園』で人類の祖が安楽の園を去って人間世界に入ってゆく結末の、ミルトン自身による実行行為である。そうする理由は「(地上の）国々は今なお／プリアモスの憎むべき神々のあとを追って、華々しく／戦争を好む自己中心主義を顕わに、反駁し合い、冒涜の暴言に明け暮れている」のを看過できない（*M* 14：14-6）からである。そしてこの直前にミルトンは、「契約の衣を脱ぎ、神への誓いから身を解き放った」（*M* 14：13. これは第一六図版に描かれた、有名な裸体のミルトン像に対応)、すなわち「シナイ山での契約と旧約の道徳律を拒否する」（Hutchings：129）。全てを一旦解体し、原点に立ち帰って、キリストの再来の前に「ここで自分は何をなすべきか?」（*M* 14：28）と考える――すなわちミルトンは地上の状況を認識して、その改善のためにこそ降下するのだ（ここでブレイクが展開する《無限の本質》論については、のちに詳しく触れる)。

《無限》の世界《永遠》からやってきたミルトンには、《有限界》の「渦巻」（*M* 15：22）の真っ只中にあって認識力を欠く地上の住人以上に、地上界がよく見える。永遠界が混乱なき世界であったからこそ、「死のように青ざめ……雪のように冷たく、嵐に覆われた」（*M*15：37）地上界の悪しき状況が認識される——それは一方では人間の諸営為とは無関係に、本源的に「時間と空間に支配された」荒海である（*M*15：39）。だがこの下界の《渦巻》にミルトンが入ると、現状としての人為とその人為に支配されているアルビオンに彼は接触する——「その《渦巻》のなかをミルトンは下降した／死の胸の上に」（*M*15：39-40）——アルビオン、すなわち人間界の象徴としてのイギリスは死の世界として描かれるのだ。そして遂に彼はブレイクの足の甲骨の上に流星のように墜ちる（*M*15：49）。この一種の精神的合体後もミルトンの旅は描写され続けるのだから、ここからはミルトンと合体したブレイクの記述となる。こうしてブレイクとともに「ミルトンはウルロ〔地上世界〕の残酷の数々を見た」（*M*17：9）のである。

だが上記のように「ここで自分は何をなすべきか？」と考えたミルトンにも、流出オロロンが欠けている（*M*14：28）。「〔協力者として〕記憶の娘たちだけで、霊感の娘たちがいないとは／己の利己心のままでは、私もあのサタンだ。私はあの悪しき存在／彼が私の幽鬼なのだ」（*M*14：29-31）——欠落した部分オロロンは、「ミルトンが生涯維持した道徳的・芸術的優越性の自己イメジ」とその源泉である「超男性性」（M. Johnson：241-2）を和らげ、慈愛をもってアルビオン（英国）の窮状に対処させてくれる補完者である。『エルサレム』においてもアルビオンが自己の「愛らしい流出エルサレム（女性）」（*J*4：16）を分離しており、これがアルビオンの仮死状態の最大原因となっている。『エルサレム』では、『ミルトン』におけるオロロンの欠落の相似物として、アルビオンにおけるエルサレムの欠落が扱われている。『エルサレム』第二一図版は、エルサレムへの同情を喚起しアルビオンの危機を強調するため「人生、芸術、倫理」を一体として描く（Witke：50）。エルサレムから、息子たち、娘たちなどすべてが逃げた描写に続けて「森は逃げ去り／麦畑、息づいていた庭園も外部へと離され／海、星々、太陽、月―これらは私の病のゆえに駆逐された！」（*J*21：8-10）とエルサレム自身が嘆く。これはオロロンの相似的役割を考えるときの好材料だ。『エルサレム』序文に書かれた「詩歌、絵画、音楽が破壊されるか繁栄するかにつれて、国々も破壊され、繁栄する！」（E144）は、オロロンの補完性の性格にも当て嵌まる。

さてここにブレイクは第一八図版を補う。これは一九図版以下で示される様ざまなミルトンへの対応の仕方（誘惑とそれに陥らないミルトン＝明らかに『復楽園』の継承）の中へ《蔭多き女》の企みをつけ加えるためだったろう。彼女は地上の残酷を具体的に語る――これらの《残酷の数々》によってミルトンが心を動かされて彼が彼女の陣営に加わることを期待しての、彼女の科白と感じられる（この企みと同時に当時の社会状況も示唆される）――

わたしは苦しむ人びとの嘆きとなって、ミルトンにとりすがって嘆こう！
わたしの衣服を、溜息と心潰れた嘆きとして織りあげながら語ろう。
不幸な家族の悲惨な様が、衣服の縁まで引き延ばされることであろう。
衣服の縁は眼を覆うべき窮状、貧困、苦痛、悲しみで縫い取られるだろう。
衣服は岩だらけの島に、そしてそこから大地全体に、引き延ばされ、
そこには父が病んで飢えに苦しむ家族がいるだろう！　そこにはまた
石の地下牢の囚人、工場で使われる奴隷がいるだろう！
衣服の上一面に、人の言葉で書き物を書き綴ろう、というのも
この大地の上に生まれてくるすべての赤子に　六〇年の生涯の
苦しい仕事として　読みとって暗記してもらうためだ。
衣服には王とその顧問たち、権力強き男たちを織り込もう。

飢饉がやってきてそれを留め金と締め金で丸ごと締めつけるだろう、
悪疫がその房飾りに、戦役がその帯になるだろう……　　（*M* 18：5–17）

――しかもこの《蔭多き女》は、この有様をミルトンに知らせる目的が「ミルトンがわたしたちのテントへ来てくれるように、わたしがラハブとティルザの二つ身になるため」（*M* 18：18）であると語る。《残酷の数々》を現実に見せるのではなく、衣服の表面の縫い取りとして誘惑用に用いる意図だ（上記ラハブは旧約の連想から娼婦的誘惑者であり、ティルザはその娘で気取り屋ながら男性の誘惑者である）。これらの女性名のまわりに降下したミルトンがその誘いに乗らないのは、かつての地上におけるミルトンの三人の妻・三人の娘（*M* 17：10–1）を巡る不運や失敗を、新たなミルトンは繰り返さないという意味に違いない。

ユリゼンもまたミルトンにヨルダン川の水で《洗礼》を行い、自己の信条を共有させようとする（*M* 19：6–9）。だが逆にミルトンは粘土を用いて、ユリゼンに新たな肉体を与えようとする――一方は死を、他方は生を手渡そうとするのだ（*M* 19：10–14；29）。ユリゼンはミルトンの行路を遮り（*M* 19：25）、ラハブとティルザやその子たちに協力させて、彼に川を渡らせようとする（*M* 19：31）。彼らは「お前を戦争の帯紐で縛らせてくれ、そしてお前はカナンの王となりたまえ」（*M* 20：5–6）と呼びかける（これもまた『復楽園』の継承）。ミルトンは応じない。この毅然とした彼の態度の炎を感じて、仮死状態のアルビオンは寝返りを打つ（*M* 20：25–6）。

第一八図版以降の情景は、地上の状況を第三者の間接的言辞に拠って識るだけに留まらない汎階級的ミルトン、権力への誘惑に屈しない再生者ミルトンを描いていると言えよう。ミルトンの過誤と新生とは何であったかには多くの説があるが、明らかにここでは、下層の人びとの「眼を覆うべき窮状、貧困、苦痛、悲しみ」（上掲引用参照）を直接知ろうとする彼、権力構造に組み込まれない彼が描かれている（生前の彼は、この点で十全ではな

かった）。

このミルトンの精神を体内に注入されている《私》が、ここで語り始める。すべての生物の脳、心（臓）、腰部では「複数の門が開いていて、サタンの居場所を越えて、ゴルゴヌーザの町に通じているのだ／ゴルゴヌーザはアルビオンの腰部にある四重の精神的ロンドンなのだ」（*M* 20：39-40）。このゴルゴヌーザの再建こそは、ロスとエニサーモンが企図していることである。ゴルゴヌーザが、ブレイクが理想とする芸術の町であることを筆者も否定しない。しかしブレイクの芸術は社会的正義と不可分であることに注意を払いたい。サタンの偽善と苛酷による支配が乗り越えられたところにこの都が建設される。

第二一図版になってようやく《私》は、足から入ったのがミルトンであることを自覚する（*M* 21：4-8）。これを認識した《私》は、《永遠界》を進み始める（*M* 21：14）。先にも触れたように《永遠界》にはオロロンという名の、液体真珠と言うべき美しい川がある。ここにミルトンを永遠の死の世界、つまり地上へと降下させてしまった者たちが住んでいる。彼らの後悔を見たオロロン（彼女は川であるとともに美女でもある）はこう言った――「わたしたちも降下しましょう、そして我が身を死に／与えよう、あの地上世界の中の逸脱者たちのあいだで」（*M* 21：45-6. この逸脱者とは体制批判者）――すなわち彼女はミルトンの勇気に感じて「自らエデンを捨てて地上の危険な闘争において彼と力を合わせて競う」（Bloom 1965：366）ことになり（安楽の放棄と地上への参画＝『失楽園』の帰結に酷似）、イエスさえもオロロンと一体化する（*M* 21：54）。

一方《私》はロスと合体して力と憤りを強化する（*M* 22：11-4）。ロスは時間と空間を自在に己に従わせる存在（*M* 22：17）。したがって《私》もまた時間と空間を自由に跨いでリントラやパラマブロンと出逢い、誤解を受ける（*M* 22：27；29ff.）。パラマブロンたちはヴォルテールやルソーを認めず、スウェーデンボリの限界を語り、これは《私》の理解と一致しようが、ミルトンが破壊者であることを嘆く部分は降下した彼の道行きが平坦なものではないということを示唆する。ロスはこれら自分の息子たちをなだめ、自分がミルトンと一体であること、彼がアルビオンの救い手となる予言があることを告げる（*M* 23：33；35-8）。ロスは「カルヴァンとルーテルがいかにして早まった激怒のために／教皇派とプロテスタントとのあいだに戦争と厳しい対立の種を播いたかを！／もうそのようであってはならない。殉教だの戦争のために出かけてはならぬ！」（*M* 23：47-9）と語って、ミルトンによる救済は対立と闘いによるのではなく、慈愛と同胞愛によるのだと説く。これらの部分は暴力革命の帰趨を知った後の、諸思想が渦を巻く当時の文化状況を描いたものと読めよう。

次いでロスのボウラフーラ（彼の仕事場、人びとの労働現場）とアラマンダ（ロスの商業活動現場）の情景となる。ロスは息子たち（イギリスの労働者たち）に説明する――「ボウラフーラとアラマンダがなかったならば／人間の姿ではなく繊維ばかりの植物のような生命体が／つまり思考もヴィジョンも持たないヤワなポリープが」（E. *M* 24：36-38）産み出されるだけであるから、全ての「植物化した人間をボウラフーラに投げ込まねばならぬ」（同：40）、と。ロスのボウラフーラは「人間間の繋がりとコミュニケーションを促す場」（Hutchings：198-99）とするには説得力がある。また思考とヴィジョンを欠いたポリープのイメジは、全体主義に通じる社会の思考停止状態を指す。これに陥った人間たちをボウラフーラに投げ込むことは、彼らに「適度な個性を再び主張できるようにさせる作業だ」（同：199）と理解すべきであろう。

一方、「永遠界では四芸――詩歌、絵画、音楽、そして／建築（科学）が人間の四つの顔である」（E. *M* 27：55-6）にもかかわらず、時間・空間の世界（永遠界に対する現実界の意味だが、この場合の時間・空間はナポレオン戦争を直接意味するだろう）では詩歌、絵画、音楽が閉め出され、科学のみが尊重される。科学はボウラフーラとアラマンダに分割されるという（E. *M* 27：63）。これはロスの係わらない世界での両者の、経済活動・利得を追求する戦争への変質を意味するのではないか？　ヨーロッパ主要都市（ナポレオン戦争下の）では「人間の思考は力の鉄の手の下で押し潰される／だがロスは圧制者も圧政に潰される者も、全てを圧搾機に投入する」(E. *M* 25 : 5–6)。《力》は権力と読み替えることもできよう。圧搾機とは葡萄を搾る機械であり、葡萄は本作品を通じて意義のある収穫物を意味する。そして圧搾機はロスの印刷機をも指し、「地上の〔言論による〕戦争と呼ばれる」(E. *M* 27 : 8–9)。ロスは「罪人には死を！」と叫ぶ周囲の声 (E. *M* 25 : 14) を制して、やがて葡萄の収穫、動植鉱物からの知恵の獲得が期待される、なぜなら覚醒者が来たからだと告げる (E. *M* 25 : 17–22)。戦争によるのではなく、言論の圧搾機と覚醒者ミルトンの協働によって収穫を期待する意図が示されている。

ここから第一巻の終わりまででは、ロスの息子たちがこの場で葡萄の収穫に精を出し、ユリゼンの息子たちもまたここで働く様が描かれるが、本来の主題の展開は第二巻を待たなければならない。しかし末尾部分ではブレイクの時間論・自然観が展開されることに一言触れておきたい――時間については「動脈の動悸以下の短時間も全て／その持続と価値において六千年に等しい／なぜならこの《短時間》に詩人の仕事が為され、時間が行う／全ての偉大な出来事が始まるからだ」(*M* 28 : 62–29 : 2) という一句で読者に正しく《永遠》を経験させ、自然については「理知を立てる輩に見える誤った地球の外観／虚空を転がる球体に過ぎないという外観は、ウルロの妄想である……／そして人間の血球より小さい全ての空間が／《永遠界》に開いている」(*M* 29 : 15–6 ; 21–2) と歌って読者に《無窮》を経験させる。その際、ちょうど『エルサレム』の第三章冒頭の「理神論者へ」で述べられる人間観――「人は幽鬼すなわちサタンとして生まれ、全的に悪である。そして連続して新たな自己性を獲得する必要がある。そして連続して自己の相反物に成り変わらねばならない」(Stevenson : 732) ――すなわち可能性として《永遠／無窮》を与えられた人間という思いが流れている。

第二巻の冒頭では、オロロンがまず降下するビューラ――「相反物たちが平等に真実である場所」(*M* 30 : 1) が紹介される。ビューラは通常、無意識、霊感、夢と連想されるが (Damon : 43)、ここでは「論争の起こり得ない場所」（*M* 30：3）である。この作品の色濃い影響源であるバニアンの『天路歴程』（鈴木一九九四・一二三五―六七）の《ビューラ》を受け継ぐような、平和で美しい自然の姿がここでは展開される（*M* 31：28-62）。オロロン（この前後からオロロンは複合体であるから「彼女ら」と書かれる）は人間の状態に善悪四種あることを聞き知りながら、敢えてその最悪の状態オァ・ウルロへとミルトン探索の旅を続ける（*M* 34：19）。そこではビューラで共存したビューラの相反物たちが「否定の旗の下で戦争をしている」（*M* 34：23）。不合理なかたちで善悪を規定した当時の体制批判であるとともに、現実に進行中であった戦争批判でもある。相反物は本来、相補物であるべきだというブレイクの考えを想起する必要がある。たとえば悪として否定する固定観念は、本質的善への認識と衝突させて、新たな価値観を創出すべしという考え方である。

ここに追加された第三二図版は、自己滅却の死の床にあるミルトンと七天使の難解な対話である。ミルトンは「酷薄の上に打ち立てられた天国たちに私は背を向けた」（*M* 32：3）と語り始める。これは「エリートのみに特権として与えられた神の叡智との接近を認めないこと」（DiSalvo：38）を意味しよう。そして彼は「理を立てる愚者は想像力の人を嘲る」（*M* 32：6）と慨嘆する。このとき答えるのがルシフェル。しかしここでは彼は大魔王ではなく、真の光の天使（Stevenson：573）である。「我々天使は個ではなく状態なのだ。個と個の組み合わせなのだ」（*M* 32：10）で始まる《状態》論は、彼らが自由（freedom）と聖なる兄弟愛を共通因子として組み合わされていること（*M* 32：15）、しかしこの組み合わせがサタンの暴虐によって、戦争、犠牲、投獄の鎖などに悪用されたこと（美徳を表す概念がいかに政治的に利用されるかを考えれば、これは理解できる。こうした《状態》に変更を施して、既成宗教は美徳を悪用したのである）、長さと幅、高さだけをサタンは想像力と称したこと（*M* 32：18-9）などを語る。だから「《状態》は変化する。だが個が個である固有性は変化せず、終焉を知らない」（*M* 32：23）、そして「想像力は《状態》ではない。それは人間の存在自体である／愛情や恋は《状態》となりうる、想像力と別れた場合には」（*M* 32：32-3）とミルトンは諭される。想像力の聖性・人間性が強調される。他者の苦を想像し得て初めて、美徳の項目も真価を得るという意味であろう。

さてオロロンの降下の共連れの中には逃げ帰る者もいたが、オロロン自身は《死者たちの門》（楽園と正反対の地上的状況）の前に留まり、それまでは《永遠界》から遠望した「人間の戦争」の実態、動植鉱物が（だから当然人間も）見舞われる衰退と死をまざまざと識る（*M* 34：49-54）。ゴルゴヌーザへは「有性の世界の中で死すべきそして植物的生の状態になるまでは」（*M* 35：24；訳文梅津：946）オロロンも達することができなかったはずなのに、オロロンは見事に降下する。ミルトンの寝床に彼女が達すると、《星の八者＝七天使とミルトン》は喜び、ロスとエニサーモンの場から《ビューラ》を経て《永遠》にまで広い道が開ける（*M* 35：29-36）。人の都ゴルゴヌーザが《永遠》と繋がったのだ――「いずれの一日にもサタンが見いだせない一瞬がある／彼の見張りの鬼も見いだせない一瞬が」（*M* 35：42-3）。この一瞬にオロロンはロスとエニサーモンの許に達した（*M* 35：45）。

このように「動脈の動悸以下の短時間」にも、至福を感じさせる瞬間がある――その瞬間の朝の花のかぐわしさ、流れの美しいことが描かれる（*M* 35：48-53）。香りは開けた道を通って永遠界から漂うものとも読める（Otto：92）。オロロンは《かぐわしさの岩》に腰掛けてミルトンを待つ（*M* 35：60）。この岩には泉があり、二つの流れに別れる。一方はゴルゴヌーザを通り、ビューラを抜けてエデンに達する。他方は虚空と全ての教会を経たのち、ゴルゴヌーザで合流する（*M* 35：49-53）。キーツの『エンディミオン』（*Endymion*, 1818）の流れの描写の先触れのような、人物の心を川で表した風景である。教会の援護を受けずに永遠界に達する理想と、教会を経てそこに到る一般の人びとをともにエデンは受け容れるのだ。野生のタイム草と雲雀が、ロスの使者として登場する（*M* 35：54；63）。オロロンは地上界に「女性の姿をしていて初めて人類の敵とならずに／入り込めるのだ」（*M* 36：13-5）。人間界に女性的なものが肝要――天界から降臨する人間的なものは女性の美質を具備していなければならない。ここにはブレイクが仏革命後に思い到った思念が現れていると言えよう。しかもオロロンは一二歳の処女としてブレイクの家の庭に立つのである（M 36 : 17）。

この直前に、人間の眼には（M 36 : 11）二八羽の雲雀が天界に昇ってまた地上に舞い立つように見える。だがこれは一柱の天使なのだ（M 36 : 12）。現象として目に映る自然の姿とその実態は、良きにつけ悪しきにつけ異なっているというのがブレイクの考えである。オロロンが降下したこの家は、ロスがブレイクのために「自然の残酷な神聖さ、自然宗教の諸欺瞞」を三年のうちに書く場所として用意してくれたものとされる（M 36 : 23–5）。ブレイクと自然についてはは稿を改めて筆者の解釈を示すつもり（上記口頭発表以外にも）だが、すでにブレイクは、ヴィクトリア朝のアーノルドやクラフに先駆けて、自然の実態の直視ができたのであろう。自然を宗教として崇める欺瞞から脱して、分裂してしまった人間性を恢復し、その立場から『エルサレム』においてイギリスの覚醒を促す作品を執筆することの宣言であろう。

「時間も空間も処女オロロンの知覚にはなかった／……（なぜならサタンの空間は妄想だからだ）」（M 36 : 19–20）――永遠界と地上界の差異が描かれ続ける。ブレイクは「自然宗教はない（"There Is No Natural Religion [b]"）」の「結語」において、理神論の「時計職人としての神」という狭隘な考え方（Bloom 1965 : 18）に反発して想像力（ブレイクの原文では「詩的・予言的な性質」と表現されている）の優位を主張した。また「すべての宗教は一つ（"All Religions Are One," 1788）」では詩霊（the Poetic Genius）こそが真の人間であるとし、人の外形・肉体はこの詩霊より出ずるとする。これは二元論の否定（Bloom 1965 : 21）であるとともに、詩霊ないしは想像力こそが進歩の原動力だとする、ブレイク的な弁証法の表現だ。「すべての宗教は一つ」の第四原理では、未知を開拓するものこそ詩霊だとし、すでに固定された外見上の《真理》からはその先の発見がないことを述べる――「すでに獲得された知識からは、人はより多くを獲得できない」。ブレイクは、特にオロロン降下に続く場面では、詩霊でもって《見た》情景と、地上界の眼が見る情景を並置している。

先に触れたミルトンの降下を描く際にも、様ざまな批評家が解釈に難渋した《無限の本質》論が出る。これまでの代表的な解釈のいろいろは、今世紀に入ってからハッチングズが紹介（Hutchings：144-5）しているからここでは略記にとどめる――超世俗的概念の強調、物質的存在の因果関係の否定、物質的存在を超越する必要性、物質に対する精神の優越など、二元論的解釈が従来の主流だったとハッチングズは言うのである（しかしブルームは今から四六年も前に「この一節には何ら奥義に類するものはない」として、現代心理学では容易に理解できるとしている＝Bloom 1965［初版 63］：358）。ハッチングズ自身は「無限と永遠については、ブレイクは物心の二元論的理解を認めない。彼の考えでは常に絶え間なく、物質性が決定的な役割を果たしている」（同：145）とする。筆者もこの立場を採るのだが、実際にはブレイクは、読者も《詩霊》を共有すれば、日常的に理解可能なことを歌っていると言える。ここは長々と訳出してみる――《永遠界》と《有限界》を対比した時空感覚の漲る箇所だ。

《無限》の本質はこうだ――すべてのものはそれ自体の《渦巻》を
持ってるということ。そして《永遠》に入ろうとする旅人が
ひとたびその《渦巻》を通過してしまうと　この《渦巻》が彼の行路の
後方に、逆回転して自らを繰りたたね、果ては球体になるのが見える、
太陽あるいは月のような、そして壮麗な星々からなる宇宙のような球体に見える、
また旅人が地上の驚異に満ちた旅を先に進むあいだは、人の姿に、すなわち
慈愛に満ちてともに暮らした友人のような姿になるのが見えるのだ。
ちょうど人の眼が当該の《渦巻》を取り囲む東と西の両方を、そして

星の大群の全てを持った北と南の両方を　ともに見てとるのと同様に、
また　自分の麦畑と五百エーカー四方の自分の谷間を取り囲む
昇り来る太陽と　沈みゆく月とを　ともに見てとるのと同様に、
ちょうどそのように大地は一個の無限の平面なのだ。月だけの暗闇の下に
閉じこめられた弱き旅人にとって見える姿のようではないのだ、大地は。
ちょうどこのように　天空はすでに通過された《渦巻》、そして大地は
《永遠》に入ろうとする旅人がまだ通過していない《渦巻》なのだ。　（*M* 15：21-35）

――大地に降り下ったミルトンには「天空はすでに通過された《渦巻》」であり、なお地上にあって、いずれ《永遠》に入ろうとする旅人（一般の人びと）には、大地が「まだ通過されていない《渦巻》」なのだという。地上における人の経験のすべてが、文字通りその《渦中に》あるあいだは認識されていないけれども、それが過去化されればそれは良き人の姿に、やがては天体のような珠の姿になって見える――すなわち人の地上における具体的・物質的経験とその通過のなかにこそ、《無限》が宿っているという感覚である（のちにトマス・ハーディは、《過去》という《実存在》のなかに永遠を感じとる。詩番号722参照）。これと逆の経験をして地上にやってきたのがミルトンとオロロン――先にも述べたとおり、彼と彼の流出オロロンには、我々にも増して《有限》がよく見えるのである――先にも引用したとおり「彼は、ウルロ（地上世界）の残酷の数々を見た」（*M* 17：9）。

先にも見た「いずれの一日にもサタンが見いだせない一瞬がある」（*M* 35：42）――この一句ではサタンが見る《有限界》の隙間に、永遠が見えることが示唆されている。「この事物を刷新する一瞬は、可動的でもあり、増殖も可能である。正しく用いれば、この一瞬は一日のすべての瞬間を刷新してくれるだろう」（Grimes：46-

7)。それだけではなく、人の時間すべてを、とブレイクは考えているであろう。オロロンは作中のブレイク《私》にミルトンを探索している旨を伝えるので、この《永遠が見える眼》で見れば、《私》にはミルトンの《影》（Shadow）が見える（*M* 37 : 8）——ブレイクの《影》は、《人間本体》、《流出》、《幽鬼》と並ぶ分裂した人間の一員とされる（Damon : 368）。ミルトンの《影》には旧約に言及される《翼で（贖いの場を）覆うケルブ》、すなわち無垢な者として造られながら、のちに不正・不法の塊となったケルビムの姿（*Eze.* 28 : 12-9）が見え、このケルブのなかにラハブとサタンの姿や、人類を「炎の中で燃え尽くした」（*M* 37 : 12）悪人も見える——「ミルトンの姿の中に全ての人類が見える」（Otto : 93）——すなわちミルトンという人物の《影》を用いて、彼が今オロロンと合体する前に洗い清めるべき人類史の悪行をこの《眼》は羅列する（*M* 37 : 15-43）。その最後には「戦争のなかに潜んでいた宗教」も言及される。

　このあとミルトン本体がブレイクの庭に降り立つ。これをサタンが震えながら見る（*M* 38 : 5-12）。ミルトンはサタンに、自分は「お前を滅却させる力」を持つと言い、しかし「私は自己滅却のために地上に来たのだ／おのおのが互いに／他者の善のために自己を滅却することこそ永遠界の法なのだ」と語る（*M* 38 : 34-6）。サタンとその聖職者・教会の目的は人に死の恐怖を植え付けるのに対して、私の目的は人に自己滅却を勧め、サタンの法の実態に目を開きその恐怖を笑い飛ばす術を教えることだと宣言する（*M* 38 : 37-49）。サタンは反論する——私のみが神である、私が生邪を量る天秤を持ち、圧殺の剣を持つ、やがてはすべてが「聖なることにおいて慈愛の正反対の／一個の巨大なサタンとなる」であろう、というのである（*M* 38 : 50-39 : 2）。この作品当初の人間的サタンとは異なって、これは絶対権力の象徴である（スターリンその他の、人類の悲劇の源泉のアレゴリーだ）。

　だが《主の七つの御目》も来臨。アルビオンの覚醒を促し、理のみを論《あげつら》う自己の幽鬼を躾け直せと呼びかける（*M* 39 : 10）。すると幻視者の目にはアルビオンが起き上がろうとする姿が見える。彼の《身体》各部が、英国中の都市と同一物だとして描かれる（M 39：32-49）。しかし力及ばず、アルビオンは倒れ込むのである。オロロンはミルトンの前に立って、あなたが自己を滅却して生を与えようとしている敵たち（真の宗教を滅ぼそうと努めるものたち）が、偽の諸宗教を促進しているのか、ニュートン、ヴォルテール、ルソーなどの《自然宗教》がはびこる原因はわたしにあるのか？ と嘆く（M 40：8-14）。これを聞いたラハブ――「《道徳的美徳》と詐称される／男の中に隠れた女、戦争の中に隠れた宗教」（M 40：20-1）――がサタンの胸の中で輝く。これはオロロンに責任がないことの証としての一行だ。表面だけを宝石で飾る旧約のラハブを、耳に優しい女性的な口実を使って戦争そのほかの暴虐を働く政体の象徴としている（当時、イギリスはフランスと交戦中）。

ミルトンがオロロンに答える――「滅却できるすべてを滅却しなければならぬ／エルサレムの子たちを奴隷状態から救い出すためだ／世には否定すべきものと相反するもの〔相補して善となるもの〕とがある／相反するものを贖い出すために、否定すべきものを破壊しなければならない」（M 40：30-3）。新たな考え方を戦わせて弁証法的に進歩を促す力と、固定された旧套とを峻別したいという意見である（実際このあと、彼はユリゼン的な理法を非難する）。「生の水に沐浴させ、非人間的なものを洗い流すために／私は自己滅却してやってきた」（M 41：1-2）と語る彼は、アルビオンの表皮からニュートン的理法を取り除き、アルビオンに「想像力の衣服を着せるために」（M 41：6）新たな詩法を語る。なぜなら脚韻の見事さなどだけを誇る贋詩人は「腐食を事とする毛虫のように、国の政府にすり寄って入り込むからだ」（M 41：11）。テレビに登場する解説者がいつの間にか政府の宣伝マンとなるに似ている。

オロロンからも悪しき部分は分離してミルトンの《影》の中に入る（M 42：3-6）。オロロン本体は、救難のための三日月型の箱船のようにフェルファムの谷に立ち、やがて《星の八者》（八人目はミルトン）が合体してイエスとなったとき、彼女はイエスの、血染めの衣となる（M 42：10-2）。人類の《六千年の》歴史上、正義を求めた予言者たちは権力者相手に、血まみれの闘いを繰り広げてきた。だからこのイエスという名の合体物の、彼女は「闘いの衣服（A garment of war）」（*M* 42：15）なのである。こうしてアルビオンとエルサレム救済のための準備は完了した（だからこの作品は『エルサレム』へ向けての「序曲」なのだ）[2]。

拙論の初めの部分に書いた情景が訪れ、ブレイクと「私の喜びの影」、すなわち妻キャサリンは身震いしながら彼らの合体を見守る（*M* 42：25-8）。オロロンはミルトンの《流出》であり、《流出》とは詩人の作品を指すという指摘がある（Werner：15）。だとすれば《星の七者》と一体となった予言者ミルトンとその作品を、作中のブレイクが見ていることになる。「この詩の大きな二つのテーマ、宇宙的テーマと個人的テーマは、少なくとも象徴的レベルでは効果的に働くイメジたちに纏められている」（Butter：160）と言えるだろう。

おわりに

先にも触れたとおり、上に扱ってきた『ミルトン』は、ブレイク最後の大叙事詩『エルサレム』に対する序曲と称してよい作品である。ブレイクとロスが、ミルトンと合体して初めて、いわば憂国の歌『エルサレム』を書く態勢が整ったのである――なぜならミルトンは憂国の叙事詩を詠った先輩だからであり、またその社会正義の精神を最も壮大なかたちで発揮した先達だったからである。

『エルサレム』においてもロスは、アルビオンの息子たち、娘たち（イギリス人たち）の悪しき活動を制止しようとありとあらゆる努力をする（ロスは堕落した現実を永遠界＝Eternity の状況に復元しようとするのである）。堕落状態にあるアルビオンの主張は「人は《証明》（demonstration）によってのみ生きるのであって信仰（faith）によってではない／私の山々は私のものだ、私はそれらを独り占めにする」（*J* Pl. 4：28-9）――これとは正反対の考え方がロスの信念である。

　ただここでの《信仰》の概念は、『ミルトン』におけると同様、ブレイクの想像力論と深く関わる。ブレイクはイエスと想像力を同一視する。この場合のイエスは、弱者の心を理解し、良き社会を想像する能力を有し、悪しき権力に立ち向かう予言者的人物である。そして想像力＝イエスであるから、イエスは全ての人の胸に存在することになる（これは先に触れたとおり、一七世紀以降の反体制派キリスト教諸宗派が特に強調した考え方を受け継ぐものである）。だから既成キリスト教は、『エルサレム』においてブレイクの徹底的な批判の対象である。またブレイクの芸術観と美意識は、いま述べたかたちの想像力を基底に持つ。一般に想像力というと、理想美や、超日常的な事象を思う力が想起される――ブレイクの想像力にはその要素も濃厚だが、さらに大きな比重で、旧約の、そして「黙示録」の予言者の持つ想像力、彼の詩の表題にも見える「他人の哀しみ」を理解し、社会の正義を実現する洞察力を指すと思われる。この主題へと向けて、ブレイクは『ミルトン』のなかで、先輩詩人の衣鉢を受け継ぐべくロスと協働し、おそらくは妻キャサリンを念頭に置いたオロロンに、最後の助力を仰いだのであった。

（1）Meric Casaubon: *Treatise Concerning Enthusiasme* (1654); Henry More: *Enthusiasmus Triumphatus; or, A Discourse of the Nature, Causes, Kinds, and Cure of Enthusiasme* (1656); Joseph Granvill: *A Loyal Tear Dropt on the Vault of Our Late Martyred Sovereign* (1667). See Shoulson, pp. 223, 225–6.

（2）二〇〇九年度日本英文学会全国大会における筆者の《招待発表》「いま一つのロマン派自然美学—Blakeを他の詩人群と比較考量」参照（長めの要旨が「大会プロシーディングズ」に掲載されている）。

参考文献

Addison & Steele (ed. Gregory Smith). *The Spectator*. In Four Volumes. Everyman Library. Reset Version, 1963.

Bloom, Harold. *Blake's Apocalypse.* Anchor Books edition, (originally 1963) 1965.

——. *The Visionary Company: A Reading of English Romantic Poetry.* Revised ed., Cornell U. P., 1971.

——. (ed.). *William Blake's Songs of Innocence and of Experience.* Chelsea House Publishers, 1987.

Butter, Peter. "Milton: The Final Plates," in *Interpreting Blake: Essays Selected and Edited by Michael Phillips.* Cambridge U. P., 1978.

Carey and Fowler (eds.). *The Poems of John Milton.* Longmans, 1968.

Damon, S. Foster. *A Blake Dictionary: The Ideas and Symbols of William Blake.* Brown U. P., 1965.

De Luca, Vincent Arthur. *Words of Eternity: Blake and the Poetics of the Sublime,* Princeton U.P., 1991.

DiSalvo, Jackie. *War of Titans: Blake's Critique of Milton and the Politics of Religion.* Pittsburgh U. P., 1983.

Dunbar, Pamela. *William Blake's Illustrations to the Poetry of Milton.* Oxford, 1980.

Dyer, George. *The complaints of the poor people of England 1793.* Woodstock Books, 1990. (Originally published 1793)

Erdman, David V. (ed.). *The Poetry and Prose of William Blake* . Doubleday & Co. (Revised ed.), 1970.

Eaves, Morris (ed.). *The Cambridge Companion to William Blake.* Cambridge U. P., 2003.

Ferber, Michael. *The Social Vision of William Blake.* Princeton U. P., 1985.

Ferguson, James. "Prefaces to *Jerusalem,*" in *Interpreting Blake: Essays Selected and Edited by Michael Phillips.* Cambridge U. P., 1978.

Frye, Northrop. 'Blake's Introduction to Experience' in Bloom 1987.

——. *Fearful Symmetry. A Study of William Blake.* Princeton U. P., 1947.

Gleckner, Robert F. 'Road of Excess' in Harold Bloom (ed.) *William Blake's The Marriage of Heaven and Hell.* Chelsea House Publishers, 1987.

Grimes, Ronald L. "Time and Space in Blake's Major Prophecies," in Curran & Wittreich (eds.) *Blake's Sublime*

Allegory: Essays on The Four Zoas, Milton, Jerusalem. Wisconsin U. P., 1973.

Hill, Christopher. *Milton and English Revolution.* Faber & Faber, 1977.

——. 小野・園月、箭川訳『一七世紀イギリスの急進主義と文学』法政大学出版局、一九九七年。

Hoagwood, Terence Allan. *Prophecy and the Philosophy of Mind: Traditions of Blake and Shelley.* Alabama U. P., 1985.

Hutchings, Kevin. *Imagining Nature: Blake's Environmental Poetics.* McGill-Queen's U. P., 2002.

Imaizumi, Yoko.（今泉容子）『ブレイク　修正される女』彩流社、二〇〇一年。

Jackson, Wallace. *The Probable and the Marvelous. Blake, Wordsworth, and the Eighteenth-Century Critical Tradition.* Georgia U. P., 1978.

Johnson, Mary Lynn. "Milton and its contexts." In *The Cambridge Companion to William Blake.* Cambridge, 2003.

Johnson, Samuel. *The Works of the English Poets*（1810）. Vol. 2（in 21 vols）. New York Greenwood, 1969.

Kawasaki, Noriko.（川崎則子）『サタンの超克：ブレイクの《ミルトン》「吟唱詩人の部」について』近代文芸社、二〇〇七年。

Knapp, Steven. *Personification and the Sublime: Milton to Coleridge.* Harvard U. P., 1985.

Makdisi, Saree. *William Blake and the Impossible History of the 1790s.* Chicago U. P., 2003.

Matsushima, Shoichi.（松島正一）『孤高の芸術家・ウィリアム・ブレイク』北星堂、一九八四年。

——.「ブレイクの思想的背景」、『越境する芸術家―現在、ブレイクを読む』英宝社、二〇〇二年。

Mee, Jon. *Dangerous Enthusiam: William Blake and the Culture of Radicalism in the 1790s.* Oxford, 1992.

Milton, John. *Complete Prose Works of John Milton.* 8vols. Yale U.P., 1966. = *YP.*

——. *The Poetical Works of John Milton*（ed. Helen Darbishire）. 2vols. Oxford, 1952.

Morimatsu, Kensuke.（森松健介）『抹香臭いか、英国詩―一九世紀英詩人の世界観探求』中央大学人文研、二〇〇六年。

Newlyn, Lucy. Paradise Lost *and the Romantic Reader.* Oxford, 1993.

Ogawa, Akira.（小河　陽）『新版総説新約聖書』日本キリスト教団出版局、二〇〇三年。

Otto, Peter. *Constructive Vision and Visionary Deconstruction.* Clarendon Press, Oxford, 1991.

——. *Blake's Critique of Transcendence.* Oxford U. P., 2000.

Patterson, Annabel. *Pastoral and Ideology: Virgil to Valery.* California U. P., 1987.

Phillips, Michael. *Interpreting Blake: Essays Selected and Edited by Michael Phillips.* Cambridge U.P., 1978.

Radzinowicz, Mary Ann. *Toward* Samson Agonistes: *The Growth of Milton's Mind.* Princeton U.P., 1978.

Reiman & Powers（eds.）*Shelley's Poetry and Prose.* Norton, 1977.

Shoulson, Jeffrey. 'Milton and Enthusiasm,' in *Milton Studies 47,* Pittsburgh U. P., 2008.

Stevenson, W.H.（ed.）. *The Poems of William Blake.* Longman, 1971.

Tsuchiya, Sigeko.（土屋繁子）『ヴィジョンのひずみ』あぽろん社、一九八五年。

Williams, Nicholas M. *Ideology and Utopia in the Poetry of William Blake.* Cambridge U. P., 1998.

Wittreich, Jr., Joseph Anthony. *The Romantics on Milton: Formal Essays and Critical Asides.* Case Western Reserve U. P., 1970.

——. "Opening the Seals: Blake's Epics and the Milton Tradition," in Curran & Wittreich（eds.）. *Blake's Sublime Allegory.* Wisconsin U. P., 1973.

——. *Angel of Apocalypse: Blake's Idea of Milton.* Wisconsin U. P., 1975.

——. *Visionary Poetics: Milton's Tradition and His Legacy.* Huntington Library, 1979.

Suzuki, Masasi.（鈴木雅之）『幻想の詩学：ウィリアム・ブレイク研究』あぽろん社、一九九四年。

——.「ヤハウェと二人の息子サタンとアダム」『越境する芸術家—現在、ブレイクを読む』英宝社、二〇〇二年。

Umezu, Narumi.（梅津濟美）『ブレイク全著作』全二巻、名古屋大学出版会、一九八九年。

Werner, Betty Charlene. *Blake's Vision of the Poetry of Milton.* Bucknell U. P., 1986.

Williams, Nicholas M. *Ideology and Utopia in the Poetry of William Blake.* 1998, Cambridge U. P.

YP＝*Erdman*（*ed.*）*above: Complete Prose Works of John Milton.* 8vols. Yale, 1966, Doubleday（Revised ed.）, 1970.

第六章　対立と調和

――ジョン・デナムの『クーパーの丘』について

笹　川　浩

はじめに

ロンドンから西へ約一八マイルいったところに、高さ僅か二二〇フィートの小高い丘がある。サリー州のエガム（Egham）という町の郊外にあるその丘は、特に目立った特徴もなく、それが見下ろすところにマグナ・カルタが一二一五年に調印されたラニミード平原（Runnymede）があるものの、その丘自体は何の変哲もなく、歴史的に重要というわけでもない。しかしその丘が一七世紀の詩人ジョン・デナムの詩に詠まれることで、その高さに相応しからぬ注目を集め、英文学の中で重要なトポス（topos）となったのである。

デナムが書いた詩『クーパーの丘』（*Cooper's Hill*, written 1641 ?, published 1642）は当時非常に高く評価され、またその後の時代に非常に大きな影響を与えた。この詩について、ジョン・ドライデンは「その文体の壮麗さによって、まさしく優れた文体の模範であり、これからも模範であり続けるであろう」と述べ（Dryden : 137）、ポウプも『ウインザーの森』（*Windsor-Forest*, written 1704-13, published 1713）で「『クーパーの丘』の上には、その丘がある限り、またテムズ河が流れる限り永遠の花冠が飾られるであろう」（On *Cooper's* Hill eternal Wreaths shall grow,／While lasts the Mountain, or while *Thames* shall flow, ll. 265–6）と称えている。ドライデンやポウプばかりではない。この詩は、ロバート・ヘリック、エイブラハム・カウリー、ジョゼフ・アディソン、サミュエル・ガース、オリヴァー・ゴウルドスミス、サミュエル・ジョンソン、ジョン・デニスといった様々な詩人・批評家にも大いに賞賛されたのである。

『クーパーの丘』は一体なぜこれほどまでに多くの人々の心を惹きつけてきたのか。それは、当時、風景に対してこれまでにない強い審美的関心が向けられ始めたという時代背景と無関係ではないだろう。今日の私たちにはごくありふれた絵の題材である風景が、西洋絵画史の中で審美的対象として意識され始めたのはちょうど一七世紀頃である。それ以前は、歴史的出来事や神話を描いたもの、宗教画、英雄や貴族などの人物画が中心であった。しかし一七世紀になってようやくオランダ、イタリア、それにフランスを中心に風景画という独立したジャンルが認知され始めた。絵画に関しては、イギリスはやや遅れて一八世紀にトマス・ゲインズバラが風景画を描き始め、イタリアに遊学していたリチャード・ウィルソンが一般に普及させた。しかしそのような風景に対する関心がイギリスでも既に一七世紀に、たとえ絵画という形ではまだ結実していなくても、人々の心の中に芽生えつつあったのは確かで、そのことが『クーパーの丘』が受け入れられる下地になったのである。またこの頃、ホラティウスの『詩論』（*Ars Poetica*, c. 23–20 B.C.）で述べられた「詩は絵画の如くに」（*ut pictura poesis*）という考え方が再び盛んに論じられるようになっていた。このことは、風景をどのように捉え、それをどのように詩の中に組み込むべきかということが当時の詩人の主要な関心事の一つであったというだけでなく、詩における視覚的要素を再評価しようとする気運が高まっていたことを物語っている。

作品そのものに内在する魅力を考えるならば、デナムが風景描写と見事に融合させながら語る教訓や世界観もその当時の人気を支えた要因の一つであろう。『クーパーの丘』が、その後に続くオーガスタン時代の詩のみならず、その時代の審美眼、宇宙論や社会原理を研究するための第一級の資料として有用であるということは既に研究者によって指摘されている（O Hehir, *Expans'd Hieroglyphicks*: vii）。とりわけ内乱によって国内が混乱を極めていた一七世紀のイギリスにおいては、デナムが詩の中で説く調和と平和の精神が人々の心に強く訴えたはずである。しかし『クーパーの丘』の魅力は、その内容のみならずその表現にもある。随所に見られる対照表現や大胆で効果的な比喩、それに美しい韻律と巧みなカプレット形式による簡明直截な表現。二行ごとに意味を纏めて進んでいくそのクロウズド・カプレットは、小気味よい律動で、詩人の眼前の風景の描写と彼の思想を紡ぎだしていく。その巧みなカプレット形式は、ポウプの『ウインザーの森』を始めとして、次代の詩人たちに絶大な影響を与えたのである。

ポウプは『批評論』（*An Essay on Criticism*, c. 1709）の中で「デナムの力」を「ウォラーの甘美さ」と共に詩の重要な要素に挙げ、それらの要素が融合するところに詩の理想的表現を見出した。

そしてデナムの力とウォラーの甘美さが結び付く詩行の
快暢な活力を賞賛せよ。　　　　（三六〇―一行）

And praise the *Easie Vigour* of a Line,
Where *Denham's* Strength, and *Waller's* Sweetness join.

ポウプが言う「デナムの力」については、その意味が『批評論』の中で明確には示されていないが、サミュエル・ジョンソンは、その力を「少ない言葉で多くの意味を伝え、実際の語数より重みのある言葉で情緒を表現する」詩行に見出している（Johnson：52）。つまり思想や感情が簡勁な筆致で表現されているところにその力の源泉があるというのである。またジョンソンは、「デナムとウォラーが英詩の韻律法を発展させ、ドライデンがそれを完成させた」というマシュー・プライアの言葉を引いて、デナムを「英詩の父の一人」と見なし、英詩表現への彼の貢献を高く評価している（Johnson：49）。

本章はデナムの『クーパーの丘』を具体的に読み解きながら、その思想と表現の魅力を明らかにし、そこに認められる「不調和の調和」（*concordia discors*）の思想がどのようなものであるかを考察する。更にその思想を風景描写に絡ませて表現する詩人の戦略が何を意味するかを考えたい。そして最後にその作品の精神が後世にどのような形で受け継がれていったかを考える。しかし具体的に作品を考察する前に、まず作者であるデナムがどのような人物であったかを略述する。

第一節　ジョン・デナムについて

ジョン・デナムは、アイルランド王座裁判所の首席裁判官（Chief Justice）であった同名の父の一人っ子として一六一五年ダブリンに生まれた。母親はアイルランドの男爵の娘エリナー（Ellenor, or Eleanor）で、彼が四歳のときに他界した。彼は二歳の頃、父親の転勤に伴いロンドンに移った。一六三一年にオックスフォードのトリニティー・コレッジ（Trinity College）に特別自費生（gentleman-commoner）として入学したが、オックスフォード時代のデナムは、「空想に耽っている若者」（dreamingest young fellow）であったと伝えられている。また在学中にギャンブルに現《うつつ》を抜かし、かなりの金額をつぎ込んだ。ギャンブル仲間にだまされ大金を失ってしまったので、父親に厳しく叱られ、『賭博について』（*An Essay upon Gaming*）をしたため父親に差し出したこともあった。(1) しかし一六三九年に父親が死去し、その遺産（現金で二千ポンドか千五百ポンド、それに家具付の家二軒、それに多数の金銀食器類）を相続した後も、まず現金が散財され、次に食器類が売り払われた。『名士小伝』（*Brief Lives*, 1898）を纏めたジョン・オーブリーは、その中で、一六四六年頃にデナムが一晩で二百ポンドを費消したことを覚えていると述懐している（Aubrey：107）。

デナムは、オックスフォードで学んだ後、更に一六三四年にロンドンのリンカーンズ・イン（Lincoln's Inn）に移り、弁護士の資格を得た。なおオックスフォードでは学位試験を受験した記録はあるが、学位を取得したという記録は残っていない。リンカーンズ・インでは非常にまじめに勉強に取り組んだが、「才人とは思われていなかった」（Aubrey：106）。またデナムは、オックスフォードからリンカーンズ・インに移った年の六月二五日に、ロンドンのフリート・ストリート（Fleet St.）にあるセント・ブライズ教会（St. Bride's Church）でアン・コットン（Ann Cotton）という女性と結婚をしている。彼女はグロスターシャーの郷士（esquire）の娘であり財産相続人であった。デナムはこの結婚によって年五百ポンドの収入を得たと言われている。

一六四二年頃、デナムはサリー州の州長官（High Sheriff）となった。内乱が始まると、王党派として、サリー州北西部にあるファーナム城（Farnham Castle）の司令官に任ぜられたが、当時まだ若く未熟な軍人だったデナムは結局その城を守りきることができず、議会派に奪われてしまった。また彼の地所も議会派に没収されてしまった。

デナムはその後大陸へ移るが、一六五三年に帰国し、ソールズベリ（Salisbury）近郊のウィルトン（Wilton）にある屋敷でペンブルック伯爵によって丁重にもてなされた。デナムは自分の地所を既に失っていたので、なおさら有難かったに違いない。そのペンブルック伯邸で後にデナムの伝記を書くことになるオーブリーと出会う。またウェルギリウスの『アエネイス』（*Aeneis*, c. 29–19 B. C.）第二巻を訳したのも同所である。ただサミュエル・

ジョンソンの『英国詩人伝』（*Lives of the English Poets*, published 1779-81）には、この翻訳はもっと早い時期に、一六三六年になされたと書かれてある（Johnson : 47）。

デナムは、ブランク・ヴァースで書いた史劇『ソーフィー』（*The Sophy*, staged 1641, published 1642）が上演され、一躍世間の注目を浴びた。デナムの名はそれまで殆ど知られていなかったにもかかわらず、その芝居が非常に人気を博したので、「誰も知らぬ間に、あるいはまったく予想もしなかったときに、突然六万もの軍勢によるアイルランドの反乱が勃発したかのように彼は出現した」とエドマンド・ウォラーは表現した（Johnson : 48）。しかし今日『ソーフィー』よりも高い評価を得ていて、それ以上に重要な作品は、カプレット形式を巧みに用いた『クーパーの丘』である。この『クーパーの丘』も『ソーフィー』に劣らず非常に評判になり、デナムは本当はこの作品をある教区牧師から四〇ポンドで購入したのではないかという噂まで立ったほどである。サミュエル・バトラーは、「デナム卿が狂気から回復したことを称えて」（"A Panegyric upon Sir John Denham's Recovery from his Madness"）というデナムを揶揄した詩の中で、「今、お前に期待するのは、お金で買った『クーパーの丘』や人から借りてきた『ソーフィー』以上に優れた作品だ」（And now expect far greater matters of ye／Than the bought Cooper's-Hill or borrow'd Sophy . . .）と書いている。また作者不詳の詩『詩人達の会議』（*The Session of the Poets*）には次のような件がある。

そしてデナムが、あの跛を引いた老詩人が登場した。
彼の名声は、『ソーフィー』と『クーパーの丘』に拠っている。
彼は数多くの出版業者に熱心に誓わせた、
彼の土地を除けば、これ以上よく売れたものはない、と。

しかし詩歌の神アポロは、宮廷に広がる噂を消し去るために、
彼に何かもっと作品を書くように忠告した。
これまで大いに自慢されてきた『クーパーの丘』は、本当は、
牧師が四〇ポンドで頼まれ書いたものだという噂を消し去るために。

(Banks：49)

Then in came *Denham,* that limping old Bard,
Whose fame on the *Sophy* and *Cooper's Hill* stands;
And brought many Stationers who swore very hard,
That nothing sold better, except 'twere his Lands.

But Apollo advis'd him to write something more,
To clear a suspicion which possess'd the Court,
That *Cooper's Hill,* so much bragg'd on before,
Was writ by a Vicar who had forty pound for't.

勿論、このような噂は全く根拠がなく、むしろこのような中傷が飛び交うほど『クーパーの丘』が評判になり、人々の嫉妬すら買ったということを物語っている。

デナムはその頭のよさからも、チャールズ一世に愛され、信頼されていた。しかし彼は、ピューリタン革命では忠実な王党派であったために、内乱に伴って、その人生は様々な苦難に直面した。一六四七年には王妃の伝言

を国王に伝えるという危険な使命を帯びたが、それを無事果たした。翌年四月には、ヨーク公ジェイムズをロンドンからフランスに連れ出し、王妃と皇太子に引き渡すことに成功した。

一六六〇年の王政復古に伴って、国王より騎士（knight）に叙され、また王室工事総監督（Surveyor General of the Royal Works）の職も与えられ、死ぬまでこの役職に就いていた。この地位はイニゴ・ジョーンズもかつて就いていた役職で（在職一六一五～一六四三年）、城や宮殿など国王の建造物の建築を監督する仕事を担っている。デナムが王室工事総監督であった時の助手がクリストファー・レンである。またデナムはセイラム（Sarum）選出の国会議員にもなり、王立協会（Royal Society）の会員にも選ばれた。

彼は最初の妻との間に一男二女をもうけたが、その妻の死後、まだ二三歳で非常に若く美しいマーガレット・ブルック（Margaret Brooke）という女性と一六六五年に再婚した。その頃既にデナムは老齢で、しかも実際の年齢よりも老けていて、跛すら引いていた。この二番目の妻とヨーク公爵が恋愛関係になったことが、デナムの精神に異常をきたすきっかけとなった（一六六六年）。但しオーブリーは、マーガレットとヨーク公は肉体関係までは持っていなかったと信じていると述べている（Aubrey：108）。

この精神異常の明らかな症状は、デナムが軟石（フリーストーン）の石切り場を視察するためにロンドンからドーセットのポートランド（Portland）に向かっている途中に現れた。彼は目的地まであと一マイルもないところまでやって来たのに突然踵《きびす》を返してロンドンに戻ってしまい、結局その石切り場を見なかったのである。また彼は、かつて自分が所有していたものの、既に何年も前に売り払ってしまった土地に赴き、地代を請求するということもした。あるいは国王に対して、自分は聖霊であると言ったことまである。このような精神異常は、サミュエル・バトラーによって諷刺されたりもした。それでもその後はまた正気に返り、再び詩作を行った。そしてデナムと同じく王党派であったエイブラハム・カウリーの死に際しては、「カウリーが逝去し、古代の詩人と一緒に埋葬されたことに寄せて」（"On Mr. Abraham Cowley his Death and Burial amongst the Ancient Poets," 1667）といった優れた詩も書いた。

しかしデナムが正気に返りつつあった一六六七年に妻マーガレットが死去した。彼女の死因については、毒殺の噂が付きまとっていた。ある者はヨーク公爵夫人を疑ったが、デナム自身が毒を盛ったのではないかと疑った者も少なからずいた。但しマーガレットの検死では、遺体に毒殺の痕跡は全く見つからなかった。この毒殺の噂についてはサミュエル・ピープスの日記にもしばしば言及されている。そしてデナム自身も、それから程ない一六六九年に死去し、遺体はカウリーと同じくウエストミンスター寺院に埋葬された。

以上、デナムの伝記的な事実を略述したが、この節の最後に彼の茶目っ気な面を物語るエピソードを二つ紹介したい。共にオーブリーの伝記に言及されているエピソードである（Aubrey : 109）。

一つはデナムがリンカーンズ・インの学生だった時の話である。彼は酒に関しては基本的に節度を守って飲んでいたが、ある時友人と居酒屋で深酒をし、悪戯を思いついた。彼は友人たちとインクと筆を持ち出して、夜中にチャリング・クロス（Charing Cross）からテンプル・バー（Temple Bar）までの道路標識を全て塗りつぶしてしまったのである。その時期は裁判所の開廷期間であったために、翌日大いに混乱を引き起こした。結局この悪戯を誰がやったかが露見し、デナムは罰金を科せられたのである。

もう一つは、彼がジョージ・ウィザー（George Wither, Withers とも）の命を助けた時のエピソードである。ウィザーは詩人でパンフレットの類も頻繁に書いていた。その彼が王政復古後に国王に対する筆禍によって投獄され、命すら奪われそうになった時、デナムは国王に拝謁し彼の処刑を中止してもらうように懇願した。その理由は、彼が生きている間は、自分は最低の詩人でなくて済むから、というものであった。

第二節　文学史の中の『クーパーの丘』

デナムよりやや遅れて出てきた詩人で劇作家、また古典主義的な立場に立った文学批評家でもあるジョン・デニスが、デナムの詩について次のように述べている。

彼〔デナム〕は大胆だが、しかし性急ではなく、簡潔だが、卑俗でもなく、高尚だが、高慢にあらず、また魅力的であるが、俗悪な技巧はない。　(Barnard：90)

. . . he is Bold, without Rashness; Plain, without Meanness; High, without Pride, and Charming, without Meretricious Arts . . .

デニスは『クーパーの丘』の中の有名なテムズ・カプレットの文体を模して語りながら、デナムの表現の巧みさを称賛している。そして『クーパーの丘』は「英詩の中で最も美しく、最も巧みな詩の一つである」とさえ述べている(Barnard：156)。実際カプレットを駆使したデナムの美しく流れるような表現は、前の時代の、ジョン・ダンの詩に典型的に見られるごつごつした、詰屈な文体から、ポウプに代表される古典派の均整の取れた、典麗な文体への移行を促す一つの契機となったと考えることができる。

また『クーパーの丘』はその後の地誌詩の流行を生み出した作品としても英文学史の中で重要な位置を占めている。ジョンソンは次のように述べている。

『クーパーの丘』は、彼〔デナム〕に独創的な作家としての地位と名誉を与えている作品である。彼は、少なくとも私たちの間では、地誌詩（local poetry）と名づけることができる文学作品の創始者と考えられている。その基本的主題は詩的に描写されたある具体的な風景であり、そこに歴史的な回想やその時々の瞑想といった装飾が加わるのである。

(Johnson : 50)

『クーパーの丘』の後に書かれ、地誌詩と見なすことのできる作品は、枚挙に遑がない。ポウプの『ウインザーの森』、サミュエル・ガースの『クレアモント』（*Claremont*, 1715）、ジョン・ダイヤーの『グロンガーの丘』（*Grongar Hill*, 1726）、ジェイムズ・トムソンの『四季』（*The Seasons*, 1726-1730）、トマス・グレイの『イートン校を遠方に望んで』（*Ode on a Distant Prospect of Eton College*, 1747）や『田舎の墓地で詠んだ挽歌』（*Elegy Written in a Country Church-Yard*, 1751）、リチャード・ジェイゴウの『エッジ・ヒル』（*Edge-hill*, 1767）、ウィリアム・クロウの『ルイスドンの丘』（*Lewesdon Hill*, 1788）、ウィリアム・ライル・ボウルズの『一四のソネット』（*Fourteen Sonnets*, 1789）、シャーロット・スミスの『ビーチー岬』（*Beachy Head*, 1807）といった作品は、そのほんの一部の例である。一八世紀を中心に書かれた夥しい地誌詩の具体的な例については、オービンの浩瀚な研究書『一八世紀イングランドにおける地誌詩』（*Topographical Poetry in XVIII-century England*, 1934）に列挙されている。『クーパーの丘』は、そのような地誌詩のまさに嚆矢と言える作品なのである。

地誌詩の最大の特徴は、ジョンソンの定義にも明確に述べられている通り、それが描く風景が一般的な自然描写ではなく、「具体的な風景」であるということである。オービンは、そのことを明確にするために、“descriptive”と“topographical”という二つの形容詞を使い分けることを、その著書の序文で述べている。即ち、前者は「一般的な自然を描写する」（depicting nature in general）ということを意味し、後者は「明確に地名が示された現実の土地を描写する」(describing specifically named actual localities) という意味で用いるというのである。ジョンソンは後者の意味で“local”という語を用いているが、これは漠然として誤解を生じやすいという理由で適切な語ではないとオービンは考える。また“loco-descriptive”は一八世紀に使用され始めたが、その後余り普及せず、またうまい表現とは言えないので、オービンはこの語も採用せず、“topographical”という語を用いた。今日ではこのオービンの用語法が広く採用されている。

さて先に引用したジョンソンの定義であるが、この定義が『クーパーの丘』にそのまま当てはまるかどうかという点は注意を要することを指摘しておきたい。確かにジョンソンの言う通り、『クーパーの丘』における主要な要素は「詩的に描写されたある具体的な風景」である。しかしそこに述べられた「歴史的な回想やその時々の瞑想」を作品の「装飾」と見なすことは適切とは言えないかも知れない。実際は、風景描写の部分と瞑想の部分のどちらが作品の中で支配的であるかが判断できないのである。むしろこの二つの要素が主従の区別なく見事に融合しているところに、この詩の特長があるのだ。ジョゼフ・ウォートンも次のように述べて、『クーパーの丘』の卓越性を強調している。

> 絵画的な描写や娯楽のみが期待されているところに、道徳的格言や教訓を遠まわしに間接的に導入するのは、叙景詩の最も優れた、最も心地よい技巧の一つである。……この技巧こそ『クーパーの丘』の非常に際立った特長であると述べて、高貴な詩人〔デナム〕を正当に評価せねばならない。その詩では、一貫して、場所の描写や詩人が呈示するイメージの描写が、常に人生の教訓や政治制度を示唆したり、それらに関する感懐へと誘うのである。その方法は、ちょうど実際の景色や風景の様子が、心を落ち着かせたり、心をその対象と関連がある思想や瞑想へ向かわせるのと同じである (Barnard : 387)。

つまり、『クーパーの丘』においては、風景描写の合間に瞑想部分が挿入されているというより、風景描写が「一貫して」読者を詩人の思想に引き込むのである。そこでは風景描写と詩人の思想が不可分に結びついているのである。

また『クーパーの丘』の特徴については、具体的な土地の風景を描写するということの他に、その風景描写が丘の上から眺望したものであるという点を指摘することができる。周囲より高い地点に詩人が立ち、そこから俯瞰した景色を描写するという形式は、いわゆる眺望詩（prospect poem）という地誌詩のサブジャンルとして、これも大いに模倣されたのである。オービンの著書では、"hill poems" として分類され、夥しい数の作品が列挙されている（Aubin：298-314）。この眺望詩という形式が『クーパーの丘』をきっかけに広く用いられた理由の一つは、詩人に、個別の具体的な風景を描写をしながら、同時に風景全体を大局的に捉えることを可能にする視点を提供するからである。詩人は眼前の、現実の風景の具体的な美に惹かれながらも、その風景の中の個々の事物を統べる普遍的原理のようなものを捉えようとする誘惑に駆られる。そのためには現実の風景から一定の距離をおいて――しかしあくまで現実の風景を視界に入れながら――高い視点からその風景を俯瞰するのが好都合なのである。しかもその眺望点を固定することで、つまり一つの視点から様々な方角の風景に目を走らせることで、そこから見えるいくつかの風景によって連想されるそれぞれの思想を相互に関連づけ、テーマに統一性を持たせることが容易になる。

ただ、もう少しこの『クーパーの丘』の特徴を他の地誌詩と比較検討してみると、そこには有意な差異もある。それは政治的教訓を含んでいるかどうかということである。その意味では『クーパーの丘』を直接的に継承している作品は、ウォラーの「近頃国王によって改修されたセント・ジェイムズ公園について」（"On St. James's Park, As Lately Improved by His Majesty," 1686）やポウプの『ウインザーの森』である。これらの詩は同じ空間を描写し、またテムズ河がイギリスの繁栄において果たす役割の重要性を謳っているという共通点だけでなく、君主のあり方という政治的主題を扱っているという共通点もある。「セント・ジェイムズ公園」では、王党派詩人ウォラーは、その公園から国会議事堂とウエストミンスター寺院を併せ見て、王室と結びついた後者に対して、前者を「わが国のあらゆる悪が作り出された議会」（that house where all our ills were shaped, l. 99）と表現している（Maclean : 249）。そして王政復古後すぐにロンドンのセント・ジェイムズ公園の改修に取り掛かったチャールズ二世を称賛する。『ウインザーの森』もイングランドの君主制を称賛する。ポウプは、自分が描くウインザーの森が、文学の中で伝統的に描かれてきたエデンの園――特にミルトンの『楽園喪失』（*Paradise Lost*, 1667）に描かれたエデンの園――に決して劣らないということを主張した上で、そのウインザーの住人たるアン女王を賛美するのである。勿論この『ウインザーの森』と『クーパーの丘』は、それぞれ書かれた時代背景が違うので、その雰囲気も大きく異なる。ピューリタン革命前後に書かれ不安と危機感が滲出している『クーパーの丘』に対して、スペイン継承戦争がイギリスの勝利で終結し、イギリスに有利なユトレヒト条約が結ばれる中で書かれた『ウインザーの森』には全体的に愛国的で楽観的な雰囲気が漂っている。しかしこれら三つの詩は、共通して、風景そのものより、その風景を基に描かれる理想的な王や国のあり方が主題化されているという点で、地誌詩の中に一つのサブジャンルを形成しているのである。

また『クーパーの丘』と『ウインザーの森』が共有する政治的テーマは、これらの詩が古代ギリシアの農耕詩の伝統を受け継いでいることを示唆しているとオヒアは考える（O Hehir, *Expans'd Hieroglyphicks* : 9-13）。『ウインザーの森』を「農耕詩」と称したポウプは、ウェルギリウスが『農耕詩』（*Georgica*, 36-29 B. C.）の最終行で『牧歌』（*Eclogae*, 42-37 B. C.）の第一行目を繰り返したのに倣って、『ウインザーの森』の最終行（"First in these Fields I sung the Sylvan Strains."）で、『牧歌』（*Pastorals*, 1704）の「春」（"Spring. The First Pastoral, or Damon"）の最初の行（"First in these Fields I try the Sylvan Strains. . ."）を繰り返したのである。つまり『ウインザーの森』は、『クーパーの丘』だけでなくウェルギリウスの『農耕詩』をも模範にして書かれている。一方デナムは、ウェルギリウスの『アエネイス』第二巻を『トロイの破壊』（*The Destruction of Troy*）と題して訳出しているが、その翻訳の三〇六行に『クーパーの丘』の語句をそのまま用いている。それはウェルギリウスが『アエネイス』の同じ箇所で、『農耕詩』の語句を用いているのと同じである。デナムの死後数年して出版された『クーパーの丘』のラテン語訳では、その訳者モウゼズ・ペングリ（Moses Pengry）は、デナムが『農耕詩』を意識して『クーパーの丘』を書いたことを汲んで、『農耕詩』の表現を用いて訳している(2)。

農耕詩とは勿論、第一義的には農業技術を語る詩である。そこでは作物の栽培方法、気象、家畜の飼育、養蜂などについて語られる。その説明の過程で田園の風景の美しさ、自然に対する深い愛情、田園生活の素晴らしさが強調される。そのような農耕詩において、しかしながら、しばしば見過ごされ、あるいは軽視されがちなのは、そこに包摂された政治的主題である。実際ウェルギリウスの『農耕詩』では、田園風景の描写や実用的な農業技術の説明が政治問題を語る表現にしばしば変わる。農業を語りながら、カエサルの暗殺やアウグストゥス治世下の繁栄などに言及し、時の権力者を賛美したり、理想的な国家のあり方を主張する言説となるのである。つまり、農耕詩は、「田園の自然を言説の媒体として用いる政治的教訓詩」（political-didactic poem employing rural nature as the vehicle of its discourse）と見なすこともできるのである（O Hehir, *Expans'd Hieroglyphicks* : 13）。そうだとすると『クーパーの丘』の最後でテムズ河と農業の関係が語られる理由がはっきりしてくる。そこでは突然の雨や雪解け水で川の水かさが増しても、農夫たちは土手を高くしてそれに対応し農作物を守ることができるが、川の流れを無理矢理変えようとすれば川が氾濫してしまうと述べられているが、それまでの箇所を読んできた読者は、当然それを国王と臣下の関係を表す比喩として、あるいは川によって表象される「不調和の調和」をいかに維持すべきかについての教訓として読むだろう。しかしこの詩が農耕詩の伝統の中にも位置づけられると考えれば、この最後の箇所は、まず文字通りの意味として解釈されるべきで、まさにこの詩を農耕詩にしている箇所なのである。

第三節　テクストの変遷

この『クーパーの丘』が最初に出版されたのは一六四二年八月であるが、この詩には複数の草稿が残っている。オヒアは、『クーパーの丘』のテクストを詳細に分析した著書『眼前に広げられた象徴的文字』(*Expans'd Hieroglyphicks: A Critical Edition of Sir John Denham's Coopers Hill*) の中で、この詩には明確に区別できる草稿が五つあると述べている。そのうち大きな差異が認められないと判断した第四草稿（一六五五年）と第五草稿（一六六八年）を一つに纏めてBテクストとし、それ以前の草稿、特に第三草稿（一六四二年）に基づくAテクストと区別している。(3)

それでは『クーパーの丘』はそもそもいつ頃書かれ始めたのか。つまりD1はいつ書かれたのか。一六五五年に出版された版のタイトル・ページには「一六四〇年に書かれた」と記載があるが、その信憑性は十分ではない。実際には執筆時期はそれほどはっきりしているわけではなく、その詩の内容と現実の出来事との照合を手がかりにする外的アプローチと詩の表現や内容そのものを手がかりとする内的アプローチを併用して判断するしかないのである。その二つのアプローチによってオヒアは、最初の草稿が一六四一年の半ばには書かれていたであろうと推測しているが、その根拠として以下のような理由を挙げている。

内容から考えて、デナムは、明らかにウォラーの「国王によるセント・ポール寺院修復に寄せて」("Upon His

Majesty's Repairing of Paul's") を意識して『クーパーの丘』を書いているので、『クーパーの丘』は「セント・ポール寺院修復」の後に書かれたのは明らかである。その「セント・ポール寺院修復」は一六三九年頃に書かれていると考えられるので、『クーパーの丘』が書かれたのはそれ以降ということになる。

また『クーパーの丘』の創作時期が、それが扱っている国王と議会の対立が本格的に始まる一六四二年より以前である可能性も排除できない。『クーパーの丘』の中で言及されている国王と議会の対立は、直接的な武力衝突こそ一六四二年に始まるが、その兆候は既に一六四〇年には認められていたからである。

次にデナムの他の作品、特に「ストラッフォード伯の裁判と処刑について」("On the Earl of Strafford's Tryal and Death") との関係で、『クーパーの丘』の創作年を考える。このストラッフォード伯（トマス・ウェントワース）についての詩は出版されたのは一六六八年であるが、書かれたのは、この詩が扱っているストラッフォード伯の処刑が行われた一六四一年五月一二日からそう遠くない時期であろうと推測される。当然それ以前にこの詩が書かれることはありえない。また『クーパーの丘』の鹿狩りの場面における鹿は、このストラッフォード伯に言及したものであるということは明らかであり、内容的にこの二つの詩は密接に関連している。ストラッフォード伯の詩には、彼に対する同情が読み取れ、『クーパーの丘』と同じく、王党派の立場で書かれている。更にこの詩は、『クーパーの丘』に見られるような対照法や、対立と調和のイメージが用いられている。これはこの時期のデナムの作品の特徴である。また『クーパーの丘』と同じように、ストラッフォード伯の詩にもウォラーの「セント・ポール寺院修復」の影響を認めることができる。以上の点から、ストラッフォード伯の詩と『クーパーの丘』は同じ頃に書かれたと考えることができる。

その他いくつかの傍証を用いて、オヒアは、『クーパーの丘』が一六四一年半ばに書かれたのではないかと結論づける。そのD1は、出版されずに原稿のまま回覧されていた。その後D2が、やはり原稿のまま一部の人に読まれた。そのＤ２には、Ｄ１では明確にはされていなかったウォラーの「セント・ポール寺院修復」への言及がはっきりした形で見られる。Ｄ３は一六四二年八月に出版されたが、これはその前の二つの草稿より洗練され、また追加された箇所も多かった（但しこのＤ３自体は発見されておらず、出版された形でしか残っていない）。加筆された箇所の一つは、ロンドンにおける陰謀の企てとその陰謀の阻止に関する箇所（Ｄ３・四一―六行）である。オヒアは、この箇所は特に時局的な記述というわけではないではないだろうが、四一年夏に国王が軍隊に政局に干渉するように教唆した、いわゆる軍隊陰謀事件（Army Plot）に言及している可能性もあると述べている（O Hehir, *Expans'd Hieroglyphicks* : 33）。なおこの箇所はＤ３にのみ見られ、その後の草稿には見られない。またＤ３では、Ｄ１、Ｄ２にはなかった、説明的記述が目立っている。例えば、マグナ・カルタについて述べた

> 憎しみと恐れの名前である暴君と奴隷は
> 国王と臣下という幸福な呼び名を持つのである。
>
> （Ｄ１・二九五―六行、Ｄ２・三〇七―八行、Ｄ３・三一五―六行）

> Tyrant, & Slave, those names of hate & feare,
> The happier Stile of King, & Subject beare.

という一節の直後に、Ｄ３では更に、

両者は、同じ中央に歩み寄る時、幸せになる。

その時、国王は自由を、臣下は愛を与えるのである。

Happy when both to the same Center move;
When Kings give liberty, and Subjects love.

という説明的な一節が加わるのである。このように説明的な記述が加わったD３は、それまでの草稿より読者にとってわかりやすいものとなっている。それは、それまでが言わば仲間内だけで回覧されていただけなので、余り説明がなくとも理解できる読者ばかりであったということと無関係ではないだろう。D３は一般の読者向けに出版されたものなので、わかりやすさに配慮したと考えられるのである。

またD１、D２の鹿狩りの箇所では、沈んでいく船のイメージが用いられているが（D１・二六九―七四行、D２・二八一―六行）、D３では自分より劣る敵に囲まれ戦う英雄が自分より高貴な敵に自らの命を差し出すイメージに置き換えられている（二八九―九四行）。このイメージの置き換えが何を意味するかについては後述する。

このD３が出版された翌年の四三年四月に、当時王党派の拠点であったオックスフォードで再び『クーパーの丘』が出版された。それは薄茶色のハトロン紙で出版されたのだが、内戦下のオックスフォードではそのような紙しか手に入らなかったのである。このオックスフォード版は、実質的には四二年版の再版と言えるもので、但し四二年版の誤植に訂正が若干加えられている。『クーパーの丘』はその後更に一六五〇年にロンドンで印刷された。これも四二年版の再版であるが、当時デナム自身は政治亡命していてその地にはいなかったためであろうか、オックスフォード版にあった誤植訂正はない。

一六五三年にデナムが亡命先からイングランドに戻ってソールズベリ伯爵の食客になったことは先述した。

オーブリーによれば、デナムはそこでウェルギリウスの『アエネイス』の翻訳に取り掛かっていた。しかしオーブリーは言及していないが、デナムはその頃『クーパーの丘』の大幅な改訂にも着手していたと考えられる。それが一六五五年に出版されることになるＤ４であり、それまでのテクストに思い切った変更が加えられているために、従来のテクストをＡテクストとし、このＤ４、およびその後のＤ５に基づくものをＢテクストとしてオヒアは区別したのである。そこに見られる注目すべき変更の一つは、それまで明示されていた国王チャールズの名が削除されたことである。このＤ４が書かれていた時には既にチャールズは処刑されていたという事情が関係しているのは言うまでもない。またそれと関連しているが、鹿狩りの場面が長くなったことと、それに伴うそのアレゴリーの意味の変化も注目すべきである。Ｄ３までは、鹿狩りをする「国王」はチャールズ一世と明記してあり、狩猟の対象の「雄鹿」はストラッフォード伯であることは容易に読み取れる。しかしＤ４では、チャールズの名が消え、狩猟者は単に「国王」と表現されている。そして鹿狩りの場面が長くなり、雄鹿の人間的側面、特にその感情や心理的な面の記述が詳細になる一方で、ストラッフォード伯への言及であることが意図的に曖昧にされ、雄鹿はストラッフォード伯であると同時に、チャールズ一世でもあるような解釈を可能にしているのである。雄鹿がチャールズ自身だとすると、ここで「国王」と称されているのは、五五年当時まさに国王に匹敵する権力を掌握していたオリヴァー・クロムウェルということになる。

また“When a Calme River rais'd with suddaine Raines”で始まる、制限しすぎた川が氾濫するというアレゴリーの箇所（Ｄ１・二〇七―一六行、Ｄ２・三一九―二八行、Ｄ３・三三三―四二行）が、Ｄ４では最終部に移されたために（三四九―五八行）、当該箇所の意味が変化したことも留意すべきである。Ｄ３までは、その箇所の直後に王権の肥大化と臣下の過激化に対して警告する箇所がくることで、川は王権であると限定的に解釈されるのだが、Ｄ４ではその箇所が最終部に移されることによって独立した意味を持ち、川はもはや限定的に王権を意味するというより、むしろより包括的に「不調和の調和」をもたらす力と解釈できるのである。

　そして最も際立つ、そして重要な加筆はテムズ・カプレットである。この追加されたカプレットこそ、この詩の中で一番知られた箇所であり、人口に膾炙した箇所である。この追加によって、作品の中でのテムズ河の重要性が更に増したと同時に詩全体のテーマが明確になった。ただ、この加筆箇所が、当初より称賛されていたわけではなく、ジョン・ドライデンが注目して初めてその表現の美しさと重要性が認識されたのである。

　この一六五五年版には、Ｊ・Ｂなる人物による序「読者へ」が付されている（O Hehir, *Expans'd Hieroglyphicks*：137）。その書き出しは「皆さんはこれまでこの詩をしばしば目にしたことがあるでしょうが、しかし実際は一度も見ていないのです」（YOU have seen this Poem often, and yet never . . .）というものである。なぜならここに出版する詩こそ「唯一の正しい版」（the onely true Copie）であり、これまでのものは「同じ間違った写しが単に再現されたもの」（meer Repetitions of the same false Transcript）にすぎないというのである。更にＪ・Ｂ氏は、「私は〔これまでに原詩を読んでいたので〕このような優れた詩がかくも乱暴に扱われるのを見ることに我慢できなかった」（I had not patience〔having read the Originall〕to see so Noble a Peece so Savagely handled . . .）ために著者自身から直接「この完璧な版」（this perfect Edition）を手に入れ出版したと述べている。しかしこのようなＪ・Ｂ氏の主張にもかかわらず、オヒアは、Ｂテクストを正当なテクストとし、それ以前のＡテクストを間違ったテクストと決め付けることには反対している。そしてＡテクストは、それ自体「完全に自立したテクスト」（a perfectly viable text）であり、むしろ多くの点でＢテクストよりも一貫した内容になっていると主張している（O Hehir, *Expans'd Hieroglyphicks*：138）。このオヒアの主張は十分な説得力を持っている。というのもこの詩は時代性が色濃く反映しているために、それぞれの版が書かれた歴史的状況を常に視野に入れて考えねばならず、Ａテクストが書かれた状況とＢテクストが書かれた状況は大きく異なるために、単にＡテクストを修正したものがＢ

テクストであると考えるべきではないからである。つまりAテクストは国王が処刑される前に書かれたもので、それ自体を、内乱の趨勢が未だはっきりしない、不安と焦りと希望が充満した状況下で書かれた独立した作品として読むべきなのである。一方Bテクストは、いくつかの時代的制約の中で書かれた。既に内乱は王党派の敗北で終結し、国王は処刑され、王制は廃止されていた。ストラッフォード伯の裁判と処刑は人々の記憶の中で薄らいでいった。クロムウェルの圧倒的な力を無視することはもはやできない状況だった。またデナムが亡命先から帰国してD4を書いていたのは、ペンブルック伯邸においてであったが、伯爵はクロムウェル政権に与っていた人物で、国務会議（Council of State）のメンバーだったために、クロムウェルやピューリタンに対するあからさまな非難は伏せねばならなかった。そのような制約の中でBテクストは書かれたのである（O Hehir, *Expans'd Hieroglyphicks*：227–9）。

しかし本論では、さし当たって、今日私たちが一般に目にするBテクストを基にして論じる。勿論必要に応じて他の版にも論及するが、その場合は特にその旨を明示し、指定がない場合はBテクストに依拠しているものとする。

第四節　デナムの政治的立場

デナムは一般的には王党派の詩人として認知されているが、もともとは、国王への権力の集中に反対する中立的立憲主義者であった。しかしある時点から王党派に転向した。エドマンド・ゴッスは、その転向は議会派と国王派との武力衝突が始まった時期にあったとして、それ以前はデナムは中立的立憲主義者で、武力衝突後に王党派に転向したと考えている。そしてその時期は『クーパーの丘』一六四二年版が出版された時期と四三年版

（オックスフォード版）が出版された時期との間であるため、後者には中立的立憲主義者の立場からの考えがなくなっていると主張する（Gosse：89）。そのようなゴッスの考えに、オヒアは疑義を抱く。なぜなら四二年版と四三年版は実質的には同じであり、もし四二年版がデナムが中立的立憲主義者であることを示しているのであれば、四三年版も同じ立場を示しているはずである。しかしその四三年版が出版されたオックスフォードは当時王党派の拠点であり、戦争による深刻な紙不足にあった当地で、しかも印刷所は国王を擁護する文書の印刷に限られていた中で、デナムが反国王的立憲主義者の立場で『クーパーの丘』を出版するのは不自然である。つまり四三年版は明らかに王党派の立場で書かれているのであり、そのことは取りも直さず四二年版も王党派の立場で書かれているということを示す（O Hehir, *Expans'd Hieroglyphicks*：26)。

デナム詩集を編んだT・E・バンクスは、デナムの転向がゴッスの推定する時期よりも少し早かったと考え、具体的には『ソーフィー』が書かれたとされる一六四一年と『クーパーの丘』が書かれたとされる一六四二年の間に、デナムが王党派に転向したのではないかと推測する。そしてバンクスは『クーパーの丘』四二年版（D3）の最終部一二行を、デナムが王党派に転向しながらも中立の立場への共感を残していることを示している証左として引用する（Banks：7)。

このように王は、持てる以上のものを手にすることで、
まず臣下を圧制によって大胆にさせた。
そこで人民の力は、臣下が享受するのに相応しくないほどに
多くのものを、王から無理矢理に奪い取り
同じく極端に走る。一方が度を越して、より大きくなろうとして

結局両者とも小さくなったのだ。
また、ただ多くを求めるだけでは、どうしても
既得のものをお互いに手放させることはできない。
だからこそ王には、その限りない力を
川筋から、法律の岸辺から氾濫させないように伝えよ。
そして王に笏《しゃく》の用い方を教える法律が
その臣下に対しては王に従うことを教えんことを。

（D3・三四三—五四行）

Thus kings by grasping more then they could hold
First made their Subjects by oppression bold.
And popular sway by forcing kings to give
More then was fit for subjects to receive
Ran to the same extreame, and one excesse
Made both by striving to be greater lesse;
Nor any way but seeking to have more
Makes either lose what each possest before.
Therefore their boundless power tell princes draw
Within the channell and the shores of law,
And may that law which teaches kings to sway

Their scepters, teach their subjects to obey.

ここには絶対王政に対する否定的な姿勢がはっきりと読み取れる。王権が必要以上に伸張すると、逆に臣下（議会）の反発を惹起し、結局は王も臣下も不利益を被ることになるという考えである。特に「だからこそ」（Therefore）からの最後の四行には、法律による統治こそ目指すべき体制であり、国王も議会も共に過激な行動を自重し法を尊重すべきであるという中立的立憲主義者としてのデナムの考えが反映しているように思える。しかしオヒアは、上の引用に見られるような対立する力の均衡という考えが、一七世紀においては王党派の立場の文学に広く見られる考えであることを指摘し、デナムが中立的な立場への共鳴を示しているとは必ずしも言えないと主張する。またオヒアは、四二年版に見られた誤植が、この誤解を生み出す要因の一つになっているとも指摘する。先に引用した四二年版の三五一行目“Therefore their boundless power tell princes draw”は、正しくは“Therefore their boundless power let princes draw”であったのだが、間違って印刷された。つまり引用箇所の三五一―二行は「だからこそ王には、その限りない力を川筋から、法律の岸辺から氾濫させないように伝えよ」ではなくて、本来「だからこそ王には、その限りない力を川筋から、法律の岸辺から氾濫させないでもらいたい」という意味であったのだ。それは些細な違いではある。しかし当該箇所の語調はこの誤植によって明らかに強く厳しいものになっている。そしてこのことが、その誤植をそのまま受け入れてしまったバンクスに、そこにデナムの反国王的な、中立的立憲主義の姿勢が映っていると判断させる一つの要因になったかもしれない（O Hehir, *Expans'd Hieroglyphicks* : 26–7）。

　またバンクスは、デナムの悲劇『ソーフィー』にも、彼が当時必ずしも忠実な王党派であったわけではないことが窺えると考える。『ソーフィー』は『クーパーの丘』と同じ一六四二年に出版されていて、当時のデナムの考えを共有していると考えられる。この『ソーフィー』は、トマス・ハーバート（Thomas Herbert）の『アジア及びアフリカの様々な場所への数年に亘る旅』（*Some Years Travels into Divers Parts of Asia and Afrique . . .*, 1638）の記述に基づいて書かれた悲劇で、題名の『ソーフィー』はペルシャ王の称号である。その戯曲は、自分が王位に就くために父親と兄を殺害したペルシャの王アッバス（Abbas）が、今度は自分の息子マーザ（Mirza）の名声への嫉妬から、彼が謀反を企んでいるとして告発し、彼を盲目にして投獄したことに起因する悲劇を扱ったものである。そのような残酷なアッバスも、マーザの七歳になる娘ファティマ（Fatyma）には惜しみない愛情を注いでいた。そこで父親の残酷な仕打ちに憤ったマーザは復讐のために自分の娘を絞殺しようとする。しかし最後に思いとどまり、彼女を逃がす。[4] バンクスは、この悲劇中の国王アッバスの言動に、国王チャールズ一世による高圧的な政治姿勢に対するデナムの批判を読み取っている。

しかし『ソーフィー』を反王権的立場を表す作品と見なす考えに対して、オヒアは、この作品でも本当に唱道されているのは対立する力のバランスの必要性であって、反王権的思想ではないと考える。それは「意識的な均衡に基づいた作品」（a work of deliberate balance, O Hehir, *Expans'd Hieroglyphicks* : 27）である。そのようなバランスの思想は王党派の考えの特徴でもあったので、デナムが反王権的立憲主義者であったと断定することはできないとオヒアは述べる。また『ソーフィー』は歴史的事実から題材をとった史劇であり、そのような作品から当時のデナムの政治思想を無理に引き出すことの危険性もオヒアは指摘している。

更にバンクスは、デナムがジョージ・クルック（Sir George Croke, 1559-1641）という判事の死（一六四一年）に際して哀悼詩「クルック判事の死に際して書いた挽歌」（"Elegy on the Death of Judge Crooke"）を書いていることに注目して、この事実もデナムが中立的立場であったことを示していると主張する。クルックはオックスフォードのユニヴァーシティ・コレッジ、インナー・テンプルを経て民事訴訟裁判所（Court of Common Pleas）

の判事になり、その後王座裁判所（Court of King's Bench）の判事になった。彼は高潔さと深い学識で評判が高かった判事である。とりわけ、革命の遠因になったと考えられる船舶税（Ship Money）に関する裁判（一六三七―八年）で彼は有名になった。一六三四年、国王チャールズは、イングランドの船を海賊から守り、またフランスやオランダに対抗して海軍力を強化する必要があるという名目で海岸沿いの都市や州に船舶税を課した。その後チャールズは課税の対象を内陸部の都市や州にまで広げたため、全国に反対運動が起きた。特に強行に反対したのが、クロムウェルの従兄弟であるジョン・ハムデンである。税を納めることを拒否した彼を裁く裁判が開かれ、結局、一二人の判事のうち、有罪七、無罪五の僅差で国王側の勝訴に終わった。このとき税の無効を声高に主張したのがクルックである。因みにこのクルックと一緒に反対した判事の一人がデナムの父である。従ってデナムが、このクルック判事が死去したとき、挽歌を書きその死を悼んだことは、彼が王党派ではなくて中立的立場であったことを示しているとバンクスは判断する。しかしこのバンクスの見解に対してもオヒアは反論し、その哀悼の詩は、クルックが王に反対したことに対するデナムの共感を示しているというより、やはりここでも政体における力の均衡の重要性を強調していると主張している。

以上述べてきた通り、バンクスは、一六四二年頃にデナムが国王支持に傾き始めつつも未だ反国王的な中立的立憲主義の立場を捨てきっていなかったと考え、『クーパーの丘』四二年版の中にはそのことが窺える箇所があるという立場を取っている。それに対してオヒアは、バンクスが指摘する考えは、反国王的な考えではなくて王党派に特徴的に見られる考えであると主張して反論する。この二人の論弁を客観的に比較すれば、より緻密な検証をしているオヒアに軍配が上がると言わざるを得ない。もちろん対立する力の調和という考え自体が漠然としていて曖昧さを含んでいるために、一概に反王権的であるか国王寄りの考えであるかとはにわかに判断し難いところがある。しかし、少なくとも『クーパーの丘』に関しては、理想化されたチャールズ一世の表象と作品全体におけるその表象の重要性を勘考すれば、この作品に反国王的な立憲主義の考えを認めるのは難しいように思われる。つまりデナムが中立派から王党派へ転向したのは『クーパーの丘』を執筆し始める以前のことで、『クーパーの丘』はＤ１から一貫して王党派の立場で書かれていると考えるのが自然である。
以下、『クーパーの丘』を具体的に読み解いていく。

第五節　作品読解

1　伝統からの脱却と新しい伝統の創成――導入（一―一二行）

『クーパーの丘』の冒頭、デナムは、詩神《ミューズ》の霊地であるパルナッソスやヘリコンが詩人に霊感を与えて詩を書かせるという伝統的な考え方を大胆に否定し、それらの山は単に詩人がつくりだした理想としての、つまり観念の中の風景にすぎないと喝破する。そしてデナムは、詩人として、眼前のクーパーの丘を、自分にとってのパルナッソスにもヘリコンにもできると宣言する。

パルナッソスの山で夢想したこともなければ、
ヘリコンの小川を味わったこともない、
そういう詩人が確かにいるのだから、こう考えてもいいだろう、
それらが詩人をつくるのではなく、詩人がそれらをつくるのだと。
宮廷が王をつくるのではなく、王が宮廷をつくるように、
詩神《ミューズ》とその供回りが行くところ、

パルナッソスが現れるのだ。私がお前に対して詩人になり得れば、
その時お前は私のパルナッソスとなる。　（一―八行）

Sure there are Poets which did never dream
Upon *Parnassus*, nor did tast the stream
Of *Helicon*, we therefore may suppose
Those made not Poets, but the Poets those,
And as Courts make not Kings, but Kings the Court,
So where the Muses & their train resort,
Parnassus stands; if I can be to thee
A Poet, thou *Parnassus* art to me.

伝統的に詩人は、（たとえ形式的であっても）まず詩を書くための霊感を与えてくれるように詩神《ミューズ》に呼びかけるという儀式を行ってきたが、デナムはそのような伝統からの脱却を宣言する。これは確かに「比較的単純ではあるが、大胆な手段」（Andrews : 14）である。何よりも読者は訝るだろう、何の変哲もない、何の由緒もない、僅か二二〇フィートの小高い丘が、一体どのような資格で、詩神《ミューズ》やアポロの霊地とされてきた神聖な場所に取って代わることができるのか、と。クーパーの丘にどのような重要性があるのか。しかしデナムは、長い伝統の中で現実の風景から乖離してしまった観念としてのパルナッソスやヘリコンを、即ち因習的に描写されクリシェと化した風景を捨て、今新たに眼前の、現実の風景に回帰することを選ぶ。そして彼は、目の前に混沌として広がる

風景を基にして、そこに意味づけをして分節化し、一枚の新しい地図を作り上げる。その地図には、一七世紀当時の政治的、宗教的状況と、時代を超えた人生訓や普遍的な世界原理が重ね合わされて、書き込まれている。そしてその地図の中では、クーパーの丘はパルナッソスやヘリコンに匹敵する場所であり、その地図の中心に鎮座し、そこに描かれる世界を俯瞰する眺望点になっているのである。もちろんその地図は、詩人の眼前の地形が単に正確に再現されたものというより、彼が世界をどのように見ていたかを反映するものである。

詩作において、霊感を与えるパルナッソスやヘリコンといった場所が先か、詩人が先かという問題に対して、デナムは国王と宮廷の比喩を援用して自身の立場を明らかにする。宮廷にいれば誰でも王になれるのではなく、王がいるところが宮廷となるのだから、自分が詩人であれば、自分がいるところがパルナッソスになるのだという主張は、詩人の自信の表明であると同時に、これまでの詩の伝統への挑戦状である。しかしここで援用した国王と宮廷の比喩は、この詩全体の性格を決定づけていることに留意すべきである。つまりこの詩は、詩の理想的なあり方を述べる詩論的な性格だけでなく、当時の政治状況を問題にし、理想的な国や国王のあり方を述べる政治論的性格も備えているのである。本来詩のあり方を明らかにするために用いられているはずの王と宮廷の比喩は、詩全体の中では、単なる表現手段としての比喩ではなく、表現対象でもある。I・A・リチャーズの用語を借りれば、主旨（tenor）としての詩のあり方と媒体（vehicle）としての王のあり方の関係がいつの間にか逆転し、王のあり方が主旨となっているとも感じられてくる。つまりこの比喩は媒体として導入されながらも、この詩全体の中では同時に主旨としても機能しているのであり、この詩は冒頭から政治的色彩を帯びていることになる。

なお引用中の“Court”の意味であるが、先に「宮廷」と訳出したが、もちろん「法廷」とも解釈できる。法廷を支配するということは、法律を支配することに他ならないが、法律はまさに権力の源泉であり、また権力を行使する最も有効な手段でもある。そして英国議会は司法機関としての役割も担っていたので "High Court of Parliament" とも称され、特に一七世紀においては "Court" は国会を意味する語としても一般的に用いられていた。一六四〇年にストラッフォード伯を私権剝奪法（Act of Attainder）によって裁いたのは、この裁判所としての国会である。しかし国王自身も国王大権に基づく大権裁判所（Prerogative Courts）を持ち、裁判権を直接行使できる。そして "Courts make not kings, but kings the Court" とは、国会や法律が国王を選ぶのではなくて、国王こそ国会を召集する力を有し、また権力の源泉としての法を支配するという主張に他ならない。

ワッサーマンは、国王と宮廷（国会）の比喩を、国王チャールズ一世が一六四二年一月に議会との関係の悪化に伴ってロンドンのホワイトホール宮殿を退去し、その後、拠点をヨークへと移した事実と結び付けて解釈する（Wasserman：49）。国王は議会をウエストミンスターでなくヨークで新たに召集しようとしたが、議会はその召集の無効を主張した。この場合、国王自身が権力を持ち続けることができるのか、それとも議会や国民の信頼を失っていると見なされ、それに伴い権力も失ったと考えるべきなのか。それは国王の権力が、国王が神から直接授かり何人も侵すことのできない絶対的な力、即ち国王自身に備わった内在的な力なのか、それとも議会から、あるいは議会を通じて間接的に国民から負託された力、即ち単に国王としての地位に付随したものにすぎないのかという問題である。デナムは、国王の権力は、詩を作る力が詩人自身に備わっているのと同様、国王自身に内在的に備わっているのであり、国王がウエストミンスターであれヨークであれどこで政治を行おうとも、国王のいるところが宮廷となり、国会になると考えるのである。ちょうどクーパーの丘がパルナッソスになるように。しかしこの国王と宮廷の比喩を一六四二年のヨークへの遷宮と関連づけるワッサーマンの解釈については、オヒアは、この国王と宮廷の比喩が既に一六四一年に書かれたD1に用いられていることを指摘して、その直接的な関連を否定する。それより四〇年から四一年にかけての冬に王権について上述のようなことが侃侃諤諤と議論されていたことに言及しているとオヒアは考える（O Hehir, *Expans'd Hieroglyphicks*：30)。詩人はクーパーの丘に立ち、そこから見える景色に触発され、風景描写とともに自身の感懐を一緒に紡ぎだす。風景が、詩人の感情を刺激し、感懐を吐露させる。

もしも（幸運をもたらすお前の高みから飛び立ち、
私は有利に飛翔できるのだから）
道なき道を、大空の小道を、目で見渡す以上に
空想で限りなく飛んだとしても、何の不思議があろうか。　（九—一二行）

Nor wonder, if (advantag'd in my flight,
By taking wing from thy auspicious height)
Through untrac't ways, and aery paths I fly,
More boundless in my Fancy than my eie....

眺望がきく小高い丘の上に立つ詩人は、眼前に広がる光景を自分の肉眼で見つめつつ、その一方で空想によって社会の情勢を、またその背後の世界の原理を見つめる。遠くまで見渡すことのできる高みに立つことは、日常の俗塵から解放され、当時の混乱した社会情勢から距離をおき、その情勢を広い視野の中で見つめることを可能にする。詩人は「目で見渡す以上に空想で限りなく飛ぶ」と語っているが、視覚の助けなくしては、その空想も有効に働かない。彼にとってまず現実の風景を視覚によって捉えること、それによって空想が触発されることが

重要なのである。そうすることで今度は眼前の風景が際立ってくるのである。それはまさに「目と精神の競い合いながらの協働」（the friendly struggle of eye and mind, Wasserman : 51）である。また視覚的描写と哲学的思想という対立する二つの要素を見事に調和させているという点で、この詩はその主要なテーマである「不調和の調和」を自らの中に具現していると言える。その際、クーパーの丘の絶妙な高さが意味を持つ。それが高すぎれば、見下ろす風景がそれだけ遠のき視覚で捉えにくくなる。しかし低すぎれば、見晴らしがきかなくなる。現実から離れすぎず、かといって現実に巻き込まれてしまうこともない高度、この絶妙な物理的高さが、詩人を現実から遊離させることなく、更なる精神的な高みへと導くのである。つまりこの丘は、その地理的位置の重要性に加えて、その高さにおいても、詩人にとってまさに「幸運をもたらす」丘なのである。

『クーパーの丘』の特長の一つは確かに優れた視覚的描写である。ハッセイは、『クーパーの丘』が、その後のトムソンやダイヤーに比べればまだ視覚的な要素は少ないものの、少し前のジョンソンの「ペンズハーストに寄せて」（"To Penshurst"）と比べれば視覚的性格は濃くなったことを指摘して、『クーパーの丘』の視覚的描写の文学史的意義を強調している（Hussey : 23）。「ペンズハーストに寄せて」はケント州にあるシドニー家のペンズハースト邸を賛美した詩で、『クーパーの丘』と同じく地誌的な作品である。この詩も当時の文壇に非常に大きな影響を与え、多くの詩人に称賛され模倣された。その中には、ケアリーの「サクサムに寄せて」（"To Saxham"）、ウォラーの「ペンズハーストにて」（"At Penshurst"）、マーヴェルの「アップルトン邸に寄せて」（"Upon Appleton House"）がある。

またハッセイは、デナムが既にイタリアの風景画を知っていたこと、そしてその影響を受けていることを指摘している。デナムは単に風景の写実的再現を目指すのではなく、重要な場所を「拡大する視覚」（magnifying vision）で捉えて細部も詳細に際立たせるが、これは彼がイタリア風景画を知っていた証拠であるとハッセイは言う。更にデナムは、絵画的対照法の効果的な用い方もイタリア風景画から学んでいたという。この対照法が発揮されている印象的な例として、『クーパーの丘』の中の、ウインザーの森とテムズ河を描写した次の一節が挙げられる。

ウインザーの森の、険しく恐ろしい荒々しさが、
テムズ河の流れの穏やかな静けさと鬩《せめ》ぎ合う。
そのような大きな違いを、自然が一つに調和させる時、
そこから驚異が生じ、その驚異から喜びが生じる。　（二〇九―一二行）

. . . the steep horrid roughness of the Wood
Strives with the gentle calmness of the flood.
Such huge extreams when Nature doth unite,
Wonder from thence results, from thence delight.

またこの少し後に描写されている山はイギリスの山とは思えない威容を誇っているが、これもイタリア風景画から学んだ描法で描き出したものであることをハッセイは指摘している。

天を衝く山は、その傲慢な頭《こうべ》を
雲間に隠し、その双肩と脇腹は

陰なすマントが覆うのだ……
その麓には広大な平原が広がり、
その山と川に抱かれている。　（二一七―九行、二二三―四行）

But his proud head the aery Mountain hides
Among the Clouds; his shoulders, and his sides
A shady mantle cloaths . . .
Low at his foot a spacious plain is plac't,
Between the mountain and the stream embrac't. . . .

「天を衝く山」とは、実際は小高いクーパーの丘であるが、ここではその物理的な高さよりも、描かれる世界の中での重要性を反映して、あたかもアルプスの山のごとく聳え立っている。そこには、見る者に単に心地よさをもたらすだけでなく、畏怖の念を喚起するある種の崇高さが漂っている。

更にこの引用で注目すべきことは、技法としての「ぼかし」や「距離」が巧みに用いられていることである。対象を意識的にぼかしたり対象との距離を強調して描くことによって逆にその対象の存在感を強調する技法も、やはりイタリア風景画から習得した技法である。ハッセイも指摘するように、エリザベス朝の人々にとっては、「距離」は対象をはっきりと見ることを単に妨げるものでしかなかった。遠景を眺める行為は、鮮明に事物を見ることができないために、無駄に時間を費やすことと考えられたのである（Hussey : 24）。しかしここには明らかにそのような見方とは違った風景の捉え方がある。そしてこの「ぼかし」と「距離」によって逆に対象の実在性を強調する方法を最もよく受け継いだのが、後の時代のロマン派詩人たちである。

2　対立する王党派と議会派――セント・ポール大聖堂とシティ（一三一―三八行）

クーパーの丘に立ってその高みの恩恵を享受する詩人の「目」に最初に入ってくるのは、ロンドンのシティにあるセント・ポール大聖堂である。ここでも「ぼかし」と「距離」が効果的に用いられている。

私の目が、間に横たわる空間を思考に劣らず素早く縮め、
まず迎え入れるのは、かの神聖な建築物を頂いた場所。
その建物は、非常に巨大で、高く聳えているため、
大地に属しているのか、大空に属するのか
判然としないほどだ。堂々と聳え立つ山のようにも、
天から降りてくる雲のようにも見える。
セント・ポール寺院よ。一人の詩人が先頃お前を謳ったが、
その詩神は飛翔し、素晴らしくもお前の高みに到達し、その上を舞った。　（一三一―一二〇行）

My eye, which swift as thought contracts the space
That lies between, and first salutes the place
Crown'd with that sacred pile, so vast, so high,
That whether 'tis a part of Earth, or sky,

Uncertain seems, and may be thought a proud
Aspiring mountain, or descending cloud,
Pauls, the late theme of such a Muse whose flight
Has bravely reach't and soar'd above thy height . . .

詩人の視線の遙か彼方にセント・ポール大聖堂がある。それは山にも見えるし、雲にも見える。そこでは対立する天と地が調和しているが、それはその存在が、天によって暗示される国王と地によって暗示される民衆の融和の象徴であることを示している。その寺院を国王チャールズが修復したことを「国王によるセント・ポール寺院修復に寄せて」("Upon his Majesty's Repairing of Paul's") という詩に謳った詩人が、引用中に"a Muse"と表現されている王党派のウォラーである。デナムは、この王党派詩人を称えることで自身の政治的立場を表明するだけでなく、彼の「セント・ポール寺院修復」に言及することで、『クーパーの丘』の先行作品としてのその詩の重要性を明らかにする。[5] その「セント・ポール寺院修復」は次のように始まる。

伝道者パウロを運んだ船はマルタの海岸で難破したが、
その船も、時の海の中で難破した彼の寺院よりは
酷く破壊されなかっただろう。
(その寺院はわが国の誇り、その荒廃はわが国の犯罪)
この幸福な島グレート・ブリテンを統べる最初の王は
その立派な建物の荒廃に心動かされ

修復という不廉の、敬虔な作業に取り掛かり、
彼の輝かしい息子がそれを成就したのだ。
賢明な父の広い心に浮かんだ全ての事を
その息子は見事に完成させたのだ。　（一―一〇行）[6]

That shipwrecked vessel which the Apostle bore
Scarce suffered more upon Melita's shore,
Than did his temple in the sea of time
(Our nation's glory, and our nation's crime).
When the first monarch of this happy isle
Moved with the ruin of so brave a pile,
This work of cost and piety begun
To be accomplished by his glorious son;
Who all that came within the ample thought
Of his wise sire has to perfection brought.

パウロ（セント・ポール）が囚人として船でローマに護送される途中、その船はマルタ島で座礁してしまったが（使徒行伝二七章四一節）、ウォラーは、このパウロの座礁して破損した船と、歳月によって破壊されたセント・ポール大聖堂を重ね合わせている。その荒廃した寺院を修復しようと考えたのが、スチュアート朝の最初の王、

つまりイングランドとスコットランドの最初の共通の王であるジェイムズ一世（六世）である。セント・ポール大聖堂修復のための委員会がジェイムズ一世の命により一六二〇年に発足したが、改めて修復委員会が発足する一六三三年まで実質的には修復作業は進んでいなかった。そしてその遺志を継いで再建を完成させたのがチャールズ一世である。この修復は、当時ロンドン主教で、アルミニウス派として、またその高教会的姿勢によって、ピューリタンと鋭く対立していたロードの建策によるものだった。彼はその後まもなくカンタベリー大主教になり、イギリス国教会全体の方針の決定に直接与ることになる。

注目したいのはそのチャールズ一世の再建事業を述べた次の一節である。

He, like Amphion, makes those quarries leap
Into fair figures from a confused heap:
For in his art of regiments is found
A power like that of harmony in sound.

彼〔チャールズ一世〕は、アンフィオンの如く、これらの石を躍らせ、
ばらばらに山積みされた状態から美しい形を作り上げたのだ。
それは彼の統治の巧みな技に
音楽の諧調のような力があるからだ。　（一一―一四行）

アンフィオンはゼウスの子で、ニオベの夫であるが、彼は、双子の兄弟である大力無双のゼトスと一緒に、七つ

の城門を持つ有名なテーベの城壁を築いたと伝えられている。その際、ゼトスが石を背負って運んだのに対して、アンフィオンは竪琴を奏でその美しい音色で石を動かしテーベの城壁を築いたと言われる。ウォラーは、力ずくではなく、この音楽の力、調和の力で混乱した状態から秩序を作り偉業を成し遂げたアンフィオンに擬えることで、チャールズ一世を称賛している。アンフィオンの神話では、石は、言い争いばかりして一向に纏まらないテーベの人たちを表していると考えられるが、チャールズの場合も、分裂した国内を纏めて調和をもたらす力が備わっているという主張に他ならない。

またセント・ポール大聖堂を一度取り壊して建て直すのではなく、修復するという選択をしたことは象徴的な意味を持っている。多くのピューリタンたちは、セント・ポール大聖堂を一度取り壊して全く新しい教会を建てることを主張したが、国王チャールズは、修復こそ国教会の継続性を象徴する事業であると考え、修復を選択したのである。それは国教会を徹底的に改革するというピューリタンの考えを否定し、国教会の現行制度を基本的に維持しつつ改善していくという姿勢を表明することであった。またこの壮麗な建造物の修復は、基本的に従前の国教会を踏襲するという方針を広く知らしめるだけでなく、国教会の舵を高教会派の側に向け、またその監督制（episcopacy）を推し進める上でも重要な事業であった。ロンドン主教座であるセント・ポール大聖堂が修復されることで、主教の力が強調され、延いては大主教、国王の力が強調されることになるからである。そこには、監督制のヒエラルキーによって政治的および宗教的な支配体制を強化しようとする企図がある。国王はこのように国教会との結びつきを強めることで、民衆を単に制度的に支配するだけでなく、宗教的に心の領域まで支配することを目指したのである。逆に監督制の廃止を望むピューリタンたちは、ロンドン主教座のセント・ポール大聖堂を解体し、国教会を根本から改めることを強く望んだ。彼らはまさに国教会を「浄化する」（purify）ことを望んだのである。

ピューリタンの力が支配的だったロンドンでは、一六四〇年一二月一一日に約一万五千人の市民から「根こそぎ請願」（Root and Branch Petition）が下院議会に提出された。その請願書は、冒頭、「大主教、主教、首席司祭、大執事等による支配」（the government of archbishops and lord bishops, deans and archdeacons, etc）がいかに教会にとっても国家にとっても有害であるかを主張し、以下のように嘆願するのである。

従って私どもは、恐れながら庶民院の皆様方に、今申し上げたことを考えた上で、前述の支配〈大主教、主教、首席司祭、大執事等による支配〉を、それに付随するものも含めて、根こそぎ廃絶して頂くこと、および彼らのためにつくられた全ての法律を無効として頂くこと、そして神の御言葉に従って、私どもに対して政治が正しく行われることを嘆願いたします。　（Kenyon, *The Stuart Constitution*：154）

We therefore most humbly pray and beseech this honourable assembly, the premisses considered, that the said government [the government of archbishops and lord bishops, deans and archdeacons, etc], with all its dependencies, roots and branches, may be abolished, and all laws in their behalf made void, and the government according to God's Words may be rightly placed amongst us.

これは国中に「根と枝」を張り巡らしている監督制を基盤にした国教会体制を「根こそぎ」廃止することを要求する過激な嘆願である。市民からのこのような要求に議会の中の急進的な議員たちは応じ、この請願の法案化を模索した。そして「根こそぎ法案」（Root and Branch Bill）が四一年五月に起草された。この起草者の中にはクロムウェルもいた。しかしこの時点では議会の中には国教会制度の廃止に反対する議員も少なからずいたために、結局廃案になったのである。議員の中には、宗教的な平等が実現したら、更に様々な分野でも平等化が進み、私有財産や土地所有についても根幹から見直されるのではないかという強い危惧を抱いた者も多くいたからである。しかしピューリタン勢力の過激化の趨勢は変わることはなかった。
デナムは、このような過激化するピューリタンが支配するシティの中にあっても超然として聳える、国王と民衆の融和の象徴であるセント・ポール大聖堂が、いかなる苦難にも耐え忍び存続するだろうと力強く予言する。

お前の存在はこれからも、たとえ剣や時や炎が、
またそれ以上にすさまじい激情が一緒にお前の崩壊を企てようと、
ゆるぎないだろう、最高の詩人がお前を称え、
最高の国王がお前を荒廃から守る限りは。　　　（二一―四行）

Now shalt thou stand though sword, or time, or fire,
Or zeal more fierce than they, thy fall conspire,
Secure, whilst thee the best of Poets sings,
Preserv'd from ruine by the best of Kings.

引用中の「激情」（zeal）が、過激化したピューリタニズムに言及しているのは明らかである。それは、武力による破壊、時間の経過による老朽化、あるいは火事による崩壊などよりも恐ろしいとデナムは述べている（結局セント・ポール大聖堂が、ピューリタン革命を切り抜けたにもかかわらず、その後、一六六六年のロンドン大火で焼失してし

まったことは皮肉な結果である)。国王と民衆の融和の象徴であるセント・ポール大聖堂は、ここでは同時にピューリタン勢力の中で孤高を持するチャールズ一世の象徴にもなる。デナムは、過激化していくピューリタンに対して不安を抱きつつ、その過激なピューリタニズムに囲まれながらもそれに対抗する力として、チャールズ一世を称えるのである。

そのセント・ポール大聖堂が立つ丘の麓に視線を落とすとシティが見えるが、そのシティは大聖堂と対照的に描写される。

その〔セント・ポール大聖堂の〕眼下にはシティが広がり
丘の裾野の霧のように立ち昇っている。
その威容と富、その活動と雑踏は
遠方のここから見れば、薄暗い雲にしか思えない。
しかし物事を正しく評価する人の目には、
現実にも、見かけと何ら変わりないことがわかる。
そこではやり方は違っても、みな一様に忙しく動き回っている、
ある者は他を滅ぼすために、ある者は他に滅ぼされるために。
一方奢侈と富は、ちょうど戦争と平和のように、
それぞれ相手を破滅させると同時に増大させる。
それは海に流れ込む川の水が、地下の水脈によって再び
そこから上流に運ばれ、また海に注ぐのに似ている。　(二五―三六行)

Under his proud survey the City lies,
And like a mist beneath a hill doth rise;
Whose state and wealth the business and the crowd,
Seems at this distance but a darker cloud:
And is to him who rightly things esteems,
No other in effect than what it seems:
Where, with like hast, though several ways, they run
Some to undo, and some to be undone;
While luxury, and wealth, like war and peace,
Are each the others ruine, and increase;
As Rivers lost in Seas some secret vein
Thence reconveighs, there to be lost again.

シティを支配するピューリタンや議会派の中心はジェントリー層や新興の中産階級で、商業などの経済活動に従事している者も多かった。彼らは忙しく立ち回っているが、結局は誰かを滅ぼすためか、誰かに滅ぼされるためであると述べられているが、これは勤勉を旨とするピューリタンへの皮肉である。また彼らが信奉している二重予定説（double predestination）、即ち神は前もって天国へ行く者と地獄に落ちる者を運命づけているとする説への皮肉でもある。彼らが活動するシティでは奢侈と富が誇示されているが、それらは閉じられた回路の中で無限に循環している不毛な相互関係を形成している。贅を尽くせば当然富を失う。しかしその一方で消費が拡大するので、その恩恵を被って富を築く者も生まれる。また富を築くためには奢侈を慎まねばならないが、富裕になれば奢侈に走る。つまり贅沢と富は「それぞれ相手を破滅させると同時に増大させる」のである。デナムはこのことを戦争と平和の関係に擬える。戦争が始まれば、平和は壊れる。しかしその戦争が長期化すれば、平和が強く望まれるようになる。平和が望まれれば戦争は終結する。しかし平和が長く続けば戦争の恐ろしさが忘れ去られ戦争を起こすことに抵抗がなくなる。つまり戦争と平和も、相互に無限に繰り返されるのである。そしてこの戦争と平和の関係は、単なる比喩の媒体ではなく、主旨でもある。王党派と議会派の争いが国内の平和を壊し、その争いによって逆に平和が強く望まれたからである。このことを更にデナムは、当時の考えに基づいて、海に流れ込んだ川の水が、地下水脈を通って再び上流に戻り、また海に流れ込むという循環のイメージを用いて表現している。これはジョン・ダンの「三重馬鹿」（"The Triple Fool"）にも用いられているイメージである。ただダンは、この循環が海水の中の塩分を除去すると考えられていたので、自分の恋の苦しみも同じように詩の韻律を通すことで鎮めることを願った。しかし『クーパーの丘』では、この無限の循環の非生産性、不毛性が強調されている。

このような不毛な活動が繰り広げられているシティは、詩人からは遠方にあるので「霧」か「雲」のようにしか見えない。しかし、既述したイタリア風景画における「ぼかし」と「距離」の技法によってシティを漠然と描写することで逆にその本質を明らかにしている。そのことを、

その威容と富、その活動と雑踏は
遠方のここから見れば、薄暗い雲にしか思えない。
しかし物事を正しく評価する人の目には、

現実にも、見かけと何ら変わりないことがわかる。

と表現しているのである。

一六四二年一月四日に、国王と議会およびシティとの対立を決定づける一つの象徴的な事件が起きた。それ以前から既にロンドンのシティは反国王勢力の拠点になっていたが、この事件が、国王と議会の間の溝を埋めがたいものにし、シティに反国王の姿勢を鮮明にさせた。その後の時代の流れに影響を与え、内乱の大きな要因になった、いわゆる五議員事件（Five Members）である。

国王チャールズは、反国王派の急先鋒であるピムやハムデンといった議会派のリーダー五人を反逆罪の嫌疑で逮捕しようとし、四百人の護衛兵を引き連れ議場に乗り込んだ。チャールズは、勿論最初から自らこのような大胆な行動を取るつもりはなかった。しかし国王がこの五議員に対して発した弾劾と逮捕令は、貴族院では承認されず、庶民院もその五人を引き渡すことを拒んだのである。その一方で王妃ヘンリエッタ・マライアは夫に断固とした行動を強く促した。彼女は夫の煮え切らなさに苛立ち、夫に対して「臆病者、さあ行きなさい。行って、あのならず者を引っ捕らえてきてください。さもなければ二度を私の前に現れないで。」（Go, you poltroon! Go and pull those rogues out by the ears, or never see my face again.）と叫んだと言われている（Hibbert : 178）。ついに国王は自ら庶民院に乗り込むことを決意したのである。しかしその情報は王妃の侍女から事前にピムらに漏れていたために、国王が到着した時には五人は既にシティに逃れていた。国王が下院議院長にピムたちを引き渡すように求めた際、議長は「陛下、私はこの場所では、下院議院が命じたこと以外に、見るべき目も話すべき舌も持っておりません」（Sire, I have neither eyes to see nor tongues to speak in this place but as the House is pleased to direct me.）と答えた（Hibbert : 179）。この議長の返答は、慇懃ではあるが、国王に対する毅然とした姿勢を示していて、議会と国王との関係は修復しがたいものになっていることを物語っている。五人が既にシティに逃げてしまったことを知った国王は「そうか、鳥は逃げてしまったのなら、彼らが戻り次第朕に引き渡すように」（Well! Since I see all my birds have flown, I do expect that you will send them unto me as soon as they return hither.）という有名な言葉を残してその場を去ったのだった（Hibbert : 180）。シティは五人を匿い、王に対して彼らの引渡しを拒んだ。

国王が議事堂からホワイトホール宮殿に帰る途中、大勢の市民たちが「議会の特権！」（Privileges of Parliament !）と口々に叫んでいた。それに対して国王は「いかなる特権も、謀反人を法に基づく裁判から守ることはできない」（No privilege can protect a traitor from legal trial.）と応酬したが、市民の耳には届かなかった。その後ロンドン市民はますますヒステリックに興奮し、王党派がやがてシティを攻撃しピムとその支持者たちを王立取引所（Royal Exchange）の前で絞首刑にする計画を立てているという噂まで広まった。そこで公安委員会が設置され、民兵（Militia）の中から特に選抜され強化訓練を受けた特別訓練隊（Train-band）の指揮権がピューリタンの兵士に与えられた。またシティでは徒弟や鉄細工人、渡し守といった様々な人までもが、防衛のための活動に従事していた。王党派の兵士の侵入を防ぐためのバリケードが築かれ、鎖が張り巡らされ、更に侵入する兵士に浴びせるための熱湯を大鍋に入れ臨戦体制を取っていたのである。デナムが言うピューリタンの「激情」（zeal）が現れた一場面である。なおこの“zeal”という言葉は、恐らくこの出来事が起こる前に書かれたＤ１には使われていない。またこのような民衆の興奮とは対照的に、国王が「法に基づく裁判」を主張したことは印象的である。つまり国王は、法を無視して五人の議員を罰することは考えていなかった。チャールズは、少なくともこの時点では、もはや国王が法を超越した存在であるとは考えていなかった。これは第四節で言及したオヒアの考え、即ち王党派は政治において対立する力の均衡を理想としていたのであって、決して立法機関でもある議会の力を無視しようとしていたのではないという考えと符合する。しかし結局国王はロンドンから退去せざるを得ず、ホワイトホールからハンプトンコートに脱出し、その後ウインザーへ行き、ドーヴァーでフランスへ避難する王妃たちと別れ、グリニッジへ、そしてヨークへと向かったのである。

ここで指摘しておきたいのは、五議員事件が起きる前に書かれたと考えられる『クーパーの丘』のD1（一六四一年?）には、ロンドンに関する記述が少なく、また戦争と平和の比喩もまだ用いられていないが、この事件が起きた年に書かれたD2やD3には、ロンドンに対する否定的な記述が多くなり、しかも戦争と平和の比喩が現れるということである。イングランドがきな臭くなってきたことが、草稿の変化に読み取れるのである。またD3では、他の草稿には見られない以下のような一節が書き加えられている。

ある者は陰謀をたくらみ、ある者はその陰謀を阻止しようとする。
またある者は、自ら陰謀を企て、今度はそれを取り消す。
自分の希望に背いて、安寧に暮らすことを恐れ、
彼らは自らがもたらす災いにただ耐え
光のために盲目となり、幸福に暮らすことに飽きて
騒乱の中に平和を求め、地獄の中に天国を求めるのだ。　（D3・四一―六行）

Some study plots, and some those plots t'undoe,
Others to make 'em, and undoe 'em too,
False to their hopes, affraid to be secure,

Those mischiefes onely which they make, endure,
Blinded with light, and sicke of being well,
In tumults seeke their peace, their heaven in hell.

この箇所はＤ３にだけあり、その後は削除されている。バンクスはこれをウォラーによるロンドン奪取の企て（一六四三年）を示唆したものであると考え、それを削除したことは、ウォラーに対するデナムの思いやりを表していると述べている。なぜならこの表現は韻律の上でも表現そのものとしても優れているので、削除される理由は他に考えられないからである（Banks：38-39)。しかしＤ３は一六四二年に出版されているので、ウォラーの企ての時期より前に書かれたことになる。つまり上の箇所とウォラーの企てを直接結び付けるのは無理である。オヒアは特に時局には関係ないか、あるいは軍隊陰謀事件（Army　Plot）に言及しているのではないかと指摘する（O Hehir, *Expans'd, Hieroglyphicks*：32-3)。

軍隊陰謀事件とは、一六四一年に二度にわたってあった軍隊が関わった陰謀事件で、二度とも未遂に終わっている。最初は三月から五月にかけて計画が進められた。当時給料の未払いなどで議会に不満を抱いていた軍隊が、ロンドンに進軍し、その力を誇示することで自分たちの主張を認めさせ、同時に国王に恩を売ろうと企てたのである。その計画の背後にはチャールズ一世が黒幕としていたと言われている。しかしその計画は露見して、議会は軍隊が駐留しようとしていたロンドン塔を確保し、そこに幽閉されていたストラッフォード伯の逃亡も未然に阻止したのである。二回目の陰謀事件は七月にあった。チャールズは、軍隊に対して、反乱分子が国家を転覆しようとしているので軍隊がその危険を未然に防ぐべきだと唆し、国王と議会の安全を確保して、混乱した政局に干渉することを提案したのだ。このことによって議会は国王に対する警戒心を強めた。またこの一連の陰謀事件は、議会に、軍隊が国王の掌中にわたった場合、非常に危険であることを確信させた。これまで議会と国王の対立は主に宗教的なものであって、議会は反カトリック、反アルミニウス派として戦ってきたが、これを機に、議会と国王の対立は、政治的、そして軍事的なものへと性格が変わっていった。

オヒアは、右の引用が、特に二度目の軍隊陰謀事件に言及しているのではないかと述べている。しかしそのように限定するよりも、むしろ当時頻繁に見られた議会と軍隊の対立や議会派内部の対立全般に言及していると考えるべきではないだろうか。議会派と一口に言っても、反国王という旗印の下で緩やかに纏まっているにすぎず、しかもその反国王の姿勢にしても派閥によってかなりの温度差があった。実際D3が書かれた一六四二年当時、既に議会派はいくつかの派閥に分裂していて、お互いに牽制し合いながら、自分たちの勢力の拡大を図っていたのである。まず議会と軍隊の間に対立があった。またその中でも長老派、独立派、水平派等の間に争いがあった。ロンドンでは日々派閥抗争が繰り広げられていたのである。そして右の引用箇所が五五年版で削除されたのは、既に完全な勝利を収め国内政治を掌握していたクロムウェル政権に対する配慮によると考えるのが自然であろう。

このように人を陥れると思えば逆に陥れられるといった陰謀と策略の渦巻くロンドンの様子を文字通り距離をおいて、冷静に、覚めた目で見つめながら、詩人はそのような権謀術数とは無縁な田園の生活の素晴らしさを称えるのである。

　ああ、安寧に、しかも俗世に煩わされることなく
心地よく満足して隠棲することの何と幸せなことか。　（三七―八行）

Oh happiness of sweet retir'd content!
To be at once secure, and innocent.

3　具現化した力と美の調和――ウインザーの丘（三九―一一〇行）

次に詩人は、ロンドンとは反対の方向に視線を向け、ウインザーの丘を見る。

次にウインザーが（そこはマルスとヴィーナスが、
美と力が一緒に住まうところ）谷間を見下ろすように聳え
我が視界に入ってくる。その姿は
穏やかで自然な勾配と共にあり、
切り立った断崖が人の近づくのを拒むこともなく
恐怖で私たちが目を背けることもない。
それは、その景色を見る者に
喜びと畏敬の念をもたらすような高台である。　（三九―四六行）

Windsor the next (where *Mars* with *Venus* dwells,
Beauty with strength) above the Valley swells
Into my eye, and doth it self present
With such an easie and unforc't ascent,

That no stupendious precipice denies
Access, no horror turns away our eyes:
But such a Rise, as doth at once invite
A pleasure, and a reverence from the sight.

ウインザーの丘は軍神マルスと美神ヴィーナスの住まうところと表現されているが、勿論マルスは、その丘の上に聳えるウインザー城の主である国王チャールズ一世を指し、ヴィーナスは王妃ヘンリエッタ・マライアである。しかしこの比喩は、単に国王の勇ましさと王妃の美しさを称えるだけでなく、この丘がまさに威厳と美を兼ね備えた存在であることを表している。それは決して切り立った険しい山ではなく、見る者に「喜び」をもたらす穏やかで優しい容貌の丘である。しかし同時に、谷を見下ろす、その威厳ある姿は、見る者に「畏敬の念」も抱かせる。そのような威厳と美を兼ね備えた丘は、「お前の力強い主人の象徴」（Thy mighty Masters Embleme, l. 47）即ちそこに住まう国王チャールズ一世の象徴でもある。またマルスとヴィーナスの子として「調和」の女神ハルモニア（Harmonia）が生まれたことは、この丘において、そしてそれによって象徴されるチャールズ一世において、「不調和の調和」が体現していることを表している。引用の括弧内の表現は、ワッサーマンも指摘している通り、その「不調和の調和」を巧妙に語っている。

. . .（where *Mars* with *Venus* dwells,
Beauty with strength）. . . .

この括弧内にある二つの節（"where *Mars* with *Venus* dwells" と "[where] Beauty with strength [dwells]"）は、意味の上からも、構文の上からも同じで、それぞれが半行を占め、しかも同じカプレットに収まっている。しかし一方は行の後半を、もう一方は前半を占めていて、二つの節をあわせて一行となる。またマルスとヴィーナスの位置と、その言い換えである「力」と「美」の位置が意識的に倒置されていて、交差対句法（chiasmus）が用いられている。音節の上でも同様のことが言える。前行は一音節の語（*Mars*）の次に二音節の語（*Venus*）がきているが、後行では二音節の語（Beauty）の後に一音節の語（strength）がきている。このことは、「力」と「美」が対立する要素でありながら、全体として均衡を保ち見事な調和を構成していることを示唆している。これは「不調和の調和」が詩の表現上に反映したものである。「不調和の調和」は普遍的な世界原理であるので、自然や社会、政治のみならず、芸術作品にも当然当てはまるべきだとデナムは考えるのである（Wasserman : 57–8）。

ウインザーの丘も、それが象徴する理想的国王としてのチャールズ一世も、「優しさ」と「威厳」を併せ持っている。そしていかなる丘も山も、このウインザーの丘が担う「壮麗な重荷」（pompous load, l. 50）、即ちウインザー城より高貴な重荷を担うことはない。唯一の例外は、このウインザー城を含め地球全体を双肩に担っているアトラス（Atlas）だけである。ウインザーの丘は、ウインザー城の主である王の象徴であるが故に、それ自身王として表現され、その頂には王冠、即ちウインザー城がある。そして大地の女神キュベレー（Cybele）(7)に引けを取らない数の英雄をその主としてきた。それでは一体誰がこのウインザーに最初に築城したのか。歴史的事実としては征服王ウィリアム一世に遡るが、デナムは、神話の時代にまで遡らないまでも、ノルマン・コンクエスト以前まで遡り、その候補者として、カエサル（Caesar）、アルバナクト（Albanact）、ブルート（ブルータス、Brute, Brutus）アーサー（Arthur）、クヌート（Knute）の名前を列挙する。ジェフリー・オヴ・モンマスの『ブリタンニア諸王史』（*Historia Regum Britanniae*）には、トロイの勇士でローマの建国の祖となったアエネアスの曾孫ブルートがローマから追放され、トロイの仲間たちと共に航海の末ブリテン島に上陸し、ニュー・トロイ、つまり後のロンドンを建国したという記述がある。アルバナクトはブルートの息子である。アーサー王もそのブルートの子孫と言われる。しかしこのウインザーの最初の主として誰の名を挙げるかという問題は、簡単には解決できない。ホメロスの出生地がどこかということでも七つの町が争ったが、それに劣らずこの問題も大きな論争を引き起こしてきたからである。それでもデナムは、誰が最初にこのウインザーの主になろうと、「自然」は最初にこの素晴らしい地を選び出し、その次に同じく素晴らしい人物を選んだのだと結論づける。

しかしそれが誰であれ、自然が考えたのは
最初に素晴らしい場所、次に同様に素晴らしい心の持ち主。（七三―四行）

But whosoere it was, Nature design'd
First a brave place, and then as brave a mind.

ここで土地とその意味について考えてみたい。右の引用で明言されているのは、土地の存在とその意味づけが最初になされ、その土地が重要性を帯びた後に、それに相応しい人物がそこに住まうという順序である。この時、人知を超えた「自然」の摂理が働く。右の引用箇所の前でも、

自然の手がこの地〔ウインザー〕を際立たせた時、
それは単なる偶然よりも賢明な力により導かれた。

この地がこのような用途で用いられるために選ばれたのは、
まるでその建築者を招いて、彼の選択を先んじて行うかのようである。（五三一―六行）

When Natures hand this ground did thus advance,
'Twas guided by a wiser power than Chance;
Mark't out for such a use, as if 'twere meant
T'invite the builder, and his choice prevent.

と語られている。デナムは、ウインザーという地が選ばれたのは単に偶然ではなく、自然の力が働いていると考える。建築者がその土地を選んだのではなく、その土地が建築者を招いたのであると。そして私たちが選択する土地を拒めるのは、愚かさと盲目しかないのだから、その選択は偶然では決してないと主張する。このような考えは、国王と国王が住まう場所を決定する時に人知を超えた力の働きを強調しているという点で、政治的には王権神授説を支持していると言えるだろう。王の表象としてのウインザーが選ばれたのは、偶然ではなく、自然の力という、ある種の必然（これを神と置き換えてもいい）によると考えるからである。しかし同時にこの考えは、自然が人よりも土地を最初に選ぶということに注目すれば、ウインザーに住むのに相応しくなくなれば、王としての資格をも失うということも示唆している。まずウインザーという理想的な土地が選ばれ、その次にそれに相応しい理想的な人物が選ばれるということは、王が住まう場所、即ち王としての地位が先にあり、その後にその場所や地位に相応しい人物が選ばれるということである。ここで自然がウインザーを最初に選んだのは、「不調和の調和」を体現した場所だからである。つまり「不調和の調和」の精神を持っていなければ王たり得ないということになる。その考えを更に推し進めれば、国王といえども、その土地=地位に相応しくなくなれば、退位させられてもやむを得ないという考えにまで至るだろう。

このような考えは、為政者のあるべき姿を示す土地=地位が最初にあり、それに相応しい人だけが為政者としてそこに住む、あるいはその地位に就くことが許されるということであり、ある意味で近代的な社会契約説の萌芽と言えるような考えではないだろうか。勿論、政治社会が人間の意思と関わりなく成立すると考えられていること、そして為政者と国民の間の契約という明確な意識がないという点で、厳密な意味での社会契約説ではない。しかし神がまず国王その人に権力を付与していると考える王権神授説、つまり国王に権力が内在的に備わっているという考えとは明らかに矛盾する。国王が絶対的な権力を持ち、また誰もが国王の権威を疑うことがなかったエリザベス一世の時代が終焉を迎えた後、一七世紀のスチュアート王朝は王権の拠り所が根本的に問われた時代であった。それまで表面化しなかった国政の矛盾が露呈し始める中、理想的な国王とはどのような国王なのか、どのような政治体制が望ましいのかといったことが、これまで政治に深く関わってこなかったジェントリー層、新興中産階級を中心に議論されるようになったのである。そのような時代思潮が革命を起こす土壌になっていたことは確かであろう。そういう時代に『クーパーの丘』は生まれたのであり、トマス・ホッブズやジョン・ロックが間もなくそれぞれの社会契約説を提唱することになる時代に書かれたのである。

また王が住まう場所、即ち王としての地位が先にあり、その後にそれに相応しい人物が選ばれるという考えは、明らかにこの詩の冒頭部と矛盾する。冒頭部では、「宮廷が王をつくるのではなく、王が宮廷をつくる」と述べられ、国王の権力は国王自身に内在的に備わっているという考えが示されている。詩人はそのことと並行して伝統の中の理想化した風景ではなく現実の風景を重要視し、現実の風景に立ち返ることを宣言する。しかしこのように現実の土地に目を向ける姿勢は、因習的な、伝統的な考えを超克していく一方で、その土地そのものに意味を見出すことになる。ここではウインザーという現実の土地に、王であるための必要条件を見出す。それによってこの土地の重要性が自ずと明らかになる。つまり王に相応しい土地としてのウインザーが最初に認識され、その次にその土地に相応しい国王が考えられるという順序になる。これは王に相応しくなければ王になる資格がないということを意味し、その延長上には国民や議会の信託がなければ王となることができないという考えが生まれる。つまりデナムは国王を擁護する立場でこの詩を書いたにもかかわらず、地誌詩という形でその主張をしたために、国王の伝統的な所在地の重要性を浮き彫りにして、その結果、心ならずも社会契約説的な考えを示すことになったのだ。ここにきて、この詩の冒頭の宣言に内包された矛盾が顕在化するのである。

さて、それでは「素晴らしい場所」であるウインザーに相応しい「素晴らしい心の持ち主」とはどういう人物か。右に列挙した人物以上にデナムが称賛するのはエドワード三世である。

ウインザーを揺りかごとし墓にもしてきた国王たち。
このような数名の国王については語らずとも、
語るべきは、あなた（偉大なるエドワード）とあなたにも増して偉大なる息子
（その父が身に付けた百合を彼が勝ち取ったのだ）
それにあなたのベローナ。彼女は王妃としてやって来たが
ただあなたの臥床に来たのではなく、あなたの名声を増すために来たのである。
王妃は、一人の国王を捕虜としてあなたの勝利に捧げ、
もう一人の捕虜をつれてくる息子を生んだのである。（七五―八二行）

Not to recount those several Kings, to whom
It gave a Cradle, or to whom a Tombe,
But thee（great *Edward*）and thy greater son,
（The lillies which his Father wore, he won）
And thy *Bellona*, who the Consort came
Not only to thy Bed, but to thy Fame,
She to thy Triumph led one Captive King,
And brought that son, which did the second bring.

この箇所はエドワード三世とその息子エドワード黒太子、それにここでベローナと呼ばれている王妃フィリッパ・オヴ・エノーへの頌辞になっている。エドワード三世（在位一三二七―七七年）は、母親イザベラがフランス国王フィリップ四世の娘であったため、カペー朝が断絶した時にフランスの王位継承権を主張し、一三三七年に百年戦争を起こした。そして一三四〇年にはフィリップ四世の孫としてフランス王と称し、紋章としてフランス王家の家紋である百合の花（Fleur-de-lis）を身に付けていた。エドワード黒太子はエドワード三世とフィリッパ・オヴ・エノーの長男として生まれ、一三三七年コーンウォール公に叙されて、イングランドで最初の公爵（Duke）になった。四三年には皇太子としてプリンス・オヴ・ウェールズ（Prince of Wales）の称号を与えられた。勇猛で知られ、百年戦争中、ポアティエの戦い（Battle of Poitiers, 1356）で、フランス軍に圧勝し仏国王ジャン二世（善良王）を捕らえた。引用の中の「もう一人の捕虜」（八二行）とはこのジャン二世のことである。六二年にはアキテーヌ公に任ぜられて、フランスに広大な領土を獲得したが、そのことが詩の中では「その父が身に付けた百合を彼が勝ち取ったのだ」(七八行)と表現されている。王妃フィリッパは、夫エドワード三世がフランスで戦争に従事している間は、国内で摂政を務めた。エドワード三世がフランスのカレーを包囲していた一三四六年に、スコットランド軍がイングランドへの侵入を図った際には、イングランド兵士を前に熱弁を振るって彼らを大いに鼓舞し、ネヴィルズ・クロスの戦い(Battle of Neville's Cross)を勝利に導いた。この戦いでスコットランド王デイヴィッド二世は捕らえられたのである(「王妃は、一人の国王を捕虜として陛下の勝利に捧げ」八一行)。その後彼女はフランスに渡り、カレーを包囲していた夫と合流したが、カレーが陥落した時、投降したカレー市民たちをエドワード三世が処刑しようとしたのを制し、彼らの命を救ったと言われる。また教養豊かであった彼女は、年代記作家で一四世紀の歴史の重要な史料となった『年代記』(*Chroniques*)を纏めたジャン・フロアサール(Jean Froissart, c. 1337~c. 1410)を秘書として重用し、内政でも石炭産業の振興に尽くすなど非常に有能な后で、国民の間でも人気が高かった。なおこのフィリッパにつけられた呼び名ベローナとは戦の神ミネルヴァの別名である。

次にデナムは、このエドワード三世の時代だけでなく、もっと大局的にイギリスの歴史を総覧し、これまでいかに無益な血が流されてきたかを思い起こさせようとする。

もし偉大な運命の女神が、あなたに未来を知る能力を与えていたならば、
その運命の意志を実行するだけでなく知る能力を与えていたならば、
そしてあなたが捕虜にしたこの二人の国王から、
後世に、国王夫妻が生まれることを知っていたならば、
その国王夫妻が、あなたの絶大な力や

あなたのもっと大きな欲望が貪った全てのものを所有し、
彼らのもっと幸せな運命が、勝者が望み敗者が恐れる全てのものを
彼らのために残していることを知っていたならば、
あなたとあなたの偉大なる大父が流した血は、
それにその後これら姉妹国家が流した全ての血は
流されなかったであろう。もしも幸福なエドワードが
自分が流した血が全て自分自身の血であったことを知っていたならば。
（八九―一〇〇行）

Had thy great Destiny but given thee skill,
To know as well, as power to act her will,
That from those Kings, who then thy captives were,
In after-times should spring a Royal pair
Who should possess all that thy mighty power,
Or thy desires more mighty, did devour;
To whom their better Fate reserves what ere
The Victor hopes for, or the Vanquisht fear;
That bloud, which thou and thy great Grandsire shed,
And all that since these sister Nations bled,
Had been unspilt, had happy *Edward* known

That all the bloud he spilt, had been his own.

歴史の展開を、私たちが正確に予想することは不可能である。私たちの知識は常に部分的であり、私たちの理解は限定的なのである。しかしもしエドワード三世に歴史の展開を予想する力があったら、彼はそれほどまで多くの敵と戦い、それほどまで多くの彼らの血を流すことはなかっただろう、とデナムは仮定してみる。なぜならエドワード三世が敵として戦ってきた者が、自分の子孫の先祖となるのだから。これは歴史の皮肉である。

引用の九二行目「国王夫妻」(a Royal pair) はチャールズ一世と王妃ヘンリエッタ・マライアを指している。エドワード三世は、スコットランド王デイヴィッド二世とフランス国王ジャン二世を捕虜にしたが、前者からスチュアート家が生まれている。つまりチャールズ一世の祖先である。また後者、即ちフランス王の血筋を、ヘンリエッタ・マライアは受け継いでいる。彼女はブルボン朝を創設した仏国王アンリ四世の末娘で、彼女にはフランス王家の血が流れているのである。結局エドワード三世は、そうとは知らずに、将来のイギリス王家の祖先を敵に回し、彼らを捕虜としたのである。この一節は、エドワード三世ほどの偉大な王でさえ、その認識は不完全であり、将来を十分予想することもできないということ、どんな優れた国王であっても万能では決してないということを強調し、王に対しては自身の不完全さを知らしめ、決して傲慢にならないようにと戒める。デナムは、詩の冒頭の国王と王宮の比喩で王権神授説の支持を表明しながらも、国王が何ものにも拘束されない無制限の権力を振う絶対君主制には反対の立場を取るのである。

なお引用九七行目の「あなたの偉大なる大父」とはエドワード一世(在位一二七二―一三〇七年)のことである。彼はスコットランドに侵攻し、一度はスターリング・ブリッジの戦い (Battle of Stirling Bridge, 1297) でウィリアム・ウォーリスに敗れはしたものの、翌年彼をフォルカークの戦い (Battle of Falkirk) で破り、以後スコットランドに対して徹底的な弾圧を加え、多くのスコットランド人の命を奪った。しかしスコットランドの抵抗は続き、ウォーリスが残酷に処刑された後も、ロバート・ブルース（ロバート一世）がその遺志を継ぎスコットランド独立を勝ち取った。そのブルースの子でその王位を継承したのが、エドワード三世の捕虜となったデイヴィッド二世である。デイヴィッド二世の死後即位したのは、彼の摂政を務めていた甥（ロバート・ブルースの孫）のロバート・スチュアート（ロバート二世）即ちスチュアート家の開祖である。このスチュアート家から、後にジェイムズ六世がでてイングランド国王を兼ねてジェイムズ一世となるのである。その息子がチャールズ一世である。もっともここでエドワード三世が未来を見通す力があったなら、エドワード一世がスコットランド人やフランス人と戦わなかったであろうという仮定自体は、荒唐無稽である。エドワード三世が、彼よりも過去に生きたエドワード一世に遡って影響を及ぼすと仮定しているからである。しかしここではそのような理屈よりも、私たちの理解を超えた歴史の不思議な因果を強調する一種のレトリックと考えるべきであろう。

　またエドワード三世はガーター勲章（Order of the Garter）を制定したが、デナムは「外国の国王や皇帝が、自分たちの王冠の次に価値ある名誉と見なす」（八七―八行）その勲章の象徴的な意味を説く。ガーター勲章は、ヨーロッパ最古の勲章として一三四八年に創始された。伝えられるところによれば、ある舞踏会でソールズベリー伯婦人が靴下留め（ガーター）を落としてしまった時、エドワード三世がそれを拾い上げ、フランス語で「邪《よこしま》な考えをするものに災いあれ」（*Honi soit qui mal y pense*）と言って婦人に返した。そこから靴下留めがこの勲章の表象となり、このエドワード三世の言葉が勲章の銘になった。この勲章の図案は、聖ジョージ十字の描かれた盾の周囲を *Honi soit qui mal y pense* と書かれた青いガーターが囲んでいるというものである。これをデナムは海で囲まれているイングランドの象徴と見なす。なおこの勲章を授けられたガーター勲爵士（Knight of the Garter）の地位は終身で、勲爵士団の本拠地はウインザー城内の聖ジョージ礼拝堂（St. George's Chapel）に置かれている（ガーター勲爵士団の本拠地としてこの礼拝堂を造らせたのは、後の時代のエドワード四世とヘンリー七世である）。

戦士でもあり殉教者でもある守護聖人を
彼〔エドワード三世〕が選んだ時、そしてその紋章が
青色で囲まれている時、彼は一人の人物を
まさに予告し、予言していたようだ。
その人物は取り囲む海をその領土に加えた。
海は、自然が最初にその領土の国境としたところ。
その国境である海は、それ自身無限なものとして、
その流動体のしなやかな腕を世界の果てまで伸ばしている。
またその人物は絵になった表象を必要としない。
彼自身戦士であり、聖人でもあるからだ。　（二〇一―一〇行）

When he that Patron chose, in whom are joyn'd
Souldier and Martyr, and his arms confin'd
Within the Azure Circle, he did seem
But to foretell, and prophesie of him,
Who to his Realms that Azure round hath joyn'd,

Which Nature for their bound at first design'd.
That bound, which to the Worlds extreamest ends,
Endless it self, its liquid arms extends;
Nor doth he need those Emblemes which we paint,
But is himself the Souldier and the Saint.

「戦士でもあり殉教者でもある守護聖人」というのは、三世紀に活躍したカッパドキア出身の聖ジョージである。伝説によると、キリスト教徒で兵士だった彼が、シレナという町の郊外の沼地を馬で通りかかった時、その土地の王の娘が竜の生贄にされかかっているところを救い、その後シレナの町の人をキリスト教徒に改宗させた。彼は三〇三年頃、当時ローマ皇帝であったディオクレティアヌスとマクシミアヌスのキリスト教徒迫害のために現在のイスラエルのあたりで殉教したと伝えられている。今日でもイングランドの守護聖人として敬われている聖ジョージの名は、既に七、八世紀にはイングランドでも知られていて、ビードの著書にも言及されている。一三世紀にジェノヴァの大司教ヤコブス・デ・ウォラギネによって書かれた『黄金伝説』(*Legenda Aurea*)にも、聖ジョージが紹介されている。一二二二年のオックスフォード宗教会議では、聖ジョージの祝日が定められた。十字軍に参加した国王リチャード一世は、この聖ジョージの加護を信じて戦い、ヘンリー五世も一四一五年のアジャンクールの戦い(Battle of Agincourt)の際、聖ジョージにイングランドの守護聖人として加護を祈願した。右の引用にある通り、エドワード三世がガーター勲章を制定した時も、ガーター勲爵位団の守護聖人として聖ジョージを選んだのである。

エドワード三世がガーター勲章の守護聖人として聖ジョージを選んだことは、一人の人物を予言していると述べられているが、その人物とは勿論チャールズ一世である。ガーター勲章とチャールズ一世を結びつけて考えることは、当時既にかなり一般的だったようである。(8)実際ルーベンスはチャールズ一世を聖ジョージの姿で描いている。その絵は、テムズ河流域を背景として、聖ジョージに扮したチャールズがヘンリエッタ・マライアを竜から救い出す場面を描いたものである。(9)詩の中でチャールズ一世は「絵になった表象を必要としない」と述べられているが、それはこの絵に言及している。またチャールズ一世自身もこのガーター勲章を重要視していた。チャールズは、自分が即位した年に、全てのガーター勲爵士に対して、式服を着ていない時は必ず聖ジョージの紋章の盾形紋地を身につけることを命じたのである。

この詩において、チャールズ一世の存在は極めて重要である。まずセント・ポール大聖堂の修復者としてのチャールズがいる。そこでは、民衆と国王という対立する力の融和の象徴としてのセント・ポール大聖堂の庇護者であると同時に、シティの中に立つ大聖堂と彼が重なることで、過激なピューリタンに立ち向かう聖人にもなる。彼は、布教のために異教徒の中に入っていく聖パウロ（セント・ポール）のような存在となる。次にウインザー城の主としてのチャールズである。ここでも彼は、威厳と美を併せ持ったウインザーの丘によって象徴されている。彼自身において、力と美という対立する要素が調和しているのである。また聖ジョージと結びつけられるチャールズも、戦士と殉教者という相対立する面を持つ者として描かれている。そしてピューリタン革命で議会派と戦う戦士チャールズは、議会派に敗れ処刑されることで殉教者になるのである。このチャールズの処刑については、詩の中の鹿狩りの場面に暗示されている。つまりこの詩においてチャールズ一世は、理想的国王像としてだけでなく、「不調和の調和」を表す表象として存在しているのである。

4　廃墟が意味するもの——セント・アンの丘とチャーツィー修道院廃墟（一一一—五六行）

次に詩人の視線は南東の方向にあるセント・アンの丘に向かい、その頂上にあるチャーツィー修道院の廃墟を見つめる。

私の驚嘆と称賛はこの場所にこそ留まるべきである。
しかし私の彷徨う視線は、私の固定された考えに背き、
近くの丘に向かう。その頂上には、近頃
教会堂が建てられたが、終にはあらゆるものの運命として
近くにあったその修道院は壊崩してしまったのだ。（このような嵐が、
廃墟を修復せねばならない私たちの時代を襲わないように。）　（一一一—六行）

Here should my wonder dwell, & here my praise,
But my fixt thoughts my wandring eye betrays,
Viewing a neighbouring hill, whose top of late
A Chappel crown'd, till in the Common Fate,
The adjoyning Abby fell:（may no such storm
Fall on our times, where ruine must reform.）

詩人の心は、自身の理想が具現化したウインザーに留まることを願うが、それとは裏腹に視線が他の主題を模索

して彷徨う。その視線が捉えるセント・アンの丘は、実際にはクーパーの丘からは余り目立たず（ましてその上の廃墟は殆ど見えないはずである）、しかもウインザーとは反対の方角にあり、「私の彷徨う視線」と言いつつも、詩人の視線が行き当たりばったりで捉えたわけではない。このことは、詩人の視線を最初に捉えたセント・ポール大聖堂についても言える。その大聖堂は、詩人がいるクーパーの丘からは殆ど見えないのである。その意味で、この叙景は詩人の思想というフィルターを通したものであることは明らかで、「私の彷徨う視線」は決して客観的な風景を捉えているわけではない。詩人の目と精神が協働して捉えた風景なのである。

ここで詩人が視線を向けたチャーツィー修道院の起源は古く、六六六年に聖アーケンワルド（Saint Erkenwald）によって創建された。聖ペテロに奉納されたベネディクト派の修道院であった。九世紀にはデーン人によって略奪されたが、一〇世紀に再建され、当時の国王よりサリーの北西部の大半の土地を寄進された。ヘンリー六世が崩御した時は、一時この場所に埋葬されて有名になった。しかし一六世紀になってヘンリー八世の宗教改革によって解体され、財産は没収されたのである。

今詩人が目にするのは、かつては立派な修道院であったが、今はその残骸として粛然と残存している廃墟である。廃墟は、必然的にそれを見る者にかつての本来の姿を想像させる。そしてその本来の建物と一緒に、それに関わる人々の生活や考えなども思い起こされるのである。詩人は、想像する本来の姿と現在の廃墟を比べ、その変貌ぶりに深い感慨を抱く。彼はこの世の刹那性と人間の営為の空しさを改めて感じないではいられない。そしてこのような廃墟をつくり出した人間の愚かしさを考える。

教えてくれ（私の詩神《ミューズ》よ）どのようなものすごい、恐ろしい無礼が、
一体いかなる罪が、キリスト教徒である国王を

これほどまで怒らせるのか。それは奢侈か、色欲か。
それでは国王は節度を守り、純潔で、義に適っていたのか。
奢侈と色欲が彼らの罪だったのか。それらはむしろ国王自身の罪だった。
しかし豊かさは、困窮している国王にとっては十分な罪だった。
国王は、王室の財産を使い切ってしまい、
自分の贅沢を満たすために、彼らの贅沢を咎める。
しかしこのような行為も、聖所破壊という恥を取り繕うためには
敬虔という名目を持たねばならない。　（一一七—一二六行）

Tell me (my Muse) what monstrous dire offence,
What crime could any Christian King incense
To such a rage? was't Luxury, or Lust?
Was he so temperate, so chast, so just?
Were these their crimes? they were his own much more:
But wealth is Crime enough to him that's poor,
Who having spent the Treasures of his Crown,
Condemns their Luxury to feed his own.
And yet this Act, to varnish o're the shame
Of sacriledge, must bear devotions name.

ここでは宗教改革を断行し、修道院を破壊したヘンリー八世に対する痛烈な批判が展開されている。贅沢な暮しや乱れた生活を口実に修道院を解散に追い込んだヘンリー八世であるが、自分こそ贅沢な暮らしをして、また色欲に耽っていたのではないか、とデナムは非難する。ヘンリー八世には入れ替わり立ち替わり六人の王妃がいたことは周知の通りである。


当時イングランドには八百以上の修道院があったが、それらは国土の四分の一から五分の一を所有していて、その年収は一説によると国家財政に匹敵するほどだったという。ヘンリー八世はその修道院の豊かな資産に目をつけて、その財産を没収し王室財政の不足を補おうとした。実際に一五三六年と三九年の二回にわたって断行された修道院解散は、王室財政の再建にかなり貢献した。しかしそのような破壊行為は、冒瀆行為と見なされる恐れがある。そのように見なされないようにするには、信仰の名のもとに行わねばならない。ヘンリー八世は、何よりも評判を気にしたのである。

悪事を働くことを恐れぬ者でも、評判を恐れ、
また良心がないので、名声の奴隷となる。

だから彼は教会を保護し、かつ略奪する。

しかし国王の剣はペンよりも鋭い。

このようにして、彼は過去の時代に償いをし
その施しを破壊し、信仰を擁護するのだ。

（一二九―三四行）

Who fears not to do ill, yet fears the Name,

And free from Conscience, is a slave to Fame.
Thus he the Church at once protects, & spoils:
But Princes swords are sharper than their stiles.
And thus to th'ages past he makes amends,
Their Charity destroys, their Faith defends.

ヘンリー八世は、元々は熱心なカトリック信者であり、教皇に対して忠誠心を持っていた。一五二一年には、ルターのプロテスタンティズムに反駁して『七つの秘跡の擁護』（*Assertio Septem Sacramentorm*, 1521）を書いた。これによってヘンリー八世は「信仰の擁護者」（*Fidei Defensor*）という称号を教皇レオ一〇世から授かったのである。引用の一三二行目 "stiles（styles）" は、「ペン」と「称号」の二つの意味をかけた地口で、前者は『七つの秘跡の擁護』の執筆を、後者は「信仰の擁護者」の肩書きを指している。詩の中では「国王の剣はペン（称号）よりも鋭い」と述べられているが、それは国王が執筆によって論陣を張ったり、その称号の威光によって反論するより、武力で攻撃する方が圧倒的な破壊力があるということを意味しており、実際には修道院破壊に言及している。詩ではヘンリー八世に限定せず一般論で述べられているが、勿論ヘンリー八世が念頭に置かれている。

また上の引用で印象的なのは、ヘンリー八世の二面性である。彼は、教会を守る一方で、教会を略奪する。彼は過去の人々が差し出してきた施しを破壊すると同時に、その人々の信仰を擁護する。一見すると、このようなヘンリー八世の二面性に、「不調和の調和」が現れているように思える。詩の表現について言えば、一三四行目の "Their Charity destroys, their Faith defends." において、"destroys" と "defends" が頭韻を踏み、しかもこの行の中間休止（caesura）を挟んで同じ構文が生起している。このような対比表現は、「破壊する」行為と「擁護する」行為という矛盾する二つの行為が、調和しているかのような印象を与える。その上“destroys”と“defends”は年代的に順序を逆に配列されている。歴史的には、ヘンリー八世は、最初に敬虔なカトリック信仰者として「信仰の擁護者」の称号をもらい、その後に修道院を破壊したのである。ワッサーマンは、この倒置によって、相反する二つの行為を調和させていると考える（Wasserman : 85）。しかし同じくワッサーマンが指摘している通り、見方を変えれば、つまりヘンリー八世の立場で考えれば、この行為の順序は正しいと言える。彼は教会を破壊することで真のカトリックを守ったと考えているのだから。実際彼は「信仰の擁護者」の称号を、修道院破壊後も持ち続けている。

重要なことは、デナムが、ヘンリー八世は自分が贅沢をするために修道院の財産を没収したと断じていることである（一二四行）。彼は聖所破壊という罪を隠すために、信仰という名の隠れ蓑を使っているだけなのである（一二五—六行）。彼の二面性は、「不調和の調和」ではなく、ただの矛盾でしかない。そこからは何も生まれず、ただ破壊があるだけである。そのような「不調和の調和」を装った矛盾を、ワッサーマンは「対立物の偽りの調和」（false harmonizings of oppositions）と呼んでいる。自分の富を増やすために修道院を破壊しているヘンリー八世の姿は、セント・ポール大聖堂を修復するチャールズ一世と対照的なのである。

またこの詩におけるヘンリー八世をクロムウェルと見なす解釈もある（O Hehir, *Expans'd, Hieroglyphicks* : 237–8）。オヒアは引用一三二行目“stiles”に注目する。この語が「ペン」と「称号」の二つの意味をかけた地口であることは既述したが、その“stile”は、一六五三年一二月一六日に公布され、護国卿政治（Protectorate）の政体を規定した統治章典（Instrument of Government）にも用いられているのである。その第一項には、次のような規定がある。

イングランド……共和国の立法の最高権限は、一人の人物と国会に集まった議員に存すること。その人物の称号は、「イングランド、スコットランド、及びアイルランド共和国護国卿」とすること。

(Kenyon, *The Stuart Constitution* : 308)

That the supreme legislative authority of the Commonwealth of England . . . [etc.] shall be and reside in one person, and the people assembled in parliament; the *style* of which person shall be, "The Lord *Protector* of the Commonwealth of England, Scotland and Ireland." (italics mine)

この統治章典第一項は、国の立法権が護国卿と議会に属することを規定したものだが、その護国卿の称号を説明する際に、『クーパーの丘』でヘンリー八世に用いられたのと同じ "stile (style)" が使われているのである。言うまでもなく初代護国卿はクロムウェルである。

更にオヒアは、『クーパーの丘』一三二行目 "Thus he the Church at once protects, & spoils" で、なぜ "protects" という語が用いられたかを考える。デナムは "stiles" で地口を使ったのだから、ここでもヘンリー八世が *Fidei Defensor* の肩書きを持っていることに掛けて、"Thus he the Church at once defends, & spoils" とできたのではないか。勿論その三行後にもう一度 "defends" が用いられているので、繰り返しを避けたとも考えられる。しかしこの語は鍵語であるので、繰り返しても不都合はないはずである。オヒアは、その理由を、デナムが護国卿 (Lord Protector) とのつながりを示唆するために、あえて "protects" を用いたと考える。なおこの語は統治章典の第三七項にも用いられている。

主イエスの御名において神への信仰を告白する者は、信仰の告白や礼拝を制限されることなく、保護されること。但し、この信教の自由は、カトリック、監督制度の聖職者、キリストへの信仰の名のもとに不敬な行為を行う者には与えられないこと。

（Kenyon, *The Stuart Constitution* : 312–3）

That such as profess faith in God by Jesus Christ . . . shall not be restrained from, but be *protected* in, the profession of the Faith, and exercise of their religion . . . . Provided this liberty be not extended to popery nor Prelacy, nor to such as, under profession of Christ, hold forth and practice licentiousness.

(italics mine)

この統治章典第三七項は、“protects”がクロムウェルを連想させるということを示しているだけではない。この項は信教の自由を規定しているが、後半は、その自由を享受することを許されない者が例外として挙げられている。そのうちの一つが「監督制度の聖職者」、つまり王党派が維持しようとして戦ってきたイギリス国教会の聖職者である。クロムウェルは、イギリス国教会の監督制度を廃絶することを目指したのであり、そのような宗教政策に対してデナムは反対であった。デナムにとっては、クロムウェルの強引な宗教政策は、ヘンリー八世の強硬な宗教政策と重なって見えたのである。デナムは、ヘンリー八世の修道院破壊も「激情という名前」（the Name of Zeal）の下で行われたと述べているが（一五三行）、ロンドンのシティの過激なピューリタンについても同じ「激情」（zeal）という語が用いられていたことが想起されるだろう（二一二行）。ヘンリー八世は自分の贅沢を満足させようとしたが、ピューリタンが貪欲に商業活動をするシティにも富と奢侈がある。またヘンリー八世は修道院を破壊して混乱をもたらしたが、シティのピューリタンたちもセント・ポール大聖堂を破壊しようとし、またその足元で忙しく動き回り混沌とした世界を形成している。共に破壊だけをもたらし、真の調和がないという点で、ヘンリー八世とピューリタンは類似しているとデナムは考えるのである。

ヘンリー八世と王妃キャサリンとの離婚問題に端を発したイギリスの宗教改革であるが、イギリス国内の修道院が、当時、かつて持っていた信仰心や慈善活動への情熱を忘れ、国民の支持を失っていたことも、宗教改革の背景にあったことは間違いない。ヘンリー八世と腹心トマス・クロムウェルは、そこに付け入る隙を見出したのである。

その頃の宗教は、怠惰な庵の中で、
空しい、空虚な瞑想に耽っていたのだ。
そして木片のように、全く活動せずにいた。しかし今の宗教は
逆に活発すぎて、コウノトリのように何でも貪ってしまう。　（一三五―八行）

Then did Religion in a lazy Cell,
In empty, airy contemplations dwell;
And like the block, unmoved lay: but ours,
As much too active, like the stork devours.

宗教改革当時のイングランド国内のカトリックは、有力者の寄進などにより莫大な富を蓄積していく一方で、組織として腐敗、堕落が進行していった。様々な悪弊も生まれ、民衆の反発も強くなっていった。引用の一三七―

八行の「木片」と「コウノトリ」の喩えは、イソップの寓話に基づいている。ある時蛙たちがジュピターに自分たちの王様が欲しいと要求すると、ジュピターはその願いを聞き入れ、彼らの王として木片を与えた。しかし蛙たちは何の刺激もない平和な生活にすぐに飽きてしまい、再びジュピターに新しい王様を要求した。ジュピターが次に彼らの王として与えたのはコウノトリで、その王は蛙たちを全て食べてしまったのである。詩の中では、木片を崇める蛙たちは、ヘンリー八世の時代のカトリックである。それは情熱のない、全く沈滞した宗教である。それに対して、今日の熱狂的なピューリタンたちは、コウノトリを崇める蛙に喩えられている。その宗教は、蛙を食い尽くしたコウノトリのように、人々を飲み込んでしまう。

このような宗教改革の頃の沈滞した宗教的状況と今日の過激な宗教的状況のちょうど中間的な、中庸としての宗教こそ、今最も求められていると詩人は言う。

かつての時代の寒帯と今日の熱帯との間に
穏やかな温帯がないのだろうか。
私たちは、嗜眠《しみん》に陥って見る夢から目覚めると必ず、
もっと悪い極端な状況で不安にならねばならないのか。
その嗜眠《しみん》に対しての唯一の治療法は、
熱射病に罹ることだけなのか。
人間の知識には限界がなく、ただ際限なく広がり、
私たちに無知を望ませるほど知識が増えねばならないのか。
そして私たちに、日中、間違った案内人で道に迷うより

暗闇の中を手探りで進むことを望ませるのか。　　（一三九―四八行）

Is there no temperate Region can be known,
Betwixt their Frigid, and our Torrid Zone?
Could we not wake from that Lethargick dream,
But to be restless in a worse extream?
And for that Lethargy was there no cure,
But to be cast into a Calenture?
Can knowledge have no bound, but must advance
So far, to make us wish for ignorance?
And rather in the dark to grope our way,
Than led by a false guide to erre by day?

ここでは不活発なカトリックが、「寒帯」「嗜眠《しみん》」「間違った案内人」といった言葉で表現されている。カトリックでは、秘跡が重要視され、その儀式を執り行う聖職者が信徒を導く役割を担うわけだが、デナムはその仲介者である聖職者を「間違った案内人」と表現しているのである。それに対してプロテスタント、特にピューリタンは、「熱帯」「熱射病」「暗闇の中を手探りで進む」といった言葉で表現されている。プロテスタントは、基本的に聖職者の仲介をそれほど重視せず、信徒と神が直接向かい合うことを要求する。ピューリタンの中でも特に独立派（Independents）は信徒の自主性を重んじる。それは案内人がなく、一人で「暗闇の中を手探りで進む」ようなものである。どちらの宗教も、極端で、私たちにとって望ましい宗教ではないとデナムは考える。望ましい宗教とは、その中間を行く、中庸としての宗教である。「寒帯」でも「熱帯」でもない「温帯」の宗教である。デナムはそのような理想としての宗教は、*via media* といわれる英国国教会であることを示唆する。それはカトリックの要素とプロテスタントの要素を併せ持ち、両者を正しく再一致させる、即ち「不調和の調和」を実践する宗教である。プロテスタントのように、信徒が神と直接対峙するのではなく、監督制度に基づき、信徒と神の間に、聖職者が介在する。その聖職者はカトリックのように間違った導き手ではない。デナムはこのように考え、英国国教会を理想の宗教と見なすのである。

これまで詩人は、クーパーの丘から、三つの丘、即ちセント・ポールの丘、ウインザーの丘、セント・アンの丘を眺望してきた。彼はこれら三つの丘を、別々の対象としては見ない。彼は、クーパーの丘という一つの眺望点から、即ち一貫した視点から、これらの丘を見つめ、それらを密接に相互に関連した象徴とする。詩人は読者に、自分の視線が捉える三つの丘を、セント・ポールの丘、ウインザーの丘、セント・アンの丘に順序で呈示している。クーパーの丘の東に位置するセント・ポール大聖堂を最初に見た詩人の視線は、次に、そもそもなぜ西の方角の、つまりほぼ正反対の方角に位置するウインザーに移ったのか。方向（距離ではなく）が近いということであれば、南東の方向にあるセント・アンの丘に視線が移ってもよさそうである。それにもかかわらず詩人の視線はロンドンからあえて反対の方角のウインザーに向かった。その呈示の仕方は、セント・ポールの丘で象徴される宗教を維持する政策と、セント・アンの丘で象徴される宗教を破壊する政策の間に、ウインザーの丘で象徴される現在の国王を挟んだ形である。それは国王に、宗教の維持か破壊かという二つの選択肢を呈示しているかのようである。また「不調和の調和」という観点から見れば、民衆が宗教的激情（zeal）に駆られ、貪欲すぎて、また暴力的であるために国王と調和しないセント・ポールの丘（ここでは国王は聖人として描かれている）と、反対に国王が世俗的激情に駆られ、貪欲すぎて、また暴力的であるために民衆と調和しないセント・アンの丘（ここでは国王は武力を誇る戦士として描かれている）の中間に、「不調和の調和」を実現しているウインザーの丘（ここでは国王は聖ジョージに象徴されるように聖人であり戦士でもある）が配置されている。つまりウインザーにおいて、力と敬虔な心、あるいは行動力と宗教心という対立する面が理想的に調和しているのである。従ってこれら三つの丘は、ワッサーマンも指摘する通り、国王の三つのあり方を示している。そのことは、それら全ての丘が“crown”を被っていることからも明らかである。セント・ポールの丘は「かの神聖な建築物を頂いた場所」(the place／Crown'd with that sacred pile, ll. 14-15)、即ちセント・ポール大聖堂を王冠として被っている。ウインザーの丘は、「かくも威厳に満ちた塔の王冠」(A Crown of such Majestick towrs, l. 59) 即ちウインザー城を王冠として被っている。[10] セント・アンの丘も、かつては教会堂という王冠を被っていた (A Chappel crown'd, l. 114)。これらの丘で象徴される国王のあり方は、上述のように国王と民衆の関係、および行動力と宗教心の関係によってそれぞれ規定される (Wasserman : 66)。そしてこれらの関係において均衡が崩れた二つの丘に挟まれる形で、「不調和の調和」を実現しているウインザーの丘を呈示するという見事な構成となっている。詩人は自身の視線を「彷徨う視線」と表現しているが、その装われた偶然の背後には、このような詩人の意識的な戦略がある。彼は、クーパーの丘という固定された眺望点からこれらの丘を意識的に配列して眺め、それらを相互に有機的に、組織的に結びつけているのである。そしてこの詩人の意識的な視線に加えて、これら三つの丘の麓を流れるテムズ河も、これらを象徴的に関連づける役割を担っている。詩人は次に眼下に流れるテムズ河に目を向ける。

5　調和と繁栄——テムズ河（一五七—九六行）

私の視線は、怒りや恥辱や恐怖を感じつつ、この場所から離れるが
怒りと恥辱は、過去に対して、恐怖は近い将来に対して抱いたものだ。
その視線は、丘から下り、眼下の景色に、
テムズ河が肥沃な流域を彷徨うところに向かう。
海の息子である川の中で最も愛されているテムズ河が
その太古からの父に抱かれようと、そこに注ぎ込む。
捧げ物を父に献じるために急いで流れるその様は
私たちの限りある命が永遠に向かうのに似ている。　（一五七—六四行）

Parting from thence 'twixt anger, shame, & fear,
Those for whats past, & this for whats too near:
My eye descending from the Hill, surveys
Where *Thames* amongst the wanton vallies strays.
Thames, the most lov'd of all the Oceans sons,
By his old Sire to his embraces runs,
Hasting to pay his tribute to the Sea,
Like mortal life to meet Eternity.

詩人は、ヘンリー八世の破壊的宗教政策に対して「怒り」と「恥辱」を抱き、今日の過激なピューリタニズムに対して「恐怖」を抱きながら、視線をセント・アンの丘からテムズ河に移す。このテムズ河の描写においても視覚と空想が協調して働いている。詩人の眼前の風景が視覚的に描写されつつ、いつの間にか人生に関する真理が語られているように響いてくる。テムズ河は、現実の川であると同時に常に流れ続ける時間の象徴となり、それが途中過ぎ去っていく「肥沃な流域」は、人生の盛時、最も働き盛りである時期の象徴である。そしてその人生が終焉を迎えるのは、その川が海に注ぐ時なのである。ここでも比喩の主旨である「川」と媒体である「人生」（Like mortal life to meet Eternity）がいつの間にか逆転して、どちらが媒体で、どちらが主旨か不明確になる。それが風景の象徴化を促す。

このように風景を象徴的に捉える考え方は、既に中世からあった。エイブラムズは、このような地誌詩における道徳的風景（*paysage moralisé*）、即ち道徳的、教訓的に解釈される風景の基になった考え方として、それぞれ起源は異なるが、しばしば混同される二つの伝統的思想を挙げている。一つは、神が、聖書に書かれてあることを被造物という本で補っているという考えである。つまり、自然の事物には神の属性や摂理が反映している、あるいは神のメッセージが託されているという考え方である。もう一つは、世界を創造した造物主である神は、この世界の各領域がそれぞれ照応するように設計したという万物照応の考えである。従って物質的世界や自然界は、精神世界と呼応していると見なされるのである（Abrams : 85）。

トマス・ブラウンは『医師の宗教』（*Religio Medici,* 1643）の中で、神意が表現されているものとして、神の言葉を記した本、即ち聖書の他に、神の御業の「本」である自然の重要性を強調している。

　私が神意を推測する本は二冊ある。神の書かれた本（that written one of God）に加えて、神の僕である自然の本（another of His servant Nature）があるのだ。自然の本は、全ての人の眼前に広げられた普遍的で、人々が知ることができる草稿である。聖書に神を見出さなかった人々も、自然の本には神を見出した。これは異教徒の聖書であり、神学である。太陽の超自然的な静止がイスラエルの子供たち〔キリスト教徒〕に神を敬わせた以上に、太陽のごく自然な運行が異教徒たちに神を敬わせた。自然のありふれた影響が彼らの心の中に掻き立てた賞賛の念は、神の奇跡がキリスト教徒に掻き立てた賞賛の念より大きかった。確かに異教徒たちは、私たちキリスト教徒よりも、この神秘的な文字の綴り方や読み方を知っていた。キリスト教徒は、彼らに比べて、このありふれた象徴的文字（Hieroglyphicks）に対して注意を払わず、自然の中に咲く花から神意を汲み取ろうとはしないのである。（Browne : 27）

このブラウンの「神の僕である自然の本」という考えは、まさしく道徳的風景であり、詩人が地誌詩の中で教訓や世界原理や神意を読み取る風景である。オヒアは右のブラウンの一節を引用し、一七世紀には象徴という考え方が広まっていたことを指摘する（O Hehir, *Expans'd Hieroglyphicks* : 17–19）。デナムが『クーパーの丘』を書く数年前には、フランシス・クォールズという宗教詩人が『寓意画集』（*Emblems*, 1635）を書いたが、それは当時多くの人に読まれた。オヒアは、「人々は、文字を知る前に、象徴的文字によって神を知った。だから、天や大地、いや全ての創造物は、神の栄光を表す象徴的文字であり象徴に他ならないだろう」というクォールズの言葉を引用して、彼もブラウンと同じく、自然には神の意志が象徴的文字で書かれているという考えを共有していると述べている。そしてこのような考え方が、地誌詩における道徳的言説の起源と考えられるのである。同じく一七世紀に書かれた『クーパーの丘』においても、象徴としての自然は重要な役割を果たしているのは明らかである。デナムの前に広がった風景は、まさしく「神の僕である自然の本」であり、彼はそこに書かれた「象徴的文字」を読んでいるのだ。

デナムの眼下を流れるテムズ河は神（デナムは「自然」と呼んでいる）のメッセージが託された象徴でありながら、同時に神の被造物として現実に存在する川でもある。詩人の精神はそれを神の言葉として解釈しながら、彼の視覚は川を現実のものとして、疑い得ないものとして認識する。それは伝説上の川でも遠い外国の川でもなく、あくまでも眼前の、現実の川として描かれる。このことは、神話化したパルナッソスやヘリコンを否定した冒頭部とも呼応していて重要である。

テムズ河は、かの有名な外国の大河とは違って、
泡沫は琥珀の如く輝かず、川床の砂は砂金ではないが、
テムズ河の本当の、そして清浄な富を探そうとするならば
その川底ではなく、その流域を探すがいい。
その流域に、テムズ河はその大きな翼を優しく広げ
やがて来る春のために多くのものを抱き温めているのだ。
（一六五―七〇行）

Though with those streams he no resemblance hold,
Whose foam is Amber, and their Gravel Gold;
His genuine, and less guilty wealth t'explore,
Search not his bottom, but survey his shore;
Ore which he kindly spreads his spacious wing,

And hatches plenty for th'ensuing Spring.

引用の一六五―六行は、D3では「テムズ河のきれいな川床には、テグス河やパクトロス河のように砂金はないが……」(And though his clearer sand no golden veynes,／Like *Tagus* and *Pactolus* streames containes . . . . ll. 191-2) となっており、またそれ以前の草稿でもやはりテグス河とパクトロス河の名前が明記されているので、詩人はこの二つの川を念頭においてテムズ河と比較しているのは明らかである。[11] テグス河はスペイン中部からポルトガルを経て大西洋に注ぐイベリア半島最長の川で、スペインでは「タホ川」と呼ばれ、ポルトガルでは「テージョ川」と呼ばれている。またパクトロス河は小アジアにある川で、かつてその流域にリディア王国が栄えた。この二つの川は、いにしえより砂金を産出することで有名であった。その名は共にオウィディウスの『変身物語』(*Metamorphoses*) で言及されていて、そのためにルネッサンス期の学生に慣用的に用いられるようになった。[12] 特にパクトロス河はミダス王 (Midas) の名と共に広く知られていた。その川が砂金を多く産出するのは、ディオニソスによって手に触れるものを何でも金にできる力を授かったミダス王がこの川で身を清めたからであるという神話である。しかしデナムの視線は、このように伝説や神話の中で称賛される遠い外国の川ではなく、母国の、故郷の、自身の視覚で捉え得る確かな存在としてのテムズ河に向かうのである。

詩人はそのテムズ河の豊饒性を強調する。それは、母親が自分の赤子に添い寝して窒息させてしまうように、豊かな恵みを台無しにすることはない。また気前のいい王のようにいったん豊かさを与えておいて、その後に猛烈な波でそれを奪い返すようなこともない。川が氾濫し、農作物を台無しにしてしまうこともない。豊かな実りをもたらすテムズ河の寛大さは、まさに神のそれを想起させる (一七一―八行)。

このようなテムズ河の働きは国内に留まらず、もっと広汎に、世界的な規模で見られる。そして、「海外貿易」を通じて、世界に「不調和の調和」をもたらす。

またテムズ河の恩恵は、岸辺だけに限られるのではなく
海や風のように、自由に惜しみなく、遍く行き渡る。
テムズ河は、その心地よい流域の豊かな貢物を蓄え、
それを誇り、そして広く分け与えるために、
世界を訪れ、そして疾駆する帆船に載せて、
世界の貢物をわが国にもたらし、東西両インドをわが国のものとする。
富あるところに富を見出し、富なきところに富を与える。
荒地に都市をつくり、都市に森をつくる。
その結果、私たちに馴染みないものも私たちの知らぬ場所もなくなり、
テムズの美しい水面は、世界の取引の場となる。　（一七九―八八行）

Nor are his Blessings to his banks confin'd,
But free, and common, as the Sea or Wind;
When he to boast, or to disperse his stores
Full of the tributes of his grateful shores,
Visits the world, and in his flying towers
Brings home to us, and makes both *Indies* ours;

Finds wealth where 'tis, bestows it where it wants
Cities in deserts, woods in Cities plants.
So that to us no thing, no place is strange,
While his fair bosom is the worlds exchange.

イギリスは、前世紀でスペインの無敵艦隊を破り海外進出が盛んになり、また絶対王政が確立されていく中で、国富の増大を図るために重商主義政策を進めていった。国の富を豊かにすることが最優先の目的となったのである。当初は金や銀などの貴金属を海外から国内に持ち込み蓄積することが国富の増大と考えられたが、次第に外国との貿易における輸出入の差額によって国を富ますことが肝要であると考えられるようになった。つまり自国の製品をできるだけたくさん海外に輸出する一方で、他国からの製品輸入はできる限り制限するという政策である。それは、自国製品の原料供給地であり市場でもある植民地をできるだけ獲得するという植民地政策と不可分に結びついていた。当然それは国家主義的、保護貿易主義、侵略主義的傾向を帯びることになる。そのために一六、一七世紀にはいくつもの貿易会社が設立されたのである。一六世紀には、モスクワ会社（Muscovy Company, chartered 1555）、バルト海沿岸諸国との取引を目的としたイーストランド会社（Eastland Company, chartered 1579）、トルコ会社（Turkey Company, chartered 1581）――これは一五九二年にレヴァント会社（Levant Company）となる――、北アフリカとの貿易を目的としたバーバリ会社（Barbary Company, chartered 1585）、西アフリカのギニア会社（Guinea Company, chartered 1588）、東インド会社（East India Company, chartered 1600）などが設立された。興味深いことにこれらの会社は、雇用、商品の量と質、価格などの安定を図るために、中世のギルド的な規制の考え方を踏襲していた。つまりそれぞれの会社が、特許状という形で、国王から一定地域に対する貿易独占権を与えられ、部外者はその地域との貿易に携わることができない仕組みになっているのである。そしてこの会社に属するメンバーが、その会社が規定する約束事に従って、しかし自己責任で独立して、貿易を行っていたのである。つまりここで便宜上「会社」と訳している“Company”は、今日的な意味での会社というより、その本来の意味である「仲間」に近い。会社のメンバーでなくては、その会社が管轄する地域との貿易を行うことができないし、その会社の規約に従う必要がある。しかし実際にその管轄地域と取引をする場合、会社が与えられた許可に基づいてメンバーが個人として、独立して取引を行う。つまりこれらの会社は、海外貿易を行うギルド的な組織であり、「統制された会社／仲間」なのである。

当然、これらの会社のメンバーでない商人は反発する。また議会も、そのような貿易独占権を国王が与えることで国王の収入と権力が増すような仕組みに抗議をした。それにもかかわらず一七世紀になっても同様の貿易会社は設立された。北アメリカのヴァージニア植民地の建設と統治にあたったロンドンのヴァージニア会社（Virginia Company of London, chartered 1606）、グリーンランド貿易商組合（Greenland Adventurers Company, chartered 1620）、アマゾン会社（Amazon Company, chartered 1620）、ギアナ会社（Guiana Company, chartered 1627）、プロヴィデンス会社（Providence Company, chartered 1630）――以上三つはラテンアメリカとの貿易を行った――、バミューダ諸島の植民地経営および貿易を行ったサマーズ会社（Somers Company, chartered 1615）、北米ニューイングランドでの交易と入植の権利を与えられたマサチューセッツ湾会社（Massachusetts Bay Company, chartered 1629）、王立アフリカ貿易商組合（Company of Royal Adventurers trading to Africa, chartered 1661）――これは一六七二年に王立アフリカ会社（Royal African Company）に改組される――、カナリア諸島会社（Canary Islands Company, chartered 1665）、カナダのハドソン湾地方との貿易の独占権を与えられたハドソン湾会社（Hudson's Bay Company, chartered 1670）などである。

これらの貿易会社による貿易は、国王にとっていくつかの点で非常に都合がよかった。まず特許状を貿易会社に与えることで、国王の安定した収入源となった。またこれらの貿易会社に特許状の与奪をちらつかせることで、それらの会社を思い通りに操ることができた。その貿易会社を通じて、海外のイギリス人を管理、監視することもできた。更にこれらの貿易会社を使って、独立商人や新興階級――彼らの多くはピューリタンであった――の商業活動に圧力をかけることができた。何よりも特許状による貿易規制は、無秩序な貿易に歯止めをかけることができ、しかも国王の権限を増大させることにつながったのである。

先の引用でデナムが、国に富をもたらす貿易として述べているのは、このような会社による貿易なのであり、国王のための独占的海外貿易なのである。このような貿易の最大の特徴は、国王によって特許状が与えられた貿易会社が独占的な貿易を約束されるということである。それは裏を返せば、特許状を与えられていなければ貿易に参加できないということである。ピューリタンが多かった新興の独立商人や産業資本家は排除される仕組みになっていた。つまりここにもピューリタンや議会派と王党派の対立の構図がある。議会はこのような特許状による貿易を攻撃することで、王権の弱体化を目指したのである。

ところでこのような特許状による海外貿易を行う貿易会社が、組織として、「不調和の調和」と照応していることは興味深い。会社の各メンバーは自由に自己責任で貿易を行っている。つまり各メンバーは同一地域で個別に貿易をするためにライバル関係にあり、その意味で対立する関係である。しかし彼らは、同じ会社に属し同じ規則に従っているという意味で仲間でもあり、会社全体としては統制された調和的組織である。それはこの会社の組織自体が、「不調和の調和」の形態になっているということである。そしてその貿易会社の交易によって、様々な国と地域が結びつけられる。東インドと西インドがロンドンでつながる。組織としてそれ自体が「不調和の調和」のモデルである貿易会社が、「不調和の調和」を世界にもたらす働きをしているのである。詩の中でこのような商業活動と対照的に扱われているのがロンドンのシティでの無秩序な商業活動であり、国王はこのような無秩序な商業活動を警戒していたのである。

　デナムは、自分が所有していた一六六八年版の一冊の中の、先に引用した一節（一七九―八八行）の後に、以下のような六行を直筆で書き込んでいる。

ローマは世界の半分しか征服できなかった。しかし貿易は
ローマと世界から、一つの国家をつくりあげたのだ。
太陽は、その光を全ての者に与えるが、
その近隣のものに最も惜しみなく授ける。
しかし交易は、神と自然が不公平に見えないように、
全ての場所で、全てのものを増やしていくのだ。

Rome only conquerd halfe the world, but trade
One commonwealth of that and her hath made
And though the sunn his beame extends to all
Yet to his neighbour sheds most liberall
Least God and Nature partiall should appeare
Commerse makes everything grow everywhere.

この加筆部分でデナムは、海外貿易を武力による支配や太陽の光と比較している。ローマの武力による統一は、限定的なものであった。また太陽は遍くその恩恵を与えるが、それでもその恩恵の大きさには偏りがある。しかし貿易は武力よりも広範囲の地域を支配することができ、太陽よりも平等にその恩恵を与えることができるとデナムは述べている。ここには貿易が持つ可能性についてデナムが抱く大きな期待が述べられており、貿易が美化されている。しかしここでの貿易は上述した通り植民地からの搾取によって成立しているのであり、またこの貿易には他国との植民地争奪の戦争が伴う。この貿易は特権を与えられている一部の商人によるものであって、デナムが言うように太陽以上に平等であるはずがない。何よりこの貿易は王権の維持のための貿易なのであって、国王が最大の恩恵を享受しているのである。しかしそのような否定的な面を隠蔽した上で、デナムは王党派の立場から、貿易による繁栄と、それがもたらす「不調和の調和」を称賛するのである(13)。

それではデナムが右の一節を一六六八年版に書き込んだのは、なぜだろうか。一つの可能性として考えられるのは、英蘭戦争（Dutch War）である。当時イギリスはオランダと商業覇権を巡って対立していた。戦争のきっかけは一六五一年、イギリス共和国政府が航海法（Navigation Act）を制定したことである。この法は、重商主義政策に基づき、イギリス植民地における外国船の貿易を禁じた貿易統制法である。これによって、イギリス植民地との貿易にも進出し海上貿易で大きな利益をあげていたオランダ商人が排除される形となり、戦争となったのである。第一回の戦争は五四年にイギリス優勢のうちに一端終結したが、六〇年、王政復古直後にイギリスが再び航海法を定めたことと、六一年に王立アフリカ貿易商組合が設立されて、アフリカ黄金海岸でのオランダの奴隷貿易が脅かされたこと、更に新大陸での植民地を巡る両国の軋轢などが原因で六五年に再び干戈を交えた。特に六七年、つまり右の引用箇所が書き込まれた版が出版される前年、オランダ艦隊がテムズ河口からメドウェイ川を遡り、イギリス艦隊を砲撃するという事件が起こっている。この出来事は、デナムにも少なからず衝撃を与えたはずである。そしてこの商業覇権を巡る英蘭戦争が、より具体的に言えばオランダ艦隊の砲撃事件が、デナムに、貿易と武力を結びつけた右の一節を書かせ、貿易によるイギリスの繁栄を願わせたのではないだろうか。

テムズ河は、海外貿易を通じて、様々な地域や国のものをイギリスにもたらし、イギリスの製品を海外にもたらす。また荒地に都市をつくり、都市に緑を増やす。まさにテムズ河は異質なものを一つに纏めて調和させる機能を果たしている。それはテムズ河がそれ自体「不調和の調和」という状態を象徴するだけでなく、「不調和の調和」を生み出す力を持っていることを意味する。このような川こそ、この詩のテーマであると詩人は宣言する。

ああ、私もお前のように流れたい。そしてお前の流れを
私の優れた模範にしたい。お前の流れこそ私の主題なのだから。
その流れは深く、しかし澄んでいて、穏やかながらも澱むことはない。
荒れることなく力強く流れ、溢れることなく豊かに水を湛えている。
（一八九―九二行）

O could I flow like thee, and make thy stream
My great example, as it is my theme!
Though deep, yet clear, though gentle, yet not dull,
Strong without rage, without ore-flowing full.

テムズ河は、ウインザーの丘で表現されたような静的な「不調和の調和」とは異なり、常に流れつつ、ダイナミックに「不調和の調和」の状態を維持している。更にそれ自体が「不調和の調和」の状態にあるだけでなく、そのような状態を世界に創り出す力を有している。それだけに、混迷を極めているイングランド社会に「不調和の調和」がもたらされることを切願するデナムにとって、理想的な主題なのである。

このいわゆるテムズ・カプレットは大変優れた表現で、このカプレットにおいて、形而上詩人に見られるような形而上的なウイットが真のウイットに変化したという指摘もある（Abrams : 86）。つまりジョンソンがカウリー論で述べた「異質なイメージの結合、即ち一見似ていない事物における隠れた類似性の発見」（a combination of dissimilar images, or discovery of occult resemblances in things apparently unlike）である「調和した不調和」（*discordia concors*, Johnson : 11）から、異質なものの間で真の、本質的な調和が達成されている「不調和の調和」に移行したことを示している。

しかしテムズ・カプレットは、今日でこそこの詩の中で最も有名な箇所としてしばしば引用されるが、最初から注目されていたわけではない。この箇所が一八世紀になってようやく注目され始めるようになるきっかけをつくったのは、ドライデンである。彼は以下のように述べてこのカプレットの美しさに衆人の注目を集めた。

私は、詩を作る人の中で、『クーパーの丘』の"Though deep, yet clear, though gentle, yet not dull,／Strong without rage, without ore-flowing full."の二行の美しさに気づいた者は殆どいないと確信している。そしてその美しさの理由がわかる人については、それ以上に少ない。[14]

この一九一一二行のカプレットは、二つの行、およびそれぞれの行の前半、後半がバランスよく配置されていて、瞥見して、全体として均衡の取れた表現ということがわかる。そして更に詳細に見ていくと、その繊細な均衡と対立が浮き上がり、この二行には見事なまでに「不調和の調和」が具現していることが明らかになる。そのことをワッサーマンは巧みに説明している。

まず一行目前半と後半を比較すると、一見すると共に対立概念が調和しているように見えるが、この両者には違いがある。前半行は「深さ」と「透明さ」の対立で（Though deep, yet clear）、これらは対立はするが矛盾はしない概念である。つまりこの二つの性質は、お互いを打ち消すようなことはなく、共存することが可能である。それに対して一行目後半は、前半行と同様の形式を取っているが、論理的には異なっている。後半行は、前半行のように二つの対立概念を調和させるのではなく、「穏やかさ」のちょうどいい程度を表現している。つまり「澱んで」しまうほど過度に穏やかではない、という意味で「穏やかさ」の程度を問題にしているのである（though gentle, yet not dull）。そのちょうどいい程度においてのみ、「穏やかさ」と「澱まないこと」が調和するのである。従って、一行目の前半と後半は、論理的には対照的な関係にある。しかし表現としては同様の形式を取り、共に「不調和の調和」の原理を表現している。

また二行目も、一行目と同様に、前後半において、均衡が取れた表現でそれぞれ二つの性質を結びつけている（Strong と rage, ore-flowing と full）。しかし一行目はそれぞれ“yet”で結び付けているのに対して、二行目は“without”で結び付けられている。また二行目は、一行目と異なり、前後半の両方において、一行目の後半行と同じ「不調和の調和」、つまり対立する性質を調和させるのではなくて、もう一方の性質にならないようなちょうどいい程度を表現したものである。前半行は、川の流れは力強いけれども氾濫してしまうほど過度に強くないということを、後半行も、川の水が満ち満ちているが洪水を起こすほど過度に満ちているわけではない、ということをそれぞれ意味している。つまりそれぞれちょうどいい程度において「強さ」と「氾濫しないこと」が調和し、「豊かに水を湛えること」と「洪水を起こさないこと」が調和するのである。

このように二行目は、前半行も後半行も同じ論理の「不調和の調和」が表現されている。しかし前半行と後半行では、統語的に逆の語順になっている（Strong without rage と without ore-flowing full.）。この交差対句法（chiasmus）は、前半行の without の後が rage という名詞で、後半行の without の後が ore-flowing という動名詞になっていることで更に強調されている。

またこの二行は並行関係にあると同時に、相互に絡み合った表現でもある。一行目後半で言及されている「穏やかさ」は、二行目前半に言及されている「強さ」と対照的な性質である。しかしこの「穏やかさ」には、澱まない程度の「強さ」が伴う。また二行目の「強さ」には、荒れてしまわない程度の「穏やかさ」がある。同様に、一行目前半の「深さ」も、二行目後半の「水の豊かさ」と対照的な性質である。更に「深さ」と「水の豊かさ」は川の「姿」、あるいは「実体」と関係する概念であるのに対して、「強さ」と「（流れの）穏やかさ」は「動き」に関連した性質である。つまりデナムはテムズ河を、「実体」と「動き」から描写していることになる。これは『クーパーの丘』の前半が三つの丘を静的な象徴として扱っているのに対して、後半がテムズ河や鹿狩りといった動的な象徴を扱っていることと照応している。

このカプレットの韻律も、やはり「不調和の調和」を具現している。二行とも前半行と後半行に分けられるが、それをそれぞれ更に、一行目前半は“Though deep”と“yet clear”、後半は“though gentle”と“yet not dull”のように二つずつに分けられ、二行目も前半が“Strong”と“without rage”、後半も“without ore-flowing”と“full”の二つずつ分けられる。一行目においては、前半行の前半“Though deep”と後半“yet clear”は共に二音節で構成されている。それに対して後半行では、前半“though gentle”も後半 yet not dull も三音節になっている（ヒロイック・カプレットであるためには、gentle の語末の e は発音されねばならない）。このように一行目前半部と後半部の両方で、それぞれの前半・後半が同じ音節構成になっているという同一性が認められるが、その同一性の中にも差異が見られる。前半部前半"Though deep"が（母音＋子音）で終わっているのに対して、後半部前半"though gentle"は（子音＋母音）で終わっているのである。

また一行目と二行目の並列的表現にもかかわらず、一行目の出だし（Though deep）は弱強調であるのに対して、二行目は破格になっていて強弱調で始まっている（Strong without rage）。また一行目では、前半部・後半部共に、それぞれがちょうど真中で区切られている（Though deep と yet clear はそれぞれ二音節、though gentle と yet not dull はそれぞれ三音節）のに対して、二行目では、行全体としては均衡が取れているものの、前半部・後半部共に、中間から離れたところで、つまりそれぞれ行頭、行末寄りに、区切られる（Strong と without rage は一音節と三音節、without ore-flowing と full は五音節と一音節）。

以上のような極めて緻密な分析をワッサーマンはテムズ・カプレットに対して施して、ドライデンの、このカプレットの魅力を説明できる人は少ないという挑発的な言葉に応じている。そしてこのカプレットが、「不調和の調和」という原理を巧みに表現しているだけでなく、その原理をいかに巧みに言語的に実践しているかを証明している（Wasserman：83-5）。

なお、このカプレットの元となったと考えられる詩として、デナムと同じく王党派であったウィリアム・カートライトの「尊敬すべきベンジャミン・ジョンソンを偲んで」（"In Memory of the most worthy Benjamin Jonson," published 1638）という詩が指摘されている（Banks：53-4）。

しかしあなたは、常に真の情熱を持ち、書くときは、
司令官の闘争心を試したのと同じ勇気をもって書き、

物事に、それに相応しい色合いを与えて表現する。
謙虚でいながら卑屈になることなく、高く舞っても翼を失うことはない。
滑らかだが、弱々しくなく、周到に注意が払われていて、
目立っているが奢らず、飾ることなく美しい。　（一一九—一二四行）

But thou still putst true passion on; dost write
With the same courage that try'd captaines fight;
Giv'st the right blush and colour unto things;
Low without creeping, high without losse of wings;
Smooth, yet not weake, and by a thorough care,
Bigge without swelling, without painting faire.

引用一二二行目の「高く舞っても翼を失うことはない」（high without losse of wings）は、高尚な、あるいは崇高な詩を書いても、ギリシャ神話のイカロスのように翼が取れて墜落する、即ち野心的になり過ぎて逆に格調が低下してしまうことはないということを意味している。デナムがカートライトを直接個人的に知っていたことを示す証拠はないが、少なくとも間接的に知っていた可能性は高い。デナムが国王と一緒にオックスフォードにいた一六四三年には、カートライトの名声は既に広く知れ渡っていた。カートライトは、国王に非常に高く評価されていて、四三年に彼が死去した際には、国王が彼のために喪に服したいと言ったほどである。

6　自然が創り出す「不調和の調和」――ウインザーの森とエガム・ミード（一九七―二四〇行）

自分の詩の主題と考えるテムズ河を見つめていたデナムは、その川が流れる周辺にも目をやる。そこにはウインザーの森とエガム・ミードという草原がある。詩人はウインザーの森に見られる「不思議で多様な光景」（strange varieties, l. 198）を見て、「自然」が、それで私たちを喜ばせようとしているのか、自分自身が喜んでいるのかはわからぬが、いずれにせよその多様性から調和が生まれることを知っていたと述べる。

賢明にも自然は知っていた、事物の調和は
音の調和と同じく、不調和から生じるということを。
不調和とは、形、秩序、それに美を、
最初に世界中に撒き散らしたもの。
乾燥と湿気、冷たさと熱が拮抗する中に
私たちの持つ全てが、私たちの全てが存在する。
ウインザーの森の、険しく恐ろしい荒々しさが、
テムズ河の流れの穏やかな静けさと鬩《せめ》ぎ合う。
そのような大きな違いを、自然が一つに調和させる時、
そこから驚異が生じ、その驚異から喜びが生じる。　（二〇三―一二行）

Wisely she［Nature］knew, the harmony of things,
As well as that of sounds, from discords springs.

Such was the discord, which did first disperse
Form, order, beauty through the Universe;
While driness moysture, coldness heat resists,
All that we have, and that we are, subsists.
While the steep horrid roughness of the Wood
Strives with the gentle calmness of the flood.
Such huge extreams when Nature doth unite,
Wonder from thence results, from thence delight.

ウインザーの森には、様々な変化があり、それが全体として調和のとれた光景を形成している。この変化や多様性がなければ、美しい調和は生まれない。均一な、同質の事物だけでは調和はありえないのである。私たちが所有するものも、私たち自身の肉体も、「乾燥と湿気、冷たさと熱」の対立によって造られている。「乾燥」、「湿気」、「冷たさ」、「熱」という四つの要素は、エンペドクレスに拠れば、万物を構成する根源的要素で、世界を構成する地・空気・火・水の四元素もこの四つの要素の組み合わせによってできているのだという。例えば「火」は「熱」と「乾燥」の組み合わせで、「水」は「冷たさ」と「湿気」の組み合わせでできているというように。(15)また詩人は、ウインザーの森の荒々しさとテムズ河の穏やかさの間に一つの理想的な関係を見出している。自然がそのような大きな相違を調和させることで、驚異と喜びが生まれると考えるからである。

ここで気づくことは、この一節においてテムズ河が果たす役割と、その前のテムズ・カプレットでの役割の違いである。テムズ・カプレットでは、テムズ河はそれ自体が「不調和の調和」を表していた。しかしここでは

「不調和の調和」をつくる一要素になっている。更にこの後、川は、「不調和の調和」の成果である「富と美」を国民に与える主体となる。ワッサーマンはこのような「不意の、明らかに根拠を欠いたイメージの再定義」が、詩の芸術性を考えれば好ましくないと不満を述べている（Wasserman：70–1）。これに対してオヒアは、テムズ河が調和の状態を意味するというより「力」を表わすと考えれば、そのような一貫性の欠如も解消すると述べている（O Hehir, *Expans'd Hieroglyphicks*：242）。つまりテムズ河は、テムズ・カプレットではそれ自体で「不調和の調和」を形成しているが、右の一節では他の自然の事物と一緒に「不調和の調和」を創り上げる力として働いているということであろう。テムズ河は、単独であれ、他のものを利用してであれ、いずれにせよ「不調和の調和」を生み出す「力」なのである。このオヒアの説得力をもつ説明に付け加えることがあるとしたら、このテムズ河の意味の揺らぎは、むしろ川のイメージが巧みに利用されていることを示しているということである。『クーパーの丘』におけるテムズ河は、現実の川が常に流れて変化してゆくように、それが意味するものを変えてゆく。それは「不調和の調和」の状態を表す時もあれば、その状態を作り出す力を象徴する時もある。しかし現実の川の流れが細部においては常に変化を生じながらも、全体としては変化することなく一定に流れているように、詩の中のテムズ河も一貫して「不調和の調和」をもたらす存在なのである。

そのテムズ河は、詩人が立つクーパーの丘との関係において更に新たなメッセージを伝える。

テムズの流れはとても透明で、純粋で、澄んでいるので、
たとえ自分に夢中になってしまった若者がこの川を見つめたとしても、
間違って命を落とすことはなかったであろうに。
彼は、そこに自分の顔ではなく、川底を見ていたであろうから。

天を衝く山は、その傲慢な頭を
雲間に隠し、その双肩と脇腹は、
陰なすマントが覆うのだ。そして眉をひそめ、
麓を静かに流れる穏やかな川を不機嫌に見つめる。
一方風と嵐が、その山の聳える額を打ちつける。
それは全ての高貴なる者の共通の運命なのだ。

（二一三―二二二行）

The stream is so transparent, pure, and clear,
That had the self-enamour'd youth gaz'd here,
So fatally deceiv'd he had not been,
While he the bottom, not his face had seen.
But his proud head the aery Mountain hides
Among the Clouds; his shoulders, and his sides
A shady mantle cloaths; his curled brows
Frown on the gentle stream, which calmly flows,
While winds and storms his lofty forehead beat:
The common fate of all that's high or great.

引用の中の「自分に夢中になってしまった若者」とは、水に映った自分の姿にあこがれて溺死したナルキッソス

であるが、テムズ河の透明で美しい水は、この詩の冒頭で詩人がパルナッソスやヘリコンを打ち消したように、また先に神話や伝説の中で称えられるテグス川とパクトロス川を否定したように、ここでも、ナルキッソスの神話を崩す。この一節では、テムズ河は国民を意味し、それを見下ろすクーパーの丘は、一般的に政治的指導者や為政者を意味しているとも考えられる。勿論その為政者の中にはチャールズ一世も含まれている。そしてこのテムズ河とクーパーの丘の相互関係を描いた箇所は、国民に、川のように穏やかで澄んだ心を持って指導者に従うことを慫慂し、神話中のナルキッソスのように傲慢で自己愛が強すぎないように注意を促している。国民は国家に自分の欲望のみを見出してしまう傾向があるからである。その一方で、為政者が国民や議会の攻撃を受けるのは、「全ての高貴なる者の共通の運命」として避けられないという、*noblesse oblige* の考えが述べられている。国民が謙虚で清い心を持っていれば、為政者は自分の傲慢な姿勢を恥ずかしいと思い改めるであろうという寓意的な解釈が可能である。清貧の民衆が、為政者の傲慢さを改めさせるということである。そうだとすれば、直接的ではないが、この詩の中では珍しくチャールズ一世に対する戒めを述べていることになる。D３では、この山が川を見下ろす様子を、「私たちの傲慢でぞんざいな主君は、その尊大で、しかし何も生み出さない偉大さを、国民のつつましい、しかし実りをもたらす努力が支えねばならないのに、その主君が国民を、大いに不機嫌な顔をして、横柄な話し振りで、見下ろすように……」（as our surly supercilious Lords,／Bigge in their frownes, and haughty in their words,／Looke downe on those, whose humble fruitfull paine／Their proud, and barren greatnesse must susteine…, D３：ll. 245-9）と表現されており、為政者に対してかなり批判的な内容であったが、Bテクストでは幾分同情的になっている。チャールズが処刑されてしまっているためであろうか。あるいはD３のこの比喩は、クロムウェルを始めとする議会派の指導者たちを暗示しているという解釈も可能性としては排除できない。

　またここでの山の描写は、イタリア風景画の影響が認められるという指摘については既に言及した。ここでまるでアルプスのように崇高さを漂わせて描写されている山は、実際には僅か二二〇フィートの高さしかないクーパーの「丘」である。しかし詩人はこの丘に、為政者の姿を見出しているために、アルプスのように聳え、見る者に畏怖の念を喚起する崇高さを持った「山」として描かれるのである。その崇高さは、理想的な国王に備わる威厳でもある。

山と川の関係によって為政者と国民の関係を語った詩人は、更にそこにエガム・ミードを加え、その三者の関係から為政者と国民についての寓意的意味を読み取ろうとする。

山の麓に広大な平原が広がり、
その山と川に抱かれている。
平原は、その丘から日陰と避難所を受け取り、
一方その優しい川がその平原に富と美を与えている。
そしてこれら全てが交じり合う中に多様性が現れ、
その多様性が、その他のものを全て美しくする。　（二二三―八行）

Low at his foot a spacious plain is plac't,
Between the mountain and the stream embrac't:
Which shade and shelter from the Hill derives,
While the kind river wealth and beauty gives;
And in the mixture of all these appears

Variety, which all the rest indears.

ここに描かれる景色において、山は引き続き「為政者」を表しているのは明白である。しかし川については、先ほどまで「国民」として解釈できたが、ここではテムズ・カプレットで表現された「不調和の調和」に近い意味であると考えられる。しかし厳密に言えば、「不調和の調和」の状態ではなく、「不調和の調和」の成果である「富と美」を国民に与える何らかの主体を表している。そして国民を暗示するエガム・ミードが、山（為政者）から日陰と避難所を受け取り（保護され）、川から富と美を与えられる、つまり為政者と国民の間の理想的関係からその恩恵を享受するのである。

詩人は、この美しいエガム・ミードを目の前にして、一つの仮定をしてみる。もし古《いにしえ》のギリシア詩人あるいはイギリス詩人がこのエガム・ミードを眺めたとしたら、どのような妖精、サテュロス、そしてそれに従うニンフの物語を語るだろうか、と。しかしその姿は「詩人の素早い視線」(a quick Poetick sight) でしか見ることはできない（二二九―三四行）。この一節の詩的効果については、作品のテーマの一貫性という点で、やや不可解な点がある。この部分はもともとＤ３では、以下のような表現になっていた。

そのように丘は川を見下ろす。その二つの間に、
茫々と肥沃な緑地が広がっている。
そこでは、森からドリュアスがよく訪れて
ナーイアスと出会い、その素早い脚で
軽やかに踊りをリードする。彼らの幻想的な姿は

詩人の素早い視線でなければ見えないが。　（D3・二四九―五四行）

So lookes the Hill upon the streame, betweene
There lies a spatious, and a fertile Greene;
Where from the woods, the *Dryades* oft meet
The *Nayades*, and with their nimble feet
Soft dances lead, although their airie shap
All but a quicke Poëticke sight escape . . .

ここでは、ウインザーの森を含む丘陵地帯とテムズ河が、その間に広がる緑地によってつながっている。その森と川の一体化は、ウインザーの森の精であるドリュアスとテムズ河に棲む水の精ナーイアスが出会い一緒に踊ることで躍動的に達成されている。これは、その少し前で述べた、

　ウインザーの森の、険しく恐ろしい荒々しさが、
　テムズ河の流れの穏やかな静けさと鬩《せめ》ぎ合う。
　そのような大きな違いを、自然が一つに調和させる時、
　そこから驚異が生じ、その驚異から喜びが生じる。

While the steep horrid roughness of the Wood

Strives with the gentle calmness of the flood.
Such huge extreams when Nature doth unite,
Wonder from thence results, from thence delight.

という一節と非常に効果的に響きあうのである。つまりこのD3の表現は、この詩の中で非常に有効に機能している。しかしデナムはどういうわけか、この一節を書き換えてしまい、D4では「詩人は、妖精、サテュロス、そしてそれに従うニンフ、彼らの饗宴、酒宴、その恋の炎について、どのような物語を語るだろうか」と述べるに留まっている。この場合、特に『クーパーの丘』の内容と有機的に結び付くどころか、この部分が唐突に現れる、あるいは作品の中で浮き上がってしまっているような印象すら与える。デナムの『クーパーの丘』における数回にわたる加筆や推敲は大抵はうまくいっているのだが（その最も成功した例はテムズ・カプレットであろう）、しかし必ずしも成功しているとは限らないのである。

7　重ね書きされた歴史——鹿狩りの場面（二四一—三二二行）

デナムは「詩人の素早い視線」（a quick Poetic sight）によって、エガム・ミードに牧畜の神ファウヌス（*Faunus*）と森の神シルヴァヌス（*Sylvanus*）の宮殿を見る。シルヴァヌスは、もともと未開の森の神だが、そこに放牧されている家畜の神でもある。つまりファウヌスもシルヴァヌスも家畜を守る神である。そして詩人はそれらの神の宮殿にやって来る鹿の群れを見つける（二三五—九行）。ここから鹿狩りがエガム・ミードで繰り広げられる。

その草原で草を食む鹿は、その額に「自然の素晴らしい傑作」（Natures great Master-piece）、即ち立派な枝角を生やし、狩人の格好の標的になる。その枝角は、「素晴らしいものが、いかに短い時間で作られ、しかしそれ以上に短い時間で滅ぼされていくか」(how soon／Great things are made, but sooner are undone) という教訓を物語る(二三八—四〇行)。この"Great things"は自然の作り出す美しく素晴らしい事物であると同時に、「政治的指導者」でもあることは、この後の部分を読む人が一様に気づくことである。

私はここで国王を見た。国王は、国家の職務の合間に
気を紛らわし、心を休める機会を得た時、
年盛りの若者を従えて狩に出かけたのだ。
その若者たちの願望は、自分より高貴な獲物を貪る。
彼らは、称賛と危険で喜びを得ようとしていた。
そしてただ逃げるだけではない敵を求めた。
(二四一—六行)

Here have I seen the King, when great affairs
Give leave to slacken, and unbend his cares,
Attended to the Chase by all the flower
Of youth, whose hopes a Nobler prey devour:
Pleasure with Praise, & danger, they would buy,
And wish a foe that would not only fly.

王を取り巻く連中は、体力も気力も最も充実した、働き盛りの連中で、彼らは王から、あるいは同僚から称賛を得ることを喜びとしていた。しかし容易に得られる喜びでは満足せず、多少の危険を冒して得られる喜びこそ彼らの求めるものであった。だから自分たち以上に高貴な獲物、それに立ち向かうには危険を伴う獲物が、彼らの標的であった。そしてその獲物こそ、王の側近であったストラッフォード伯であり、王を取り巻いている連中はここでは議会派、あるいはストラッフォード伯の早すぎる出世を快く思っていなかった同僚貴族なのである。

チャールズ一世は、スコットランドに監督（主教）制度（episcopacy）を強制しようとして起きた、いわゆる主教戦争（Bishops' War）に敗れ、その賠償金を支払う必要から長期議会を召集せざるを得なかった。その議会によって、一六四一年三月、ストラッフォード伯は国家に対する大逆罪（high treason）で起訴された。当時国王の右腕としてロードと共に徹底政策（Thorough）を推し進めてきたストラッフォード伯を、議会側は、真っ先に取り除くべき君側の奸と見なしたのである。

しかしストラッフォード伯は、その裁判で、実に雄弁に、そして巧みに自分の立場を弁護した。彼は幽閉されていたロンドン塔から裁判が行われるホワイトホールに行くために毎日テムズ河を舟に乗って移動していたのだが、そのたびに群集から罵声を浴びせられた。裁判でも、彼は自分に対する敵意が渦巻く雰囲気の中で、告発や非難に応じなければならなかった。裁判には多くの見物人が集まっていたが、ある見学者の記録によると、裁判の最中でもしょっちゅう大きな声のおしゃべりが聞こえたり、菓子やパンやビール、ワインまで様々な飲食が平然と行われていた。しかも国王の目の前でである。見物人も裁判関係者もしばしば歩き回り、話をし、お互いに呼びかけあっていた。そのような状況下でも、ストラッフォード伯は、裁判に集中するために壁に向かい、自分に対する告発に反論するためのメモを取っていた。

そして結局、ストラッフォード伯に対する大逆罪の告訴は、不満の怒号が飛び交う中、証拠不十分で取り下げられた。彼は敵からひとまず逃げ切ったのである。詩の中では、雄鹿がいったん追っ手から逃げきる様子が以下のように表現されている。

彼は自分の力を思い起こし、次にその逃げる速さを、
その翼の生えた脚を思い起こし、そしてまた角のある頭を思い出す。
後者は運命を決する戦いを回避するため、前者はそれに立ち向かうためのもの。
しかし恐怖がまさり、彼に自分の足を信じるように命じる。
彼は素早く逃げ、その振り返る目の視界から、
追っ手は消え、その吼え声も聞こえなくなった。　（二五九—六四行）

He calls to mind his strength, and then his speed,
His winged heels, and then his armed head;
With these t'avoid, with that his Fate to meet:
But fear prevails, and bids him trust his feet.
So fast he flyes, that his reviewing eye
Has lost the chasers, and his ear the cry . . . .

しかし裁判はこのままでは終わらなかった。下院議員の中でも特に過激なメンバーたちは、ストラッフォード伯に対する大逆罪の告訴取下げに満足せず、直ちに反逆罪による私権剝奪法（attainder）の適用を主張した。そ

してそのストラッフォード伯の反逆の証拠として、王の重臣であるヘンリー・ヴェイン卿（Sir Henry Vane）のメモが提出された。その結果、下院では、有罪に必ずしも賛成ではなかった議員もかなりいたにもかかわらず、またストラッフォード伯に組していてストラッフォード派（Straffordians）と目されていた者もいたにもかかわらず、最終的に過半数の賛成を得て有罪を決めた。また上院では、多くの議員が欠席していた中で有罪が可決された。実際上院議員の貴族たちの大半は、暴徒化した群集に脅されたり、下院で反対票を投じた議員の氏名を書き連ねて「ストラッフォード派、正義の敵、売国奴」と書いたポスターが街中に貼られていることに恐れを抱いて欠席していたのである。裁判に出席していた八〇人の上院議員のうち、最終的に僅か四五人が判決に賛否を投じた。欠席者の中には、それまでストラッフォード伯に従ってきた者も少なくなかった。また上院のもう一つの構成メンバーである主教たちは、自分たちはこの裁判に関与していないのだから投票するべきではないというリンカーン主教の意見に従って、みな欠席した。結局四五人のうち賛成二六、反対一九の僅差で可決された。ストラッフォード伯が期待していた助けは下院でも上院でも得られなかったのである。詩の中では、雄鹿が、喜びもつかの間、すぐに追っ手が迫って来ていることに気づき、仲間に助けを求めるも裏切られてしまうことが、次のように表現されている。

彼は喜んでいたが、ついに鹿よりも遅い彼らの足の速さを
その優れた感覚が補っていることに気づく。
そして彼らに協力してしまった自分の脚を呪う。その遺臭が、
その素早い動きが与えてくれた安全を売り渡してしまったのだ。
そこで彼は自分より身分の低い友を頼ろうとする。

彼は、つい先ごろまで彼に従い、彼を恐れてもいた人々に、
自分の安全を求める。しかしその連中は、本来の性質に反して抜け目なく、
彼をそこから追い返したり、彼から逃げてしまうのだ。

（二六五—七二行）

Exulting, till he finds, their Nobler sense
Their disproportion'd speed does recompense.
Then curses his conspiring feet, whose scent
Betrays that safety which their swiftness lent.
Then tries his friends, among the baser herd,
Where he so lately was obey'd, and fear'd,
His safety seeks: the herd, unkindly wise,
Or chases him from thence, or from him flies.

引用二七一行目の"unkindly wise"は曖昧で、三通りの意味が考えられる。一つは、"unkindly"を「本来の性質に反して」の意味に取り、鹿という種類の動物は、群れる性質があり、また傷ついた仲間を受け入れる習性があるにもかかわらず、「本来の性質に反して」賢く雄鹿を追い返すか、彼から逃げる、という解釈である。もう一つは、鹿にしては「本来の性質に反して」余りにずる賢く立ち回っている、という意味に取る解釈である。あるいは"unkindly"を単純に「不親切に」の意味に取り、傷ついたかつての仲間に対して「不親切にも」抜け目ない、という解釈もあり得る。そしてこれら三つの解釈は、お互いを排除するわけではなく、当該表現の意味を

豊かにする曖昧さを生み出していると考えられる。

上の引用の直後、かつての友にも見捨てられ、昔の栄光と現在の惨めな境遇の余りの違いに慨嘆する雄鹿を、「零落する政治家のように」(Like a declining States-man) と描写しているが、この比喩も主旨と媒体が逆転し、「零落する政治家のように」という表現を、実際には「猟犬に追われる雄鹿のように」と読者が解釈するように仕組まれている。また、追われる雄鹿の心が微妙に揺れる様までも描写されている。頼れると思っていた仲間から見捨てられ、疲れ果てて、弱気になる雄鹿。そうかと思うと恐れていても無駄だと考え、勇気を振り絞って追っ手の攻撃に耐える決心をする。だがその直後、厳しい追跡が再開されるや、戦おうと勇気を出したことを後悔する。その心理描写は、アレゴリーというには余りに繊細で写実的である。現実のストラッフォード伯の心の動きも、この雄鹿のように大いに揺れたことが容易に想像される。結局雄鹿は追っ手から逃れるために川の方に向かう。川まで行けば猟犬は追ってこないと判断したからである。しかし彼らは川の水も恐れず、追跡の手を緩めない。またその水は彼らの渇きを癒すこともできない。彼らの渇きを癒すのは血だけであった。

だから鰭のような櫂を持つガレー船は、一隻の船を攻め立てる。
その船は、乗り出す海も推し進める風もなく、
ただ攻めてくる者に復讐するために立ち尽くす。
彼らは、絶望の中の最後の激しさに敢えて立ち向かう。
そのように雄鹿は猛り狂った猟犬たちの中に突き進み
その攻撃を蹴散らし、傷を負わされては傷を負わせる。　(三〇七―一二行)

So towards a Ship the oarefin'd Gallies ply,
Which wanting Sea to ride, or wind to fly,
Stands but to fall reveng'd on those that dare
Tempt the last fury of extream despair.
So fares the Stagg among th'enraged Hounds,
Repels their force, and wounds returns for wounds.

雄鹿は絶望的な戦いを強いられる。自分自身は全く身動きが取れず、周りは圧倒的な数の敵に囲まれている。まさに孤立無援の戦いである。雄鹿は、「追い詰められた雄鹿は危険な敵である（窮鼠猫を噛む）」（The stag at bay is a dangerous foe.）という諺にある如く、最後の必死の抵抗を試みる。ストラッフォード伯が裁判に臨んだ時も、そのような状況と似ていた。周りは伯爵の極刑を強く望む者ばかりである。到底勝ち目のない絶望的な裁判であった。外では無数の群集が口々に叫んで伯爵の死刑を要求している。伯爵の格調高い自己弁護も空しく、結局裁判で有罪の判決が出される。そして国王自身も、その有罪を認めざるを得なかった。一六四一年五月一二日、ストラッフォード伯は黒い服を身にまとって、タワーヒル（Tower Hill）にある刑場に向かっていた。見物人は二〇万人はいたと伝えられている。彼はロンドン塔城主代理から、群集に私刑にされる危険があるから馬車に乗って行った方がいいと忠告されたが、次のように答えて断った。

いや、私はあえて死を直視したい、また人々にも同じように直視してもらいたいのだ。私は、処刑人の手で死のうと、群衆の狂気と怒りによって打ち殺されようと、死に方は気にしない。もしそうすることが人々により満足を与えるならば、私にとってはどちらも同じことだ。
(Hibbert : 157)

こうしてストラッフォード伯は最後まで毅然とした姿勢を崩さず、刑場の露と消えたのである。

ところで、雄鹿を船に喩えた先の引用部分の内、三〇七—一〇行は、D1、D2にも既にあったのだが、D3にはなかった。つまりデナムはその箇所を一度削除し、その後また復活させたのである。ただ興味深いことは、D1、D2の表現をそのまま復活させたわけではなく、微妙に変更を加えていることである。D2までは、当該箇所は以下のようになっている。

凪の時に、鰭のような櫂を持ったそのガレー船が忍び寄り、
風のために航行不能になり身動きが取れない船に近づく。
船は全く進めないが、近くにやってくる者に対して
その雷《いかずち》で一撃を与え、残りは威嚇して近寄らせない。
しかし遂にその多くの漏れ口によって、海の水が船に入り込む。
最後まで屈することなく、抵抗しながら沈んでいく。
そのようにその雄鹿は自分より劣る猟犬に囲まれて立ち尽くし、
その攻撃を蹴散らし、傷を負わされては傷を追わせる。
(D1・二六九—七六行、D2・二八一—八行)

As in a Calme the Oare-fynn'd Galleys creepe,
About a winde bound, & unwieldy Shipp;

Which lyes unmov'd, but those that come too neere
Strikes with her thunder, & the rest with feare,
Till through her many leakes the Sea shee drinkes
Nor yealds at last but still resisting sinks:
So stands the stagg among the lesser hounds,
Repells their force & wounds returns for wounds. . . .　(italics mine)

圧倒的な数の敵に囲まれて苦戦する雄鹿が、無数のガレー船に囲まれ攻撃を受ける一隻の船に喩えられているという点では、Ｄ１・２とＤ４は同じである。しかしＤ１・２では、「しかし遂にその多くの漏れ口によって、海の水が船に入り込む。最後まで屈することなく、抵抗しながら沈んでいく。」とあるように、船（雄鹿、ストラッフォード伯）は、最後まで屈せず、抵抗しながら死んでいく。Ｄ４では、この箇所が削除されているのである。その一方でデナムはＤ３以降、雄鹿を一人の英雄に喩える以下の一節を付け加えている。

一人の英雄が自分より劣る敵に集団で囲まれ
こちらの敵を攻撃したかと思えば、あちらの敵を攻撃する。
命は惜しまないが、卒伍の手にかかって死ぬことは
潔しとしない。しかし高貴な敵が近づくのを
遠くに認めた時、その敵に向かって呼びかけ、
止めを刺してくれるように頼み、従容として倒れる。

そういう英雄のように、雄鹿は、王が決して外すことなく、
止めの矢を放った時、進んで死んでいく。
その傷を誇りとし、その矢に身を委ね
その深紅の血で、水晶のように澄み切った水面を染めるのだ。

（D4・三一三―二二行、D3・二八九―三〇〇行）

And as a Hero, whom his baser foes
In troops surround, now these assails, now those,
Though prodigal of life, disdains to die
By common hands; but if he can descry
Some nobler foes approach, to him he calls,
And begs his Fate, and then contented falls.
So when the King a mortal shaft lets fly
From his unerring hand, then glad to dy,
Proud of the wound, to it resigns his bloud,
And stains the Crystal with a Purple floud.

この加筆された箇所は、雄鹿を、自身の運命を悟り自ら死に赴く英雄に喩えている。最後まで抵抗しながら死んでゆくというD1、D2の内容に修正が加えられていると言えるだろう。その英雄、即ち雄鹿は、死を覚悟しつつ

つも自分よりも身分の低い者によって命を奪われることは潔しとしない。そして自分より高貴な者が近寄ってくるのを見つけ、従容として彼の手にかかって死ぬ。これはまさしくストラッフォード伯の姿である。伯爵は、刑場に向かう前に、今は囚われの身のロード大主教の独房を訪ねることを要求したが、議会の許可が必要であると聞くと軽蔑的な表情を見せ議会の許可を求めることを断ったという。伯爵は、最後まで議会に屈することを拒んだ。しかし国王に対しては、自分の処刑に同意する署名をするように要請したのである。

伯爵の裁判で上下院において有罪の判決が出されたことは既に述べたが、実は上院で賛成に回った二六名の議員でも、その多くは国王が最終的には伯爵の有罪判決の決定に不可欠な署名を拒否するであろうということを信じて疑わなかった。国王は、ストラッフォード伯に対して、決して彼を危険に晒すことはしないと約束していたからである。しかし殆ど暴徒と化した市民たちは、ストラッフォード伯の極刑を求めて叫んでいた。そしてストラッフォード伯自身、上院で採決を取る前に、国王に私権剝奪法案を認めるように書簡をしたためていた。

恐れ多くも陛下におかれましては、どうかあなた様が拒むことで生じるかもしれない全ての不幸を防ぐためにも、この法案を通過させ給え。（Hibbert：155）

国王自身は、自分に忠実な臣下を犠牲にする気にはなれず、法案の承認を二日間にわたって拒み続けていたが、五月九日にロンドン塔城主が、もし国王がこのまま承認を拒み続けるのなら、自分自身でストラッフォード伯を処刑すると宣言したのである。またこのままでは王妃や王子、王女まで危険であるという知らせも王の耳に届いた。国王は側近に意見を求めた。ストラッフォード伯の友人でもあるアイルランドのアーマー大主教（Archbishop of Armagh）は国王に対して自分の立場を貫くように進言したが、リンカーン主教（Bishop of Lincoln）は、国王には二つの良心があると説いた。一つは「公の」良心、もう一つは「私の」良心。そして「私の」良心においては、国王は腹心の処刑に同意することに躊躇するだろうが、「公の」良心においては、このまま署名を拒むことで更なる流血が起こることを危惧すべきであると上奏したのである。結局国王は、このリンカーン主教の意見を取り入れ、法案に同意した。国王は、ストラッフォード伯を死刑から終身刑に減刑するように嘆願する書簡を自分の長男に持たせてウエストミンスターに遣ったが、その際息子に、「しかしストラッフォード伯の命でなければ国民を満足させられないのならば、『正義は行なわしめよ』(*fiat justitia*) と言わざるを得ない」と付け加えて言ったと伝えられている。この『正義は行なわしめよ』という言葉こそ、国王が雄鹿に放った「止めの矢」(a mortal shaft, D 3, l. 298 ; D 4, l. 319) であった。

なおストラッフォード伯が上院を前にして行った最後の自己弁護の演説（一六四一年四月一三日）の中で、国政における「不調和の調和」の重要性を強調していることは注目すべきである。伯爵は宗教と国家の両方に関して起訴された。宗教については、カトリックとのつながりを問われたが、それについては完全に否定した。そして国家についても、彼は何らやましい事を企図していないと主張する。

国家に対する私の企てについては、宗教についてと同じく、無罪を主張します。私は、わが国の祖先の英知を高く評価してきました。私たちの祖先たちはこの国の王政の柱を、それぞれがお互いに適切な距離を取り調和するように設置してきました。そしてこの国の神経と筋肉を、そのうちの一つを酷使してしまえば全ての経済に損害と悲しみをもたらすように結び合わせてきました。国王の大権と臣下の礼節は相互に関連し、臣下は国王から保護を受け、国王は臣下から権力の礎と栄養を得るのです。ちょうどリュートで、弦の張り方が強すぎたり弱すぎたりして音の調和が失われてしまうように、国においても国王大権が大きくなりすぎれば圧制になり、臣下が過度の自由を要求すれば混乱と無政府状態になるのです。国王大権は、神の無限の力と同じように、特別の場合にのみ行使されるべきなのです。……それ以外の場合は法に基づくべきで、しかし特別な場合があれば国王大権が使われるべきなのです。……神も、国王陛下も、私自身の良心も、そして私の心の中の考えや意見を知る者は全て、私が次のように説いてきたことを証言してくれるでしょう。王国の幸福は、国王の大権と臣下の自由の正しい均衡にあり、この二つが手に手を取って調和しない限り、物事は決してうまくいかないと。……私は、自分が自由人でありながら同時に国王の臣下であることを常に思い起こし、また私は権利を有するが、それは君主のもとで有するのだということを常に思い起こして、正当で、しかも節度ある自由を目指してきましたし、これからも常に目指します。

(Kenyon, *The Stuart Constitution* : 193-4)

ストラッフォード伯は、王政を支える柱が、相互に適切な距離を取り合って均衡を保ち、調和することの有効性を強調する。それは国家の神経や筋肉であって、それらに均等に負担がかかるようになっている。更に国王の大権と臣下の自由の均衡を、音楽の調和に喩える。伯爵はかつて強権的な徹底政策を推進して能率的な行政と社会の安定的秩序の構築を目指したが、結局は市民、議会、ピューリタンの反発を招き混乱を引き起こしただけであった。そして彼は、自分の政策に対する批判や反対をただ排除・弾圧する一方的で強権的なやり方では国家は決して纏まらないことを達観したのであろう。なお興味深いことに、彼は一六四〇年一月に爵位を授かったのだが（つまりストラッフォード伯爵になったのだが）、この時にガーター勲章を授与されている。最後に彼は、処刑されることによって、聖ジョージのように戦士であると同時に殉教者となり、自ら「不調和の調和」を実現したことになる。

ところで、この鹿狩り描写には八〇行以上も割かれているが、もともとはこれほど長くはなく、D3までは四〇行程度であった。それが一六五五年に大きく拡大され二倍近くになったのである。五五年版に付された「読者へ」でJ・B氏は、それ以前の版ではこの鹿狩りの箇所が原稿から書き写される際にかなり「切り落とされた」(was lop't off) が、この版では余分な言葉や隠喩を加えることなく、原稿のまま収録していると述べている (O Hehir, *Expans'd Hieroglyphicks* : 137)。それではこの鹿狩りの箇所の拡大はどのような意味を持っているのだろうか。ワッサーマンは、「芸術的観点から考えれば」鹿狩りの場面は詩全体の中で不釣合いなくらい長く、詩の構成と一貫した政治的な読みを損なっていると否定的に考えている (Wasserman : 75-6)。そしてその拡大を、一六五五年当時、既にストラッフォード伯の処刑から何年も経過していて、人々の心の中でその政治的意味合いが薄れてきてしまっていたことと関係づける。デナムは、ストラッフォード伯処刑の政治的意義が小さくなっていくに伴い、詩の構成のバランスを犠牲にしても、その伯爵の処刑への言及を「鹿狩りの純粋に描写的なところを大きく増すことによって」意図的に曖昧にしたとワッサーマンは考えるのである。五五年版の「読者へ」の説明については、J・B氏が、五五年版を (文学的な、あるいは商業的な理由によって) 好むあまり、「国王の雄鹿の素晴らしいアレゴリー」がもともとの原稿にあったと主張した、と言うのである。

ただ鹿狩りの箇所の中で五五年に加筆された部分が「純粋に描写的なところ」であるというワッサーマンの判断については、首肯しがたい。オヒアも反論しているように、この加筆された部分で「純粋に描写的なところ」はそう多くはなく、むしろ雄鹿のより繊細な人間的感情が扱われるようになり、その人間性を増すように鹿狩りの場面が拡大されている (O Hehir, *Expans'd Hieroglyphicks* : 35)。また加筆された一節に、「かつての勝利の地」(The scenes of his past triumphs, l. 278) や「その国の王」(Prince of the soyl, l. 280) といった表現があることは、雄鹿がチャールズ一世自身を指すように書き換えられたことを暗示している。五五年当時の人々にとって、四一年に処刑されたストラッフォード伯より、四九年に処刑されたチャールズ一世の処刑の方が遙かに鮮明に記憶に残っているし、また衝撃的な事件だったはずで、そのようなはっきりした記憶も読者に雄鹿を国王と重ねて読むことを促すだろう。詩人もそのような読みを可能にするように加筆している。注目すべきことは、D4における鹿狩りの場面で“the King”と表現されているところは（二四一行、三一九行）、D3までは“our Charles”や“Charles”と明示されていたということである（D3・二六三行、二九七行）。それをD4ではチャールズの名前を伏せて、“the King”と一般名称化することで、「国王」によって狩られる雄鹿こそチャールズであり、「国王」と表現されるのは、五五年当時国王に匹敵する権力を握っていた護国卿クロムウェルという解釈が成立するのである。[16]

かつての家臣や友に裏切られた国王は、自身もかつてそのようにストラッフォード伯を裏切ったことを恥ずかしさと共に思い起こし、「かつての勝利の地」に向かう。チャールズ一世は、ホワイト・ホールにあるバンケティング・ハウス前で処刑されたのだが、このバンケティング・ハウスは、かつてチャールズのためにダヴナントの仮面劇が上演されたところであった。その仮面劇は、国王が不和や反乱を収めることを寓話化したもので、その中でチャールズは国民を愛するフィロゲネスという主役を演じていた。またそのホールの天井には、ジェイムズ一世とチャールズ一世の「勝利」（“Triumphs”）というルーベンスの寓意画が描かれてあった。チャールズは、皮肉なことにまさに「かつての勝利の地」で命を落としたのである。[17]

但し「雄鹿」をチャールズ一世とし、「国王」をクロムウェルと読み込んだとしても、「雄鹿」をストラッフォード伯、「国王」をチャールズ一世とする解釈が払拭されるわけでは決してない。雄鹿を「零落する政治家」に喩える比喩は依然として活きていて（Like a declining States-man, l. 273）、この場合雄鹿をストラッフォード伯と考えた方が自然である。また一六五五年の加筆箇所に、雄鹿を聖ジョージを思わせる「大胆な武者修行の騎士」(a bold Knight Errant, l. 281) に喩える比喩があるが、これは聖ジョージに擬えられたチャールズ一世だけでなく（一〇一―一〇行）、聖ジョージの紋章が刻まれたガーター勲章を授与されたストラッフォード伯を指しているとも考えられるのである。つまりデナムは、この鹿狩りの箇所に歴史を二重に上書きしていると言える。彼は、最初この鹿狩りの場面にストラッフォード伯の弾劾と処刑を書き込んだが、更にその後に起きたチャールズの処刑をも重ね書きしたのである。しかし前に書き込まれたストラッフォード伯は決して消えてしまっているわけではなく、下層から透けて読める形で残されている。その意味でこの鹿狩りの箇所は、歴史のパリンプセスト (palimpsest) であり、その上書きによってテクストは重層化したのである。

8　均衡と調和の政治――ラニミードとマグナ・カルタ、そしてテムズ河（三二三―五八行）

詩人は、アレゴリカルな鹿狩りの場面を描写した後、かつて同じ場所で行われたもう一つの狩猟に話題を展開する。今度は狩猟の対象が雄鹿でなく「正当な自由」(Fair liberty) であり、狩猟者は「不法の力」(lawless power) である（三二五―六行）。この狩猟に比べれば、先の鹿狩りは罪のない幸せな狩猟であると言う。その狩猟とは、具体的には、国王ジョン（在位一一九九―一二一六年）による専制のことである。彼は、その専制的なやり方や、フランスとの度重なる戦争のための負担増、それにその戦費調達のための課税に反発した貴族たちと対立した。また教会に対する権利侵害という問題でカンタベリー大司教ラングトンとも対立していた。結局彼は、一二一五年、反乱貴族の要求に屈してラニミードでマグナ・カルタに署名した。ラニミードは、先の鹿狩りが繰り広げられたエガム・ミードの一部である。

この場所は、あのマグナ・カルタが調印されたところ。

それにより国王は、全ての専断的な力を放棄したのだ。
憎しみと恐れの名前である独裁者と奴隷は、
国王と臣下という幸せな名称になる。
この両者が中央に歩み寄る時、幸せとなる。
その時、国王は自由を与え、臣下は愛を与える。

（三二九—三四行）

Here was that Charter seal'd, wherein the Crown
All marks of Arbitrary power lays down:
Tyrant and slave, those names of hate and fear,
The happier stile of King and Subject bear:
Happy, when both to the same Center move,
When Kings give liberty, and Subjects love.

マグナ・カルタが規定したこととは、軍役代納金（scutage）や上納金（aids）を貴族たちの会議に諮ることなしに課してはならないこと、いかなる自由人も不当に逮捕、投獄、土地没収などに処されないこと、ロンドンなどの都市の特権を認めることなどであった。それによって、国王は専制政治を改めて臣下の権利と自由を認め、また臣下も国王に忠誠を誓うことが期待されたのである。このような両者の歩み寄りが、「独裁者」と「奴隷」の関係を、本来の「国王」と「臣下」の関係に戻すはずであった。詩人はマグナ・カルタを「不調和の調和」を構築する文書と見なし、その重要性を強調する。

しかし当時の教皇インノケンティウス三世がマグナ・カルタを承認しなかったこともあり、ジョン王はマグナ・カルタを遵守せず、傭兵を集めて貴族たちに対抗した。マグナ・カルタによる和解は長くは続かず、それによって確認された「正当な自由」は追い詰められた。つまり反故にされる恐れがでてきた。マグナ・カルタは「血で捺印される」必要があったのである（三三六行）。

ここでテクストの変更について少し言及しておきたい。この「正当な自由」の狩猟について述べた箇所で、狩猟者は「不法の力」（lawless power）と表現されているが（三三六行）、D3までは「専制」（tyranny）という言葉が用いられていた（D1・二八四行、D2・二九六行、D3・三〇四行）。オヒアは、どちらも基本的にはジョン王と諸侯との対立を扱っていることには変わりはないが、“tyranny”であれば、その場合王権の濫用、つまりジョン王側の横暴ということになり、“lawless power”であれば諸侯の側の横暴を意味すると注釈をつけている。そしてこの“lawless power”という表現と、国王チャールズ一世が自らを裁く法廷の場で、裁判官ブラッドショー（John Bradshaw）に向かって言った「朕は、一つの権力によって裁かれているとわかっている」（I find that I am before a Power）という言葉を関連づけて、一三世紀のマグナ・カルタを巡る対立が、チャールズ一世の場合にも当てはまると指摘する。[18] しかしこの“lawless power”は、オヒアが主張するように諸侯側の横暴なやり方に意味を限定するには余りに漠然とした表現であり、むしろこの表現は文字通りに解釈すべきではないか。つまり国王の側にも諸侯の側にも限定せず、どちらの側でもなされた法に背くような力ずくのやり方を指し、「正当な自由」はそのようなやり方のために危機に晒されたのだと解釈すべきである。

さて詩の中で重要性が強調されているマグナ・カルタについてであるが、特に一七世紀は、この一三世紀に調印された歴史的文書が再び注目された時代であった。一七世紀に入り議会は、王権神授説を主張して議会を軽視するジェイムズ一世やチャールズ一世との対立姿勢を鮮明にし、その立場と権利を明確に主張し始めた。そもそもこのような国王と議会の対立は、従来イングランドの国家としての主権がどこにあるか明確にされてこなかったことに原因があると言える。伝統的には国家の主権は「キング・イン・パーラメント」(King in Parliament) にあるとされてきたが、現実には国王はそれまで議会の了承を得ず外交や課税を行ってきた。またそのような国王の独断的なやり方を議会が非難すると、国王は議会の解散に訴えた。つまり議会の活動は国王の意思に大きく左右されてきたのである。特に国の統治者としての国王にのみ与えられてきた大権 (prerogative) は、政治、外交、軍事、司法など様々な面で特別の権限を認めた。これは昔からイングランドで慣習法として尊重されてきたコモン・ローの伝統と矛盾するところが多かったのである。

議会が国王に対してその権利を主張する拠りどころとしたのは、そのコモン・ローであり、コモン・ローによって守られてきた国民の権利と自由を再確認したマグナ・カルタであった。元来マグナ・カルタは、当時の国王と貴族との関係から考えて特に画期的な条文というわけではなく、それまで認められてきた貴族の権利を再確認したものにすぎなかったが、一六世紀頃から、絶対王政に対する議会の権利を主張するものとして注目され始めた。特に一七世紀、国王と議会が対立する中で、エドワード・クックがその重要性を強調し、議会派によって国民や議会の権利や自由を擁護する、イギリス憲政史上最も重要な法律として位置づけられ、再評価されたのである。クックは民訴裁判所 (Court of Common Pleas) 主席裁判官、や王座裁判所 (Court of King's Bench) 首席裁判官等を務めた法律家であるが、王権に対する法の優位性や、国王大権裁判所 (Prerogative Court) に対するコモン・ロー裁判所の優位性を強く主張した。また国王大権の濫用に歯止めをかけるための「権利の請願」(Petition of Right, 1628) の起草に携わったが、その範としたのがマグナ・カルタである。クックに拠れば、コモン・ローは議会制の仕組みと同様ノルマン・コンクエスト以前のアングロサクソン時代にまで起源を遡ることができるという。そしてその時代には、臣下の権利は尊重され、その意見は議会、即ちアングロサクソン時代の国王の諮問機関である「賢人会議」(Witenagemot) で表明することができた。また国王はこの「賢人会議」で (たとえ形式的ではあっても) 選ばれて即位していたのである。しかしノルマン・コンクエスト以後、国王がコモン・ローをしばしば無視し、国民や貴族の権利を蹂躙したため、マグナ・カルタによって国民や貴族の権利が確認された。これはノルマン・コンクエスト以降、法律の条文が大半の国民が読むことのできないフランス語で書かれていたということとも関係があるだろう。つまり法律は、国民の権利を守るためではなく、国民を支配するために制定されていたのである。[19] しかしマグナ・カルタは、臣下の権利を守るための法律という性格を持った重要な文書として注目されたのである。一七世紀当時マグナ・カルタは、本来の主旨が拡大解釈され、国民の権利を擁護する文書として、正しく「ちょっとした礼賛の対象」(something of a cult) であったのだ (Kenyon, *Stuart England*: 38)。

デナムは、マグナ・カルタの歴史的意義を強調した後、国王と臣下の力関係という視点からイングランドの歴史を振り返る。

臣下が武装することで、国王はより多くを与えた。
臣下はその優位な立場によって、より多くを要求することとなった。
遂に国王は、与えることによって自らを放棄してしまい、
与えてはならない権力すら譲ってしまうのだ。
「強制されて与える者は、ただ臆病な自分自身を罵る。
感謝されず軽蔑されて与えるからだ。それは贈り物でなく略奪品なのだ。」
こうして国王は、持てる以上のものを奪い、

まず圧制によって臣下を大胆にした。
すると人民の力は、受け取るのに相応しくないほど多くを、
無理矢理に国王から奪い取って、
同じように極端に走ったのだ。そして一方の極端は、
より大きくなろうとすることで、両者を小さくしたのだ。　（三三七―四八行）

The Subjects arm'd, the more their Princes gave,
Th'advantage only took the more to crave:.
Till Kings by giving, give themselves away,
And even that power, that should deny, betray.
"Who gives constrain'd, but his own fear reviles
"Not thank't, but scorn'd; nor are they gifts, but spoils.
Thus Kings, by grasping more than they could hold,
First made their Subjects by oppression bold:
And popular sway, by forcing Kings to give
More than was fit for Subjects to receive,
Ran to the same extreams; and one excess
Made both, by striving to be greater, less.

イングランドの歴史を大局的に見れば、強力な王権による専制政治の時代と王権が弱体化し諸侯が乱立する時代が、振り子のように相互に定期的に訪れると言っていいかもしれない。まずノルマン・コンクエストによって王位についたウィリアム一世が強力な王権の中央集権的封建体制を打ち立てる。その専制的な支配体制も、ノルマン王朝最後の王であるスティーヴンの時代には崩壊し、王権は地に落ち貴族たちが群雄割拠し、殆ど無政府状態に近い状態となった。またその混乱を平定したプランタジネット朝の始祖ヘンリー二世は、再び貴族の力を弱め中央集権化を図るが、ジョン王は、先述のように貴族の反感を買い譲歩せざるを得なくなった。また一五世紀にはヘンリー六世が、幼くして即位したために、また成人した後は精神に異常をきたしたために、有力諸侯の強大化を招き、国内は混乱し、遂にはバラ戦争（Wars of the Roses）に突入した。その間、国王の即位や復位に大きな影響を及ぼし「国王製造者」（Kingmaker）と渾名されたウォリック伯のような有力貴族も現れた。そのバラ戦争をヘンリー・チューダーが終息させ、ヘンリー七世としてチューダー朝を開くと、星室庁裁判所を活用して有力貴族を牽制したり厳しく取り締まったりして再び貴族の弱体化と中央集権化に努めた。その絶対王政はその次のヘンリー八世で更に強化され、宗教改革が断行される。このようなイングランドにおける王権の強大化と弱体化、およびそれに伴う圧制と混乱の歴史が右の一節で簡明に述べられているのである。

またこのような王権の強大化と弱体化は、チャールズ一世の治世においても見られるのである。まずチャールズは、父ジェイムズと同じく王権神授説を信奉し、議会を無視して課税したり、議会や国民の権利を侵害したために、議会から「権利の請願」が出され承認させられた。しかし翌年には議会を解散し、それ以後一一年にわたって専制的な政治を断行した。このいわゆる「専制の一一年」（Eleven Years' Tyranny）（一六二九—四〇年）の間、チャールズの側近のロードとストラッフォード伯を中心に「徹底政策」（Thorough）が推し進められ、国民や議会に対して、国家や国王に対して忠誠と奉仕を強要し、反対派は容赦なく弾圧していった（「国王は、持てる以上のものを奪い、まず圧制によって臣下を大胆にした」)。これに対して議会は、ストラッフォード伯とロード大主教を君側の奸として排除し、一六四二年三月には、民兵軍の統帥権や各地の城砦の司令官の任命権が議会に属することを定める民兵条例(Militia Ordinance)を可決した。[20] 更に同年六月一日に議会は、ヨークにいた国王に対して「一九条の提案」(Nineteen Propositions)を申し出た。その提案とは、国王の政治顧問、政府高官、裁判官の任免には議会の承認を要すること、王子、王女の教育や結婚も議会の承認のもとに行われること、カトリックに対して厳しい姿勢を取ると同時に、国教会改革を議会の方針に従って行うこと、先に議会で決定した民兵条例を承認すること、国政の重要な案件については議会の承認を得ること、世襲貴族の創設にも議会の承認を得ること、といった一連の要求であった(「すると人民の力は、受け取るのに相応しくないほど多くを、無理矢理に国王から奪い取って、同じように極端に走ったのだ」)。この厳しい要求をチャールズは即刻拒否し、遂に軍事的行動に踏み切ったのである。両者のうち一方が極端に走り、それによってもう一方も極端に走り、結局は内乱となり双方が損失を被るのである。

このようにイングランドの歴史とチャールズ一世の治世を振り返った後、デナムは、「不調和の調和」の象徴であり、「不調和の調和」をもたらす力でもあるテムズ河に無理な人為的制限を加えたり変更を試みたりすれば、逆に制御しきれない混乱を招くという警告を発してこの詩を締めくくっている。

　稳やかな川が、突然の雨や雪解けの水で水量を増し、
　隣接する平原に溢れてしまう時、
　農夫たちは、土手を高くすることで、
　自分たちの欲深い希望を安全に守る。これには川は耐えられる。

しかしもし農夫たちが、盛り土や堰でその川の流れを
新しい流れや、細い流れに変えようとすれば、
川はその時は、もはや土手の内側に留まってはいない。
最初は急流に、次に洪水になってしまうのだ。
川は、抑制されることで、より強く、より獰猛になる。
そして際限なく溢れ、その力が及ぶ限り広がっていく。
（三四九―三五八行）

When a calm River rais'd with sudden rains,
Or Snows dissolv'd, oreflows th'adjoyning Plains,
The Husbandmen with high-rais'd banks secure
Their greedy hopes, and this he can endure.
But if with Bays and Dams they strive to force
His channel to a new, or narrow course;
No longer then within his banks he dwells,
First to a Torrent, then a Deluge swells:
Stronger, and fiercer by restraint he roars,
And knows no bound, but makes his power his shores.

詩人が眼下に見下ろすエガム・ミードには、昔からテムズ河による洪水が頻繁にあった。中世の頃にはチャー

ツィー修道院の修道僧たちがその洪水の被害を防ぐために土手を造ったが、それは今日でも残っていて道路として使用されている。『クーパーの丘』の結びである右の一節は、それまで自然や国家に調和と富をもたらす力があると謳われてきたテムズ河が、その扱い方を誤ると、これまで頻繁に起こったように川が氾濫して洪水となり混乱を招くと警告する。

この最後の一節は、D3までは最終部ではなく、この後に“Thus Kings by grasping more then they could hold”で始まる一節が続いていた。つまりD4とD3で、最終部が前後入れ替わったのである。しかもD3までは、D4にはない次の六行が加わっていた。

また、より多くを得ようとすることで
相方が既得のものを手放さざるを得なくなる。
だからこそ王には、その限りない力を
川筋から、法律の岸辺から氾濫させないでもらいたい。
そして王に笏《しゃく》の用い方を教える法律が
その臣下に対しては従うことを教えんことを。

（D1・三二三―八、D2・三三五―四〇、D3・三四九―五四行）

Nor any way, but seeking to have more,
Makes either loose what each possest before.
Therefore their boundlesse power let Princes draw

Within the Channell and the shores of Law,
And may that Law which teaches Kings to sway
Their Scepters, teach their Subjects to obey.

"Thus Kings by grasping more then they could hold" で始まる一節は、国王と国民に対して極端に走らないように忠告した箇所であり、右の六行は国王に法律に則って政を取り行うことの必要性を述べた箇所であるが、それがD3までは最終部を構成するために、その前の "When a calm River rais'd with sudden rains" で始まる一節では、テムズ河が意味するものは当然「国王」に限定される。つまり国王の権限を無理に制限しようとすれば、逆に圧政を生み出すという主旨になる。しかしD4では "When a calm River. . ." が最終部に移されているために、その前に移動した "Thus Kings by grasping more. . ." の内容を更に一般化して、「不調和の調和」が強制的な変更を加えられて崩壊し混乱を引き起こすことへの警鐘となっているのである。オヒアは、"When a calm River. . ." が最終部に置かれたことで、川が「王権」から「国家全体」を意味するようになったと考えるが（O Hehir, *Expans'd Hieroglyphicks* : 36）、テムズ河がこの詩において「不調和の調和」の象徴であり、かつ「不調和の調和」をもたらす力として描かれていることを考えれば、「国家全体」と限定するべきではない。この詩は、政治や宗教、あるいは自然も包含しつつ、より普遍的な世界の「不調和の調和」を主題化しているのであり、そのためにデナムは "When a calm River. . ." の一節をこの詩の最終部に置くことによって、限定的に政治を扱った一節から、普遍的な「不調和の調和」を象徴するテムズ河を語る一節に変えたのである。

第六節　対立と調和——「不調和の調和」の詩学

ああ、私もお前のように流れたい。そしてお前の流れを
私の優れた模範にしたい。お前の流れこそ私の主題なのだから。
その流れは深く、しかし澄んでいて、穏やかながらも澱むことはない。
荒れることなく力強く流れ、溢れることなく豊かに水を湛えている。　（一八九—九二行）

O could I flow like thee, and make thy stream
My great example, as it is my theme!
Though deep, yet clear, though gentle, yet not dull,
Strong without rage, without ore-flowing full.

このテムズ・カプレットには、テムズ河によって象徴される「不調和の調和」が『クーパーの丘』で主題化されていることが直截的に述べられているが、その「不調和の調和」はテムズ河においてだけでなく詩の中で様々な形で現れている。それはまず風景に現れている。遠景の中のセント・ポール大聖堂では、大地と大空が融合しているように見える。ウインザーの丘は、そのなだらかな傾斜で見る人に喜びを感じさせるが、同時にその聳える雄姿が畏怖心を掻き立てる。ウインザーの森には、「不思議で多様な光景」（strange varieties, l. 198）があり、しかも全体として調和のとれた世界が形成されている。これらは全て風景の中の「不調和の調和」であり、この

場合「不調和の調和」は審美的な概念としての性格を帯びている。『クーパーの丘』は、地誌詩として、まず眼前の風景に「不調和の調和」を見出すのである。しかし詩人はこのような風景における「不調和の調和」をアナロジカルに拡大解釈していく。政治的には、セント・ポール大聖堂を国王と民衆の融和の象徴として描き、国王の象徴としてのウインザーの丘に優しさと威厳を見出す。またチャールズ一世は戦士であると同時に殉教者でもある聖ジョージと重ねられ、力と自己犠牲の精神を兼ね備えた理想的君主として描かれる。マグナ・カルタは国王と臣下の融和の理念を具現化したものとして、その歴史的意義が強調される。そして何よりデナムがこの詩を書いたのは、王党派と議会派の対立が深刻化していったという政治的問題があったからであり、詩の執筆の最も直接的な動機は、王党派と議会派の融和の必要性を説くことであった。経済における「不調和の調和」は、テムズ河が貿易を通じて、外国の様々な物をロンドンにもたらし、ロンドンから様々な物を海外に運んでいくことによって達成される。テムズ河は東西インドを結び付け、貧しいところに富をもたらし、荒地を都市にし、都市に森を植える。つまり相対立するものを貿易によって一つに繋げることができるのである。宗教については、沈滞したカトリシズムでも熱狂的すぎるピューリタニズムでもなく、それらの長所を併せ持った *via media* の宗教として、つまり「不調和の調和」を実現している宗教として英国国教会が称賛されている。これらは全て普遍的な原理としての「不調和の調和」が様々な形で表出したものである。そしてそれは『クーパーの丘』の表現そのものにも反映し、対照的表現や並行的表現、あるいは交差対句法といった形として現れている。つまり芸術における「不調和の調和」である。

「不調和の調和」を表すこれらの様々な表象の中で、最も中心的な役割を果たしているのが「チャールズ一世」と「テムズ河」である。しかしこの二つの表象には、注目すべき相違点がある。

チャールズは、一六三三年に国王と民衆の融和の象徴としてのセント・ポール大聖堂修復に着手した。しかし彼が詩の中で理想的な国王として謳われるのは、主に治世の後半、「専制の一一年」以降のチャールズである。彼には「優しさ」と「威厳ある気品」が備わっている。彼は「力」と「美」を併せ持ったウインザーの丘によって象徴されている（三九―四八行）。彼は、「戦士」であり「聖人」でもあって「不調和の調和」の理想像である聖ジョージと重ねられて描かれている（二〇一―一〇行）。いくつもの点でチャールズは理想的な「不調和の調和」の表象となっている。そのチャールズは、国家の繁栄を築いたエドワード三世との近似性が語られる一方で、強大な王権を背景に修道院を破壊したヘンリー八世や強大な王権を求めて貴族や国民と対立したジョンとの対照性が強調される。ヘンリー八世もジョンも、調和でなく混乱を引き起こした国王である。しかしチャールズが表象する「不調和の調和」は、一つの性質あるいは状態としての「不調和の調和」である。それは「優しさ」と「威厳ある気品」、あるいは「戦士」と「聖人」といった性質上の調和であり、静的な、理念としての「不調和の調和」である。従ってそれは壊れやすいし、また一度崩壊してしまえば再生できない。「不調和の調和」を再生する力を欠いているのである。実際チャールズは、国民が過激化したために、「不調和の調和」の重要性を演説の中で説いたストラッフォード伯の処刑を認めざるを得なかったし、最終的には国王自身も処刑されてしまった。それは理念としての「不調和の調和」の崩壊を示唆している。そのような静的な「不調和の調和」の脆弱性を補うものとして、「力」としての「不調和の調和」を表象するテムズ河がある。

テムズ河は、テムズ・カプレットで述べられている通り、「深さ」と「透明性」、「穏やかさ」と「澱まないこと」、「力強さ」と「荒れないこと」、「水の豊かさ」と「溢れないこと」が見事に融和していて、それ自身「不調和の調和」を象徴している。しかしテムズ・カプレットの少し後では、テムズ河はウインザーの森と共に「不調和の調和」を形成する一要素に変貌する（二〇九―一二行）。これに関してワッサーマンが作品の芸術的見地から不満を漏らし、それに対してオヒアが、テムズ河を「不調和の調和」をもたらす力と見なせば矛盾は解決すると指摘していることは既に述べた。このオヒアの指摘は非常に示唆的である。確かにテムズ河は、それ自身「不調和の調和」の状態であるばかりでなく、貿易によって「不調和の調和」の状態をもたらしている。またワッサーマンがテムズ・カプレットの分析でいみじくも指摘している通り、テムズ河は「実体」と「動き」の両方において「不調和の調和」を表している。つまりそのカプレットの中でテムズ河の特長として挙げられている「深さ」と「水の豊かさ」は川の「姿」、あるいは「実体」と関係する概念であるのに対して、「強さ」と「(流れの)穏やかさ」は「動き」に関連した性質なのである。テムズ河が「動き」においても「不調和の調和」を達成しているということは、テムズ河が「不調和の調和」を創りだす力を有していることに他ならない。また川を時間の流れの表象として用いることはごくありふれた技巧だが、『クーパーの丘』においては、時間の流れの表象としてのテムズ河は非常に重要な意味を持つ。なぜなら「不調和の調和」は決して固定的なものでなく、いったん崩れても再生する柔軟な力を持っていることを示唆しているからである。それは、チャールズ一世によって表される静的な「不調和の調和」、即ち動きのない硬直した均衡に時間軸を導入して、動的な「不調和の調和」、即ち常に変化しつつ再生する均衡に変える役割を果たしているのである。それは、換言すれば、歴史における「不調和の調和」である。「不調和の調和」をもたらす「力」としてのテムズ河は、チャールズが処刑されて「不調和の調和」が崩壊しても、澱むことなく力強く流れ続け、再び「不調和の調和」を創りだす。デナムはそのような歴史の力を信じていたと言えるだろう。だからこそ彼にとって、テムズ河の流れは彼の「優れた模範」であり彼の「主題」になったのである。

だがこの「不調和の調和」を生み出す歴史的な力は、その自然な流れを無理矢理変更しようとすれば、忽ち混乱をもたらす力に変貌する。その危険に対して警鐘を鳴らしているのが、『クーパーの丘』最終部におけるテムズ河の洪水の箇所である。歴史の力としてのテムズ河は、「不調和の調和」をもたらすこともできるが、その扱い方を誤れば人間には抑えきれない混乱をもたらすこともあるという意味で、両義的な力なのである。

ところで『クーパーの丘』における「不調和の調和」は、詩人の「目」と「空想」の協働によって認識され表現されたものである。詩人は「道なき道を、大空の小道を、目で見渡す以上に空想で限りなく飛んだとしても、何の不思議があろうか」（九―一二行）と述べ、自身の空想の働きを強調する一方で、自分の視線が、思考に劣らないくらい空間を縮めて対象を捉えるとも述べていて、詩作における視覚の有効性と重要性を強調する（一三―一四行）。もしも詩人が視覚だけで風景を捉えれば、詩は単なる叙景的なものになってしまうだろうが、逆に空想だけで書こうとすれば、現実感のない観念的な詩になってしまう。しかし『クーパーの丘』においては、詩人は「目」と「空想」、即ち視覚と精神という対立する働きを協調させながら、風景の中に思想を読み込み、思想の中に風景を見つめているのである。つまりこの詩の中で表現されている「不調和の調和」の思想の根幹には、視覚と精神の「不調和の調和」があると言える。それは「不調和の調和」を「不調和の調和」によって認識し表現するという意味で、二重の「不調和の調和」である。

デナムは王党派と議会派の融和を説く切迫した必要性を強く感じていたが、それには彼が抱いていた「不調和の調和」という理念が普遍的な世界原理であることを証明する必要があった。しかしただ観念的に、抽象的にその理念を説いたところで何の説得力も持たない。彼はどうしても何か疑い得ない確実なものからその理念の真正性を説く必要があった。それが彼にとっては眼前の景色だった。従って神話や伝説上の風景ではなく、また外国の有名な風景でもなく、自分の目の前に疑い得ないものとして確かに実在する具体的な風景でなければならなかった。その風景を確実な与件として、詩人は「不調和の調和」を証明しようとしたのである。

大変興味深いことに、このように自身の思想に確実性を付与するために疑い得ない感覚に依拠するという戦略は、後の時代のS・T・コウルリッジやウィリアム・ワーズワースといったロマン派詩人に継承されている。無論彼らがデナムから直接影響を受けたと断定することは難しい。彼らが『クーパーの丘』を読んでいた証拠がないのである。むしろその戦略は、地誌詩という伝統を媒介にして継承されたと言うべきであろう。地誌詩という伝統はデナムの『クーパーの丘』を濫觴として生まれたが、その伝統の流れの中にあるいくつもの詩に彼らは親しんでいた。その中で特にトマス・ウォートンとウィリアム・ライル・ボウルズに注目したい。ウォートンは「ロドン川に寄せて」（"To the River Lodon," 1777）という地誌的ソネットを書いたが、それは自分がかつて親しんだロドン川を大人になってもう一度訪れ、そこで沸き起こる感懐を吐露するというものである（Fairer : 377-8）。またオックスフォードで彼の教えを受けたボウルズも同様のモチーフのソネット「イチン川に寄せて」（"To the River Itchin," 1789）を書いた（Bowles : 11）。これらは共に、詩人がかつて親しんだ土地を時間を経て再び訪れて感慨に耽るという詩であるが、重要なのは、かつての自分と現在の自分との間の大きな違いに時間の圧倒的な力を感じつつも、昔と変わらぬ眼前の風景を媒介にして過去の自分と現在の自分を結びつけ、その連続性を実感しているということである。詩人は、かつて親しんだ場所を再び訪れ、それ自体変わらぬ確かな存在としてのその風景に自分の精神を重ね合わせて、自己の同一性を実感している。そこでは疑い得ない確実な存在としての風景が、自己の同一性を確認させる拠り所として機能している。「イチン川に寄せて」でボウルズは、イチン川を再訪したことを久しく会わなかった友人との再会に喩えているが、それはかつての自分自身との再会に他ならない。「ロドン川に寄せて」や「イチン川に寄せて」では、『クーパーの丘』におけるテムズ河のように、時間の流れの表象としての川が風景の中で重要な存在となっている。またこれらのソネットには、『クーパーの丘』に見られるような思想性は希薄であるが、詩人が自己の精神と眼前の具体的な風景を結びつけることによって、時間の強力な力がややもすれば引き裂いてしまう自己の同一性を確認するという戦略が認められる。そして『クーパーの丘』と「ロドン川に寄せて」と「イチン川に寄せて」に共通して見られる風景と精神の結びつきは、コウルリッジやワーズワースに少なからず受け継がれていると考えられるのである。

とりわけボウルズについては、コウルリッジもワーズワースも彼の詩の熱心な読者であった。コウルリッジは、まだ一七歳の頃、「イチン川に寄せて」が収録されたボウルズのソネット集を友人から紹介され強い感銘を受けた。そしてそのソネット集を四〇部以上書き写して、自分が少しでも関心を持った人に「最高の贈り物」として渡した。彼は、哲学や神学に迷い込んでいた当時の自分を再び文学に向けてくれたのがボウルズであったと述懐している（Coleridge, *Biographia Literaria*, vol. 1 : 15-7）。コウルリッジは、ボウルズの「イチン川に寄せて」に倣って「オッター川に寄せて」（"To the River Otter," ? 1793）も書いている（Coleridge, *Poetical Works* : 48）。またワーズワースは、ある日、弟のジョンとロンドンを散策している時にたまたまボウルズのソネット集を見つけて購入し、歩きながら読み始めると忽ち夢中になり、ロンドン橋の上で弟をその場に待たせたまま最後まで読み耽ったという（Rogers : 213）。

ここで特にコウルリッジについて指摘したいのは、ハーパーが「友情の詩」（Poems of Friendship）あるいは「会話体の詩」（Conversation Poems）と命名した彼の一連の詩が、ウォートンやボウルズといった地誌詩を介して、『クーパーの丘』に見られるような視覚あるいは風景と精神の「不調和の調和」の影響を間接的に受けているということである。ハーパーが「会話体の詩」として分類しているのは「エオリアン・ハープ」（"The Eolian Harp," 1795）、「隠棲の地を去ったことについて」（"Reflections on having left a Place of Retirement," 1795）、「この菩提樹の木陰は我が牢獄」（"This Lime-Tree Bower My Prison," 1797）、「深夜の霜」（"Frost at Midnight," 1798）、「孤独にあって抱く不安」（"Fears in Solitude," 1798）、「ナイチンゲール」（"The Nightingale," 1798）、「失意のオード」（"Dejection: An Ode," 1802）それに「ウィリアム・ワーズワースに」（"To William Wordsworth," 1807）の八つの詩である（Harper : 191）。これらの詩に共通する特徴は、詩人の傍らにいると想定される聞き手に話し掛けるような自然な文体で書かれているということであるが、この文体上の自然さに加えて構造上の特徴もある。それは、まず詩人の眼前の具体的な風景の描写から始まり、その風景をきっかけに詩人は瞑想し、そこである種の深い認識を得て、再び最初の風景に立ち返るという構造である。この構造は、ウォートンの「ロドン川に寄せて」やボウルズの「イチン川に寄せて」と全く同じ構造である。勿論コウルリッジの会話体詩の場合、ウォートンやボウルズのように実際に眼前の土地をいったん離れて再び戻るというのではないが、コウルリッジは一度意識の中で眼前の風景から離れ、瞑想という精神的な旅を経て再び眼前の風景に戻ってくるという手続きをとっているのである。その意味でコウルリッジの会話体詩も、ウォートンやボウルズの詩と同じく再訪の詩である。戻ってきた眼前の風景は以前と何ら変わりがないが、そのためにかえって、その間の瞑想が引き起こした詩人内部の変化が際立つ仕組みになっている。そして重要なことは、その詩の瞑想部分の前後を風景描写で挟み込み、その瞑想で得られた思想が、疑い得ない眼前の風景に由来し、またその風景に帰することを強調することによって、その思想が決して現実から遊離した、恣意的な考えではないことを証明しているということである。つまり詩人は、自身の思想が単なる唯我論に陥っていないことを示すために、そしてその思想から恣意性や独断性を排除するためにも、眼前に確かに存在する、確実で疑い得ないものとしての風景にその思想を依拠させ、その思想と風景の一体性を強調するのである。従って詩人の思想から恣意性を排除するためにその思想との結びつきを強調される風景は、一般的な風景や伝統の中で因習的に描写されてきた風景ではなくて、直接的な感覚で捉えることのできる眼前の、具体的な風景でなくてはならないのである。それは、コウルリッジの会話体の詩が必然的に地誌詩の性格を帯びることを意味する。コウルリッジは会話体の詩で描写する風景の事実性を強調するために、しばしばその表題に、具体的な地名はもとより、その詩を創作した日付や状況まで詳細に記している。コウルリッジは、眼前の風景に触発されて得た思想を、疑いを入れる余地のない、確かに実感できる思想にするため、思想と風景の一体性を強調するが、そこに、風景と精神の融和を特徴とするウォートンやボウルズの詩の影響を認めることができるのである。またそのような風景と精神の結びつきは、デナムが『クーパーの丘』の中で理想化している視覚と空想の「不調和の調和」に他ならない。

ワーズワースも、コウルリッジ同様、視覚と空想の「不調和の調和」を地誌詩の伝統から学んだ詩人の一人である。特にワーズワースがボウルズの「イチン川に寄せて」の延長上に書いた「ティンターン修道院」("Lines composed a few miles above Tintern Abbey, on revisiting the Banks of the Wye during a Tour. July 13, 1798," 1798）では、視覚と空想の「不調和の調和」が見事に達成されている。詩人は五年ぶりにワイ川を訪れ、その五年間にいかに自分が変わり、何を失い、その代わりに何を得たかを考える。詩人は、詩の冒頭で、再訪したワイ川流域の風景を自分の感覚で何度も確認し、それが疑い得ない確実な存在であることを強調する（. . . I *hear*／These waters . . . ; . . . Once again／Do I *behold* these steep and lofty cliffs . . . , I again . . . *view*／These plots of cottage-ground . . . , Once again I *see*／These hedge-rows . . .）。その上で、その確実な眼前のワイ川の風景によって「穏やかで祝福された気分」(that serene and blessed mood）を味わい、「事物の生命」(the life of things）を見通す（二二―四九行）。しかしこのような神秘的な経験を語るとすぐさま「たとえこれが空しい信念であったとしても、……私の精神は何度お前に向かったことか」(If this／Be but a vain belief . . . ／How often has my spirit turned to thee!, ll. 49-50）と述べ、その神秘的経験に疑わしさが少しでも生じると詩人は直ちに自分の精神と眼前の風景のつながりを確認する。それは、万物の生命を見るという神秘的な経験が決して単なる妄想ではなく、確かに存在する自然に根ざした経験であることを明らかにしようとすることである。また詩人は、五年前にこの地を訪れた時とは異なり自然の中でもはや「疼くような喜び」(aching joys, l. 84）や「眩暈を起こすような恍惚」(dizzy raptures, l. 85）を感じることはできなくなってしまったが、自然の中のあらゆる事物を貫く「一つの存在」(A presence, l. 94）を感じるようになったとその観念的な世界観を語る。しかしここでも「たとえそのように教えられなくとも、私の生来の精神を朽ちさせることはない」（Nor, perchance,／If I were not thus taught, should I the more／Suffer my genial spirits to decay . . . ., ll. 111-3）と述べ、その理由として、この風景を前にして自分と妹ドロシーが一緒にいるという疑い得ない事実を挙げている。つまり詩人は自分の神秘的な体験や観念的な世界観を表現しようとする一方で、その信憑性が揺らぎ始めると確実で揺ぎ無い風景に立ち返り、それらが疑い得ない眼前の風景に根ざしたものであることを確認するのである。この詩のタイトルが、地理的にも日時についても非常に細かく明示しているのは、それが単に空想上の経験ではなく疑い得ない現実に基づいたものであることを強調するためである。このように不確実な経験や世界観を確実な風景と結び付けることで、その経験や世界観が唯我的なものでないことを示すという方法は、視覚と空想の「不調和の調和」を通じてその思想に確実性を与えるデナムの手法と同じである。

ワーズワースは、子供の頃、自分の精神が非常に強靭で永遠に存在し続けると信じて疑わなかったので、死というものを考えられなかったと述懐している。それは彼の精神世界が強力であって、外部の物質世界を圧倒していたことを物語っている。彼は「不滅のオード」（“Ode: Intimations of Immortality from Recollections of Early Childhood,” composed 1802-1804, published 1807）の中で、幼年時代が懐かしく思え、また貴重な時代と考える理由は、その時代に経験した「感覚と外界の事物に対する執拗な問いかけ」（those obstinate questionings／Of sense and outward things, ll. 142-3）のためであると語っている。彼は「精神の不屈性」（the indomitableness of the spirit）に対する子供の頃の素朴な確信を懐かしんでいるのであるが、このように外界の事物が本当に存在するのかはっきりしなくなり、その存在について疑問を持ち執拗に問いかけるということは、彼の精神性が外部の物質性を圧倒している不均衡な状態にあったことを示している。彼は子供の頃の非常に興味深い経験について語っている。

私はしばしば、外界の事物が外界のものとして存在していると思えなくなる時があった。そして私が見るものの全てと、私自身の非物質的な性質から離れたものではなく、それに内在するものとして交わった。私は、学校に通学する時に何度も、このような観念論の深淵から自分自身を呼び戻すために、壁や木に触れたことがある。

(Wordsworth, *Poetical Works*, vol. 4：463)

彼は、自分の精神の圧倒的な強さのために、外界の事物が全て自分の精神の一部に思えてしまったのである。彼はそのような「観念論の深淵」から自らを助け出すために、つまり精神と物質の不均衡な状態を是正するために、自分の一番確かな感覚である触覚に頼ったのである。彼は、大人になるにつれて、逆に外界の事物を絶対的なものと考え、物質性が精神性を圧倒してしまうことを嘆くのだが、「ティンターン修道院」ではその精神と物質の均衡が、即ち思想と風景の均衡が見事に保たれていると言えるだろう。もし自分の思想を感覚に依拠させなければ、彼は観念の世界に没入してしまう危険があった。それは唯我的世界に過ぎなくなってしまう。そこに現実感を付与するためには、どうしても感覚とのバランスを考えねばならなかった。だからこそ彼は「ティンターン修道院」において、「自然と感覚の言葉」(nature and the language of the sense) の中に自身の思想や精神の拠り所を見出し喜ぶのである（一〇七―一一一行)。

おわりに

サミュエル・ジョンソンは『英国詩人伝』で、デナムの地誌詩人としての独創性や影響力を高く評価する一方で、表現上の未熟さなども指摘している。そして次のような言葉で、そのデナム論を締めくくっている。

彼〔デナム〕は、私たちの審美眼を向上させ、英語を発展させた作家の一人であり、それゆえに感謝の念を持って読むべき作家である。ただ彼は、多くのことを成し遂げたが、やり残したこともたくさんある。(Johnson：53)

ここではデナムがやり残したことのうち、自然そのものへの深い洞察を取り上げ、その課題に対して後のコウルリッジやワーズワース、それにホプキンズがどのように取り組んだかを考えたい。

デナムは『クーパーの丘』で、眼前の風景を描写しながら「不調和の調和」という世界原理を明らかにした。その「不調和の調和」は風景を始め、政治、経済、宗教、芸術など様々な分野に認められる。そのことを彼は、視覚と空想という相対立する能力を調和させて用いることで認識し表現している。つまり世界原理としての「不調和の調和」を、視覚と空想の「不調和の調和」によって捉えたのである。この場合の風景は、詩人の思想が独我論に陥らないためにも、自身の感覚で捉えた、現実の具体的な風景である必要があることは既に述べた。しかしその風景は、伝統や慣習から解放され、その個別性が強調されながらも、結局は詩人の思想に確実性を与えるための道具でしかない。デナムは、その風景そのものや、人間が一つの風景として認識する以前の自然そのものを更に深く洞察するという方向には向かわなかった。確かに『クーパーの丘』にも、「自然」がウインザーの地をあらかじめ選んだとか、多様なものから「不調和の調和」をつくりあげるといったように、自然の意思、あるいは所産的自然《ナトゥーラ・ナトゥラータ》を統べる能産的自然《ナトゥーラ・ナトゥーランス》のような力について述べられているが（五三行、七三行、一九七行、二一一行）、それは自然そのものの本質を表現するというより、詩人の思想を明らかにするために自然を擬人化していると言うべきであろう。詩人が自然の本質に迫るのではなくて、詩人の理念に自然を引き寄せている。このように自然を思想の表現の手段として描く方法は、ポウプの『ウインザーの森』に忠実に引き継がれている。あるいはむしろ、ポウプはデナム以上に自然そのものの個性を希薄化し、詩の思想性を濃くしたと言うべきかもしれない。

エデンの森は太古の昔に失われてしまったが、
詩の中に生き続け、歌の中で今なお青々としている。
このウインザーの森も、もし我が胸に同様の霊感の炎が燃え立てば、
美においてだけでなく、名声においてもエデンの森に劣らないであろう。
ここでは丘と谷が、森と平原が競い合い、
ここでは大地と河が鬩《せめ》ぎ合っているようだ。
ぶつかり合い傷つけ合って混沌としているのではなく、
混ざり合いながらも調和を保つ世界を形成している。
そこに私たちは、多様の中の秩序を見出す。
全ては異なりつつも、一致する世界なのだ。　（七―一六行）

The Groves of *Eden*, vanish'd now so long,
Live in Description, and look green in Song:
These [Windsor Forests], were my Breast inspir'd with equal Flame,
Like them in Beauty, should be like in Fame.
Here Hills and Vales, the Woodland and the Plain,
Here Earth and Water seem to strive again,
Not *Chaos*-like together crush'd and bruis'd,
But as the World, harmoniously confus'd:
Where Order in Variety we see,
And where, tho' all things differ, all agree.

ポウプは、この『ウインザーの森』で、デナムと同様に神話化された風景を引き合いに出し、眼前のウインザーの森はそれに優るとも劣らないくらい美しく、またそれに匹敵する名声を得る資格があると述べている。そしてそのウインザーの森に、『クーパーの丘』で表現された「不調和の調和」を見出し、それが観念的な風景ではなく、確固とした現実の風景に由来している揺ぎ無い理念であると主張している。しかしジョゼフ・ウォートンも指摘している通り、『ウインザーの森』が実際に描くのは、詩人がその風景の現実性を強調しているにもかかわらず、ウインザーの森に固有の美しさではなく、一般的な田園の美しさである（Barnard : 387）。デナムは『クーパーの丘』の冒頭で、自分が描くのは神話化され伝説化された風景ではなく、眼前に揺ぎなく存在する固有の風景であると述べ、これまでの詩の伝統からの脱却と地誌詩という新しい伝統の創設を高らかに宣言しているが、ひとたび新しい伝統が出来上がれば、その後に続く詩は新鮮さを失い、因習化してしまう危険があるのだ。

しかしこのような一般的な自然、因習的に描写される自然では満足せず、具体的な自然、その固有性を失っていない本来の自然に回帰することを目指したのがコウルリッジであり、ワーズワースであった。彼らは地誌詩人がやり残したことを引き継ぎ、地誌詩人よりも深く自然を見つめ、その本質により迫ろうとするのである。そして彼らが、道具としての自然ではなく、自然そのものを捉えようとした時、そこに見出したのは自然の単なる美しさではなく、言葉で表現し尽くせない崇高さであった。コウルリッジが若い頃ボウルズの詩に夢中になったということは既述したが、その後次第にボウルズの詩の「あらゆるものを絶えず道徳的に解釈するやり方」(a perpetual trick of *moralizing* every thing) に物足りなさを感じていった。コウルリッジは書簡の中で次のように述べている。

> それは時には大変うまくいくが、自然の興味深い姿を見たり描写したりする時にいつも漠然とした類似に基づいてそれを道徳の世界と結び付けることは、結果的にその自然の印象を弱めてしまうことになる。自然には固有の面白さがある。あらゆるものにはそれ自身の生命があり、同時に私たちは全て一つの生命であると信じ感じている人は、それが何であるかがわかるだろう。　(Coleridge, *Collected Letters*, vol. 2 : 864)

コウルリッジは、ボウルズが風景を描写しつつ自身の感懐を述べる時、その風景や自然そのものの意味が蔑ろにされていると感じ始めた。ボウルズの場合、まず道徳があって、その道徳に合わせるように自然が描写される。ちょうどデナムやポウプがそうであったように。デナムやポウプは眼前の自然に注目はしたが、それはあくまで自身の思想の媒体としてであって、自然そのものに興味を覚えたとは言えない。それゆえに彼らが、自然の中で様々な事物が対立しつつ全体として調和の取れた秩序を形成しているという認識に至っても、それは抽象的な理念としての「不調和の調和」でしかなかった。しかしコウルリッジの関心は自然そのものに向かい、そこに固有の「生命」を感じ取る。その自然は私たち人間と一緒に「一つの生命」を共有しつつ、しかし私たちとは違った、他者としての、それ独自の生命も保持している存在である。その自然はもはや詩人の思想を表現するための媒体でも、人間の精神に引きつけて道徳的に解釈されるだけの自然ではない。固有の存在としての自然なのである。だからこそ自然は、人間に畏怖心を引き起こす崇高さを帯びるのであり、人間にとって「未知の存在形態」(unknown modes of being, Wordsworth, *The Prelude*, Bk. 1, l. 420) なのである。

コウルリッジは上の書簡で言及した「一つの生命」の思想を、彼の地誌詩の一つ「エオリアン・ハープ」の中で次のように印象深く表現している。

ああ、私たちの内と外にある一つの生命よ、
それはあらゆる運動と呼応してその魂となる。
音の中の光、光の中の音のような力、
あらゆる思想の中のリズム、至るところに広がる喜び。
思うに、これほどまでに満ち溢れた世界にあって、
万物を愛さずにいることは不可能だったろう。
その世界では、微風が囀り、沈黙した大気すら、
楽器のうえでまどろむ音楽なのだ。　(二六―三三行)

O! the one Life within us and abroad,
Which meets all motion and becomes its soul,
A light in sound, a sound-like power in light,
Rhythm in all thought, and joyance every where—
Methinks, it should have been impossible
Not to love all things in a world so fill'd;
Where the breeze warbles, and the mute still air
Is Music slumbering on her instrument.

詩人は、微風がかき鳴らすエオリアン・ハープの音の美しさに詩興がわき、自宅周辺の風景描写から瞑想に入り、その瞑想で到達した「一つの生命」の思想を披瀝する。その「一つの生命」は詩人の内部世界と外部世界を結び付け、光と音を融和させ、世界の様々な事物に行き渡り浸透している。そのような命が漲る世界の「不調和の調和」に詩人は惹かれるのである。更に彼はこの「一つの生命」がもたらす「不調和の調和」を、美しいエオリアン・ハープのイメージを用いて次のように語る。

そしてもしこの生気ある自然の全てのものが
様々に造られた有機的なハープだとしたらどうだろう。
それらは、創造的で広大な、一つの知的微風がそよぐ時、
打ち震えて思想となる。その微風こそ、

それぞれの魂であり、同時に万物の神なのだ。　（四四―八行）

　And what if all of animated nature
Be but organic Harps diversely fram'd,
That tremble into thought, as o'er them sweeps
Plastic and vast, one intellectual breeze,
At once the Soul of each, and God of all?

コウルリッジは、確かに「一つの生命」がもたらすような「不調和の調和」、即ちコウルリッジ自身の言葉を用いれば「統一された多様性」（Multëity in Unity, Coleridge, *Shorter Works and Fragments*, vol. 1 : 372）の美しさに強く惹かれていた。彼は海の景色を眺めていた時にそのような「統一された多様性」を見出し、その時の感動をノートブックに以下のように記録した。

青、黄、緑、それに紫がかった緑の海、その窪みとうねり、そしてガラスの切断面のようなその海面を見て私は言った、なんという無数の美しい形の大海だろう、と。そして私は、その言葉が何か言葉上の遊びのように響いたことに当惑し苛立った。しかしそれは言葉の遊びではなかった。私の中の精神が、夥しい数の形が一つ一つ持つ驚くべき独自性と混同されることのない個性を持ち、しかもそれらの形が不可分の統一性を保ちながら存在していたことを表現しようと苦闘していたのだ。　（Coleridge, *Notebooks*, II, #2344）

O said I as I looked on the blue, yellow, green, & purple green Sea, with all its hollows & swells, & cut-glass surfaces — O what an Ocean of lovely forms! — and I was vexed, teazed, that the sentence sounded like a play of Words. But it was not, the mind within me was struggling to express *the marvellous distinctness & unconfounded personality of each of the million millions of forms, & yet the undivided Unity in which they subsisted.* (Italics mine)

コウルリッジは、目の前の海に、無数の美しい形を見出すが、それらは一つ一つがその独自性を持ちながら、同時にそれら全てのものが美しく統一されている。それは『クーパーの丘』のウインザーの森の描写を思わせるような「不調和の調和」である。しかしデナムの場合、まず「不調和の調和」という理念があって、次にその理念が反映されているものとして風景を見つめていたのに対して、コウルリッジは、思想に先立ってまず対象を見つめ、その現象と本質を正確に記録しようとしているため、この場合のように対象が非日常的な様相を呈していれば、当然それを表現するには日常的な言葉では十分でなく、彼は表現したい内容の繊細さと表現手段としての言葉の不完全性の狭間で悩むのである。

　ワーズワースが自然の中に見出す「不調和の調和」も、コウルリッジ同様、単に概念的なものではない。コウルリッジの「一つの生命」に近い世界観は、ワーズワースの詩にもしばしば見られる。彼の典型的な地誌詩である「ティンターン修道院」の中の次の一節には、彼が感取する「一つの存在」（A presence, l. 94）が世界の様々な事物に浸透している様子が描写されている。

そして私は、

一つの存在を感じ取ったのだ。高められた思想の喜びで
私を当惑させる存在を。遙か深くに浸透する
何者かに対する崇高な感覚。
それが住まうところは、沈みゆく太陽の光の中であり、
周りを取り巻く海原と息づく大気であり、
それに蒼色の穹窿、そして人の心の中なのだ。
それは一つの動きであり、精神であって、
思考するあらゆる主体と、思考されるあらゆる対象を駆り立て、
万物に行き渡っている。だからこそ私は
牧草地や森や山を愛し続けるのだ。
この緑の大地から見える全てのもの、
眼と耳から得られる全ての力強い世界を、
それらが半ば創り出し半ば知覚するものを、
愛するのだ。私が自然と感覚の言葉の中に
見出して心から満足するものは、
私の最も純粋な思想の錨、私の心を
養う乳母、私の心の導き手、その守護者、それに
私の全精神的存在の魂である。　（九三―一一一行）

And I have felt
A presence that disturbs me with the joy
Of elevated thoughts; a sense sublime
Of something far more deeply interfused,
Whose dwelling is the light of setting suns,
And the round ocean, and the living air,
And the blue sky, and in the mind of man:
A motion and a spirit, that impels
All thinking things, all objects of all thought,
And rolls through all things. Therefore am I still
A lover of the meadows and the woods,
And mountains; and of all that we behold
From this green earth; of all the mighty world
Of eye, and ear,—both what they half create,
And what perceive; well pleased to recognise
In nature and the language of the sense
The anchor of my purest thoughts, the nurse,
The guide, the guardian of my heart, and soul
Of all my moral being.

ワーズワースが自然の中で感じ取っているものは、デナムが『クーパーの丘』で「自然」と表現しているものとは明らかに違うものである。デナムの「自然」は、風景の中で対立する事物を調和させ「不調和の調和」の状態を作り上げる行為者として描かれていて、その風景を見る者に驚異と喜びをもたらす（二一一―二行）。この「自然」は、それを見る者に心地よい気持ちだけを与えるお仕着せの自然である。あるいは手なずけられた自然と言ってもいい。しかしワーズワースの「一つの存在」は、彼の思想を高めて喜びをもたらしつつも、同時に彼を当惑させる。それはこの「一つの存在」が、詩人の思想に合わせた都合のいい自然ではなく、他者性を内包した、本来の自然だからである。それはデナムよりも深い層で捉えた自然であり、「未知の存在形態」としての自然である。そのような自然だからこそ「崇高な感覚」(a sense sublime, l. 95) を引き起こすのである。

しかしこのような自然の深層を捉えようとすれば、現象としての自然の背後に奥深く切り込んでいく必要があり、必然的に観念的な世界に入り込むことになる。そのような認識は、現実から遊離してしまい「観念論の深淵」に陥る危険を孕んでいる。だからワーズワースは、自身の神秘的、観念的経験や世界観に確実性が感じられなくなると、眼前の風景に立ち返り、それらが揺ぎない現実としての風景に根ざしていることを確認するのである。ここでは彼の認識する世界は、目と耳が「半ば創り出し半ば知覚するもの」(what they half create,/And what perceive, ll. 106-7) であると述べられているが、目と耳が半ば創り出すということは、感覚が空想と協働して創造的に働くことである。この感覚と空想のバランスが崩れて感覚が力を失うと、「観念論の深淵」に陥ることになる。ワーズワースが「自然と感覚の言葉」(nature and the language of the sense) を「私の最も純粋な思想の錨、私の心を養う乳母、私の心の導き手、その守護者、それに私の全精神的存在の魂」(The anchor of my purest thoughts, the nurse,/The guide, the guardian of my heart, and soul/Of all my moral being) とする理由がそこにある（一〇七―一一行）。なお「自然と感覚の言葉」の「自然」は、観念的な「一つの存在」と対照的な、感覚で捉えることができる現象的自然、所産的自然《ナトゥーラ・タトゥラータ》である。
ワーズワースの他者性を内包した自然とそこに見られる「不調和の調和」を表現したもう一つの例を『序曲』（*The Prelude or Growth of a Poet's Mind*, 1805）の中から引用する。

枯れかかりながらも、
決して枯れることのない、限りなく高く聳える森、
滝が絶えず引き起こす、静止したような疾風。
山のうつろな裂け目の至るところで
風が風とぶつかり合い、行き場を失い、寄る辺なく吹いている。
雲ひとつない青空から篠突くように降ってくる奔流、
私たちのすぐ耳元でささやく岩。
霧雨で濡れた、黒々としてごつごつとした岩山が、
まるでその中から声がするように路傍で語りかける。
荒れ狂う渓流の不気味で、眩暈を起こすような眺め、
解き放たれた雲、天空の広大な領域、
激動と平安、暗黒と光明。
これらが全て、一つの精神の活動のようであり、
同じ顔の一つ一つの造作であり、一本の木に咲く花、
偉大な黙示録の文字のようであり、

最初にして最後の、そして中心でもある無限の神の
符号であり象徴のようであった。（第六巻、五五六—七二行）

The immeasurable height
Of woods decaying, never to be decay'd,
The stationary blasts of water-falls,
And every where along the hollow rent
Winds thwarting winds, bewilder'd and forlorn,
The torrents shooting from the clear blue sky,
The rocks that mutter'd close upon our ears,
Black drizzling crags that spake by the way-side
As if a voice were in them, the sick sight
And giddy prospect of the raving stream,
The unfetter'd clouds, and region of the heavens,
Tumult and peace, the darkness and the light
Were all like workings of one mind, the features
Of the same face, blossoms upon one tree,
Characters of the great Apocalypse,
The types and symbols of Eternity,

Of first and last, and midst , and without end.

デナムやポウプは自然を、「不調和の調和」という世界観が反映した存在と見なし、その思想を表現する媒体とした。それに対してコウルリッジやワーズワースは、自然そのものを捉えようとして、その中に「不調和の調和」を統べる「一つの命」を見出した。そして更にその自然の背後に、「不調和の調和」を創り出す「神」を見出したのが、ヴィクトリア朝の詩人ジェラード・マンリー・ホプキンズである。彼の「斑の美」（"Pied Beauty," 1877）は、「不調和の調和」を創り出す神を称える詩である。

斑のもののために、神に栄光あれ。
ぶちの牛のように二色に広がる大空のために、
水中を泳ぐ鱒の背一面に描かれた薔薇色の斑点のために、
真っ赤な石炭のような、落ちたばかりの栗の実、ヒワの翼、
区分けされ継ぎ合わされた土地の風景——囲い地、休耕地、それに耕された土地、
またあらゆる職業、その装置、その道具、その服装のために。
対立し、独特で、余分で、奇妙なもの全てを、
変わりゆく全てのものを、（どのようにかは誰も知らないが）
速さと鈍さ、甘さと酸っぱさ、眩しさと暗さで斑になったもの全てを、
不変の美をもつ方が御創りになったのだ。
　その御方を称えよ。

Glory be to God for dappled things—
　For skies of couple-colour as a brinded cow;
　　For rose-moles all in stipple upon trout that swim;
Fresh-firecoal chestnut-falls; finches' wings;
　Landscape plotted and pieced—fold, fallow, and plough;
　　And all trades, their gear and tackle and trim.
All things counter, original, spare, strange;
　Whatever is fickle, freckled (who knows how?)
　　With swift, slow; sweet, sour; sdazzle, dim;
He fathers-forth whose beauty is past change:
　　　　Praise him.

ホプキンズは、「不調和の調和」をしばしば「斑」のイメージで表現する。彼は自然の中に見られる「対立し、独特で、余分で、奇妙なもの全て」(All things counter, original, spare, strange) を称賛する。それらが一つ一つ個として存在し、その全体が神によって美しく調和が保たれているからである。一般的に言えば、お互いに似ていない多様なものを数多く作り出すことは、同一のものや類似したものを作り出すことより遙かに難しい。特にホプキンズの時代は、一八世紀以来の産業革命が更に進み、工場での大量生産が盛んになり始めた時期である。このような画一的な物を作ることに汲々としている人間に対して、世界にこれほどまでに多様なものを作り出し、しかも全て美しく調和させるという離れ業を完璧にこなすのは神だけである。

ホプキンズがダンズ・スコウタスの思想に強く惹かれていたことはつとに知られている。スコウタスは、個物そのものにも、それ独自の形相である此性（*haecceitas*）があり、それが個物を統一しその個物をそれたらしめていると考える。このような考えは、ホプキンズが属していたイエズス会で当時主流だったトマス・アクィナスの考えと異なるものだった。アクィナスの考えは、形相は普遍として自然物の種を形成する原理であって、個物の存在はその質料によるというものであった。しかしホプキンズは、この普遍性中心の考え方よりも、当時カトリックで余り省みられることのなかった個別性を重視するスコウタスの考えに興味を持ち、彼の主張する此性と自分の「インスケイプ」の考えとの類似性に注目した。ホプキンズ自身が考える「インスケイプ」という概念も、事物が内包するそれ自身の個性であり、それをそれたらしめる内的な形を意味する。そしてそれぞれの事物がそのインスケイプを明らかにしつつ、全体として美しい調和を作り上げている理想的状態が「斑の美」に謳われているのである。従ってホプキンズにとっても、現実の風景の固有性が強調される地誌詩は魅力あるジャンルに思えたはずである。実際彼は地誌詩として分類できる作品として「ビンジーのポプラ」（"Binsey Poplars," 1879）「エルウィーの谷で」（"In the Valley of the Elwy," 1877）「ダンズ・スコウタスのオックスフォード」（"Duns Scotus's Oxford," 1879 or 1878）「インヴァースネイド」（"Inversnaid," 1881）「リブルズデイル」（"Ribblesdale," 1882-3）を書いている。例えば「ビンジーのポプラ」は、オックスフォード郊外のビンジー村を再訪し、以前そこにあったポプラ並木が伐採されているのを知って嘆く詩である。ホプキンズは、ビンジーの風景の大切な一部になっていたポプラ並木を伐採してしまった人間の愚かさに強い憤りを表明する。それはその土地の固有性をなくしてしまうことであり、風景の多様性を喪失することだからである。田舎の自然は壊れやすく、繊細で、ほんの少しでも手を入れようとすれば、それは眼球に針を一突きするように台無しにしてしまう。自然がいかに脆い存在であるか、その「不調和の調和」の美がいかに微妙な個性の均衡の上に成立しているかをホプキンズは強調する。

一〇回か一二回の、たった一〇回か一二回の破壊が、
固有の姿を奪ってしまう、
その美しい固有の風景から
田舎の風景、一つの田舎の風景から
美しい固有の田舎の風景から奪ってしまう。　（二一―五行）

Ten or twelve, only ten or twelve
Strokes of havoc ûnselve
　The sweet especial scene,
Rural scene, a rural scene,
Sweet especial rural scene.

産業革命以前のデナムの時代には、このような自然の破壊という危機感はなかった。自然は人間に比べて遙かに力強かった。しかしホプキンズの時代には既に環境破壊が進行していたのである。そしてそのような環境破壊に強い危機感を抱いたホプキンズは、時代に先駆けてエコロジカルな視点から「ビンジーのポプラ」を書いたのである。但しその思想的背景には、神の栄光の象徴としての「斑」、即ち「不調和の調和」への憧憬がある。その「不調和の調和」を形成する固有の風景が破壊されることを憂慮したのである。デナムは「調和のない対立」

を恐れていたが、ホプキンズが恐れていたのは「対立のない調和」であった。それは個性を失った画一的な世界だからである。ホプキンズがそのような世界を恐れた理由の一つとして、彼が生きた時代の社会情勢を考える必要がある。マッケンジーは、ディケンズの『辛い時勢』（*Hard Times,* 1854）とジョン・スチュアート・ミルの『自由論』（*On Liberty,* 1859）を引証して、ヴィクトリア朝の時代は「単調な画一性」を生み出す傾向が強かったと述べている。『辛い時勢』には、同じ時間に出勤し、同じ仕事をし、同じ時間に帰宅する人々が、同じような街に住んでいる様子が描かれている。『自由論』は、当時の口やかましい大衆によって押し付けられる一般的なしきたりに反発し、奇異であることを推奨している。イギリスは産業革命以来、人も風景も、様々なものが均一化していく傾向があった。ホプキンズやディケンズやミルよりも前に、既にワーズワースも、ますます多くの人間が都市に流入し、その都市における職業が画一的であるために、多くの人が異常な事件を渇望していると考えた。そしてそのような画一化のために人間の心が本来持つ感受性が失われつつあると危機感を抱いた（Wordsworth, *Poetical Works,* vol. 2 : 389）。ホプキンズは、「不調和の調和」を形成する「個」が失われつつあることを感じていた。「不調和」がない単なる「調和」は生命感を失った世界である。ホプキンズは、画一化を進める時代の大きな波に抗うものの象徴として斑の現象を見ていたのである。

＊本論で使用した『クーパーの丘』のテクストは、主に以下の版に拠る。

O Hehir, Brendan. *Expans'd Hieroglyphicks: A Critical Edition of Sir John Denham's Coopers Hill.* Berkeley: University of California Press, 1969.

但し、必要に応じて以下の版も利用した。

Banks, Theodore Howard, ed. *The Poetical Works of Sir John Denham.* New Haven: Yale University Press, 1928.

（1）この論文は、その後、デナムが亡命していた一六五一年に、その原稿を手に入れたあるロンドンの本屋によって『賭け事の解剖』（*The Anatomy of Play*）という題で出版された。
（2）『クーパーの丘』のラテン語訳のテクストは、O Hehir, *Expans'd Hieroglyphicks* に収録されている（二六一―七五頁）。
（3）O Hehir, *Expans'd Hieroglyphicks*, pp. 25-39. なお本論では、以下、五つの草稿をそれぞれＤ１、Ｄ２、Ｄ３、Ｄ４、Ｄ５と略記する。
（4）ハーバートの『旅』ではファティマは実際に殺害されてしまうが、デナムは、その殺害は上演には不向きであると考え、筋を変更している。
（5）「国王によるセント・ポール修復に寄せて」の出版は一六四五年で、『クーパーの丘』が書かれた後であるが、この詩が書かれたのはそれよりも前であって、早くから仲間内で回覧されていた。
（6）Cummings, p. 230.
（7）キュベレー（Cybele）は古代フリージアを中心として小アジアで崇拝されていた自然の女神で、神々の母とされる。ギリシャ神話のレア（Rhea）に相当する。
（8）O Hehir, *Expans'd Hieroglyphicks*, p. 119. Note.
（9）この絵は現在バッキンガム宮殿に所蔵されている。
（10）セント・ポールの丘とウインザーの丘に用いられている"crown"は、Ｄ４から加えられた語である。
（11）植月恵一郎氏の論文「ジョン・デナム『クーパーの丘』（1642, 1655）」は、日本で数少ない本格的な『クーパーの丘』論で、多くの文献を渉猟して書かれた優れた論文であるが、その数少ない欠点の一つは、『クーパーの丘』のこの一節の解釈に誤りがあることである（Uetsuki, p. 23.）。なおこの論文が収録されている『地誌から叙情へ』は、英文学における地誌詩の伝統を綿密に辿り、それがロマン派の詩人にいかなる影響を及ぼしているかというテーマを扱った貴重な論文集である。
（12）O Hehir, *Expans'd Hieroglyphicks*, p. 123. Note.

(13)　植月氏は、この加筆部分と、詩の冒頭のシティにおけるピューリタンの商業活動への否定的言述の間に「奇妙な矛盾」があると述べているが（Uetsuki, p. 24）、特許状を与えられ統制された海外貿易と、多くがピューリタンであった新興商人や独立商人による商業活動を混同しているように思える。なお氏は加筆部分中の“commonwealth”をクロムウェル時代の共和国の意味に解釈し、この箇所に共和国への呪詛に似た感情があると主張しているが、この箇所は共和国崩壊後の六八年版に書き込まれており、共和国に対する呪詛と考えるのは不自然である。この“commonwealth”は、全国民が構成する政治的統一体としての「国家」（body politic）という意味であり、デナムは、シティに見られる無秩序な商業活動ではなく、統制された貿易によるイングランド国家の繁栄を謳歌している、あるいは謳歌という形をとりつつ祈願していると筆者は考える。

(14)　Dryden, Preface to the *Aeneis*, quoted by Cummings, p. 349.

(15)　O Hehir, *Expans'd Hieroglyphicks*, p. 126. Note.

(16)　デナムは、チャールズ一世が処刑された年に書いた「ヘイスティングズ卿の死に際して書いた挽歌」（“An Elegy upon the Death of the Lord Hastings”）で、既にチャールズを鹿に喩えている。

(17)　O Hehir, *Expans'd Hieroglyphicks*, p. 156. Note.

(18)　O Hehir, *Expans'd Hieroglyphicks*, p. 159. Note. なお国王チャールズ一世と裁判官ブラッドショーとのやり取りについては、例えば Hibbert, p. 275 を見よ。

(19)　ピューリタン革命は、法律については、ノルマン・コンクエスト以前からあるコモン・ローへの回帰を、国会についても同じくノルマン・コンクエスト以前の賢人会議が有していた権利への回帰を主張したという点で、アングロサクソン復興革命と言っていいかもしれない。宗教についても、ピューリタンを始めプロテスタントは、それまで公認のラテン語訳であったウルガタ聖書ではなく、信徒が自分で読める英語で、即ちアングロサクソンの言葉で訳された聖書を通じて神と直接対話することを重視した。聖書の公認の翻訳として宗教改革以前まで教会で広く用いられていたラテン語訳のウルガタ聖書を、勿論一般信徒は読みこなすことができず、その場合教会の司祭が重要な役割を果たすことになる。しかしピューリタンは、そのような司祭や司教といった介在者を重視する監督制の廃止を望み、自ら聖書を読み、自ら神と対話をすることを重要視したのである。

(20)　この民兵条例（Militia Ordinance）が法案として提出された際、議会では上下院とも通過したが、国王が承認しなかったために正式な法（Act）ではなく、条例（Ordinance）に留まった。国王はこれに対抗して、この条例に従うことを禁じる国王布告（Proclamation）を発布し、更に募兵授権状（Commission of Array）によって兵を集めた。募兵授権状とは、国王が成人男子を国王軍兵士として徴集する権限を特定の人々に授与する任命書である。

参考文献

Abrams, M. H. *The Correspondent Breeze: Essays on English Romanticism.* London: W. W. Norton & Company, 1984.

Adamson, John. *The Noble Revolt: The Overthrow of Charles I.* London: Weidenfeld & Nicolson, 2007.

Andrews, Malcolm. *The Search for the Picturesque: Landscape Aesthetics and Tourism in Britain, 1760–1800.* Aldershot, England: Scolar Press, 1989.

Ashley, Maurice. *The Battle of Naseby and the Fall of King Charles I.* New York: St. Martin's Press, 1992.

Aubin, Robert Arnold. *Topographical Poetry in XVIII–century England.* 1936. Millwood, N. Y.: Kraus Reprint, 1980.

Aubrey, John. *Brief Lives together with An Apparatus for the Lives of our English Mathematical Writers and The Life of Thomas Hobbes of Malmesbury.* Ed. John Buchanan–Brown. London: Penguin, 2000.

Banks, Theodore Howard, ed. *The Poetical Works of Sir John Denham.* New Haven: Yale U. P., 1928.

Barnard, John, ed. *Pope: The Critical Heritage.* London: Routledge & Kegan Paul, 1973.

Bowles, William Lisle. *The Poetical Works of William Lisle Bowles, with Memoir, Critical Dissertation, and Explanatory Notes by Rev. George Gilfillan.* Vol. 1. Edinburgh, 1855. 2vols.

Braddick, Michael. *God's Fury, England's Fire: A New History of the English Civil Wars.* London: Penguin Books, 2008.

Browne, Thomas. *Sir Thomas Browne's Religio Medici; Letter to a Friend &c.; and Christian Morals.* Ed. W. A. Greenhill. 1881. Peru, Illinois: Sherwood Sugden & Company, 1990.

Coleridge, Samuel Taylor. *Poetical Works.* Ed. Ernest Hartley Coleridge. Oxford: OUP, 1912.

——. *Collected Letters of Samuel Taylor Coleridge.* Ed. Earl Leslie Griggs. 6 vols. Oxford: OUP, 1956–71.

——. *The Notebooks of Samuel Taylor Coleridge.* Ed. Kathleen Coburn and Anthony John Harding. 5 vols. Princeton: Princeton U. P., 1957–2002.

——. *Biographia Literaria or Biographical Sketches of My Literary Life and Opinions.* Ed. James Engell and W. Jackson Bate. 2 vols. Princeton: Princeton UP, 1983.

——. *Shorter Works and Fragments.* Ed. H. J. Jackson and J. R. de J. Jackson. 2 vols. Princeton: Princeton U. P., 1995.

Cummings, Robert, ed. *Seventeenth-Century Poetry: An Annotated Anthology.* Oxford: Blackwell, 2000.

Dryden, John. *Dryden: The Dramatic Works.* Ed. Montague Summers. Vol. 1. London: The Nonesuch Press, 1931. 6 vols.

Fairer, David, and Christine Gerrard, eds. *Eighteenth-Century Poetry: An Annotated Anthology.* 2nd ed. Oxford: Blackwell, 2004.

Fritze, Ronald H., and William B. Robison, eds. *Historical Dictionary of Stuart England, 1603–1689.* Westport, Connecticut: Greenwood Press, 1996.

Gosse, Edmund. *From Shakespeare to Pope.* New York, 1885.

Harper, George McLean. "Coleridge's Conversation Poems." *English Romantic Poets: Modern Essays in Criticism.* Ed. M. H. Abrams. 2nd ed. Oxford: OUP, 1975.

Hibbert, Christopher. *Charles I.* New York: Palgrave Macmillan, 2007. pp. 188–201.

Hill, Christopher. *Puritanism and Revolution: Studies in Interpretation of the English Revolution of the 17th Century.* London: Penguin Books, 1958.

——. *The World Turned Upside Down. London*: Penguin Books, 1972.

——. *The Century of Revolution 1603–1714*. 2nd ed. Wokingham, Berkshire: Van Nostrand Reinhold, 1980.

——. *Society & Puritanism: In Pre-Revolutionary England*. London: Pimlico, 2003.

Hopkins, Gerard Manley. *The Poems of Gerard Manley Hopkins*. Ed. W. H. Gardner and N. H. MacKenzie. 4th ed. Oxford: OUP, 1918.

Hussey, Christopher. *The Picturesque: Studies in a Point of View*. London: Frank Cass & Co., 1967.

Johnson, Samuel. *Lives of the English Poets*. Vol. 1. London: J. M. Dent & Sons, 1925. 2 vols.

Kawaguchi, Hiroaki.（川口紘明）「風景の変容—ピクチャレスクから、スポッツ・オヴ・タイムまで」『英国十八世紀の詩人と文化』中央大学人文科学研究所編、中央大学出版部、一九八八年。一四五—一二三頁。

Kenyon, J. P. *Stuart England*. 2nd ed. London: Penguin Books, 1985.

——. *The Stuart Constitution, 1603–1688: Documents and Commentary*. 2nd ed. Cambridge: Cambridge U. P., 1986.

Kishlansky, Mark. *A Monarchy Transformed: Britain 1603–1714*. London: Penguin Books, 1996.

Lagomarsino, David, and Charles T. Wood, eds. *The Trial of Charles I: A Documentary History*. Hanover, New Hampshire: Dartmouth College Press, 1989.

Loxley, James. *Royalism and Poetry in the English Civil Wars: The Drawn Sword*. London: Macmillan, 1997.

Maclean, Hugh, ed. *Ben Jonson and the Cavalier Poets*. London: W. W. Norton & Company, 1974.

MacKenzie, Norman H. *A Reader's Guide to Gerard Manley Hopkins*. London: Thames and Hudson, 1981.

Merritt, J. F., ed. *The Political World of Thomas Wentworth, Earl of Strafford, 1621–1641*. Cambridge: Cambridge U. P., 1996.

O Hehir, Brendan. *Harmony from Discords: A Life of Sir John Denham*. Berkeley: University of California Press, 1968.

——. *Expans'd Hieroglyphicks: A Critical Edition of Sir John Denham's Coopers Hill*. Berkeley: University of California Press, 1969.

Pepys, Samuel. *The Diary of Samuel Pepys*. Ed. Henry B. Wheatley. 9 vols. London: G. Bell, 1914–1918.

Pope, Alexander. *The Poems of Alexander Pope*. Ed. John Butt. London: Routredge, 1963.

Purkiss, Diane. *The English Civil War: Papists, Gentlewomen, Soldiers, and Witchfinders in the Birth of Modern Britain*. New York: Basic Books, 2006.

Rogers, Samuel. *Recollections of the Table–Talk of Samuel Rogers*. Ed. Morchard Bishop. London: Richard Press, 1952.

Rumrich, John P., and Gregory Chaplin, eds. *Seventeenth–Century British Poetry: 1603–1660*. London: W. W. Norton & Company, 2006.

Smuts, R. Malcolm. *Court Culture and the Origins of a Royalist Tradition in Early Stuart England*. Philadelphia: University of Pennsylvania Press, 1987.

Timmis, John H. *Thine is the Kingdom: The Trial for Treason of Thomas Wentworth, Earl of Strafford, First Minister to King Charles I, and Last Hope of the English Crown*. N. p.: The University of Alabama Press, 1974.

Traill, H. D. *Lord Strafford*. London: Macmillan, 1907.

Turner, James. *The Politics of Landscape: Rural Scenery and Society in English Poetry 1630–1660*. Oxford: Basil Blackwell, 1979.

Uetsuki, Keiichiro.（植月恵一郎）「ジョン・デナム『クーパーの丘』（1642，1655）」『地誌から叙情へ—イギリス・ロマン主義の源流をたどる』笠原順路編、明星大学出版部二〇〇四年。一一—三六頁。

Underdown, David. *Revel, Riot, and Rebellion: Popular Politics and Culture in England 1603–1660*. Oxford: OUP, 1987.

Wasserman, Earl R. *The Subtler Language: Critical Readings of Neoclassic and Romantic Poems*. Baltimore: The Johns Hopkins Press, 1959.

Wedgwood, C. V. *The Trial of Charles I*. Harmondsworth, England: Penguin Books, 1964.

Weston, C. C., and J. R. Greenberg. *Subjects and Sovereigns: The Grand Controversy over Legal Sovereignty in Stuart England*. Cambridge: Cambridge U. P., 1981.

Wood, Anthony. *Athenae Oxonienses: An Exact History of all the Writers and Bishops Who have had their Education in the most Ancient and Famous University of Oxford. The Second Edition, very much Corrected and Enlarged.* London, 1721. 2 vols in 1.

Woolrych, Austin. *Commonwealth to Protectorate.* Oxford: Clarendon Press, 1982.

Wootton, David, ed. *Divine Right and Democracy: An Anthology of Political Writing in Stuart England.* London: Penguin, 1986.

Worden, Blair, ed. *Stuart England.* Oxford: Phaidon, 1986.

Wordsworth, William. *The Poetical Works of William Wordsworth.* Ed. E. de Selincourt and Helen Darbishire. 5 vols. Oxford: OUP, 1940–1949.

——. *The Prelude or Growth of a Poet's Mind.* Ed. E. de Selincourt. Oxford: OUP, 1970.

第二部　一七世紀英国文化の展開

第七章　メランコリーの水脈
――シェイクスピアとミルトン

上坪正徳

はじめに

ロバート・バートンは、一六二一年に初版が出版された『メランコリーの解剖』(*The Anatomy of Melancholy*)の序文("Democritus Junior to the Reader")の中で、メランコリーを「われわれの悲惨な時代」の「流行病」(an Epidemical disease)と呼び、「これは至るところに見られるとても辛い病気であるから、肉体と精神を苦しめるこの万人の病、この流行病をいかにして防ぎ癒すかを示すことほど世の中に役に立ち、自分の時間を使うのに有効な方法はない」(一・一一〇)と述べている。(1) この序文に出てくる「われわれの悲惨な時代」とは、一六世紀後半から一七世紀初頭にかけての時代を指していると考えてよいであろう。バートンの言う病としてのメランコリーの流行を裏づける医学的な資料は存在しないけれども、当時イギリス人の間でメランコリーに対する関心が急激に高まったことは確かである。この時代にはメランコリーに関する書物が次々と出版され、その内容も知識人を対象としたものから、一般大衆向けのものまで多岐にわたっていた。(2) さらに劇作家や詩人たちもメランコリーに興味を示し、例えばシェイクスピアやジョン・マーストンは、彼らの時代のメランコリー観に基づいて登場人物の性格を創造し、またジョン・ダンは彼自身のメランコリー体験を詠ったと思われる詩を残している。当時のイギリスにおけるメランコリーへの関心は、ギリシア起源のメランコリーの概念を復活・再生させたイタリアなどの国々よりも高かったと言えるだろう。この時代のメランコリーをとくに「エリザベス時代の病気」(Elizabethan Malady)、「エリザベス時代のメランコリー」(Elizabethan Melancholy) と呼んで、メランコリーの「流行」を引き起こした政治的、経済的、社会的、文化的、宗教的要因を追究した研究も出ている。(3)

このようなメランコリー研究が、一六・一七世紀のイギリス社会を理解するのに有益であるのは言うまでもない。しかしそれらの研究の中には、とりわけレイモンド・クリバンスキー、アーウィン・パノフスキー、フリッツ・ザクスルの大著『土星とメランコリー』(4)(*Saturn and Melancholy*) が出版された一九六四年以前に書かれたものの中には、エリザベス朝・ジェイムズ朝のメランコリーを現代の「憂鬱、鬱病」(depression, clinical depression) と同一視するという偏った前提に立ったものが少なくない。両者の間に類似性があるのは確かであるが、のちに詳しく述べるように、当時のメランコリーはただ単に憂鬱や鬱病だけでなく、様々な種類の病的な狂騒・錯乱から陰鬱な気質や気分に至る、人間の広い範囲の複雑な精神状態を意味し、さらに優れた哲学者や芸術家たちを、深遠な思索や独創的な芸術創造へと導く叡智や霊感の源泉であるとみなされていた。メランコリーを彼の時代の流行病と捉えたバートンも、この病の症状や原因の複雑さに触れたあとで、「(メランコリーの) 症状と原因のこのような曖昧さ、多様さ、見分けがつかない混合を前にすれば、(この病を) いくつかの種類に分けて取り扱うのは至難の業である」(一・一七一) と語り、さらにメランコリーに罹った人についても、「プロテウスでさえこれほど変幻自在ではない。メランコリーの人の本当の性格を突き止めるのは、月に服をこしらえてやるようなものである」(一・四〇七) と述べている。バートンが強調したメランコリーの症状と原因の「曖昧さ」と「多様さ」は、古代ギリシアに起源をもつメランコリーの概念が、二〇〇〇年におよぶ歴史の中で、その本質部分は不変であっても、時代とともに医学的・文化的・宗教的意味を拡大してきたことに起因している。本稿の目的はルネサンス期のイギリスに伝えられたメランコリーの概念が、シェイクスピアの『ハムレット』(*Hamlet*, c. 1600)とミルトンの『沈思の人』(*Il Penseroso*, c. 1631)にどのような影響を与えたかを考察することによって、イギリス文学史の中を流れるメランコリーの水脈の源を明らかにすることにあるが、まずエリザベス朝のイギリスに伝えられたメランコリーの概念とはいかなるものであり、それが当時の広範な人々の関心を集めた理由はどこにあったかを考えてみよう。

第一節　一六・一七世紀のメランコリー

メランコリー(melancholy)という語はギリシア語の *melas*(黒)と *khole*(胆汁)という二つの語から成っており、ギリシア医学で「血液」(blood)、「黄胆汁」(yellow bile)、「粘液」(phlegm)とともに体内の四体液の一つとみなされた「黒胆汁」(black bile)を意味していた。四体液は物質界を構成する四大(土・水・火・空気)に当たるもので、それぞれは四季および熱冷乾湿などの質と、さらに人間の気質および人生の四つの時期と次のような対応関係をもつと考えられていた。

血液―空気―春―熱湿―多血質(活発)―青年期
黄胆汁―火―夏―熱乾―胆汁質(激しやすさ)―壮年期
黒胆汁―土―秋―冷乾―黒胆汁質(メランコリー)―老年期
粘液―水―冬―冷湿―粘液質(無気力・鈍重)―幼年期または老年期

四体液説によれば、健康とは四体液がバランスよく体内に存在する場合のことであり、病気はそのバランスが崩れて、ある体液が極端に優勢になった状態である。例えば過剰な黒胆汁は憂鬱や狂騒を主な症状とするメランコリーを引き起こすだけでなく、頭痛・めまい・麻痺・痙攣・癲癇などの障害、さらに腎臓病・肝臓病・脾臓病その他の内臓疾患など、実に多くの心身の病気の原因とされたのである。このような四体液説は紀元前五、四世紀のギリシアの医師ヒッポクラテスらによって確立されたものであった。彼らの説を引き継ぎ、それに新たな発見を付け加えて、体液説を中心としてギリシア医学を体系化したのが、紀元二世紀に活躍し、ローマ皇帝マルクス・アウレリウスの侍医でもあった、ギリシア出身のガレノスである。

ギリシア医学の研究が盛んであったルネサンス時代に医学の権威と仰がれたガレノスは、四体液説やメランコリーに関してもいくつかの新しい説を書き残している。その一つは黒胆汁には四体液の一つである自然な黒胆汁のほかに、黄胆汁が体内の熱によって「燃焼」(combustion) してできた「焦げた黒胆汁」(adust melancholy) があるという考えである。この説はガレノスがギリシア人医師エフェソスのルフス (Rufus of Ephesus) から引き継いだもので、メランコリーの「抑鬱」以外の重要な症状と言われた「狂騒」の原因を解明するために唱えられたものであった。ガレノスによれば、「狂騒」を引き起こすのは、黄胆汁の加熱から生じた「焦げた黒胆汁」であって、それが脳の中に存在している時には、人は獣のように荒れ狂うのである。(5) 黄胆汁の燃焼という説はやがて他の三つの体液にも適用され、全部で四種類の「焦げた黒胆汁」が存在し、それぞれに異なったメランコリーの症状を引き起こすと考えられるようになった。

ガレノスが当時のメランコリーに新たに付け加えたもう一つの説は、四体液の組み合わせやそのバランスは、人の健康や病気に深く関連しているだけでなく、気質や性格を決める要因でもあるという説であった。ある体液が優勢な人はそれが原因となる病気になりやすい体質をもつという考えは、かなり古い時代から存在していたが、ガレノスはこの考えを発展させて、ある体液が優勢な人は体の外見や体質も類似しており、またその体液に特有な性格や気質を共通してもっていると説いた。黒胆汁に関して言えば、この体液の過剰は一般に痩せ型で、色が黒く、毛深い人に多く見られ、欝病などの病の主要な原因となるが、他方では塞ぎ込みがちで、行動力の乏しい臆病な性格や気質を生み出す主な原因でもあるというのである(6)。ガレノスのこの説はエリザベス朝・ジェイムズ朝にも引き継がれ、この時代の人々は「メランコリー」という言葉によって、鬱病、躁と鬱が交互に現れる躁鬱病、病的な狂騒状態だけでなく、普通の人の暗い性質や気質、あるいは何らかの原因による一時的な気分の落ち込みをも意味していた。このようにエリザベス朝・ジェイムズ朝の人々が、病気としてのメランコリーと性格・気質・気分としてのメランコリーとを区別してはいなかったのは興味深い。のちに病的な鬱は melancholia と呼ばれたが、OED によればこの語の初出は一六九三年である（現代では melancholia はやや古い語となり、depression あるいは clinical depression という言葉が使われることが多い。しかしこれらはエリザベス朝・ジェイムズ朝のメランコリーとは異なり、限定された意味で用いられている(7)）。

ガレノスのメランコリー論はヒッポクラテスの伝統に沿った医学的なものであったが、ギリシア時代にはもう一つの「哲学的・文学的」伝統を形成するメランコリー論が存在していた。これはアリストテレス著と言われる『問題集』三〇・一に出てくるもので、著者は哲学・政治・詩・技術の領域で卓越した人間がメランコリーに罹っているのはどうしてかと問い、その答えを体内の黒胆汁の量と温度に求めている。すなわち黒胆汁が多量で冷たい人は無気力で鈍重であり、それが多すぎてしかも熱い人はよく激情に駆られたりするが、「中には、〔黒胆汁が含む〕この熱が思考の座の近くにきているために、狂気とか狂乱の病気に冒される者も数多くいる。シビュルラたちや占者たちや神憑りになっている者のすべても、実はこの原因から生ずるのである」(8)。さらに黒胆汁の極端な高熱が適温まで下がった人の場合は、メランコリーの症状は示すけれども、知的であって奇矯なところが少なく、しかも教養、芸術、政治などの分野で他の人々よりも卓越しているのである。『問題集』三〇・一のこの説は長く注目されることはなかったが、ルネサンス期にこれを復活させたのが、フィレンツェの新プラトン主義者マルシリオ・フィチーノであった。彼は一四八二年に出版した『生についての三書』(*De vita libri tres*)[9]の中でアリストテレスの説を取り上げ、これを根拠としてあらゆる分野で天才と言われる人物はメランコリー気質あるいは症者であり、メランコリーこそ鋭い洞察力、芸術的才能、自然の神秘を感得する霊感の源であって、プラトンの「神聖な狂気」はこれに当たると主張した。フィチーノのメランコリー観は、ルネサンス時代のヨーロッパ諸国に天才の起源に関する論争を引き起こしただけでなく、ギリシア以来の長い歴史をもつメランコリーという精神の特異な状態に対する大きな関心を呼び起こしたのである。

以上はギリシアに起源をもつメランコリーの概念のごく簡単な要約であるが、この概念は一〇・一一世紀に活躍したアラビアの医師アヴィケンナ（アヴィケンナはラテン語名。アラビア名はイブン・シーナーである）らの手を経て、ルネサンス時代のヨーロッパに伝えられた。ヒッポクラテスらが生み出したメランコリーの概念が、約二〇〇〇年間、基本的にはほとんど変わることなく引き継がれてきたのは実に驚くべきことである。もちろんこの長い歳月の間には、時代の変化に伴って新たな発見がなされたり、新説が唱えられたりしたが、それらは基本概念の内容を否定したり修正したりするのではなく、メランコリーに付け加えられた新たな意味としてその概念を拡大したのであった。

その一つは四世紀後半にエジプトの砂漠のキリスト教修道院に見られた、修道僧の意気消沈、無気力、失意、憂鬱などの症状である。厳しい自然環境と人間社会から切り離された孤独な状況から生じたと思われるこの抑鬱状態は、「アシーディア」(acedia) あるいは「アクシディ」(accidie) と呼ばれ、その病状には程度の差があるにしても、のちに普通の修道士や一般のキリスト教徒の間にも見られるようになった。[10]「アシーディア」は、この状態に陥った人々が彼らに課せられた義務や務めを果たせなかったために、七つの大罪の一つである「怠惰の罪」（the sin of sloth）とみなされ、その原因として人の弱さに付け込もうとする悪魔や当人の罪悪感、良心の呵責などが挙げられた。中世では「アシーディア」はメランコリーと同一視されてはいなかったが、ルネサンスに入りメランコリーへの関心が高まると、「アシーディア」の様々な種類の鬱状態もその一部とみなされるようになった。ロバート・バートンは『メランコリーの解剖』の「宗教のメランコリー」の章で、「孤独、断食、神に関する瞑想、神の審判についての熟考が、多くの場合この病に伴っておりその主要な原因となっている」（三・四一三）と述べ、「アシーディア」の原因の一つとされた罪悪感についても「この病を引き起こす、最後のそして最大の原因は、我々自身の罪の意識であり、かつて犯した神の怒りに値する汚らわしい罪への罪悪感である」（三・四一六）と書いている。バートンは「宗教のメランコリー」の様々な形態を描いているが、「アシーディア」もその一種とみなしていた。

ギリシア起源のメランコリーの概念に新たに加えられたもう一つの説は、メランコリーと土星との密接な関係である。四体液に起因する四つの気質と惑星との対応関係は、九世紀にアラビアの学者によって確立されたと言われているが、この説によれば木星、火星、土星、金星（あるいは月）のもとに生まれた人の気質はそれぞれ、多血質、胆汁質、黒胆汁質、粘液質であるように定められているのであった。大宇宙と小宇宙（人間）との間に根源的な関係を見るこの占星術的決定論は、ルネサンス時代のフィチーノやアグリッパらに引き継がれ、土星に支配される黒胆汁質の人は、この星が与える未来を予知する力によって予言者になりうるという説が生まれた。とりわけフィチーノは、次の引用に見られるように、学者の守護星である土星はメランコリーをもたらす原因であるが、他方では思索と観想にふける人々に対してもっとも深遠な事柄を理解させ、超越的なものへ近づけてくれる最高位の星であると主張している。

惑星の中で最高位の星である土星は、探求する人間を至高のテーマへと向かわせる。こうして独創的な哲学者が生まれるのであるが、とくに彼らの魂が外部の動向と自分の肉体から切り離されたときには、最高の程度に神的なものに近づき、神的なものの道具となる。その結果魂は天から与えられる神の影響とお告げに満たされ、常に新しい驚くべき事柄を創造し、未来のことを予言するのである。（一二一―二）

一六世紀のフランス人医師ドュ・ローランも一五九九年に英訳された『視力の保持、メランコリー症、そして分泌物と老齢に関する論』（*A Discourse of the Preservation of the Sight: of Melancholike Diseases; of Rheumes, and of Old Age*）(11)の中で、メランコリーの体液（黒胆汁）は血液と正しい割合で混ぜられると熱くなるが、「それが一般に熱狂と呼ばれる一種の神がかり状態を引き起こす。その状態に入った人々は哲学者や詩人のように振舞ったり、また予言したりするのである」（八九）と述べている。予言者はメランコリーであるとするこのような説が、アリストテレス著とされる『問題集』三〇・一に基づくことは言うまでもないだろう。これに対してガレノス流の医学を学び、メランコリーを心身の異常とみなす人々にとっては、メランコリーに罹った人々の予言力と言われるものは、彼らの典型的な症状とされた幻想や妄想にすぎなかった。メランコリーを人間精神の極めて惨めな状態とみなすガレノスの伝統と、それを学問・芸術の創造の源とみなすアリストテレスの伝統は、ルネサンスと宗教改革の時代の思想や文学の中で、絶えず絡まりあって存在していた。二つの伝統の共存は、ルネサンスのメランコリーの概念が、当時の哲学者、詩人、劇作家たちを引きつけた大きな理由の一つであったと考えられる。

ルネサンス時代のメランコリーに対する関心は、最初ヨーロッパ大陸諸国で高まったが、やがてイギリスにも広がり、すでに述べたようにメランコリーに関する本が次々と出版されるようになった。そのきっかけとなったのは、一五八六年に出版されたロンドンのセント・バーソロミュー病院の医師ティモシー・ブライトの『メランコリー考』(*A Treatise of Melancholie*)[12]である。この書は「メランコリーの特質、その原因、それがもたらす心身の変調、その治療法」について当時の考え方を詳細に論じたものであるが、のちに医者から聖職者に転身したブライト自身の関心を反映してか、メランコリーを心身の病である「自然なメランコリー」(natural melancholie)と「苦しむ良心に下された神の厳しい手」(that heavy hande of God upon the afflicted conscience)とに区別し(iv)、前者には医学的な治療法を、後者には精神的な慰めを与えようとしている。メランコリーについてのブライトの論述は、ガレノスらの著作に出ているものと大体同じであるが、病としてのメランコリーの症状に関しては、次のようなメランコリーと一見関係がなさそうなものまで入っている。

メランコリーが原因の心の動揺は、ほとんどの場合悲しみと恐怖であるが、それに加えて不信、疑念、自信のなさ、絶望があり、時には怒ったような、時には人を小ばかにしたような、作り笑いを浮かべて楽しそうにしていることもある。(一〇二)

さらにブライトは、メランコリーの人に現れる幻想や幻覚の原因を、体内の黒胆汁の過多や高温による気化に求めて次のように述べている。

これは〔温められた黒胆汁のこと〕大部分脾臓にたまり、その蒸気で心臓を苦しめ、脳にまで達すると恐ろしい奇怪な幻想をつくりだし、さらに脳の物質と生気を汚染して、何の根拠もないのに、ぞっとするような作り話を脳に生み出させる。(一〇二)

ブライトは「自然なメランコリー」に苦しむ人には、食事、運動、睡眠などについての養生法（一四二一―六五）と黒胆汁を除去する医学的方法（一六九―八三）を示し、良心の呵責に苦しむメランコリー症者には、聖職者的立場から長文の「慰め」（consolation）を書いている（二〇七―四二）。ブライトの『メランコリー考』がフィチーノの『生についての三書』から一〇〇年以上もたって刊行されたこと、またメランコリー症者の知性の高さや洞察力の鋭さに簡単に触れてはいるが（一三〇―一）、ヨーロッパ大陸で論争の的になっていた天才の病としてのメランコリーには言及していないことから判断すれば、一五八〇年代までのイギリスではヨーロッパ大陸諸国、とりわけイタリアと比べてメランコリーに対する関心が低く、その概念の複雑さへの理解も深くなかったと思われる。『メランコリー考』は海外の書物を読むことのできる知識人よりも一般読者に歓迎されたようであるが、この書がイギリスの医学史や文化史にもつ意味は極めて大きい。この書物の刊行をきっかけとして、翻訳ものを中心にメランコリーに関する重要な書物が次々と出版され、やがて一六二一年にロバート・バートンの大著『メランコリーの解剖』第一版が刊行されることになるからである。

ブライトが言及していたメランコリー症者の幻覚・妄想は、一六世紀から一七世紀にかけて、イギリスを含めたヨーロッパの諸国でしばしば論争のテーマとなった重要な問題であった。幻覚・妄想が「堕落した想像力」によって起こるという説は当時広く信じられていたが、論争となったのは、幻覚・幻想を生み出す想像力の異常を他の心身の異常と同様な病気とみなすべきか、それともそこには何らかの超自然的なものの関与を認めるべきかどうかという点であった。イタリアの新プラトン主義者やオカルト哲学信奉者たちが後者を支持したことは言うまでもない。アンガス・ガウランドによれば、フランチェスコ・マリア・グアッツォ（Francesco Maria Guazzo）という悪魔学者は、想像力と超自然とが関連を持つのは、悪霊がメランコリーに苦しむ体内に想像力を通して入り、感覚と随意運動をつかさどる「動物精気」（animal spirits）を堕落させるからであると述べており、この意見には合理主義者とみなされたドュ・ローランも賛同しているとのことである。[13] もちろん医者の中には、幻覚や妄想をオカルト的な要因によってではなく、想像力の機能の病変という肉体内の原因によって説明しようとする人々もいた。しかしそのような人々が少数であったという事実は、この時代には未だメランコリーをはじめとする人間の精神の異常を、超自然的なものと結びつけて理解しようとする傾向が強かったことを示している。

メランコリーに冒された人々の幻覚や妄想の原因を「想像力の異常」に求める説は、一六世紀から一七世紀にかけての魔女狩りの時代に重要な歴史的意味を持つことになった。この説を根拠として魔女や悪魔憑きとされた人々が、実際には想像力に異常のあるメランコリー症者にすぎないという主張が出されたからである。そのもっとも早い例の一つがベルギー生まれの医師ヨーハン・ヴィエルの『悪魔の策略について』(*De Praestigiis Daemonum*, 1562) の中に見られる。この書の著者によると、いわゆる魔女の魔術 (witchcraft) は、悪魔によって引き起こされたメランコリーによる幻覚以外の何ものでもなく、魔術と関連づけられる超自然的な力の存在もまた想像力の異常から生じたものにすぎないのである。[14] ヴィエルはこの書の中で魔女の存在や悪魔の影響を完全に否定したわけではなかったけれども、彼の意見はジャン・ボダンをはじめとする当時の医者、哲学者、聖職者、法律家からきびしい批判をあびた。ロバート・バートンは『メランコリーの解剖』の「魔女と魔術師」の章でヴィエルの魔女狩り批判を取り上げ、彼の意見を支持した三人の名とそれを攻撃した八人の名を挙げている (一・一九六)。この三対八という割合はヴィエルの説に対する当時の社会の大まかな賛否の割合を表していると言えるだろう。

バートンが挙げた三人のヴィエル支持者の一人はイギリスのレジナルド・スコットであった。彼は一五八四年に出版された『魔術の暴露』(*The Discoverie of Witchcraft*)[15] の中で、魔女とその魔術また悪魔憑きと言われるものは、メランコリーに影響された想像力が生み出した妄想にすぎないと主張し、さらに「彼ら〔魔女とされた人〕が自分の肉体を変身させうると思い込んでいても、いつも同じ姿のままであるのならば、彼らが他人の体を傷つけたり弱くすることができると言っても、それは彼らの誤った空想だと考えるほうが理にかなっている」（四二）と述べている。魔女はメランコリーであるというスコットらの説に激しく反論したのは、スコットランド王ジェイムズ六世（のちのイングランド王ジェイムズ一世）であった。彼は一五九七年に刊行した『悪魔学』(*Daemonologie*)[16]の第二巻第一章をその反論にあて、自ら魔女であると告白し有罪と宣告された者の多くは、孤独でやせて青白いというメランコリーの徴候をまったく示しておらず、それどころか中には太った社交的な人物さえいて、ほとんどが「肉体の快楽に耽っている」（三〇）と書いている。このような論争を通して、魔女とメランコリーと想像力の異常を結びつけるスコットらの説は、魔女や魔術についての様々な超自然的解釈に対抗するための理論的な武器となっていった。

慰めの書が数多く出版された宗教改革の時代には、心の平安をかき乱す激情の一つであるメランコリーとそれがもたらす絶望や悲しみ（*tristitia*）を巡っても、激しい論争が行われた。ウィンフリード・シュライナーによれば、自らもメランコリーの経験をもつルターは、「すべての悲しみはサタンに起因する」とみなし、悪魔はメランコリーにつけ込んでその症者を道具として利用すると考えていた。一方カルヴァンにとっては、メランコリーがもたらす絶望や悲しみは、人が己の弱さを自覚して神へと向かうために必要な苦しみであり、神の摂理の働きを示すものであった。この問題を巡るルター派とカルヴァン派の対立がいっそう激しくなるのは、カルヴァンの説く「予定説」とメランコリーとの関連が論じられるようになってからである。ルター派から見れば、救われる者とそうでない者は神の意志によりあらかじめ定められているという「予定説」の強調は、人々の心に大きな不安を生みメランコリーを蔓延させる原因であった。[17]両派の論争は一六世紀後半から一七世紀にかけて主としてヨーロッパ大陸でなされたが、やがて双方の主張はイギリスにも伝えられた。ロバート・バートンは反カルヴァンの立場から、「よく見られることだが、人は神の審判と地獄の火に対する恐怖から生じたメランコリーによって絶望・恐れ・悲しみへと追いやられ、抑制のきかない人の場合には死んでしまうことさえしばしばある」と書いて、「神の審判と地獄の火に対する恐怖」をあおる「予定説」を批判している（三・四・二）。

以上見てきたように、一六・一七世紀のイギリスに伝えられたメランコリーの概念は、その背後にこれを悲惨な精神の病や気質とみなすガレノスの医学的伝統と、天才の特徴とみなすアリストテレスの哲学的伝統があった。さらにこの概念にはキリスト教の信仰や宗教改革、魔女狩りや魔女裁判、占星術やオカルト哲学など、この時代の重大な出来事や論争点が何らかの形で結びついていた。ティモシー・ブライトの『メランコリー考』以降、イギリスでメランコリーに関する著書や翻訳が次々と出版されたのは、メランコリーがこの時代のイギリス人にとってもはや無関心ではいられない身近な問題になっていたからであろう。このようなメランコリーに対する関心の高まりの中で、劇作家や詩人たちの中にもメランコリーを作品に取り上げる人々が出てきた。

ウイリアム・シェイクスピアもその一人である。ハーバード・コンコーダンス（*The Harvard Concordance to Shakespeare*）によれば、シェイクスピアのドラマでは「メランコリー」という語が七五回も遣われている。『お気に召すまま』（*As You Like It*, c. 1599）に登場するジェイクイズは、自他ともに認めるメランコリー症者であり、「人も寄りつかぬこの荒れ果てた土地の、メランコリックな樹々の蔭の下で」（in this desert inaccessible,／Under the shade of melancholy boughs, II. vii. 110-1）人間と人生について思索する。彼はアーデンの森の他の人間たちとは異なった価値観を提示する人物であり、「世界はすべて一つの舞台、男も女もみんな役者にすぎない」（All the world's a stage,／And all the men and women merely players. II. vii. 139-40）で始まる有名な台詞のように、人間に対する鋭いシニシズムに満ちた言葉を発する。ジェイクイズの孤独な瞑想と深い洞察力は、彼のメランコリーがアリストテレスとフィチーノの伝統に沿ったものであることを示している。ジェイクイズがメランコリーの種類の多様さについて述べる次の台詞も興味深い。

俺のメランコリーは学者のそれじゃない。あれは妬みだ。音楽家のそれでもない。あれは気まぐれだ。宮廷人のそれとも違う。あれは高慢ちきだ。軍人のでもない。あれは野心満々だ。法律家のそれでもない。あれは狡猾だ。貴婦人のそれでもない。あれは好みの難しさだ。恋人のとも違う。あれは以上を全部ひっくるめたものだ。おれのメランコリーはおれ独自のもので、いろんな成分が混ぜ合わされ、いろんな物から抽出されて出来あがっている。

I have neither the scholar's melancholy, which is emulation, nor the musician's, which is fantastical, nor the courtier's, which is proud, nor the soldier's, which is ambitious, nor the lawyer's, which is politic, nor the lady's, which is nice, nor the lover's, which is all these; but it is a melancholy of mine own, compounded of many simples, extracted from many objects, . . .　(IV. i. 10–16)

この台詞は、いろいろな職業や階層などに属する人々のメランコリーの特徴や原因を指摘して、彼らの性格や本性を皮肉ったものである。この台詞からも分かるように、シェイクスピアはメランコリーのタイプと原因が実に多様であり、しかもこの精神の変調が一種の流行病のように社会の各層に広がっていることに気づいていた。シェイクスピアは当時のメランコリーの概念を基にして、皮肉屋のジェイクイズのような何人かの個性的な登場人物を作り上げているが、本稿では長年にわたってメランコリーとの関連が論じられてきた『ハムレット』をもう一度取り上げて、この悲劇の主人公の性格創造にイギリス・ルネサンスのメランコリーの概念がどのように関わっているかを再検討してみることにしよう。

第二節　ハムレットとメランコリー

第一節で述べたように、エリザベス朝・ジェイムズ朝に伝えられたメランコリーの概念には、ガレノスとアリストテレスの二つの伝統が存在していたが、ガレノス的なメランコリーに限っても、今日であれば鬱病、あるいは躁鬱病と診断される病的なものから、生まれながらの暗い性質や気質、何らかの原因による一時的な興奮状態や錯乱状態、さらに塞ぎ込んだ陰鬱な気分に至る広い範囲の精神状態を意味していた。喪服を着て登場するハムレットの状態が、これらのどれに当たるのかは明確でないが、彼が父の亡霊に出会う前からある種のメランコリーに陥っていたことは確かである。一幕二場でデンマーク王クローディアスはハムレットに向かって、彼の周りにはいつも「雲」(the clouds, 66) が垂れ込めているのはどういうことなのかと尋ね、王妃は彼に「その夜の色」(thy nightly colour, 68) を脱ぎ捨てるようにと頼む。国王は黒い服を着たハムレットの暗く沈んだ様子を父王の喪に服しているためだと解釈し、父親の死をいつまでも嘆くことの無益さを説いて聞かせるが、ハムレットは王たちが去ると最初の独白によって彼の心の奥に巣くう絶望の深さを次のように語る。

ああ、あまりにも硬いこの肉体が砕け
融けて露と化してしまえばいいのに。
せめて神が自殺を禁じる掟を定めずに

いてくれたならば。ああ神よ、神よ、
この世の営みのすべてが、なんと退屈で
つまらない単調で無益なものに見えることか。

O that this too too solid flesh would melt,
Thaw and resolve itself into a dew,
Or that the Everlasting had not fixed
His canon 'gainst self-slaughter. O God! O God!
How weary, stale, flat, and unprofitable
Seem to me all the uses of this world!　(I. ii. 129–34)[18]

世の中のあらゆる営みがわずらわしく、自分の肉体が融けてこの世から消えてしまうことを願うハムレットは、典型的なメランコリー症者である。ハムレットがこの独白で明らかにした自殺願望は、エリザベス朝の観客に、この王子が陥っている精神状態がいかに苦しいものであるかを強烈に印象づけたと考えられる。キリスト教が自殺を禁じているのは言うまでもないが、さらに当時自殺はメランコリーに悩む人のもっとも悲惨な最期であると考えられていた。あらゆる事柄を相対的に見るロバート・バートンでさえ、メランコリー症者が絶望して自ら命を絶つことについては、「キリストと聖書は自殺を非難している。神と偉大な人々もそれに反対している。他人を刺す人はその肉体を殺すことができるが、自分を刺す人は自分自身の魂をも殺すのである」（一・四三七）と述べている。ハムレットの自殺願望は、引用の一行目にあるテクスト上の論争点、すなわち第一フォリオ版の

'solid' を採るべきか、第一・第二クォート版の 'sallied' (sullied) を採るべきかという問題とも関わっている。この問題に関してシドニー・ウォーハフトは一九六一年に *ELH* に発表した論文の中で、「(黒胆汁の) この冷乾の性質によって、メランコリーに罹った人の肉体の硬さが生じる」(一二八) というティモシー・ブライトの説を主な根拠として、第一フォリオ版の「硬い肉体」(solid flesh) という言葉のほうが重症のメランコリーに陥ったハムレットの状態を表すのにふさわしいと主張している。[19]

ハムレットの第一独白に出てくるもう一つの重要な台詞は、母のあまりにも早い結婚の相手である現国王の叔父を評して、「父の兄弟ではあるが、おれがヘラクレスに及ばぬほどに父上には似ていない」(My father's brother, but no more like my father／Than I to Hercules; I. ii. 152-3) と述べる台詞である。エリザベス朝・ジェイムズ朝の人々にとって、ヘラクレスはメランコリーと関係の深い英雄であった。[20] 第一章で触れた『問題集』三〇・一の中でアリストテレスに擬せられる著者は、様々な領域で並外れた業績をあげた人間はすべてメランコリックであり、或る者に至っては黒胆汁が原因の肉体の病気に取り付かれるほどのひどさであったと書き、その例としてエンペドクレス、ソクラテス、プラトンのような哲学者やアイアス、ヘラクレス、ベレロフォンなどの英雄を挙げているが、特にヘラクレスについて次のように述べている。

例えば、英雄たちの中では、ヘラクレスに関する物語りがそのように語り伝えられている。すなわち、言い伝えによると、彼はこのような素質の持主であったらしく、それなればこそ、癲癇持ちの症状を、昔の人々は彼に因んで「聖なる病い」と名づけたのである。また、自分の子供たちに対する彼の狂気じみた振舞いや、オイテ山でわが身を消滅させる前に腫物が破れたということも、このことを物語っている。なぜなら、この症状は、多くの場合、黒い胆汁が原因で現れるからである。

ハムレットは五幕一場でも「ヘラクレスがいかに力を振るっても、猫はニャーニャーと鳴き、犬は好き勝手に振舞うだろう」(Let Hercules himself do what he may,／The cat will mew, and dog will have his day. V. i. 281-2) と述べる。この台詞の解釈は様々であるが、おそらくハムレットがたとえヘラクレスのように怪力を振るうことができても、周りの騒ぎを止められないという意味であろう。『メランコリーの解剖』の「口絵」(the Frontispiece) の「孤独」(Solitude) に鹿の他に猫と犬が描かれているように、猫と犬はメランコリーを象徴する動物であった。もしシェイクスピアがこのことを意識していたとすれば、この台詞に出てくる猫と犬は、ハムレット自身を苦しめる内なるメランコリーと同じように、デンマークの宮廷内にあって、その「健康」を損なう悪しき連中を表していると考えられる。ハムレットの台詞の中にこのようにヘラクレスへの言及が出てくるのは、同じメランコリーに悩まされながら一二の難行を遂行したこの英雄が、ルネサンスの英国では肉体の力だけでなく、精神的な高潔さと激情の克服を象徴する人物であったからだと思われる(21)。

ハムレットのメランコリーの主な原因は、言うまでもなく父王の死と母親の早すぎる結婚である。しかしダグラス・トレヴァーらが指摘しているように(22)、エリザベス朝の観客にとっては、第一独白直前の国王と王妃の台詞 (I. ii. 113, 119) によって伝えられる、ハムレットがヴィッテンベルク (Wittenberg) 大学の学生であったという事実も、彼のメランコリーと何らかの関係をもつと思われたであろう。孤独な学究生活に起因する「学者・学生のメランコリー」は当時の文献によく出てくるが、ティモシー・ブライトは「精神労働の中で、学問はメランコリーを引き起こす大きな原因であり」(二四三)、それを避けるためには「やや荒っぽい種類の肉体活動に心を向けることがよい」(二四六) と述べている。また自らもメランコリーに悩まされていたロバート・バートンは、学問に勤しむ人間が一番この病に罹りやすいと書き、その第一の理由として「彼らが椅子に座って孤独な生活を送り、肉体の運動や他の人のする普通の息抜きもしない」からであり、第二の理由として他の職業の人々は自分の道具を大切に扱うのに「学者・学生だけが、毎日使用し、それによって世界中を動き回り、しかも研究が消耗させる道具、すなわち彼らの頭脳と精神を大事に扱わない」（一・三〇三）からだと記している。ハムレットが通っていたヴィッテンベルク大学は、宗教改革の発祥の地となったルターの大学として有名であるが、シェイクスピア時代のイギリス人にはまず「ファースト伝説」を連想させる場所であり、また教授や学生たちがもっとも神秘的な学問分野に取り組んでいる大学であった。(23) ルネサンスのメランコリーと文学作品との関係をはじめて詳細に論じたブリジット・ジェラット・ライオンズは、二幕二場で本を読みながら登場したハムレットが、何を読んでいるのかと尋ねるポローニアスに答える「言葉、言葉、言葉」（Words, words, words. II. ii. 192）という台詞に、本と格闘するヴィッテンベルクの生活に疲れたハムレットの学問に対する冷笑と皮肉を読み取っている。(24) ハムレットのメランコリーが学問に幻滅したためかどうかは別として、シェイクスピアが第一独白の前後で登場人物に四回もヴィッテンベルク大学に言及させているのは、ハムレットがこの大学で学んだ優れた知識人であり、「学者・学生のメランコリー」に特有の、非凡な知性と自己を観想する傾向をもっていることを強調するためであったと考えられる。

すでに触れたフィチーノの『生についての三書』は、アリストテレスのメランコリー観、すなわち学問や芸術の諸分野で傑出した人間はメランコリーに冒されるという説を復活させた書であった。この書の第一巻「学問に専念する人々の健康保持について」によれば、学問に没頭する人々は知的活動によってメランコリーに苦しむ宿命にあるが、最高位の星である土星の支配下に置かれるために、一般の人には隠された事柄を観想し、物事の本質を理解する力や未来を予知する力を与えられるのである。(25)『ハムレット』の材源の一つとされる『ハムブレットの物語』（*The Hystorie of Hamblet*）の作者ベルフォーレ（Belleforest）は、ハムブレット（ハムレット）に予見・予知の能力があることを認め、それを「悪魔の技」と呼んでいるが、この主人公にそのような能力が備わっている理由の一つが「あまりにひどいメランコリー」であると暗に述べている。[26] シェイクスピアのハムレットの台詞や行動を見れば、この王子がフィチーノやベルフォーレが述べている鋭い洞察力と予知能力をもっていることが分かるだろう。

　例えば一幕五場で父の亡霊が自分の死因に触れて「お前の父の命を奪った毒蛇は、いま王冠を戴いている」(The serpent that did sting thy father's life／Now wears his crown. I. v. 38-9) と述べると、ハムレットは「ああ、わが魂の予感よ！　あの叔父め！」(O my prophetic soul! My uncle! 40-1) と叫ぶ。一般にこの台詞は父の殺害ではなく、叔父の本性が露わになったことを指すと言われるが、[27] 一幕二場で鎧を着た父の亡霊が現れた話を聞いて、ハムレットが「これはよくないぞ、何か忌まわしいことがあるに違いない」(All is not well;／I doubt some foul play. I. ii. 257-8) と述べていたことからも想像されるように、彼はすでに漠然とではあるけれども、叔父による先王殺害のような「忌まわしいこと」があったのではないかと疑っていたと考えられる。ハムレットの予知力は、彼をイギリスに送ろうとする叔父の計画を感知する場面（三幕四場）や、五幕二場で語られる、イギリスへ向かう船の中で衝動的に船室を飛び出して、国書を持ち帰って読んだという話にも見られる。

　ハムレットのメランコリーは父の亡霊から死の真相を聞かされることによっていっそう深まっていく。二幕二場でハムレットがローゼンクランツとギルデンスターンに語る次の台詞は、彼のメランコリーがいかに深刻なものであるかを表している。

> おれは近頃――なぜだか自分にも分からぬが――何事にも喜びを感じなくなって、日課の運動もみんな止めてしまった。気持ちがすっかり沈んでしまい、この地球という見事な建造物も荒涼とした岬のようにしか見えない。すばらしい天蓋であるこの大空、見たまえ、頭上をおおう壮麗なこの天空、黄金の光で飾られた荘

厳なこの丸天井、ああ、それが今のおれにはただの穢れた毒々しい蒸気の塊にしか見えないのだ。

I have of late—but wherefore I know not—lost all my mirth, forgone all custom of exercise; and indeed it goes so heavily with my disposition that this goodly frame, the earth, seems to me a sterile promontory. This most excellent canopy, the air, look you, this brave o'erhanging firmament, this majestical roof fretted with golden fire—why, it appears no other thing to me than a foul and pestilent congregation of vapours. (II. ii. 293-301)

ティモシー・ブライトはメランコリー症者の視覚の暗さについて、「その肉体はメランコリーの不快な闇に取りつかれているので、太陽や月を、また天上の明るい星々をすべて暗くしてしまう。だからこれらの天体が現れても、恐ろしい湖から立ち上る暗黒の霧によって、半分以上欠けているかのように暗く見えるのである」（一〇六）と述べている。ハムレットにとっても、かつてはこの上なく壮麗で光輝に満ちあふれていた宇宙は、今やその輝きを失って、まるで毒々しい湖から立ち上る黒い霧の集合体のように思われるのである。同様な変化は大自然に対してだけでなく、人間に対しても起こっている。先の引用に続く有名なルネサンス的人間讃歌においても、ハムレットは人間を「世界の精華」（the beauty of the world, 304）、「命あるものの鑑」（the paragon of animals, 305）と讃えた直後に、「だが、この塵芥の精髄が何だというのか。人間なんか面白くも何ともない」（And yet, to me, what is this quintessence of dust? Man delights not me—, 305-6）と語る。これらの台詞を述べるハムレットはすでにローゼンクランツとギルデンスターンが王のスパイであることに感づいているが、ここでは彼らを騙すための虚偽ではなく、今の自分の気持ちを正直に述べているとみなして良いであろう。ハムレットのメランコリーの悪化には、彼を注意深く観察してきたクローディアスも気づいている。彼は三幕一場でオフィーリアと会ったハムレットが退場すると、「彼の心の中には何かがあって、それをメランコリーがじっと抱えて温めている。殻を破って現れると、何か危険なものになるのではないか」(There's something in his soul／O'er which his melancholy sits on brood;／And I do doubt the hatch and the disclose／Will be some danger; III. i. 165-8) と述べる。「何か危険なもの」とはハムレットが今の体制を破壊することを意味しているが、クローディアスが描く、何かを抱え込んで孵そうとする王子のメランコリーのイメージは、様々な道具類に囲まれて未完成の建造物の前にじっと座り、自分に創造的な仕事を完成する力があるかどうかに悩んでいるメレンコリアの像（A・デューラー作『メレンリアI』）を思い起こさせる。(28)

亡霊から先王の死の真相を知らされたハムレットは、エルシノアの城で自分が敵に囲まれていると直感し、ホレーシオらにこれからは「奇矯なふるまい」(an antic disposition, I. v. 179) をせねばならないと語る。'antic' は「場違いな、矛盾した」、「異様な、奇怪な」という意味であるが、「道化役者」という名詞の意味もあることを考えれば、ハムレットがこの台詞で言わんとしたのは、今後は奇矯な道化の役を演じながら城内の敵に対応するということであろう。しかし他方では、B・L・ライオンズやジュリアナ・シーサリが指摘しているように、(29) エリザベス朝の観客にとって 'antic disposition' は、陽気から落胆へ、昂揚した気分から無気力へと激しく変化するメランコリー症者の不安定な感情や行動を示す言葉であった。ティモシー・ブライトはこの不安定の原因を「焦げた黒胆汁」にもとめ、「血がこの火の燃料となると〔すなわち血が焦げて黒胆汁になると〕、やがてあらゆる深刻な事柄が冗談となり、悲劇が喜劇に、悲嘆が哄笑や踊りに変わってしまう」（一一二）と書いている。ハムレットは城内の敵を欺くためにわざと「奇矯なふるまい」をしようとするが、これは彼自身のメランコリー「気質」(disposition) をより演劇的に表現しようとするものでもある。ハムレットの「奇矯なふるまい」がどこまで演技であり、どこまで彼の真実の姿を映し出しているのかの判別が難しいのはそのためである。

ハムレットが己のメランコリーを強く意識していたことは、亡霊から現王による父殺害の話を聞いてもすぐに復讐に取り掛からず、まずそれが真実かどうかを確かめようとするところによく表れている。

　おれが見たあの亡霊は悪魔かも知れない。
悪魔は人が喜ぶような姿をとる力をもっているのだ、
だから、ひょっとするとおれの弱さとメランコリーにつけこんで、
あいつはそういう心の状態には大きな影響力をもっているから、
おれを欺いて地獄に落とそうとしているのかも知れぬ。

The spirit that I have seen
May be the devil, and the devil hath power
T'assume a pleasing shape; yea, and perhaps
Out of my weakness and my melancholy,
As he is very potent with such spirits,
Abuses me to damn me.　(II. ii. 587–92)

ハムレットがこのように亡霊の言葉に疑いを抱くのは、D・トレヴァーが言うように[30]、彼が学者・学生のメランコリーによく見られる「懐疑主義」に陥っているからか、あるいはハムレット自身がメランコリーによって引

き起こされる己の「想像力」(imagination) の異常を強く危惧していたからであろう。メランコリーに罹った人が一般に幻覚や妄想を抱きやすいのは、悪魔やその手先が「動物精気」(animal spirits) を経由してメランコリー症者の体内に入り、その人の想像力の働きに悪影響を与えるためであると言われていた。ロバート・バートンはメランコリー症者の想像力の異常について「このような症状は悪霊 (evil spirits) が原因で生じるのであって、彼らは体液の腐敗 (humors decayed) などの機会を利用して、人の魂を堕落させるのである」(一・四二八) と述べている。ハムレットは三幕二場の劇中劇の直前にもホレーシオに、この芝居の台詞を聞いて叔父の顔に罪の意識が現れなければ、「われわれの見た亡霊は悪魔だったのであり、おれの想像力は鍛冶の神ウゥルカーヌスの仕事場のように汚れていたことになる」(It is a damnèd ghost that we have seen,／And my imaginations are as foul／As Vulcan's stithy. III. ii. 77-9) と述べている。ハムレットのようなメランコリー症者が、己の病とその症状を意識して苦しむことは決して珍しいことではなかった。のちに明らかになるように、ハムレットの想像力は悪魔に利用されてはいなかったけれども、彼が視覚をはじめとする己の感覚を全面的には信じられないことが、彼の行動に影響を与えているのは確かである。

ハムレットの亡霊の言葉に対する疑いは、ゴンザーゴー殺しの芝居の成功によって解消する。ゴンザーゴーが毒殺されるくだりで王が立ち上がって会場から出ていくと、ハムレットは亡霊の話の正しさを確信し、ホレーシオに胸のつかえがおりた喜びを次のように語る。

　　手負いの鹿は泣いて逃げろ、
　　　無傷の鹿は飛び跳ねろ、
　　眠れぬ奴に眠る奴、

この世の習いはこんなもの。

Why, let the stricken deer go weep,
　The hart ungallèd play;
For some must watch, while some must sleep,
　So runs the world away.　(III. ii. 255-8)

ロバート・バートンの『メランコリーの解剖』の口絵にある「孤独」には、すでに述べた猫や犬の他に鹿が描かれており、鹿もまたメランコリーの孤独を象徴する動物であったことが分かる。ハムレットはゴンザーゴー殺しの芝居によって、先王殺しの大罪を犯したクローディアスを、もはや眠ることのできない孤独なメランコリーに追いやったと確信したのである。この歌とこれに続く「この調子で、羽飾りをいっぱいつけて、切り込みいりの靴にばらのリボンを二つ結んだら、どんなに運に見放されても、役者の仲間には入れてもらえるだろう」(Would not this, sir, and a forest of feathers—if the rest of my fortunes turn Turk with me—with two Provincial roses on my razed shoes, get me a fellowship in a cry of players, sir? III. ii. 259-62) という台詞は、疑いから解放されたハムレットの飛び跳ねたくなる高揚した気持をよく表している。

ハムレットがガートルードに呼ばれ、王妃の居間で母と対面する三幕四場は、ハムレットの性格創造とメランコリーとの関係を考える上で極めて重要な場面である。この場のはじめでハムレットは彼を諫めようとする母を逆に責め、さらに壁掛けに隠れて二人の会話を聞いていたポローニアスを刺し殺す。そしてポローニアスの遺体に向かって「軽はずみで出しゃばりの哀れな道化め、さらばだ、もっと偉い奴かと思っていた。これが運命と諦めろ」（Thou wretched, rash, intruding fool, farewell.／I took thee for thy better. Take thy fortune. III. iv. 32-3）と冷たい言葉を投げかける。この場面のハムレットはポローニアス殺害に何の良心の呵責も感じていないが、彼はこの殺人によってクローディアスに復讐する身でありながら、自らもポローニアスの息子レアティーズから復讐を受ける側に立たされたのである。

　こうして始まった母と息子の対面の場は、ハムレットの激情の爆発、醜悪な叔父への、そしてそのような男と床を共にする母への激しい非難へと展開していく。

　　　　あなたには眼があるのですか、
この美しい山で草を食むのをやめて、こんな泥沼で餌を漁るなんて。
それでも、眼があるのですか？　愛のためなどとは言わせません。
あなたの年になれば、血の騒ぎも鎮まり、
おとなしくなって分別に従うはず、一体どんな分別が
これからこれへ移れと勧めたのです？
あなたをこれほど騙して目隠しをしたのは、
どこの悪魔なんですか？

　　　　Have you eyes?
Could you on this fair mountain leave to feed,
And batten on this moor? Ha? Have you eyes?

You cannot call it love; for at your age
The heyday in the blood is tame, it's humble,
And waits upon the judgement; and what judgement
Would step from this to this? What devil was't
That thus hath cozened you at hoodman-blind?　(III. iv. 66–73)

ハムレットにメランコリー症者に特有の懐疑心を見るD・トレヴァーは、王子が母をこのように激しく非難するのは、自分の本当の父親がクローディアスではないのかと疑っているからだと考える。第一独白で自殺願望を述べたハムレットは、尼寺の場ではオフィーリアに「母がおれを産まなければよかったのだ」(it were better my mother had not borne me. III. i. 124-5) と語っている。トレヴァーによれば、ハムレットがこれほど母親に不信感をもつのは、自分の真の父が誰であるかに確信がもてないからであり、彼は王妃の居間の場でこのことを母に確かめようと虚しい努力をするのである。[31] この場のハムレットの台詞と行動には、トレヴァーの言う強い懐疑心の他にも、彼のメランコリーの症状と特徴が凝縮されている。

その一つは先王の亡霊の出現である。この亡霊が突然現れるのは、ハムレットがクローディアスのことを「ヴァイス役の王、国家と王権を盗みとったすり野郎」(a vice of kings,／A cutpurse of the empire and the rule, III. iv. 90-1) と揶揄したときである。亡霊はハムレットに鈍りがちな決意を研ぎ、悩む母を護るようにと勧めるが、息子が犯したポローニアス殺害という大罪には一切触れない。亡霊が見えないガートルードは、空に向かって話をする息子の姿に驚いて次のように述べる。

まあどうしたの、宙を見つめて
在りもしないものと話をしたりして？
あなたの目からは、精気が狂乱の体でのぞき、
寝ていた髪の毛は、敵の襲撃に飛び起きた兵隊そっくり、
まるで命あるもののように逆立っています。

Alas, how is't with you,
That you do bend your eye on vacancy,
And with th'incorporal air do hold discourse?
Forth at your eyes your spirits wildly peep,
And, as the sleeping soldiers in th'alarm,
Your bedded hair like life in excrements
Start up and stand an end.　(III. iv. 109-15)

王妃が訝るハムレットの姿が、メランコリーの症状の一つとされた狂乱状態であるのは言うまでもない。さらにこの狂乱の描写が、一幕五場で登場した亡霊の「(もしおれが獄舎の秘密を語ることを許されれば) ほんの一言でお前の魂は震えおののき、若い血は凍り、二つの眼は流星のように眼窩から飛び出し、束ねた髪もばらばらに乱れて、怒り狂うヤマアラシの針毛のように、一本一本逆立つだろう」(I could a tale unfold whose lightest word／would harrow up thy soul, freeze thy young blood,／Make thy two eyes like stars start from their spheres,／Thy knotty and combinèd locks to part,／And each particular hair to stand an end,／Like quills upon the fretful porcupine. I. v. 17-20）という台詞にそのまま対応していることも注意すべきであろう。ハムレットは母に父の亡霊を見るように促しながら、「あのお姿をみて、そのわけを知れば、石だって心を動かすでしょう」（His form and cause conjoined, preaching to stones,／Would make them capable. III. iv. 119-20）と語る。この台詞に出てくる'preaching to stones'は、「ルカによる福音書」一九・四〇でキリストの弟子たちが声高らかに神を賛美したとき、弟子たちを黙らすように求めたパリサイ人にキリストが答えた「もしこの人たちが黙れば、石が叫ぶであろう」という言葉に基づいている。ハムレットが母に向かって、悪魔であるかもしれない亡霊に関して述べた先の言葉は、ルカ伝の一節を冒瀆していると解釈することも可能であろう。[32]

　ガートルードは息子には見えて自分には見えない亡霊について「それはあなたの頭が生み出した妄想です。狂気はありもしないものを作るのが巧みなのです」（This is the very coinage of your brain.／This bodiless creation ecstasy／Is very cunning in. III. iv. 132-4）と語る。すでに述べたように、エリザベス・ジェイムズ朝の人々は、メランコリー症者の幻想や幻覚の原因を想像力の異常か、あるいは悪魔が想像力を通して「動物精気」を堕落させるためと考えていた。先のガートルードの台詞はこのことを指しており、彼女がハムレットの乱心を確信したことを示している。

　それにもかかわらずハムレットは自らを「神に代わって鞭をふるう者」（their scourge and minister III. iv. 164）であると信じ、まるで告解を勧める牧師のように母に向かって「神に懺悔しなさい、過去を悔いて、将来を慎むのです」（Confess yourself to heaven;／Repent what's past; avoid what is to come; III iv. 145-6）と説く。しかしハムレットが母に述べる言葉には、牧師の説教とは異なり相手に対する憐憫も慈悲も優しさもまったく見られない。さらに、何らかの方法で自分がイギリスに送られることを予知していたハムレットは、死んだポローニアスに

「この男のお陰ですぐに送り出されることになるだろう。この死骸を隣の部屋に引きずっていこう」（This man shall set me packing.／I'll lug the guts into the neighbour room. III. iv. 191-2）という冷たい言葉を投げかけ、遺体を引きずって退場する。すでに述べたように、ハムレットはクローディアスを道徳劇のヴァイスを念頭に置いて「ヴァイス役の王」（a vice of kings）と呼んでいた。しかしこの場のハムレットは、クローディアスを非難した言葉が自分にはね返ってきたかのように、自らが冷酷で嘲笑的なヴァイス役を演じている。ハムレットが己に課した「奇矯なふるまい」（「奇矯な道化役」でもある）は、王妃の居間の場で、メランコリー症者としての彼の言動と完全に一致したかに見える。

イギリスへ向かう船の上で「心の中で争いがおこり、そのために眠れなかった」（in my heart there was a kind of fighting／That would not let me sleep. V. ii. 4-5）ハムレットは、船室を抜け出して王の親書を見つけ出し、イギリスに着き次第処刑される人物名を自分からギルデンスターンとローゼンクランツに書き換える。ハムレットの船上での胸騒ぎもメランコリーに伴う予知能力の働きと言えるだろう。こうして死を免れたハムレットは、デンマークに戻り、墓場の場でヨリックの頭蓋骨を手にして死とこの世の移ろいやすさを熟考する。クリバンスキーらの『土星とメランコリー』中の図版一三四ドメーニコ・フェティと、図版一三五ジョヴァンニ・ベネデット・カスティリオーネの「メランコリー」が示すように、頭蓋骨を見ながら思索に耽る人物像は一七世紀の典型的なメランコリーの図像であった。

やがてオフィーリアの葬列がやってくると、ハムレットは妹の死を嘆くレアティーズを見て、自らも墓に飛び込み彼と掴みあいになる。従者たちが二人を引き離すと、ハムレットはレアティーズに「おれはオフィーリアを愛していた。実の兄が何万人も集まって、その愛をすべて集めても、おれの愛の大きさにかなうものか。貴様はオフィーリアのために何をするつもりだ？」（I loved Ophelia. Forty thousand brothers／Could not, with all their quantity of love,／Make up my sum—What wilt thou do for her? V. i. 259-61）と述べる。ハムレットこそポローニアスを殺害し、オフィーリアを狂気に追い込んだ張本人であることを考えるならば、この台詞に共感をもつことは困難であろう。クローディアスは興奮したハムレットを見て「これはみんな狂気のせいだ。こうして発作はしばらく続くが、すぐにうなだれてじっと黙ってしまう。丁度金色の二羽の雛をかえすときの雌鳩のように」（This is mere madness;／And thus a while the fit will work on him.／Anon, as patient as the female dove／When that her golden couplets are disclosed,／His silence will sit drooping. V. i. 274-8）と述べる。この台詞は、第二クォートに基づくアーデン版のようなテクストでは、王妃ガートルードの台詞になっているが、ハムレットのメランコリーに関する三幕一場のクローディアスの言葉を考えれば、オックスフォード版のように王の台詞とすべきであろう。この場のハムレットは、王が言うように、メランコリーに起因する興奮状態に陥ったと考えられる。

しかしイギリスへの船旅と危機一髪の生還、ヨリックの頭蓋骨に誘発された死と時の力についての瞑想、オフィーリアの死と粗末な葬儀は、ハムレットに大きな影響を与え、彼の精神に決定的な変化をもたらすのである。その顕著な例は、レアティーズとの剣の試合に胸騒ぎをおぼえたハムレットが、決闘をやめるようにと勧めるホレーシオに述べる、次の有名な台詞である。

いや、いいよ、前兆なんか気にするものか。雀一羽落ちるのにも、神の特別な摂理がある。今来るならあとでは来ない。あとで来ないなら今来るだろう。今来なくてもやがて来る。覚悟がすべてだ。

Not a whit. We defy augury. There's special providence in the fall of a sparrow. If it be now, 'tis not to come. If it be not to come, it will be now. If it be not now, yet it will come. The readiness is all.

(V. ii. 166–9)

すでに述べたように、ハムレットの「予感」はメランコリーに伴う一種の予知能力から来ていた。しかし今やハムレットはこの能力を否定して、すべてを神に委ねようとしている。三幕四場でハムレットが母を非難して述べる「石だって心を動かすでしょう」が、聖書のコンテクストから離れた言葉であったのに対して、この台詞の「雀一羽落ちるのにも、神の特別な摂理がある」は「マタイによる福音書」一〇・二九に、「覚悟がすべてだ」は同じ福音書の二四・四四と「ルカによる福音書」一二・四〇に基づき、聖書の意味を正しく伝えている。これらの言葉や前とは異なる『聖書』からの引用の仕方は、ハムレットの心境の変化やメランコリーの病状の変化と関連していると考えられる。ロバート・バートンは、満たされぬ欲求や願望のためにメランコリーに陥った人々に与えた「慰めのための脱線」(“A Consolatory Digression”)の中で、「たとえ汝が世間から見捨てられ、拒絶され、軽蔑されていようとも、自分で心を慰めればよい。荒野のハガルに次の言葉が告げられた。〈神は汝を見、汝に常に心を配っている〉と。天の神は汝の義を立証し、救いを与えてくれる。」(二・一三二)と語っている。一六・一七世紀のイギリスでは、メランコリー症者をはじめとする悩める人々の内面の苦しみを癒す最善の方法は己の限界を認識し、すべてを神に委ねて安心を得ることであった。しかしハムレットの変化、とくに彼のメランコリーに伴う予感・予知能力の否定が、最終的には彼に死をもたらす原因の一つなるのは、この悲劇の大きなパラドックスである。

ルネサンス時代のメランコリーの概念に基づいて、ハムレットの性格と行動をこのように見てくると、『ハムレット』のテクスト編者や注釈者を悩ましてきたハムレットのレアティーズへの弁明も決して不自然には思えない。剣の試合の直前、復讐を目指しながら、復讐される身となったハムレットは、レアティーズに次のように述べて許しを請う。

許してくれたまえ、レアティーズ、おれが悪かった。
しかし紳士として許してほしい。ここにおられる方々がみんなご存知のように、
それにきっと君も聞いているだろうが、
おれはひどい精神錯乱に悩まされている。おれのやったことは、
君の父上を思う気持、君の名誉をひどく傷つけ、不愉快な感情を
呼び起こしたであろうが、はっきり言うと、あれは狂気がさせたのだ。
レアティーズにひどい事をしたのは、ハムレットだったのか？
いや、断じてハムレットではない。ハムレットが自分を奪われ、
自分ではないハムレットが、レアティーズにひどい事をしたとすれば、
それはハムレットの仕業ではない。ハムレットはそれを否定する。
では誰がやったのか？　ハムレットの狂気だ。そうだとすれば、
ハムレットもやられた側の一人となる。狂気は哀れなハムレットの敵なのだ。

Give me your pardon, sir. I've done you wrong;
But pardon't as you are a gentleman.
This presence knows, and you must needs have heard,
How I am punished with a sore distraction.

What I have done
That might your nature, honour, and exception
Roughly awake, I here proclaim was madness.
Was't Hamlet wronged Laertes? Never Hamlet.
If Hamlet from himself be ta'en away,
And when he's not himself does wrong Laertes,
Then Hamlet does it not, Hamlet denies it.
Who does it then? His madness. If't be so,
Hamlet is of the faction that is wronged;
His madness is poor Hamlet's enemy.　(V. ii. 172–85)

この弁明についてサミュエル・ジョンソンは『シェイクスピア全集』の「註釈」の中で、「私はハムレットが何か別の弁明の言葉を選んでほしかった。このような嘘を言って自分を庇おうとするのは、善良なあるいは勇敢な人間にふさわしくない[33]」と述べている。二〇〇六年に出版された第三アーデン版テクストの編者も、ハムレットのこの台詞がポローニアスの殺害やオフィーリアの狂乱と死に対する責任を回避するための弁解に聞こえると記している[34]。しかし、ハムレットがこの悲劇の中で己を悩ますメランコリーについて何度も語っていたことを思い起こせば、この台詞が責任逃れの弁明ではなく、ハムレットの真情の吐露であることが分かるであろう。ルネサンス時代のイギリスに伝えられたメランコリーは、すでに述べたように、自殺願望さえ引き起こす病的な鬱状態、鬱と対照をなす躁状態、狂乱とも思われる激しい興奮状態を指すだけでなく、予言や予知の力、深い思索と瞑想、芸術創造などの源泉とみなされ、それぞれにはギリシア以降の医学的、哲学的背景が存在していた。本稿で論じてきた五幕一場までのハムレットの言動は、何らかの形で上記のメランコリーの概念に基づいている。先のハムレットの釈明に出てくる「彼の狂気」（His madness）は、ポローニアス刺殺のときに、あるいはオフィーリアの墓に飛び込んでレアティーズと摑みあいになったときに見られたような、一種の狂乱状態・興奮状態を指していると考えられる。メランコリーに起因するハムレットの「狂気」は、実際に「哀れなハムレットの敵」（poor Hamlet's enemy）であったのである。

以上見てきたように、シェイクスピアは当時のメランコリーの概念を基にして、沈思と行動、冷静と激昂、慎重と剛胆、やさしさと冷酷などの激しい矛盾に引き裂かれるハムレットの複雑な性格を創造した。それが可能であったのは、ルネサンスのメランコリー観の中に、人間を悩ます異常な精神状態や気質を創造的な瞑想・思索に転化する、ダイナミックな人間観が含まれていたからである。

シェイクスピアがルネサンスのメランコリーの概念を悲劇の主人公の性格創造に活かしたとすれば、それを叙情詩のモチーフとしたのはジョン・ミルトンである。彼はロバート・バートンの『メランコリーの解剖』を読み、またメランコリーがもたらす瞑想、忘我、孤独、静寂、予知、想像力に深い関心を抱いていたと言われている。[35]一六三一年ごろに書かれた『沈思の人』はメランコリーをテーマとしたミルトンの代表的な詩である。ではこの詩と対をなす『快活の人』（*L'Allegro*, c. 1632）も視野に入れながら、『沈思の人』の中でメランコリーの伝統的な概念が、どのように扱われているかを見てみることにしよう。

第三節　ミルトンの『沈思の人』

『快活の人』と『沈思の人』で詠われる「歓喜」と「メランコリー」の対照は、ロバート・バートンの『メランコリーの解剖』の巻頭に載せられた「著者によるメランコリーの概要」(“The Author's Abstract of Melancholy”)という詩からヒントを得ていると言われてきた。バートンの詩は一二聯からなっており、詩句に若干の違いはあるが、メランコリーが与える楽しい想像や空想を描いて、「これと比べると、私のすべての喜びは愚かしく、メランコリーほど甘美なものはない」(All my joyes to this are folly,/Naught so sweet as Melancholy)という内容の詩句で締めくくられる六つの聯と、メランコリーの恐怖と悲しみを描き、「これと比べると、私の全ての悲しみは喜びであり、メランコリーほど悲しいものはない」(All my griefes to this are jolly,/Naught so sad as Melancholy)という内容の詩句で締めくくられる六つの聯から成っている。バートンがこの詩で描いたメランコリーの明暗が、『快活の人』と『沈思の人』の創作に何らかの影響を与えたのは確かであろうが、その影響はごく表面的なものであって、ミルトンが詠うメランコリーはバートンの詩よりもはるかに複雑であり、またその概念の長い歴史を反映している。ではまず『快活の人』の冒頭部分を引用し、この詩で追放されるメランコリーの描写を見てみよう。

ここより去れ、厭わしい「メランコリー」よ、
　ケルベロスと暗黒の「深夜」を親として、
ステュクス川の、わびしい洞穴の中で、

恐ろしい異形の怪物、叫喚、不浄な光景に囲まれて生まれたお前よ、
荒涼たる洞窟を捜すがよい、
　巣籠る暗闇が警戒の翼を広げ、
不吉な夜鳥が鳴くところを。
　その地の漆黒の木蔭、汝の髪のように
不揃いで、低く垂れた岩々の下、
　キムメリオス人の暗い荒野に、いつまでも住むがよい。

HENCE loathed Melancholy
　Of *Cerberus*, and blackest midnight born,
In *Stygian* Cave forlorn
　'Mongst horrid shapes, and shreiks, and sights unholy,
Find out som uncouth cell,
　Wher brooding darknes spreads his jealous wings,
And the night-Raven sings;
　There under *Ebon* shades, and low-brow'd Rocks,
As ragged as thy Locks,
　In dark *Cimmerian* desert ever dwell.(36)　(1–10)

ここで描かれる「メランコリー」は、先に引用したバートンの詩に出てくる、人に地獄の苦しみや恐怖を与えるメランコリーである。「黒胆汁」というギリシア語を語源とするメランコリーは、心身の病・性格・気分であって神話に登場する人物ではないけれども、ミルトンはそれを擬人化し、原始の「夜」を母とし冥府の番犬ケルベロスを父として、ステュクス川を見下ろすわびしい洞穴で生まれた女にしている。このようなメランコリーの血筋の創造が、メランコリー―暗黒(夜)―死―冥府―地獄の連想に基づいていることは言うまでもないだろう。「巣籠る暗闇が警戒の翼を広げ、不吉な夜鳥が鳴くところを」という詩句は、陰鬱なメランコリーに伴う黒のイメージの見事な表現であり、メランコリーが他者との関係を断ち切って入っていく暗黒の世界の鮮烈な表現でもある。

これに対して『沈思の人』で、「空しいまやかしの喜び」(vain deluding joyes, 1)の追放後に迎えられる「メランコリー」は、『快活の人』の冒頭で追放された「厭わしいメランコリー」ではない。『沈思の人』の語り手である詩人は、新たに登場する「メランコリー」に向かって次のように呼びかける。

だが、ようこそ、賢明にして聖なる女神よ、
ようこそ、この上なく神々しい「メランコリー」よ、
その気高い顔はあまりにも明るく輝いて、
人間の視覚ではそれを捉えることができない。
それ故、われらの弱々しい目には、
落ち着いた黒い叡智の色で蔽われて見えるのだ。
黒いけれども、メムノン王の妹君にふさわしい色、

あるいは、己の美貌を海のニンフ以上と称したがり、
彼女らの神力を傷つけて、星に変えられた
あのエチオピアの王妃にふさわしい色。

But hail thou Goddes, sage and holy,
Hail divinest Melancholy,
Whose Saintly visage is too bright
To hit the Sense of human sight;
And therfore to our weaker view,
Ore laid with black staid Wisdoms hue.
Black, but such as in esteem,
Prince *Memnons* sister might beseem,
Or that Starr'd *Ethiope* Queen that strove
To set her beauties praise above
The Sea Nymphs, and their powers offended.　(11-21)

「賢明にして」(sage) という語が示すように、この詩の語り手にとって「メランコリー」は、人を深い思慮へ導く賢者でもある「聖なる女神」である。さらに『快活の人』で陰鬱なメランコリーの象徴であった暗黒の色は、『沈思の人』ではそのあまりの明るさ故に、人の眼には黒く見える「叡智の色」(Wisdoms hue) となってい

る。女神メランコリーのこの黒い色は、エチオピアの王でありトロイ側のもっとも美しい戦士であったメムノンの妹や、エチオピア王ケーペウスの妻でありのちに星座となったカッシオペイアに似合う美しい黒色である。ローレンス・バブが指摘しているように、[37] ミルトンは『快活の人』ではガレノスの伝統に沿った、心身を苦しめる病としてのメランコリーを、『沈思の人』ではアリストテレスとフィチーノの伝統に沿った、哲学者・芸術家・詩人の特徴としてのメランコリーを描いていると考えられる。さらに『沈思の人』の詩人は、彼が呼び出すメランコリーの血筋について、「あなたははるかに気高い血筋を引いている、太古に、鮮やかな髪のウェスタが、孤独なサトゥルヌスとの間にあなたを生んだのだから」(Yet thou art higher far descended, Thee bright-hair'd *Vesta* long of yore,/To solitary *Saturn* bore ; 22-4) と詠っている。サトゥルヌスは黄金時代を支配した農耕神であるが、すでに述べたように、この神と結びつけられた土星は人にメランコリーをもたらすだけでなく、最高位の星として至高の事柄を観想させ、理解させる惑星でもあった。サトゥルヌスを父とし、炉と家庭の女神ウェスタを母とするメランコリーは、炉辺の孤独な瞑想・観想を象徴していると言えるだろう。

『沈思の人』の語り手は三一行ではメランコリーに「来たれ、敬虔で清純な、沈思の修道女」(Com pensive Nun, devout and pure,) と呼びかける。三三―三六行で描写される修道女の黒い衣服が、メランコリーの黒色と結びつくからであろうが、ウェスタの娘―ウェスタの処女 (vestal virgin) ―神に身を捧げた修道女、という連想もあるかもしれない。このメランコリーに伴うのは、「穏やかな平和」(calm Peace, 45)、「静穏」(Quiet, 45)、「節約の物断ち」(Spare Fast, 46)、「隠遁生活の閑暇」(retired Leasure, 49)、そして「智天使の瞑想」(The Cherub Contemplation, 54) である。これらの中で最高の位置にあるのは「智天使の瞑想」であって、これは『快活の人』で「歓喜」に伴う「山のニンフ」(The Mountain Nymph, 36) と「快い自由」(sweet Liberty, 36) に対応している。「智天使」は天使九階級の第二位にあって知識を司る天使であり、神を見て至高の存在の美を瞑想する力をもっており、「瞑想」は優れた哲学者・詩人・芸術家を生む「天才のメランコリー」(genial melancholy）のもっとも重要な特徴でもある。瞑想する女性はデューラーの『メレンコリアI』をはじめ様々な絵に描かれているが[38]、バートンは「宗教のメランコリー」の章で、「(我々が神の慈愛を知るのは）我々に（神の美しさを）見せてくれる瞑想の目（the eye of contemplation）であり、我々を高みへ引き上げ、魂を育ててくれる黙想の翼（the wing of meditation）である」(三・三三五）と書いている。

『快活の人』の語り手は、早朝ひばりや雄鶏の鳴き声、農夫の口笛や乳搾り女の陽気な歌を聞き、鎌をとぐ草刈り男や羊を数える羊飼いを見ながら、田園の中を楽しげに歩いていく。これに対して、『沈思の人』の語り手は、夜になると「愚かな騒音をさけ、この上なく音楽に秀でた、メランコリックな美しい小鳥」(Sweet Bird that shunn'st the noise of folly,／Most musicall, most melancholy! 61-2）である小夜啼鳥《フィロメル》の歌を聞き、「天の広い、道なき道を歩いて迷ってしまった人のような、さすらう月が天頂近くに乗り入れるのを見るために」(To behold the wandring Moon,／Riding neer her highest noon,／Like one that had bin led astray／Through the Heav'ns wide pathles way；67-70）出かけていく。あるいは小高い丘の上で「遠くの晩鐘が広く水をたたえた岸辺を越えて、ゆっくりと揺れながら、重々しい音を響かせるのを聞く」(I hear the far-off *Curfeu* sound,／Over som wide-water'd shoar,／Swinging slow with sullen roar；74-6）のである。そして天候が許さないときには、「喜びが集うあらゆる場所から遠く離れた」(Far from all resort of mirth, 81）人目に付かない場所に引きこもることを願い、さらに次のように続ける。

　あるいは、真夜中の時刻に、わが灯火がどこかの
　高い寂しい塔で灯るのが、見られるようにしたい、

そこでしばしば、三重にも偉大なるヘルメスを読みながら、
大熊座と共に夜を徹し、
あるいはプラトンの霊を、それが住まう天体から招いて、
この肉体の一隅なる館を捨てた不滅の魂が、どんな世界を、
あるいはどんな広大な領域を得ているかを教えてもらう。

Or let my Lamp at midnight hour,
Be seen in som high lonely Towr,
Where I may oft out-watch the *Bear*,
With thrice great *Hermes*, or unsphear
The spirit of *Plato* to unfold
What Worlds, or what vast Regions hold
The immortal mind that hath forsook
Her mansion in this fleshly nook:　(85–92)

「灯火」（Lamp）は智の表象であり、「塔」（Towr）は隠遁して思索する場所を象徴している。決して沈むことのない「大熊座」（the *Bear*）は、軌道を外れずに「北極星」の周りで正確な円を描くために、「完璧さ」の象徴と言われている。[39]「三重にも偉大なるヘルメス」（thrice great *Hermes*）は、ヘルメス文書の著者とされるHermes Trismegistusの「三重の、いとも偉大なヘルメス」という名前のギリシア語の意味をそのまま翻訳したもので

ある。イタリア・ルネサンスはヘルメス主義の興隆期であったが、そのきっかけを作ったのは天才の病としてのメランコリー観を復活させた、新プラトン主義者のフィチーノであった。上の引用が示すように、『沈思の人』の語り手である詩人は、孤独な「塔」の中で占星術、魔術、錬金術、宗教が混在する「哲学」を、夜を徹して研究したいと望んでいるのである。

『沈思の人』の語り手の意識は、次には哲学から劇や詩へと移り、「荘厳な悲劇」（Gorgeous Tragedy, 97）を登場させて、ギリシア悲劇や「（数は少ないけれども）後世において悲劇の舞台を気高くさせたもの」（what (though rare) of later age,／Ennobled hath the Buskind stage. 101-2）を演じさせよと訴える。彼は続いて「メランコリー」である乙女に「おお、厳粛な乙女よ、あなたの力によって、ムーサイオスをその住処から呼び出し、あるいはオルペウスの魂に歌わせよ」（O sad Virgin, that thy power／Might raise *Musaeus* from his bower,／Or bid the soul of *Orpheus* sing／such notes as . . . , 103-6）と呼びかける。オルペウスはホメロス以前の最大の詩人・音楽家とされているが、オルペウス教の創始者ともみなされ、プラトンが取りあげた彼の作と言われる詩や文書は新プラトン主義者が好んで引用したものであった。次に語り手が呼び出すのは、『騎士の従者の話』の作者チョーサーと、馬上試合や戦利品、森や魔術を詠った「偉大な歌人たち」（great *Bards*, 116）である。こうして夜を哲学研究、悲劇と詩と古典の読書で過ごした『沈思の人』の語り手は、やがて朝が近づくとメランコリーの女神に向かって次のように訴える。

そして太陽が煌く光を放ち始めると、
女神よ、われを薄暗い森の、
木のアーチでおおわれた小道へ、

松の木や遺跡を思わせるオークの大樹の、
森の神《シルヴァン》が愛する、暗い木蔭へ連れて行きたまえ。
森の精《ニンフ》たちをおじけさせ、怖がらせて
聖なる住処から追い出してしまう、乱暴な斧の
振り下ろされる音が、聞こえたことがないところへ。
小川のそばの、茂みに囲まれた密やかな場所で
凡俗の目の届かぬところに、
われをぎらぎら光る太陽の目から隠したまえ。

And when the Sun begins to fling
His flaring beams, me Goddes bring
To arched walks of twilight groves,
And shadows brown that *Sylvan* loves
Of Pine, or monumental Oake,
Where the rude Ax with heaved stroke,
Was never heard the Nymphs to daunt,
Or fright them from their hallow'd haunt.
There in close covert by som Brook,
Where no profaner eye may look,

Hide me from Day's garish eie, . . .　(131-41)

太陽の明るさや暖かさを避けて暗い場所へ赴くのは、メランコリー症者の伝統的なイメージである。しかし『沈思の人』の詩人にとって「薄暗い森」や「暗い木蔭」は、単なる逃避の場所ではなく、「凡俗の目」や「ぎらぎら光る太陽の目」から離れて内省にふけり、宇宙の神秘や自然の調和を思索する場所である。ここは「森の神」(*Sylvan*) が愛し、「森の精たち」(the Nymphs) の集うところであるが、詩人である語り手がこの詩句の中で、森を破壊する「乱暴な斧」(the rude Ax) に触れているのは重要である。B・G・ライオンズが指摘しているように、この詩の語り手は『快活の人』の語り手には見られない、すべてを変化させる「時間」に対する意識を強くもっている。(40)『沈思の人』の語り手が個性をもち、彼の経験が平板な印象を与えないのは、それらが時間の経過の中で詠われているからでもあろう。

『沈思の人』の詩人は蜜蜂の歌や小川のせせらぎを聞きながら眠りにつき、「やがて眼が覚めるとき、上のほうに、周りに、下のほうに、人の幸せになるようにと、精霊によって、あるいは人には見えない森の守護神によって奏でられる、霊妙な楽の音を響かせてほしい」(And as I wake, sweet musick breath／Above, about, or underneath,／Sent by som spirit to mortals good,／Or th'unseen Genius of the Wood. 151-4) と願う。自然が奏でる「霊妙な楽の音」を聴くことができるのは、『沈思の人』の詩人がメランコリーによって、眼に見えない自然界の霊や神々と交感する力を与えられているからである。

『快活の人』と『沈思の人』はそれぞれメランコリーの明と暗の両面を詠った詩であるが、詩の世界に対する語り手・詩人のコミットの仕方には大きな違いがある。前者の詩人が「歓喜」の支配する明るい自由な生活の、客観的な観察者であるのに対して、後者の詩人は自らもメランコリーに支配される人物であり、メランコリーがもたらす孤独な思索と内省の生活に強く心を引かれている。『沈思の人』のこの特徴がもっともよく出ているのは、二四行短かい『快活の人』には、最終の二行を除いて対応する箇所がない、一五五―七四行の詩句である。

詩人はここではまずメランコリーの女神に、わが足に必ず「学問の場である、歩廊に囲まれた構内」(the studious Cloysters pale, 156) を歩ませ、われに「古く重々しい堅固な石柱で支えられた、高い丸天井の屋根」(the high embowed Roof,／With antick Pillars massy proof, 157-8) を愛でさせよと訴える。この建物は明らかにミルトンが学んだケンブリッジ大学を指しており、詩人はケンブリッジ大学の構内を歩いて、礼拝が行われる大学のチャペルへ入ろうと望んでいるのである。[41]

そこでは鳴り響くオルガンを演奏させよ、
崇高な礼拝のとき、清らかな聖歌を歌う、
声量豊かな下段の聖歌隊に合わせて。
その美妙な調べは、わが耳にしみわたり、
わが魂を解き放して、忘我をもたらし、
わが眼に天界全体をみせてくれるだろう。
そしてついに疲れ果てた老齢が訪れたら、
平和な隠者の住処と、毛の粗服と、
苔むす庵室を見つけ出し、
そこに坐して、天界が見せてくれる
あらゆる星を、そして露を吸う

あらゆる薬草を、正確に考察したい、
すればやがて古き経験は、
予言的な調べに似た何かを達成するだろう。
メランコリーよ、このような楽しみを与えたまえ、
すればわれは進んであなたと暮らすだろう。

There let the pealing Organ blow,
To the full voic'd Quire below,
In Service high, and Anthems cleer,
As may with sweetnes, through mine ear,
Dissolve me into extasies,
And bring all Heav'n before mine eyes,
And may at last my weary age
Find out the peacefull hermitage,
The Hairy Gown and Mossy Cell,
Where I may sit and rightly spell,
Of every Star that Heav'n doth shew,
And every Herb that sips the dew;
Till old experience do attain

To something like Prophetic strain.
These pleasures *Melancholy* give,
And I with thee will choose to live.　(161–76)

森の中で自然が奏でる「霊妙な楽の音」を聴きたいと望んだ詩人は、大学のチャペルでは彼にわれを忘れさせ、眼の前に「天国全体」を現出させる「鳴り響くオルガン」と「声量豊かな聖歌隊」の歌を聴きたいと思う。一六五行の‘dissolve’は、ウッドハウスとブッシュの注にあるように、「魂を肉体の束縛から解放する」という意味であろう。[42] フィチーノによれば、メランコリーをもたらす土星は「探求する人間を最高の主題へ導いてくれる」が、「彼らの魂が外的な刺激と自分の肉体から切り離され、最高度に神聖なものへ近づき、神聖なものの媒介になったときに、独創的な哲学者を作り出す」のである。[43]『沈思の人』の詩人は、フィチーノに従って己の魂を肉体から解放し、彼の最大の主題である宇宙の秩序について深遠な思索と観想に耽ろうとしている。

すでに述べたように、『沈思の人』の詩人はすべてのものを変化させる時間の意識をもっていた。この詩で詠われる一日の時間の経過は、詩人が送ろうと決意した思索と瞑想の人生に対応していると考えられる。彼が最後に思い描くのは、やがて必ずやって来る老年期の自分自身の姿である。彼は老いた己の姿として、苔むした庵室に住み、粗末な服をまとって星の運行を観察し、薬草の効能を調べる老詩人を思い浮かべ、女神メランコリーが与えるあらゆる喜びを享受した「古き経験」が、彼の詩に「予言的な調べ」を与えるようにと願うのである。フランセス・イエイツが指摘しているように、[44] この最後の願望がアグリッパのオカルト哲学から影響を受けているのは確かであろう。アグリッパによれば、メランコリーを支配するサトゥルヌス（サターン）は、魂を外的な出来事から内面世界へ向けさせ、低い次元のものからもっとも高い次元のものへと引き上げて、永遠なもの、魂の救済、未来に起こる事柄についての知識や知覚を与えるのである。(45)『沈思の人』の詩人にとって、隠された神秘を知り、最高の力である予知・予言の力を授けてくれるのは、アリストテレスが説いたとされる詩人・哲学者・予言者の病としてのメランコリーであった。

おわりに

一六世紀後半から一七世紀にかけての時代は、メランコリーの医学的根拠である四体液説に疑問が出され始めた時期であった。ウィリアム・ハーヴィーが四体液説の生理学的前提を否定する、血液の循環を説いたのは一六二八年のことである。にもかかわらず、この時期のイギリスの劇作家、詩人、散文作家たちが、メランコリーの概念を基にしてロマン派の時代まで続く水脈の源となる作品を創造したのは、不思議といえば不思議である。しかし第一節で述べたように、エリザベス朝に伝えられたメランコリーは、すでにその長い歴史の中で徐々に医学や生理学から切り離されて、人間の複雑な精神世界・感情世界を理解し、表現するための有効な概念になっていたのである。

ジョン・リリーの『ミダス』(*Midas*, 1592) に登場する小姓のリシオが、メランコリーを気取る床屋のモットーに向かって「メランコリーだって！　おい、メランコリーは床屋風情の遣う言葉か！　……それは宮廷人の紋章なんだ。ところが最近では卑しい連中までが、憂鬱な気分になるとメランコリーになったと言いたがる」(五幕二場一〇一—四) と述べていることからも推察されるように、エリザベス朝のロンドンにおいては、メランコリーは世に受け入れられない不満な貴族たちの、己の卓越さを示す一種のポーズになっていたと考えられる。このようにステレオタイプ化した人物像が、喜劇の登場人物にふさわしいのは言うまでもないだろう。メランコリーの水脈における『ハムレット』の重要性は、シェイクスピアがメランコリーの概念を悲劇の主人公の性格創造に応用し、ハムレットという無限の解釈を生む複雑な人物像を作り上げたことである。ハムレットの台詞や行動の問題点をすべて当時のメランコリー観から説明することはできないけれども、第二節で論じたようにそれによってかなりの部分がより明確になるのは確かである。

本稿では扱えなかったロバート・バートンの『メランコリーの解剖』も、メランコリーの水脈の重要な源である。一六五一年の第六版にいたるまで著者による改訂・増補が繰り返されたこの大著は、古代ギリシア・ローマ以降の膨大な著作の引用集であり、逸話や金言の集成であり、政治・経済・宗教・教育などの問題を含む、当時の人間に関するあらゆる知識の百科全書的な集積である。バートンがメランコリーをテーマにして、大図書館にも喩えられる大著を書くことができたのは、第一節で概観したその概念が二〇〇〇年におよぶ歴史の中で、人間にとって重要な様々の問題と密接な関連をもつようになっていたからであり、またバートンがメランコリーを人間や人間社会のあらゆる愚行や不合理のメタファーとして用いたからである。『メランコリーの解剖』がミルトンだけでなく、サミュエル・ジョンソンやジョン・キーツらに愛読されたことはよく知られている。

メランコリーとメランコウリアが区別され、前者が主として気質や気分を表すようになった一八世紀には、メランコリーのテーマはエドワード・ヤングやトマス・グレイなどの墓場派の詩人たちへ引き継がれた。彼らは従来人間に関して使われていたメランコリーという語を、詩人に人間についての思索を促す風景や雰囲気にも適用している。一方ミルトンが『沈思の人』で詠った、メランコリーがもたらす忘我・瞑想・静寂・孤独・自然愛・予知力・創造力は、トマス・ウォートンらを経て、ジョン・キーツやS・T・コウルリッジらのロマン派の詩人たちに引き継がれた。こうしてエリザベス朝の後期に始まったメランコリーの水脈は、同じ時代のヨーロッパの芸術文化・医学・心理学・宗教などと密接に関連しながら、イギリス文学の歴史の中を二〇〇年以上にわたって流れ続けている。本稿で取り上げたシェイクスピアの『ハムレット』とミルトンの『沈思の人』は、この水脈を生み出した作品の一部に過ぎないけれども、何故に一六・一七世紀の劇作家や詩人がルネサンスのメランコリーの概念に強い関心を寄せたかをよく示している。

（1）『メランコリーの解剖』のテクストは、*The Anatomy of Melancholy*, ed. Thomas C. Faulkner, Nicolas K. Kiessling and Rhonda L. Blair, 6vols（Oxford, 1989-2001）に拠っている。引用のあとの数字はこのテクストの巻と頁を表す。例えば（一・一一〇）は第一巻一一〇頁に出ていることを示す。ここに挙げたバートンの「流行病」という言葉には、本当の病気としてのメランコリーだけでなく、彼が序文の中で述べている人間の愚行や矛盾した言動等のメタファーとしてのメランコリーも含まれていると思われる。なお筆者のバートン論については、『イギリス・ルネサンスの諸相』（中央大学人文研究所研究叢書4、一九八九年）所収の「メランコリー・人間・社会―ロバート・バートン『メランコリーの解剖』に関する覚え書」を参照。なおバートンは「われわれの悲惨な時代」（in our miserable times）という語句をラウレンティウス（Laurentius）の言葉としているが、バートン自身の時代を指しているのは言うまでもない。

（2）例えば専門的な書としては、Timothy Bright, *A Treatise of Melancholie*（1586）, Juan Huarte, *The Examination of Mens Wits*（*Examen de Ingenios*）（1594）, André Du Laurens, *A Discourse of the Preservation of the Sight: of Melancholike Diseases; of Rheumes, and of Old Age*（1599）, Thomas Wright, *The Passions of the Minde in Generall*（1601）, Pierre Charron, *Of wisdome three bookes*（c. 1606）などがあり、一般向けの本には、Nicholas Breton, *Wonders Worth the Hearing: Which Being Read or Heard . . . May Serve Both to Purge Melancholy from the Minde, and Grosse Humoours from the Body*（1602）, Samuel Rowlands. *Democritus, or Doctor Merry-Man his Medicines, against Melancholy Humours*（1607）, などがある。

（3）'Elizabethan Melancholy' は G.B. Harrison, "An Essay on Elizabethan Melancholy" in Nicholas Breton, *Melancholike Humours*, ed. G. B. Harrison（London, 1929）から、'Elizabethan Malady' は、Lawrence Babb, *The Eli-*

*zabethan Malady*から採ったものである。なお、Vieda Skultansは、*English Madness: Ideas on Insanity 1580–1890*の中で、エリザベス朝のメランコリーを'English Madness'と呼んでいる。

（4）この書の著者と原題は、Raymond Klibansky, Erwin Panofsky, and Fritz Saxl, *Saturn and Melancholy ; Studies in the History of Natural Philosophy, Religion, and Art*（Cambrige, 1964）である。翻訳は、田中英道監訳『土星とメランコリー』（晶文社、一九九一年）がある。

（5）R. Klibansky, E. Panofsky, and F. Saxl, pp. 52–3.

（6）R. Klibansky, E. Panofsky, and F. Saxl, pp. 57–9.

（7）'melancholy'と'melancholia'については、Jennifer Radden, "Melancholy and Melancholia," *Pathologies of the Modern Self*, ed. David Michael Levin（New York University Press, 1987）, pp. 231–50を参照。

（8）『問題集』三〇・一の訳は、『アリストテレス全集』第一一巻、戸塚七郎訳（岩波書店、一九八八年）に拠っている。

（9）フィチーノの『生についての三書』からの引用は、英訳本*Three Books on Life*, ed. and trans. Carol V. Kaske and John R. Clark（Arizona Board of Regents for Arizona State University, 1998）に拠っている。

（10）「アシーディア」について初めて記述したのは、南フランスにいくつかの修道院を設立したヨハネス・カッシアヌス（Johannes Cassianus, 英語名John Cassian, 360?–435?）であった。彼は修道院設立前に砂漠の修道僧のもとを訪れて、彼らの生活についての報告書を書いている。彼の書の英訳には、*The Monastic Institutes* consisting of *On the Training of a Monk* and *The Eight Deadly Sins*（The Saint Austin Press, 1999）がある。「アシーディア」とカッシアヌスについては、*The Nature of Melancholy*, ed. Jennifer Radden（Oxford, 2000）, pp. 69–74を参照。

（11）Du Laurensのこの書のSTC番号は7304である。引用のあとの数字は頁数を表す。

（12）*A Treatise of Melancholy*はThe English ExperienceのNumber 212として復刻されている。引用のあとの数字は、その本の頁である。

（13）"The Problem of Early Modern Melancholy," *Past and Present* 191, 2006, pp. 91–3.

（14）Johann Weyer, *Witches, Devils and Doctors in The Renaissance*（*De Praestigiis Daemonum*）, trans. John Shea

(Binghampton, NY, 1991) の book Ⅲ, chapters 5-7 (pp. 180-6) と15 (pp. 210-4)、および *The Nature of Melancholy*, ed. Jennifer Radden (Oxford University Press, 2000) の Chapter 7 (pp. 95-105) を参照。

(15) 本稿では Reginald Scot, *The Discoverie of Witchcraft*, ed. Brinsley Nicholson, M.D. (London, 1886) に拠っている。引用のあとの数字は、その本の頁である。

(16) James I, *Daemonologie* の第二版は一六〇八年にロンドンで出版された (STC 番号 14365.5)。本稿はこの版に拠っている。引用のあとの数字は、その本の頁である。

(17) メランコリーを巡るルター派とカルヴァン派の論争については、Winfried Schleiner, *Melancholy, Genius, and Utopia in the Renaissance* (Wiesbaden, 1991), pp. 66-77, A. Gowland, pp. 106-7 を参照。

(18) 本論で使用したテキストは、The Oxford Shakespeare, *Hamlet*, ed. G.R. Hibbard (Clarendon Press, Oxford, 1987) である。

(19) Sidney Warhaft, "Hamlet's Solid Flesh Resolved," *EHL* 28 (1), 1961, pp. 21-30.

(20) ヘラクレスとメランコリーとの関係については、M.A. Screech, *Montaigne and Melancholy* (Susquehanna University Press, 1984), p. 31 にも言及がある。

(21) ハムレットがヘラクレスに言及する理由とシェイクスピア時代にこの英雄がもっていた象徴的意味については、Bridget Gellert Lyons, *Voices of Melancholy* (Routledge and Kegan Paul, 1971), pp. 107-8、河合祥一郎「謎解き『ハムレット』—名作のあかし」(三陸書房、二〇〇〇年) を参照。

(22) Douglas Trevor, *The Poetics of Melancholy in Early Modern England* (Cambridge University Press, 2004), pp. 66-76, W. Schleiner, pp. 241-3 を参照。

(23) W. Schleiner, p. 242.

(24) B.G. Lyons, p. 82.

(25) Ficino, pp. 121-3.

(26) Geoffrey Bullough, *Narrative and Dramatic Sources of SHAKESPEARE* Vol. 7 (Routledge and Kegan Paul,

1973), p. 104.

(27) The Arden Shakespeare, Second Series, *Hamlet,* ed. Harold Jenkins (1982), The Oxford Shakespeare, *Hamlet* (1987) の注を参照のこと。

(28) R. Klibansky, E. Panofsky, and F. Saxl の図版1を参照のこと。

(29) B.G. Lyons, pp. 93–4, Juliana Schiesari, *The Gendering of Melancholia* (Cornell University Press, 1992), pp. 235–6 を参照。

(30) D. Trevor, pp. 63–86.

(31) D. Trevor, pp. 81–3.

(32) Arthur McGee, *The Elizabethan Hamlet* (Yale University Press, 1987), p. 133.

(33) The Yale Edition of the Works of Samuel Johnson, Vol. VIII, *Johnson on Shakespeare* (Yale University Press, 1968), p. 1010.

(34) The Arden Shakespeare, Third Series, *Hamlet,* ed. Ann Thomson and Neil Taylor (Thomson Learning, 2006), p. 449.

(35) バートンとミルトンとの関係については、G.W. Whiting, *Milton's Literary Milieu* (Chapel Hill, 1939), pp. 129–76, William J. Grace, "Notes on Robert Burton and John Milton," *Studies in Philology* 52, 1955, pp. 578–91, A.S.P. Woodhouse and Douglous Bush, *A Variorum Commentary on The Poems of John Milton, Volume Two* (Routledge and Kegan Paul, 1972), pp. 231–41 を参照。

(36) John Milton の詩は、*The Poetical Works of John Milton,* edited after the Original Texts by H.C. Beeching, New Edition (Oxford University Press, 1950) に拠っている。

(37) L. Babb, p. 178.

(38) R. Klibansky, E. Panofsky, and F. Saxl, の図版を参照。

(39) A.S.P. Woodhouse, and D. Bush, p. 323.

(40) B.G. Lyons, pp. 151-2.

(41) A.S.P. Woodhouse, and D. Bush, p.334.

(42) A.S.P. Woodhouse, and D. Bush, p. 337.

(43) M. Ficino, pp. 121-2, R. Klibansky, E. Panofsky, and F. Saxl, pp. 259-60. を参照。

(44) Frances A. Yates, *The Occult Philosophy in the Elizabethan Age,* pp. 177-81.

(45) R. Klibansky, E. Panofsky, and F. Saxl, pp. 354-7. を参照。

一次資料

Agrippa, Heinrich Cornelius. *Three Books of Occult Philosophy or Magic,* ed. Wills F. Whitehead, Chicago: Hahn and Whitehead, 1898.

Aristotle. 戸塚七郎訳「問題集」『アリストテレス全集』第一一巻、岩波書店、一九八八年。

Bright, Timothy. *A Treatise of Melancholie.* facs. of the 1586 edition, The English Experience, No. 212, Amsterdam and New York, 1969.

Burton, Robert. *The Anatomy of Melancholy.* (Oxford, 1621, 1624, 1628, 1632, 1638, 1651).

——. *The Anatomy of Melancholy.* 6vols., ed. Thomas Faulkner, Nicolas Kiessling and Rhonda Blair, Oxford, 1989-2000.

——. *The Anatomy of Melancholy.* ed. Holbrook Jackson, J.M. Dent and Sons Ltd, 1972.

Cassian, John. *The Monastic Institutes* consisting of *On the Training of a Monk* and *The Eight Deadly Sins.* trans. Father Jerome Bertram, The Saint Austin Press, 1999.

Du Laurens, André. *A Discourse of the Preservation of the Sight: of Melancholike Diseases; Of Rheumes, and of Old Age,* trans. Richard Surphlet. London, 1599.

Ficino, Marsilio. *Three Books on Life* (*De Vita Libri Tres*). ed. and trans. Carol V. Kaske and John R. Clark, Amazona Board of Regents for Arizona State University, 1998.

Galen. *On the Affected Parts.* trans. Rudolph E. Siegel, Basel: Karger, 1976.

Huarte, Juan. *The Examination of Mens Wits*（*Examen de Ingenios*）. trans. R［ichard］C［arew］, London, 1594.

James I and VI. *Daemonologie.* London, 1603.

Johnson, Samuel. *Johnson on Shakespeare.* ed. Arthur Sherbo（The Yale Edition of the Works of Samuel Johnson, VII, VIII）. Yale University Press, 1968.

Milton, John. *The Poetical Works of John Milton.* edited after the Original Texts by H.C. Beeching. Oxford University Press, 1950.

——. *The Poems of John Milton.* ed. John Carey and Alastair Fowler, Longmans, 1968.

Montaigne, Michel de. 関根秀雄訳『随想録』白水社、一九九五年。

Radden, Jennifer.（ed.）*The Nature of Melancholy.* Oxford University Press, 2000.

Scot, Reginald. *Discoverie of Witchcraft.* ed. Brinnsley Nicholson, M.D. London, 1886.

Shakespeare, William. *As You Like It.* ed. Alan Brissenden. Clarendon Press, Oxford, 1993.

——. *Hamlet.* ed. G.R. Hibbard. Clarendon Press, Oxford, 1987.

——. *Hamlet.* ed. Harold Jenkins（The Arden Shakespeare, second series）. Methuen, 1982.

——. *Hamlet.* ed. Ann Thompson and Neil Taylor（The Arden Shakespeare, third series）. Thomson Learning, 2006.

Weyer, Johann. *Witches, Devils and Doctors in the Renaissance*（*De Praestigiis Daemonum*）. trans. John Shea, New York: Binghampton, 1991.

主な二次資料

Allen, Don Cameron. *The Harmonious Vision: Studies in Milton's Poetry.* The Johns Hopkins Press, 1954.

Babb, Lawrence. *The Elizabethan Malady: A Study of Melancholia in English Literature from 1580 to 1642.* Michigan–

State University Press, 1951.
Brann, Noel L. *The Debate Over the Origin of Genius During the Italian Renaissance.* Brill: Leiden, Boston, Köln, 2002.
Gowland, Angus. "The Problems of Early Modern Melancholy," *Past and Present* 191 (2006), pp. 85-128.
——. *The Worlds of Renaissance Melancholy,* Cambridge. 2006.
Grace, William J. "Notes on Robert Burton and John Milton," *Studies in Philology* 52 (1955), pp. 578-91.
Greenblatt, Stephen. *Hamlet in Purgatory.* Princeton University Press, 2001.
Jackson, Stanley. *Melancholia and Depression.* Yale University Press, 1986.
Kamitsubo, Masanori.（上坪正徳）「メランコリー・人間・社会―ロバート・バートン『メランコリーの解剖』に関する覚え書」『イギリス・ルネサンスの諸相』中央大学人文科学研究所編、中央大学出版部、一九八九年。
Klibansky, Raymond, Panofsky, Erwin and Saxl, Fritz. *Saturn and Melancholy: Studies in the History of Natural Philosophy, Religion, and Art.* New Yok: Basic Books, 1964. 邦訳、レイモンド・クリバンスキー、アーウィン・パノフスキー、フリッツ・ザクルス　田中英道監訳『土星とメランコリー』晶文社、一九九一年。
Leishman, J.B. '*L'Allegro* and *Il Penseroso* in their relation to seventeenth-century poetry', *Essays and Studies* 4 (1951), pp. 1-36.
Lyons, Bridget Gellert. *Voices of Melancholy: Studies in literary treatments of melancholy in Renaissance England.* Routledge and Kegan Paul, 1971.
MacDonald, M. *Mystical Bedlam: Madness, Anxiety, and Healing in Seventeenth-Century England.* Cambridge University Press, 1981.
McGee, Arthur. *The Elizabethan Hamlet.* Yale University Press, 1987.
Radden, Jennifer. "Melancholy and Melancholia," *Pathologies of the Modern Self: Postmodern Studies in Narcissism, Schizophrenia, and Depression.* ed. David Michael Levin, New York University Press, 1987.
Schiesari, Juliana. *The Gendering of Melancholia: Feminism, Psychoanalysis, and the Symbolics of Loss in Renaissance*

Literature. Cornell University Press, 1992.

Schleiner, Winfried. *Melancholy, Genius, and Utopia in the Renaissance*. Wiesbaden: Otto Harrassowitz, 1991.

Scott, W.I.D. *Shakespeare's Melancholics*. Mills and Boon Limited, 1962.

Screech, M.A. *Montaigne and Melancholy*. Susquehanna University Press, 1983.

Sickels, Eleanor, M. *The Gloomy Egoist: Moods and Themes of Melancholy from Gray to Keats*. Columbia University Press, 1932.

Srigley, Michael. "Hamlet's Prophetic Soul," *Studia Neophilologica* 58（1986）, pp. 205-14.

States, Bert O. *Hamlet and the Concept of Character*. The Johns Hopkins University Press, 1992.

Trevor, Douglas. *The Poetics of Melancholy in Early Modern England*. Cambridge University Press, 2004.

Tuve, Rosemond. *Images and Themes in Five Poems by Milton*. Harvard University Press, 1957.

Warhaft, Sidney. "Hamlet's Solid Flesh Resolved", *EHL* 28（1）（1961）, pp. 21-30.

Whiting, George W. *Milton's Literary Milieu*. Chapel Hill, 1939.

Wittreich, Joseph Anthony. *Visionary poetics: Milton's tradition and his legacy*. San Marino: Huntington Library, 1979.

Woodhouse, A.S.P. and Bush, Douglas. *A Variorum commentary on the poems of John Milton, Volume Two*. Routledge and Kegan Paul, 1972.

Yates, Frances A. *The Occult Philosophy in the Elizabethan Age*. Routledge and Kegan Paul, 1979. 邦訳、フランセス・イエイツ　内藤健二訳『魔術的ルネサンス―エリザベス朝のオカルト哲学』晶文社、一九八四年。

第八章　英国ルネサンス期ソネットにおける鏡のイメージ

石原直美

はじめに

エリザベス一世の治世のもと、国家も商業も文芸も栄華を極めた英国ルネサンス期、特に一五九〇年代からの世紀の変わり目に、英詩の文化ではソネットの形式が大流行しており、著名な詩人はこぞってソネットを執筆、出版した。ソネットは一般的に恋愛を主題とする一篇一四行の詩形で、他の詩形と同様に多種多様な象徴や比喩が用いられているが、そのなかでも本論では鏡のイメージに焦点を当てて考察したい。

鏡は古くから文芸においてしばしば登場するモチーフで、その用いられ方には各時代の社会背景や思想が反映されている。ソネットが流行していた一六世紀末当時の鏡は、ガラス製の平面鏡という新しい作製技術の発見と発達により、より正確な鏡像を映し出すものとしてヴェネチアから欧州各国へ普及し始めていた。大変高価な製品であり、王侯貴族による購入、所有が主であったとはいえ、鏡の普及は当時の人々の認識、特に自己認識に対して少なからぬ影響を与えたのではないかと考えられる。本論では、ソネットというひとつの詩のジャンルにおける比較対照を通して、英国ルネサンス期の詩人たちの鏡のイメージの扱いにおいて、いかに鏡の普及の影響が反映されているかということを検証する。

第一節　鏡の普及と文芸に対するその影響

まずは英国ルネサンス期までの鏡の小史を概観しておこう。古来、鏡は神話や宗教、科学や魔術思想、哲学、文芸にわたり、人間にとって様々な意義を持つものとして扱われてきた。

古代エジプトの絵画や彫刻では、ハヤブサの形をした太陽神ラーの頭上に、太陽を象徴する円形の鏡が見られる。また、愛や繁殖、美や舞踏の女神ハトホルはこの太陽神の目を象徴するものとされて、同じく太陽を象徴する円盤の鏡を掲げて描かれている。[1] ギリシア・ローマ神話では愛と美をつかさどる金星の女神ウェヌス（ビーナス、アプロディテ）も、しばしば鏡を持って描かれてきた。[2] 女神あるいは女性と鏡の組み合わせというモチーフは古くから用いられてきたことが窺える。後には、女性と鏡の組み合わせが「虚栄」や「高慢」、「思慮」の寓意を示す図像となって頻繁に絵画に用いられるようになる。[3] 絵画と相互に影響を与えあう詩においても、これらのモチーフはしばしば用いられる。

旧約聖書の「出エジプト記」第三四章二九―三三節には、シナイ山から降りてきた預言者モーセの顔に神の栄光が反映されて発光し、モーセはイスラエルの人々に主の語ったことを伝えた後、その顔に覆いを掛けたと書かれている。新約聖書の『コリントの信徒への手紙　二』第三章では、このモーセの顔の発光と覆いを引き合いに出し、一八節において「わたしたちは皆、顔の覆いを除かれて、鏡のように主の栄光を映し出しながら、栄光から栄光へと、主と同じ姿に造りかえられていきます。これは主の霊の働きによることです」と書かれている。[4] 敬虔な信仰を示す者の顔は、神の栄光が反映される鏡となるという解釈に基づくものと考えられる。こうした聖書における鏡の記述が、中世以降はキリスト教信仰と結びついて、様々な文書や図像を生むことになるのだが、それらについては後述する。

さて、古代ギリシア時代には、プラトンが『ティマイオス』（*Timaeus*）において、視覚についての哲学的かつ光学的な考察を述べている。「神々は、いろいろな器官の中でも、一番はじめに、光をもたらすものとして眼を造作してまとめ、これを固着し」（四五B）、人間の内部にある火が眼を通って流れるようにした。(5) それが昼間の光をもたらす火と合一して、外界で出くわすものと衝突し、抵抗を与える時にひとつのなじみあった身体が形成され、そのものの動きは「全身を通って魂にまで伝達し、われわれが、それによって見ると言っているところの感覚（視覚）をもたらした」（四五C—D）。

火と視覚の関係性をもとに、プラトンはさらに鏡について次のように述べている。「鏡が映像をつくるということや、すべて、そこにものが映って見えるなめらかなものについても、これを理解するのは、もはや少しも難しいことではありません。すなわち、内外の火の双方が互いに交わるということと、さらにまた、一体化した火が、その都度、なめらかな面のところで形成され、それが幾通りにも姿を変えるということがあると、そうしたことから必然的に、先に言ったような映像すべてがそこにあらわれることになるのです。つまり、〔見られるものとしての〕顔の火が、なめらかな、光ったもののところで、視覚の火と結び合う場合に、そのような結果が生じるわけです」（四六A—B）。この「内外の火の交わり」は、恋人たちの視線と視線の交わり、そして「鏡の映像」のイメージは、恋人たちにとっては恋する相手あるいは憧れの対象の現れ方として、英国ルネサンス期の詩にも用いられているのではないだろうか。

ローマ文化においては、ルクレティウスが『万物の根源／世界の起源を求めて』（*De Rerum Natura*）において鏡に映るイメージについていくつかの考察を述べている。「鏡、水、輝くものの表面に反映するイメージは必然的に幻影である。このイメージは実体そのままの姿をしている。つまり実体から分離したイメージによって構成されているのである。」（一四四）[6]

プラトンやルクレティウスなどの古代ギリシア・ローマの哲学者たちの鏡への省察は、反射光学的・科学的な観点に基づいており、鏡の見せる錯誤やまやかしが対象であった。[7] 凸面鏡や凹面鏡の鏡面で歪曲する鏡像への科学的考察や、平面鏡における左右逆転などへの考察を主としていたのである。

中世においては、由水常雄氏によれば、より鮮明な鏡像を映すガラス鏡の製造技術が依然として発達しておらず、人々は鉄や青銅鏡に映るおぼろげな鏡像を見ていた。そのぼんやりとした鏡像は、鏡を見る本人とは別の存在・幻影として何かを語りかけるものとして認識され、鏡に関わる伝説や迷信が多く生まれた。[8] さらに、メルシオール＝ボネによると、「中世においては鏡は宗教用語に属し、聖書や新プラトン派の文献、教父伝承にもとづいて、その象徴的意味が展開されている。文献においても図像においても、自分を映す実用品としての鏡の利用法はほとんど知らされておらず、……神の影か悪魔の道具としてしか、鏡は想定されていない」（メルシオール＝ボネ：一二三）。[9] つまり、キリスト教思想に基づく中世の鏡のイメージは両極端なものであったと言える。

中世キリスト教では、自己の肉体を眺めることへの耽溺を禁じ、鏡を偶像崇拝のひとつと見たため、鏡を眺めて身づくろいをする女性を虚飾と連想し、悪魔とともに描く構図の絵画が数多く見られる。一五〇〇年頃描かれたヒエロニムス・ボスの『快楽の園』では、裸婦が力なく座っている目の前には悪魔らしき怪物の下半身があり、その臀部に、鏡が描かれている。[10] 悪魔と連想された鏡は、当然のことながらキリスト教において批判の対象であったが、占星術や魔術、錬金術に携わる科学者や魔術師たちにとって欠かせない道具として用いられた。英国では、エリザベス女王にも仕えたジョン・ディーが鏡を光学的な研究対象にすると同時に、交霊術の道具として用いた。[11]

忌み避けられる鏡のイメージがあった一方で、前述の通り、聖書には鏡の喩えがしばしば登場する。旧約聖書続編の『知恵の書』第七章二六節には、「知恵は永遠の光の反映、神の働きを映す曇りのない鏡、神の善の姿である」とあり、新約聖書の『ヤコブの手紙』第一章二三―二四節には「御言葉を行う人になりなさい。自分を欺いて、聞くだけで終わるものになってはいけません。御言葉を聞くだけで行わない者がいれば、その人は生まれつきの顔を鏡に映して眺める人に似ています。鏡に映った自分の姿を眺めても、立ち去ると、それがどのようであったか、すぐに忘れてしまいます」とある。神の似姿として創られた人間が取るべき行動を、正しく認識するように促すものとして鏡の喩えが用いられている。

鏡を見ることで我が身を戒めるという発想に基づき、神学者たちは自らの執筆した書物が読者に知恵を与える鏡となるよう願い、そのタイトルにラテン語で「スペクルム」(speculum)、つまり鏡という言葉を用いた(12)。ヘルベルト・グラーベによれば、中世における「スペクルム」という言葉をタイトルに持つ本は九世紀に図書目録登録されている『アウグスティヌスの鏡』(*Speculum Augustini*)が最初で、一二世紀には「鏡」を冠する本が中世文学の一部として確立した。一三世紀にはボーヴェのヴァンサンの『大鏡《スペクルム・マユス》』に代表されるように「鏡」のタイトルは流行し、一四世紀になると英国でも、ラテン語で書かれた「鏡」のタイトルを持つ本の英訳が広く出回るようになった。一五世紀には英国では一時的にその数が減るが、一六世紀前半の英国では、再び増加するとともに「鏡」を表す言葉として“speculum”ではなく“mirror”“glass”の数の方が多くなった(13)。

この言葉の変化は、言語としての英語の成熟が要因のひとつに考えられるが、当時のガラス製の鏡の普及とも密接に関わっていると考えられる。ガラス製の鏡は一三世紀頃北ヨーロッパで凸面鏡の形でごく小さなものが製作されイタリアなどに輸出されるようになった。一六世紀初頭にはヴェネチアのムラノでより純粋で無色透明なガラス鏡の製作技術が発見されたが、一六世紀を通して、ガラス製の鏡が従来からある鋼や銀などの金属の表面を磨いて製作された鏡とともに利用された[14]。

金属製の鏡は安価で庶民も定期市などで手に入れられるものから、王侯貴族が買い求める高価な金銀製のものまで幅広い質のものがあったが、ガラス製の鏡、特にヴェネチア産のものは珍しく、宝石にも匹敵するほどの価格であった。例を挙げると、フランス国王フランソワ一世は一五三〇年代に金と宝石でできた額縁の小さなヴェネチア産ガラス鏡をいくつか手に入れており、ひとつが金貨で三六〇エキュした[15]。ヴェネチア産の平面ガラス鏡は、絵画でも見られ、一五五五年頃にティッツィアーノがキューピッドの持つ平面鏡に映る自分自身を見るウェヌスを、同じ時期にティントレットが水浴しながら鏡を見るスザンヌを描いている[16]。

フランソワ・ラブレーの『ガルガンチュア物語』(*Gargantua*, 1525)に出てくるテレームの修道院の館には、「どの控え部屋にも、純金の框に嵌めこまれた水晶の鏡があり、その鏡の周囲には真珠玉が鏤められ、全身を隈なく映し出せるほどの大きさだった」という描写があり[17]、「水晶」というのはヴェネチア産のクリスタル・ガラスであったと考えられる[18]。このような豪華なガラス鏡こそ、王侯貴族が買い求めようとしたものであったろう。

さて、一六世紀のイギリスでは、前述の通り、鏡という言葉をタイトルに含む書物の出版が増えていた。なかでも、英国歴代の王侯たちが登場して、過去の我が身に起こった出来事を嘆き君主のあるべき姿を語る『為政者の鑑』(*Mirror for Magistrates*, 1559)の出版とその影響は大きく、一六世紀後半、特に一五八〇年代以降に鏡を冠する本の出版数は一気に増大した[19]。それらの本は読者にとっての手本となり、鏡となって我が身を省みる機会を提供する機能を持つ。ガラス製平面鏡の製作技術の発達によって鏡像の鮮明さが増し、鏡が普及しつつあった背景のもと、社会における鏡の存在はより大きくなり、出版物のタイトルにもさらに積極的に用いられるようになったと考えられる。文芸作品のなかに出てくる鏡のイメージも、このような状況において自己省察・自己認識をもたらすものとしての役割を持つようになってきたのではないだろうか。

第二節　英国におけるソネット発達の始まり――ワイアットによるソネット英訳

英国におけるソネット流行は、一六世紀前半に活躍したトマス・ワイアットによるペトラルカの詩集『カンツォニエーレ』（*Il Canzoniere*）の英訳に始まると考えられている。一四世紀に初稿から決定稿まで実に三〇年ほどの年月をかけて完成された『カンツォニエーレ』はペトラルカが理想の女性かつ永遠の憧れとして描くラウラに捧げる詩三六六篇からなる詩集である。そのうち三一七篇がソネットであり、この作品を通してイタリアにおけるソネットの伝統を確立したペトラルカは、以後、国内外を問わず詩人たちに多大なる影響を与えた。[20] その影響を受けた詩人の一人がワイアットなのであるが、彼はペトラルカのソネットを英訳する際に逐語訳をするというよりは、独自の解釈と発想をもって言葉を選び、自身の作品としている。ソネットにおける鏡のイメージの考察を主眼としている本論では、ワイアットが唯一「鏡」という言葉を用いているソネットを取り上げ、ペトラルカのソネットと比較対照することから論考を始めたい。ワイアットの英訳（その日本語訳も併記する）と、ペトラルカの『カンツォニエーレ』ソネット第一二四番のイタリア語からの日本語訳とを並べて考察する。なお、本論のソネットの英文翻訳はすべて引用者によるものである。

「愛」と「運命」と「わが記憶」、
かつてのものと今のものを思い起こすものが、
実に私を苦しめるゆえに私はたびたび
あらゆる限界を超えたところにいる彼らを羨む。

愛は私の心を打ち殺す。あらゆる私の安らぎを
運命は奪うものなのだ。愚かしい記憶はそして
燃え上がり嘆くのだ　めったに
平静ではなく、じっと不安なまま生きるものとして。
わが平安な日々、それらは飛び去り過ぎて、
しかし日々まだ悪いものはさらに悪くなりつつ、
そして私の人生の行程の半分以上が過ぎた。
ああ、鋼ではなく壊れやすい鏡のような
私の信頼が私の手から落ちていくのが見える、
そして私のあらゆる想いが粉々に打ち砕かれる。

ワイアットによる英訳

Love and Fortune and my mind, rememb'rer
Of that that is now with that that hath been,
Do torment me so that I very often
Envy them beyond all measure.
Love slayeth mine heart. Fortune is depriver
Of all my comfort. The foolish mind then
Burneth and plaineth as one that seldom

Liveth in rest, still in displeasure.
My pleasant days, they fleet away and pass,
But daily yet the ill doth change into the worse,
And more than the half is run of my course.
Alas, not of steel but of brickle glass
I see that from mine hand falleth my trust,
And all my thoughts are dashed into dust.[21]

『カンツォニエーレ』ソネット第一二四番　和訳

「愛」「運命」そして「わが記憶」、
目先のことを毛嫌いし　過去のみを
振り返るわが記憶、この身悩ませ
ときには彼岸の霊魂さえも　羨むそれら。
わが心苛ぶる「愛」、安らぎを残らず奪う
「運命」、愚かにも記憶は怒り
そして泣く、かくも深い苦悶の中にあって
つねに戦いつつ　生きて行かねばならない。
楽しい日々が甦るのを　待ちこがれはしないが
憂うは　わが進む路の半ばも過ぎて

短い余生がいっそうひどく堕ちいかぬかと。
哀れな者よ　すべての希望が　ダイヤならぬ
ガラスのごとくに手からこぼれ落ち、
想いはことごとに　道半ばに砕け散る。[22]

ペトラルカのソネットでは「すべての希望」が「ダイヤ」ならぬ「ガラス」のごとく手から落ちて、「想いはことごとに　道半ばに」、つまり半分に砕ける、割れるとある。ダイヤモンドもガラスも、ともに基本的には無色透明で輝くものであるという点で共通しており、「希望」をかけがえのない貴重なものとして譬えるにはダイヤモンドがふさわしいが、叶いづらく壊れやすいものという側面から言えばガラスが相応しいという発想に基づいている。「想いが半分になる」というのは漠然としているが、第一連句には現在と過去、第三連句には甘美な過去とより悪くなる現実への言及があり、人生も過去とこれからの未来でちょうど半分になっていることを示していると考えられる。ペトラルカの場合、このソネット第一二四番が創作された段階で、詩人にとって憧れと愛の象徴であったラウラは死んでしまっていたと推定されている。[23]このソネットにおける過去と今後についての対比は、彼女が生きていた時の素晴らしい過去と、もう彼女がいない今と未来という暗く希望のない先行きの対比を示しているのかもしれない。今は亡きラウラの存在を意識するとすれば、ペトラルカのソネット前半にある彼岸の人々への羨みや記憶自体が泣くなどの表現の解釈もすべてそこへ集約されよう。

一方、ワイアットのソネットはペトラルカのソネットを英訳しているとはいえ、今まさに恋に焦がれて、愛が得られないことで心が殺され、平静さを失っているという現在進行中の葛藤状態を赤裸々に綴るものになっていると考えられないだろうか。「愛」と「運命」と「わが記憶」について、ワイアットのソネット第三行にある

「苦しめる」（torment）の縁語として、第二連句では「殺す」（slayeth）、「燃え上がり嘆く」（Burneth and plaineth）という激しい言葉が示されている。これらの言葉から、ワイアットのソネットにおける語り手にとって、恋愛をめぐる葛藤はより残酷なものであることが強調されている。

ワイアット独自の発想が最も明確に提示されている箇所は最後の三行である。ペトラルカでは「ダイヤ」ならぬ「ガラス」のごとき「希望」となっていたところを、「鋼」ならぬ「壊れやすい鏡」のごとき「信頼」としたワイアットの発想が重要な意義を持つ。「鋼」は純潔や信頼の高さを象徴するものであり、その点で、ペトラルカの「ダイヤ」が象徴する堅さに通ずる。一方、“brickle glass”は、「壊れやすい・もろい」「ガラス」とも「鏡」とも解釈でき、ワイアットも“glass”という一語にそれら二つの意味を盛り込んでいると考えられる。次の第一三行の冒頭にある“I see”は直接的にはthat節を目的語にしているが、“glass”の縁語として直後に置かれて、文字通りの「ガラス」だけでなく「鏡」でもあるということを示している。

“glass”を「鏡」という意味で捉えた場合、「鋼」（steel）はその鏡の材質を示す形容詞の役割を果たし、「鋼の鏡」ならぬ「壊れやすい鏡」つまり「ガラスで出来たもろい鏡」という対比が生じる。材質的な堅さという発想では「もろいガラス製」よりも「鋼」のほうが優っており、「鋼」は従来の「信頼」の強さの象徴につながる。一方、「鏡」として見る者に対してより鮮明にその鏡像を現すのは、「鋼」よりも「ガラス製」であるという発想では、見る者の「信頼」は「ガラス製」のほうに軍配があがり、見ることから得られる「信頼」の度合は高くなる。また、当時の「鏡」としての価値の観点から考えると、「鋼」よりも「ガラス製」が圧倒的に価値は高い。エリザベス・ヒールが指摘しているように、ここでペトラルカのソネットにおける「ダイヤ」とその偽物ともいえる「ガラス」という価値の差が、本来は堅くて強いはずの「鋼」と「もろいガラスの鏡」で、価値の逆転が行われる。[24] しかし、逆転によってそれぞれの価値が定まっているとも言い切れない。上記のように「信頼」自体の堅さ、あるいは、鏡像の点からの「信頼」の度合に重きを置くのか、「鏡」そのものとしての価値に重きを置くのかによって、このソネットにおける「鋼」と「ガラスの鏡」のそれぞれの価値の捉えられ方は揺らぐと考えられる。そこにワイアットのこの二つの物質の組み合わせを選んだ狙いがあるのではないだろうか。

当時のガラス製の鏡は宮廷を中心に王侯貴族の間など限られたところでイタリアから流通していた貴重品であり、最新かつ第一級の流行りものでもあったと考えられる。そのようなガラス製の鏡をイタリアのペトラルカが書いたソネットの英訳にいち早く取り入れたことは、ワイアットの斬新な感覚を示しているともいえよう。ワイアットは一五二七年にヴェニスを含む複数のイタリアの都市を訪れている。[25]その時実際にヴェニス製のガラスの平面鏡を目にした経験から、二つの異なる材質の鏡の対比を発想したのかもしれない。

さて、この鋼とガラスという二つの異なる材質の象徴する「信頼」(my trust) は、他者、特に恋人にとっての自分という人間の信頼性とも、恋人に対する自分の信頼・期待とも解釈でき、両方の意味があると考えられる。それが自分の手中にあったのに滑り落ちたため、あらゆる私の想いのすべてが散り散りに打ち砕かれるというのが最終二行連句の文字通りの意味だが、脚韻となる“trust”と“dust”、そして最終行の頭韻“dashed”と“dust”に注目することで、もう一つのイメージが浮かんでくる。手から落ちるのは“trust”で、砕け散るのは“all my thoughts”とはいえ、“trust”も“all my thoughts”とともに“dust”として粉々になる状況が想起される。ここで、“trust”の材質として示されていた「ガラスの鏡」も、高価ではあるが割れてしまえば「塵」つまり「取るに足らないもの」になってしまうことを暗示するものとなる。「ガラスの鏡」を持つに相応しいと連想される高貴で美しい恋人からの信頼と詩人の期待も、手中からこぼれ落ちれば、その想いは虚しいものとなり、恋が叶わぬものとなってしまうという嘆きとなる。

ソネットにおいては、最終二行連句もしくは三行連句が結論部分として詩人の芸術的意図が色濃く反映されると考えられ、ワイアットもこのソネットの最後の三行で詩人としての自己の創意を明示したといえよう。[26] 同時に、恋人の死によって今後永遠に決して叶わない愛と運命、我が想いを嘆いたペトラルカが彼のソネットで歌った恋の葛藤は、ワイアットのソネットにおいても叶わぬ恋愛の葛藤として詠われているという点で共通している。

第三節　ナルキッソスと虚栄の鏡の系譜
――シドニーの『アストロフェルとステラ』における鏡

サー・フィリップ・シドニーの『アストロフェルとステラ』（*Astrophil and Stella*, 1591）は、英国におけるソネット流行の契機となった作品と言える。ソネット第八二番には、「水鏡を死ぬまで眺めた彼の美しさをも凌ぐ並々ならぬ美」（Beauties which do in excellencie passe／His who till death lookt in a watrie glasse）（第二―三行）という表現がある。[27] この詩篇では、ステラの美しさを強調するために言及され、はっきりとナルキッソスの名が挙がっているわけではないが、読者がこの表現からナルキッソスを連想することを意図していると考えられる。

ナルキッソスはオヴィディウスの『変身物語』（*The Metamorphoses*）に出てくる美少年である。こだまの妖精エコーはナルキッソスを恋するが、拒絶されて悲しみに打ちひしがれつつ森にひそみ、やがて声だけの存在になってしまう。ナルキッソスはエコーのような妖精たちだけでなく、多くの男たちからも言い寄られていたが、同じようにさげすんでいたため、その若者たちの一人が彼も恋をしてその相手から見向きもされないようにと願い、復讐女神がそれを聞きとめた。ナルキッソスはそうとは知らずに泉の表面、水鏡に映る自分自身への恋をし、恋煩いで衰弱し、ついにそれが自分の姿だと知る。半狂乱状態の彼は泉に映る自己自身を見つめながら死にゆく。[28] この逸話については、英国ルネサンス期には、アーサー・ゴールディングによる英訳がある。

一三世紀に創作されたギョーム・ドゥ・ロリスとジャン・ドゥ・マンの『薔薇物語』（*Roman de la Rose*）では、語り手が、自分自身の姿に恋い焦がれて死んでしまったナルキッソスの泉を訪れる。その泉の奥底にある、あらゆるものをありのままに映しだす二顆の水晶は、危険な鏡として次のように語られている。

この鏡に自分の姿を映してしまうと、もはや誰にも守ってもらえないし、癒してくれる者もない。その人に愛の道を歩ませるもととなった対象から眼をそらせることはできないのだ。この鏡は数々の立派な男に災厄をもたらした。……ここでは人々の心に新たな狂気が湧き出てくる。ここでは心が変わってしまう。ここでは分別も節度も役に立たない。ここには誰かを愛するという意志しか存在しない。ここでは誰も自分のふるまいを律することができない。……この泉は適切にも〈愛の泉〉と呼ばれることになり、何人もの人々によって多くの場所で、物語や書物の形を借りて語られるようになった。[29]　（一五六九―一六〇〇行）

二顆の水晶は、人間の眼の象徴であると考えられる。[30] ここから、恋人の瞳を鏡に喩えるという発想が生まれてきているかもしれない。『薔薇物語』は一四世紀後半にチョーサーによって一部英訳されており、このナルキッソスの泉の箇所も含まれている。[31]

一五世紀末に、ドイツのセバスチャン・ブラントが書いた風刺詩集『阿呆船』（*Das Narrenschiff*, 1494）には鏡のモチーフへの言及があり、ナルキッソスについて触れている箇所もあって、一五〇九年に英訳されている。詩人アレクサンダー・バークレイの英訳本にはラテン語も併記されているのだが、バークレイによる英語の文章のほうが長く、訳者自身の解釈を加えて脚韻のある詩形にしているため、英訳本というよりは英語による翻案本といえよう。この本は一五七〇年に再版されており、英国ルネサンス期の人々にも広く読まれたと考えられる。

ナルキッソスへの言及もある、鏡の中の自分自身を覗き込む男の挿絵が添えられている箇所は、ブラントの作品では「自己陶酔のこと」の項目にあたる。[32] バークレイでは「自分ほど賢く、強く、公正かつ雄弁な者はいないと思い込む愚行」という項目で、ラテン語の文章の四倍近く鏡の中の自己自身に陶酔する人物の様子を批判している。ブラントの原文に最も近い内容の記述は次の引用箇所である。

しばしばこれらの愚行がまさに彼らの
黄褐色の顔色やとっくり鼻の責任をとるとき
彼らはいつでも見えるところに自分の鏡を持ち
（彼らの美を映す）虚栄の鏡を傍らに置くのだ
そしてそのような阿呆が台所へ行くときは
鍋をかき回す時も　そこで座っていようが立っていようが
鏡はいつももう一方の手にあるのだ。（引用者訳[33]）

一般的に、「虚栄の鏡」というと若い女性が連想され、ブラントの『阿呆船』でも「思いあがった虚栄心」という詩で、女性が鏡の中の自分に見とれる挿絵とともに「虚栄や金の学問は／阿呆女と同じこと、／鏡に向かって化粧して／悪魔の糸をあやつって、／ひとを地獄へ誘い込む」と語られている。[34] だが、ブラントもバークレイも「自己陶酔」の項目では、男性が自惚れや虚栄に耽溺する様子を批判していることに注目したい。この批判は、鏡の中の我が姿を四六時中眺めてそれに陶酔してしまう状況は必ずしも女性に限定される行為ではないことを示しており、また、バークレイが英語翻案した一六世紀初頭に鏡が一般に流通していたことをも示している。

また、この詩においては、鏡を示す言葉として“mirror”と“glass”を特に区別なく用いており、一五〇九年頃には両者のイメージの違いはほとんどなかったものと考えられる。

ナルキッソスと自己愛に関して、もうひとつ注目しておきたいものがある。当時のヨーロッパでは、図像とエピグラム（あるいは銘文）から構成されて一般道徳を説くエンブレムが流行しており、詩人や文学者、知識人によって使用されていた。[35] この流行の背景には、古代ギリシア詩人であるシモニデスの「絵は黙せる詩、詩は語る絵」という言葉を起源とする、ホラティウスの『詩論』（*Poetica*）における「詩は絵のごとく」（Ut pictura poesis）という文芸と絵画の関係性に対する認識がある。伊藤博明氏の指摘にあるように、詩句は図像の意味を明確に伝え、図像は詩句の内容を図で示すというエンブレムはその理想を具現化したものであったと言えよう[36]（一五―六）。

当時の英国でのエンブレム流行では、詩人ジェフリー・ホイットニーが一五八六年にオランダのライデンで刊行した『エンブレム選集』（*A Choice of Emblemes*）が英語のものとして注目に値する。フランシス・ミアズは一五九八年に出版された『知恵の宝庫』（*Palladis Tamia*, 1598）で、英国における著名なエンブレム作者としてホイットニーの名を挙げていることから、ソネットが流行していた頃に注目されていたと考えられる。[37] ホイットニーは執筆にあたり様々な材源を参照したと述べており、彼の『エンブレム選集』は英国ルネサンス期までに蓄積されたイメージとその表現の集大成になっているといえる。[38] 参照した材源の中に、前述のブラントの『阿呆船』もしくはバークレイの英語翻案本が含まれていたかもしれない。このエンブレム集にはナルキッソスの図像を伴った“Amor Sui”（自己愛）というモットーのついた詩句がある。

ナルキッソスは我が身をあまりにも愛し、好んで、
ついに見つめながらその場で死んでしまった。
このことは自己愛を示し、そこから逃れられる人はほとんどいない、
病が生じ、多くの者を惑わすものである。
富裕者、貧困者、知者、そして飲んだくれが、
その病にとらわれるが、彼らはそれに気付かない。

このことは、我々の無知を見て他の人々が冷笑する時に、
我々が受けるべき当然の報いを大変明確に推測させる。
それはなぜだろうか？　自己愛は我々の心を傷つけ、
我々に自分の行為のみが存在していると思わせるからである。
どのような秘かな痛みがあるのだろうか、我々の眼からは隠されて、
しかし同時に他者には簡単に見えてしまうような場合には。
これよりも何が愚かで、これに似た溺愛とは何だろうか。
それに我々は他の人の失敗がすぐ分かるだろうか。
我々自身の失敗が分からないのに。ああ、盲目は極めて危険である。
だから君の行為に影響を与えるのではなく、試し、証明せよ。
自己愛から、不面目と恥辱が生じるのだから。[39]（引用者訳）

この詩では、ナルキッソスが我が身ばかりを見ていて命を失ったことについて、病気のイメージと重ね、自己愛の状態における盲目を他者の視線と対比させて自己愛の危険性を指摘している。

シドニーのソネットにおけるソネット第二七番には、このホイットニーの警句にも通ずる、自己愛への耽溺というテーマが見られる。

私がよく陰鬱でうわの空の様子でいて、
　言葉足らずで、受け答えは全くそれているので
うわさのうわさをよく立てる人々には、
大勢の仲間の中では最も孤独に見えるらしい、
彼らは考える、そして彼らの判断から噂が飛び立つ、
　沸き立つ自惚れの邪悪な毒気が
　私の膨れ上がる胸の内にあるので
私は私自身にのみおもねり、他の人々を蔑むのだと。
　しかし自惚れは私の魂を支配しているとは思わない、
私の魂は幾度となくへつらいのない鏡を覗いているから。
しかしもっとひどい罪、野心があることを告白する、
野心はしばしば私に親友たちを出し抜かせる、
　見られず、聞かれないうちに、最も高い地位への思いが
魂の全ての力を傾けさせる、ステラの恩恵へ向かうほどに。

BECAUSE I oft in darke abstracted guise,
Seeme most alone in greatest companie,
With dearth of words, or answers quite awrie,
To them that would make speech of speech arise,
They deeme, and of their doome the rumour flies,
That poison foule of bubling pride doth lie
So in my swelling breast that only I
Fawne on my self, and others to despise:
Yet pride I thinke doth not my soule possesse,
Which lookes too oft in his unflattering glasse:
But one worse fault, *Ambition*, I confesse,
That makes me oft my best friends overpasse,
Unseene, unheard, while thought to highest place
Bends all his powers, even unto *Stella's* grace.

この詩篇では“pride”という言葉を用いているが、自己自身の内面にこもって他者への関心を抱かないという点で、ナルキッソスに通じる自己愛や自惚れを意味する言葉として解釈できよう。自惚れに支配された魂は、自分自身にへつらう鏡を通して理想化された自己を見ることになり、真の自己の姿に対しては盲目になってしまう。しかし、この詩人自らが語るように、彼の魂はナルキッソスのようには自惚れに支配されていない。彼の魂が見るのは「へつらうことのない」(unflattering) 鏡である。鏡はここでは「自惚れは私の魂を支配していると は思わない」(pride I thinke doth not my soule possesse) という詩人の判断によると、「へつらい」の機能を持つ状態になっていないのだ。その場合、鏡は観る者にとって自己を客観視する媒体としての役割を果たす。

この詩篇の「へつらいのない鏡」は具体的には何を意味しているのだろうか。シドニーがこの詩篇を創作した時代よりも後になるが、チェーザレ・リーパの『イコノロギア (図像〈解釈〉学)』(*Iconologia*, 一五九三年初版は言葉のみ、一六〇三年再版に初めて図像が載る) を参照して考えてみたい。『イコノロギア』は前述のホイットニーの『エンブレム選集』のように、寓意や抽象概念について神話や古典からの引用をしながら、リーパが詩人や画家、彫刻家などをはじめとする芸術家のために、「広くヨーロッパ精神の統合と思想体系の確立を目的に」執筆したものである。(40) したがって、シドニーと時代は前後するが、その図像解釈は一六世紀に至るまでの観念を反映したものと捉えてよいだろう。

さて『イコノロギア』の「教訓」(Instruction) という項目においては、ひげを蓄えた年配の男性が鏡を見ており、その鏡の持ち手には標語として「〈鏡を〉見よ、そうすれば汝は賢明にならん」(Inspice, cavtvs eris) つまり「おのれ自身を知れ」とある。さらに、「思慮」(Prudence) という項目で、鏡を持つ若い女性は顔の反対側に老人の顔も合わせ持っており、年配者の知恵と若者の行動を示している。その手に持たれた鏡は「高慢」を正す「知恵」と「反省」を象徴する。「教訓」と「思慮」の一六〇三年版の図像が持つ鏡はそれぞれガラス製の凸面鏡である。(41)

シドニーのソネット第二七番にある「へつらいのない鏡」は、これらの寓意像が手にしている鏡に相当し、また、「自惚れ」よりももっと罪深い「野心」を持つ我が身を認識させる鏡であって、道徳的判断を行う「知恵」「思慮分別」を意味していると捉えるのが相応しい。

『アストロフェルとステラ』には、この詩篇のほかにも“glass”という言葉が用いられているが、いずれも、詩人つまりアストロフェル自身に関わるものとして用いられている。シドニーに続く詩人たちのソネットで愛の対象となる女性たちのように、あるいはシェイクスピアのソネットの若者のように、我が身に見とれるといった自己愛の行為を示す鏡のイメージはステラには付与されていない。シドニーは、ステラを鏡が象徴する自己愛に耽溺しない徳高き理想的な女性として描こうとしたのだろう。

第四節　ダニエルの『ディーリア』における鏡

サミュエル・ダニエルの『ディーリア』（*Delia,* 1592）のソネット第三四番では、はっきりとナルキッソスという名が語られている。若々しい美しさにあふれる女性であるディーリアに対してその美しさに見とれるという自己愛の一般的な危険性を示すために、ナルキッソスのイメージを喩えとして用いている。

ディーリア、君はなぜそんなにも自分の鏡を信じ、
天が君に贈った美を見つめているのか。
その状態が殺人的な両目の力を最もよく示している
彼には目をくれることさえない（ああ）。
　あの小高い木々の折れた頂が表している
慈悲に欠けた嵐の憤怒を。
そしてあなたの傷つけやすい優美さはどんな力を持つのか、

あなたはその姿形を私自身に最もよく見てとれるかもしれない。
だからあなたの鏡を手放し、私に現れるあなた自身を見つめなさい、
その鏡こそあなたの顔にどのような力があるのかを示すから。
とはいえあなたの姿形を見すぎることは、危険かもしれない、
そういうときにナルキッソスは花に姿を変えられたのだから。
そしてあなたも変えられた、ヒヤシンスにではなく、
あなたの眼があなたの心を冷酷で堅いフリント石にしてしまったのだ。

WHy doest thou Delia credit so thy glasse,
Gazing thy beautie deign'd thee by the skies:
And doest not rather looke on him（alas）
Whose state best shewes the force of murdering eies.
The broken tops of loftie trees declare
The furie of a mercie-wanting storme:
And of what force thy wounding graces are,
Vpon my selfe thou best maist finde the forme.
Then leaue your glasse, and gaze thy selfe on mee,
That Mirror shewes what power is in thy face:
To view your forme too much, may danger bee,

Narcissus chaung'd t'a flower in such a case;
And you are chang'd, but not t'a Hiacint;
I feare your eye hath turnd your hart to flint.(42)

このソネットも自己愛の危険性を詠っている。第一・四行連句においては、詩人は“him”という三人称を用いて、ディーリアに客観的視点を喚起する第三者の存在を意識させる。そのうえでさらに視点を広げるべく、嵐が木々に残す自然の力の反映に目を向けさせる。次に再びディーリアの力がいかに詩人自身に反映されているかを示して、自己へ向かう視点を他へ向けようとしている。ディーリアが見つめる鏡は“glasse”、そしてディーリアに対して詩人自身が体現する鏡は“Mirror”と、それぞれの言葉を変えていることに注目したい。“glasse”という言葉は高価なガラス鏡を意味し、ディーリアの高貴な身分に相応しい持ち物を象徴するとともに、彼女が自分自身の美を認識する媒体は割れやすくもろいものであることを象徴する。一方、詩人自身が体現する“Mirror”は鋼鉄製のイメージがあり、詩人の身分に相当するように、決して高くないが、ガラス鏡のようには割れずにずっと彼女の姿を映し続ける不変性を象徴すると言えよう。

『ディーリア』では、他に“glasse”という言葉が二カ所用いられている。第三五番では「もし彼女が自分の鏡で我が姿を見て嘆くようなときは、鏡は冬のようにしなびた彼女の顔色を示しているが、私の詩よ、お前が行ってかつての彼女の姿を語るのだ」（When, if she grieue to gaze her in her glasse,／Which then presents her winter-withered hew,／Goe you my verse, goe tell her what she was）と詠われている。第三八番では「真実を君に告げ、すべては過ぎ去ったと語る鏡からこの伝言を受け取る時、君が与えた傷を生々しく私の内面に見ることだろう」（Receiued hast this mesage from thy glasse,／That tels thee truth, and saies that all is gone;／Fresh shalt thou see in me the wounds thou madest.）とある。つまり、先に引用した第三四番同様に、これらの詩篇においては鏡は、ディーリアが我が身の美しさや若さを認識するための道具を象徴している。これに対して第三四番では、詩人の存在と詩が、時を経ても変わらず彼女の美しさを反映する不変の鏡“Mirror”としての役割を担っている。

『ディーリア』の各ソネットの第一から第三・四行連句は、ゴールドマンによれば、図像とその説明となる言葉でそのイメージを示すエンブレム・ブックの詩句のように、いくつかのイメージを自由かつ豊かに広げてディーリアへの恋と彼女の理想的な姿を語っている。そして最終二行連は恋人ディーリアに捧げる恋愛作法を示している[43]（一五〇―二）。

いくつかの自然のモチーフを取り入れることで、前述の「詩は絵のごとく」というエンブレム流行の基盤にある発想が垣間見られるような具象的な詩篇となっている。ダニエルはソネット第三四番では単純に古典におけるナルキッソスの逸話に従うのを敢えて避けている。最終二行連句では儚く繊細な印象を与える花のイメージではなく、愛する女性の心を、詩人からの愛の呼びかけにも確固として動じないほどの石に喩える。

ゴールドマンの指摘によれば、この三四番の材源はフィリップ・デポルトの『イポリット恋愛詩集』一八番で、デポルトのほうでは「きみの変身は、花への変身ではなく／きみのメドゥーサの目によって永遠の石になるのだ」と、見るものを石にしてしまうメデューサに言及している[44]。オヴィディウスの『変身物語』によれば、メデューサはペルセウスにより頭を首から切り離されるのであるが、彼は盾を鏡のようにして使うことでメデューサの石に変えてしまう眼力を避けた（第四巻七五五行）。

ダニエルは材源にあったメデューサの名は挙げず、類まれな眼力を持っている自分自身に結果的に影響を与えるというイメージだけをディーリアに与えている。彼女の眼力については、第四行に「死をもたらすほどの両眼の力」と言及があり、六行目には「慈悲に欠けた」、七行目には「あなたの傷つけやすい優美さ」とある。これらの表現を通して、ディーリアの態度が詩人を傷つけてきたことを示す。そして、最後の行、「あなたの眼があなたの心を冷酷で堅いフリント石にしてしまったのだ」では、詩人に目もくれぬその冷たさや頑なさが彼女に立ち返ってきたことを伝えようとしている。

この詩篇冒頭に自己を見つめる自己愛の象徴として表れる鏡は、最終行のメデューサの鏡の伏線にもなっている。ディーリアが手にしている「鏡」（glasse）という言葉は、彼女の状態を反映する詩人自身を鏡に喩える際には"Mirror"という言葉に変わっている。それは、ガラス製ではなく金属の表面に磨きをかけた鏡、つまりペルセウスが持っていた鏡の役割を果たす鋼の盾のイメージに重ねられている可能性があるかもしれない。

第五節　スペンサーの『アモレッティ』における鏡

エドマンド・スペンサーの『アモレッティと祝婚歌』（*Amoretti and Epithalamion*, 1595）には、ダニエルの『ディーリア』におけるソネット第三四番、九―一〇行目「だからあなたの鏡を手放し、私に現れるあなた自身を見つめなさい／その鏡こそあなたの顔にどのような力があるのかを示すから」と類似した鏡のイメージがソネット第四五番に見られる。

お止めなさい乙女よ、水晶のように澄み切った鏡の中に
美しいご自分の姿をずっと見つめるのは。
ほら、私自身のなかに、私の内なる心の中に
最も生き生きとあなたの真の似姿が見えますよ。

私の心の中は、地上の人々の目には
　これほど神聖なものを示すことはとてもできないけれど、
　あなたの神々しい姿の麗しい心像と、
　すべての部分を永遠に保っているのです。
そしてあなたのむごさのために、
　悲しみで心が曇ってゆがめられていなければ、
　あなたのお顔の美しい映像は、
　水晶よりも透き通ってそこに現れることでしょう。
しかしもし私の中のあなた自身をはっきりと見たいなら、
　あなたの麗しい輝きを暗くする原因を取り除いて下さい。

LEaue lady in your glasse of christall clene,
　Your goodly selfe for euermore to vew:
and in my selfe, my inward selfe I meane,
most liuely lyke behold your semblant trew.
Within my hart, though hardly it can shew
thing so diuine to vew of earthly eye:
the fayre Idea of your celestiall hew,
and euery part remaines immortally:

And were it not that through your cruelty,
　with sorrow dimmed and deformd it were:
the goodly ymage of your visnomy,
　clearer then christall would therein appere.
But if your selfe in me ye playne will see,
　remoue the cause by which your fayre beames darkned be.[45]

　ダニエルのソネットのように、このソネットにおいても詩人の心自体が憧れの女性にとっての鏡の役割を果たしていることを示す表現が鏤められている。冒頭で乙女に鏡を使わないよう呼び掛け、第五行目と六行目で「地上の人々の目」(earthly eye) には見せられないと言っていることから、ここでは間接的なものの存在も他者の存在も排して、乙女が詩人の心に直接目を向けることで、彼女の真の似姿が認識できるのだということを伝えようとしている。

　恋する者が鏡の役割を担うという発想はソネットにおいてよく見られる。しかしながら、次に述べる三つの点はスペンサーのソネット第四五番において特徴的な点であろう。第一に、詩人の心に詩人の眼のイメージが重なっていること、第二に、乙女の姿が鏡像と実相という二重になっていること、第三に、この詩篇自体が『アモレッティ』という作品において中心になっていることである。

　詩人の心に詩人の眼のイメージが重なっているという第一の点から考察してみよう。鏡となる詩人の心は、乙女の「心像」(Idea) を普遍的に留めているが、その鏡である心自体が「悲しみで」「曇って」「ゆがめられていなければ」という条件のもとにおいてのみ、より鮮明に彼女の鏡像が映し出される。第一〇行目の "it" は第五行目の“my hart”にあたると考えられるが、同時に「悲しみで」「曇って」「ゆがめられていなければ」という表現から、詩篇の中にはっきりと言及はされていないものの、涙でうるんで視界が曇り、ゆがんでしまう詩人の眼を鏡に喩えたものとも考えられる。

第一二行の「水晶よりも透き通って」(clearer then christall)という表現は、直接的には一行前の「あなたのお顔の美しい映像」(the goodly ymage of your visnomy)のことを形容している。それに加えて、第一二行目の“therein”が指すものは、詩人の心であると同時に、詩人の眼をガラス製の鏡に喩えたものと捉えられる。そして、一〇行目の「曇ってゆがめられて」(dimmed and deformd)に対比されて、「水晶よりも透き通って」という状態の彼の眼の中に、乙女は自分の鏡像を見られるのだと伝えているのではないだろうか。

乙女の姿が鏡像と実相の二重になっているという第二の点については、最終二行連句の“your selfe in me”という表現から考えられる。乙女の「映像、鏡像」(ymage)は、詩人の心、詩人の眼という鏡の表面に映るのだが、彼女自身“your selfe”、真の姿つまり「心像」(Idea)は、さらに詩人の内面“in me”の中にあるということが示されている。この二重構造を理解するために、最終行の「あなたの麗しい輝き」(your fayre beames)について考察する必要がある。前述の鏡の小史の節ですでに引用したが、プラトンによると、神々は光をもたらすものとして眼を造作して人間の内部にある火が流れるようにした。それが昼間の光をもたらす火と合一して外界でぶつかり合う時に、そこにひとつのなじみあった身体が形成され、その動きは魂にまで伝達し、視覚によって捉えられる(46)(四五C—D)。プラトンの言う、光をもたらす火に相当するのがこの詩篇では「あなたの麗しい輝き」であり、本来ならばそのまま詩人の魂まで伝達されるものと考えられる。

さらに、新プラトン主義者のマルシリオ・フィチーノによれば、魂には神の相貌の光輝と恩恵が存在し、それが普遍的美であり、その美へと向かう欲求が普遍的愛である(47)。そして「われわれは、世界の秩序の成員としてのある人間に対して、その人間の中で神的装飾の火花がひときわ明るく輝いているときには、とりわけ愛情を抱くことになる。……この神の光線は、天使と魂のなかに、完全なものとして生じるべき、人間の真の形象を吹き込んでいる」（一八四―五）。スペンサーのソネット第四五番においては、「あなたの麗しい輝き」がフィチーノの言う「神の光線」にあたり、第六行から八行目にある“diuine”“celestiall”“immortally”などの表現が、詩人の心、魂に吹き込まれる乙女の「心像」に対して美と愛のイメージをもたらしていると言えよう。

最終行についても、同じくフィチーノの思想を参考に解釈してみることとする。「魂は、その本性によって美に適合している。というのは、魂はスピリトゥスであり、いわば神にもっとも近い鏡で、そのなかで……神の創造の似姿が輝くのである。……魂は、それが美しく現れるようにするために、何も付加する必要はない。ただ、貪欲や恐怖による苦悩や動揺のように、身体の心配や懸念を除去する必要がある。そうすればすぐに、魂の自然本性的な美が示されるだろう」（一八九）。神の創造の似姿である乙女の実相、「心像」の美そのものは、「あなたの麗しい輝き」によって詩人の眼を通して魂に伝わるが、フィチーノの表現を借りれば「苦悩や動揺」、「心配や懸念」がある場合には、神の光線が暗くなり、魂は彼女本来の美を示すことができない。最終行の“the cause”というのは詩人の恋の苦悩と動揺、果たして乙女に愛されるかどうか、彼女の真意はどのようなものかという懸念であり、それが取り除かれれば、乙女自身“your self”を詩人の中にはっきり見ることができるのである。つまり、詩人は乙女に対して、あなたの本当の気持ちを伝えてほしいと言っているのだ。

最後に第三の点として挙げた、この詩篇自体が作品全体の中心であることについて考察してみる。『アモレッティ』にはソネットが八九篇あり、この第四五番はその中心に位置している。福田昇八氏によれば、スペンサーは数秘を重んじる詩人で、行数や連数、綿密な構造の意匠を凝らし、作品全体の構造は神殿建築を手本にして中心思想を中心に書くという当時の詩作の決まりごとを守っていた(48)（三八二、三八八）。つまり、この詩篇に『アモレッティ』の中心思想があるということである。岡田岑雄氏が指摘するように、『アモレッティ』の前半は乙女の眼についての賛美や嘆きのテーマが主となっており、ソネット第七番の「「麗しい両眼よ、当惑する我が心の鏡よ」(Fayre eyes, the myrrour of my mazed hart) という呼び掛けに見られるように、鏡は乙女の眼との連想で用いられている[49](二八三)。しかし、この第四五番に関しては、これまで考察してきたように詩人の眼のイメージも暗示されており、詩人自身の心とその眼が、乙女の普遍的美である「心像」を映しだす鏡の役割を担うことができると伝えている。

第四五番を全体の中心に据えるため、『アモレッティ』には重複する第三五番と第八三番があり、この二つの詩篇は綴りが多少違う程度で一語以外すべて同じ言葉で表現されている。福田昇八氏が主張するように、その重複する詩篇でも中心同様に主題が示されていると考えられる（三九一)。そこには「私（詩人）の貪欲な眼が……自らの痛みのもとを見る」(My hungry eyes . . . ／. . . behold the object of their pain) と語られており、「その眼が彼を餓死させた虚栄心の強いナルキッソスのように／驚きに打ちひしがれて。豊かさが私を貧しくする」(in their amazement lyke *Narcissus* vaine／whose eyes him staru'd: so plenty makes me poore) とある。一方で、「私の眼はあの麗しい姿の蓄えですっかり満たされている」(Yet are mine eyes so filled with the store／of that faire sight) とも表現されている。眼はナルキッソスが我が身を追い求めたごとく貪欲に乙女の姿を追いつつも、詩人の内面は彼女の姿で満たされている。この心境が二つの詩篇で二度も示されているが、それぞれの詩が作品『アモレッティ』の中で位置する状況は異なっている。

第三五番が位置する作品前半で乙女の愛をひたすら求めて苦悩していた詩人は、第八三番が位置する作品後半では、乙女との相思相愛の喜びを感じている。そのような大きな心境の変化があるにもかかわらず、詩人の眼は相変わらず、乙女の麗しい姿を追い求める。つまり、詩人は乙女の鏡として彼女の「心像」を保ち、普遍的な愛と美を追求し続けるということを、中心の第四五番および作品前半と後半にそれぞれ等間隔に置かれた第三五番と第八三番で示しているのではないだろうか。

第六節　ドレイトンの『イデアの鏡』における鏡

マイケル・ドレイトンの『イデアの鏡』(*Idea's Mirrour*) は、一五九四年に五一篇のソネットを収めて出版された。その後加筆修正されて一五九九年にはタイトルが『イデア』となり、一六一九年には序文を含めて六四篇のソネットを収めた決定版が出ている。初版から決定版出版までの約四半世紀の間にドレイトンは年齢を重ね、詩人としても成熟して作品が変わっていったと考えられるが、ここでは初版の『イデアの鏡』に収められ、多少の表現の違いが認められるが『イデア』にも収められているソネット第七番を取り上げる。

止まれ、止まれ、甘美な「時」よ、見よ
　世界から世界へと過ぎゆく前に、君がずっと見ようとしてきた、
あの驚くべき人を、今やすべての驚嘆がそこにあり、
天も現世の鏡に彼女を見るのだ。
いや、「時」よ、この天界の鏡に君を見よ、
そして君の若さが過ぎ去ったことをこの麗しい鏡に見よ。
幼少期にある世界の美を見よ、
そのとき彼女がどうであったか、そして君もそれ以前彼女がどうであったかを。

さあ過ぎゆけ「時」よ、後世の人々にこのことを語れ、
「時」よ、忠実に語れ、君の時代がどうであったかを、
人々はさらに後世に「時」が見たものを語るかもしれず、
天は過去の世界の至福を想うことに喜ぶかもしれない。
ここで区切りをつけよ、「時」よ、そして私のために言いたまえ、
彼女は存在した、似た人は決していなかったし、二度と現れないだろうと。

STAY, stay, sweet Time, behold or ere thou passe
　From world to world, thou long hast sought to see,
　That wonder now wherein all wonders be,
　Where heaven beholds her in a mortall glasse.
Nay, looke thee Time in this Celestiall glasse,
　And thy youth past, in this faire mirror see:
　Behold worlds Beautie in her infancie,
　What shee was then, and thou or ere shee was.
Now passe on Time, to after-worlds tell this,
　Tell truelie Time what in thy time hath beene,
　That they may tel more worlds what Time hath seene,
　And heaven may joy to think on past worlds blisse.

Heere make a Period Time, and saie for mee,
She was, the like that never was, nor never more shalbe.[50]

この詩篇だけを見ると、詩人にとっての憧れの女性は過去に生き、すでに他界してしまったかのようであるが、この前後の詩篇である第六番、第八番とのつながりで解釈する必要がある。『イデア』においてはこの詩篇は第一七番にあたり、やはり前後の第一六番、第一八番が『イデアの鏡』と同じテーマの詩篇になっている。ドレイトンにとっては、この三つの流れが重要だったことと考えられる。

前のソネット第六番では、女性を不死鳥に喩えて「君の死で、君の命は始まる」(by thy death, thy life shall be begunne)（第八行）とし、「昇りたまえ、天界まで高く／そうして生きたまえ、過去の世界、過去の名声、過去の終わりに」(mounting up, shalt to the heavens ascend,／So maist thou live, past world, past fame, past end)（第一三―四行）と結んでいる。この詩篇とのつながりで第七番を読めば、女性は過去に生きた人々の中で類まれな存在であり、「時」に語られることで後世の人々にさらに語り継がれ、彼女のイメージが再生されるということが暗示されていると考えられる。亡くなってしまっているのではなく、むしろ今後も時の移り変わりに従って過去が生じる限り生き続けるということを示しているのであろう。

続くソネット第八番において彼女は、聖なる数としての三つの「九」という奇数を偶数にする驚嘆すべき女性(“Three nines there are,／. . .／One wonder woman now makes three od numbers even”)（第一―四行）として詠われている。「わが詩神、わが善良者、わが天使」(My Muse, my Worthy, and my Angell)（第一三行）という三つの役割を与えられ、ここでも不死鳥に匹敵する神聖なイメージが加えられていることになる。

さて、ソネット第七番の第四行目にある「現世の鏡」(a mortall glasse)は、“mortall”の持つ本来の意味、

「死を免れない」存在である人間の鏡ということを示し、“glasse”もガラスのように儚い、壊れやすいものとしてのイメージを付与している。つまり、彼女の身体を壊れやすい鏡に喩え、「天」(heaven) はその中に彼女を見ると言っているのだ。しかし、そう表現してから第五行目で「いや」(Nay) と敢えて否定して、「天界の鏡」(this Celestiall glasse) を提示している。これは大文字が用いられていることもあり、文字通り、より大きなスケールの天界の鏡を見るようにといっているようだが、敢えて“this”と強調していることから、前の詩篇で神聖化された彼女自身を鏡に喩えていると考えられる。

第六行目では「この麗しい鏡」(this faire mirror) という表現が用いられている。ここで“glasse”ではなく“mirror”を用いている理由のひとつとして考えられるのは韻律のためで、“mirror”の前の単語は『イデアの鏡』では“faire”、『イデア』では“pure”となっている。もうひとつの理由としては、彼女が驚嘆されるべき人として語られているため、もともと「感嘆する」というラテン語源を持つ“mirror”を用いているということである。

『イデア』でこの詩篇に相当するソネット第一七番において、鏡についての表現はより明確になっており、『イデアの鏡』よりも、彼女自身が輝かしく清廉な鏡であることを強調している。また、「鏡」の単語を大文字で始めることにより、視覚的にも読者に対して彼女の鏡としての存在感を印象づける効果がある。

止まれ、迅速な「時」よ、過ぎゆく前に、見よ、
時代から時代へと、君が見ようと努めてきたものを、
すべての美徳を兼ね備えた人、
天もまるで鏡のなかに天自体を見るような人を。

「時」よ、君も見よ、この光の透き通る鏡を、
そしてこの純潔な鏡に君の過去の若さを見よ、

（『イデア』ソネット第一七番第一―六行）

STAY, speedy Time, behold, before thou passe,
From Age to Age, what thou hast sought to see,
One, in whom all the Excellencies be,
In whom, Heav'n lookes it selfe as in a Glasse:
Time, looke thou too, in this Tralucent Glasse,
And thy Youth past, in this pure Mirrour see,[51]

さて、先に引用した『イデアの鏡』のソネット第七番では、詩人は自分の視点を「時」に重ねて、彼女への賛美を語り継ぐ役割を託していると考えられる。通例であれば「時」の移り変わりによって忘却される彼女の存在と美しさを、この詩篇の言葉を通して確かに過去に実在したものとして、人々の記憶に維持させていくことを可能としている。つまり、彼女は「時」を制しているのである。さらに鏡としてその「時」自体に時の経過に伴う変容を認識させる鏡の役割を担っている。

ドレイトンのソネット集『イデアの鏡』においては、この第七番のほかには第一四番で我が身を見るための鏡が登場する。「私の若さの苦悩の鏡」（the glasse of my youths miseries）（第一行）という表現は、自己自身を客観的に見るための自己認識の鏡を象徴する。同じ詩篇の第五行から六行目に、「この涙、目の鏡のなかに、／麗しい若さと美が見えてくるのだ」（in these teares, the mirrors of these eyes,／Thy fairest youth and Beautie doe I see）

とあり、鏡は詩人の眼から落ちた涙の滴の喩えになっている。涙はガラスのようには割れず、その表面に映像が映る。このように、ひとつの詩篇の中に“glasse”と“mirror”を用いていたドレイトンは、当時普及しつつあったガラス製と従来からある鋼製という異なる材質の鏡それぞれが持つ言葉のニュアンスを使い分けていたと考えられる。

第七節　シェイクスピアの『ソネット集』における鏡

ウィリアム・シェイクスピアの『ソネット集』(*Shakespeare's Sonnets*)の初版が出版されたのは一六〇九年である。この作品について現存する最古の記録はミアズの『知恵の宝庫』における言及で、「彼の個人的な友人の間に出回っている彼の甘美なソネット」と書かれている。一五九八年までにすべてを書きあげていたのかどうか、また、書きあげたものを校正したのかどうかは不明である。ともあれ、出版されたのは一六〇九年であり、すでに出版されていた文芸作品や他の詩人たちのソネットに触れ、鏡のイメージの発想を広げた可能性がある。

一五四篇あるソネットのうち、鏡として“mirror”という言葉を用いているものは一切なく、“glass”という言葉を用いているものは第三番、五番、二二番、六二番、七七番、一〇三番、一二六番の七篇である。その中でも、ソネット第六二番の第一行目から八行目は、ナルキッソスのような盲目的な自己愛の状態を表現している。

自己愛の罪が私の眼と、私の魂
私の体のあらゆる部分をもすっかり支配している。
そしてこの罪のための治療法はない、

あまりにも私の心の中の奥底に根付いているのだ。
思うに私の顔ほど優美な顔はなく、
これほど姿形が正しく整い、これほど価値のある正直さもない、
そして自分自身私の価値がまさに明らかにする
私は全ての価値において全ての他者に優っていると。
しかし私の鏡が私に実際に自分自身を示す時、
日に焼けた古めかしさで打ちのめされてひび割れており、
私の自己愛は全く私の読み取るものと逆である。
それほどまでに自己を愛する自己は罪悪だろう。
　私自身のために私がたたえるのは私自身でもある君なのだ、
　君の青春の日々の美しさを私の年齢に塗りかさねながら。

Sin of self-love possesseth all mine eye,
And all my soul, and all my every part;
And for this sin there is no remedy,
It is so grounded inward in my heart.
Methinks no face so gracious is as mine,
No shape so true, no truth of such account,
And for myself mine own worth do define

As I all other in all worths surmount.
But when my glass shows me myself indeed,
Beated and chapped with tanned antiquity,
Mine own self-love quite contrary I read;
Self so self-loving were iniquity:
　'Tis thee（my self）that for myself I praise,
　Painting my age with beauty of thy days.(52)

一行目にある“possesseth”は、自己愛が詩人の意識にとりついて、盲目的に自分自身を過大評価する錯覚を与えられていることを示す。だからこそ自己愛を罪としており、また、三行目に「治療法」といっているように病気ともみなしているのである。“my”“mine”“myself”などの「私」を強調する表現の繰返しは、詩人自身が自己愛に取りつかれている様子をより強調している。

九行目の“But”に続く「私の鏡」は、文字通りの解釈であれば「自分の鏡」だが、自分の若い頃を思わせる“thee”つまり“other self”に相当する若者が他者的な自己となり、詩人にとっての鏡の役割を担う。若者の若々しい美しさを鏡とし、それを通して詩人の自己イメージは本当は異なるという現実を示しているといえよう。最後の二行で、“myself”は“thee”であるといっている。若者の美しさと若さのなかに、自己自身の若かりし頃を重ね、その自己を愛する様を語っているのだ。しかし、前述の通り若者の存在は詩人の年老いている真の姿を見せ、自己認識させる鏡ともなっている。鏡は通例、そこに映る鏡像を見て自惚れを引き起こす媒体として扱われることも多いが、ここでは真実を映し出す鏡として扱われている。

第一、第二・四行連句は、ナルキッソスの自己愛に通ずるような盲目さを示している。しかし、第三・四行連句で登場する鏡により、詩人は客観的に我が身を見つめる視点を持っていることが強調され、それまでの自己愛の状況については第一二行にあるように「罪悪」(iniquity) となりうるとの自覚も語られる。そのうえで、最終二行連句で“thee (myself)”として括弧づけで書かれていることに着目したい。文字通りにとると、自分自身のために私が賞賛しているのは (私自身でもある) 君であって、君の青春の美しさで我が齢に化粧をしているのだということであるが、ただ単純に若者の若さと美しさへの賛美ではない。結局、第一行にある「自己愛の罪が私の眼を全て支配している」(Sin of self-love possesseth all mine eye) というところに戻ってしまい、また鏡を見て詩人本人としての年老いた自己を再認識しない限り、若者の美しさを自己自身に重ね合わせて自己愛に走ってしまうという堂々めぐりに陥り、そこからなかなか逃れられない様子を表していると考えられる。だからこそ、「罪」(sin) という強い言葉が用いられ、第四行にあるように「心の内面に深く根ざしている」(It is so grounded inward in my heart) という表現がふさわしい。なぜならば、他者である若者をまるで自分自身のように重ね合わせて、その錯覚上の自己を愛することは究極の盲目的忘我の自己愛だからである。

詩人が見ているものは、本当は若者の姿を通して美化された鏡像、虚像でもある自分自身だと自覚するまでは、ナルキッソスのように本来の自分を見失ってしまうほど、その自己愛が心の奥底までも支配していることを示している。同時に、若々しく美しい若者自身の自己愛というものが実際にあり、若者に自分自身を重ねる詩人は、若者の自己愛にともに囚われており、自己愛の二重の構造になっているともいえる。いずれにしても、詩人本人としての鏡像を映し出す鏡は、詩人をその幻想から一時目覚めさせる媒体、自己認識を促すものとなる。

このように、主観的盲目的な自己愛に溺れさせる鏡と、客観的な自己認識をもたらす鏡という正反対の鏡の機能を踏まえて、それをソネットではっきりと示そうとしたのはシェイクスピア特有の試みではないだろうか。ソネットにおける詩人は、愛する若者に鏡を観る行為から生じる自己陶酔の危険を示し、自分自身も自己陶酔の状況に陥りがちなことを認めている。一方で、逆に鏡を見ることで詩人自身を客観視させ、鏡の二重の機能を果たさせようとしているのである。

さて、英国ルネサンス期にその悲劇でよく知られたセネカは、哲学者として哲学書も書いているのだが、『自然研究』(*Naturales quaestiones*) 第一巻において、科学・光学的側面および哲学的・倫理的側面から、幅広く鏡について考察している。その一部に次のような記述がある。

鏡が発明されたのは、人間が自分自身を知るためであり、そこから多くのことを得るためだった。第一には自分についての認識を、第二にはそれぞれに応じた忠告を。すなわち、美しい人は悪評を避けるために。醜い人は何であれ肉体の欠点は徳で贖うべきであることを知るために。若者は、生涯の最盛期にあって今こそ学ぶべき時であり、あえて勇気ある行動をとるべき時であることを思い出すために。老人は、白髪にとって見苦しい行いをやめ、死について何かを思索するために。これらのために自然は、我々に自分自身を見る手立てを与えた。(一巻一七章四節)(53)

このセネカの見解は、まさしくここで扱っている詩篇だけでなく、シェイクスピアの『ソネット集』で鏡が登場するものに当てはまるといえるかもしれない。ソネット第二二番においては、詩人と老齢の認識が次のように語られている。

私の鏡は私が年老いたと説得できない、

若さと君が一体であるかぎりは、
しかし君に時の深い皺を見届けたなら、
死が私の日々を終わらせるのを見る時が来たと思う。（第一―四行）

My glass shall not persuade me I am old,
So long as youth and thou are of one date,
But when in thee time's furrows I behold,
Then look I death my days should expiate.

この詩篇では、詩人はソネット第六二番同様に、若者の若さを通して自分自身を見ようとしており、自分の鏡には説得力がないといっている。つまり、若者の存在が詩人にとっての鏡であるというのは第六二番の最終二行連句で語られた発想そのものなのである。しかしながら、その鏡である若者に老いを認める時には、先に引用したセネカにあったように、自分の死について思索をするようになるとも語っている。

ソネット第七七番においては、詩人は若者に対して「君の鏡は君の美しさがどのようにして衰えるのかを君に示すだろう、／君の日時計は君の貴重な時がどのように浪費されるのかを示し」（Thy glass will show thee how thy beauties wear,／Thy dial how thy precious minutes waste）（第一―二行）「君の鏡が真に示すであろう皺は／口を開けた墓穴の記憶を君に与えるだろう」（The wrinkles which thy glass will truly show／Of mouthèd graves will give thee memory）（第五―六行）と忠告し、想いを書きとめることを勧める。ここでの鏡は若者に自分自身を認識させるためのものとして提示されている。

『ソネット集』で最初に“glass”を含んでいる第三番でも、第七七番同様に、自己愛と墓のイメージが提示されている。

鏡を見て君が見るその顔に言うのだ
今こそその顔がもうひとつ別の顔を形作る時なのだ、と。
その生き生きとした姿をもし今君が再生しなければ
君はまさに世界を欺き、母となる者に祝福を与えられない
耕されていない子宮を持つ麗しい女性で
君が耕した収穫物を潔しとしない者がどこにいるだろうか。
あるいは自己愛の墓になってしまい、
繁栄を止めてしまうのは誰だろうか。
君は母上の鏡なのだ、そして彼女は君の中に
自分の青春である芳しき四月を思い起す、
だから君も君の老齢の窓を通して見ることになるだろう、
皺にもかかわらず、この今の君の黄金時代を。
　しかしもし君が人から忘れ去られるような生き方をするなら
ひとりで死にゆきたまえ　そして君の面影は君とともに死んでゆくのだ。

Look in thy glass and tell the face thou viewest

Now is the time that face should form another,
Whose fresh repair if now thou not renewest
Thou dost beguile the world, unbless some mother.
For where is she so fair whose uneared womb
Disdains the tillage of thy husbandry?
Or who is he so fond will be the tomb
Of his self-love to stop posterity?
Thou art thy mother's glass, and she in thee
Calls back the lovely April of her prime;
So thou through windows of thine age shalt see,
Despite of wrinkles, this thy golden time.
　But if thou live rememb'red not to be,
　Die single, and thine image dies with thee.

この詩篇は、今の君――君の母親――君の子供、という三世代にわたり、人生における時の移り変わりと親子の面影の再生を想起させる。最後の行の「ひとりで死にゆき」（Die single）と「君の面影は君とともに死んでゆく」（thine image dies）という表現は、親の鏡となる子孫の連鎖が作り出す二重、三重もしくはそれ以上の鏡像の反復を、若者が拒否する場合、彼自身が最後の一重となって消えてゆくことを示す。

この詩篇に用いられている言葉に見られる反復のイメージは鏡像の反復と無縁ではないだろう。ヴェンドラーが指摘しているように、この詩篇においては、繰返しを示す“re–”という接頭辞のつく単語と“-age”という接尾辞が出てくる。具体的には三行目“repair”、“renewest”、一三行目の“rememb'red”、六行目の“tillage”、一一行目の“age”、一四行目の“image”である[54]（Vendler, 58-60）。これらの言葉の反復により、時代の繰返しと生命の再生を想起させている。

二行目には“form”という言葉があり、三行目には“repair”と“renewest”があるが、これらは技術や芸術作品創作の縁語として考えられないだろうか。当時の鏡の製作も一種の技術および芸術として捉えることができる。「もうひとつの顔を創り出す」というのは芸術の技であるともいえよう。五行目の“womb”と“tillage”も、成果を育み、耕し生み出すというイメージを喚起し、創造を思わせる。それに対して、自己愛のほうは繁栄を止め、墓場のイメージと結びつく。当時のメメント・モリ、「死を思え」という警句とともに描かれることの多かった、鏡の中の我が身に見とれる若い女性の図像とそれを眺める、あるいはそのそばにつき従う死神（骸骨）のイメージが漠然とではあるが、ここで表われているといえる。

一行目の“Look in thy glass”というのは、自己の鏡像に見入っているだけの状態であれば、自己愛の象徴的行為となる。したがって、美しい若者の自己愛の表れである行為を逆手にとって、自己完結的に没入するのではなく、その身の再生を、と呼び掛けているとも考えられる。

一一行目の「君の老齢の窓」（windows of thine age）は、心の窓、つまり眼を表しているのだが、ブースが指摘するように、当時の窓ガラスは現代のガラスのような精巧さに欠けており、ガラス越しの像は歪んで見えたであろう[55]（一二九）。年齢を重ねることで、像がはっきりと見えない眼で見る、というイメージと、それがあってこそ、今は見えないもの、つまり子孫を残すことの価値をはっきりと認識することができるという意味が込められているともいえよう。

ダンカン・ジョーンズは、さらにこの「君の老齢の窓」について、『コリントの信徒への手紙　一』一三章のパウロの言葉と結びつけている[56]（一一六）。つまり、歳を重ねて成熟することにより初めて真実が見えるようになるという観念である。そこにはこのように記述されている。

完全なものが来たときには、部分的なものは廃れよう。幼子だったとき、わたしは幼子のように話し、幼子のように思い、幼子のように考えていた。成人した今、幼子のことを捨てた。わたしたちは、今は、鏡におぼろに映ったものを見ている。だがそのときには、顔と顔を合わせて見ることになる。わたしは、今は一部しか知らなくとも、そのときには、はっきり知られているようにはっきり知ることになる。それゆえ、信仰と、希望と、愛、この三つは、いつまでも残る。その中で最も大いなるものは、愛である。

（『コリントの信徒への手紙』一三章一〇—一二）

この箇所について、アウグスティヌスは『告白』（*Confessiones*）第五章の一部で次のように言及している。

まことに、主よ、私を裁きたもうのはあなたです。「人間のうちにおこっていることを知る者は、その人のうちにあるその人の霊よりほかにはない」といわれますが、人間のうちにある人間の霊にすら知られていない何かが人間のうちにはあります。しかし主よ、あなたは作りたもうた人間のうちにあるすべてのものを知りたもう。……たしかに私たちはいまのところ、「鏡をとおしておぼろに」見ているにすぎず、まだ「顔と顔をあわせて」見ているわけではありません。ですから私は、あなたを離れて遍歴の旅をつづけているかぎり、御前にあるというよりはむしろ自分自身の前にいます[57]。

（アウグスティヌス　三三二—三三頁）

シェイクスピアが当時アウグスティヌスの『告白』を実際に参照したかどうかは不明であるが、鏡を通して自己自身と向き合い、その儚い自己存在を認識するという観念には、『虚栄の鏡』（*The glasse of vaine-glorie*, 1585）という本の影響があるのではないかと考えられる。この『虚栄の鏡』はタイトルページによればアウグスティヌスの『罪の鏡』（*Speculum Peccatoris*）という本を忠実に英訳したものだという[58]（Augustine. STC929）。序文には、この本自体が鏡であり、人はそこに自分自身と自分の不完全さを見る、神の穢れなき鏡からこの鏡（この本）は輝きを借りており、観る者は進んでそれを受け止め、勤勉にながめ、自己自身を正すように、その目的は自己自身を知ることであると書かれている。この発想は、やはりエリザベス朝の「鏡」という言葉をタイトルに持つ書物の性質が見られる。さらに、キリスト教的な自己の行いへの悔い改めと人間存在の認識も窺える。一部引用してみよう。

あまりに多くの人々が完全なる知恵と真の理解を得ていないといえる。その目の前には弱さへの認識と自分たちの本質の堕落、罪の追憶と、死への瞑想あるいは我が身の危険への慎重な考察などが、記憶に新しく存在している。そういう時にこの虚栄の鏡はどれほど有益であろうか、それはあなたを直接完全なる知と真の神聖へと導くのだが、それがなければ誰も神を見ることはできない[59]。（八）

鏡を通して我が身を認識し、正すことで神の姿を見つめることができるという観念は、やはりアウグスティヌスの思想に基づいているといえる。鏡と神と、人間の自己自身の認識の観念は、『虚栄の鏡』で繰返し述べられ強調されている点であり、その背景には聖書とアウグスティヌスの著作の影響があったことと考えられる。

『虚栄の鏡』には、シェイクスピアの劇作品における人間存在の発想にも通ずる箇所が多々ある。例えば、我々は母の胎内から裸で生まれ、ふたたび裸で戻らねばならない、塵である我々は塵に還るよう定められている、裸で泣きながら生まれて短い幕間劇を演じ、痛みと悩みとともに役は続き、嘆きと悲しみとともに別れを告げる、といった言及がある[60]（一三）。シェイクスピアのソネットに再び目を向けてみれば、鏡を見ることで自己自身の立場を客観的に見るよう促すこの第三番の視点は、『虚栄の鏡』での読者への呼びかけに相通ずる。ただし、ソネットでは『虚栄の鏡』とは異なり、この世から我が身が消えるとしても子孫が残ることで、去りゆく者の物理的あるいは肉体的なイメージの反復、再生のみならず、その人物の面影が残り、再生されるということも表している。鏡を見ることというのは、自惚れや自己への耽溺の象徴とも受け取れるのであるが、ここでは逆にそのように自己への耽溺に陥りがちな若者に自己の存在自体を意識することを呼び掛け、自己の客観視を促そうとしている。

ソネット第一〇三番でも、詩人は若者に鏡を見るようにいうのだが、それは自分自身の詩の言葉では語りつくせない若者の美を鏡ならば真に見せてくれるという発想に基づくものである。「あなたの鏡をみなさい、するとそこに顔が現れ／それは私の鈍い創造力を完全に勝って、／私の詩行をなまくらにし、そして私に面目を失わせる（Look in your glass, and there appears a face／That overgoes my blunt invention quite,／Dulling my lines, and doing me disgrace）」（第六—八行）「そして私の詩の中よりももっとさらに多くのものを／あなた自身の鏡があなたに示す、あなたがそれを見るときには（And more, much more, than in my verse can sit／Your own *glass* shows you, when you look in it）」（第一三—四行）。詩人の言葉の力が愛する者の姿の形容には足りないことを示すために用いられた鏡は、詩人にとっては口惜しくも、逆説的に最高の賛辞を生み出すことになる。

ソネット第一二六番で『ソネット集』における鏡への言及は最後となるのだが、そこで最後となるのはなぜだろうか。

おお我が愛する青年よ、君は自分の力のもとに
うつろいやすい時の鏡も、時の鎌も持っている。
歳を重ねることでより成長し、そして示している
甘美な君自身が成長するにつれ君の恋人が衰えゆく様を――
（破壊に対して君臨する女支配者）自然の女神がもしも
君が前進するときに君をまだ引き戻すなら、
彼女の技が時を恥じ入らせ、惨めな瞬間を消し去るように
彼女は君を引き留めるのだ。
しかし彼女を恐れよ、おお彼女の慰みの寵児たる君よ
彼女は宝物の君を引き留めるかもしれないが、ずっと留めはしないかもしれぬ
彼女の決算は（遅れたとしても）完済されなければならぬ、
そして彼女の清算は君を時に引き渡すことなのだ。
（　　　　　　　　　　　　　　　　）
（　　　　　　　　　　　　　　　　）

O thou my lovely boy, who in thy power
Dost hold Time's fickle glass, his sickle hour;
Who hast by waning grown, and therein show'st
Thy lovers withering as thy sweet self grow'st—

If Nature (sovereign mistress over wrack)
As thou goest onwards still will pluck thee back,
She keeps thee to this purpose, that her skill
May Time disgrace, and wretched minutes kill.
Yet fear her, O thou minion of her pleasure:
She may detain, but not still keep, her treasure!
Her audit (though delayed) answered must be,
And her quietus is to render thee.

（　　　　　　　　　　）
（　　　　　　　　　　）

詩人が賛美する若者は、今は「時」をも制し、鏡を以ってその美を認識しているが、その若者の「時」も自然に帰するべきものであるということを、歳を重ねた詩人が語る。その背景には、若者に重ねた自己自身の衰えと老いを認識した詩人の姿があると考えられる。第四行目の「衰えゆく恋人」(Thy lovers withering) は詩人自身のイメージも含んでいる。

前節で考察したドレイトンの『イデアの鏡』ソネット第七番では、賞賛され神聖化されている女性は、「時」によって永遠に後世に語り継がれて生命を与えられる。しかし、シェイクスピアのこの詩篇では、若者は生身の人間として「時」の力にやがて屈することが示される。

ソネット第一二六番は一二行しかない。スペンサーの『アモレッティ』のソネット第四五番の最終行が六歩格になることで作品全体の中でも重要な位置にあることを示したのと同様に、最終二行連句を欠くことで、『ソネット集』全体におけるひとつの区切りを示していると考えられる。脚韻も特殊で、この詩篇の場合は一行目から順に二行ずつ脚韻している。最終二行連句は欠けてはいるが、脚韻の規則性から、恐らくこの二行で脚韻していることが暗に示されていると考えても良いだろう。この欠けている最終二行連句は、若者が自然の女神の決算として「時」に引き渡される際、若者の美と若さとともに生き、彼の姿を鏡としてきた詩人も同時に「時」に引き渡され、二者は同時に存在を失うことを示しているのではないだろうか。

この詩篇以降に詩人が愛の対象として語るのは、若者ではなく、いわゆる「黒い女」である。彼女について詠うソネットには鏡が出てこないのは、詩人自身が鏡による自己愛的盲目さに耽溺できないほど、女性への恋自体に盲目になっており、その盲目さゆえに、本来は鏡によってもたらされるはずの自己認識が期待できない状態であることを示しているのではないだろうか。若者に対する愛を詠っていた際には、彼と自己自身を重ねて理性的に語っていた詩人は、異性である女性に対しては、自制心や理性といったものを一切失い、本能的かつ直情的に語っている。

ソネット第一三七番において「盲目で愚かな愛の神よ、お前は私の眼に何をしたのだ、この眼は見ているのに何を見ているのか分かっていない」(Thou blind fool love, what dost thou to mine eyes／That they behold and see not what they see?)(第一—二行)と嘆いているように、この時点での詩人の眼は、鏡の鏡像を見て我が姿を冷静に判断できる状態にはない。さらに、第一三〇番で「私の女の眼は太陽とは比べられず、珊瑚は彼女の唇よりももっと赤い。雪が白いのなら彼女の乳房は灰褐色といったところか」(My mistress' eyes are nothing like the sun,／Coral is far more red than her lips' red;／If snow be white, why then her breasts are dun)(第一—三行)と語っているように、同時代のソネット詩人たちが愛する女性の美を崇める言葉を並べていたのとは対照的である。彼らの憧れの女性たちは、天界に属する女神のような神聖さや清らかさを持つ女性として詠われる傾向があるが、シェイクスピアの『ソネット集』の詩人が愛する女性は「私の女は地面をしっかり踏み締めて歩く」(My mistress when she walks treads on the ground)（第一二行）と表現されている。神聖化されず、世俗的で身近な存在である彼女と向き合う詩人は、一般的には女性の美しさや虚栄心を反映する鏡、あるいはシェイクスピアの『ソネット集』前半では詩人が若者の美を観念的に詠う際に用いた鏡のイメージを敢えて用いていないと考えられる。

こうして概観してきたように、シェイクスピアのソネットにおける鏡は、若者の美と詩人の老いの対比や自己自身の認識および自己愛の象徴として表れている。単純な自己愛への批判というものではなく、恋愛において相手があってこその自己愛の虚しさを語っているといえるのではないだろうか。他の詩人たちのソネットとは異なり、第一二六番までは詩人と若者の間の愛を詠っているため、同じ男性同士だが年齢の違いがあるという状況において、その鏡のイメージの用いられ方が特有だともいえるだろう。鏡と鏡像そしてそれらを見る者が向き合うイメージというよりは、若者が鏡の中の鏡像を見る際、見ている若者の視点にも、鏡の中の鏡像にも、詩人の視線が重なっているという二重性があるのだ。だからこそ、若者への語りかけが、同時に詩人自身への語りかけともなり、読者に対して、若さと美、時のうつろいの残酷さについての普遍的な訴えともなっているのではないだろうか。

おわりに

以上、英国ルネサンス期に流行したソネットにおいて、各詩人が鏡のイメージをどのように扱ってきたかということを探ってきた。本論の最初にまとめた鏡の小史で述べたような様々な鏡のイメージの中でも、恋愛を詠うソネットにおける鏡は、憧れの人物の美や徳を讃えるためのモチーフとして、あるいは自己愛に耽溺しないようにという忠告と教訓を示すためのイメージとして用いられたものが多かった。一方で、詩人の苦悩と自己認識を示す役割を担った鏡もあった。

ガラス製の平面鏡の製作技術の発達と鏡の普及という背景のもとで、より鮮明な自己認識にも影響がソネットの鏡のイメージにも見られるのではないかという仮説に基づき考察を行ってきたが、文芸における伝統的な虚栄の鏡のイメージに、ガラス製鏡の性質や価値といったものが付与されてきたことが各作品から窺えたといえる。一七世紀以降さらに鏡は普及し、ソネットに限らず現代に至るまで英詩をはじめ多くの文芸作品においてそのイメージはさらに多様化してきている。しかしながら、本論で扱った作品に見られた鏡は、詩人たちがそこに込めた美と愛の観念、人間と時の関係についての思想などを普遍的に映し出し続けていくことだろう。

（１）マーク・ペンダーグラスト（樋口幸子訳）『鏡の歴史』河出書房新社、二〇〇七年、二〇頁。

（２）Fallett, Franca and Jonathan Katz Nelson. *Venus and Love: Michelangelo and the new ideal of beauty.* Firenze: Giunti, 2002, pp. 158–9.
ワレン・ケントン（矢島文夫訳）『イメージの博物誌１　占星術：天と地のドラマ』平凡社、一九七七年、二九、四七頁。
Miller, Jonathan. *On Reflection.* London: National Gallery Publication Ltd., 1998, p. 142.

（３）Miller. ibid. pp. 160–1, 166, 172–5.

（４）以下、聖書からの引用はすべて新共同訳『聖書：旧約聖書続編つき』日本聖書協会、二〇〇一年からのものとする。

（５）プラトン（種山恭子訳）『ティマイオス—自然について—』プラトン全集12、岩波書店、一九七五年。

（６）ルクレティウス（塚谷肇訳）『万物の根源／世界の起源を求めて』近代文芸社、二〇〇六年。

(7) ユルギス・バルトルシャイティス（谷川　渥訳）『鏡―科学的伝説についての試論、啓示・SF・まやかし―』バルトルシャイティス著作集4、国書刊行会、一九九四年、三七九頁。

(8) 由水常雄『火の贈りもの―ガラス　鏡　ステンドグラス　トンボ玉』せりか書房、一九七七年、二六〇―一頁。

(9) ザビーヌ・メルシオール=ボネ（竹中のぞみ訳）『鏡の文化史』法政大学出版局、二〇〇三年、一二三頁。

(10) バルトルシャイティス、前掲書、二九三―五頁。

(11) マーク・ペンダーグラスト（樋口幸子訳）『鏡の歴史』河出書房新社、二〇〇七年、七一―八八頁。

(12) ペンダーグラスト、前掲書、一八四―六頁。

(13) Grabes, Herbert. *The Mutable Glass: Mirror-imagery in titles and texts of the Middle Ages and English Renaissance.* Trans. Gordon Collier. Cambridge: Cambridge UP, 1982, pp. 23, 25-30.

(14) メルシオール=ボネ、前掲書、一九、二二、二八頁。

(15) メルシオール=ボネ、前掲書、二六―三〇頁。

(16) Miller. op. cit. pp. 162-3.

(17) フランソワ・ラブレー（渡辺一夫訳）『ガルガンチュア物語』岩波書店、一九八四年、二四四頁。

(18) 前掲書、訳者略註、三八〇頁。

(19) Grabes. op. cit. p. 32.

(20) 六反田収「ソネットの系譜―イタリアからイギリスへ―」田村一郎、坂本公延、六反田収、田淵實貴男共著『シェイクスピアのソネット―愛の虚構―』文理、一九七五年、七頁。

(21) テクスト引用は下記に拠る。Wyatt, Sir Thomas. *Sonnets*. Rebholz, R.A. ed. *Sir Thomas Wyatt: The Complete Poems*. New Haven: Yale UP, 1978.

(22) ペトラルカ（池田康訳）『ペトラルカ　カンツォニエーレ』名古屋大学出版会、一九九二年、二〇六頁。

(23) 前掲書、六八二―三頁。

(24) Elizabeth Heale. *Wyatt, Surrey and Early Tudor Poetry*. London: Longman, 1998, p. 99.

(25) Hyder Edward Rollins, ed. *Tottel's Mischellany. Volume II.* Massachusetts: Harvard UP, 1966, p. 75.

(26) 六反田、前掲書、九一一〇頁。

(27) シドニーの『アストロフェルとステラ』のテクスト引用は下記に拠る。Sidney, Sir Philip. *Astrophil and Stella.* Ed. William A. Ringler, Jr. *The poems of Sir Philip Sidney.* Oxford: Clarendon Press, c1962.

(28) オヴィディウス（中村善也訳）『変身物語（上）』岩波文庫、一九八一年、四六〇頁。

(29) 和訳は次の版より。ギョーム・ド・ロリス、ジャン・ド・マン（篠田勝英訳）『薔薇物語』（上）（下）、筑摩書房、二〇〇七年。

(30) 前掲書、上七七頁。

(31) 前掲書、下四二〇頁。

(32) セバスチャン・ブラント（尾崎盛景訳）『阿呆船』（上）、現代思潮社、一九六八年、上二〇九頁。

(33) Alexander Barclay, trans. Brant, Sebastian *The Shyp of Folys.* The English Experience Number 229. Theatrum Orbis Terrarvm LTD., 1970, p. 121.

(34) 尾崎訳、前掲書、下一四一、一四三頁。

(35) 伊藤博明『綺想の表象学—エンブレムへの招待』ありな書房、二〇〇七年、一五七頁)。

(36) 前掲書、一五一六頁。

(37) Michael Bath, *Speaking Pictures: English emblem books and Renaissance culture.* New York: Longman Publishing, 1994, p. 85.

(38) 前掲書、六九一七〇頁。

(39) Whitney, Geffrey. *A Choice of Emblemes and Other Devises.* Leyden: Da Capo Press, 1969, p. 149.

(40) 水之江有一『図像学事典—リーパとその系譜—』岩崎美術社、一九九一年、vi—vii頁。

(41) 前掲書、九四—九五、一八二—三頁。

(42) テクスト引用は下記に拠る。Daniel, Samuel. *Delia.* Certain small workes heretofore divulged by S. Daniel. 1611.

STC 6243. Ed.

(43) Goldman, Lloyd. "Samuel Daniel's *Delia* and Emblem Tradition," *Journal of English and Germanic Philology.* 67 (1968), pp. 49-63. 岩崎宗治訳「『ディーリア』とエンブレムの伝統」、『サミュエル・ダニエル詩集　ソネット集　ディーリア　ロザモンドの嘆き』国文社、二〇〇六年、一五〇―三頁。

(44) 前掲書、一六五頁。

(45) テクスト引用は下記に拠る。Spenser, Edmund. *Amoretti.* Ed. Charles Grosvenor Osgood and Henry Gibbons Lotspeich. *The Works of Edmund Spenser: The Minor Poems.* A Variorum Edition. Vol.II, Baltimore: The Johns Hopkins P., 1947.

(46) プラトン（種山恭子訳）『ティマイオス―自然について―』プラトン全集12、岩波書店、一九七五年。

(47) マルシリオ・フィチーノ「プラトン「饗宴」注解」（E・パノフスキー、伊藤博明、富松保文訳『イデア：美と芸術の理論のために』平凡社、二〇〇四年）一八二頁。

(48) 福田昇八「『アモレッティと祝婚歌』に隠された数」福田昇八、川西進編『詩人の王スペンサー』九州大学出版会、一九九七年、三八二、三八八頁。

(49) 岡田岑雄「ソネット連作集におけるスペンサーとシェイクスピア」『詩人の詩人スペンサー：日本スペンサー協会二十周年論集』九州大学出版会、二〇〇六年、二八三頁。

(50) テクスト引用は下記に拠る。Drayton, Michael. *Idea's Mirrour. The Works of Michael Drayton.* Ed. J. William Hebel. Vol.1. Oxford: Basil Blackwell & Mott, Ltd., 1961, pp.95-124.

(51) テクスト引用は下記に拠る。Drayton, Michael. *Idea. The Works of Michael Drayton.* Ed. J. William Hebel. Vol.2. Oxford: Basil Blackwell & Mott, Ltd., 1961, pp. 309-42.

(52) テクスト引用は下記に拠る。Shakespeare, William. *Sonnets. The Oxford Shakespeare: Complete Sonnets and Poems.* Ed. Colin Burrow, Oxford: Oxford UP, 2002 : pp. 379-691.

(53) セネカ（土屋睦廣訳）『セネカ哲学全集』第三巻、岩波書店、二〇〇五年、五八頁。

(54) Vendler, Helen. *The Art of Shakespeare's Sonnets*. Massachusetts: Harvard UP, 1997, pp. 58–60.

(55) Booth, Stephen. ed. *Shakespeare's Sonnets*. New Haven: Yale UP, 1978, p. 139.

(56) Katherine Duncan-Jones.ed. William Shakespeare. *Shakespeare's Sonnets*. The Arden Shakespeare. London: Thomson Learning, 1997, p. 116.

(57) アウグスティヌス（山田晶訳）『告白』世界の名著一六、中央公論社、一九九二年、三三三一―三三頁。

(58) Augustinus, *The glasse of vaine-glorie: faithfully tr.* (*out of S. Augustine his booke, intituled, Speculum peccatoris*) *by W. P* [*rid*] *doctor of the laws*. STC 929.

(59) 前掲書、八頁。

(60) 前掲書、一三頁。

参考文献

Abrams, M.H. *The mirror and the lamp: romantic theory and the critical tradition*. New York: Oxford University Press, 1953.

Alexander Barclay, trans. Brant, Sebastian *The Shyp of Folys*. The English Experience Number 229. Theatrvm Orbis Terrarvm LTD., 1970.

Augustinus, Aurelius, 山田晶訳『告白』世界の名著一六、中央公論社、一九九二年。

——. *The glasse of vaine-glorie: faithfully tr.* (*out of S. Augustine his booke, intituled, Speculum peccatoris*) *by W. P* [*rid*] *doctor of the laws*. STC929.

Baltrukušaitis, Jurgis. 谷川　渥訳『鏡―科学的伝説についての試論、啓示・SF・まやかし―』バルトルシャイティス著作集4、国書刊行会、一九九四年。

Bath, Michael. *Speaking Pictures: English emblem books and Renaissance culture*. New York: Longman Publishing, 1994.

——. *The Bible: Authorized King James Version*. Oxford World's Classics. Oxford UP, 1997.

——. 新共同訳『聖書：旧約聖書続編つき』日本聖書協会、二〇〇一年。

Booth, Stephen. ed. *Shakespeare's Sonnets*. New Haven: Yale UP, 1978.

Brant, Sebastian. 尾崎盛景訳『阿呆船』（上）、現代思潮社、一九六八年。

——. *The Shyp of Folys*. The English Experience Number 229. Theatrum Orbis Terrarvm LTD., 1970.

Daniel, Samuel. *Delia. The complete works in verse and prose of Samuel Daniel*, ed. Alexander B. Grosart, New York: Russell & Russell, 1963, pp.35–77.

——. 岩崎宗治訳『サミュエル・ダニエル詩集』国文社、二〇〇六年。

Drayton, Michael. Idea. The Works of Michael Drayton. ed. J. William Hebel. Vol.2. Oxford: Basil Blackwell & Mott, Ltd,. 1961, pp.309–42.

——. *Idea's Mirrovr. The Works of Michael Drayton*. Ed. J. William Hebel. Vol.1. Oxford: Basil Blackwell & Mott, Ltd,. 1961, pp.95–124.

Fallett, Franca and Jonathan Katz Nelson. *Venus and Love: Michelangelo and the new ideal of beauty*. Firenze: Giunti, 2002.

Ficino, Marisilio.『プラトン「饗宴」注解』（E・パノフスキー、伊藤博明、富松保文訳『イデア：美と芸術の理論のために』平凡社、二〇〇四年）一八〇—九九頁。

Fukuda, Shouhachi.（福田昇八）「『アモレッティと祝婚歌』に隠された数」福田昇八、川西進編『詩人の王スペンサー』九州大学出版会、一九九七年、三八一—九九頁。

Goldman, Lloyd. "Samuel Daniel's *Delia* and Emblem Tradition," *Journal of English and Germanic Philology*. 67 (1968), 49–63. 岩崎宗治訳「『ディーリア』とエンブレムの伝統」『サミュエル・ダニエル詩集　ソネット集　ディーリア　ロザモンドの嘆き』国文社、二〇〇六年。

Grabes, Herbert. *The Mutable Glass: Mirror-imagery in titles and texts of the Middle Ages and English Renaissance*.

Trans. Gordon Collier. Cambridge: Cambridge UP, 1982.
Gregory, Richard. 鳥居修晃他訳『鏡という謎：その神話・芸術・科学』新曜社、二〇〇一年。
Guillaume, de Lorris. & Jean, de Meun. 篠田勝英訳『薔薇物語』（上）（下）、筑摩書房、二〇〇七年。
Heale, Elizabeth. *Wyatt, Surrey and Early Tudor Poetry. London*: Longman, 1998.
Hocke, Gustav Rene. *Die Welt Als Labyrinth-Manier und Manie in der europaischen Kunst Von 1520 bis 1650 und in der Gegenwart*. Hamburg: Rowohlt Tschenbuch VerlagGmbH, 1957. 種村季弘、矢川澄子訳、『迷宮としての世界マニエリスム美術』美術出版社、一九七〇年。
Ito, Hiroaki.（伊藤博明）『綺想の表象学―エンブレムへの招待』ありな書房、二〇〇七年。
Kamachi, Mitsuru.（蒲池美鶴）『シェイクスピアのアナモルフォーズ』研究社、一九九九年。
Kawasaki, Toshihiko.（川崎寿彦）『鏡のマニエリスム―ルネッサンス想像力の側面』研究社選書1、研究社、一九七八年。
Kenton, Warren. *Astrology-The Celestial Mirror*. Art and Imagination. London: Thames and Hudson Ltd., 1974. 矢島文夫訳『イメージの博物誌1　占星術：天と地のドラマ』平凡社、一九七七年。
Lucretius. 塚谷肇訳『万物の根源／世界の起源を求めて』近代文芸社、二〇〇六年。
Melchior-Bonnet, Sabine. *Histoire du Miroir*. Paris: Editions Imago, 1994. 竹中のぞみ訳『鏡の文化史』法政大学出版局、二〇〇三年。
Miller, Jonathan. *On Reflection*. London: National Gallery Publication Ltd., 1998.
Mizunoe, Yuichi.（水之江有一）『図像学事典―リーパとその系譜―』岩崎美術社、一九九一年。
Okada Mineo.（岡田岑雄）「ソネット連作集におけるスペンサーとシェイクスピア」『詩人の詩人スペンサー：日本スペンサー協会二十周年論集』九州大学出版会、二〇〇六年、二七九―九五頁。
Ovid. 中村善也訳『変身物語（上）』、岩波文庫、一九八一年。
Otsuka Sadatoku.（大塚定徳）「解説」シドニー、フィリップ、大塚定徳共同訳『アストロフェルとステラ　付：サ・

ティン・ソネッツ』篠崎書林、一九七九年。
——. 大塚定徳、村里好俊訳『イギリス・ルネサンス恋愛詩集』大阪教育図書、二〇〇六年。
Patrides, C.A. ed. *The Complete English Poems of John Donne.* London: Everyman's Library, 1985.
Pendergrast, Mark. *Mirror Mirror: A History of the Human Love Affair with Reflection.* New York: Basic Books, 2003. 樋口幸子訳『鏡の歴史』河出書房新社、二〇〇七年。
Petrarch. 池田康訳『ペトラルカ　カンツォニエーレ』名古屋大学出版会、一九九二年。
Plato. 種山恭子訳『ティマイオス—自然について—』プラトン全集12、岩波書店、一九七五年。
Rabelais, Francois. 渡辺一夫訳『ガルガンチュア物語』岩波書店、一九八四年。
Roche, Thomas P. Jr. *Petrarch and the English Sonnet Sequences.* New York: AMS Press, Inc., 1989.
Rokutanda, Osamu.（六反田収）「ソネットの系譜—イタリアからイギリスへ—」田村一郎、坂本公延、六反田収、田淵實貴男共著『シェイクスピアのソネット—愛の虚構—』文理、一九七五年、三一一五頁。
Rollins, Hyder Edward. ed. *Tottel's Mischellany. Volume II.* Massachusetts: Harvard UP, 1966.
Seneca, Lucius Annaeus. 土屋睦廣訳『セネカ哲学全集』第三巻、岩波書店、二〇〇五年。
Shakespeare, William. *Sonnets. The Oxford Shakespeare: Complete Sonnets and Poems.* ed. Colin Burrow, Oxford: Oxford UP, 2002, pp. 379–691.
——. *Shakespeare's Sonnets.* Ed. Katherine Duncan-Jones. The Arden Shakespeare. London: Thomson Learning, 1997.
——. *The Sonnets.* ed. G. Blakemore Evans. The New Cambridge Shakespeare. Cambridge: Cambridge UP, 1996.
——. *The Sonnets; and, A lover's complaint.* ed. John Kerrigan. New Penguin Shakespeare. Harmondsworth: Penguin, 1986.
——. 高松雄一訳『ソネット集』岩波書店、一九八六年。
——. 吉田秀生訳『シェイクスピアのソネット集』南雲社、二〇〇八年。
Sidney, Sir Philip. *Astrophil and Stella.* Ed. William A. Ringler, Jr. *The poems of Sir Philip Sidney. Oxford*: Clarendon

Press, c1962.

——. 今西雅章訳 *Astrophil and Stella.* あぽろん社、一九九七年。

——. 大塚定徳他共訳『アストロフェルとステラ　付：サ・ティン・ソネッツ』篠崎書林、一九七九年。

Spenser, Edmund. *Amoretti.* Ed. Charles Grosvenor Osgood and Henry Gibbons Lotspeich. *The Works of Edmund Spenser: The Minor Poems.* A Variorum Edition. Vol.II, Baltimore: The Johns Hopkins P., 1947.

——. 和田勇一、吉田正憲他訳『スペンサー詩集』九州大学出版会、二〇〇七年。

——. 和田勇一監修、熊本大学スペンサー研究会訳『スペンサー小曲集』文理、一九八〇年。

Vendler, Helen. *The Art of Shakespeare's Sonnets.* Massachusetts: Harvard UP, 1997.

Whitney, Geffrey. *A Choice of Emblemes and Other Devises.* Leyden: Da Capo Press, 1969.

Wyatt, Sir Thomas. *Sonnets.* Rebholz, R.A. ed. *Sir Thomas Wyatt: The Complete Poems.* New Haven: Yale UP, 1978.

Yoshimizu, Tsuneo（由水常雄）『火の贈りもの―ガラス　鏡　ステンドグラス　トンボ玉』せりか書房、一九七七年。

第九章　ダンのロンドン

米谷郁子

長い時間あてどもなく町をさまよった者はある陶酔感に襲われる。一歩ごとに、歩くこと自体が大きな力をもち始める。（中略）禁欲的な動物のように彼は、見知らぬ界隈を徘徊し、最後にはへとへとに疲れ果てて、自分の部屋に——彼によそよそしいものに感じられ、冷ややかに迎え入れてくれる自分の部屋に——戻り、くずおれるように横になるのだ。(1)

はじめに

五篇からなるジョン・ダンの『諷刺詩』（*Satires*, 推定執筆年代は一五九〇年代後半、出版は一六三三年）は、ダンが法学院にいた時代に書かれたものと考えられており、フラヌールを気取るかのようにロンドンを歩き回る語り手自身の姿を活写し、同時にその語り手の観察によって捉えられたロンドンが、「すでに退廃を内包している新興国際都市」であることを雄弁に記録するものとなっている。ダンの伝記の著者ボールドは、リンカーン法学院にダンが入った一五九二年五月の記述に、「大都会の生活のあらゆる面が、彼には魅力的なものに映った」と記している（Bald：52）。[2] 若者人口の飛躍的な増加と共に東から西へと都市開発が進むにつれて、ロンドンは新たな刺激や文化資本を提供するようになり、特に中心部のシティとウェストミンスターの中間地点に位置していた法学院は、知的中心であっただけでなく、立身出世を目論む青年たちの「文学活動」の中心拠点となっていた。[3] そこで若者たちはあらゆる知的刺激に身を浸し、栄達の夢へと駆り立てられただけでなく、都市の快楽にも飛び込んでいったのである。[4]『諷刺詩』の推定執筆年代から時代が数年下った一七世紀初頭、法学院の若者たちの享楽生活に眉をひそめていたフランシス・レントンは、彼らがコークの法律学を読まずに暇を惜しんでシェイクスピアの芝居ばかり見ている、と批判的に描写している（Lenton 1631：F4）。[5] さらに、著書『ミクロコスモグラフィ』の中で、ジョン・アールは「舵取りのいない船」のように、節制できず欲望のままに行動する若者を批判している（Earle：3）。近年の研究者は、一五九〇年代から一七世紀初期の法学院の構成員について、真面目に法律を勉強する若者を一方に置き、もう片方には余暇とアマチュアリズムにふける若者の存在を立て、ダンをこの後者の一人とみなして、宮廷での出世を夢見ながら文学や芝居見物によって上流紳士にふさわしいウィットとマナーを習得することへの快楽に、時に溺れ、また時にはそれに抵抗を試みる若者のサークルの一員に数えてきた。[6]

改めて問うてみたい。ダンの諷刺詩群を読むことの楽しみとは、何処にあるのだろうか。C・S・ルイスは、ダンの諷刺詩群を、韻律に欠けた無秩序な詩であるとして批判している（Lewis：12）。また、従来の批評は、このダンの諷刺詩をホラティウスをはじめとする古典ローマ詩人の寓意的な諷刺詩の模倣作品とみなし、世俗世界での立身出世に野心を抱く若きダンが、道徳的哲学的隠棲の美徳・理想と、都市の誘惑への耽溺という二項対立の間でジレンマを感じる語り手像を描いたもの、と論じてきた。[7] 最近では、古典古代以来の思想史の中にダンの諷刺詩を位置づけながら、「退廃した宮廷、抑圧的な法体系、市民を隷属させる社会の悪しき風習・紐帯」といったものを手厳しく愚弄するダンの諷刺詩群を、ダン自身の思想・信条の自由への希求を表したものとして論じる批評家もいる(8)。

ダンにしてみれば、未曾有の勢いで膨張する新興国際都市と、そこで無尽蔵なまでに提供される多様な文化資本や性資本、派手な散財、散歩者たちの活発な往来と都市の喧騒などを、通常の韻律や諷刺詩の模倣をもってしては描ききれないと判断したであろうことは、想像にかたくない。実際、ローレンス・マンリーがその労作の中で明らかにしている通り、一六世紀後半から一七世紀前半は、サタイア、当てこすり、ひやかし、嘲弄を目的とする言説が「新しいジャンル」として勃興してきた時代なのである（Manley : 372–409）。ダンの『諷刺詩』は、このジャンルの一部として捉えるべきであろう。本論文では、先のルイスによる批判や、古典作品との影響関係や思想史上の位置づけという従来の解釈では捉えられてこなかった、このダンの諷刺詩の魅力について、「カタログ化」、「循環する資本」、「ホモエロティシズム」の側面から考察を加え、従来よしとされてきた「詩の秩序」や「詩の韻律」ではなく、都市を歩くアモルファスな主体を携えた若者の歩みが人や事物をカタログ化していく、そのあり方自体が、諷刺詩というジャンル自体を再定義していくと思われる点について、明らかにしていきたい。

第一節　カタログ化する視線

『諷刺詩Ⅰ』は、語り手が対話相手の「愚かで当てにならん気分屋」（fondling motley humorist）（一行）を追い払うところから始まる(9)。この「気分屋」は、神学や哲学、政治学や歴史学を学ぶ語り手を、「牢獄」あるいは「棺おけ」（四行）と半ば自虐的に描写される書斎からロンドンの雑踏へと連れ出そうとしている。従来、この詩は二部に分かれるとされ、前半である最初の五二行は、この気分屋の連れの誘いに負ける語り手を描き、後半の六〇行は、この二人の男がロンドンの通りを歩いていく様子の描写に費やされている、とみなされてきた。きらびやかに着飾ってやって来る部隊長（一七―八行）、香水をたきしめた鼻柱の高い貴公子（一九行）、ビロードをまとった判事と青いお仕着せのコートを着た剛力の連れ（二一―二行）、「黒い羽か、薔薇色の股引きのように、多くの罪深い男たちによって、次から次へと擦り減らされた安っぽい売女」（五三―四行）、「色を売る少年」（四〇行）、それに、来年にはどのような形の帽子や襞襟やスーツが流行するのかわからないような、「わが国の才走った、／風変わりな若者たち」（六〇―一行）、相続人たちや星占い師。『諷刺詩Ｉ』は、宮廷人から娼婦にいたる、都市のありとあらゆる階級を彩る者たちのカタログである。語り手の連れ、すなわち「気分屋」は、「まるでけちくさい質屋がするように、／相手が身につけている絹や、金の値踏みをし、その値に／応じて、高く、また低く、〔その〕堅苦しい帽子を掲げる」（二九―三二行）。「気分屋」の若者にとって、声をかける相手は誰でもよいわけではなく、まずは「相手がどれだけの土地を／もらう希望があるのか、いま持っているか、調べ上げ」（三三―四行）なければ気がすまず、その上で「最も派手な相手に対し、最も深く頭を下げ」、「厳格な黒衣をまとった者には見向きもしない」（七七―八行）のである。身分の低い商人や職人が、この気分屋の言説の中で専ら彼ら自身の扱う「商品」に還元され、「けちくさい質屋」（三〇行）や「売女や色を売る少年」（四〇行）や「丁稚や生徒」（七五行）たちが比喩の対象として言及されるのみであるのに対して、実際に語り手と気まぐれ屋のコンビが道端で出会い、気まぐれ屋が「流し目を送る」のは「才能や資質をもつお偉方たち」（一〇五行）であるのは確かではあるが、この「比喩の対象か、あるいは実際に現前しているのか」という差異付けは、無秩序・無節操とも言える徹底したカタログ化によって無効にされている。[10]

ここで確認できるダンの『諷刺詩』の特徴としては、カタログ化によって出現してくる人物たちの主体性が物質的な「モノ」によって常に媒介された上で立ち現れてくるものであり、人の主体性は「モノ」と切り離し不可能であるという、初期近代イングランドの現象を活写している点である。人とモノが切り離し不能であり、むしろモノの集積・カタログ化によって、人がカタログ化されながら描写されていく手法が興味深い。次章でさらに詳しく、この「モノ」の表象のされ方について検討することにする。

第二節　循環する資本

初期近代イングランドにおいては、「モノ」が人間の主体形成に関わる重要な役割を果たすようになった時代である。男性も女性も、他者や自己自身を、所有している土地、食するもの、収集する家具、使用する道具、そして身につける衣服によって評価していた。[11] ある個人のあり方や、個人の紡ぎ出す行為・知識のカタログ化には、新時代の新興国際都市にひっきりなしに流入してくる珍奇な輸入品や流行ファッションなどの、モノのカタログ化が必ず伴う。ダンの『諷刺詩』を読む楽しみには、このようなモノのカタログ化と流通のあり方を散歩者たちの視線にあわせて辿っていくことも含まれるだろう。それは次のような風景からも明らかである。

『諷刺詩Ⅰ』では、語り手と連れがいったん通りに出ると、神業のような踊りを見せる「ぱりっとした顔立ちの若者」（八四行）に会い、また「インディアンたちに劣らず上手に煙草を飲む」（八八行）男に出会う。この時代、タバコは輸入品の中でも換金可能な贅沢品として流行しており、タバコに耽る行為は通常、けばけばしい衣服で着飾る行為と共に、浪費という若者の悪習の典型例として諷刺の対象となっていた。[12] 事実、ダンの詩においても、この煙草を飲む男の直後に登場するのは「洋服の装飾では／自他共にその創意で認められた男」であり、「宮廷の誰よりも、／レースや、飾り穴や、付け布や、襞襟や、切り込みや、／プリーツの工夫では、優れた考えをもっている男」（九五—八行）である。この詩は、語り手の書斎で「慰め」となる書物などの知的文化資本と、それとは対極にあるものとしての贅沢品——タバコ、エキゾチックな動物たち、フランスやイタリアのマナー、芝居など、同時代に新興しつつあった世界市場の発達なしにはあり得ないものである——とを対比させている。語り手の「気分屋」に対する呪詛は、そのまま都市の贅沢品批判としても響いてくるが、だからと言って、語り手自身が都市の贅沢品市場や品物の循環流通、勃興しつつあった初期消費資本経済から自由でいられるわけではない。注目すべきことに、後述する通り、実際にはロンドンの通りへ出かけていく前から、つまり書斎にいる前半部からすでに、語り手はロンドンの通りが提供するであろう様々な都市の誘惑や出会いに思いをめぐらせているのである。語り手の書斎で虚しく語り手の帰還を待っている「書物」は「神の水タバコ」（五行）であり、ここでは当時ロンドンで流行っていた水タバコが比喩として出てくること自体が、語り手が必死で都市の喧騒から隔離しようとした自らの書斎の中に、語り手自身の比喩によって都市の贅沢品市場の影が入り込んでいるのであることを如実に示すものとなっている。[13] また、「自然の書記を務めたと言われる哲学者」（アリストテレス）の業績すらもまた、語り手に都市の「神秘的な政体の筋肉」（八行）をどう結べばよいかを教えてくれる、という意味づけがされている。ここでロンドンという新興国際都市が国家身体の一部であると、早々と定義付けられている点は興味深い。もはや、語り手の書斎は、外部の都市の喧騒や品物の消費・流通のサイクルから隔絶した思索の場所ではありえず、加えて言えば知識・書物すらも、都市のイデオロギーの洗礼を受けないで済むものなどではなくなっている。

『諷刺詩Ⅱ』でも、「詩を書くという行為」が、「時代遅れの愛」、「カトリックの残党」、「法廷で隣に立つ文盲の命を助けるために台詞を教えてやる死刑囚」、「オルガンで、上で動き回る人形を下で喘ぎながら動かしているふいご」、「力を失った魔法」、「ピストルの時代の槌や石弓」、「戸口で歌う浮浪者」（七—二〇行）と、次々にさまざまな人やアイテムによって言い換えられていく。このカタログ的な描写は「がつがつと他人の知恵の実を喰らい、胃袋の中で生半可に咀嚼し、自分のものであるという顔で吐き出す奴」（二五―八行）という、平気で他人のアイディアを自らの作品に使う剽窃詩人の描写へと移っていく。さらに、この剽窃詩人は、「張形よりも淫乱な者」、「ユダヤ人よりもひどい高利貸し」、「酒豪」、「神の名を悪用する者」、「あらゆる罪の種類に通じている者」、「世にも珍しい犯罪を犯す者」（三一―六行）というように、ロンドンを跋扈するさまざまな人間たちのカタログにメトニミー的に喩えられていく。このへぼ剽窃詩人は「コスカス」という固有名を与えられた上で、剽窃詩人から弁護士へと「金儲けのために」「成り上がった」人物として、絶えず「娼婦」と比較されつつ（六四行、七三行）呪詛の対象として姿を表す。この詩人上がりの「成り上がり者の弁護士」の悪辣な儲け方は、最終的には「王の後釜を狙う不義の子」や「聖職売買をする聖職者」や「男色」を元手に金儲けをしている意味で彼ら自身よりもひどい（七四―五行）と口を極めてののしられることになる。

『諷刺詩I』の描写に戻ろう。気分屋の連れと語り手による都会の散歩が突如中断するのは、この連れが「ある窓辺」に「恋人の姿」を認めて「蒸発する露のように」語り手から離れて、「一目散に、有頂天になって彼の色女の処に走って行く」（一〇六―八行）からである。街路に張り出す出窓に陳列されて買い物客を店の中へと誘い入れようとする商品と同様に、娼婦たちの肉体という「性資本」もまた、都会の街路で売買される商品として散歩者を誘惑する。

ダンの諷刺詩群の中でカタログ化され循環するものは、モノやモノ化されたセクシュアリティだけではない。特徴的なものとして挙げるべきは「不動産・土地」である。ここで、ことに一六世紀末から一七世紀にかけて土地が問題化された背景をざっと見ておこう。ローレンス・マンリーによれば、「トマス・モアの死とミルトンの死の間の期間に、ロンドンの人口は五万人から五〇万人に増えた。またこの間にロンドンも後期中世のコミューンからメトロポリスへと変貌し、まもなくヨーロッパ一の首都・商業中心地となっていった」(Manley：125)。一六・一七世紀にロンドンのあらゆる面での急成長を可能にしたのが、イングランド全体の人口増と農村部に生じた余剰労働力の首都ロンドンへの一極集中であった、ということは、今では通説となっている[14]。イングランド・ウェールズの全人口に対するロンドンの割合は、約二・五％から約八％に成長した。それはロンドンへの資本の集中とロンドンにおける市場活動の活発化に伴う変化であり、さらに経済地代を生む土地資産の所有者を確定するために必要な役所や裁判システムの首都ロンドンへの集中も伴っていた。土地について言えば、地主―小作間の封建的関係から、市場経済における利益の極大化をめざす、より排他的な関係への大規模な転換があった。経済地代へのこの転換は財産権の再編成を伴い、土地は囲い込みを通じて次第に富裕な個人のコントロール下に入っていき、さらには経済詐欺の手口でだまして土地資産を巻き上げる、というようないざこざをめぐる訴訟も頻発していった。一七世紀初めのロンドンでは、多少の資金と才覚と、法をおそれぬ図太さがあれば、土地資産を手に入れ紋章をつける身分になることは、さほど困難ではなかった。きっかけは、ヘンリー八世による大量の土地売却である。王が修道院を破壊して奪った教会財産と王所有の荘園とを、対外戦費調達のために大量に放出処分した結果、小規模な土地資産の再配分が広範囲に浸透した。一五四〇年から一六四〇年の間に、紋章をつける資格を持つジェントリは、五〇〇〇から一五〇〇〇へ増加した、と言われるくらいである。身分の流動化が急速に進み、共同体の秩序を維持するために必要な旧来の慣行とその意味がなし崩し的に変わっていった。ウェストミンスター・ホールへの裁判所の集中や、法学院への法廷弁護士の集中は、ロンドンが訴訟のためのほとんど唯一の場所であったことを意味した。加えて、このような初期商業資本主義経済の急激な成長に伴い、地方に根ざした土地資産を持つジェントルマンと、都市に生きるギルドの会員で自由特区（freedom）の恩恵にあずかれるシティズンの間に、土地資産獲得のための争いが頻繁に生じた。手に入れた土地資産の保持・相続を目的として行われる結婚にかかわるモラルの喪失、人間関係の混乱や新しい都市文化を背景とした若者の野心や風俗を、この時代の諷刺詩や大衆演劇は、批判的に戯画化して描いたのである。

土地は、ダンの諷刺詩の中でも人物のアイデンティティの指示物として機能する。『諷刺詩Ⅳ』では、まず状況設定の道具として、「土地を売り払ってまで特許を願い出たり、鉄屑や長靴、短靴、卵の殻などを一手に売買しようとしている」（一〇三―五行）人物が「噂話の対象」として言及される。土地にまつわるいざこざを食い物にして成り上る、元剽窃詩人・現弁護士のコスカスを描く『諷刺詩Ⅱ』では、あらゆる者から「賭博の掛け金を奪うように、一町歩ずつ搾り取り」（八六―七行）ながら土地を入手する悪徳弁護士の姿がつぶさに描かれる。[15] まもなくこの男の儲けはスコットランドからワイト島まで、コーンウォールからドーバーの岸辺まで、「ブリテン島全土を囲むだろう」（七七―八行）と誇張的に語られ、「この男が手に入れた土地を覆っていた森林は、何処に消えたのか」と嘆かれることになる（一〇三―四行）。

この『諷刺詩Ⅱ』で非常に印象的な、カタログ化されたモノと土地の諷刺のされ方は、気まぐれなカタログ化と見えて、実はダンの緻密なイメージの積み重ねの妙が見られる部分なので、もう少し詳しくみていこう。

王様の後釜を狙う者たちには、不義の子が多く、また、
教会で働く者たちには、聖職売買や男色が付き物だが、
この男の罪はもっと酷い。それらを元手に儲けている。
間もなく（海のように）全土を囲むだろう。スコッツ
からワイト島まで、かの岩山からドーバーの岸辺まで。
金持の子息たちが、贅沢に溺れていくのを見つけると、

悪魔が彼等の罪を喜ぶ以上に、この男は有頂天になる。
何故ならば、貧乏な女中が、食べ残りをこすり取って、
さらに、消えかけた蝋燭から垂れる滴や、燃え残った
蜜蝋を掻き集めて、三十年もの間それを休まずに続け、
（遺物のように大事にして）、あわよくば結婚の費用を
賄おうとするように、少しずつこの男は土地を入手し、
まるで花札の賭金を奪うように、一町歩ずつ搾り取る。

（七四―八六行）

ここで語り手がくだんの弁護士を「わずかな、皿についていた食べ残しじみたものでも取っておき、そういうものを、けちけち蓄積して、一食分に貯めるつましい女」に喩えるのは、直後の「土地を買い占め、蓄積する」という箇所と対となって、「倹約」ではなく「吝嗇」の域に入るものとして、愚弄するためである。「牛馬の糞」や「燃え残りのろうそく」は、同時代においては再生利用されるべきものだったわけであるが、それらと「食物」を同列に扱う点で、この「女性」は「常軌を逸した吝嗇家」として提示されている。「遺物」（relique-like）という言葉には、ポスト宗教改革という時代性に対するダンの自意識、あるいはプロテスタント的差別感からすれば「迷信深げに、肌身離さず」というニュアンスが感じられ、やはり愚弄のニュアンスが入っている。続きを読んでいくと、次のようである。

そして、彼のものとなった畠ほどの大きさの羊皮紙に、
注釈付きの民法に劣らぬ長さの権利保証書を書かせる。

それは余りにも長たらしいので、（進歩した現代では）
それより短い著書でも、教会の教父になれるぐらいだ。
彼は自分では書かないし、人に書かせても金は払わぬ。
だから、いくら長くても平気なのである。昔、若い頃、
ルターは修道会に所属していた。そのために彼は短い
主の祈りを渇望した。修道士として、玉をくりながら、
日々唱える義務があったからだ。だが、会を離れると、
キリストの祈りに、「力と栄え」の一節を付け加えた。
ところで、この男が土地を売ったり、交換する時には、
文字をごまかしたり、「子孫」の条項を（こっそりと）
省いたりする。　　（八七—九八行）

「主の祈り」は、もともとはかなり短い形だったが、最後の部分、つまり、「国と力と栄えとは、限りなく汝のものなればなり」は、後代に付け加えられた部分である。ここでは、「短い『主の祈り』を何度も唱えていた宗教改革前の修道士ルター」と「長いヴァージョンの『主の祈り』を唱えるようになった宗教改革後のルター」の対比を念頭に入れて理解しなければならない個所である。[16] 引用文一番最後の「子孫条項」についても、このルターの比喩の部分と関連させて考えねばならない。ルターは自分が制定したわけでもなければ自分の所有物でもない「主の祈り」の文言について、「自分の所有物ではないものに、勝手に手を加えた」ニュアンスと共に言及されており、「子孫条項」もこのルターとの関連で踏まえるべき愚弄なのである。と同時にこの比喩部分は、この後に

来る「注釈者」の部分につながっていく。となると、ここで彼が書いている「書類」は、誰の所有地の登記に関するものなのか、という疑問が生じる。「悪徳弁護士として、書類作成や法律関係の処置を依頼された書類の一部をこっそり改ざんし、他人の土地をこっそり掠め取って自分のものにする」という意味が加わるとなると、「子孫」に関する条項を削除することにも意味が出てくる。つまり、他人の土地を奪っていく悪徳弁護士の姿は、他人の詩行やアイデアを掠め取って自分のものにした元詩人の、たとえようもなく醜い「なれの果て」の姿なのである。

さらにダンの諷刺詩群全体を通じて、人物のアイデンティティの指示物として機能し、「資本」として流通するものは、衣服である。前章では、『諷刺詩Ⅰ』に登場する、来年にはどのような形の帽子や襞襟やスーツが流行するのかわからないような「わが国の才走った、風変わりな若者たち」や、「洋服の装飾では、自他共にその創意で認められた男」、「宮廷の誰よりも、レースや、飾り穴や、付け布や、襞襟や、切り込みや、プリーツの工夫では、優れた考えをもっている男」たちを見てきたが、特に『諷刺詩Ⅳ』には、衣服の描写が横溢している。この詩は宮廷諷刺であるわけだが、まず目を引くのは、「宮廷へ足を運んでしまった自分への批判」から始まっている部分である。「人目につこうとしたのでもなく」、「見せたい盛装があったわけでもない」(七―八行)のに宮廷に足を運んでしまったと、あえて弁解しなければならない語り手の背後には、「宮廷批判」以前に、「宮廷文化」や「上流階級文化」に染まって、自らのファッションを誇示しようとする「若者文化」への批判と、その「若者文化」から身を引き離しておくことの不可能さが見え隠れしているように思われる。

この時代、あたかも人類史上最初の「グローバリゼーション」とでも言えるかのように飛躍的に拡大していったイングランドの織物貿易は、衣服の生産量と流通量の増加をもたらし、同時に増加した「過剰に豪華な古着」の流通は、結果的に、都市の若者たちによる「派手な散在」を誘発し、「身につける衣服の規範」によって確立されていた伝統的な社会階層システムを揺るがした。また、膨張するロンドンの人口の中で、あらゆる個人が、本来属しているはずの社会階級の取り決めを逸脱した服装を「最先端の流行」として身につけ、また単に身につけるだけでなく、着飾っている自分を誇示するようになったのである。(17) さらに規範を超えてこれみよがしに着飾って、階層を逸脱するような振る舞いをする若者同士の交流により、この種の振る舞い・嗜好・習慣を共有するサブカルチャー的な若者コミュニティすらも出現したという。(18)

『諷刺詩Ⅳ』では、「旅帰り」(三五行)で、あらゆる外国語を話し噂好きのおしゃべりな「異様な奴」(一八行)が、語り手を堕落した宮廷へと誘うのだが、語り手はまず、この外国帰りの人物を「ナイル河のヘドロに生息する怪物」や「ギアナの妖怪」、「デーン人」、「街で騒動を起こす丁稚」などと言った「異邦人・異形のもの」に喩えた後、この男の衣服を愚弄しつつ、男の衣服への執着を描写していく。(ただし同時に、これによって語り手自身の衣服への執着的な視点が露呈している点も注目に値する。)「この男の服は粗末であったが、見慣れないしろもので、／摩滅していたが、色は黒かった。その上着に袖はなく、／かつてはビロードであったが、今や(地が見えてい て)／平織の絹地になっていた。暫くは、子供たちの目には滑らかな絹織物と見えても、すぐ消えて無に帰るのだ」(三〇―四行)。この男は大陸文化を知っている自分を誇示しようと、フランス人のファッションを褒め称える。彼は言う、「フランス人は上品でしょう。……／フランス人の身嗜みは、本当に美しいと思いませんか。／あなたがとことん着られるのは、グロガラムだけです」(八三―六行)。宮廷の入り口では、別の男が身嗜みを整えている。「宮廷をモスクとでも思ったのか、／……スカートやズボンを掲げ、服に／告白をさせるが、死に至る罪ともいうべき染みや穴が／顕に見えるだけでなく、許されるべき些細な罪である／羽毛や塵芥が見えて、着物の犯罪歴が知れるのである」(一九九―二〇三行)。ここでは、異様に身嗜みを気にする男が「イスラムの異教徒」に喩えられている。「失うもののない」「次男・三男」がいたるところをうろつき、宮廷でのもてなしや金づるを得られずに、本来ならば「世の情け」にすがって生きるほかはないにもかかわらず、「こぎれいでぱりっとした革でこれ見よがしに着飾り」、「愚かなファッションに身を包んで」宮廷などの公の場所に現れる様子は、トマス・デカーの著作にも、いたるところに現れる[19]。

『諷刺詩Ⅳ』のクライマクスは、宮廷に出入りする人間たちがこなす日課が記されている部分であろう。「丁度時計が十時をまわった。朝から、馬屋に行ったり、／手打ちボールや、テニスに興じたり、食事を取ったり、／女郎屋に行っていた人たちが、改めてその日の服装に／身を固めて、群れを成して宮廷に集まって来る。私も／その中に加わってしまった。（神様、お許し下さい）。／彼らの服装は、それを求めるために彼等が売り払った／田畑と同じように、美しくよい香りだ。このズボンは／王様に相応しい、と誉め上げる者がいるが、次週には、／売りさばくために芝居小屋に持参することになるのだ。／貧乏はあらゆる階層に及ぶものである。考えてみると、／宮廷も芝居も同じことだ。我々はみな役者なのである。／……チープサイドの服屋の元帳を覗いてみれば、彼らの衣装目録がわかる」（一八〇―七行）。フランシス・レントンも、「一度はたいまつの炎で輝いていた、芳香で焚き染められ刺繍の鮮やかな衣装も、借金返済のために古物商や質屋に売られていく」さまを描いている（Lenton 1629：C4v）[20]。当時の過剰な衣服の流通は、フィリップ・ヘンズロウの以下のようなコメントを生み出した。「劇場の経営は、単に芝居小屋を建てることに留まらず、衣装を所有し賃貸し売りさばくこと、あるいは衣装を得るのに借金をすることも含む」[21]。ベン・ジョンソンも、特に後期の芝居の献辞やプロローグ、エピローグで、当世風の衣装に身を包み、「見る・見られる」ことに専心する観客としての若者たちにしばしば言及し、芝居自体ではなくてこの若者たちの存在感こそが「劇場を支配している」と非難の矛先を向けている[22]。贅沢な衣服を見せびらかすショーウィンドウとしての劇場に集い、わがもの顔に歩き回る身分の低い若者たちのことを、前出のレントンは「蝶」に例え、揶揄している（Lenton 1629：C4v）。芝居小屋はこのように、贅沢な衣服の流通するオールターナティヴな場所であった。ヘンリー・クロスが喝破するとおり、劇場はただ単に「甘い言葉で耳を心地よくさせるだけでなく、多様な快楽で目をも愉しませる」場であり、市場と同様に「悪徳は劇場において売りに出される」のである（P2v）。ダンの同時代人にとって、ロンドンという町それ自体が劇場であって、若者たちはそこで着飾り、舞台の上の俳優よろしく立ち振る舞った後、その衣服をそのまま芝居小屋へ持っていき、今度は正真正銘の衣装としたのである。[23]ダンの『諷刺詩Ⅳ』には、「循環する資本」である衣服と、その衣服によって描かれる人物たちの無節操かつ無定形なアイデンティティの描かれ方の代表例を見ることができる。

第三節　ホモエロティックな同伴者

前述したように、ダンの諷刺詩はホラティウスの諷刺詩の「模倣」であるとされているが、しかし、思えばあらゆるものに批判と諧謔の目を向けずにやまない諷刺詩たるものが、既存のジャンル・既存のスタイルの単なる「模倣」で終わるわけがない。案の定、ダンとホラティウスの間には無視できない明確な違いも存在している。ホラティウスの語り手はあらゆる機会を捉えて堕落した退屈な輩を批難し打ち捨てるのに対して、ダンの詩における、語り手の連れに対する態度は、もっと曖昧なものとなっている。その典型例として再び『諷刺詩Ⅰ』に注目してみる。この『諷刺詩Ⅰ』の「連れ」とは、そもそも一体どのような人物なのであろうか。連れについて考えることによって「語り手」の主体の立ち上げられ方を洗い出すために、この疑問について考察してみよう。語り手は、冒頭で「帰ってくれ」「僕を放っておいてくれ給え」（一―二行）と、連れへの強い拒絶の姿勢を明らかにし、かろうじて親しげな二人称での呼びかけであった連れへの名指し行為も、ついに六七行目に至って三人称になり、攻撃の度合いを強めていく。それでも語り手は、この「気分屋」の連れの魅力に抗えない。「このような永遠の仲間たち（＝書斎の書物）を捨てて、向こう見ずにも、／君のように当てにならない下衆と付き合えというのか。／手始めに、君の最高の愛にかけて真面目に誓ってくれ、／（博愛主義者の君に、誰かを最高に愛せるか知らんが）／街の真中で僕を見捨てるようなことは決してしないと」（一一―五行）。このようにして、気分屋によって、語り手はロンドンの雑踏へと誘い出されていくのだ。従来の批評では、このダンの語り手を「都市の誘惑に抗えない意思の弱い者」という地位から救出するためか、語り手がこのような気分屋に連いて行く理由について、「（たとえ失敗に終わる虚しい試みだったとしても）矯正が必要な者にたえず忠告を与え、堕落した友人の精神をたしなめて教化するためである」と解釈してきた。[24] こうした議論と、ダンの語り手が奇妙に齟齬をきたすのは、ダンの語り手が堕落や悪徳を体現するような人物たちの敵であることは明確であるとしても、それでも彼が手厳しく懲戒する対象に対して羨望を感じている、非常に曖昧な都市の散歩者としての姿を次第に表していくからである。[25] 語り手がどんなに連れの追従や媚びへつらいを忌み嫌い、そこから自分の身を引き離そうとしても、詩の中の彼自身の姿は、その連れの付き添いとして巻き添えを食うにとどまらず、時に共犯者としての相貌も表すのである。「良かれ、悪しかれ、僕と付き合い、見捨てないでくれ。付き合って、見捨てるのであれば、それは不倫である」（二五―六行）。この前後に結婚の比喩が頻発するのは偶然ではないだろう。語り手が連れに対して、ロンドン逍遥に同伴するかわりに「僕を見捨てないでくれ」と哀願する時、その語り口は連れをあたかも「妻」、それも浮気者の妻とみなし、妻に依存する夫として「貞淑でいてくれ」と哀願しながら結婚の契約の更新を望むかのような言い回しをしているのである。語り手は、「我慢できぬほどむずむずしながら」（三八行）都市の誘惑を探し求める連れの欲望に忠実につき従い、自ら忌み嫌うもの（＝連れの欲望の対象である都市の資本）をいちいち忠実に描写してしまうことで、自らもその対象に耽溺していかざるを得なくなる。結果として『諷刺詩I』の中でももっとも宗教的な場面である箇所（四一―五二行）において、語り手は「粗末な衣服をまとって」

（四七）着飾った「気分屋」の演じる「イヴ」の誘惑に負ける「アダム」のように、あるいは復縁した夫婦のように、街へ出て行くことを厭わないのだ。「しかしながら、君は、心から懺悔した改悛者のように、／愛によって罪の警告を受け、自分の虚栄や、浮気心を／すっかり悔い改めたように見受けられるから、ごらん、／僕は部屋の戸を閉めて外に出る。さあ、一緒に行こう」（四九―五二行）。ここに至り、語り手は単に受身の立場で「気分屋の連れ」に誘惑されて町に誘い出されているのではなく、語り手の方も連れに対して、性的ともとれる欲望を感じている様子が見える。

このように解釈してはじめて、『諷刺詩Ⅰ』の結末部分の曖昧さが迫ってくることとなる。語り手と連れの動きを整理すれば、「語り手の書斎→ロンドンの街路→ベッド（最終行）」となるわけであるが、詩の結末部分では、色女の先客たちと口論し、格闘し、血を流した「連れ」が「頭を垂れ、直ちに僕〔＝語り手〕の処に帰って来た。／そうして、暫くは不動の姿勢で床に就く羽目となった」（'Directly came to mee hanging the head, ／And constantly awhile must keepe his bed'）（一一一―一二行）と終わる。この「床」は「彼のベッド」であるが、その前の行の「僕の処」と奇妙に響き合うことで、語り手と連れの間にはホモエロティックとでも呼べそうな関係、つまり雑踏が直接的に共有のベッドに繋がっていくような都市特有のトポグラフィーの中で、「性的ほのめかし」を込めずにはいられないような関係が暗示されている。当時のロンドンで法学院に籍を置く若者たちは、女性を締め出した「完全に男性だけの社会」に身を置いていただけでなく、私的空間を共有しつつ同居するのが慣例だった。このことも考え合わせると、「彼のベッド」も「僕の処」も、いちいち注目すべき部分ではないのかも知れない。ただ、ホモエロティックな雰囲気を念頭に置いて読まなければ、『諷刺詩Ⅰ』の諷刺の性格を捕らえることは難しくなるだけでなく、『諷刺詩Ⅲ』において、女性化された「諸宗教」への嫌悪や懐疑の態度を、男性の結婚への恐怖心と重ねて読むべき箇所の諷刺性も捕らえ損なうであろうことは確かである。

第四節　詩人の位置

同様の「諷刺の対象との共犯性」は、『諷刺詩Ⅳ』にも伺える。「私は驚いた。自分が何時の間にか／反逆者となっているのに気付いたからである。そして、／我が国の巨大な法令の一つが、その大きな顎を開けて、／私を飲み込もうとしていたからである。うかつに耳を／傾けたので、梅毒のかさぶたを他人に移して、自分は／よくなる色男のように、彼は無罪放免になって、私が／罪を背負うことになりそうだった」（一三〇―六行）。そして実際、この後の部分で語り手は身代わりの殉教者のごとく、宮廷の堕落を身にまとい、倦み萎えていくことになる。この語り手の周囲に対する曖昧な態度は、結果的に語り手のロンドンに対する曖昧な見解にも直結する。『諷刺詩Ⅱ』の冒頭は、「この町のあらゆる／ことが嫌になってしまった」（一―二行）と始まる。『諷刺詩Ⅳ』の冒頭には、「私の見てきた煉獄〔ロンドンの宮廷のこと〕／はあまりにもひどい処であるから、あの恐ろしい地獄ですら慰めとなって、その縮図にもなれないのだ」（二―四行）とある。ここで注目すべきは、例えば『諷刺詩Ⅳ』で愚弄の対象となるロンドンの宮廷に「自分も近頃身を置いていた、出入りしていた」という当事者感覚であり、また「肌をかいて傷を作り、なまくらな／鉄を研いで刃をつけて、かえって怪我をする類である。／すなわち、（愚かにも）〔諷刺の対象に〕逆らって私は痛い目をした」（八八―九一行）と述べ、さらに宮廷ネタという「ご馳走」を食べさせられて「むかつき、吐き、もどし、病人のように蒼白く」なり、挙句まるで「嫌いな食べ物を目にしただけで／産気づいてしまう」妊婦のように、「溜息をつき、冷汗をかく」（一〇九―一七行）語り手は、諷刺の対象に関わり、関わることによって自らの身体を害する存在として立ち現れる。これら諷刺詩群に見られる語り手は、自分の身に危害が降りかかってこないような高みから見下ろすような観察者では決してない。むしろ、諷刺の主体である語り手自身が、諷刺の対象と行動を共にして共犯関係を結ぶことによって、自らも変容を被り、病をうつされ、同じ罪を背負い呵責にさいなまれる存在に変容していくのだ。改めて、先程の『諷刺詩Ⅳ』の引用を見てみよう――

〔この男は〕誰が飯に困り、着るものがなく、馬をもっていないか、誰が売女と、少年と、山羊と通じるのかも知っている。あのキルケーの虜となった者たちが動物に変えられた時に驚いた以上に、私は驚いた。自分が何時の間にか反逆者となっているのに気付いたからである。そして、わが国の巨大な法令の一つが、その大きな顎を開けて、私を飲み込もうとしていたからである。うかつに耳を傾けたので、梅毒のかさぶたを他人に移して、自分は良くなる色男のように、彼は無罪放免となって、私が罪を背負うことになりそうだった。そこで、あらわに私は不快感を示したが、すでに手遅れであった。一度かかわった以上、自分の罪だけでなく、祖先の罪までとことん償う羽目になった。　（一二七―三九行）

詩人は終始、自らを「遅れて来た者」「すでに手遅れとなった状況を耐え忍ぶ受苦の者」「メインストリームから常に放逐されつつも、追放された時代遅れの者としてロンドンの中に存在させられる者」として自らを定義する。前述の通り、『諷刺詩Ⅱ』の冒頭には「詩」および「詩人」の置かれた状況についての記述が出てくるが、この中で詩人は「カトリックの残党／のように貧乏で、無力だから、憎むには値」せず、法廷で自ら追放罪を受けた者（wretch）でありながらも、「隣にいる文盲の男を支えて命を救ってやる」存在、さらには「（自分自身は飢えながらも）骨折り書いた芝居によって、言葉の使えない役者に食い扶持を与える」存在、あるいは操り人形が踊っているオルガンの下で、「あえぎながらその人形を動かしているふいご」のような存在として描写される。さらには、詩人（である自分自身）を「昔ほどの威力や害を持たなくなっている」魔女の呪文と同一化したり、インディアスの人々を破壊した小火器と火薬が一般化してきた軍事革命期にあって、時代遅れとなって使い物にならなくなった「役立たずの武器」と同一化したりする。さらには、がつがつと他人の発想・思想・作品の果実を食い散らかし、自分のものとする人を、「他人をも、（獣や魚と同様に）肉とみなして、食ってしまう人」と連鎖させることで、他人から奪い、自分のものとして書くという文脈中にカニバリズム的ニュアンスを滑り込ませ、都市に生きる詩人が意地汚い強欲の餌食となっている様子を活写していく（九―三〇行）。このあとの部分では、詩人として身を立てられずに弁護士になったコスカスについての痛烈な皮肉が続くのである。コスカスは宣誓供述書とラブレターの区別もつかず、入札するかのように女性に取り入り、またある時には、裁判所で「楔のように間仕切りに使われている柵」の上に乗り出すかのようにして「体をひねって進み、」「峻厳なる判事に対してウソをつく」やり方が、「荷車に載せられてさらし者にされる女性」と対にさせられ（七一―三行）、「あるべき姿をすでに失って久しい者」、あるいは「秩序を失わせる者」として「さらし者」になっているかのようなニュアンスと共に描写されている。これは、しかしながら、この詩を書いている法学院時代のダンの周囲の若者たちがいずれ辿ることになる末路の陰画、あるいはダン自身の陰画ともなりかねない「昔詩人・今法律家」の図なのである。

おわりに

勉学や出世競争を共にする青年たちが、ホモソーシャルな、あるいは時にホモエロティックなサブカルチャーを形成しつつ、自意識的に時の流行服をまとい、芝居小屋に通い、ダンスをし、少年愛に身を浸し、過剰な出費をいとわない……同時代の諷刺家エヴェラード・ギルピンは、ダンの諷刺詩と同じ風景を描いて見せている(Guilpin, *Epigram* 38)。ダンの語り手は、すべてを見遥かす安全な陣地も決定的な諷刺の戦略ももたずに、つまりは階層化された思考も遠近法的な配置も、さらには事後的に構成された起承転結も与えられないままに、珍品や資本のとめどなく流通する「ロンドン」という都市を歩き回る。それによって、流通するモノに翻弄されつつ、そして時には自らを傷つけながらも生成変化する、躍動感のある諷刺家の姿が立ち上ってくるのである。諷刺家は諷刺家たろうとする限りにおいて、諷刺の対象と自己、モノと自己を正確に差異化しようとするが、彼の試みはロンドンという未曾有の新興国際都市兼生活圏では絶え間なく失敗する運命にある。諷刺の対象は語り手もしくは詩人の分身である、ということがよく言われる。もしも諷刺の対象となる相手がダンの「分身」なのだとすると、諷刺の対象のなすことはすべて「自己投擲した分身の犯す迷惑行為」となる。諷刺の対象と、諷刺する側の認識主体の間、あるいはモノと主体の間にあるべき垣根の破綻。自らが加担してしまう、あるいは既に加担してしまったかもしれない様々な侵犯行為。これらはダンの諷刺詩全体を貫く重要なモチーフである。この侵犯行為は、ダンの語り手にとって、自分に向けられたかもしれないものであるだけでなく、自分自身がすでに手を染めてしまったかもしれないものなのである。侵犯行為を媒介としたこのような自他の崩壊とアモルファスな「僕

（たち）」の立ち上げという、ダンの諷刺詩群を貫くテーマは、冒頭に掲げたベンヤミンの描く孤独な散歩者の末裔でありながらも、この孤独な散歩者がわずかながらに保持していた尊厳を失って久しい、現代のグローバルな都市に生きるアモルファスな私たちにとっても、非常に重要なテーマではないだろうか。

（1）ヴァルター・ベンヤミン『パサージュ論』第3巻「遊歩者（フラヌール）」より。
（2）Marotti も参照。
（3）中央集権化、人口の増加、地方の経済不況などを背景にして、当時のロンドンには、宮廷やエリート家庭、ギルドや大学や法学院に居場所を求める若者たちが流入していた。若者人口の前例を見ない増加については、Wrigley and Schofield, pp. 215-9、Beier and Finlay, pp. 11-5 を参照。
（4）一五八二年の法令では、'inconvenient places' であるタヴァーン、イン、芝居小屋をぶらつく若者たちを監視する必要性が記されている（Griffiths, p. 225）。
（5）グローブ座をはじめとする芝居小屋に足しげく通う法学院の若者たちの姿は、Ben Jonson の芝居（特に *Every Man Out of His Humour*）や、わけても Thomas Middleton and Thomas Dekker, *The Roaring Girl*, Dedicatory Epistle などに表れている。
（6）Bald の描くダン像、および Leishman を参照。
（7）特に Milgate による序文 p. xviii を参照。立身出世への野望に燃える「若きダン」像を活写したものとしては、先に挙げた Marotti の他に、Carey, Empson, それに Strier, pp. 118-22 を主に参照。
（8）最近の論考としては、主に Scodel を参照。
（9）これ以降ダンの『諷刺詩』の引用は、すべてミルゲイト編集の版に拠る。引用行数は原文のものとし、本文中の引用後のカッコ内に付す。日本語訳は可能な限り湯浅信之氏訳に従う。湯浅氏訳は本文中にカギカッコを付して引用する。
（10）この点について、Newman（pp. 63-70）の論考には異論のあるところである。

(11) この点は、Fumerton, Jardine, Fumerton and Hunt, eds., Jones and Stallybrass, Korda の論考に詳しい。

(12) タバコ消費文化に関しては、Knapp, pp. 134-74, Rustici を参照。また、ジョンソンの芝居、ミドルトンの *The Black Book*, *The Witch* など、同時代の芝居の中でも、若者を堕落させるタバコの流行はさかんに描写されている。

(13) この語り手の様子は、ベン・ジョンソンの喜劇 *Epicoene* の中で、外界の街角の騒音をシャットアウトしようと無駄な努力を試みる Morose の姿を髣髴とさせる。

(14) 以下の社会背景に関する記述は、Stone および宇川氏の論考を主に参照している。

(15) 『諷刺詩II』を法制史、特に common-law の伝統を称揚する立場に沿うものとして考察し、コスカスを Sir Edward Coke（1552-1634）の戯画化とみなし、コスカスが言い寄る相手の女性像にエリザベス一世を見る最近の詳論については、Kneidel を参照。

(16) ここで、「宗教改革後のルター」が、特に、徳の高い人物としては考えられていないであろうことは、この文脈、つまり、「文言を自分の都合に合わせて削ったり記載したりする人」の文脈に出てくることから示されている。

(17) 特に一五八八年に発令された贅沢禁止令には、「過剰な衣服（excesses of apparel）」を身につけるのは、特に最近の若者に顕著な傾向である、という批判的な記述が見られる。衣服に関する法令と同時代のロンドンに関しては、Bailey の第一章に詳しい。

(18) 若者のサブカルチャーについては特に Ross を参照。

(19) この一文に記した引用は Thomas Dekker, *The Guls Horne-booke*, 8, 11、および *Work for Armorours, or, The Peace is Broken*, p. 119 より。

(20) 同様に衣服の循環が揶揄されている記述としては、Dekker, *The Guls Horne-booke*, 36, E.K. Chambers, *The Elizabethan Stage, vol. 4, Appendix* C, p. 237 所収の Robert Green, *Francesco Fortunes, or The Second Part of Greene's Never Too Late*（London, 1590）の例、および「一日に三回も衣装を換え、ハイドパークと芝居小屋を行ったり来たりするこざっぱりした若者」を揶揄する Ben Jonson, *Underwood*, ll. 106-10（*The Complete Works*, vol. 8, p. 165）を参照。

（21）Jones and Stallybrass, p. 179 に引用されている。
（22）引用は *The New Inn* のプロローグより。
（23）Bailey の第五章は、Ben Jonson の *Every Man Out of His Humour* における、着飾った若者による都市空間の劇場化についての興味深い詳論である。
（24）こうした従来の批評の動向に関しては、特に Manley, p. 379 を参照。
（25）例えば *Kernan* は諷刺詩における曖昧な語り手の立ち位置に関する示唆に富む議論を展開しているにもかかわらず、ダンの諷刺詩をこの分析から除外している。

参考文献

Bailey, Amanda. *Flaunting: Style and the Subversive Male Body in Renaissance England*. Toronto: University of Toronto Press, 2007.

Bald, R. C. *John Donne: A Life*. Oxford: Clarendon Press, 1970.

Beier, A. L. and Roger Finlay. 'The Significance of the Metropolis.' In Beier and Finlay, *London 1500–1700: The Making of the Metropolis*. New York: Longman, 1986.

Benjamin, Walter. 今村仁司他訳『パサージュ論』全五巻、岩波書店、一九九三―五年。

Carey, John. *John Donne: Life, Mind and Art*. Oxford: Oxford University Press, 1981.

Chambers, E. K. *The Elizabethan Stage*. 4 vols. Oxford: Clarendon Press, 1951–61.

Crosse, Henry. *Vertues common-wealth, or, the Highway to Honour*. London, 1603.

Dekker, Thomas. *The Guls Horne-booke*. Ed. R.B. McKerrow. London: De La More, 1904.

——. *Work for Armorours, or, The Peace is Broken*. London, 1609. in *The Non-Dramatic Works of Thomas Dekker*. Ed. Alexander B. Grosart. 5 vols. New York: Russell & Russell, 1963.

Donne, John. *The Satires, Epigrams and Verse Letters*. Ed. W. Milgate. Oxford: Clarendon Press, 1992.

――. 湯浅信之訳『ジョン・ダン全詩集』名古屋大学出版会、一九九六年。

Earle, John. *Microcosmography*. London, 1629. Ed. Aldred West. Cambridge: Cambridge University Press, 1920.

Empson, William. *Essays on Renaissance Literature, vol. 1: Donne and the New Philosophy*. Ed. John Affenden. Cambridge: Cambridge University Press, 1993.

Fumerton, Patricia. *Cultural Aesthetics: Renaissance Literature and the Practice of Social Ornament*. Chicago: University of Chicago Press, 1991.

――. And Simon Hunt, eds. *Renaissance Culture and Everyday*. Philadelphia: University of Pennsylvania Press, 1999.

Griffiths, Paul. *Youth and Authority: Formative Experiences in England, 1560–1640*. Oxford: Clarendon, 1996.

Guilpin, Everard. *Skialetheia, or, A Shadow of Truth in Certain Epigrams and Satyres*. 1598. Ed. A. Allen Carroll. Chapel Hill: University of North Carolina Press, 1974.

Jardine, Lisa. *Worldly Goods: A New History of the Renaissance*. New York: Doubleday, 1996.

Jones, Ann Rosalind, and Peter Stallybrass. *Renaissance Clothing and the Materials of Memory*. Cambridge: Cambridge University Press, 2000.

Jonson, Ben. *Ben Jonson*（*The Complete Works.*）Eds. Herford, C. H. and Evelyn Simson. Oxford: Clarendon Press, 1954.

Kernan, Alvin. *The Cankered Muse: Satire of the English Renaissance*. New Haven: Yale University Press, 1959.

Knapp, Jeffrey. *An Empire Nowhere: England, America, and Literature from* Utopia *to* The Tempest. Berkeley: University of California Press, 1992.

Kneidel, Gregory.'Coscus, Queen Elizabeth, and Law in John Donne's "*Satyre II*.'" *Renaissance Quarterly* 61（2008）, pp. 92–121.

Korda, Natasha. *Shakespeare's Domestic Economies: Gender and Property in Early Modern England*. Philadelphia: University of Pennsylvania Press, 2002.

Lenton, Francis. *Characterisimi*. London, 1631.

——. *The Young Gallants Whirligigg: or, Youth Reakes*. London, 1629.

Leishman, J. B. *The Monarch of Wit*. London: Hutchinson, 1962.

Lewis, C.S. *English Literature in the Sixteenth Century: Excluding Drama. The Oxford History of English Literature*. vol. 3. Oxford: Clarendon Press, 1954.

Newman, Karen. *Cultural Capitals: Early Modern London and Paris*. Princeton: Princeton University Press, 2007.

Manley, Laurence. *Literature and Culture in Early Modern London*. Cambridge: Cambridge University Press, 1995.

Marotti, Arthur. *John Donne: Coterie Poet*. Madison: University of Wisconsin Press, 1986.

Ross, Andrew. 'Uses of Camp.' *Yale Journal of Criticism* 2.1（1998）, pp. 1–24.

Rustici, Craig. 'The Smoking Girl: Tobacco and the Representation of Mary Firth.' *Studies in Philology* 92：2（1999）, pp. 159–80.

Scodel, Joshua. ' "None's Slave": Some Versions of Liberty in Donne's *Satires 1* and *4*' *ELH* 72（2005）, pp. 363–85.

Stone, Lawrence. *The Causes of the English Revolution 1529–1642*. London: Routledge and Kegan Paul, 1972.

Strier, Richard. *Resistant Structures: Particularity, Radicalism, and Renaissance Texts*. Berkeley: University of California Press, 1995.

Ugawa, Kaoru.（宇川馨）『イギリス社会経済史の旅』日本基督教団出版局、一九八四年。

Wrigley, E.A. and R.S. Schofield. *The Population History of England and Wales, 1541–1871: A Reconstruction*. Cambridge: Cambridge University Press, 1981.

第一〇章　香料の世界と英国の詩
——ミルトンを中心として

井上　美沙子

はじめに

人の感覚には、視覚、聴覚、触覚、味覚があり、これらをアリストテレスは四大元素——土・空気・火・水にそれぞれ関連づけて捉えている。そして、嗅覚を第五元素（天界を構成する物質とされているエーテル）と関連させ、それは知覚の基本にあり、他の四感覚を繋いでいるものとして認識し、重要視していた。[1]

その嗅覚は匂いを司り、その香りは、古代エジプトの時代から神と人間とを繋ぎ仲立ちする神秘的なものとして存在していた。神殿では朝、フランキンセンス（乳香）[2]が焚かれ、お昼にはミルラ（没薬）[3]、夕べにはキフイ（意味は聖なる煙り）[4]の香が焚かれ、生きる力と安全性を約束する最も原始的で最も動物的であると同時に、神聖なものとして尊ばれていた。

このように香りには、人が持つ原初的な感覚、人知を超えたものを察知する感覚を切り開き、それと結び合う力が備わっていると古来より見なされていた。こうした嗅覚はあまりにも動物的であり、またとても原始的であるがゆえに、科学及び機械文明が発達した近代社会にあっては、このところ長い間蔑まれていた傾向にあったように思える。

しかしながら、二一世紀を迎えた現在、過度の科学主義がもたらした負の諸相が明らかになってきつつある。たとえば、地球温暖化等による人間生活に及ぼす脅威などは、科学の発達と共に、忘れ去られがちであった神秘的な感覚といった、従来の理性的なものとは対極的なものへと人の関心を移動させているといえる。いわばそれは意識の針が振れ、動き始めさせられてきているといった傾向が見てとれよう。従って、これまで音楽や絵画などへ向けられていた関心が、薫りや香料へ移行されてきたように思える。確かに二〇世紀を代表する英国の小説家の一人であるD・H・ロレンスの謎めいた短編小説 "The Woman Who Rode Away" (1924) は、その最終部分において、次のような情景が記述されている。メキシコの原始的な祭儀を彷彿とさせる山頂の岩屋の中で、長く長く射し込む日没の陽の光りを浴びつつ、香油と薫風につつまれた主人公の女の朦朧とした意識の中で為される、世俗を越えた神聖なものへと向かう心身の飛翔を、読者に感得させている。(5) それは、嗅覚を通じて獲得される未知の感覚の享受と精神の解放を読者に暗示しているような描写となっている。感性の鋭い作家が、常に時代を先取りする使命を持つように、D・H・ロレンスもまた小説家として、最近とみに強まっている香りや嗅覚への時代的潮流を、半世紀以上も前から予め嗅ぎ分けていたことにほかならなかった。

この嗅覚への関心の近年の増大を証すかのように、二〇〇八年六月にガーディアン紙は、文学史上の∧香りのトップテン∨を掲載していた。それらは、一七世紀盲目となった詩人・ジョン・ミルトンの『失楽園』(一六六七)をはじめとして、ジョージ・ハーバートの「香り」、トバイアス・スモレットの『ハンフリー・クリンカー』、エドマンド・スペンサーの『妖精の女王』、ローレンス・ダレルの『ジャスティン』、イアン・フレミングの『カジノ・ロワイヤル』、マルセル・プルーストの『失われた時を求めて』、ヴァージニア・ウルフの『フラッシュ』、テッド・ヒューズの「思考に侵入する狐」、パトリック・ジュースキントの文字通り『香水』等を並べている。

ガーディアン紙が、文学史上で取りあげた、〈香りのトップテン〉の最初を飾る英国詩人ジョン・ミルトンの壮大な叙事詩『失楽園』は、視力を失った詩人が妻に口述して創作したものである。そのミルトンにとって楽園はどのような香りに満ちたものであったのだろうか。宗教上の楽園の香りのみではなく、視力を失い嗅覚に頼る詩人が香りをどのように表現していたのかをも、本論で見てみたい。

はじめに、世界史における香料の歴史をたどり、そのなかで、特に一七世紀はどのような時代であったのか。また、なかでも英国の占めていた位置に即して香料の扱いについて探究し、その〈香り〉はどのようなものであったのかを探ってみたい。その後、一七世紀の英国詩人ジョン・ミルトンにとっての楽園の香りを『失楽園』のなかから考究していきたい。

第一節　香料の歴史

香料の歴史は遙か遠く紀元前約二六〇〇年にまで遡り、現在に至るまで四七〇〇年の長大なものとなっている。しかしながらここでは、おおざっぱな概略を示すことにとどめたい。

香料やスパイスの使用に関する信用できる最も初期の記述は、ほぼ紀元前二六〇〇年から二一〇〇年にかけてであり、それは古代エジプトにおけるピラミッド建造の時代となっている。その叙述によれば、ミイラを作成するにはミルラ（没薬）を用いて死体の腐敗を防いでいたとある。また没薬とは、医薬や香料にも用いられるカンラン科の植物から採取したゴム樹脂で、芳香と苦味を持ち、東部アフリカやアラビアから産出されていたものであった。ミイラという言葉は、このミルラという語から来ていることが推察されよう。その時代は、ミイラに用いるそうした没薬のみではなく、ピラミッド建設に関わる沢山の労働者達の健康の保持と過激な労働に耐え得るようにと、玉葱やニンニクを医療ハーブとして食させるようにしていたという。また、多くのファラオの遺跡から、多量のコクタンや金、銀、ミルラ等の領収書が出てきている事実もある。

こうした香料を代表するミルラ、ラピス・ラズリ、フランキンセンスは、西部インドから中央アフリカにかけての暑く乾燥した地域に藪のように生えている木からの樹皮や樹脂を暖め、燃やしてその薫香を、煙りとともに供しつつ、香油として、薬として、邪気や悪霊を払うなどの目的に用いられていた。その起源は明確ではないが、こうした芳香と薬用との区別は、古代文化の時代にあってはついていなかったようだ。

聖書における香料に関する最初期の記述は、「創世記」二章一一節にある。

> エデンから一つの川が流れ出ていた。園を潤し、そこで分かれて、四つの川となっていた。第一の川の名はピションで、金を産出するハビラ地方全域を巡っていた。その金は良質であり、そこではまた、琥珀の類やラピス・ラズリも産出した。（「創世記」二章　一〇―一二節）[6]

ここで書かれているラピス・ラズリとは、“Bdellium”と記述されているもので、潅木から採取される芳香のあるゴム樹脂のことのようである。ラピス・ラズリは他にも群青を意味し、青金石という鉱物からとる青色の顔料を指すことのほうが多い。この芳香のあるゴム樹脂ラピス・ラズリを小さく固めて香りのあるパールのようにして、初期のエジプトの女達は香りの素として自分のポーチに携帯し、今でいう香水のように身を飾ると同時に、お守りのように扱っていたという。

聖書には、こうした香料を尊んでいたことがわかる記述が多くある。次に示す「歴代誌下」にあるユダの王アサの埋葬のくだりもその一つである。

彼はダビデの町に掘っておいた墓に葬られた。人々は特別な技術で混ぜ合わせた種々の香料の満ちた棺に彼を納め、また彼のために非常に大きな火をたいた。

（「歴代誌下」一六章 一四節）

イエス生誕の際、東方の三博士は馬屋に入り、マリアの神子を拝み、宝の箱を開けて、黄金、乳香、没薬を贈り物として献上した。これは聖書「マタイによる福音書」二章一一節に記述されている。ここでの黄金は現世の王を指し、乳香は神を、没薬は医師を示しているという。苦しみを癒す救世主イエスへの供物としての乳香の薫香は、神への捧げものとしてとてもふさわしかった。

東方の三博士はマギといわれ、魔術師・マジシャンの語源ともなっている。すなわち、煙りを通してこうした薫香は、神と人間とを仲立ちするものであり、天上の神を喜ばせ、人々の願いを神に届けるものであったのだ。また、その芳香は人体を清め、心身を健やかにし、悪霊を寄せつけず、豊穰をもたらす貴重な作用をも及ぼす、マジカルなものと信じられていたことに由来している。

このように、宗教的にも神聖で、生きていく上でも貴重なものであった香料は、長い間土着のもの、地域固有のものであり続けたが、ローマ帝国の拡大と共に、南ヨーロッパへと広がっていった。ローマ帝国滅亡後は、各地の修道院や荘園でハーブ文化として伝承され、中世ヨーロッパにおいては、一四―五世紀にその隆盛を極めていた。

ヨーロッパにおける大航海時代と、それに続く一五世紀末のコロンブスによる新大陸の発見以降なされたヨーロッパ列強による、植民地獲得抗争の開始は、香料を本国に運ぶ利権の争奪戦という局面をも持つようになっていった。

このように、古代・中世における香料の神聖性、宗教性という意味合いは、時代が進むうちに薄れ変化し、食物の腐敗を防ぐもの、食糧の長期保管を可能にするものとしてのスパイスや香辛料（胡椒、肉桂、丁香など）を求めるものへと進化していったように思える。

一三世紀初頭あたりから、ベネチアやジェノア出身のイタリア商人が、東地中海方面及びアジアへと眼を向け、香辛料をはじめとしたアジアの産物の取り引きを望むようになってきた。そして一五世紀には、ポルトガルのエンリケ航海王子の下において、アレクサンドリアを経ずに、すなわちイスラム教徒の支配を脱して、直接極東と商取り引きできないものかという願望が大きくなり、陸路ではなく海路を見い出すまでとなり、ついに一四八八年アフリカ最南端喜望峰へと到達した。こうして、まず海を南下し、アフリカをぐるりと回り、東洋へと進む道を探し当てたポルトガルは、一時アジア交易の中心的存在となり、絶大な支配力を保持した。この流れのなかで、一五四三年にポルトガルは日本の種子島へ漂着したのであった。

一方、スペインも、スペイン王室の許可を取り付けたクリストファー・コロンブスが、サンタ・マリア号を旗艦にして三つの船舶により一四九二年八月にスペインを出発し、一〇月一二日大西洋横断に成功して新大陸に到達した。彼は一五〇四年までの間に四回航海を行ったが、死ぬまでその地をアジアと信じていた。後になってコロンブスの発見した大陸は未知の地と認定され、「アメリカ」と命名された。その後、新大陸をめぐってスペインとポルトガルは領土の支配の優先権の主張を互に譲らず争いを起していった。そしてその後一五二一年にアステカ王国を、一五三三年にはインカ帝国をスペインは滅ぼした。一六世紀半ばには、ペルーにおいてポトシ銀山の発見をし、ヨーロッパ列強の中にあってスペインは、一番富んだ国となった。こうした金や銀などの鉱物の略奪と共に、ヨーロッパ列強のねらいは、香料獲得のルートの保持でもあった。

紀元前及び紀元後におけるローマ人によるインドへの渡航に始まり、インド洋を中心とした東と西を結ぶ海上航路は、スパイス・ルートとして熱帯アジアに生産される香料（インセンス、スパイス、コスメティックスなど）を求めるもので、シルク・ロードと共に東西を結ぶ重要なものであった。一七世紀になって、ポルトガルやスペインに取って代わり、勢力を得たオランダとイギリスは、双方共に東インド会社を持つにいたった。その東インド会社の輸入品の七〇％を占めるものは、驚いたことには、胡椒（インド、スマトラ、ジャワ）・丁香（モルッカ、バンダ）・肉桂（セイロン）であったのだ。その後一七世紀末になって、その割合は二〇％に減じ、綿布、茶、染料などへと移行した経緯により、東インド会社はその性格を植民地会社へと変えていった。しかしながらそれまでは、オランダ史研究者である、ジョン・ロスロップ・モトレーによる次のような言葉は、香料の価値の高さを如実に語っている。

香りたかい雄蕊を争奪することに起因した、数知れぬ激しい会戦や執拗な戦いが、陰謀や激しい非難中傷のうちに、一七世紀のはじめまでなされてきていた。その結果、世界の命運はその花の成長にかかっていたかのように見受けられた。こうした文明大国列強の間の戦いで流された血潮は決して洗い拭われる事のできないまでの、大きく悲痛な苦しみとして、花の甘い香りから育てられ成長していたのであった。

(John Lothrop Motley, *History of the Netherlands*, Vol. IV)(7)

このような情況は、胡椒やシナモンについても同様であったようだ。

オランダの画家フェルメールやレンブラントが活躍したのも、オランダが一七世紀にヨーロッパ市場と世界市場を支配し、繊維の先端技術国（レイデン製造拠点）となり、アムステルダムを中心に都市貴族国家となった頃である。そのオランダを追うように、イギリスが植民地勢力争いに参入し、香料獲得に参加し、支配権を得たのは、一七世紀後半のことであった。

オランダもイギリスも同じように海洋国家ではあるが、オランダは都市貴族（レヘント）によるもので、イギリスは地主貴族（ジェントルマン）が中心になり商業に励む経済構造になっていた。この経済構造の違いがイギリスの大国としての命運を長期に保持させたと言えると考えられている。

一八世紀になって、イギリスの経済は長い成長期に入った。産業革命後、イギリスは世界の工場、世界の銀行となり、当時の経済学者マルサスの『人口論』（一七九八）にも表明されているように、ロンドンは急速に人口が増えて五〇万人を越える巨大都市となり、世界を制覇する大国となっていた。

第二節　香料と文化・文学

イギリスの各地には、ローマ人の侵攻を防ごうとしたローマン・ウォールやローマ人が生活した遺跡等が見うけられる。かつてイギリスがヨーロッパの片田舎で未開の地であった時のことである。そうした情況を二〇世紀の女流小説家ヴァージニア・ウルフはその「ロンドン」というエッセイのなかで次のような表現により明瞭にあらわしている。それは、ローマ人達はヨーロッパ大陸を北上し、文明の松明を掲げてテムズ河を遡った。テムズ河は河底が深いため、外洋船がそのままイギリスの内陸へと河に沿って遡ることができた。辺境で未開の島国、イギリスへとやってきたのだ、とある(8)。

一五世紀及び一六世紀にわたるポルトガルとスペインによる世界覇権という大活躍を、羨望のまなざしでそのイギリスは見つめていた。しかしながら、一七世紀に入りオランダが、先行していたポルトガルとスペインをぬいた。そしてイギリスは、そのオランダに追いつき追い越そうとして、その勢いを増してきて、エリザベス一世の治世下、とうとう太陽が沈むことのない領土を世界中に獲得し、第二のアムステルダムにのし上がり、世界にその威光をしらしめたのだ。

そのイギリスが世界史の表舞台に登場する以前の古代ギリシアでは、香料がどのように文学や文献上で扱われていたのであろう。前九世紀頃に生まれ吟遊詩人として諸国を巡ったとされているホメロスは、ジュノーが芳しい香油を身体に塗り、身を浄めている記述を、その著書『イリアッド』のなかで次のように記している。

ここでまずジュノーは湯浴みをし、薫り高い香油と
芳香のある水滴を、彼女の身体全体に塗り注ぐ(9)

そして、哲学者クセノパネースもまた、古代ギリシアの宴の進行の情況を客に知らせるものの一つとして、すなわち宴会が第二部に入ることを認識してもらうために、部屋中を芳香で満たす香料の散布の習慣があることを記録していると、C・J・S・トンプソンはその著書『香りの神秘と魔力』のなかで引用し述べている。

気概のある若者は、かわるがわるお互いに
甘く薫る高価な香料を披露し配布する。
悦びと社交の歓喜を具現する、大杯を
縁までみたし控える。次ぎなる若者は

香り素晴らしいワインをそそぎ、あたりは薫る
花々の芳香に。新たに造られた蜂蜜は
あまりに感覚に心地よく、誰もそれを拒む者もなく
やがて、香り高い樹脂の薫りが部屋中に充ちてゆく。

A willing youth presents to each in turn
A sweet and costly perfume; while the bowl,
Emblem of joy and social mirth, stands by,
Filled to the brim; another pours out wine
Of most delicious flavour, breathing round
Fragrance of flowers, and honey newly made,
So grateful to the sense, that none refuse,
While odoriferous gums fill all the room.

(C.J.S. Thompson, *The Mystery and Lure of Purfume*, p. 73)[10]

こうした場合、芳香を宴会場に撒き散らすのに、四羽の鳩を用いたという。一羽、一羽の鳩の羽根に、各々異なった薫りの香水をたっぷりと沁み込まさせて、宴会の部屋の上空をぐるぐると、鳩に旋回させて水滴をしたたらせた。客人の髪や着物、家具にも香料が滝のように降りそそがれ、甘い芳香をあたりに充満させた。このような作法は客人への第一級のもてなしであった。他にも、客人を家に迎え入れる時に、入口でその手に香わしい液体をそそいでいた。それは、香料の薬効作用を利用したものでもあった筈である。

「医学の父」であるヒポクラテスがアテネをペストより救った方法は、芳香植物を燻して為したとも言われている。このように医学的にも、また生理学的にも香料は珍重されていた。宴会での喧嘩や騒動を抑制するために、香水、バラ水を頭にそそぐと良いとされてもいた。こうして、頭痛を沈静する時にも、心の平安を保つにも、香料が使用されるようになっていた。

ローマ人もまた、ギリシア人と同様に香料を儀式や宴会に用いていた。しかし一般的に使用されるに至ったのは、五世紀頃と言われている。香料の使用は、ローマ帝国時代に最高潮に達し、皇帝は大金を費やして芳香樹脂をアラビアより輸入し、一時はアラビアの芳香樹脂の年間生産量を越えようとする程になるまでの過熱ぶりであったという。

ローマ時代にあっては、宴会の天井の天幕からは、古代ギリシア時代のような香水ではなく、香り高い花びらを客人の頭上に降らせたという。床にはバラの花びらを敷きつめ、バラで作ったお酒を飲み、バラ水による湯浴みをし、食べ物にも、飲み物にもバラは欠かせないものとなっていた。

ローマの代表的なエピグラム作家マルクス・マルティアーリスには、香り高いエキスを宴会の席上で贈る習慣について、つぎのような言及があると言われている。エキスは確かに素晴らしかったが、御馳走の肉の切り身は薄く足りなかった。香りはよいが、おなかが空腹とは莫迦げたはなしである、と諷刺する短詩がいくつか存在しているという。食べるものも無く、味わうべきものも無く、ただ芳香のみがあるという、その時代の嗜好情況のナンセンスな偏りを揶揄しているといえよう。

ローマ人のこうした香料好みが昂じ、香料の濫用が儀式用である寺院用香料の不足にまで及んだため、香料の使用を禁止する法律が発布されるまでになった程であったという。

イギリスにおいては、ポルトガル、スペイン、オランダに続こうと虎視眈々としてきた一五世紀頃より、香料商や香辛料に関するものが、多く記されるようになってきたように思われる。

早くは、一二世紀ロンドンのソパーズ通りに香料、香辛料、胡椒等の輸入組合があった。ソパーズ通りとは、古くはソープ・ストリートといい、ソープすなわち石鹸を扱った人々が集まって居住していたのではないだろうか。[11] 石鹸は古くは空気を清浄にし、芳香をあたりに漂わせ、薬効と香料の役割を担っていた。そのソープ・ストリートこそ、ソパーズ通りとなりそのような業種の店が並んでいたのだった。

中世の詩人、「英詩の父」と呼ばれているチョーサーは、中世イギリス文学の傑作といわれている『カンタベリー物語』を未完ながら一〇年以上の歳月をかけて執筆した（一三八七頃―一四〇〇）。イタリアのボッカチオの小説『デカメロン』に範をとり、二九人の巡礼者がカンタベリーへの旅の慰めとして各人が自分の知っている物語を語る構想になっている。そのプロローグに次ぐ第一話「騎士の物語」のなかに、次のような葬儀の場面で、没薬や香料を使用しているさま、またそうした火葬にワインやミルクを火に投げ込む風習の描写がチョーサーにより記述されている。

火の上に初めは藁が置かれ、
ついで、三つに裂かれた乾いた木ぎれが置かれ
それから緑の木と香料
さらに金の布や宝石、
数々の花を吊した花輪、
没薬、非常に匂いのかぐわしい香がその上におかれたさま

さらには、アルシーテがこれらのものの中に安置されたさま、
その死体のまわりにどんな豪華な宝物があったか　（『カンタベリー物語』「騎士の物語」二九三三―四〇行）[12]

Ne how the fyr was couched first with stree,
And thanne with drye stikkes cloven a thre,
And thanne with grene wode and spicerye,
And thanne with clooth of gold and with perrye,
And gerlandes, hangynge with ful many a flour;
The mirre, th'encens, with al so greet odour;
Ne how Arcite lay among al this,
Ne what richesse aboute his body is;

このように、葬儀の儀式において、亡くなられた人を尊び、いかに鄭重に供物や芳香を献じているかが窺われる。そこでの火と煙りと香料の重要な役割をチョーサーの作品より、知ることができる。

一五世紀に入って、イギリス・ロンドンの市街地のひとつである、ウェスト・チープ地区の人々は、八―一〇フィートに渡る広場の周りの建物のそとに、品物（スパイス、フルーツ、リネン、ナイフ、武器、ガラス製品、糸、メガネ、紙製品、安いジュエリー、鏡等）を並べて商売を行っていた。当時のそうしたウェスト・チープ地区は、富裕層の居住区の一部になり、その納税高はロンドンで群を抜いて一番であった。（*The Times London History Atlas* edited by Hugh Clout: pp. 52, 53）[13]

シェイクスピアの時代には、香料を頭や顔、手に散布するのに、キャスティング・ボトル（casting bottle）と言う瓶を携帯していたようだ。その瓶の蓋等に小穴が穿たれており、瓶を振り回し自分の手や頭、身体に香水を振り掛けるようになっていた。オックスフォード大辞典によると、一五三〇年にその語が使用されはじめている。一六三八年の劇作家ジョン・フォードの『ファンシーズ』一幕二場一二七のト書きに、洒落男が舞台にキャスティング・ボトルを回して、顔や帽子に香水を振り掛けながら登場、となっており、そのことを物語っている。

またシェイクスピア自身も、『一四行詩集（ソネット）54』のなかで薔薇をつぎのように描写している。

ああ、真実の心がああいう見事な飾りを添えるせいで、
美がどんなにか美しくみえることだろう。
薔薇の花は美しい。だが、そこにかぐわしい香りが
ひそめばこそ、なおさら美しいと思えるのだ。
それは野ばらの花だって、この香りたかい薔薇と
まったくおなじ、濃い、深い色あいをしてはいる。
おなじ棘ある枝に咲き、夏の息吹きが蕾にふれて
花の顔を開かせると、気ままに風と戯れるのも変わりはない。
だが、野ばらの取りえは見かけにしかない。だから、
だれにも求められず、だれにもかまわれず、色あせて、
ひっそりと死んでゆく。かぐわしい薔薇はそうじゃない。

かおりゆたかな香水は馥郁たる薔薇の死骸でつくられる。
きみもそうだ、美しく愛すべき若者よ、その青春が
消えうせる日に、この詩がきみの真実を蒸溜する。

（シェイクスピア『一四行詩集（ソネット）54』）[14]

O how much more doth beauty beauteous seem
By that sweet ornament which truth doth give!
The rose looks fair, but fairer we it deem
For that sweet odor which doth in it live.
The canker-blooms have full as deep a dye
As the perfumed tincture of the roses,
Hang on such throns, and play as wantonly,
When summer's breath their masked buds discloses;
But for their virtue only is their show,
They live unwoo'd, and unrespected fade,
Die to themselves. Sweet roses do not so,
Of their sweet deaths are sweetest odors made:
And so of you, beauteous and lovely youth,
When that shall vade, by verse distills your truth.

このように、香りこそ、その美しさをいや増す重要な要素であることを讃えている。しかも、たとえ朽ち果てたとしても、香りのたかかった薔薇は、香水に姿を変えて人々を悦ばせる、とまでのべて、香りの素晴らしさを誉め称えている。

また、『じゃじゃ馬ならし』では、手に香りを摺り込むバラ水に言及し、『空騒ぎ』や『お気に召すまま』にあっても、麝香料を手に摺り込む習慣や、手に麝香を摺り込んだ手の持ち主の痕跡は、その香りで容易に辿られる、と登場人物に言わせてもいる(15)。

こうして、シェイクスピアの時代の裕福な家庭にあっては、ショウブを床に撒散らし、香りを楽しむ習慣があったりした。また教会の中で、身分の高い人々の家族席には、しばしば薫り高い花を撒いていたのだった。こうした風習から窺われるように、誰もが尊ぶ楽園には、良い香りが満ちていることと、想像されていたことは、容易に承認できよう。そして、殉教者、徳目の高い人もまた、芳香により聖別されるなどと、多くの宗教や物語に昔から叙述されており、そうした文献も多々見受けられている。

第三節　一七世紀の文学と香料

一七世紀になり、ロンドンでは香料商や胡椒商、薬剤商等が各々店を構えるようになった。この時代を代表する詩人の一人として、ジョン・ミルトンがあげられる。彼は晩年になって失明し、口述により傑作『失楽園』を創作した。闇に閉ざされたミルトンの描く楽園は、光と色彩に満ち、生き生きとしたものとなっている。

そこは、万物の設営者である神が、人間の悦楽に供するためにすべてを造られた時に、特に選び給うた所であった。鬱蒼と茂ったその屋根は、月桂樹と天人花、及び固くて馥郁たる葉をもったさらに丈の高い樹木、などが絡み合って出来た木陰であった。両側にはアカンサスや芳香を発する様々な灌木が生い茂り、それらが緑の壁となってまわりを取り囲んでいた。多種多様な美しい花々、たとえば多彩な菖蒲や薔薇や素馨などが、その間に絢爛たる頭を擡げて咲きそろい、その有様はあたかも鮮やかなモザイックのようであった。足もとには、菫やクロカッサスやヒアシンスが、高価な象嵌細工に鏤められた宝石よりもさらに多彩な模様を見事に描いて、地面を飾っていた。

（ミルトン『失楽園』第四巻六九一―七〇一行）[16]

. . . it was a place
Chos'n by the sovran Planter, when he fram'd
All things to man's delightful use; the roof
Of thickest covert was inwoven shade
Laurel and Myrtle, and what higher grew
Of firm and fragrant leaf; on either side
Acanthus, and each odorous bushy shrub

Fenc'd up the verdant wall; each beauteous flow'r,
Iris all hues, Roses, and Jessamin
Rear'd high thir flourisht heads between, and wrought
Mosaic; underfoot the Violet,
Crocus, and Hyacinth with rich inlay
Broider'd the ground, more color'd than with stone
Of costliest Emblem: . . .　　(John Milton, *Paradise Lost,* book 4. ll. 690–703)

色とりどりの多様な花々が織り成すモザイク模様の美しい花園は、芳しい香りにつつまれて、まさに楽園の名にふさわしい描写となっている。

この花園に住むにふさわしいアダムとイヴが婚姻の儀式に向かう折りの周囲の、愛情と威厳のある悦びの様子と情況は、つぎのように描かれている。

……鳥は嬉々として囀り、爽やかな微風となごやかな
大気は、事の次第を森にそよそよと伝え、その翼から
薔薇の花弁を撒きちらし、馨しい潅木の茂みからも
快い薫りを撒きちらし、いかにも楽しそうに見えました。　（ミルトン『失楽園』第八巻五一四―七行）(17)

Joyous the Birds; fresh Gales and gentle Airs

Whisper'd it to the Woods, and from thir wings
Flung Rose, flung Odors from the spicy Shrub,
Disporting, . . .

このくだりは、芳香を振りまき、薫り高い潅木という描写に"Odors", "spicy Shrub" などの言葉が使われており、鳥の翼からバラの花びらを撒き散らす等の描写は、まさに先の第二節でみてきた古代ギリシアやローマ時代における、宴会での客のもてなしの場面を思い起こさせる。香料にまつわる古代ギリシアやローマの風習を、ミルトンは理解していたのではないだろうか。

次のものは、芳香が神と人との仲立ちの役割をすることを示している。

やがて、聖なる光りが、エデンの黎明の薫りを漂わせて
しっとりと朝露に濡れた花の上に、降り注ぎはじめた。
大地の大いなる祭壇からも、生きとし生けるものすべてが
創造主に向かって沈黙の讃美の声をあげ、快い芳香を
立ちのぼらせてその御鼻を充たし始めた。ちょうどその時、
二人の男女が現われ、すべての生けるものの声なき合唱に
自分たちの声を合わせて、主を礼拝したのであった。
礼拝が終わった後、彼らは甘美な薫りと楽の音に溢れた

（ミルトン『失楽園』第九巻一九一―八行）(18)

Now whenas sacred Light began to dawn
In *Eden* on the humid Flow'rs, that breath'd
Thir morning incense, when all things that breathe,
From th' Earth's great Altar send up silent praise
To the Creator, and his Nostrils fill
With grateful Smell, forth came the human pair
And join'd thir vocal Worship to the Choir
Of Creatures wanting voice; . . .　(John Milton, *Paradise Lost*, Book 9. ll. 192-9)

神の創造した人間の始祖アダムとイヴのみならず、生きとし生けるものすべてのものが創造主との交信や礼拝に、薫りが欠かせない大切な要素となっていることが表現されている。

人間の始祖アダムとイヴが神の言いつけに背き、知恵の木の実を食してしまった後、アダムが神に、ことの顛末を説明して許しを乞い願う場面においても、神との遭遇には、香りの衣裳をまとってこそ、初めて可能になることを、次のくだりは暗示している。

……そして、物象こそもたなかったが、天国の
扉を通って中に入り、馥郁たる金の香壇まで来ると、偉大な
仲裁者から香の衣裳を与えられた。この衣裳をまとって、祈りは
遂に父なる神の王座の前に進み出ることができた。御子は喜んで

祈りを神に示し、次のように仲裁の言葉を語り始められた。（ミルトン『失楽園』第一一巻一七―二一行）(19)

. . . in they pass'd
Dimensionless through Heav'nly doors: then clad
With incense, where the Golden Altar fum'd,
By thir great Intercessor, came in sight
Before the Father's Throne: Then the glad Son
Presenting, thus to intercede began.
(John Milton, *Paradise Lost*, Book 11. ll. 16-21)

禁断の木の実を食し、神に背いたアダムが、神の玉座に進み出て、神に自らの気持ちを伝え神との交信をはかるには、香りの助けがなくてはならないことが、ここにも明示されている。このことはミルトンが、詩人として一七世紀に生き、香料に関する宗教的意味合いとその伝統を重んじて詩作したことが、見てとれよう。従って、当時の一般のイギリス人の香料に対する理解もまた、同じようであったと想像することができよう。ここに、古代ギリシアやローマ時代、中世のチョーサー、そしてシェイクスピアやミルトンと続いて見てきた時代のなかに、地下水脈の流れのように、香料に対する文化的系譜の一貫性が在ったことが了承される。

おわりに

ミルトンの『失楽園』最終部である第一二巻において、大天使ミカエルの語る、救世主の生誕の話にアダムが聞き入る場面がある。ミカエルにミルトンは次のように説明させている。

……この救世主の降誕の際には、未だ大空で見られたこともないような星が現われてその来臨を宣べ、香と没薬と黄金を捧げようとして降誕の場所を探し求めている東方の賢者たちを導いてゆく。　（ミルトン『失楽園』第一二巻三六一―四行）[20]

. . . yet at his Birth a Star
Unseen before in Heav'n proclaims him come,
And guides the Eastern Sages, who enquire
His place, to offer Incense, Myrrh, and Gold;　(John Milton, *Paradise Lost*, Book 12. ll. 360–3)

ミルトンもまた、乳香と没薬、すなわちフランキンセンスとミルラの意味をよく認識していた。豊かに薫る花々と香料による効用とその使命は、紀元前の遙か昔から、枯れることのない地下水のように、今日にいたるまで脈々と流れていたことが、さまざまな文献のなかに探ることができた。その水脈の勢いの盛衰が時代によりあったにしても、近代から二一世紀にいたるまでの、科学に対する過度の傾斜が、逆説的に現在、香りとそれを司る嗅覚への関心を高めてきている。

嗅覚こそ、視覚、聴覚、触覚、味覚という感覚を基調で繋ぎ止めている、最も重要な感覚である。それは第六感覚へと、人知を越えた神秘的なものに向かう際に、一番近い距離にあるものといえよう。従って、その薫りと煙りは人と神とを繋ぎとめるものであったことが、何度も何度も繰り返し古来から示唆されているのだ。

我々もまた実生活のなかで、遙か昔の遠い記憶や、遠く離れた場所の記憶を、嗅覚により突然思い描くことができることがある。また、空気の湿り気や、匂いにより、天候の変化を察知することもできる。そして薫りにより、意識してもいない、思ってもみなかったことがらが、意識の表層に浮かび上がった体験は、数知れないのである。

こうした嗅覚を通じて、未知の感覚と意識の解放という、未開拓の分野へと向かう関心は、二一世紀の古くて新しい未分野の一つとなろう。現実に脳の分野への興味が現在増大してきている。嗅覚の働きは、こうした脳と精神の解放を促すこととなろう。従って、文学の分野においても、香りを仲立ちとした小説や詩の創作と研究が、今後の課題となることが期待されることであろう。

（1）アリストテレスによる五元素は本文のようであったが、古代中国にあっては、万物は木・火・土・金・水の五種類の元素から成るという自然哲学思想があった。そして、その五元素は互いに影響を与え合い、その生滅盛衰により天地万物が変化し循環すると考えられていた。

（2）神性を象徴する香料の一種で、古くから西方地域で利用されていた。カンラン科の植物の樹脂で、白色もしくは黄色透明のもの。聖書によれば、イエスの誕生に東方三博士がこれを捧げている。

（3）古くから死体の防腐剤などに用いた香料。主に東部アフリカ及びアラビアなどにあるカンラン科より採集したゴム樹脂。これもまた、イエスの誕生に東方三博士が捧げていると、聖書に記述されている。

（4）キフイとは「聖なる煙り」という意味で、ペパーミント、松脂、没薬などの植物性の材料を、蜂蜜やワインで練って作った香料。夕刻に神殿で焚かれていた。特に悩みを和らげて眠りを誘う香りとして、夜にその効果があったと言われている。古代エジプトのクレオパトラがこの香りを愛用していたという。

（5） D.H. Lawrence, *The Woman Who Rode Away and Other Stories*（Penguin Twentieth-Century Classics, 1950）, pp. 76–81.

（6）『聖書』からの引用はこの後もすべて、日本聖書協会による新共同訳（一九九九年）による。

（7） John Lothrop Motley, *History of the Netherlands,* Vol. lV（Harper Bros., 1868）, p. 275.

（8） Virginia Woolf, *The London Scene, Six Essays on London Life*（Herper-Collins, 2006）pp. 5-11.

（9） ホメロスの『イリアッド』一四巻のなかに、ジュノーが芳しい香料を用いて身体を浄める描写が、散文によりつぎのように述べられている。

“So she went her way to her chamber, that her dear son Hephaestus had fashioned for her, and had fitted strong doors to the door-posts with a secret bolt, that no other god might open. Therein she entered, and closed the bright doors. With ambrosia first did she cleanse from her lovely body every stain, and anointed her richly with oil, ambrosial, soft, and of rich fragrance; were this but shaken in the palace of Zeus with threshold of bronze, even so would the savour thereof reach unto earth and heaven. Therewith she annointed her lovely body, and she combed her hair, and with her hands plaited the bright tresses, fair and ambrosial, that streamed from her immortal head.”（Homer, *The Iliad,* translated by. A. T. Murray, Ph. D., Book 14（William Heinemann LTD, 1925）, p. 79.）

（10） C.J.S. Thompson, *The Mystery and Lure of Perfume*（John Lane the Bodley Head Limited, 1927）, p. 73.

（11） Hugh Clout ed., *The Times London History Atlas*（Times Books, A Division of Harper Collins Publishers, 1991）, p. 176.

（12） F.N. Robinson ed., *The Works of Geoffrey Chaucer*（Oxford University Press, 1966）, p. 45. 訳詞は『カンタベリー物語』（岩波文庫　一九九五年　訳者：桝井廸夫）による。

（13） Clout, pp. 52–3.

（14） William Shakespeare, *The Riverside Shakespeare*（Houghton Mifflin Company, 1997）, p. 1853. 訳詞は『ソネット

集』（岩波文庫　一九八六年　訳者：高松雄一）による。

（15）『じゃじゃ馬ならし』では次のようである。"Let one attend him with a silver basin/Full of rose-water and bestrew'd with flowers"（William Shakespeare, *The Taming of the Shrew*, Ind. 1, ll. 55–6. *The Riverside Shakespeare*, Houghton Mifflin Company, 1997, p. 143.）『空騒ぎ』や『お気に召すまま』にはこのような記述が見られる。"Nay, 'a rubs himself with civet. Can/you smell him out by that?"（William Shakespeare, *Much Ado about Nothing*, Act 3 Scene 2, ll. 50–1. *The Riverside Shakespeare*, Houghton Mifflin Company, 1997, p. 380.）"The courtier's hands are perfum'd with civet."（William Shakespeare, *As You Like It*, Act 3 Scene 2, l. 64. *The Riverside Shakespeare*, Houghton Mifflin Company, 1997, p. 417.）

（16）John Milton, *Paradise Lost* ed. Merritt Y. Hughes（The Odyssey Press, 1962）pp. 103–4. 訳詞は『失楽園』（岩波文庫　一九八一年　訳者：平井正穂）による。英文の詩行はBook 4. ll. 690–703. となっている。引用文中のイタリックスは原文通り。

（17）*Ibid.*, pp. 197–8. 英文の詩行は Book 8. ll. 515–8. となっている。

（18）*Ibid.*, p. 208. 英文の詩行は Book 9. ll. 192–9. となっている。

（19）*Ibid.*, p. 266. 英文の詩行は Book 11. ll. 16–21. となっている。

（20）*Ibid.*, p. 300 英文の詩行は Book 12. ll. 360–3. となっている。

第一一章　庭の想い
――イーヴリンとカウリーを読む

秋山　嘉

はじめに　庭と荒野――マーヴェルとベーコン

マーヴェルの「仔鹿の死を嘆くニンフ」の始まりあたりにこんなくだりがある。[1]

わたしには自分の庭があります
でもバラとユリが
生い茂りすぎていて、見れば
小さな荒野と思うことでしょう。

I have a Garden of my own,
But so with Roses over grown,
And Lillies, that you would it guess

To be a little Wilderness.　(ll. 71-4)

庭が荒野に見える、つまり人工のものが自然のものと変じて映るという、ちょっとした逆転のコンシートがここにはある。しかし無理なく読み手のイメージ世界におさまる効果的なそれであって、さすが巧みだと感じられる箇所である。詩の構成面から見るならば、その先でニンフと仔鹿のたわむれる場面をなめらかに導入するための舞台設定をする場所である。

しかし、この小さな詩的発想は存外もっと意義深いものではないだろうか。

表現は直接的には、「小さい人工の場所だけれど実は大自然のようで」という比喩として機能している。読む者はバラとユリの咲き誇るきれいな庭を思い浮かべる。ただたしかに小さいとはいえ鹿が遊ぶ庭である。そこのユリを寝床にして横たわる鹿がまわりのユリと区別がつかなくなってしまうくらいなのだから、それなり宏大な庭ではあろう（現実的なところを言えば貴族か大地主の庭が想定されていることになる）。

とはいえ、「ここは荒れ野原であって、私はそこを自分のための場所としているのだけれど、それは小さな庭みたいでもあるのです……」というのがニンフから見た世界だろう。庭のような自然にニンフは住む。

ニンフ自体が人間界と自然界のあわいにはじめて存在する、いわば半人間的なものであろうから生息地の厳密な定義ができるわけではないが、近代的な都会にはあまり安楽に存在しがたいであろうことは確かである。

つまり、ここの詩のイメージは、自然を想定しつつそれを庭と表すことで成り立っている、つまり、人工が自然と映るのでなく、自然を人工と言いくるめていることになる。荒野を想定させておいてそれを庭だと表現することで全体をなりたたせているのである。

このような庭と荒野を重ね焼きする構図は、ベーコンの描く庭園にもある。

イギリスの近代的庭園論の嚆矢として、一六二五年の『随想集』第三版になって加えられたベーコンの「庭園について」という文章がよく挙げられる。現実面では整形式なものにとどまっていたが、観念上・理念上において古典的な庭園に「荒れ地・荒野」を入れるようそのエッセイで提言がなされた、という具合に説明されることもある。[2] 時流に敏いベーコンの姿がそこからうかがえることは確かであるが、彼が庭園（論）史上なにか革新的なことをしたかのように、いわば庭園の画期が理念上にせよ彼によりなされたかのように受け取るとしたら、間違いになる。該当する箇所はこうである。

For the heath, which was the third part of our plot, I wish it to be framed as much as may be to a natural wilderness.　(Bacon, *The Essays* : 327)

ここでいう「第三のパート」（the third part）とは、これに先立って、四季折々の花などを植える主たる部分を中心に、入り口は芝地にしてと述べているのに続いて、そのあとの部分のことを指している。主部分の補足としてヒースないしなにもないところを設けるべしとベーコンは説くのである。問題の a natural wilderness「自然な荒れ地」とは、自然に生い茂るにまかせた状態を言うのであり、「ヒースの野は、われわれの案の第三の部分でもあるのだが、私はそれが、できるだけ、自然の野趣になるように作られるようにしたい」としている成田成寿の邦訳（Bacon『随想集』・二〇七）がここ全体としては妥当なところである。

それは、その先が「樹木は、そこには何も置きたくない。ただし、いくつかの茂みで野ばらとすいかずらと、あいだに野ぶどうくらいだけで作ったものにする。そして地面にはすみれ、いちご、桜草を入れる。というのは、これらは美しいし、日陰でもよく育つ。そしてこれはヒースの野の中に、あちこちにおいて、別に秩序だてるようにしない」)[3] と続いていることからも明らかである。
つまり、ここでの「荒野＝自然」はちょっとした風味づけのために持ち出されているということであり、「to be framed」という部分のframe「つくる」という語からも、その風味づけのためのあくまで人工的加工のポイント指南であることがわかる。自然は馴致・支配されるべき婢女であるというベーコン的世界のなかで、庭園も支配される対象として有用なひとつの駒として位置づけられている。

文章はさらにこう続く。「私はまた、もぐら塚みたいな性質の（天然のヒースの野にあるようなもの）小さないくつかの山が好きである。……それらの小山の一部のてっぺんには、灌木の小さな茂みを植えるようにし、一部にはないようにする。その灌木としては、ばら、杜松、……その他がある。しかしこれらの灌木類は剪定しておき、でたらめに伸びないようにする。」I like also little heaps, in the nature of mole-hills (such as are in wild heaths), to be set, some with wild thyme, . . . （Bacon, *Essays*: 328）

言うまでもなくこれは造園を説いている言葉である。ベーコンは（少なくとも）庭園については徹底して実用の徒であり、古典の伝統に即している。もっとも、庭園自体がそもそも実用のものであった――ウェルギリウスをはじめ古来庭は実用のものであり、なにも清教徒の主張を持ち出すまでもない――のだが。ただし、ベーコンの伝統はあくまでも統治者の庭の伝統であった。

この造園法でベーコンは「自然のような庭」を作ろうとしている。宏大な庭（人工）を荒野（自然）と見せる工夫が説かれているわけである。

重ね焼きという面ではマーヴェルと共通するが、実用を旨とするベーコンの論の単純さ・単相性に比べれば、マーヴェルの詩の複層性あるいは二相性がはっきりわかる。粗っぽくイメージ化するなら、「庭→荒野」と「庭⇄荒野」の違いということである。その点についてもう少し事情をはっきりさせるためにこの時代のもうひとりの例を見ておきたい。

第一節　庭から荒野へ——ミルトン

一七世紀イングランドにおける庭と自然の主題においてミルトンを措くことはできない。すぐれたイングランド庭園論を多く発表している川崎寿彦は、楽園喪失を追放であると同時に脱出であるとしているが、それはミルトンを「反・庭」の闘士として見るスタンスにつながっている。(4) むろん復楽園のヴィジョンを視野に入れての話だから、庭への反対といっても破壊し尽くす全否定ではなく、人間が時間＝生活という苦難・苦闘をともなった営為をスタートさせるという限りにおいての、いわば弁証法的に否定されるべき契機としての「反対」、つまり肯定を導き出すための否定であり、その意味で大変生産的な態度である。

これが川崎も述べている「幸福なる罪《フェリクス・クルパ》」(felix culpa) の伝統に深く関わっていることは間違いない。ラヴジョイがミルトンにおけるそれを詳しく論じていて、その言い方に従うなら「幸福な堕落という逆説」(5) であるが、保護された胎児あるいは赤子の状態から、独立した人間になって歩み始めることができたのはまさにエデンの園でのあの行為＝罪にほかならなかった、という考え方のことである。ポジティヴ・シンキングの祖とも言えそうなスタンスであるが、人間の労働を肯定するプロテスタント的なスタンスに親和するものであるとともに、キリスト教においてもっと昔からひとつの伝統としてその考えが存在していたことも、ラヴジョイや川崎の指摘するように確かなことなのだ。

ごく大づかみに見取り図のおさらいをするなら、このミルトン的な楽園観は近代へと接続していく。楽園を失うことを楽園からの解放とみなすことによる、個人の自由への飛翔へと。自らの生活を自らの労働で作り出していく（しかすべがない）境遇へと。この流れが一大潮流となり近代を作っていくと言っても過言でないだろう。ロマン主義がその脈動の別称である。

楽園としては喪失＝解放され、あとにされた庭は、しかし清教徒革命時代の一過的ヴァンダリズムの時期をのぞけば、支配者の力の象徴としてまた憩いの場として、また庶民の家庭菜園として存続していく。

ミルトンのエデンの園自体がある両義的な要素をもったものであることは『失楽園』を読む者誰にもわかる。常春の豊饒をもたらすものであるがそれが繁茂過多に陥りかねない、実際陥っているかもしれない状態であることが詩行に書かれているからだ。

今日でも、あのロマン派詩人たちの熱愛したイギリス湖沼地区を訪れる人びとは、おそらく痛感するであろう――ロマン主義者とは、自然のような庭を歩み出て、庭のような自然に歩み去った人びとだ、と。しかし、それと同時にわれわれは気づかねばならない。彼等の霊感は、フランス革命への強い共感からも発している。自然においても、社会においても、ひらかれた風景こそが新しい時代を約束した。彼等は市民革命の完成者としての、庭園破壊者であったのであろう。（川崎『楽園と庭』・二一四）

自然の馴致としての古典時代から、自然の利用・加工（ひいては破壊）の近代へ。その大きな人間社会の変化のなかにあって、庭に対する嗜好・志向はそれと補完的に変化していく。つまり古典的な整形式庭園から自然のままを賛美する近代の風景式庭園へ。自然をそのまま愛するということがロマン主義的な永遠の憧憬とわかちがたく連動するならば自然賛美はすなわちあらかじめ失われている物への永遠に果たせぬ回復の夢以外のなにものでもない。楽園を祖型とする庭が格好の現実形態となったわけである。この近代の庭の発生にあって強い影響を発揮したのが、イングランドの庭園であった、とはよく語られるところだ。

一七世紀の庭を理念的にまた現実的に作ったひとびとは、ロマン派を介してわれらが現代人の直接的祖先となっている。現代、特に環境論へとつながる流れは再説に及ばないだろうし、またここで論じたいことでもない。

革命によって近代市民社会が形成されはじめると、近代のエートスを表す解放・独立を補完するものとしての庭がもつ願望に訴える力は相対的に力を弱めていく。庭は個人の家の庭に縮退していく。この過程も、つとに語られているところである。

上の川崎の言葉を今一度見てみよう。「自然のような庭」を歩み出て、「庭のような自然」に歩み去った過程がロマン主義者がたどった道だというところだ。われわれが最初に見た例にもどして言い直すなら、ベーコンの庭からマーヴェルのニンフの庭へ。時代に過不足なく寄り添う（寄り添おうとする）ベーコンから、ロマン派を未分節的にであれ先取りしていると言ってよさそうなマーヴェルへ。マーヴェルの詩がもつ曖昧さ・両義性（特に政治的なそれ）がその詩の近代性・現代性を生み出している。

同様な力学系がミルトンにも働いているように思われる。否定され、乗り越えられ、あとにされるべき契機としての庭、しかしそうでありつつも、繁茂しすぎる力を蔵している自然の一面をのぞかせているのでもあった。それをあとにしてみせるからこそ、それからの二人（つまり人類）の歩みの可能性がさらなる力を予示することになる。

第二節　ロマン主義的一七世紀

ここで、しかし、以上がすべて人工対自然の枠組＝言語で語られていることにあらためて注意しておかなくてはならない。また、その言語で語られることを可能にするモーメントがそれぞれの作家の言葉にあったのでもある。すべてがこの枠組のヴァリエーションであった。庭対荒野もしかり、そして古典的な整形式庭園対イングランド的風景式庭園もその延長上にある。

一七世紀の王党派対ピューリタンの政治的対峙も、〈退行的楽園回帰願望の精神〉対〈家庭菜園的実用主義〉という図式に還元されること少なしとしないが、それも母なる自然への回帰対人間的実践という軸に注目するならば同じ二項対立がみえてくる。田舎の屋敷への隠棲と都会での近代への邁進も同様。田園対都会とすればさらに図式は明示的になる。

一八世紀のケイパビリティ・ブラウンで完成を見る（もっとも、すぐにピクチャレスク派などを生む多様化の種を蔵していることは周知の事実だ）「風景式庭園」は、しかし、ロマン主義の先取りなり伴走者として、上の図にあてはめるなら、「庭のような自然」ではなく、「自然のような庭」と呼ぶのがふさわしそうである。

川崎ははっきりそう語ったわけではないが、「庭のような自然」を相手に自らの生活を切り開く過程に入った人類は、その補完として「自然のような庭」に慰めをもとめた、つまり楽園回帰を果たした、とそのような図を想定していたように思える。しかし、その図は本当に想定されうるものなのであろうか。

明敏な川崎はミルトンについて、そのエデンの園が実は古典的で「意外に整形庭園風」であって伝統的な楽園イメージ（つまり「自然」）と異なるものであったことを記し、後の風景式庭園をよしとするような想像力の視点からは平凡で月並みと思われるかもしれないが、作品の中で楽園を具体的にそのように「想像できるということは、なみたいていのことではなかった」と記していた（川崎『楽園と庭』・一五二）。たしかに『失楽園』において、[6]楽園の「頂きは、田舎屋をかこむ青垣のような囲みでぐるりと蔽いめぐらされ」、その頂きまでの部分は「蓬々たる茂みで鬱然として蔽われ」ていた（四・一三三―四）。つまりエデンの園自体がそもそも「自然のような庭」ではなく、「庭のような自然」と呼ぶにふさわしい結構であった。古典的な庭園をイメージした読者が、作品の結末に、追放＝試練を自らに与えられた大いなる使命＝可能性として引き受ける英雄的行為の成就を読みとるのは容易である。

ミルトンの楽園は、マーヴェルなどが描いた花園の外側にある部分に相当し、そういう時代の常数である〈内〉なる花の庭に「背馳する要素をこそ〈庭〉と呼んだという語法上の事実には、したたかな反逆精神、ふてぶてしい革命の逆説がこめられていたのではあるまいか」と論を展開して、すでに述べたように川崎はミルトンを「反・庭」の闘士と規定していた。

しかし、描かれた風景に従って全体の展開を見るならば、この、楽園＝花園からアンチ・花園である荒野へという図式は、要するに、はなから荒野が肯定されているだけではないのか。すでに指摘したように、そもそもその楽園が古典的整形式を基調としながら、同時に荒野的な繁茂過多の無秩序への傾きを大きく持っているものとして描かれていたのである。

アダムは、足取りを先に進めたのでなく、前進したつもりがもとの地にもどったことになる。いや、前進したのだが、そこはもとと変わらない地なのである。変わったのは自分と世界との関係、世界の中に置ける自分の位置・姿勢である。ミルトンのアダムがロマン主義的な近代人の先駆けとして顕揚されるのはこの内的な変化のゆえであるのは言うまでもない。

いわば、「反・庭」は『失楽園』そのものの性格であるが、そこで生じているドラマは「庭」を否定して脱出するという運動ではない。ミルトンのアダムが追放されることに歓喜をあげるのはその意味では不思議がない。壁で仕切られていても、壁の内と外とは地続きの荒野＝自然であるからだ。楽園は外的に失われたが内的に得られた、とすら言えるかもしれない。それを「楽園」の幻想から解き放たれた、と表現するのであるなら、追放は、喜ばしき覚醒の意味となる。

ここでの逆転は、一見して追放が解放になるという劇的逆転（「反・庭」の運動）と見えながら、実はそうなっていないのである。

差異のない内と外に逆転を生む緊張を用意させるものこそ、幸福なる堕落という伝統的逆説にほかならない。花園を庭とするならたしかに「反・庭」のベクトルだと言えもしようが、そこにあるのは「反」という語が想定する否定の姿勢よりは、伝統的逆説・伝統的修辞の近代的回復である。その回復を効果的ならしめたものが庭の再解釈であり、ひいてはそれがその後のイングランド庭園観を左右する見方の嚆矢となったことになる。強いて言うなら、「反・庭」の戦いではなく、「庭」（正確には「庭観念」）革命が起こったとは言えるかもしれない。ただ、だとしてもウェルギリウス以来の古典的伝統の中で、自然としての庭は連綿として絶えてはいなかったのであるから、「革命」の語がいささか大仰かつやや的外れな響きを持ってしまうことは疑えない。

近代市民社会のエートスのひとつのあらわれである西欧における庭に関しては、イングランド式風景庭園が支配的なものとなる変化が一八世紀において起きたとされているが、この変化は整形式から自然風へ、古典主義からロマン主義へ、都市から田園へ、の全体的流れの見取り図を基本にして捉えられているのである。その変化のひとつのあらわれとされるいまひとりの文人における事の次第を見てみよう。

第三節　技巧的自然――ポウプ

ポウプが詩人としての偉大さにおとらないほどの偉大な造園家でもあったことを枕に、高橋康也は、古典主義的人工の詩人というポウプ像に抗して、造園家ポウプ像を、「かりに誤解を恐れず二者択一的にいうとすれば、庭師ポウプは、俗流ポウプ像に反して、「自然」の側にくみしているのである」と提示している。それに対して一七世紀は、G・R・ホッケに拠って、「反自然」の世界と規定される。「イギリス文学についていえば、マニエリスム的特徴に即応するのは、シェイクスピアの「問題劇」、ウェブスター、ターナー、ミドルトンなどの劇、とくにダンからカウリーにいたる形而上詩であろう。そして庭師ならぬ詩人としてのポウプの「自然」は、このコンテクストにおいては、前代の「反自然」的マニエリスム文学に対するアンチ・テーゼとして捉えうると思われる」（高橋・一一八―九）。

ただし、それでは、いわゆる「自然」対「人工」の対立概念として、一七世紀が反自然＝人工の世紀になるかというと、そうではないことを、バランスよい目配りを持った高橋は、論の先で次のような形でまとめ直しつつ指摘するのを忘れていない。

ポウプの庭が先行時代の庭にくらべてどのように「自然的」であったかをぼくたちは見たが、それが他方ロマン派的「自然」にくらべてどんなに「技巧的」であるかは、おそらくいうまでもないだろう。その「自然らしさ」は実に精妙に構成されたものであった。（この点で庭園史家の次の指摘は興味深い――一七世紀庭園の意匠性は「自然に自分の意志をおしつけることがまだできなかった人々」の自然への「恐怖」の現れであり、一八世紀の「風景庭園」は自然を統御できる技術段階にきた人々の「自信」と「安心」の現れである、と。）彼（ポウプ）の館の下の「洞窟」は決してロマン派好みの「グロテスク」でも「ゴシック」でもなかった。ダイヤモンドや貝殻や鐘をちりばめた、ソフィスティケイションの極致をゆく効果を狙ったものだったのである。さらに面白いことに、彼は狭い敷地内にどう工面したのか、「荒野」と名づける一角を造っていた。これはまさしく馴致された荒野である！　ロマン派、いや前期ロマン派においてすでに、ロマン的な魂は「囲われた庭」に飽きたりず、果てしない「荒野」（または「海」や「山」）に憬れはじめるだろう。……さらに下って、テムズ河畔のポウプの庭は、二十世紀のテムズ河畔の「荒地」を連想させるかもしれない。ロマン派よりもっと遡った豊饒神話の荒地と、現代の都会とを重ね合わせたエリオット的「荒地」からは、当然「妖精たちは去ってしまって」いる。（高橋・一三二—三）。

高橋は、一九世紀との対比で、ひいては二〇世紀との対比で（『荒地』が上の引用のすぐあとに出てくることからそれはあまりにも明らかである）ものを見て、ポウプのいわば現代性をあぶり出そうとしている。ポウプを中間項としてひとつの重要なポジションを付与し、「人工」、「自然らしさ（馴致された荒野）」、「自然」の三つの項によって歴史の流れを見ようとしている。すでに見たマーヴェルのニンフ（妖精）もこの「自然らしさ」＝「馴致された荒野」に、相応しい居場所を与えられることになるだろう。

確かにこれは明敏かつ巧妙な三区分であるかに思えるが、われわれは、「「荒野」と名づける一角」については、ポウプがベーコンのアドヴァイスを実践しただけであることをすでに知っている。つまり、「自然らしさ」への志向はそもそもすでにあったのである。であるとすれば、いつわりの対立が措定されていた、のではないか。むろん誰かをあざむくためではなかったわけだから、「いつわり」という語はいささか不穏当と言うべきであろうが。「風景式」がすぐにピクチャレスクを生み、「つくられた理想の風景」（川崎『楽園のイングランド』・五八）として、荒野が、廃墟が理念的に要請されることになっていく歴史の次第も、その一端のあらわれにすぎない。

第四節　〈不規則への開眼〉神話とねじれ――テンプル

ただ、だからこそいつわりの対立が対立となり、それどころか大潮流にすらなるという変化が生じるについては、ある触媒が存在した。

イングランド式風景庭園が具体的に姿を現すのは、すでに述べたように一八世紀をまってのことになるが、その理念は一七世紀の終わり頃から用意されていた。それはつとに指摘されていることだ。

その嚆矢として名を挙げられることになっているのが、ウィリアム・テンプルである。有名な「シャラワッジ」の登場である。

話をすすめるのに必要な分だけ簡略に説明しておこう。

一八世紀以降にイングランドの庭園の流れとなる不規則性の美（いわゆるイングランド式庭園の属性である）を生み出すのに大きな影響を与えた、一七世紀の先駆者ウィリアム・テンプルは、実は本人の意識の上ではそのような不規則な造園はイングランド人には不向きで無理なものと考えていたらしい。その不規則性（あるいは不規則の美）を表すのにテンプルが持ち出した語が、シャラワッジなのであった。

それは中国で暮らした経験がかなりある人から聞いた話だとテンプルは書いている。

庭園の最良の形式について今私が述べたことは、いささかなりと規則的な形式についてのみあてはまる。というのも、それと違うまったく不規則な形式で、他のどの形式にもまして美しい庭園形式がどうやらあるらしいからである。……中国人は、たいへん美しい形でありながら、その部分部分には誰もが容易に気づく秩序や配列などがまったくないような形を工夫してつくりだすことに、あらんかぎりの想像力を使っている。我々にはこの種の美の観念がほとんどないが、中国人にはそれをあらわす特定の語がある。彼らは見てこのような美に気がつくや、「このシャラワッジはすばらしい、ほれぼれする」といったような高い評価をあらわす表現を口にする。（Temple：237–8）

よく知られているようにポウプ、H・ウォルポール、アディソンなど、はっきりそう言明しているかどうかはそれぞれ様々にせよ、この不思議な語あるいは中国的とされる観念に惹かれた者は多い。この語はいやがうえにも注目を集めるのである。もとの言語の何という語に相当するのか。それは一体どういう意味なのか。そもそも本当に中国語なのか、等々。実際、日本語ではないかという推論もひとつならず（「揃わじ」とか「触わりない」など）ある。皆謎の語に惹かれる。

ロマン主義には中国的起源のものがあるというラヴジョイの魅力的なエッセイ(7)にもそのひとつの核にこの語があるし、庭園において再発見された自然は田園ではなく夢であり人工構築物であると言い放ったバルトルシャイテスの独特な文化史的観点を具体的に裏付ける一重要要素ともなっている(8)。皆興味津々でこの語のことを記し、謎の探索ないし詮索は今にいたるまで続けられている。いまだに新しい説が出され続けているが、明確な結論はむろんのこと、一定の合意をえた意見すらないありさまである。

ポウプについて高橋が指摘していたことを考え合わせれば、この不規則の美、規則性・秩序を持たない美という概念はロマン主義的な美学のひとつの先取りとなっていることがわかる。先取りしすぎていたために、この時点でそれを言い表す適当な（つまり過不足ない）語・概念がなく、時代はつまり人々は、やむをえずフィクション的にでもつくり出す必要、あるいは同じことだが異質な外部（つまり参照不可能な典拠）からもぎとってくる必要があったのだ。

しかし、どの言語であれ仮に相当する元の単語がわかったとしても、ここで（とはつまりテンプルにとっても人びとにとっても）重要なのは、その単語の内実が簡単にはわからないことである。

英語圏あるいはもっと広くヨーロッパ語圏の者には意味不明のその語が指し示す趣味・志向は原理的に理解不能なカテゴリーに入り、それゆえに翻訳不可能なその何かを中国の庭が有している。この事実がテンプルにとって重要であった。そして他の誰彼にとっても。だからこそわからないまま、意味不明瞭なまま論を呼び人口に膾炙し、建築関係でもリヴァイヴァル的に蘇って使用され、ついには *OED* に見出し語として採用されることにいたる広い使用をみたのである。了解不可能性こそがテンプルにとって、またそれに影響を受けたその後の人びとにとってのこの語のもつ意義（「語義・意味」ではなく）にほかならない。その不可能な何かを取り入れることで、イングランドの庭は大陸的な庭、古典文化的な庭から離れることができるようになった。

不規則性に目覚めたきっかけとしてこれはその後必ず言及され、引用されることになる。不規則の美の発見、それが自然のありのままの姿を肯定的に認識することと同義とされることとなった。

しかし、ことはそうなのだろうか。

自然らしさが顕揚されるにはある「ねじれ」、正確には「ねじれの〈発見〉」つまり「ねじれの創出」が必要だった、のではないか。だから、テンプルが不規則の美に気づきながら、にもかかわらず実際の造園については伝統的な整形式庭園を作るアドヴァイスしかできなかったのではなく、自然らしさへの要請・希求はベーコンの例などに明らかなように、以前からすでにあって、だからそれを明示的な訴えとするためには理念的なアクロバットが大変ふさわしかった、のではないか。実際の造園については、実現しうる伝統的な整形式庭園で事足りていた、むろんテンプルにとっては。一方、世の中は求めていた何かをそこに見出したのである。

ところで、イングランド式あるいは風景式庭園と対極にあるとされることが多いフランスの庭園は、整形式庭園とか古典的庭園という語で思い浮かべられがちな簡潔な秩序の統べる世界では必ずしもない。幾何学の精神はグロテスクなまでに過剰な装飾を構築しうる。抽象的理念であればこそ現実的妥協をせず隅々まで徹底することが可能になるのである。ユニークなフランスの庭園を紹介する案内を著した横田克己によれば、イギリス式を基準とするなら異形と形容するしかないような庭園がフランスにはいくつも存在するが、ただし、フランスでも普通に目にしうる庭園の「ほとんどが、強固な様式で武装されてどれも同じようにしか見えない「古典の庭」か、美しく心地よいけれども退屈なだけのイングリッシュ・ガーデン系の「園芸の庭」」の二種類のみからなっていて、実はそこから外れた系譜にフランスの真骨頂があることになる（横田・一一九、傍点引用者）。いわゆる風景式庭園というよりは、さらに近年のガーデニングに寄った受け取り方ではあろうが、異なった文化視点・感覚あるいはメンタリティから見た英国式庭園イメージのなんたるかがよくわかる。古典的整形式のアンチとして存在するイングランド式ではあるが、このフランスの異質の系譜に価値を見る視点からするならからかいの対象となるのも当然である。同じく自然だの人工だのと言っても、このフランスの徹底に比べて、ある曖昧さがイングランド式庭園にまとわりついていることは確かである。フランス的ラジカルさからするなら、馴致された荒野は、自然とも呼べずまた徹底した人工でもなく、自然らしさと言うよりむしろ、ほどほどの人工にすぎないことになる。

ベーコンもミルトンもかなりの力技をもって時代を推進させ近代への道を拓いたことになっているが、見てきたように、実のところ（力の量は別として）方向としてはかなり実直にある伝統を発展させただけと言えそうである。しかし、そのパースペクティヴはロマン主義以降の近代現代が用意したものにほかならない。近代が自分以前からの切断によって自らのアイデンティティを創出・設定するためには、あるねじれが必要であった。これの役目を担うのに恰好のもののひとつが「シャラワッジ」だったのではないか。内実がよくわからないままに、機能のみ果たすからこそ便利だったのだ。

第五節　イーヴリン

一七世紀の庭師を挙げるなら措くわけに行かない者にもうひとり、ジョン・イーヴリンがいる。現代では日記作者としての令名にいささか隠れがちであるが、一七世紀には、林業について警世の書も物すなど政治面もふくめ八面六臂の活動をし多彩な才能で知られた文化人であった。

彼は『英国のエリュシオン―わが王国の庭園』（*Elysium Britannicum, or The Royal Garden*）という生前刊行されることなくおわる大部の書を書き進めていた（二〇〇一年に活字にした校訂版が初めて出された）。庭園論・園芸学の集大成を目指す著作である。彼はそれを次のように書きはじめている。「全能の神が我らが祖先の父たち二人を楽園から追放したとき、その麗しい場所の記憶はまだ跡形もなく消え去ってはいなくて、その一番初めのころの二人の試みを見れば、二人が楽園（庭）なしでいかに不幸に暮らさなくてはならなかったかがわかる。」エデンの園の末裔としての庭園が彼においても出発点である。その先はこう続く。

楽園の外の世界は二人にとって荒野にほかならなかったけれども、アダムは子孫に鋤の大変巧みな使い方を教えたのであり、時がたつうちに人間たちは天の恩赦によって、以前には自然に与えられていたもの（庭）を、技と勤勉によって回復し始めた。……都市においても田舎においても庭は最初は貧しく単純素朴な農園《ヴィラ》以外のものではなかったのであり、世の評判をえたのは農園として急速に成長をみたことからであった。

（第一章「庭の由来と定義および諸特徴と種類」Evelyn, *Elysium Britannicum*：29）

ウェルギリウス的な農耕の伝統にすぐさま話が続いていく次第に注目しなくてはならない。ここで、人間界にあって庭は農園、つまり完全に人工のものである。だからこそ耕すこと、手入れすることが前提なのである。イーヴリンはベーコンの徒であるとされる。たしかに造園からすれば整形式の庭園の紹介実践者であり、庭園の中に植樹の配列によるエコーを工夫したり水琴窟を配したりするのも、ベーコン、ポウプと相通じる統治者のための庭園をイングランドにも実現しようとのコンセプトなのだから、その認識は正しい。

ただ、では実用の書（実践として理念を語っている面はあるにしても）の側面が圧倒的であるのかといえば、そうではない。第一六章「花園・花・稀覯植物について」で、花園の土壌の整え方、種子の開花のための植え替え、花壇や区切りの形・寸法・質など、具体的な指南を始めるに先だって、章の冒頭部分は次のように書かれている。

自然が勝ち誇り、我らの至福の園に可能なかぎりの飾りを与えるのは、また、あらゆる探求がなされたあげく地上の楽園がふたたび存在を誇示するのは、自然が庭の床や浮き彫りをさまざまな花で飾るときにほかならないが、その花々こそが厳しい冬のこのうえなく過酷な幽閉から逃れたときに我々の花園を豊穣にしてくれるのである。花々が自由に咲き誇るのを見て自然も口元をほころばせ喜ぶのだ。それは死んでいた状態からの一種のよみがえりである。それが真実であることのもっとも崇高なる論拠は、蒔かれて不名誉なことにもひどく荒々しい寒い季節のもとでたいそう長く苦行を余儀なくされた数えきれないほど多くの種子が、優しい西風の音を耳にするや、中に葬られていた壷から起き上がり、自分たちの命と稔りの泉であるこの輝かしい惑星をふたたび目にして、大気を甘い匂いで満たし五感を魅惑する輝かしい美しい姿（花）、幾万もの多様な種類を生み出すのである。だからもしもいつなんどき空が落ち、地上に天国が生じるようなことになれば、それはまさにこの地上の星座が大地を照らし飾るときにほかならない。

(Evelyn, *Elysium Britannicum* : 335)

庭園に手をかけて花を咲かせ木々を芽吹かせるのは、現代的な心理的癒しの目的というより、文字どおり楽園創出の目的なのである。それは極めて具体的な五感の喜びである。「空が落ちて、地上に天国が生じる」というのは形而上詩的であると言えようが、この天地逆転の結果、花が星、花園は星座になり、それによって照らされる大地はすなわち天空そのものとなっている。大地が宇宙になる。しかしそれは非現実的な幻視などではなく、現実の庭の花の話なのである。ここにおいて自然対人工の構図や重ね焼きの構図などは問題になっていない。自然は幻想として存在してはいない。ロマン派以前とかプレロマン派といった呼称もあてはまらない。単純とは言えるかもしれない。しかし、だから古くさい、のではないのである。つまり、以前以後という時系列の話ではない。高橋が言った、ポウプを通ってロマン派そしてエリオットへ現代へとつながるのと異なる線上におそらくあるように、わたしには思われる。ただ、近代に向かう、また近代から遡行して得られたのでもあるその構図の中に置かれると（置くことは可能であるわけだが）、道筋の彩り以上のものにはならないのである。

同じく楽園についてイーヴリンが語った文が、こちらは刊行された『園芸家暦』の序にある。

パラダイス（神自ら植えられたものである）が、そこに人間が手入れをし整えるように置かれるやもはやパラダイスではなくなるのと同様に、私たち人間の庭も（あの祝福された居所に似るようにできるかぎり工夫に努めようとも）たえず耕し続けられなければ完全な状態に長くとどまることはできないだろう。

(Evelyn, *Kalendarium Hortense*：353)

庭の楽園起源を述べているところで、敬虔なキリスト教徒的勤勉を説いている以上にむろん本人の意図はないのであるが、人間が入ったとたんにパラダイスはパラダイスでなくなっていた、としているのに目を留めなくてはならない。大変にユニークに正しい認識と言うべきであろう。ミルトンにおいてもアダムとイヴは追放前から庭の手入れに勤しんでいた。それはすでにとても人間的な、つまり神的ならざる営みであるのだ。その時点でパラダイスは人間化されていた、ということなのである。人間化されている以上あとは人間的解放の道に足を踏み入れるしか人間には残されていない、これがミルトン、そしてそれ以降近代に向かう構図を描く精神の則る論理である。ところが、イーヴリンの言うパラダイスの無＝人間性はそこには決して出てこない相である。

ルクレティウスの翻訳もするなどその古典への関心並々ならぬ度合いのうかがわれるイーヴリンであるが、文化移入に熱心ではあっても別に異教的とか世の異端者などでは全然なかった（イングランドも含め、ヨーロッパの楽園はエデン＝キリスト教的伝統とアルカディア＝古典的伝統の二つの流れからなっている。イーヴリンもまさにその混交のうちにあることは確かである）のであるが、にもかかわらず、政治面など含め当時の社会によく関わっていた彼が、一般通念に対してこのような異者の側面を有していたことがおおいに興味深い。

ここで、彼が『園芸家暦』を捧げた相手である友人カウリーをあわせて考えてみたい。

第六節　カウリーの庭

カウリーも時代の子で、庭にかなりの関心を寄せている。文字どおり「庭」（"The Garden"）と題されたエッセイ付きの詩というのか詩付きのエッセイというかうまく名状しがたい、晩年（といっても四十代前半であるが）の文章には、「J・イーヴリン殿に」という献辞が付いている。ふたりは友人どうし庭について互いに著作を捧げ合っていることになる。もっともイーヴリンは、これも友人のひとりであるピープスが仕事の息抜きとして立ち寄って散策するのを楽しみにしていた立派な庭を、自ら設計し所有していたのに対し、カウリーは言えば庭の所有という点では好対照をなすと言っていい。その「庭」はこう始まる。(9)

これまで変わらず抱いてきたこの望みをおいてほかには、いっそう強い、度を越した不埒な欲望にも等しい望みはありません。それは、ついに自分が大きな庭のある小さな家の主となれたらということです。本当にほどほどだけの生活の便が用意されていて、そこで残りの人生をそこを耕し自然を研究することに捧げ、そこで（壁を越えるつもりなどさらさらなく）そっくりまるごと活動にいそしむ安楽と栄光ある貧しさのうちに生きる。

あるいは、もっと手短かでかつ私にとって都合よい言い方をするならばウェルギリウスが言ったように、私がそこで「地味ナ文芸ノ暇ゴトニイソシ」むことができるようにという望みです（もっともウェルギリウスが自らのことを言ったのであるならば、「高貴な暇ゴト」と言えばよかったのにと私は思うのですが）。

晴耕雨読ノススメといった趣である。さらに

しかしわたしの不運をなすいくつかの出来事のせいで、その幸福はこれまでわたしのものとはならなかったし、いまもなっていません。この世における出世のあらゆる大志も望みも捨てることで、あらゆる公の仕事やほとんどすべての社交の喧噪から退くことで、その幸福めざしてこのうえなく大変な第一歩を踏み出してはいるのであっても、それでもなお、ひとから借りた雑草とがらくたに埋もれた庭付きの家にいまだとどまる身なのです。人間のいわゆる「我が家」（大変適切な呼び名というわけではないけれど、世で使われている言い方なのです）というものをよりよくしていくこと、人間がせっせと励む営みのあのこのうえなく楽しい仕事がない境遇なのです。

と続くのを見れば、後世の人間なら誰であれ、たとえ本人が「私は錬金術師のように大目的（金、究極原理、不老不死）を逸したのではあっても、わが愛着と努力は道すがら出会ったものによって十分に報われたと思っている」ことは知っておいてほしいと特に強調しているとしても、王政回復以後政治的不遇をかこつことになった失意の「晩年」の言葉としてこの文を読むことになる。

実際、散文部分に続く詩部分の第八連では

町（都会）にはせいぜい、自分はうぬぼれの飾りを生活に与えているのだと
自慢させてやりなさい。
ところが実は、生活に杖と楯を与えてくれるのは

田舎と畑なのです。

という具合の都会と田舎の対比が読まれるし、第九連では

神の知恵と力がこれ以上
明るく美しく反射して輝く場所がどこにあるでしょうか。
聖なる書物の三日目の巻に注意して目を注いだときに見える以上に
精妙なる、創造者の真の筆遣いと色遣いが見える場所がどこにあるでしょうか。
もしも我々が目を見開いて向けるならば
我々は皆モーゼのように
柴の中であっても、光を放つ神をかいま見ることができるはずです。
けれども我々は、こういったものを、我々が見つめる天国の花々に比べて
神の劣ったやり方として見下してしまうのです
（実はそれらに劣らないほどの奇跡や称賛すべきものにみちみちているのに）。
地上の星々（のごとき人物）など我々に何の驚きの念もひき起こしません。
ただしここ、庭の花々はその星々のごとき連中が、
人間の人生・生活を支配している以上のことをおそらくしています。
すばらしい力強い自然のどんな一部といえども
この花々以上に美と、力と神秘とを内に備えてはいないのですが、

けれども人間の勤勉をうながすために
神は定められたのです。ここ（庭）以外にはどんな部分も
これほどの場所＝宇宙、これほどの領土を人間の技のために残すことがないようにされたのです。

と、自然＝庭を賛美する言葉が書きつけられている。確かに隠棲礼讃には違いない。しかしその要は畑であり庭であり花である。そこにおいて庭は自然（荒野）にたとえられて礼讃されるのでなく、庭はそのままで、神が作った自然として礼讃されている。庭はひとつの自然、ひとつの宇宙であり、花はそのままで星なのである。すでに見た、カウリーの形而上派詩人としてのお株を奪うようなイーヴリンの花の場合、その花（地上の星）は空が落ちてきたとき星として現出するものであり、そのコンシートの中では地上的自然の枠組の外にある。そういう形でイーヴリンは自然対人工の近代の構図からほんの少し外れている。一方ここのカウリーの場合、花は今すでに地上の存在として自然の枠組の中にある。しかし、自然対人工の近代の支配的構図の中にカウリーの花はあるのではあってもそこに過不足なく収まってしまうのでなく、綺羅星の人びとをもまた大自然をもしのぐ力を有している。構図から外れてはいないが、花々へのこのまなざしはイーヴリンに通じるものを持っているのであり、逸してはならない。そしてこのような花々へのまなざしが、これを書いている者自身に対してもいまあらためて向けられる必要がある。

当時の文学的令名とその後の黙殺に近い軽視の落差、政治的社会的地位の面では報われることなく逼塞した王党派であるがゆえの強い偏差・偏心。それが私たちの前にあるカウリーの置かれている二十一世紀現在の状態であろう。すでに触れたようにわれわれは当時の世における処遇のせいでの失意といった要因をつい思いうかべがちであるが、しかし、ここでその「失意」がいかなるものであったのかいま一度検討しておく必要がある。

「不遇」は客観的事実にかかわる要素と言えるが、「失意」は必ずしもそれにとどまるものでない。その全体的様相は時代とかかわっている。たとえば、二人とも王党派所属で、時代の保守的な志向のグループの中に安定的な位置づけを与えられることが多く、場合によっては（つまりカウリーの場合が顕著だが）安定のあまり顧みられることすらなくなってしまう。王党派対議会派ないし清教徒側という図式で語られる時、一番抜け落ちてしまいやすいのは革命なるものへの、あるいは未来への人びとの期待である。王党派だから革命に反対であった、などという単純な話でないことは、現代の人びとが、今の自分がどういう行動（たとえば投票行動）をとるのかを考えただけでもわかる。その時の革命また変動なりにおいて、劣勢にある者は、劣勢であればこそいやが上にも将来への期待を抱かざるをえない、というか正確に言えば、将来への期待にかけるしかない。

イーヴリンについて、「〈革命者〉イーヴリン」という題名がいささか過激にすぎる論考において、S・ピンカスは、イーヴリンがジェームズ二世にいかに期待をし、変革によって生まれるあらたなる社会体制を夢見たか、そして王の行為自体によってそれが裏切られ、幻滅が現実のものとなったとき、あらたな革命に向けていかに行動をおこしたかの経緯を、手紙その他の資料で丁寧に追ってみせた（Pincus：185–219）。革命家の呼称の適否についてはいったん置くとしても、たとえばイーヴリンが *Sylva*——一般にもよく用いられていてカウリーにもある「詩集」の意味のそれでなく、文字通り「森林、樹木」の意である——と題されている一六六四年刊行の著作で、イングランドにおける森林の衰退について論じるのも、貿易や軍事面なども含めた国家の総合的な力を強化するためであったという一事だけからしても、彼の変革の期待や思いが単なる一過的なものでなく、社会性政治性を有する継続的で強いものであったことは明らかである（副題「森林の樹木について、ならびにわが王国領土における森林の間伐生育についての論」が雄弁に語っている）。一般に王党派としてひと括りにされがちであるが、王党派も王政回復に対してはむろんのこと、清教徒革命に対しても単なる恐れや憂慮だけでないさまざまな変革への思いを抱いていたであろうことは必定であるし、その思いに心配より期待がまさっていた場合があるであろうことも想像に難くない。個人の思いの実態は錯綜した複雑なものであって当然なのである。

そして、それと同じことが、むろん事情は別個であり異なるものであるが、カウリーの場合にも言える。一七世紀後半の王政回復イメージを探った書でN・ホセは、ひとつの章をさいて、カウリーが保守的な王党派国教徒と区分けされはするものの、来世への希求という点ではクエイカーにも通じるところをもつ一方カトリックへの共感も示すなど（どっちつかずでなく）柔軟で両様的な態度をとったこと、また王政回復に対しても千年王国的な復活待望を抱いていたことなどを、同時代のコンテクストの中で、カウリーの作品を再検討して浮かび上がらせている。(10)

その生涯を失意による田舎への隠棲と呼んで片付けるのはあまりに不十分であり、カウリーがなしたことの価値を埋もれさせる結果を生じている。

ついでながらイーヴリンの場合、ひとりのうら若い女性に対して、信仰か結婚かを悩む彼女に表面上は結婚をすすめ、死後はその敬虔な生涯をたたえる伝記を捧げた。妻との自分の家庭はつつがなく生活を営んでいたのであり、不倫といったドラマが生じていたわけではない。しかし日記にも記されることのなかった、秘すればこその熱い気持ちがあったことは、その後公開された資料から明らかだと言えそうである。(11)なかなかすみにおけない人間であったのである。

という次第で、二人それぞれの多様なありようを窺わせてくれる近来の試みもあるにはあるのだが、一見とりすました顔のうしろにこのようないささかゴシップ的な好奇心もかきたてる姿を見せるイーヴリンに比して、そういう面のない（あるいは少なくともその類いの資料を残したりしていない）カウリーのイメージが再検討される機会はやはりとても少ない。

個人的生活においても公的生活においても同じであるが、「文はひとなりだが、ひとは文でない」という当たり前のことを私たちはいま一度よく理解しておかなくてはならない。文章家（作家というのはいささか近代的な意味あいを帯びてしまうから避けるとして）であっても、文になっていないところが大きいひともいる（むろん小さいひともいる）ということである。ありったけが文にうまくこめられている者ばかりではないのだ。語られる言葉しか私たちは拠るすべをもたないが、それがすべてではないことを常に忘れてならないのである。

カウリーの言葉の別な例をいくつか読んでみよう。

おわりに――カウリーの夢

最初の例は、『詩華集』（*Poeticall Blossoms*）に（初版一六三三年、四年後の一六三七年に詩人自身により増補された第三版が出た）に収められている詩「楽園の夢」（"A Dream of Elysium"）である（Cowley, *Essays, Plays and Sundry Verses*：42-3）。十代なかばの詩人は夢を見た。

近づく夜に追われて太陽（ポイボス・アポロン）は、
顔を赤く染め、不面目で恥ずかしさの光に包まれた。
わたしがけだるい眠りの神モルペウスに打ち負かされている間に、
わが崇敬する女神《ミューズ》が部屋に入って来た。
その髪はいささか無造作に
きれいな背に、乱れたままかかっていた。

その目は、たいそう魅力的な美しさの輝きを持っていて、
眠っている美少年エンディミオンをも目覚めさせたはず。
女神はわたしに立ち上がるよう命じ、
人間たちが感心してやまないあの野原、
あの至福の館を私が目にするはずだと約束した。そう話すと、
女神はわたしを翼の生えたペガサスに乗せる。
それにわたしはまたがり、女神が一体どこに行くのか
わたしは知らないが、その場所はテンペ谷のごときところに違いない。

過去形と現在形の意識的混在が、夢の姿を表わしている。それは「見られた」夢なのだが、夢としてなお眼前によみがえり存在するのである。

ペガサスに連れて行かれる場所、夢に現れた場所はエリュシオン（楽園）である。人間の「短い喜びとは異なり、永遠に消えない喜び」がそこには溢れている。バッカスの酒が流れる川、たわわに稔るリンゴの木、ブドウの木、オークの木は枝を広げて木陰をなし、小鳥はさえずり、鳩が愛の巣を作る。そこに、キケロなどだけでなく、アレクサンダー大王や、ホラティウスなどへの思いも混じって詩想は展開する。また聖書中のユダヤの人物名もひとり出てくる。全体として異教的と言えようが、若さにまかせてギリシアもローマも神話も史実も絢爛自在に飛び交う交響曲である。

ミューズに案内されるままに楽園の諸所を詩人はへめぐる。

しかし、こういう楽しみがいかにすぐに消えゆくことか。

喜びの短い昼がいかに夕べの間近にいることか。

というのも、光の忠実な先触れである、寝ずの番をする鳥が、
すぐさま押し寄せてくるのだから。そうなればすべてはわたしの視界から消えてしまう。

わが女神自身もわたしを見捨てた。

わたしの嘆きと不安もかき立てられる。わたしはどうしたらいいだろう。

ああ！（とわたしは言った）どうかわたしをあなたのあとについていかせてください。

そしてこの世の生から離れ、このさき永遠に夢を見ることができるようにさせてください。

そう言ってわたしは飛びさるわが女神を、わが腕のなかに抱きしめようと
思った。が、腕は空をつかんだだけだった。


こうして詩は終わる。実はエリュシオンとはギリシア神話では死後の楽園で、神々に愛された英雄たちの魂が暮らす地のことである。つまり、永遠の夢とは死後の世界でしか可能にならない。そこから、この詩が、後のカウリーの隠棲をはるかに予言しているという見方も出来はしようが、これは若者らしい希求、永遠への渇仰の表現というほうが的を射ているはずである。若いカウリーにとって自然＝エリュシオン（楽園）は消え去る夢にすぎない。

晩年ミューズはまたあらわれる。一六六三年、「庭」よりも少しあと、詩人四十代なかばの時の詩「ひとこと言いたい」（“The Complaint”）はこう始まる。

これは深い夢幻によってのみ見ることができる場面
とあるあずまやのもと、悲しみのために
居心地の悪い陰ができている。
黒いイチイの木の不吉な緑に
哀悼に沈むヤナギの気遣わしげな灰色がまじった木陰
偉大なるケムがその有名な流れをつくるところに
憂鬱なカウリーは横になっていた。

見よ！　ひとりの女神《ミューズ》が間近に姿を現わした。
（女神たちは夢幻の国でよく遊ぶのだ）
体をもっていて、着飾っていて、内なる光によって目に見えた。
手には銀の弦をはった金の竪琴
身にまとうは、不可思議な象形文字の書かれたローブ
ローブには、自然はたまた空想が生み出しうる
ありとあらゆる色、あらゆる形が入っている。
人のわざがよくなしうるものではない色や形だ
ふうわり誇らしげにそのローブは宙を舞い踊っていた。
そのようなドレスにつつまれ、そのような充分にしつらえられた夢のなかで
女神は、その昔、美しいイスメヌスの流れの近くで

お気に入りのテーベ人ピンダロスと会ったもの。
女神の手には冠ひとつ、両の足には翼

かつて女神に垣間見せられた地（もっともこちらはいささか翳りをおびているが）にカウリーはいるように思われる。その意味では夢の中にいるのかもしれないが、一行目の「これは深い夢幻によってのみ見ることができる場面」（In a deep Vision's intellectual scene）とは、覚めていて見ているともとれる言葉である。言うまでもないが、visionの語義は本来夢ではない。視覚ないし瞑想や直観など視覚以外の機能によって見ることあるいは見えるものの謂いである。十代の時との違いは夢でしかないのかどうかにあると言っていいのかもしれない。さて、今回のミューズは何をしようというのであろうか。

女神は竪琴で彼にさわり、地面から起こした。
弾かれた弦が美しい旋律を響かせた。
あなたは最後に帰ってきたのですね、と女神は言った
この見捨てられた場所とわたしのもとに。
放蕩息子のあなた。若い年月ずっとそのいい境遇を
そんなにもふらふらとしてむだにしてしまったあなた
ここにもどってきたのですね、おそすぎる後悔のために。
最後に学問のもみ殻をかき集めるために。
人生の豊かな収穫の時期はもうすぎてしまい

冬がこんなにも足早に近づいているのに。
でも、わたしがあなたをわが息子として養子にするつもりだったとき
力強い九人のミューズ、わが姉妹たちが
それぞれ最愛の子どもに分け与える才能の
いずれにも劣らない博識をあなたに割り当てたとき
聖別されたあなたの名前を、穏やかなる名声をもつ精神の貴族のひとりとして
いっそう高めようと心に決めたとき
あなた、鬼子のあなたは、喧噪と見せかけに惑わされ
わたしのもとを去って宮廷と都会に向かうことを選んだ
外の世界を自分の目で見て、そこでのあらゆる愚行と騒乱に
手を出すことを選んだ
あなたときたら、ほんとうに、国の大物になることを
事業《おしごと》（business）を見つけ、生み出すことを選んだ
事業！　無垢をふりはらおうとする人間の欲望の軽薄な仮面
事業！　大まじめな顔をしたお門違いの不遜
事業！　なによりもわたしのきらいなもの
事業！　あなたの運命に反するもの

こうして、さらに女神は詩人の所行をなじる。第六連では、今度はそれに対して詩人が抗議しかえす。

このように女神は話した。ほほえみをうかべて。
あわれむようにもののしるようにも思えるほほえみを。
こうして女神にむかって、思いにしずんだ頭をもたげながら
憂鬱なるカウリーは言った。
ああ、気まぐれな敵であるあなた、あなた自身が
つくり出した害悪を非難するというのですか？
わたしがゆりかごの中で、何も知らないでねていたとき
意地悪な霊、あなたは、わたしをこっそりさらって
わたしの魂をまどわし、どこにあるのか分からない
あらたに見つかったあなたの世界へ連れて行った。
空中にうかぶ黄金のインド諸島だ。
それ以来わたしは掠奪された自由を回復しようと
むなしい努力をしている。
いまだにわたしは反抗し、いまだにあなたは支配する
ほら、いまだにあなたに対する詩を書いて、わたしは文句を言う。
頑固な雑草の一種が生えている
大地がいちどだけにせよ、たしかに生み出す種類だ
健全な植物《ハーブ》はその近くには繁らない
役に立つ草木は生きながらえない

わたしがかつてあなたに差し出した愚かしい戯れが
今やわたしのわざや労苦をすべて水の泡としてしまう。
かつてあの妖精たちがおどったところには一本の草も生えない。

詩人とミューズとの不平と愚痴の応酬が続くところはユーモラスである。出て行ったきり久しい男がなじみの女のもとにもどってきて、女は男の不実の仕打ちを責め、男は言って詮無い非難を繰り言しつつも女を女神と呼ぶ。いささか場違いな比喩であることを承知で使うなら、演歌で歌われる一シーンのような感じだ。第二連の「事業《おしごと》！」のリフレインなどコミカルですらあるし、第六連の「このように女神は話した。ほほえみをうかべて。／あわれむようにもののしるようにも思えるほほえみを。／こうして女神にむかって、思いにしずんだ頭をもたげながら／憂鬱なるカウリーは言った」の部分も、自嘲もまじるがユーモアが勝っている。十代の時のシーンと違って、詩人自身が三人称で登場していることもそれに関わっている。

つぎの第七連ではミューズとのかかわりはさらに遡って生まれた時からのものであったことが語られる

わたしのま新しいあたまが外からの何もふきこまれていなかったとき
あなたが大変深いあなた色をわたしに与えたので
それ以来というものわたしは生まれたときに染まったその色を
洗い落とそうとするができないのだ。
長くつとめればあなたの色をかなり褪せさせることはできるかもしれないが
生まれつきの白の色が名誉と利益を入れる物に変わることは決してないだろう

わたしはよく自分のすすむコースの舵取りをするが無駄で、
あなたのおくる一陣の疾風が起こり、私をもとに押し戻す。
あなたはわたしの勤勉の気力をことごとく弛緩させてしまう。
本当にいくどとなくわたしの気力の糸が
あなたがゆるゆると吟遊詩をかなでる響きのいい弦にさせられるのだ。
この世の幸せを見たいと思う者はだれでも
あなたからすっぱり手を切らないといけない
天国のみを望む者が
この世から引退するのと同じようにして。
これはわたしの誤りだった。わたしの大きなミスだった。
自分自身を修道士じみた者にするなどとは。
こうしてサッピラとその夫の運命と同じく
（この過ちは、二人と同様わたしも教えられるのが遅きに失した）
あきらめたものすべてとひきかえに、わたしが得る物はなにもない
自分が持っている要素《パート》の故に滅ぶのである

さきほどの説明言語（演歌の比喩）を使い続けるなら、この世に生まれて以来切るに切れない腐れ縁でつながるふたり、といったところである。その次の最終連はこう始まる。

だから、教えてくれるな、人を惑わす女神よ
今の宮廷やこれまでよりよい王を責めるしかたなど。
今わたしの上にある天は美しく晴れていて
肥沃な土は満作の収穫をもたらすだろう
あなたのものには、あなたには不毛しかないのだ。もしもあなたが
わたしが鋤で耕さなくてはいけないときなのに
なおもわたしをこれまで通りとどめおいて歌わせるのであれば。

結婚することのなかったカウリーの、人間というものに対するある冷淡なスタンスはつとに指摘されているが、ここでは女神に対しても、その不毛を責めている。ただし、全否定（無視）はしていない。若いときのように女神と今ここから抜け出したりせず、女神をいまだ視界にとどめつつ、文句を言うにせよ決意を言うにせよ庭・園芸というか農耕の語彙で語っているところが目にとまる。

十代の詩との最大の違いは、これが夢でありながら、最後が、目覚めて夢であることに気づいて終るという（普通といえば普通きわまりない）終り方をしていない点である。

もしもわたしが彼（君主）に仕えるのをことわるのならば、わたしはのろわれた者にならざるをえないだろう、ああ、あなた人を惑わす女神よ！
人の言葉によれば君主の手は長い（支配力が遠くまでおよぶ）ので、たとえ
わたしがこんなに遠くにいようとも、その手はしまいにはわたしに届く可能性がある

しかしながら、あらゆる君主について、あなたは
小さいとかのろいとかいうことで褒美をもたらしたりすべきではない
ひとびとの口でしか、それも死後にしか褒美を
あげることのないあなた、ミューズよ。

さきほど、十代の時との違いは夢でしかないのかどうかにあると言っていいのかもしれない、と書いたように、これは最後まで夢であるが現実でもあるのだ。われわれはイーヴリンの楽園観をすでに見たが、そこでは楽園は人間の罪によって失われてその至福の回復のために人間が甲斐なく果てなく追い求めることになる楽園ではなかった。幻想としての、ユートピアとしての楽園ではなかった。楽園が楽園であるのは天地創造・天地誕生の一瞬であった。であるから、人間の庭が人間にとっての庭であるために庭仕事に農耕に人間はいそしむのである。ちなみにイーヴリンの未完の著作の題名にまさにエリュシオンの語が使われていたが、その書が実用の園芸の書でもあったことに、彼が使うこの語の意味あいが示されている。カウリーの後年の詩の田園も現実の人間がいる庭である。もう一度最初を振り返ってみよう。

十代の詩の方では女神がエリュシオンに連れて行ってくれた。現実である家の部屋から田園への脱出をさせてくれたのである。こちらではカウリーはもう田園にいる。そこに女神が現れる。「見よ！　ひとりの女神《ミューズ》が間近に姿を現わした。／(女神たちは夢幻の国でよく遊ぶのだ)／体をもっていて、着飾っていて、内なる光によって目に見えた。」

内なる光でという条件ではあるが、女神は眼前にいるのである。ただ、田園といってもいささか陰鬱の陰がさ

していて常春の楽園とは言えない苦さのただよう場所のようである。自然は手放しで肯定される場所ではない。家の部屋（都会といってもいいし、人工といってもいい）から逃れて、田園（田舎、自然）へ行けば一瞬であれこのうえない楽しみや美を得られる、という次第にすらことはなっていない。

　詩人は失意によって隠棲して楽園、あるいは幻想としての楽園に逃げ込み、野良仕事をしていたわけではない。かつては家から楽園へ脱出する夢を一瞬（無時間的なというか浦島太郎的な一瞬間）見た。今は田園にいる。田園は楽園にあらず。エリュシオンへの脱出でなく、エリュシオンからの脱出でもなく、覚めても覚めても「深いVision」の中にやはりいつづける自分がいるのを詩人は知っている。

　この点との関連で、「大勢のなかにいるひとりの正直者にとっての危険」（"The dangers of an Honest man in much Company"）という、「庭」と同じエッセイ集に収められて出された文章（Cowley, *Essays, Plays and Sundry Verses*：443–47）を最後に読んでみたい。

　もしもアメリカ大陸土着の無防備の二万人がわずか二十人の充分武装したスペイン人の攻撃に抵抗できないのだとしたら、ひとりの正直者が二十人のならず者から身を守ることができる可能性はほとんどないとわたしには思える。連中ときたら、頭の天辺からつま先まですっかり身支度して、防具には世知、武器にはこれまた奸智と悪意を備える輩だ。人情・人格が関わる事柄が多い場合にはこれよりもっと分が悪くなるだろう。だから、わたしがそういう人に対してしてあげられる唯一の助言は、ひらけた野（the open Campaign）で身をさらすのはもう絶対しないようにし、引っ込んで安全な場所に身を置く（見通しのいい戦場に出ず、退却して塹壕に身を隠す）ようにし、そんなにも多くの敵に対し逃げ道はすべてふさいでしまい橋という橋を引き上げてしまいなさい、ということだけである。ここにおいて何が真実の点かというと、相当な活動にたずさわっている人間は、自らがならず者になるか、さもなくば世の中の笑いものになるかいずれかしかないということだ。もしも受けた傷を笑われたにすぎない場合には、抜け目のない人であるならば報復によって恨みを晴らすことで安んじることになるであろう。しかし、実のところは、もっとずっとひどいのである。というのもそういう場合の町（文明）の食人種も、野生の食人種と同じく、つかまえたよそ者のまわりをはね回り踊り回るだけでなく、しまいに食べてしまうからだ。しらふの人間は酔っぱらい連中のところからいくら早く抜け出てきても早すぎることはない。たとえ連中がどんなに親切でもまた一緒にいて楽しい連中であっても、しらふの人にとって一緒にいるのは楽しくないだけでなく、危険なことでもある。

Campaign「野原、戦場」の語に典型的に示されているようにいくつかの軍隊の語が意図的に用いられ、まさに処世術の実戦法を説いているのであるが、それが酔っぱらいの中の一人のしらふへのアドバイスに重ね合わされるところが、巧まないユーモアと言うべきかあるいはまじめ半分ユーモア半分（もっともこの書き方は不正確であって、まじめゼロではそもそもユーモアにならないのであり、ユーモアには常にまじめが伴うか混じるかしている）のつかみどころなさが生じる湧水地点である。続きを読んでみよう。

あなたは、徳のある人間がひとりでいることを好むのではと思わないだろうか。そういう人間にとってそれ以外のあり方はむつかしい。一万人のなかにいようとも彼はひとりである。ほかの生き物などいずにひとりきりでいる孤独も、野生の獣のただなかでひとりでいるのも、これほど不快ではない。人は人に対して、ありとあらゆる動物である。じゃれつく犬、ほえる獅子、盗む狐、奪う狼、見て見ぬふりの鰐、裏切るおとりの鴨、捕食するハゲワシなのである。あらゆる国民のうちで一番文明化されている連中が、どうやら、我々から見て一番野蛮な人間たちである。自分の敵以外の人間を食わないトゥピナンバルシャン（Toupinambaltian）族には一定の節度とよい本性（Nature）があるのに対して、学識あり礼儀正しきそしてキリスト教徒である我々ヨーロッパ人は、数多のカマスや鮫同様、のみこめる物なら何でも餌食にしてしまう。ヨーロッパ人は、四散していた人間たちをまず集め、それぞれの社会にまとめ、家を建て町を囲む壁を築いたことを雄弁術と哲学でおおいに自慢している。ヨーロッパ人たちが織りあげた物をすべてほどくことができたらいいのにと思う。城や政策のかわりにまた、森や無垢の状態を得られるのであればいいのに。ヨーロッパ人はちりぢりになっていた幾千幾万もの人間をひとつの集合体に集めた。なるほど確かに、彼らはそうした。彼らは集まってまとまり都市をなして入り、だまし合い詐欺を働いた。軍隊をなし互いに殺し合った。彼らは野生の生き物を狩る狩人であり、漁る漁師であったのだが、次いでは仲間を狩り、漁る者になり、仲間を平和な状態（平和国家）にしたと吹聴しているのだが、その実は単に戦争の技術を教えたにすぎない。真実を言っておかなくてはならないが、彼らは悪徳を抑えるために健全な法律を作ったのだが、初めて悪魔を起こしてしまい、その悪魔を呼びだすものの縛ることができないのである。それ以前には悪さをしても罰はなかったのだが、それでも悪さに対する見返りがなかったので実際に悪さを犯すことは少なかった。

これを群衆の中の孤独とか文明・都市すなわち野蛮とまとめてしまうと、幻想としての無垢なる「自然」を希求する近代への針路となんら変わらなくなる。カウリーにとっては、人間は「悪徳を抑えるために健全な法律を作ったのだが、初めて悪魔を起こしてしまい、その悪魔を呼びだすものの縛ることができないのである。それ以前には悪さをしても罰はなかった」のである。近代以前あるいは都市以前すなわち野蛮時代にも悪徳は存在していたのである。どこの部族なのか実在するのかどうか不詳の人々も、全肯定されるのでなく、「一定の節度とよい本性（Nature）」を持っている、つまりそういう者たちも限定的に肯定されているのである点に注目しなくてはならない。本性＝自然にも、よいものと（従って当然）悪いものがあるのだ。「自然すなわち楽園」にはあらず。むろん人間世界（都会）は楽園にあらず。法律（人工の典型と言えよう）は健全なものなのであるが、その健全なものが悪を生むのだから。

しかし、なお、これを、隠棲した人間の自己正当化、世を難じる負け犬の遠吠え、人間嫌いの負け惜しみに聞こえると言い募る人間がいるかもしれない。そう単純ではことはないのである。

わたしは、最初にいなかに住むにおよんだ時は、いにしえの詩にうたわれるような（理想的な）黄金時代の単純素朴・天真爛漫に疑いなくそこで出会ったと思った。そこで見た住人は、サー・フィリップ・シドニー『アルカディア』のような、また、オノレ・デュルフェ『アストレ』のリニョン川土手の羊飼いたちのような人々ばかりと思い、後世に自分が薦めることができる道としてチャーツィーの人々の幸福と無邪気を考えはじめた。しかし、真実を打ち明けるならば、わたしは自分がいるのはアルカディアでもラ・フォレストでもなくやはり昔ながらのイングランドなのだということを、見誤りようのない実例によって、たちまちにして悟ったのであった。また、もしもわたしが人間の会話において正確な忠実にもとるものなどに満足し得ないのであるならば、それを見つけたいなら宮廷か、取引所か、国会議事堂に探しにもどってもいいくらいだ、ということもわかった。

隠棲した地はアルカディアにあらず、エリュシオンにあらず。荒野でもない。都会となんら変わらない。否、

「昔ながらのイングランドなのだ」。一種のあきらめとこれを言えるかもしれないが、そこで詩人はとまらない。

わたしはまた問う。ならば私たちはどこへ逃げようか？　何をしようか？

逃げる場所はない。エリュシオンへの脱出・逃避の道はない。エリュシオンがこの世にないことは今や明白となっている。田舎と都会の対立などなかった。自然を軸（基準）とした対立などないのである。若い頃の天上的な幻想界の非在はもういない。話しかける相手といったら、そこに見える文句をいいあう仲のミューズだけ。田園とはいえこの地上に生きる限り、脱出はしたがって、ない。だから、彼はとどまって生きることを選ぶだろう（カウリーは夏の夕方牧草地で農夫たちを指導している際に風邪を引いたのが死の原因となったとされている）。

詩人のアドバイスはこうである。

世界（世間）は人間にとっては、人間がそれに挨拶せざるをえないようになっているが、それをあがめたりしないように気をつけなくてはならない。……

誘惑に誘い込まれたりしないように、人を欺くこの美が見えないところに行くことができる者は幸いなるかな。大都市を抜け出ただけでなく、自分の国の次なる市場町を目にすることをせずにすますこともできる者は幸いなるかな。

これが結語である。むろんそんなところはないと言っているわけである。ただし、非在のユートピアを求めているわけではない。どこに言っても人間（同じイングランドの人間）の地であることから逃れられない。ここでミューズと縁を切って暮らせればどんなに幸せか（むろんそんなことが自分に不可能であることは百も承知だ）。彼のミューズは、詩の伝統の中ですでにかなり形式化されていたそれよりもかなり人間的である。そのミューズが生きるカウリーの「田園＝自然＝庭」と、ニンフが生息しのちにユートピア（理念的「自然」）を生じることとなる「庭↑↓荒野」はすれあうがすれちがう時空にあるといってよさそうである。

（1）マーヴェルの詩はガードナー編 *The Metaphysical Poets* に収められたものに拠った。
（2）近年の一例として『イギリス庭園散策』参照（赤川・六〇―一頁）。近代化過程におけるベーコンの位置付けに関しては、たとえば『イギリス庭園の文化史』参照（中山・一二三頁）。
（3）『随想集』の訳は、これ以降も含め、前出成田成寿訳を使用。
（4）川崎『楽園と庭』第四章参照。
（5）Arthur O. Lovejoy. "Milton and the Paradox of the Fortunate Fall" (Lovejoy：1948. Chap. XIV)
（6）『失楽園』の訳は平井正穂訳を使用。
（7）Arthur O. Lovejoy. "The Chinese Origin of a Romanticism" (Lovejoy：1948. Chap. VII)
（8）ユルギス・バルトルシャイティス「庭園とイリュージョン風景」（バルトルシャイティス『アベラシオン』一九九一年：特に二三三―四および二六一頁）。
（9）「庭」は一六六一年に刊行された *Several Discourses by way of Essays, in Verse and Prose* に収められている。「詩と散文のエッセイ（試み）による論考」という題名は文字通りのもので、収められている文章には詩単独のものもあれば、散文単独のものもあり、またこの「庭」のように詩と散文を組み合わせたものもあって、その形式面も大変に興味深く、他日考察の対象としてみたい。ここでの引用は Cowley, *Essays, Plays and Sundry Verses*: pp. 420-1。「庭」についてはこれ以降の部分の出典も同書。
（10）第五章 "Ideal Restoration and the Case of Cowley" (Jose：67-96)。時代性によく配慮が効いたこの論文は里麻静夫

氏の教示により知ることができた。

（11）　特に Harris, *Transformation of Love* を参照。

参考文献

Akagawa, Yu.（赤川裕）『イギリス庭園散策』岩波書店、二〇〇四年。

Bacon, Francis. *The Essays, or Counsels, Civil and Moral*. ed. Samuel Harvey Reynolds. Oxford: Clarendon Press, 1890.

Bacon, Francis. 成田成寿訳『随想集』（福原麟太郎編『ベーコン』所収）中央公論社、一九七九年。

Baltrušaitis, Jurgis. 種村季弘・巌谷國士訳『アベラシオン―形態の伝説をめぐる四つのエッセー』国書刊行会、一九九一年。

Cowley, Abraham. *Essays, Plays and Sundry Verses*. ed. A. R. Waller. Cambridge: Cambridge University Press, 1906.

Cowley, Abraham. *Poems*. ed. A. R. Waller. Cambridge: Cambridge University Press, 1905.

Evelyn, John. *Elysium Britannicum, or The Royal Garden*. ed. John E. Ingram. Philadelphia: University of Pennsylvania Press, 2001.

Evelyn, John. *Kalendarium Hortense, or The Gard'ner's Almanac*. In *The Writings of John Evelyn*. ed. Guy de la Bédoyère. Woodbridge: The Boydell Press, 1995.

——. *The Life of Mrs. Godolphin*. London: William Pickering, 1847.

——. *Sylva, or a Discourse of Forest-trees, and the Propagation of Timber in His Majesties Dominion, & c.* In *The Writings of John Evelyn*. ed. Guy de la Bédoyère. Woodbridge: The Boydell Press, 1995.

Gardner, Helen. *The Metaphysical Poets*. 2nd ed. Oxford: Oxford University Press, 1967.

Harris, Frances. *Transformation of Love*. Oxford: Oxford University Press, 2002.

Jose, Nicholas. *Ideas of the Restoration in English Literature, 1660–71*. London: Macmillan, 1984.

Kawasaki, Toshihiko.（川崎寿彦）『庭のイングランド―風景の記号学と英国近代史』名古屋大学出版会、一九八三年。

――.『マーヴェルの庭』研究社、一九七四年。

――.『楽園と庭―イギリス市民社会の成立』中央公論社、一九八四年。

――.『楽園のイングランド―パラダイスのパラダイム』河出書房新社、一九九一年。

Lovejoy, Arthur O. *Essays in the History of Ideas.* Baltimore: Johns Hopkins Press, 1948.

Milton, John. 平井正穂訳『失楽園』岩波書店、一九八一年。

Nakayama, Osamu.（中山理）『イギリス庭園の文化史―夢の楽園と癒しの庭園』大修館書店、二〇〇三年。

Pincus, Steven. "John Evelyn: Revolutionary." In *John Evelyn and His Milieu.* ed. Francess Harris and Michael Hunter. London: The British Library, 2003.

Takahashi, Yasunari.（高橋康也）「ポウプと庭」『十八世紀イギリス研究―朱牟田夏雄教授還暦記念論文集』研究社、一九七一年。

Temple, William. *The Works of Sir William Temple.* Vol. III. New York: Greenwood Press, 1964.

Yokota, Katsumi.（横田克己）『フランスの庭―奇想のパラダイス』新潮社、二〇〇九年。

第一二章　英国における「ティー」と「女性」の関係

大野雅子

はじめに

ダンカン・キャンベルの[1]「ティーの歌」（"A Poem upon Tea," 1735）はティー[2]と女性を賛美する詩である。「ティー・テーブルにお揃いの淑女の皆様」に向けられる賛美、ティーの効用とティーを飲む女性たちの優美さとその上品な言葉使い、そしてティーによって結ばれた一組の男女の幸せ――この詩ではこのようなことが語られる。「黙って幕の背後に身を隠しましょう」と言う詩人はあたかもティー・テーブルに座る女性たちを少し離れたところから見つめてうっとりしているかのようだ。一体詩人はティーと女性を賛美することによってどのような読者に向かって何を伝えようとしているのだろうか。また、登場する女性たちやカップルは一七世紀後半から一八世紀前半にかけてのティーの主な消費者であった貴族階級または地主階級《ジェントリー》に属するのか、またはそれよりも下の階級に属するのか。書かれた状況や作者に関する伝記的事実が一切知られていないこの詩は、背後に隠されているかもしれない詩人の意図を想像することがきわめて困難である。詩に先立つ梗概部分で述べられるように、ティーと女性を賛美することがこの詩の目的なのか。そうだとしたら何のためにティーと女性を賛美するのか。それとも、その賞賛の裏には曲折するメッセージが存在するのか。詩の中ではまるで劇のように場面が展開してゆく。それぞれの場面に現れる人物たちの会話と解説をほどこすために時折姿を見せる詩人の言葉を検討することによって、ティーが一七世紀後半から一八世紀前半のイギリス社会において担っていた文化的象徴性を解明することがこの論考の目的である。ティーはひとつの記号としての意味を帯びてイギリスの歴史を浮遊し、のちのヴィクトリア朝時代においては「イギリス人としてのアイデンティティーを形成するアイコンとしての役割」(Fromer : 3) をもつに至る。「女性的」で「家庭的」でしかも「上品な」飲み物としてのティーという連想が一八世紀イギリスにおいてなぜなされたのか、その歴史的偶然がいかにして発生したのかを解明することもこの論考が目指すことである。ティーがこのような象徴性をもつ「物質文化」となった過程には、他のヨーロッパ諸国に先駆けて市場経済を発達させたイギリス的状況が深く関係する。富裕な商人たちはティーという「物質文化」を仲介としてジェントルマンの仲間入りを果たそうとした。「消費」が上流階級のアイデンティティーを形成するための契機となったのである。このような歴史的背景を考察することによって初めて「ティーの歌」の意味が明らかになるであろう。ティー・テーブルの女性を賛美することは同時に、ティー・テーブルでだらだらとおしゃべりにうつつを抜かし上品ぶって高価な茶葉や茶器を買いたがる女性に対する批判でもあった。女性賛美と女性蔑視——どちらがこの詩の主なテーマなのだろうか。

では、この詩を日本語に訳すことから始めよう（散文として訳す）。

第一節　「ティーの歌」

ティーの歌

この詩においてはこの飲み物の古風《いにしえぶり》、効能、影響が記されるとともに、女性という「しらふ」の性の知恵が賛美される。自らの慰みのためにこのように穏やかな飲み物を選んだのだから。また、人を酔わせるあらゆる飲み物と酒神《バッカス》に仕える者たちが使う下品な言葉に女性たちが反対する理由が明かされる。さらに、ティーに対する反対論に対して返答がなされ、女性の不満は取り除かれる。また、恋愛を進行させる最善の方法が、ディックがエイミーに対して為したような誠実な求愛の物語とともに紹介される。

淑女の皆様に捧ぐ

淑女の皆様方、あなた方にこの歌を捧げます。賞賛も感謝もあなた方に捧げます。この陰鬱な世界に初めて姿を現したとき、悲嘆に暮れた私の泣き声に親切にも耳を傾けてくれたのはあなた方でした。周りを見渡しても知っている人がひとりもいなかったのですから。真っ裸で助けもなく、地面を這いずり回っていたのです。そんな私を美しい女性たちがかわいそうに思ってくれて、頬を伝う涙を拭ってくれました。「さあおいで、弱々しい新入りさん。光の世界へようこそ。見るものすべてが驚きでしょう」。私はもう一度目をやりました。一生懸命見ました。その美しい存在を。彼女たちは私を抱き上げ、微笑んでくれました。そして、私の頭に祝福のお祈りを捧げてくれ、私の裸を服で覆ってくれ、必要なものを与えてくれました。美しい人たちのこのような予期せぬ親切によって絶望しかけていた私は救われたのです。女性というものは今まで見たこともない喜ばしい眺めでした。見れば見るほど驚きでした。女性たちから私たちはレトリックとウイットの基本を学ぶのだということを決して忘れてはなりません。

私の詩神よ、女性たちから受けた恩義に感謝しているなら、今その恩返しをするときが来たのだ。女性たちの名誉のために調べを奏でよ。私たちが賞賛すべきあの天使のような女性たちを軽蔑する輩の鼻柱を折ってやれ。

淑女の皆様方、私のこのくだらない詩のために時間をとらせてしまってあなた方からティーの楽しみを奪ってしまうのは私の本意ではありません。そのお楽しみはこの詩なんかよりずっと重要なのですから。この詩は真実女性の楽しみのために企図されたのです。もし皮肉に聞こえるようなことがあったとしてもそれは美しいあなた方に向けられたものではありません。愛や賞賛を受けるに値しない少数の人たちに向けられているのです。そのような人たちは男であれ、女であれ、どちらかがどちらかに変装しているのであれ、美しく賢い女性たちに笑われるでしょう。美と善とを兼ね備えた女性にしみがひとつあるとか髪が一筋乱れているとかそんな理由でその女性を誰が軽蔑するでしょうか。気分を不愉快にするような少数の人たちのために女性全体を軽蔑するのは馬鹿げています。ティー・テーブルにお揃いの淑女の皆様にこの賞賛がとどきますように。寛大なるすべての男たちが皆様の楽しみに賛同しますように。

（D・キャンベル）

男性読者のための序文

紳士貴顕の皆様、その舌を女性たちを賛美することに使いたまえ。そしてその耳を喜ばせたまえ。女性の愛が少しとティーがなければ何と面白みのない世の中だろう。「しらふ」で美徳に満ちた女性方が男性方に大いに気に入られんことを。そして彼女たちにふさわしい甘美な賞賛が男たちの口から炎のように燃え上がらんことを。紳士の皆様、女性というものは精巧な型で出来ていると昔から言われているではないか。磁器が土器よりも優れているのと同様、女性は男性よりも優れているということは明らかなのだ。女性のウイットも美も洗練の極み。昔は男たちに向けていとも輝かしい光を放っていたものだ。そして今日、女性を風に喩える男は盲目だと言わざるをえない。女性が月のように気まぐれだと言う奴は無知で馬鹿だ。そのような男は私ほどお天道様の影響力に詳しくないのだ。そのような男は美しい女性の魅力を知らないのだ。そんな奴は女性から微笑みを頂戴することに絶望したほうがいい！　野卑で口の悪い輩には口を慎むと同時にその厚かましい顔を人前にさらさないように忠告することにしよう。今やあらゆる哲学者たちが賛同している。女性はミルク入りティーを飲むべきだということに。それは女性の体にぴったりな飲み物なのだ。その毒されていない舌が喜ぶのだ。それゆえに女性が選んだこの飲み物は推奨されるべきなのだ。女性の言動は誠実そのものだ。「しらふ」の女性を愛さない男は非情というレッテルを貼られるがいい！　そんな男は浪費家で酔っ払いの妻と一生を共にする宿命を背負うがいい！　それゆえ、紳士の皆様、私は助言する。ティーと女性を賞賛することを。

女性読者のための序文

美しい女性の皆様、私はあなた方の報酬を受けるに値するものを尊重いたします。あなた方が賛同し微笑んでくださるなら私の苦労も十分報われるというものです。私はあなた方のお考えやその慎み深い習慣やあなた方が規則とするものを常に擁護いたします。あなた方の敵を辱め苦しめるためならいつでもこの剣とペンを抜く覚悟ができております。帽子を手に取り常にお側に。命令があればすぐさま飛んで行きましょう。

（D・C）

〈このあとには"TIME'S Telescope-Universal and Perpetual, Fitted for all Countries and Capacities"という恐らく広告と思われる部分があるが省略〉。

この本は表題頁に載せてある場所すべてで入手可能である。牛革装は三シリング、羊革装は二シリング六ペンス。

ティーの歌

ティーが私の歌の輝くテーマだ。さあ、美しい女性たちよ、私の歌を聞きに来るがいい。私はあなた方が大変愛する飲み物を弁護し、その効用を世の中に向けて推奨するのだから。果実や大麦や葡萄よりも先にティーはその独自の形に成長する。それを証明するのはたやすい。皆さんご存知のように、葉は果実よりも早く成長するからだ。このようにしてティーはその親の腕に抱かれ大きくなり、葡萄やりんごがその魅力を全開するのに先んじて魅力的な姿を見せてくれる。ティーは美しく賢い女性のための飲み物だ。それは私たちを少しもたぶらかすことなく喜びを与えてくれる。一方ワインは感覚を麻痺させだめにする。甘く無邪気なティーは人を不愉快な気分にしない。ティーを飲めば血は血管の中で喜び走り回り、感覚は研ぎ澄まされ、脳は活発になる。胃はムカムカし、瞼は重たい、そんなとき回りに充満する不快な湿気を取り払ってくれるのがティーだ。心の病を防ぎ直してくれるのもティーだ。ティーを愛する人々はお互いに対して優しい。にっこりとしながら、かわいらしいミツバチのようにティーをすすり、結婚、出産、家柄、恋人、夫のことなどを話題にする。見れば見るほどうちの子供たちはパパそっくりね、などと言ったりもする。お見合いの話も彼女たちの舌を忙しくする。彼女たちの話は無邪気だし彼女たちが歌う歌はすばらしい。心を奪われる光景だ！　彼女たちがティー・カップを囲んでいるのを見るのは目に心地よい。彼女たちの立ち居振る舞いには美しく貞節な月の女神《ダイアナ》とその侍女たちが絶えず付き従っているかのようだ。

彼女たちの話はまるで音楽のように耳に心地よい。彼女たちのかわいらしい話を聞けば我々の悩みも吹っ飛ぶ。彼女たちの顔に怒り皺が現れることはない。その顔は穏やかでその眼差しは澄んでいる。望む以上に飲まされることもないし、訪問者をぐったりさせるような乾杯が強要されることもない。彼女たちはお互いの健康を祝して乾杯の杯を重ねることはない。それに、彼女たちは道に外れた恋愛や富を望むこともない。酒神《バッカス》の息子たちが使う下品な言葉を淑女たちは賢くも徹底的に拒否するのだ。

なぜって？　それはしばしば宴会を台無しにし、最も勇敢な男ですら旋回病(3)に罹った獣のようにぐるぐる回り始めるからだ。獣特有の病気である旋回病は頭にアルコールが充満してめまいを起こすことから始まるのだ。獣にとっても人間にとってもそれはたちの悪い病気だ。見ている人たちはただ笑って見つめるしかない。さて、今から美しき淑女たちの平和な言葉に耳を傾けてみようではないか。その優しい言葉のやり取りは決して人を罠にかけようとする類のものではない。彼女たちは度を過ぎて勧めることはないから、食欲のない人も安心だ。さてホーム夫人はテーブルにお座りになり、視線をぐるりと一回りさせ客ひとりひとりに「ようこそ」と微笑みを投げかける。「奥様、ボヘアティー、グリーンティー(4)、どちらがお好みでしょう」。夫人たちは澄ました様子で答える。「奥様、どちらでも奥様がお好きなほうで結構ですわ。両方でも、一方でも。それとも奥様がお好きならボヘアとグリーンのブレンドでも」。くるくる巻いた葉は葡萄畑よりもはるかに平和な飲み物をすみやかにつくり出す。きらきら輝く液体は舌をとりこにする。何千もの美しく貞節な女性たちをとりこにするのだ！　でもこんなことを言っても、味覚音痴であるがゆえにティーの影響力に無縁な人たちには矛盾したことのように聞こえるかもしれない。彼らは血を湧き立たせる火のようなアルコール以外はどんなすばらしい飲み物も受けつけないのだ。美しい天使のような女性たちはその効能をよくご存知である。そこからは毎日平和や愛や友情が生まれ出る。テーブルに二〇人の男女が自由に腰掛けたとき、上手に淹れたティーがあればすべての人の舌を満足させ、お酒なしの宴会の最大のごちそうになる。ティー以上にすばらしい飲み物が他にあるだろうか！　あるなら教えてくれ！　これほどまでに魅力的で効能に満ち、しかも値段が安い！　我々はたやすくブランデーやワインやビールにだまされてしまう。病みつきになるアルコール、酔っ払いのトムにはたまらないアルコール。ティーはいつもおいしい。ティーを飲む人の目を見ればよくわかる。気をつけて見てごらん。みんな愉快で、優しい表情をして、しかめ面も憂いもない。

淑女の皆様、私のこの長い脱線をお許しください。時々今日の流行に言及するものですから。もう私は黙って幕の背後に身を隠しましょう。でもあなた方のお話が聞こえるところに私はいます。私は美しく賢い女性たちが奏でるハーモニーにうっとりとしながら、目に愉快なお姿を拝見しながら、そこで待つことにいたしましょう。あなた方がお話になるとき私はいつでもこの無粋な歌を中断し、あなた方の舌が奏でる音楽に耳を傾けましょう。

女主人　奥様、ティーはお口に合いまして？

訪問客　今までいただいた中で一番上等ですわ！　他のティーとはくらべものにならない味わいがあります。本当に一番上等なボヘアティーですわ。家にあるティーも今まではおいしくいただいておりましたけど、もう乞食にあげようかと思います。うちの女中の「贅沢好み」とコックの「味音痴」が台所の隅の煙突のそばで飲むでしょう。私の飲み残しを飲んでいるのを何度も見つけました。

女主人　かわいそうな子どもたち！　彼女たちも好きなんですわ。

訪問客　そうなんです。彼女たちは酔っ払わないので、お互いにとても親切で優しいのです。ティーを飲んでいるときは決して喧嘩しません。ティーはウイットを学べる学校なのですわ。お酒を飲まない女性は女性の鑑です。酒飲みの浮気女は女性の面汚しですわ。そういう女ときたら聞くに堪えない言葉を口にしますから。貞淑な女性たちの髪を逆立てるような言葉ですのよ！　だから男にとっても女にとってもティーが一番です。ねえ、奥様、どう思われます？

女主人　もちろん、ジンよりもずっといいですわ。ジンを飲むと臭くなりますし、家庭不和の原因にもなります。

訪問客　ティーは白ワインよりもいいですわ。ワインを飲むと酔っ払いますし。ティーを飲めば頭が良くなる上楽しい気分にもなりますから。

女主人　奥様には本当に「ティー博士」の称号をさしあげたいくらいです。奥様にうちのティーを気に入っていただけてとてもうれしいです。うちの出入りの商人が言っておりました、これはとても上等だと。ティーの木の中でも一番良い木から採った葉だそうです。奥様、この美しい色をご覧あそばせ。

訪問客　もちろん、商人というものは商品をほめすぎることもありますわ。でもティーの価値はどんなに雄弁な人でも十分に褒めたたえることができないくらいです。どこでお買い求めになられたかお聞きしてもよろしいかしら?

女主人　ハイソン・ペコですのよ。

訪問客　ハイソン・ペコ?　外国人の名前のようですわね。

女主人　そうですわ。名声をとどろかせています。どの種類のティーでも一番上等なものを売っていますのよ。

訪問客　そこではコーヒーも売っているのかしら?

女主人　コーヒーですって?　そんなもの売っていませんわ。私はコーヒーは大嫌い。私にはティーをくださいな。コーヒーってあのラピー(5)という嗅ぎタバコそっくりだと思います。もちろん、飲むとすっきりするので私も反対はしません。でもコーヒー豆ってイギリス豆みたいですわね。穀物と混ぜて豚や馬にくれてやる餌ですわ。昔の話にもあるじゃないですか、気分がすぐれないときにヴィーナスが処方したのはティーだと。顔の表情をすっきりさせてくれますし、花の盛りの娘たちの顔も曇らせるような憂鬱な気分がやってきたときにそれを取り払ってくれるのですわ。夏のある日、機知に富んだ人も陽気な人も突然襲われるあの例の憂鬱な気分を。
訪問客　ええ、まったく奥様のおっしゃる通りですわ。太陽も露を含んでいるときに一番輝いて見えますもの。愉快な気分もティーをいただくまでは体の中に潜んでいてめったに外に現れることがありませんもの。ティーが愉快な気分をもとの場所に戻してくれるのです。そうすると微笑みが生じるのです。船にティーという積荷を載せて大海を股に掛ける人々は何と勇敢なのでしょう。愉快な積荷をブリテン島まで運んでくれる風は何と親切なのでしょう。

淑女たちはこんな風に自由に陽気におしゃべりをする。ティーによって呼び起こされた的確な言葉を使いその技巧を知らない舌で散文・韻文・歌・詩・スピーチを奏でるとき、聞いているものは甘美な驚きで感動せずにはいられない！　その賞賛は絶頂に達する。彼女たちはかびくさい虫食いだらけのレトリックの規則など信用しない。そんな古臭い文法の道具は軽蔑する。それでも彼女たちの舌には雄弁が宿るのだ。レトリックは滑らかに力強く流れ出る。気取らず、自然に、自由に。ティー好きな女性たちはお上品。彼女たちのゆったりとした風情は美しい。その言葉とスピーチは微笑みによって彩られる。

給仕の少年は幸福に満ち、陶然として立ちすくむのだ！　そして喜びとともに幸福なティー・カップを手渡す。もしその少年が聞く耳しかもっていなかったとしても、彼は美しい女性たちの言葉を聞いて上品な大人に成長するだろう。幸運なるティーよ！　クラブや劇や大学や戦争よりもずっと教育的なティーよ！　そこには愚鈍や邪悪や悪徳が溢れている！　ここには美徳と慎み深さとウイットがある。ティーは手足や舌の凍える血管を溶かしてくれ、弱々しい人を雄弁でたくましい人間にするのだ。ここでは年老いた女性は若さを取り戻し、可愛い少女は真実を語ることを学ぶ。

美しい人に仕える者は幸せなるかな。その表情がその職務のすばらしさを物語るのだ。その表情は穏やかで顔は偽りに満ちてはいない。酔っ払った者特有の下品さとは無縁で独特の優雅さがある。一方、ワインを飲む者は叫び、大股で歩き、人を睨みつける！　そして酒場の給仕を階段から真っ逆さまに突き落としながら言うのだ、「このワインに何か混ぜやがったな！　すぐに一番いいやつをもって来い！」給仕は階段を震えながら転げ落ちる！　死神がすぐ後ろまで追ってきて彼を捕らえようとしているかのようだ！「ご主人様！」と（店の経営者に）小僧は恐怖に震えながら叫ぶのだ！「へべれけ様は気が狂ってしまわれました！ワインが古くてかび臭いそうです。新しいのを持って行ってあげてください。お腹がふくれれば何も聞こえなくて何も見えなくて何も言えなくなると思います！　私は勘定書きで復讐してやります。あの飲んだくれに好きなだけつけてやります。」

でもティーはこんな嵐は呼び起こさない。あらゆる点において本当に愛嬌がある。我々の感覚を座礁させないし、地面がぐるぐる回っているような錯覚を起こさせないし、我々の高貴な能力を混乱させることもない。ベッドに生気なく横たわっている病人たちよ、やかんを用意させるがいい。体を起こせ。この類稀なる神酒《ネクター》を少し啜るがいい。健康もウイットも回復すること間違いなし。

一方ぶどうを圧縮して作るジュースは我々から否応無く感覚を奪う。それは賢い男から有無を言わさず知性を奪いとり、真の哲学を忘れさせる。人の上に立つ王侯さえも獣同然になってしまう！　そして理性も感覚も荒廃させるのだ！　乞食も自分が偉大で金持ちだと思いこみ、あげくの果てはどぶに落ちることになるのだ！　どぶの中で乞食は真の自分とは何かを考え、自分を見誤っていたことに気がつく。目は開き、自分がぼろをまとっているのを見る。袋の中には金の代わりにオートミールを発見する。そして身を過たせた飲み物を呪う！　そしてカエサルから乞食へと退行する。

ティーは決して偽りの偉大さを心に染み込ませることはない。また本来の姿より貶めることもない。でもウイットや陽気の泉の水がなくなりかけたとき、ティーは泉をすばやく溢れさせてくれる。澱んだウイットの泉が流れるようにしてくれる。他方、ワインとブランデーはウイットを枯渇させる。ティーは女性のきれいな手で準備され、ポットに入って女性のそばで淹れられるのを待つ。そこから透き通るようなカップに注がれ、苦いホップの代わりに砂糖で味付けがなされる。酒とは無縁の女性たちの知恵は偉大なるかな。いたずらをしかけない飲み物を選ぶとは。ティーは理性を少しも曇らせない。それは心を暖めるし、消化も促進する。

その価値にふさわしい賞賛をこれ以上言う必要はないであろう。その特質は最も高貴な詩句ですら描ききれないほどの輝きを放っているのだから。

紅顔のディックとかわいい唇のエイミーの会話を通じて、

ティーに対する反対意見に返答がなされる

ディック　赤ワインか白ワインで割ったボヘアティーやグリーンティーはおいしい。これは否定できない。

我々を愉快で陽気にしてくれる。熱くてまずいティーの面白味のない味を取り去ってくれる。ティーは女性にとっては蜂にとっての蜜同様ごちそうなのだ。

エイミー　蜂にとっての蜜ですって？　そこの図々しい男、何でも好きなことを言ったり思ったりやったりすればいいわ。ティーは永遠に流行し続けるわ。ベス、なみなみと注いでおやり。かわいそうにディックは舌が麻痺したのよ。何がおいしいのかわからなくなってしまったの。半分焼けただれた舌は燃えるように強いぴりぴりするようなお酒でだめになってしまったのだわ。

ディック　お茶好きマダム、口を慎め。黙ったほうがいいですよ。僕が味覚を失くしたって？　何をしたいのだ？　内乱か？　口喧嘩か？　ティーをどうやって弁護しようというのだ？　決着をつけようではないか。せいぜい水に何か混ぜたような飲み物のくせに。

エイミー　あなたの味覚はにせものね。でも味覚をとりもどす気があるなら舌を一日二回洗いなさい。一杯か二杯のおいしいティーでね。そうすればアルコール以外のおいしい飲み物をおいしいと思えるようになるわ。ビールの代わりにティーを飲みなさい。そうすれば澱んだ血液も流れて、鼻の赤みも消えてなくなるわ。

ディック　君の舌が先生もいないのに縦横無尽に回転するのには感心するよ。分不相応なプライドで酒を罵るのはどうしてだい？　僕は欠け始めている月みたいに青白くて、カブみたいに白い顔には絶対なりたくないね。僕が好きなのは少し赤ら顔の優雅だ。わが頭には勇気だ。

エイミー　勇気っておっしゃいまして？　それはお酒から立ち上る蒸気と湿気のことでしょ！　ワインが内に入るとウイットが外に出る。あなたは自分では強いつもりでも世界で一番弱い男になる。くるくる回る駒みたいによろよろおぼつかない足元。そのすてきな鬘《ウイッグ》も台無し。あなたの勇気とやらはすぐにしぼんでしまう。酒に溺れているあなたのおつむは旋回病。あなたの赤ら顔には優雅のかけらもない。ワインとビールのせいよ。あなたが死ぬほど好きな飲み物のせいよ。ティーからはウイットと陽気さが立ち上る。真の勇気と愛と女性に対する優しさが。

ディック　君は町での僕の評判を台無しにするのか。結婚を目論んでいるというのに。僕は悲しみを忘れさせ心を陽気にしてくれる飲み物を飲みたいのだ。ボヘアとかグリーンとかを腹が破裂するまで飲んでも赤ワインや白ワインのように悲しみを取り払ってはくれない。

というのはティーはせいぜい味覚をだますだけだからだ。普通の水よりたちが悪い。水のために金を無駄遣いすることもない。水は舌に媚びることもない。ティーは飲んでしまえばもう何の安楽も得られない。ワインを飲めば重苦しい心も軽くなる。だから賢い人たちはワインを好むのだ。

エイミー　お黙りなさい！　外人か野卑な森の番人みたいな話し方はおやめなさい。何が良いのかちっともわかっていないみたいね。ティーは最も卑しい家柄の人をさえ洗練させるのよ。でもワインは最も良い家柄の人もだめにして、お金も休息も奪ってしまう。だから、ディック、改心しなさい。そして女性とティーを愛する男になりなさい。

ディック　僕はいまだかつて貞淑で美徳に満ちた女性を軽蔑したことがない。そのような女性は常に大切にされるべきだ。そのような女性を嫌う男は人間ではない。しかし、ティーを飲みながら噂話に花を咲かせ、貴重な日を浪費するのは良くない。そのすけすけのドレス越し(6)に見えるものは口にするのもはばかれる。

彼女たちは仕事もせず家から家へと訪問を繰り返す。そこにいない姉妹たちの悪口を言い、その欠点をあげつらう。田舎から都会にやって来た娘たちはティーのために身を持ち崩す。ティーに汗水流して稼いだ給金のすべてをつぎ込んでしまうのだ。

エイミー　そのような女性たちは間違っているわ。私は違う。私は一ダースの着替えをもっているし、ガウンとペチコートもたくさんもっているわ。それに、貯えも少しあるわ。蜂が蜜《ハニー》を貯めこむようにして貯めたのよ。万が一のときのために貯めたのよ。年をとって髪が白くなったときに使おうと思って貯めたのよ。

ディック　倹約な君の倹約な言葉を愛情と賞賛の念をもって聞き惚れているよ！　君を妻にすれば甲斐性なしの夫も金持ちになるだろう。僕もそんな恩恵に浴することができたら！　君の貯金目当てではない。君自身を愛しているのだ。僕の愛しいハニー。僕は少しばかりの財産に頓着しているわけではないし、心が金のことでいっぱいなわけでもない。

　君のように賢明な女性を妻にできたらティーを惜しむようなことはしないだろう。僕は妻を自分の命以上に愛するだろう。妻も僕を愛してくれるのなら。美徳に満ちた女性は神からの贈り物だ。人生を彩る貴重な宝だ。その愛、その絶えることのない愛、そしてその倹約ぶりによって夫の喜びはいや増す。

エイミー　お止めなさい、泥棒みたいね！　私の心を盗もうというのね。今まで一度もキューピッドの矢に射られたことがないというのに。愛なんて悪巧みの隠れ蓑。私は愛の影響力なんてものともしないわ。私はティーを時折飲むことを楽しみにしているの。友達がいて暇があるときに。男たちは酒場やクラブやコーヒー・ハウスに行くではないですか。私たち女性も男たち同様に陽気な気分になるために何か飲んでもいいはずだわ。時間とお金が許すときおいしいティーを飲めばウイットの回転もよくなるわ。ティーは友達付き合いを円滑にしてくれるし、ふんだんに平和と安楽を呼び込んでくれる。編み物もまだできない小さな女の子もティー・テーブルにつけば微笑んでおしゃべりできるようになるのよ。

ディック　僕は一心に耳を傾け、君の言葉は僕の耳の鼓膜を優しくなでてくれる。君の甘い言葉で僕は悩みを忘れる。こんなふうに昼も夜も喜びとともに君の言葉を聞くことができるだろう。君の歌う歌は賢明で陽気だ。君のような人が僕の宝物になってくれたら。

僕はワインもビールも強いブランデーもパンチもエールも断つことができるだろう。愛しい君と一緒にティーを飲もう。色白で青白くなるまで。君のように感情を抑制できる人と僕は一緒に住みたいと思う。君は僕の申し出に対して手を引っ込めることもできるし、手を差し出すこともできる。荷車に乗る人生か馬車に乗る人生か、一世一代の選択だ。

エイミー　あなたの言葉はまるでかわいらしいソネットのようね。女心をくすぐるのがお上手ですこと。言っていることと思っていることがかみ合わないくせに。でも男ってそういうものね。女性はそれをいつも愚痴るのです。男も女のように誠実で真実だったら地球は何と平和でしょう！　男たちの舌から生み出される言葉は彼らの心が真に意図するものを私たちに告げるようになるでしょう。そうすれば私たちも愛を告白し、わざとしかめ面をつくることはしないでしょう。もって生まれた魅力を存分に発揮し、両思いの花が咲くでしょう。

悲しいかな！　女性は厳しい試練にさらされているのです。男は女が一九回断ることを期待する。男たちが言うにはそれは持参金半分にも値するそうね。私たちがほんのちょっと微笑んだだけで男は歌い出す。何と過酷な運命なのでしょう！　女はこんなふうにして目は微笑みながら受け入れているものを拒否しなければならないの。積極的で大胆だと思われてしまう、すぐさま真実の心を明らかにすれば。私たちはこちらから望んでもいけないし、率直に返事をしてもいけない。どうやって、いつ、どうしたらいいのか、教えて。

ディック　男に対する君の不平不満はまったくその通り。女が逃げれば男は追う。もし女性が真実を――移り気な若者への情熱を――告白してしまえば、その男は他の女性の腕の中へ逃げてゆくだろう。そんな男は女性の魅力に耳も傾けないし目をやろうともしない。こんなふうにして女性は真実を言ったがためにないがしろにされるのだ。心が思う通りのことを口が言ったがために。

美しい女性に対する男の仕打ちに関して僕は本当のことを言おう。女性を残酷にも騙す馬鹿者たちがいるということを言わなければならない。彼らは人間の皮を被ってはいるけれど、本当は二本足の猿なのだ。そういう男と本当の男を見分けなければならない。そのやり方を僕が教えてあげよう。

彼らは女々しい事を口にし、ぺこぺこへつらい、右足を後ろに引いて馬鹿丁寧なお辞儀をする。彼らは君の外見とか表面的な事柄のゆえに君のことを好きだと言う。そんなものは風が吹けば飛んでしまうもの。あるいは天然痘とか熱病のようなもの。そんなもので彼らはすぐに美しい女性から離れて行く。彼らは内面の美しさには実際見向きもしないし、一生そうだろう。

女性の貞淑さを彼らは決してほめない。その邪悪な目的を達することができないといけないから。彼らは楽しみや愛や喜びについて語る。そして君の宝物を探ろうとする。それを見つけたら飛び去り、女性は嘆き悲しむことになる。だから彼らが忙《せわ》しなく動かす手を寄せ付けないようにしなさい。彼と君が結婚という絆でひとつになるまでは。

男はもっと高貴な目的を心に抱いているもの。男が追い求めるものは真実の愛と名誉。男はその舌が語ることが本当であるということを実証する覚悟がいつでもできている。もし男が君にいつ結婚しようか聞いてきたら、断るなんてことはどんな場合でもしないでくれ。もしその男を好きなら、命がけで好きなら、すぐに妻となることに同意してくれ。もしその気がないなら、そう言えばいいのだ。彼は大人しくあなたのもとから去るだろう。高貴な男というものは愛していないと言う女にまとわりつくような真似はしない。こんな風にして美徳に満ちた花の盛りの女の子たちは真の男と価値のない馬鹿者を見分けるのだ。愛しいエイミーよ、もし僕を愛しているならそう言ってくれ。かわいい小鳩のようなエイミーよ。僕の君への愛は堅固で強い。僕の心はこんなふうに僕の舌に命令するのだ。

だから僕の頭の中を解剖したらこの舌が生み出す言葉とまったく同じだということが一目瞭然だ。返事をしてくれ。僕の心と手を受け入れてくれ。

エイミー　あなたって男らしい方だわ。人を騙そうとしているとは思えませんわ。返事を曖昧なままにしておく理由がどこにありましょう。真実をきっぱりと申し上げましょう。私はあなたの心を受け入れます。あなたの手に私の手を重ねます。あなたが望むものを差し上げます。あなたにこの私自身とその他すべてを。私はあなたと壁の間に身を横たえて眠ることにしましょう(7)。

ディック　エイミー！　かわいらしいエイミー！　さあこっちに来て、唇を合わせよう。キスを交わそう。僕たちの将来の至福の手付金代わりに。君をこの腕に抱こう。そしてその魅力をすべてこの腕の中に囲い込むのだ！　僕たちが出会えたのもティーのおかげ。こんなふうにして両思いの気持ちを告白し合えるのも。彼らはこのようにして心と手を重ね合わせた(8)。そして聖なる結婚の絆を結んだ。両思いのふたりがつなぎ合せる喜ばしい鎖よ。彼らはキジバトのように仲の良い夫婦になった。女も男も子供も常に誠実で謙虚で温和であらんことを。求愛においてはあらゆる人が正直で愛と真実と貞淑を保たんことを。

〈このあとの「ディックとエイミーの愛、または新しい歌」および「ティー・テーブルの歌」は省略〉。

第二節　ティーと女性の関係、コーヒーと男性の関係

1　ティーと家庭

詩人は「ティーの歌」を女性に捧げる。ティーとは美しく賢い女性の飲み物だと言う。この詩の中でティーを啜りながら会話に花を咲かせるのは女性たちである。その上品な声が生み出すハーモニーに酔いしれるために詩人は「幕の背後」に隠れ、給仕の少年はその声を聞いて「陶然として立ちすくむ」。後半部分においてはディックとエイミーという一組のカップルが恋の成就に至る物語が描かれるが、最初のほうでディックは「ティーなんて水みたいなもので女性はそんなものを飲みながら時間とお金を無駄使いするのだ」とエイミーを攻撃する。しかしエイミーが「蜂が蜜を貯めこむようにして」お金を貯めたと言うと、ディックは「君のように賢明な女性を妻にできたらティーを惜しむようなことはしないだろう」と言う。結婚の約束をとりつけたディックは「エイミーと自分を巡り合わせてくれたのはティーのおかげだ」と感激する。

詩人はなぜティーと女性を結びつけるのだろうか。なぜ数々の非アルコール飲料の中で特にティーが女性の飲み物とされるのだろうか。この詩においては、ティー＝女性の飲み物、女性の飲み物＝ティーという強い結びつきが存在し、それは説明の必要のない事実として扱われ、それを前提として詩が書き進められる。ダンカン・キャンベルの「ティーの歌」に先立つこと三三年、一七〇二年にナウム・テイト(9)によって書かれた「ティーの歌」("A Poem upon Tea")においても、ティーは「植物の女王」と呼ばれ、ユーノー、ミネルヴァ、ヴィーナス、ダイアナなどの女神が我こそは茶の木の守護神であると競争を繰り広げる。さらに、J.B. Writing-masterという署名のもと原稿が残っている「ティーの讃歌」("In Praise of Tea : A Poem," 1736)は、「英国の女性たち

に捧ぐ」という副題をもち、その序は「淑女たちよ、私はこの詩をあなた方に捧げる」という言葉で始まる。

浅田實は『東インド会社―巨大商業資本の盛衰』において「茶は何と言っても婦人のものであった」と言う。それは、「初期のころのイギリスでの飲茶の風習」が「王女または女王といった高貴の婦人たちによってはじめられた」（浅田・一五二―三）からであると言う。茶をイギリスの伝統として定着させる原動力となった王室の女性たちとは、王政復古によって王位についたチャールズ二世の妃キャサリン、名誉革命でフランスに逃れたジェームズ二世の娘でオランダのウイリアム三世とともにイギリスの王統を継いだメアリ二世、さらにメアリの妹のアン女王であった。キャサリンが一六六二年にポルトガルから嫁いで来たときの「嫁入り道具」は、イギリスがこのあとアジアまた世界との貿易に船出するために必要不可欠な様々な権益であったが、それとともに彼女がイギリスにもたらしたものは茶葉であった。それを東洋の美しい磁器に淹れて飲むという習慣は、「宮廷でもてはやされるようになり、一般の人びとの茶への憧《あこが》れを強めた」（滝口・五八）という。(10) メアリもアンもやはり東洋趣味の持ち主であった。このようにして「飲茶がファッショナブルな飲み物として宮廷から上流階級のあいだに拡がった」（角山『茶の世界史』・四二）。

「ティー」とはその物質的価値を超えて「女性」さらには「上流」という価値を付与された文化的構築物となった。このことはキャンベルの「ティーの歌」が明らかに飲み物をジェンダー化していること、そこで繰り広げられる「女主人」と「訪問客」の会話が上品なまたは上品ぶった会話であること、彼女たちが女中と料理人を雇う余裕のある階級に属していること――これらに如実に表れている。しかし、ティーの象徴的価値が文化的に構築されるのはひとえに右記のような歴史的偶然によるのだろうか。なぜ歴史的偶然はキャサリンとメアリとアンをコーヒーの熱狂的ファンにしなかったのだろうか。

コーヒーやティーなどの非アルコール飲料は、朝からエール・ビール・林檎酒《サイダー》を飲んでいたイギリスの食卓の風景を一変させた。「ティーの歌」において、酒を飲むと「最も勇敢な男ですら旋回病に罹った獣のようにぐるぐる回り始める」と揶揄されるように、酒類の害は枚挙にいとまがない。[11] イギリスの朝食がエリザベス一世の時代には「牛肉（しり肉）を三切れ」とエール・ビール・林檎酒《サイダー》だったのが、一八世紀はじめには「ティーとバターつきのパン」（角山『茶の世界史』・四二）に変貌したのは当然の成り行きであった。しかし、朝食の食卓に置かれるための飲み物としてなぜコーヒーではなくティーが選ばれたのだろうか。

ティーは女性が家庭で飲むもの――このような意味がティーに付与されるようになった過程には、一七世紀後半以降のイギリス社会の変化が大きく関係していた。コーヒーとティーのジェンダー化には、「男性の領域」と「女性の領域」を分ける「別々の領域」（separate spheres）という考え方の萌芽が見られるのである。

一七世紀後半から一九世紀前半にかけての約二世紀にわたって、産業革命、階級社会の勃興と中産階級の形成、王室の絶対的権力の喪失と民衆の発言権の増大、識字率の増加などの社会的変化を背景にして、現代社会におけるような男性と女性の社会的役割区分の原型が徐々に形成されていった（Shoemaker : 6）。[12] 職業の場と家庭が別々になるにつれ、女性が職業に従事する機会は少なくなってゆき、「専業主婦」が増加する。のちに「中産階級」[13] と呼ばれることになる階級の女性たちにとっての「道徳的責任」は、家庭で家族のためだけに身を捧げることであると見なされる。その結果、家庭は女性の領域と考えられるようになる（Shoemaker : 6-7）。このような歴史的変化を、ローレンス・ストーンは家族史の観点から次のように論ずる。プロテスタントの影響が色濃くなるとともに、家庭と地域・血縁との関係が徐々に薄れて行き、代わりに情愛を軸とした結婚と個人のプライバシーが新しい関心事となってゆくのであると。ストーンはその時期を一六四〇年から一八〇〇年にかけてだとする（『家族・性・結婚の社会史―１５００年―１８００年のイギリス』、「第４部　閉鎖的家庭内的核家族の時代・一六四〇～一八〇〇年」）。一七世紀前半に数多く書かれた「カントリー・ハウス詩」[14] に描かれたような地域の領主の“hospitality”を軸とした大きな集団はもはや人々の帰属意識を喚起しなくなる。小さな集団としての「家庭」に人々の生活の中心が移り変わってゆくのである。そして女性が「家庭」の中心としての役割を担うようになる。「優しい母親」としての女性のイメージは、「ティーの歌」の「淑女の皆様に捧ぐ」において詩人が赤ん坊として初めてこの世に生まれ出て来た頃のことを思い出すまたは再構築する際の描写に表れている。「この陰鬱な世界に初めて姿を現したとき」、詩人の泣き声に「親切にも耳を傾けてくれた」のは女性であった。「真っ裸で助けもなく、地面を這いずり回っていた」詩人の涙を女性たちが「拭ってくれ」た。一八世紀は初めて子供の「躾」に関する記述が文献に表れる時代だという（Pollock：119-20）。母親は「躾」、父親は「経済的援助」というふうに母親と父親は別々の役割をもつ存在だと思われるようになった。そして多くの母親が起きているときはすべての時間を子供の世話のために捧げたそうだ（Pollock：120）。

女性＝私的空間＝家庭という同一化が行われる過程は、男性＝公共空間＝コーヒー・ハウスという同一化が行われる過程と同時期である。コーヒーがコーヒー・ハウスという「男性の領域」と結びついたことによって、二項対立的思考法からティーは家庭という「女性の領域」に所属する飲み物となった。「ティー」という言葉が「ティー」という飲み物を示すのみならず、家庭で食べられる「食事」のことも意味する言葉であることにもティーと家庭の密接な結びつきが表れている。シェイクスピアの頃には「昼食」であった「ディナー」は、一八世紀後半には午後三時から四時くらいの間になっていた。「ディナー」の後、カード遊び・散歩・会話・音楽・ダンス・読書などで時間を過ごしたあと八時頃に飲む「ティー」――それは必ずしも「ティー」であったわけではなく、様々な飲み物とお茶菓子で構成された「間食」であった（ブラック・一二二）。ロンドンの上流階級は、「ディナー」の時間が夜遅かったため、午後または夕方にサンドイッチなどの軽い食事すなわち「アフタヌーン・ティー」（低いテーブルを使うことから“low　tea”とも言う）を「食べた」。他方、労働者階級はお昼に「ディナー」を食べ、帰宅後はハムやチーズとパンなどの残り物で軽い夕食を済ませた。これは"low tea"に対して"high tea"と呼ばれる。

一八世紀イギリスにおいてティーは「人間にとって根本的な人間関係である「家族」を寿ぐ食事」であった(Smith：173)。「家庭的女性性」(domestic femininity)が「理性的男性性」(rational masculinity)(Smith：139–87)と対照されることによって女性と家庭との結合は強まり、さらに女性とティー、家庭とティーとの結合も強まっていったのだ。

2　コーヒー・ハウスの男性性

コーヒーを飲む習慣は一四世紀初頭にアラビア半島南部に出現したという(Ellis, *The Coffee-House*：14)。イギリスにおいては、東部地中海("Levant"と呼ばれた)貿易に従事する商人ダニエル・エドワーズが、ギリシアから連れ帰ったパスカ・ロゼという召使に一六五二年から一六五四年の間に最初のコーヒー・ハウスをロンドンに開店させた(Ellis, *The Coffee-House*：29–31)。コーヒーはその色が黒いことから、最初の頃は「地獄の火で煎じた飲み物」とか「悪魔の調合物」などと描写された("A Cup of Coffee: or, Coffee in its Colours")。しかし、「飲んでも酔っ払わない」("A Character of Coffee and Coffee-Houses")または「説教と祈禱の間中ずっと目を大きく見開いていることができる」ほどの「興奮剤」("The Character of a Coffee-House")であると謳われたコーヒーを出すコーヒー・ハウスは、居酒屋《タヴァーン》やパリのカフェとは違って、「しらふ」の店であることがその特徴であった。コーヒー・ハウスで供されるものは、コーヒーの他にチョコレート、紅茶、「レモン、バラ、スミレの香りのトルコ風シャーベット」(角山、村岡、川北・一〇二)などであったという。パスカ・ロゼの店は一六六六年のロンドン大火で焼失してしまうが(Ellis, *The Coffee-House*：40)、「しらふ」の店であるコーヒー・ハウスは「理性的男性性」を存分に発揮する場所として一七世紀後半から一八世紀前半にかけてのイギリスでひとつの文化を形成することになる。

一六四九年のチャールズ一世の処刑以降、イギリスの政治的状況は常に変動の中にあった。一六五八年にクロムウェルが死んでからは闇の中を右往左往するように人々の心は共和制と王政復古の間で定まることなく揺れていた。新聞、雑誌、風刺詩、日記など様々な形態の印刷物が出版される中、そのような印刷物を容易に手にすることができ、また、他の人々と政治的議論や情報交換や気軽な会話を行うことのできる場所としてのコーヒー・ハウスの重要性は高まっていった。特に、『オセアナ共和国』（*The Commonwealth of Oceana*, 1656）という理想共和国を描いた政治小説を出版したジェームズ・ハリントンにとってコーヒー・ハウスは格別な意味をもっていた。一六五九年に創設した「ロータ・クラブ」（Rota Club）という政治結社の集合場所として彼が選んだのは、同じく一六五九年に開店した「トルコ人の頭亭」（The Turk's Head Coffee-House）であった。ロータ・クラブは一六六〇年の王政復古とともに「煽動的」だと通告され、解散命令が出された。しかし、ロータ・クラブとトルコ人の頭亭がイギリス社会に与えた影響は消えることなく、コーヒー・ハウスという場所・制度に深い刻印を残すこととなった。これ以降コーヒー・ハウスは「革命思想」・「共和主義」・「野党」の温床というイメージで捉えられるようになったのである（Ellis, *The Coffee-House* : 54-5）。

「理性的男性性」とは、「知性によって客観的に現実に対処し、特定の目的のために他と交わる能力」（時に「暴力的で自己中心的になる嫌いもある」）（Smith : 139）を表す。特定の時代的環境の中で発生したコーヒー・ハウスという場所・制度は、「理性的男性性」というエートスを育む場所を提供したことによって、理性的かつ男性的な場所として自らの特質を定義づけることになった。同時に、「男性的」とは「理性的」なことであるという同一化を促すことにもなった。

ユルゲン・ハーバーマスは、コーヒー・ハウスがイギリスにおける「市民的公共性」の形成に重要な役割を果たしたと論ずる（『公共性の構造転換』、第二章「公共性の社会的構造」）。一七世紀以前のヨーロッパにおいては国家や宮廷が「公共性」を担い、市民たちはそれらに依存していた。しかし、市民たちは徐々に国家や宮廷への依存者という立場から、それらに対抗しそれらを批判する集団になる。このような市民たちの集団はイギリスでは「コーヒー・ハウス」という形で施設化される。政治的・文芸的世論の形成の場となったコーヒー・ハウスはそういう意味で「公共」の場でありかつ「男性的領域」であったのだ。

3　ティーとコーヒーのジェンダー化

『女性によるコーヒー反対のための誓願』（*The Women's Petition Against Coffee*, 1674）において女性は、男性がコーヒー・ハウスに入り浸って「忌むべき異端の飲み物」＝コーヒーを飲むことで「不能」になり、「その干からびた様は軽石のごとく」であると不平を言う。それに対して『女性によるコーヒー反対のための誓願に対する男性の返事』（*The Mens Answer to the Womens Petition Against Coffee*, 1674）において男性は、「墓穴と子宮は同じくらい飽くことを知らない」と女性の性欲の強さを嘆く。さらに、あたかも自分の元気の良さを証明しようとするかのように、「客の便宜をはかるために手軽な女・淫らな娘・かわいい処女を供給しないコーヒー・ハウスはほとんどない」と宣言する。コーヒー・ハウスに売春婦がいたらしいというのは、ネット・ウォードの『ロンドン・スパイ』（*The London Spy*, 1698-709）にも記されている。友人によって「未亡人亭」（The Widows Coffee House）に連れて行かれた主人公はそこで「精力水」という名前の飲み物を飲まされる。それは未亡人によれば「六〇歳の老人も三〇歳の青年の活力を取り戻し、一四歳の少女も二四歳の年増女のような熟れた女に変身する」奇跡の飲み物だ。すると、「二人の天使のような女性たち」——彼女たちは「ごてごてと白粉をパッチワークのようにろう。

コーヒー・ハウスの女経営者はしばしば「性的に放縦な女性」であり、その人生も波乱に満ちていたようであった（Ellis, *The Coffee-House*：111-2）。しかし、コーヒー・ハウスにいたもう一種類の女性――「アイドル」と呼ばれるウェイトレスのような存在―は男性たちからいやらしい視線を投げかけられて悩んでいる旨の手紙を「スペクテーター紙」（*The Spectator*, 1711-2, 1714）に送るくらいであるから、「売春婦」ではなかったようだ。それによると、男性たちはわざといやらしいことを彼女の前で言ったり、または、カウンター越しに彼女の顔をじっと見つめたりするのだそうだ（Mackie：213-4）。

「男性的領域」であるコーヒー・ハウスに「りっぱでそれなりの階級に属している（virtuous and proper）と思われたい女性」は出入りしなかったが（Ellis, *The Coffee-House*：66）、女性たちも家庭でコーヒーを飲んだことであろう。アレクサンダー・ポウプの『巻き毛凌辱』（*The Rape of the Lock*, 1712）において、ヒロインのベリンダはカードゲームに一息入れるためにコーヒーを飲む。また、「ティーとバターつきのパン」が並べられた朝食の食卓では男性もティーを飲んだであろう。もちろん、やかんが冷める暇がなかったほどティー好きだったジョンソン博士を忘れてはならない。

ティーが本質的に女性的でコーヒーが本質的に男性的であるのではない。日本において茶道が特に女性と結びつかないこと、また、フランスにおいてカフェが特に男性と結びつかないことを考えると、茶の本質が女性的でコーヒーの本質が男性的であるわけではないということがわかるだろう。「ティー＝私＝家庭＝女性」の関係が生まれたのは、「コーヒー＝公＝コーヒー・ハウス＝男性」が先に存在していたことがひとつの大きな要因である。コーヒー・ハウス＝公共空間に出入りすることが男性的であるがゆえに、ティーは女性的で家庭的だと見なされるようになった。コーヒーとティーという飲み物は、ある特殊な歴史的文化的なコンテクストから生まれたことによって、記号論的な意味が与えられたのである。イギリスという国の歴史の偶然によって、コーヒーとティーはその物質的価値を超えて様々な概念を付与されてひとつの記号として歴史の中を浮遊する。そして、その象徴的意味はあたかも超歴史的であるかのような印象を与えるのだ。

しかし、「ティーと女性」、「ティーと家庭」は、「コーヒーと男性」との対照によってのみ成立したわけではない。ティー流行の起源の神話は「王室の女性たち」の逸話であったことを思い出さなければならない。ティーは家庭で飲まれる「家庭的」な飲み物であったが、同時に「高級」でもあった。むしろ、「高級」であるからこそ「家庭的」であったのだ。「高級」＝「家庭的」というパラドックスがどのようにして生じたのか、次の章で論ずる。キーワードは「顕示的消費」と「礼儀《ポライトネス》」である。一七世紀後半から一八世紀前半にかけての王室の女性たちがティーを好んだという逸話は、イギリスにおけるティー流行の始原の物語というよりも、ティーの「女性性」と「高級性」が構築された結果として理解されるべきなのだ。ティーが女性的でかつ高級だと思われていたからこそ、その流行のきっかけとなったのが王室の女性たちであったという物語が構築されたのである。

第三節　ティーの経済学・社会学

1　ティーと「顕示的消費」

ロンドンで最初のコーヒー・ハウスが開店してから五年後の一六五七年、コーヒー・ハウス「ギャラウェイ」(Garaway) で初めてティーが売り出された。それから三三年後の一六九〇年のある伯爵夫人の家計簿には、茶葉を六オンス（一オンスは一六分の一ポンド）分買って一〇ポンド一六シリングであったという記録が残っている。一ポンドの分量を買うと二六ポンド以上の値段になる。第五代ベッドフォード伯爵の一六五八年付けの勘定書きには、邸宅で働く執事や庭師や召使や料理人などのすべての労働者の賃金の合計が六〇〇ポンドと記されており、そのうち弁護士に支払った年間給料は二〇ポンドであった（Pettigrew, *A Social History of Tea*：17）。ということは、年間の弁護士代より一ポンドの茶葉代のほうが高額となる。ペティグルーは一七〇〇年における一ポンドは一九九九年三月における七三ポンド二二ペンスに等しいと計算するが（Pettigrew, *A Social History of Tea*：185）、この換算方法によれば、当時の二六ポンドは一九九九年においては一九〇三ポンド七二ペンスの価値になるから、茶葉代としてはかなりの高額である。

ティーを飲むためには茶葉だけあればいいというわけではない。トルコなどの東部地中海地域においてはコーヒーを飲むとき粗い赤土で作られた土器が使われたが（Ellis, *The Coffee-House*：128）、イギリスでもそれにならったようだ。大部分の家の食卓では錫の皿・木製の大皿・土器が使われていた時代であった。人々は食べ物をそれぞれの皿に取り分けることなく大皿から直接取って食べたという。ナイフとフォークを使うようになったのは一八世紀になってからであった（Weatherill：152-3）。そのような時代のイギリスにティーとともに「東洋」からもたらされたのは、ヨーロッパのどの国においてもいまだその製造技術が知られていなかった磁器であった。青と白を基調にした磁器はそのデリケートな美しさのゆえにイギリス人にとってもヨーロッパ人にとってもまさしく「東洋」の神秘そのものであった（Berg, "Asian Luxuries"：236）。

しかし、ティーとそれに関連する事柄が「高級」だと思われたのは茶葉が高価で磁器が貴重だったことだけによるのではない。キャンベルの「ティーの歌」の中で、「女主人」が「穀物と混ぜて豚や馬にくれてやる餌」のようだとコーヒーには嫌悪感を表明するのに対して、ティーは「ヴィーナスが処方した」飲み物であると賛美するのは、コーヒーが濁った黒い色をしているのに対して、ティーが澄んだ緑色または紅色をしているからだけではない。トルコ経由でアラビア半島からもたらされたコーヒーには「オリエント」のイメージがつきまとった。この当時、「オリエント」は「過剰」・「官能性」・「誘惑」というイメージで捉えられていたのだ。それに対して、いまだ大半のヨーロッパ人が足を踏み入れたことのない国、中国は「倫理」・「調和」・「美徳」の国であった(Berg,“Asian Luxuries”: 229)。角山栄は当時のヨーロッパ人の「東洋コンプレックス」を次のように論ずる。

当時イギリスをはじめヨーロッパ各国にほぼ同時に入ってきた舶来の飲み物として、チョコレート、コーヒー、茶の三種類があるが、くすりとしての効果からいえば、カフェインの含有量の多いコーヒーの方がナルコティックスの作用が大きく、覚醒剤としての効果では茶に決してヒケをとらなかったであろうと思われるにもかかわらず、茶だけがこんなにヨーロッパ人にもてはやされたのは、彼らの東洋文化に対するコンプレックスからきているのである。茶には七六〇年頃に書かれた陸羽の『茶経』から、日本の「茶の湯」を中心とする芸能文化、さらに、茶碗、茶器などの美術工芸品から茶の入れ方、飲み方、マナーにいたるまで、長い歴史的伝統文化の輝きがある。　(三六―七)

テイトの「ティーの歌」の前半部分は茶の起源の物語であるが、そこでは、長い戦乱時代を経て国土を統一した将軍が孔子の庵を訪ねたところ、何もない砂漠に突如として茶の木が生えたということになっている。茶の木は疲弊した人民に時機を得た良薬を与えてくれたということだ。磁器の模様として中国または中国的なイメージが好まれたことにも神秘の国中国に対する憧れが表れている。イギリスで一七八〇年頃に作られた磁器に描かれた模様はヨーロッパ各国で次々と模倣されたが、それは、中国の悲恋物語――コンセーとその恋人チャンが運命によって引き裂かれる物語——を青と白の柳模様を前景にして表現したものであった（ユーカース・二二六—八）。

神秘の国中国[15]から来た茶葉と茶器を扱うのは家庭の中心に位置する女性の役割であった。コーヒー豆を煎る・挽くという作業とは違って、茶を煎れるための作業は「女らしい」作業である。キャンベルの「ティーの歌」において、「ホーム夫人」が訪問客に微笑みを投げかけながら、「奥様、ボヘアティー、グリーンティー、どちらがお好みでしょう」と問いかけると、訪問客は澄ました様子で「奥様、どちらでも奥様がお好きなほうで結構ですわ」と答える。このようなやり取りから始まって、茶葉をティー・ポットに入れ、召使にやかんをもって来させお湯を注がせる。[16]そして色が出るのを待ってそれぞれのティー・カップに茶を入れてすすめる。この一連の動作は「ティーの歌」の「給仕の少年」をうっとりさせるほど優雅なものだ。

一八世紀前半頃までは若者に「手を髪で拭いてはいけない」とか「食べ残しを床に捨ててはいけない」とか細かく「礼儀本」で教えなければいけなかったという（Weatherill : 154）。そのような時代にあって、ティーの儀式はまさしくマナーの訓練場であった。それゆえに詩人は、給仕の少年は「美しい女性たちの言葉を聞いて上品な大人に成長するだろう」と言うのである。男性はその儀式を司る女性に対して尊敬の念をもって対応し、その「男性性」を抑圧する。その結果、ティー・テーブルという場所は「女性的な場所」になる。そこにおけるコミュニケーションはコーヒー・ハウスにおける「議論」とは異なり、その場にいる人々同士の「感情的なつながり」と「共感」の念を強めることにあった（Smith : 174）。「ティーの歌」の最初の部分で詩人が、ティーを愛する人は「結婚、出産、家柄、恋人、夫のことなど」を話題にしたり、「うちの子供たちはパパそっくりね」と言ったりすると描写するのはこのようなティー・テーブルにおけるコミュニケーションの特質に言及しているのである。

ウェッジウッドは女性の手の色の白さを際立たせるために黒い色のティー・セットを作ったそうであるが

(Kowaleski-Wallace：29)、それは「ティー」という儀式がいかに「女性性」を強調する儀式であったかを物語っている。そこにおいて女性は見られる存在となる。主体ではなく客体となる（Kowaleski-Wallace：26)。その洗練されたマナーと高価な磁器を見せびらかし、見られることに満足を感ずる。「装飾的女性性」の「ナルシスティックな表現」とヴィカリーが名づけるように（Vickery：208)、高価な茶葉と茶器をひけらかし、その上品な礼儀作法を用いて茶を淹れてみせることによって、「女性性」そのものが「物」の一部と化すのである。ティーを飲むことが「近所の家を訪問する」という女性の重要な社交活動の一部であったことも（Vickery：208)、「ティー」が家庭という私的な場所で行われる行為でありながら同時に人に見られ認識されることによって「公」の儀式となることを示している（Berg, *Luxury and Pleasure*：230)。人に見られることによって初めて「ティー」という儀式は完結するのである。

アンブローズ・フィリップスという詩人によって一七二五年に書かれた「ティー・ポットに変身した女性」（"The Tea-Pot: Or, The Lady's Transformation"）という詩は、女神たちの嫉妬をかった女性がティー・ポットに変身させられるという不思議な詩であるが、「ティー」という儀式が、女性が茶器とともにひとつの装飾品となる過程を表していると考えると理解可能である。ウェッジウッドが一八世紀半ばに作ったティー・ポットがカリフラワー、メロン、パイナップル、キャベツなどの果物・野菜をモチーフにした装飾的なものであったのは(Pettigrew, *Design for Tea*：20)、ティー・ポットやその他の茶器の顕示的役割のゆえであった。

女性はなぜ「物」にこだわり、高級な「物」を所有していることをひけらかしたがるのか。ソースティン・ヴェブレンは『有閑階級の理論』においてこのことを次のように論ずる。富を蓄積し閑暇を所有した階級はその閑暇を「顕示」したいと思う（「顕示的閑暇」）。閑暇を示すのは長い時間をかけてようやく手に入る「洗練された趣味」・「行儀作法および生活習慣」（ヴェブレン・六一）である。物を消費する際にも長い時間かけて養った「洗練された趣味」を示さなければならない（「顕示的消費」）。さらに、妻や使用人は主人の代わりにその富を「代行的に」消費することが求められる（「代行的消費」）。特に、中流や下流階級の家庭においては「一家の主人には見せかけの閑暇さえ」（ヴェブレン・九五）生ずることなく、もっぱら妻がひとりで代行的な消費を行うことが多い。そして、「おのおの階層に属する人々は、彼らよりも一段上の階層で流行している生活図式こそ自己の理想的な礼儀作法《ディーセンシー》だと認識した上で、生活をこの理想に引き上げるために全精力を傾注する」（ヴェブレン・九五）のである。つまり、女性は強欲で競争心が強いということだ。

茶葉も茶器も高価であったがゆえに高級な文化の表象としての機能を果たした。そのため、「洗練された趣味」を「顕示」したい女性たちは夫の代わりに「代行的」にそれらを消費し、上の階級の消費活動を真似ようとした。女性は自分でお金を稼いで自分の階級を上へ押し上げることはできない。高級な消費活動と高級な趣味を見せびらかすことは、女性にとっては自らが「上流」であることを主張するための唯一の手段であると言ってもよい。土地を買ったり受け継いだりできない、また、自分で収入を得ることができないがゆえに、高級な物に対する女性の欲望は男性とは異なるレベルで――より一層切実なレベルで――展開され、獲得した物に対する感情的執着はより一層強い（Vickery：194）。物質文化はそういう意味で女性的なのである。

2　ティーと「礼儀《ポライトネス》」

「物質文化」または「贅沢」は一六世紀以前においては「悪」であった。たとえばエドマンド・スペンサーの『妖精の女王』第三巻第一篇において「偽りの愛」を象徴するマレカスタという女性の城の内部は「目を奪うばかりの豪華さ」に満ちており、「装飾の絢爛《けんらん》たるさまは、／言うも愚か」（スペンサー・一七二）であると描写されている。しかし「贅沢」は資本主義の発展とともに異なるニュアンスで捉えられるようになる。ヴェルナー・ゾンバルトは『恋愛と贅沢と資本主義』において、一二〇〇年から一八〇〇年にかけての「奢侈の一般的発展の傾向」として、屋内的になってゆく傾向、即物的になってゆく傾向、感性化、繊細化の傾向、圧縮される傾向の四種類の傾向があることを指摘する（ゾンバルト・一九六—二〇二）。かつては祝祭日などに多数の家臣や従者を集めて飲食させることであった「奢侈」は、一年に一回などではなくより短い時間内で日常的に（圧縮化）家庭内で個人的に（屋内化）品物を使うこと（即物化）に変っていったのである。しかもその品物は「理想的な生の価値」を表すものではなく、「動物的な、低度の本能につかえるよう」な種類のものが選ばれるようになった（感性化、繊細化）（ゾンバルト・一九八）。このような種類の「奢侈」への移行をゾンバルトは「女性の最終的かつ完全な勝利」と呼ぶ（ゾンバルト・一九九）。

女性はなぜ物欲が強いのかという問いに対して、前章では「女性は競争心が強い」という理由をあげた。自分よりも生活レベルが上の女性を真似するため、すなわち「対抗」(emulation) するために女性は「物」を消費する。しかし上の階級を真似ることは同時に下の階級との差別化をはかることでもある。ブルデューは「芸術消費」に関して「もろもろの社会的差異の正当化という社会的機能を果たす」と論ずるが（ブルデュー・一三）、この理論を使えば、ゾンバルトの理論とは逆に、消費活動の効果は階級の差異化にある。同じように、ダグラスとイシャーウッドは『物の世界―消費の文化人類学に向けて』において、消費活動を通じて人は絶えず自分や自分の家族や自分の住んでいる地域などに関して発言し、差異の境界線を引いたりまた引き直したりするのだと指摘する（Douglas and Isherwood : 44）。

消費活動が下の階級との差別化をはかりながら上の階級と同一化しようとする行為なのだとすると、その立役者は中流に位置する階級ということになるのだろうか。すると、「ティーの歌」に登場する上品な奥様方とカップルは中流なのだろうか。彼らは上の階級を真似し、下の階級との差別化をはかるためにティーを飲むのだろうか。

ウェザリルは『一六六〇年から一七六〇年の英国における消費行動と物質文化』において、財産目録などの数多くの当時の資料を渉猟し、消費活動の様々なパターンを分析している。興味深いのは、商人・地主層《ジェントリー》・工芸職人・自作農・農夫の五種類の職業別財産目録において、「磁器」の所有率が商人では一〇%であったのに対して、地主層では六%、工芸職人では四%、また、「温かい飲み物用容器」の所有率が商人ではやはり一〇%であったのに対して、地主層では七%、工芸職人では四%であったことである（Weatherill : 184）。この数値が示すのは、磁器やティー・カップなどの新しい「物」を購入することにより一層の興味を示したのは商人であったということである。また別の職業別財産目録においても商人及び海運業者の「磁器」所有率の高さが証明されている（Weatherill : 188）。

なぜ商人は新しい「物」に興味をもち、それを購入するのか。なぜ地主層は東洋から来た新しい「物」に商人ほどには興味を示さないのか。その理由はジェントルマンとノン・ジェントルマンとの間の「断層」[17]を「物」によって超えようとする富裕な商人の野心にある。商人またはブルジョワ階級[18]は富によって貴族と地主階級から成るジェントルマンと同等になっても、「土地」と「教養」と「家紋《アームズ》」をもたなければジェントルマンとは呼ばれない（角山、村岡、川北・七七）。一七世紀後半以降アジアまたはアメリカとの貿易とそれにともなう市場経済の発達によって富を蓄積した商人たちはそのあり余るお金で土地を買い、「ジェントルマン」の仲間入りをすることも可能であった。また家紋を手に入れることも可能であった。しかし、「教養」——手に入れるためには「時間と努力とお金」が必要な「洗練された趣味」（ヴェブレン・六一）——は一番あとからやってくるものだ。

それゆえに、イギリスにおいて「物質文化」が階級の同一化及び差異化のために果たした役割は大きかった。

地主層は貴族同様ジェントルマンであったので、「物」を通じて上昇しようという野心はそれほどない。しかしブルジョワ階級はジェントルマンとノン・ジェントルマンとの間の「断層」を地主になることによって越えても、「文化的な階級」の仲間入りをするためには、「どのような消費財が上品であり、それを消費する上品な方法とはどんなものか、に関する鑑賞力と識別力」（ヴェブレン・六三）があることを示さなければならない。ステータスが出自とは関係なく獲得されるものになったとき、消費活動における「趣味」がステータスを決めるひとつの決め手となった。

“courtesy,” “gentility,” “politeness,” “civility,” “respectability” などの「礼儀」または「育ちの良さ」を意味する英単語は一八世紀になると「物」と深い関連を示すようになる。カスティリョーネの『宮廷人』（一五二八年）は宮廷人として身につけるべき「優雅」を振舞いや言葉使いの面から説いた本であったが、「優雅」の規範は一八世紀に至るとナイフ・フォーク・食器・テーブルクロス・ナプキンなどの「物」をいかに使うかというテーブル・マナーに焦点が移る（Smith：40）。「礼儀正しい」ということは「物」の所有と「物」の使用法によって表現されるものとなる。「物」はその物質的価値——必要性や便利さ——とともに象徴的価値も帯びるようになる。それとともに「奢侈」または「贅沢」という言葉（luxury）も肯定的なニュアンスで用いられるようになる。

一八世紀前半までは一部の富裕層しか買うことのできなかった茶葉と茶器は「育ちの良さ」を示す「上品」で「贅沢」な品物であった。その象徴的価値を通じてティーを飲む人々に「上流階級」というアイデンティティーを付与したのであった。それゆえに「ティーの歌」において、奥様方は「コーヒーは大嫌い」だけど「ティーは大好き」で、女中とコックはこっそり隠れて台所で奥様の飲み残しを飲み、田舎から都会にやって来た娘たちはティーに「汗水流して稼いだ給金のすべてをつぎ込んでしまう」のである。上品な消費活動を通じて

「礼儀正しい《ポライト》」階級としての「上流階級」の仲間入りを果たしたいのだ。

おわりに

キャンベルの「ティーの歌」においてディックとエイミーが結婚したのはティーのおかげであった。「クラブや劇や大学や戦争よりもずっと教育的」なティー・テーブルで会話することによって女性は上品で貞淑になり、男性の求愛に対して節度をもって対応し、だまされることなくきちんと結婚に至ることができるのだ。これが「紅顔のディックとかわいい唇のエイミーの会話」から得られる教訓であろう。

「ティー」とは「ティー」を飲むかどうかとは実質的な関係はなく社交活動全般を指す言葉であり、「ティー・テーブル」とは「若者にとっては訓練の場、大人にとっては世の中でいかにふるまうかについて絶えず忠告を発してくれる場」(Smith : 174) なのである。「ティー・テーブル」においては、コーヒー・ハウスにおけるような「議論」ではなく、女性を中心としてお上品な世間話が行われる。そのような会話が「上流階級」の一員として必要な礼儀や社交性・社会性を養う訓練となるのである。

「教育の場」としての「ティー・テーブル」という考えは、キャンベルと同時代に活躍したエリザ・ヘイウッドが書いた『ティー・テーブル―あるいは、淑女の訪問日に幾人かの上品な男性と女性の間で交わされた会話』(*The Tea-Table: or, a conversation between some polite persons of both sexes, at a lady's visiting day*, 1725) においても明確に表れている。優しい性格で皆から愛されているエイミアナのもとに集った男女は代わる代わる話を披露するが、その中でもブリリアンテがポケットから取り出して読んだ小説は教訓に満ちたものであった。零落した王国の王女であったセレミナはパルミナという国の女王のもとに仕えることになる。そこで出会ったベラルデュスという色男の甘言にすっかりだまされ、「男女の垣根を越えることを彼に許してしまう」。ベラルデュスは「あまりにも簡単に征服されてしまった」セレミナに対する興味をすぐに失い、二人の関係を宮廷の人々の間で笑い話にする。セレミナには、女王が自分のことを好きだから二人の関係を人前では偽らなければならないのだと嘘をつく。しかし偶然にも庭の東屋でベラルデュスがラミラという別の女性に言い寄っているのを聞いてしまったセレミナはショックで気も狂わんばかりになる。裁判にかけられることになったベラルデュスは王の面前でも相変わらずセレミナに対する優しさなど少しも示すことのない厚顔無恥な男である。王はベラルデュスに「それなら愛するラミラと結婚せよ」と判決を下す。ベラルデュスにとってはセレミナ同様ほんの遊び相手のつもりだったラミラと結婚させられることは最悪の結果であった。その後ベラルデュスはラミラを毒殺、その結果死刑に処される。尼になっていたセレミナはベラルデュスの死の知らせを聞くとすぐにあの世に召された。

ティー・テーブルの主人役のエイミアナはこの話を聞くと、「私の意見では彼女はあまりにも簡単に男の意のままになったのだわ」(Haywood, *The Tea-Table*：46) と感想を言う。「ある程度財産のある見た目もまずまずの女性にとって求愛は究極の冒険であった」(Vickery：82) とヴィカリーが言うように、求愛される過程でいかにふるまうかは女性の一生を決める重大な事柄であった。「ティーの歌」において、ディックは「女が逃げれば男は追う」と男の本質を暴露し、エイミーは「男は女が一九回断ることを期待する」から相手を好きでも好きと言うことができないのだと不満げである。「求愛」において主導権を握るのはあくまでも男であるべきだという当時の考え方のゆえである。

一八世紀に多く書かれた女性に対する恋愛と結婚に関する助言の書としては、ウィルクスの『若い女性のための礼儀と道徳に関する助言の手紙』(*A Letter of Genteel and Moral Advice to a Young Lady*, 1744) やチェスターフィールド卿の『息子への手紙』(*Lord Chesterfield's Letters to his Son*, 1774) などが有名である。ストーンは一八世紀になると結婚を決めるにあたって「利益」とともにお互いに対する「恋愛感情」が大きな動機となっていったと観察し、そのような結婚形態を「友愛結婚」と呼ぶ（第四部、第八章「友愛結婚」）。かつて結婚とは両親や親族が当人たちの意思とは関係なく勝手に交わした契約であったが、今では両親に残されているのは娘や息子が連れてきた相手に対しての拒否権だけであった（ストーン・二二五）。エリート層の間での初婚年齢の中央値が女子で二四歳、男子で二八歳になったという一八世紀において（ストーン・二七三）、男女ともに十分経験を積んだあとで自分にふさわしい相手を選ぶことが一般的となったのである。「ティーの歌」においてもディックとエイミーはお互いのティー好き・酒好きに関して喧嘩しながらも理解を深めていった。そこに親は介在しない。自分の眼識力だけを頼りとしてふたりは結婚を決めたのである。

「ティー・テーブル」で「顕示的消費」と「礼儀」を通じて上流の作法を身につけたエイミーはセレミナとは違い、簡単に男の意のままにならなかった。「ティー・テーブル」は女性にとってより良い結婚に至るための訓練の場である。「ティー・テーブル」で教育された女性は幸せになる。このようなメッセージが「ティーの歌」には込められているのではないだろうか。「牛革装は三シリング、羊革装は二シリング六ペンス」という値段がこの詩についていることもこの詩が人々の間で流布することを目的として書かれたことを示している。ひとつの礼儀作法の書として、ヘイウッドの『ティー・テーブル』においてブリリアンテがポケットから取り出した本のように、「ティー・テーブル」で読まれるための書としてこの詩は出版されたのではないかと思われる。以上がキャンベルの「ティーの歌」が生み出された背景と意図に関するひとつの想像である。

＊

もうひとつの想像はまったく逆のものだ。

ディックが結婚を決めたのはエイミーが次のように言ったときである。

私は一ダースの着替えをもっているし、ガウンとペチコートもたくさんもっているわ。それに、貯えも少しあるわ。蜂が蜜《ハニー》を貯めこむようにして貯めたのよ。万が一のときのために貯めたのよ。年をとって髪が白くなったときに使おうと思って貯めたのよ。

ディックはすぐさま「倹約な君の倹約な言葉を愛情と賞賛の念をもって聞き惚れているよ！」と言う。今までエイミーのティー好きを批判していたディックが態度を変えるのはエイミーの「倹約な」（frugal）生活態度を知ったときであった。これは何を意味しているのだろうか。ティーを好むエイミーに対するディックの不安は彼女が浪費家かもしれないという点にあった。右記のエイミーのセリフの直前にディックは「ティーを飲みながら噂話に花を咲かせ、貴重な日を浪費するのは良くない」と女性を批判する。「人の家を訪問して一緒にティーを飲むこと」も意味した「ティー」という活動は時間の「浪費」だと思われていたのだ。時間を浪費してティーを飲めば当然お金も浪費される。「消費」というコインの裏側は「浪費」であった。

ロバート・シューメーカーは一七世紀後半から一九世紀前半にかけて資本主義の発展と家庭に関する考え方の変化とともに中産階級において「怠惰な」女性が増えたと言う（Shoemaker : 113-4）。シューメーカーも引用しているダニエル・デフォーの『完璧なる英国商人』（*The Complete English Tradesman*, 1726-7）の第二一章「商人、妻に商売のことを教える」は、商人たるもの妻に「居間で近所の人の訪問を受けティーを飲む」というようなことをさせてはいけないと忠告している（Defoe : 279-80）。デフォーがこのように忠告するのは、夫が死んだときに商売のことをまったく知らないがために身上をはたくことのないようにという妻に対する思いやりのためであった。

妻の「ティー」によって夫が受ける被害は、エリザ・ヘイウッドが発行していた『女性のためのスペクテーター紙』（*The Female Spectator*, 1744-6）に寄せられたジョン・ケアフルという男の悩み相談にも表れている。彼は次のような悩みを抱えていた。妻は目を覚ますやいなやベルを鳴らして女中を呼び、「やかんの湯は沸騰しているか」と聞く。ペチコートを身につけガウンを羽織るとゆったりとした椅子に腰掛けてティーを啜る。朝食が終ると召使たちは台所で奥様のティーの残りまたは新しく淹れたティーを飲んでうつつを抜かす。ディナーのあとはすぐさまティー・テーブルが用意される。近所の人がやって来ておしゃべりを始める。他の人も呼んだほうが楽しかろうということになって見習いを走らせて近所の奥様方を呼びにやる。その間夫はひとりで店番をしなければならず、たくさん客が来ても相手が出来ずにいる間、客は逃げてゆく。このような悩みに対してヘイウッドは「お怒りはごもっとも」という返答をする（Haywood, *Selections from the Female Spectator*: 83-90）。『ティーを飲む妻と酔っ払いの夫』（*The Tea Drinking Wife and Drunken Husband*, 1749）においても事情は同じである。夫は妻がティー好きであるがために「怠惰」であることに対して不満をぶちまける。

朝寝がとってもお気に入りだね。一〇時か一一時まで寝ていたあげく、起きてきたと思ったらティー用やかんを火にかける。そうして噂話が始まる。なんだかんだとどうでもいいようなことを喋り続ける。それが昼まで続くのだ。

ヘイウッドのケアフル氏が言うように、ティーを飲むことは「上流階級の習慣を真似て暇と金を浪費するという愚かなこと」（Haywood, *Selections from the Female Spectator*: 84）としばしば同一視された。ティーは高級で上品であるがために「女性的」であった。しかし同時に、分不相応な贅沢好みと怠惰な生活習慣の原因とも見なされたために「女性的」でもあったのだ。キャンベルの「ティーの歌」が読者に送るもうひとつのメッセージは「女性蔑視」の伝統に基づいたものでもあった。詩全体が大げさで芝居がかった雰囲気を醸し出すのは女性賛美の背後に隠れた「女性蔑視」のゆえであろう。詩人は女性とティーを大仰にほめる。「私のこのくだらない詩のために時間をとらせてしまってあなた方からティーの楽しみを奪ってしまうのは私の本意ではありません」と言う。商売よりも夫よりもティーを優先する女性に対する皮肉である。

このように二重の意味を含んだ「ティーの歌」は、女性が読んだ場合はティーによって上流階級の礼儀作法を学ぶことに対する励ましとして、男性が読んだ場合はティーを飲んで上品ぶる女性に向けての皮肉として、異なる解釈が引き起こされることになる。ティー・テーブルに揃った男女ともに楽しむことができる詩として市場に出回ったのではないかと想像される。

（1）　ダンカン・キャンベルに関する伝記的事実は残っていない。

（2）　この論考を通じて「ティー」というカタカナを使用する。次のような理由からである。一、イギリス東インド会社の帳簿に初めて茶の輸入が記録される一六六九年から一八世紀前半にかけては緑茶が紅茶よりも圧倒的に多く輸入されていたこと（角山『茶の世界史』、四九—五一頁）。二、それゆえ「紅茶」と表現すると歴史的事実とは異なること。三、「茶」と表現した場合、日本語では「緑茶」をイメージすることが多いこと。四、また、日本語では「茶」ではなく「お茶」と言うほうが一般的であること。五、さらに、「お茶」という表現は論文の文体と合わないこと。

（3）　牛や羊に発症する脳の病気。これに罹るとぐるぐる回るという症状が発生する。

（4）　一八世紀初めにイギリス東インド会社が輸入した茶の約五五％が緑茶で、紅茶は約四五％だったという。紅茶はペコー、スーチオン、コングー、ボヘアの四種類、緑茶はビング、ヘイスン、シングロの三種類に分けられていた。ボヘアは福建省武夷山が発祥の地であるところからその名がついた。「ほのかなバラの香り」が特徴だったという。（角山『茶の世界史』、四九—五四頁）。

（5）強くて粗末な嗅ぎタバコ。
（6）当時女性たちは茶を飲むときに体を締め付けない柔らかい素材で出来たティーガウンという服を身にまとったという。
（7）「ドア側に寝ない」ということによって貞淑を誓っているのだと思われる。
（8）ここで再び詩人が登場し、解説を加えるが、原文では特に新たな連にしていないので、翻訳でもそのまま続けた。
（9）テイトが *King Lear* をハッピーエンドに書き直した作品は当時大いに好評を博した。一六九二年には桂冠詩人に任命される（齊藤勇監修『英米文学事典』、一三二一―二頁）。
（10）Kowaleski-Wallace は Edmund Waller（一六〇六―八七年）がキャサリンに捧げた "Of Tea, commended by her Majesty" という詩がティーと女性とのイデオロギー的結合を確立したと論ずる（22-3）。
（11）イギリスの水は飲み水に適さないため、コーヒーやティーなどの飲み物が輸入されるまでは酒類が日常的飲み物であった。酒に強い男は頑強な肉体をもち、精力に満ちていると思われた（Davidoff and Hall: 400）。
（12）シューメーカーは「商業革命」には言及していないが、この論考が扱う一七世紀後半から一八世紀前半という時代においては、産業革命に先立つ「商業革命」を見逃すことはできない。川北稔は、イギリスにおける商業革命は早くもエリザベス朝中期の一五七〇年頃から始まり、一六六〇年の王政復古から一七七六年のアメリカ独立までをその本格的展開の時期と考える。一七世紀後半から一八世紀半ばまでのこの時期は二つにわかれる。すなわち、「大量の東洋および植民地産の商品が流入し、その多くが再輸出されるようになった」時期と、「西インド諸島を含むアメリカの人口増加、経済開発の進行にともなって、イギリス製品への需要がいちじるしくふえた」時期である（角山、村岡、川北六八―八一頁）。
（13）村岡健次によれば、「中産階級」という言葉が使われ始めたのは一八〇〇年前後である（村岡は「中流階級」と表記している）。貴族・地主階級よりは下で労働者階級より上の階級に属し、産業資本家《ブルジョワ》、法律家、聖職者、医者、陸海軍の士官、高級官吏などの職業に従事する人々を指す（角山、村岡、川北、二八八―九頁）。
（14）代表的な詩としては、Ben Jonson（一五七二―一六三七年）の "To Penshurst"（一六一六年）や Andrew Marvell

（一六二一—七八年）の“Upon Appleton House”（一六五〇—二年）などがある。

(15) 中国趣味とともにヨーロッパ人の日本趣味も忘れてはならない。貴族の女性たちはティーを飲むための私室に漆塗りのテーブル・椅子・飾り棚などを置くことを好んだという（Pettigrew, *A Social History of Tea*,: 22-3)。また、有田焼の器も好まれたそうだ（滝口、一七三頁及び Pettigrew, *Design for Tea*. 10)。

(16) 召使がやかんを運ぶ「やかんの道」については、滝口、一八二—七頁参照。

(17) 「貴族とジェントリーは相互に通婚しほぼ同一の社会層とみなされており、中産市民と下層大衆の区別も決定的ではなかったので、社会的地位や威信の決定的な断層は、ただジェントルマンとノン・ジェントルマンのあいだにのみ横たわっていたといえよう」（角山、村岡、川北、七七頁)。

(18) もともとフランスにおいて「より富裕な商人や資本主義的企業家たち」が「他の生業にたずさわる者たちと区別」するために出来た言葉（ゾンバルト、四二頁)。

参考文献

Ambrose, Philip. “The Tea-Pot: Or, The Lady’s Transformation.” 1725. The British Library.
Asada, Minoru.（浅田實）『東インド会社—巨大商業資本の盛衰』講談社現代新書、一九八九年。
Berg, Maxine. *Luxury and Pleasure in Eighteenth-Century Britain*. 2005; Oxford UP, 2007.
——. “Asian Luxuries and the Making of the European Consumer Revolution.” In *Luxury in the Eighteenth Century: Debates, Desires and Delectable Goods*. Eds. Maxine Berg and Elizabeth Eger. New York: Palgrave Macmillan Ltd., 2003.
Black, Maggie and Deirdre le Faye.中尾真理訳『ジェイン・オースティンの料理読本』晶文社、一九九八年。
Bourdieu, Pierre. 石井洋二郎訳『ディスタンクシオン（社会的判断力批判）I』藤原書店、一九九〇年。
Campbell, Duncan. “A Poem upon Tea.” 1735. 島田孝右監修『茶の文化史　英国初期文献集成』Vol. 2.
Castiglione, Baldassare. 清水純一他訳『宮廷人』東海大学出版会、一九八七年。

"The Character of a Coffee-House." 1665. In *Eighteenth-Century Coffee-House Culture*. Ed. Markman Ellis.

"A Character of Coffee and Coffee-Houses." 1661. In *Eighteenth-Century Coffee-House Culture*. Ed. Markman Ellis.

Chesterfield. *Lord Chesterfield's Letters*. 1774. Ed. David Roberts. Oxford World Classics. Oxford: Oxford UP, 2008.

"A Cup of Coffee: or, Coffee in its Colours." 1663. In *Eighteenth-Century Coffee-House Culture*. Ed. Markman Ellis.

Davidoff, Leonore and Catherine Hall. *Family Fortunes: Men and Women of the English Middle Class 1780–1850*. 1987; London and New York: Routledge, 2002.

Defoe, Daniel. *The Complete English Tradesman* (Large Print Edition). 1726–7. London and Edinburgh: Biblio Bazaar, 2006.

Douglas, Mary and Baron Isherwood. *The World of Goods: Toward an Anthropology of Consumption*. 1979; London and New York: Routledge, 1996.

Ellis, Markman, ed. *Eighteenth-Century Coffee-House Culture*. Vol. 1. London: Pickering & Chatto, 2006.

——. *The Coffee-House: A Cultural History*. London: Windenfeld & Nicolson, 2004.

Fromer, Julie E. *A Necessary Luxury: Tea in Victorian England*. Athens, OH: Ohio UP, 2008.

Garaway, Thomas. "An exact description of the growth, quality, and vertues of the leaf Tea." 1660. Early English Books on Line.

Habermas, Jürgen. 細谷貞雄、山田正行訳『公共性の構造転換―市民社会の一カテゴリーについての探求』未來社、一九七三年。

Haywood, Eliza. *Selections from the Female Spectator*. Ed. Patricia Meyer Spacks. New York and Oxford: Oxford UP, 1999.

——. *The Tea-Table: or, a conversation between some polite persons of both sexes, at a lady's visiting day*. 1725. The British Library.

Isobuchi, Takeshi.（磯淵猛）『一杯の紅茶の世界史』文春新書、二〇〇五年。

Kobayashi, Akio.（小林章夫）『コーヒー・ハウス―一八世紀ロンドン、都市の生活史』講談社学術文庫、二〇〇〇年。

Kowaleski-Wallace, Elizabeth. *Consuming Subjects: Women, Shopping, and Business in the Eighteenth Century*. New York: Columbia UP, 1997.

Mackie, Erin, ed. *The Commerce of Everyday Life: Selections from the Tatler and the Spectator*. Boston and New York: Bedford／St. Martin's, 1998.

The Mens Answer to the Womens Petition Against Coffee. 1674. In *Eighteenth-Century Coffee-House Culture*. Ed. Markman Ellis.

Pettigrew, Jane. *A Social History of Tea*. London: The National Trust, 2001.

Pettigrew, Jane. *Design for Tea: Tea Wares from the Dragon Court to Afternoon Tea*. Phoenix Mill: Sutton Publishing Limited, 2004.

Pollock, Linda A. *Forgotten Children: Parent-Child Relations from 1500 to 1900*. Cambridge, London, New York, New Rochelle, Melbourne, and Sydney: Cambridge UP, 1983.

Saito, Takeshi.（齊藤勇）監修『英米文学事典』第三版、研究社、一九八五年。

Shimada, Takau.（島田孝右）監修、滝口明子編集および解説『茶の文化史　英国初期文献集成』（*A Collection of Early English Books on Tea*）Vols. 1 & 2. Tokyo, Eureka Press, 2004.

Shoemaker, Robert B. *Gender in English Society 1650–1850: the Emergence of Separate Sphere?* Essex: Pearson Education Limited, 1998.

Smith, Woodruff D. *Consumption and the Making of Respectability, 1600–1800*. New York and London: Routledge, 2002.

Sombart, Werner. 金森誠也訳『恋愛と贅沢と資本主義』講談社学術文庫、二〇〇〇年。

Spenser, Edmund. 和田勇一、福田昇八訳『妖精の女王　２』ちくま文庫、二〇〇五年。

Stone, Lawrence. 北本正章訳『家族・性・結婚の社会史―１５００年―１８００年のイギリス』勁草書房、一九九一年。

Takiguchi, Akiko.（滝口明子）『英国紅茶論争』講談社選書メチエ、一九九六年。
Tate, Nahum. "A Poem upon Tea." 1702. 島田孝右監修『茶の文化史　英国初期文献集成』Vol. 1.
The Tea Drinking Wife and Drunken Husband. 1749. The British Library.
Tsunoyama, Sakae.（角山栄）『茶の世界史―緑茶の文化と紅茶の社会』中公新書、一九八〇年。
Tsunoyama, Sakae, Muraoka, Kenji and Kawakita, Minoru.（角山栄、村岡健次、川北稔）『産業革命と民衆』河出書房新社、一九九二年。
Ukers, William H. 杉本卓訳『ロマンス・オブ・ティー―緑茶と紅茶の１６００年』八坂書房、二〇〇七年。
Veblen, Thorstein.『有閑階級の理論』ちくま文芸文庫、一九九八年。
Vickery, Amanda. *The Gentleman's Daughter: Women's Lives in Georgian England*. New Haven and London: Yale UP, 1998.
Ward, Net. *The London-Spy Compleat, in Eighteen Parts*. 1698-1709. London: The Casanova Society, 1924.
Weatherill, Lorna. *Consumer Behaviour and Material Culture*. London: Routledge, 1996.
Wilkes, W. *Letters, From The Year 1774 To The Year 1796, Addresses To His Daughter, The Late Miss Wilkes: With A Collection of His Miscellaneous Poems, To Which Is Prefixed a Memoirs of The Life of Mr. Wilkes*. Vols. 1 & 2. London: Gosnell, 1805.
The Women's Petition Against Coffee. 1674. In *Eighteenth-Century Coffee-House Culture*. Ed. Markman Ellis.
Writing-master, J.B. "In Praise of Tea: A Poem." 1736. 島田孝右監修『茶の文化史　英国初期文献集成』Vol. 2.

索　　引

凡　例

1．項目は本文中に言及された歴史上実在の人物名や研究者名を，五十音順に配列した。作品名は人物名の下に初出順に配列したが，書物として出されたものは欧文では斜体，和文では『　　』で示した。個々の詩篇及び散文は欧文では引用符“　　”で，和文では「　　」で示した。
2．英・米・仏・独・伊以外の国名は略記せず，片カナ表記とした。
3．人物の説明は主として本文の内容に関わるものに限定した。

ア　行

アーサー王　King Arthur（6世紀頃）英・伝説的英雄王　*261, 262*
アーデリア　Ardelia（17世紀）英・オリンダの友人　*99, 100, 102, 108*
アーノルド　Matthew Arnold（1822-1888）英・詩人，批評家　*198*
アール　John Earle（c. 1601-1665）英・思想家，聖職者　*496*
　Microcosmographie『ミクロコスモグラフィ』　*496*
アヴィケンナ　Avicenna（980-1037）ペルシア・哲学者，医学者　*382*
アウグスティヌス　Aurelius Augustinus（354-430）ローマ・初期キリスト教の教父　*479, 480*
　Confessiones『告白』　*479-80*
　The glasse of vaine-glorie『虚栄の鏡』　*480-1*
アクィナス　Thomas Aquinas（c. 1225-1274）伊・神学者，哲学者　*365*
アグリッパ　Cornelius Heinrich Agrippa（c. 1486-1535）独・医者，哲学者　*383, 424*
アディソン　Joseph Addison（1672-1719）英・雑誌編集者，随筆家，詩人　*178, 179, 210, 560*
アリウス　Arius（c. 250-336）アレクサンドリア・神学者　*166*
アリストテレス　Aristotelēs（384-322 B.C.）ギリシア・哲学者　*94, 95, 134, 381, 384, 389-91, 393, 395, 416, 521, 543*
　The Nicomachean Ethics『ニコマコス倫理学』　*134*
　Problems『問題集』　*381, 382, 384, 393*
アルバナクト　Albanact（不詳）ブルートの息子　*261, 262*
アレクサンダー大王　Alexandros（Alexander the Great）（356-323 B.C.）マケドニア・国王　*94, 574*
アンリ四世　Henri Ⅳ（1553-1610）仏・国王　*269*
イーヴリン　John Evelyn（1620-1706）英・日記作家，庭師　*121, 563-7, 570-2, 583*
　Elysium Britannicum, or The Royal Garden『英国のエリュシオン―わが王国の庭園』　*563-5, 570*
　Kalerndarium Hortense『園芸家暦』　*565, 566*
　Sylva『森林』　*571*
　The Life of Mrs. Godolphin『ゴドルフィン夫人の生涯』　*572*
イエス　→キリスト
イソクラテス　Isocratēs（436-338 B.C.）ギリシア・弁論者　*154*
インノケンティウス三世　Innocentius Ⅲ（1160/61-1216）伊・ローマ教皇　*330*
ヴィエル　Johann Weyer（1515-1588）ベルギー・医者　*387*
　De Praestigiis Daemonum『悪魔の策略について』　*387*
ウィザー　George Wither(s)（1588-1667）英・詩人，パンフレット作者　*217*
ウィトライヒ　Joseph Anthony Wittreich Jr. 米・英文学者　*161, 162, 170*
ウィリアム一世　William I（c. 1027-1087）英・国王　*261, 334*
ウィルクス　John Wilkes（1725-1797）英・

政治家　*630*
A Letter of Genteel and Moral Advice to a Young Lady『若い女性のための礼儀と道徳に関する助言の手紙』　*630*
ウィルソン　Richard Wilson(1714-1782)英・風景画家　*210*
ウィルモット，E．　Elizabeth Wilmot, née Malet, Countess of Rochester (c. 1651-1681) 英・ロチェスターの妻　*120, 124*
ウィルモット，J．　→ロチェスター伯
ウィンスタンリー　Gerrard Winstanley (c. 1609-after1660) 英・社会改革家　*172*
ヴェイン卿　Henry Vane (the Elder) (1589-1655) 英・政治家　*316*
ウェスリー　John Wesley (1703-1791) 英・神学者　*166*
ウェッジウッド　Josiah Wedgewood (1730-1795) 英・陶磁器製作者　*623, 624*
ヴェブレン　Thorstein Veblen　米・経済学者　*624*
ウェルギリウス　Publius Vergilius Maro(70-19 B.C.) ローマ・詩人　*173, 213, 222, 223, 228, 550, 556, 564-7*
Aeneis『アエネイス』　*213, 223, 228*
Eclogae『牧歌』　*222*
Georgica (*Georgics*)　『農耕詩』　*222, 223, 564, 567*
ウェントワス　→ストラッフォード伯
ウォード　Net Ward (1667-1731) 英・作家　*618*
The London Spy『ロンドン・スパイ』　*618*
ウォートン，J．　Joseph Warton(1722-1800) 英・詩人，批評家　*220, 352*
ウォートン，T．　Thomas Warton(1728-1790) 英・詩人，批評家　*344-7, 426*
"To the River Lodon"「ロドン川に寄せて」　*344, 346, 347*
ウォーリス　William Wallace (c. 1270-1305) スコットランド・民族的英雄　*269*
ウォーレン　Austin Warren　批評家　*31, 34, 55*
ヴォーン　Henry Vaughan (1622-1695) 英・詩人，医師　*3, 42, 85, 110*
"St. Mary Magdalene"「聖マリア・マグダレン」　*42, 43*
ウォラー　Edmund Waller (1605-1687) 英・詩人　*211, 212, 214, 221, 224-6, 241, 245, 246, 248, 257*
"On St.James's Park, As Lately Improved by His Majesty"「近頃国王によって改修されたセント・ジェイムズ公園について」　*221, 222*
"Upon His Majesty's Repairing of Paul's"「国王によるセント・ポール寺院修復に寄せて」　*224-6, 245*
"At Penshurst"「ペンズハーストにて」　*241*
ウォリック伯　Earl of Warwick (1428-1471) 英・政治家，軍人　*334*
ヴォルテール　Voltaire (1694-1778) 仏・作家，思想家　*166, 194, 202*
ウォルポール　Horace Walpole (1717-1797) 英・文筆家，政治家　*560*
ウルストンクラフト　Mary Wollstoncraft (1759-1797) 英・フェミニスト，著述家　*85*
ウルフ　Virginia Woolf (1882-1941) 英・小説家　*522, 528*
Flush『フラッシュ』　*522*
"London"「ロンドン」　*528*
エイブラムズ　Meyer Howard Abrams (1912-　) 英文学者　*288*
エサレッジ　George Etherege (1636-1691/2) 英・劇作家　*153*
The Man of Mode『伊達男』　*153*
エドワード(シルヴァンダー)　Edward Dering (Silvander) (17世紀) 英・ウェールズの文人　*109*
エドワード一世　Edward I (1239-1307) 英・国王　*269, 270*
エドワード黒太子　Edward the Black Prince (1330-1376) 英・エドワード三世の長男　*266*
エドワード三世　Edward Ⅲ (1312-1377) 英・国王　*266, 267, 269-72*
エドワード四世　Edward Ⅳ (1442-1483) 英・国王　*271*
エピクロス　Epikūros (341-270 B.C.) ギリシア・哲学者　*4, 26*
エフェソスのルフス　Rufus of Ephesus (2世紀前半) ギリシア・医者　*380*
エラスムス　Desiderius Erasmus (c. 1466-1536) オランダ・人文学者，神学者

96, 148
The Praise of Folly『愚神礼賛』　148
エリオット　Thomas Stearns Eliot (1888-1965) 米生まれ，英・詩人，批評家　6, 7, 558, 565
"Andrew Marvell"「アンドルー・マーヴェル」　7
The Waste Land『荒地』　558
エリザベス一世　Elizabeth I (1533-1603) 英・女王　264, 435, 438, 529
エンプソン　William Empson (1906-1984) 英・批評家　8
Seven Types of Ambiguity『曖昧の七つの型』　8
エンペドクレス　Empedoclēs (c. 490-430 B.C.) ギリシア・哲学者，詩人　305, 393
オウィディウス　Publius Ovidius Naso (43 B.C.-c. A.D. 17) ローマ・詩人　44, 291, 447
Metamorphoses『変身物語』　44, 291, 447, 458
オーウェン（ルケイジア）　Anne Owen (Lucasia) (17世紀) 英・オリンダの友人　102-6, 109, 110
オービン　Robert Arnold Aubin　英文学者　219-21
Topographical Poetry in XVIII-century England『一八世紀イングランドにおける地誌詩』　219
オーブリー，J.　John Aubrey (1626-1697) 英・古物収集家，著述家　86, 213, 216, 217, 228
Brief Lives『名士小伝』　213
オーブリー，M.（ロザーニア）　Mary Aubrey (Rosania) (17世紀) 英・オリンダの友人　86, 104, 108
オーラリ伯　Earl of Orrery (Charles Boyle) (1676-1731) 英・政治家　87
オクスンブリッジ，J.　John Oxenbridge (17世紀) 英・K. フィリップスの継父　84
オクスンブリッジ，K.　Katherine Oxenbridge (17世紀) 英・K. フィリップスの母　84
オットー　Peter Otto　オーストラリア・英文学者　183
オヒア　Brendan O Hehir　米・英文学者　222, 224-6, 229, 231, 233-5, 239, 240, 255, 257, 258, 279, 280, 289, 306, 326, 330, 338
Expans'd Hieroglyphicks: A Critical Edition of Sir John Denham's Coopers Hill『眼前に拡げられた象徴的文字』　224
オリゲネス　Origenes Adamantius (c. 185-c. 254) ギリシア・神学者　36, 74
オリンダ　→フィリップス，K.

カ　行

ガース　Samuel Garth (1661-1719) 英・詩人，医師　210, 219
Claremont『クレアモント』　219
カートライト　William Cartwright (1611-1643) 英・劇作家，詩人　85, 104, 302, 303
"In Memory of the most worthy Benjamin Jonson"「尊敬すべきベンジャミン・ジョンソンを偲んで」　302
カウリー　Abraham Cowley (1618-1667) 英・詩人，エッセイスト　88, 89, 104, 165, 210, 216, 299, 566, 567, 570-3, 575, 577, 579, 580, 582-4, 586, 588, 589
"The Garden"「庭」　567-70
Poeticall Blossoms『詩華集』　573, 589
"A Dream of Elysium"「楽園の夢」　573-5, 583, 589
"The Complaint"「ひとこと言いたい」　575-84
"The dangers of an Honest man in much Company"「大勢のなかにいるひとりの正直者にとっての危険」　584-9
Several Discourses by way of Essays, in Verse and Prose『詩と散文のエッセイ（試み）による論考』　589
カエサル　Caesar (c. 100-44 B.C.) ローマ・武将，政治家　261
カスティリョーネ　Baldassare Castiglione (1478-1529) 伊・作家，外交官　96, 628
Il libro del Cortegiano『宮廷人』　628
カトゥルス　Gaius Valerius Catullus (c. 84-c. 54 B.C.) ローマ・抒情詩人　7
カルヴァン　Jean Calvin (1509-1564) スイス・宗教改革者　182, 194, 388
ガレノス　Galēnos (c.130-201) ギリシア・医学者，哲学者　380, 381, 384, 385, 389, 391, 416

キーツ　John Keats（1795-1821）英・詩人　*197, 426*
Endymion『エンディミオン』　*197*
キケロ　Cicero（106-43 B.C.）ローマ・文筆家，政治家　*146, 154, 574*
De Oratore『弁論家について』　*146*
キャヴェンディッシュ　Margaret Lucas Cavendish（1623-1673）英・詩人，文筆家　*82, 154*
キャサリン　Catherine of Aragon（1485-1536）英・王妃　*282*
キャサリン，B．Catherine Blake（1762-1831）英・ブレイクの妻　*203, 204*
キャンベル　Duncan Campbell（不詳）英・詩人　*593, 596, 612, 613, 615, 621, 623, 629, 631, 633*
"A Poem upon Tea"「ティーの歌」　*593, 613, 621, 623, 626, 629-31, 633, 634*
キリスト　Jesus Christ（c. 4 B.C.-c. A.D. 29）北パレスチナ・宗教家　*15, 16, 34, 35, 48, 50, 51, 53-5, 58, 60-71, 161, 169, 174, 176, 180, 182, 183, 189, 203, 204, 392, 405*
ギルピン　Everard Guilpin（c. 1572-c. 1608）英・諷刺作家　*515*
クォールズ　Francis Quarles（1592-1644）英・宗教詩人　*289*
Emblems『寓意画集』　*289*
クセノパネース　Xenophanēs（c. 570-c. 480 B.C.）ギリシア・詩人，哲学者　*529*
クック　Edward Coke（1552-1634）英・法律家，裁判官　*331*
クヌート　Knut(e), Canute（c. 994-1035）英・デンマーク・国王　*261*
クラショー　Richard Crashaw（1612/13-1649）英・詩人，聖職者　*3, 31-73*
"Saint Mary Magdalene or the Weeper"「聖マリア・マグダレン—涙する人」　*31, 32-4, 36, 43, 45, 52, 56, 59, 61, 64-6, 69, 71-3*
Steps to the Temple『聖堂へのきざはし』　*43, 61, 69*
Carmen Deo Nostro『我らの神への賛歌』　*43*
"The Teare"「涙」　*43, 50, 52, 55, 56*
"A Hymn to Sainte Teresa"「聖テレジアへの賛歌」　*49*
"On the wounds of our crucified Lord"「十字架の我らが主の傷について」　*53*
Epigrammatum Sacrorum Liber『聖なるエピグラム』　*61*
クラフ　Arthur Hugh Clough（1819-1861）英・詩人　*198*
グリーン　Graham Greene（1904-1991）英・小説家　*119, 153*
Lord Rochester's Monkey『ロチェスター卿の猿』　*119, 153*
クリバンスキー　Raymond Klibansky（1905-2005）英・哲学史家　*378, 406*
グレイ　Thomas Gray（1716-1771）英・詩人　*219, 426*
Elegy Written in a Country Church-Yard『田舎の墓地で詠んだ挽歌』　*219*
Ode on a Distant Prospect of Eton College『イートン校を遠方に望んで』　*219*
クレオパトラ　Cleopatra（69-39 B.C.）エジプト・女王　*543*
クロウ　William Crowe（1745-1829）英・詩人，牧師　*219*
Lewesdon Hill『ルイスドンの丘』　*219*
クロス　Henry Crosse（16, 7 世紀）英・著述家　*509*
クロムウェル，O．Oliver Cromwell（1599-1658）英・軍人，政治家　*8, 16, 176, 184, 185, 187, 228, 230, 235, 249, 279, 281, 327*
クロムウェル，T．Thomas Cromwell（c. 1485-1540）英・政治家　*282*
ケアリー　Thomas Carew（c. 1594/95-c. 1639）英・詩人　*241*
"To Saxham"「サクサムに寄せて」　*241*
ゲインズバラ　Thomas Gainsborough（1727-1788）英・画家　*210*
ゴウルドスミス　Oliver Goldsmith（c. 1730-1774）アイルランド・詩人，小説家，劇作家　*210*
コウルリッジ　Samuel Taylor Coleridge（1772-1834）英・詩人，批評家　*159, 343-7, 350, 353, 426*
"To the River Otter"「オッター川に寄せて」　*345*
"The Eolian Harp"「エオリアン・ハープ」　*345, 354*
"Reflections on having left a Place of Retirement"「隠棲の地を去ったことについ

て」　*345*
“This Lime-Tree Bower My Prison”「この菩提樹の木陰は我が牢獄」　*345*
“Frost at Midnight”「深夜の霜」　*345*
“Fears in Solitude”「孤独にあって抱く不安」　*345*
“The Nightingale”「ナイチンゲール」　*345*
“Dejection: An Ode”「失意のオード」　*345*
“To William Wordsworth”「ウィリアム・ワーズワースに」　*345*
ゴールディング　Arthur Golding (c. 1536-c. 1605) 英・翻訳家　*447*
コタレル（ポリアーカス）　Charles Cotterell (Poliarchus)（17世紀）英・政治家　*81, 105, 111*
ゴッス　Edmund Gosse (1849-1928) 英・批評家　*230, 231*
コフーン　Patrick Colquhoun (1745-1820) スコットランド・実業家，改革家　*186*
コリンズ　An Collins (c. 1630-c. 1670) 英・詩人　*82*
ゴルギアス　Gorgias (c. 483-c. 376 B.C.) ギリシア・雄弁家　*147, 148*
Encomium of Helen『ヘレネ頌』　*147, 155*
On What is Not『ないものについて』　*148*
コルネイユ　Pierre Corneille (1606-1684) 仏・劇作家　*81, 87, 110*
Pompee『ポンペイ』　*87, 110*
Horatius『ホラティウス』　*110*
コロンブス　Christopher Columbus (c. 1451-1506) 伊・航海者　*525, 526*
ゴンゴラ・イ・アルゴテ　Luis de Góngora y Argote (1561-1627) スペイン・詩人　*32*

サ　行

サウジー　Robert Southey (1774-1843) 英・詩人　*159*
サウスウェル　Robert Southwell (1561-1595) 英・詩人　*53, 60*
“Christs bloody sweat”「キリストの血の汗」　*53-4*
“Mary Magdalenes blush”「マリア・マグダレンの羞恥」　*60*
ザクスル　Fritz Saxl (1890-1948) 英・美術史家　*378*
サッポー　Sapphō（紀元前600年頃）ギリシア・詩人　*89, 93*
シェイクスピア　William Shakespeare (1564-1616) 英・劇作家，詩人　*6, 13, 56, 377, 379, 389, 390, 394-6, 411, 426, 427, 455, 470, 474, 475, 480, 481, 483, 485, 496, 534-6, 541, 615*
Sonnets『ソネット』　*6, 470-85, 534, 535*
King Richard II『リチャード二世』　*56*
Hamlet『ハムレット』　*379, 390-411, 426, 427*
As You Like It『お気に召すまま』　*389, 390, 536*
Much Ado About Nothing『空騒ぎ』　*536*
The Taming of the Shrew『じゃじゃ馬ならし』　*536*
ジェイゴウ　Richard Jago (1715-1781) 英・詩人，牧師　*219*
Edge-hill『エッジ・ヒル』　*219*
ジェイムズ一世　James I (James VI of Scotland) (1566-1625) 英・国王　*247, 270, 327, 388*
Daemonologie『悪魔学』　*388*
ジェイムズ二世　James II (1633-1701) 英・国王　*571*
ジェフリー・オヴ・モンマス　Geoffrey of Monmouth (c. 1100-1154) 英・年代記作者，修道士　*261*
Historia Regum Britanniae『ブリタンニア諸王史』　*261*
シェリー　Percy Bysshe Shelley (1792-1822) 英・詩人　*160, 162, 170, 181*
Defence of Poetry『詩の擁護』　*162*
シドニー　Philip Sidney (1554-1586) 英・詩人，政治家　*447, 452, 454, 455, 587*
Astrophil and Stella『アストロフェルとステラ』　*447, 455*
Arcadia『アルカディア』　*587*
シモニデス　Simōnidēs (c. 556-468 B.C.) ギリシア・詩人　*450*
シャーリー　James Shirley (1596-1666) 英・劇作家　*85, 86, 109*
シャドウェル　Thomas Shadwell (c. 1642-

1692）英・詩人　*153*
ジャン二世　Jean Ⅱ, le Bon（1319-1364）仏・国王　*269*
ジュースキント　Patrick Süskind（1949-　）独・中世史作家　*522*
Das Parfum『香水』　*522*
ジョーンズ　Inigo Jones（1573-1652）英・建築家，舞台装飾家　*216*
ジョン王　John（1167-1216）英・国王　*328, 330, 334*
ジョンソン，B.　Ben Jonson（1572-1637）英・詩人，劇作家　*17, 241, 508, 516-8*
"To Penshurst"「ペンズハーストに寄せて」　*241*
ジョンソン，S.　Samuel Johnson（1709-1784）英・詩人，批評家　*124, 178, 210-3, 218-20, 299, 350, 410, 426, 619*
Lives of the English Poets『英国詩人伝』　*214, 350*
The Plays of William Shakespeare『シェイクスピア全集』　*410*
スウェーデンボリ　Emanuel Swedenborg（1688-1772）スウェーデン・神秘主義者　*166, 194*
スコウタス　John Duns Scotus（c. 1266-1308）スコットランド・神学者　*365*
スコット　Reginald Scot（c. 1538-1599）英・著述家　*387, 388*
The Discoverie of Witchcraft『魔術の暴露』　*387, 388*
スターリン　Joseph V. Stalin（1879-1953）ロシア・政治家　*186, 187, 201,*
スチュアート（ロバート二世）　Robert Stuart（Robert Ⅱ）（1316-1390）スコットランド・国王　*270*
スティーヴン　Stephen（c. 1097-1154）英・国王　*334*
ストーン　Lawrence Stone（1919-1999）英・歴史家　*614, 630, 631*
ストラッフォード伯　Earl of Strafford（Thomas Wentworth）（1593-1641）英・政治家　*172, 225, 228, 230, 239, 257, 314-6, 318-20, 323-8, 334, 335*
スペンサー　Edmund Spenser（c. 1552-1599）英・詩人　*162, 173, 459, 461, 463, 483, 522, 625*
Colin Clouts come home again『コリン・クラウト』　*163*
Amoretti and Epithalamion『アモレッティと祝婚歌』　*459-64, 483*
The Faerie Queene『妖精の女王』　*522, 625*
スミス　Charlotte Smith（1749-1806）英・詩人　*219*
Beachy Head『ビーチー岬』　*219*
スモレット　Tobias Smollett（1721-1771）英・小説家　*522*
The Expedition of Humphry Clinker『ハンフリー・クリンカー』　*522*
セネカ　Lucius Annaeus Seneca（c. 4 B.C.-65）ローマ・詩人，劇作家，哲学者　*474*
Naturales quaestiones『自然研究』　*474*
ソーモン夫人　Mrs. Salmon（17世紀）英・教育者　*86*
ソクラテス　Sōcratēs（469-399 B.C.）ギリシア・哲学者　*94, 393*

タ　行

ダイヤー　John Dyer（1699-1758）英・詩人　*219, 241*
Grongar Hill『グロンガーの丘』　*219*
ダヴナント　William D'Avenant（Davenant）（1606-1668）英・詩人，劇作家　*327*
ダニエル　Samuel Daniel（1562-1619）英・詩人　*455, 458, 459, 461*
Delia『ディーリア』　*455-9*
ダレル　Lawrence Durrell（1912-1990）英・小説家，詩人　*522*
Justine『ジャスティン』　*522*
ダン　John Donne（1572-1631）英・詩人，聖職者　*3, 4-6, 13-5, 17, 32, 35, 37, 39, 40, 74, 75, 148, 155, 253, 378, 495-7, 499, 501, 503, 504, 506, 509, 510, 515, 516*
Holy Sonnets『聖なるソネット』　*5*
"Death be not Proud"「死よ驕るなかれ」　*5*
"To the Lady Magdalen Herbert, of St. Mary Magdalen"「マグダレン・ハーバート夫人へ—聖マリア・マグダレンについて」　*37*
"The Relique"「聖遺物」　*39*
"That Nature is our worst Guide"「自然に従ってはならない」　*155*
"That only Cowards dare Dye"「死ぬ勇

気があるのは臆病者だけである」　*155*
“Defence of Womens Inconstancy”「女性の移り気を弁護する」　*155*
“The Triple Fool”「三重馬鹿」　*253*
Satires『諷刺詩』　*495-516*
ダンテ　Dante Alighieri（1265-1321）伊・詩人　*162*
チェスターフィールド卿　Earl of Chesterfield（1694-1773）英・外交官　*630*
Lord Chesterfield's Letters to his Son『息子への手紙』　*630*
チャールズ一世　Charles I（1600-1649）英・国王　*16, 163, 184, 185, 215, 228, 234, 235, 239, 247, 248, 251, 254, 257, 260, 261, 269, 270, 273, 314, 326-8, 330, 334, 335, 340, 617*
チャールズ二世　Charles II（1630-1685）英・国王　*117, 119, 120, 122, 222*
チャップマン　George Chapman（c. 1559-1634）英・詩人，劇作家，翻訳者　*85*
チョーサー　Geoffrey Chaucer（c. 1340-1400）英・詩人　*419, 532, 533, 541*
The Canterbury Tales『カンタベリー物語』　*532, 533*
ディー　John Dee（1527-1608）英・錬金術師　*438*
デイヴィッド二世　David II（1324-1371）スコットランド・国王　*269, 270*
ディケンズ　Charles Dickens（1812-1870）英・小説家　*367*
Hard Times『辛い時勢』　*367*
ディサルヴォ　Jackie DiSalvo　英文学者　*167*
ティツィアーノ　Tiziano Vecellio（Titian）（c. 1487-1576）伊・画家　*58, 59*
テイト　Nahum Tate（1652-1715）英・詩人，劇作家　*612, 622*
“A Poem upon Tea”「ティーの歌」　*612*
ティリアード　Eustace Mandeville Wetenhall Tillyard（1889-1962）英・英文学者　*25*
デカー　Thomas Dekker（c. 1572-1632）英・劇作家　*508, 516, 517*
デナム　John Denham（1615-1669）アイルランド生まれ，英・詩人　*209-13, 215, 217, 218, 223-5, 227, 228, 230, 231, 233, 234, 245, 250, 251, 253, 255, 257, 261, 263, 265, 267, 269, 270, 277, 279-81, 284, 285, 289-91, 303, 326, 328, 332, 335, 340, 347, 348, 350, 352, 353, 366*
Cooper's Hill『クーパーの丘』　*209-12, 214, 215, 218-25, 227, 228, 230, 231, 233, 235, 236, 241, 242, 253, 256, 264, 280, 289, 301, 306, 312, 337, 339, 340, 342-5, 347, 350-2, 357, 360,*
An Essay upon Gaming『賭博について』　*212*
The Sophy『ソーフィー』　*214, 231, 233, 234*
“On Mr. Abraham Cowley his Death and Burial amongst the Ancient Poets”「カウリーが逝去し，古代の詩人と一緒に埋葬されたことに寄せて」　*216, 217*
“On the Earl of Strafford's Tryal and Death”「ストラッフォード伯の裁判と処刑について」　*225*
“Elegy on the Death of Judge Crooke”「クルック判事の死に際して書いた挽歌」　*234*
“An Elegy upon the Death of the Lord Hastings”「ヘイスティング卿の死に際して書いた挽歌」　*369*
デニス　John Dennis（1657-1734）英・詩人，劇作家，批評家　*210, 218*
デフォー　Daniel Defoe（c. 1660-1731）英・作家　*632*
The Complete English Tradesman『完璧なる英国商人』　*632*
デポルト　Philippe Desportes（1546-1606）仏・詩人　*458*
Les Amours d'Hippolyte『イポリット恋愛詩集』　*458*
デュルフェ　Honoré d'Urfé（1568-1625）仏・小説家　*587*
Astreé『アストレ』　*587*
（聖）テレジア　Saint Teresa of Jesus（Teresa of Avila）（1515-1582）スペイン・神秘思想家　*32, 37, 49, 72*
テンプル　William Temple（1628-1699）英・文筆家，政治家　*559-62*
“Upon the Gardens of Epicurus, or Of Gardening”「エピクロスの庭について」　*559-63*

ドゥ・マン Jean de Meun（13世紀）仏・ロマンス作者 *448*
Roman de la Rose『薔薇物語』 *448*
ドゥ・ロリス Guillaume de Lorris（13世紀）仏・ロマンス作者 *448*
Roman de la Rose『薔薇物語』 *448*
トムソン James Thomson（1700-1748）スコットランド・詩人 *219, 241*
The Seasons『四季』 *219*
ドュ・ローラン André Du Laurens（1558-1609）仏・医者 *384, 387*
A Discourse of the Preservation of the Sight: of Melancholike Diseases; of Rheumes, and of Old Age『視力の保持，メランコリー症，そして分泌物と老齢に関する論』 *384*
ドライデン John Dryden（1631-1700）英・詩人，劇作家，批評家 *119, 153, 209, 210, 212, 229, 299, 302*
Mac Flecknoe『マック・フレックノー』 *119, 153*
Marriage-à-la-Mode『当世風結婚』 *153*
トラプネル Anna Trapnel（17世紀）英・詩人 *82*
ドレイトン Michael Drayton（1563-1631）英・詩人 *465, 470, 483*
Idea: the Shepheards Garland『イデア』 *465-9*
Idea's Mirrour『イデアの鏡』 *465-69, 483*
トンプソン C. J. S. Thompson（1862-1943）英・化学・薬学研究者 *529*
The Mystery and Lure of Purfume『香りの神秘と魔力』 *529, 530*

ナ 行

ニュートン Isaac Newton（1642-1727）英・科学者 *159, 160, 185, 202*

ハ 行

ハーヴィー，M. Mary Harvery（17世紀）英・オリンダの友人 *86, 109*
ハーヴィー，W. William Harvey（1578-1657）英・医者，生理学者 *86, 425*
バークレイ Alexander Barclay（1475-1552）英・詩人 *448, 449*
パーソンズ Robert Parsons（1646/7-1714）英・聖職者 *122-4*
ハーディ Thomas Hardy（1840-1928）英・詩人，小説家 *200*
バートン Robert Burton（1577-1640）英・聖職者，著述家 *161, 377, 378, 383, 386, 387, 389, 394, 400, 401, 408, 411, 412, 414, 417, 426*
The Anatomy of Melancholy『メランコリーの解剖』(『憂鬱症の分析』) *161, 377, 383, 386, 387, 394, 401, 411, 412, 426*
バーネット Gilbert Burnet（1643-1715）英・聖職者 *122*
ハーバート，G. George Herbert（1593-1633）英・詩人，聖職者 *3, 5, 17, 32, 35, 37, 40, 41, 43, 51, 62, 75, 522*
"The Collar"「首輪」 *5*
The Temple『聖堂』(『寺院』) *17, 43*
"Mary Magdalene"「マリア・マグダレン」 *40, 62*
"The Odour"「香り」 *522*
ハーバート，M. Magdalen Herbert 英・G．ハーバートの母 *37, 39, 40*
ハーバート，T. Thomas Herbert（1606-1682）英・旅行家，著述家 *234*
Some Years Travels into Divers Parts of Asia and Afrique...『アジア及びアフリカの様々な場所への数年に亘る旅』 *234*
ハーバーマス Jürgen Habermas（1929- ）独・哲学者 *618*
Strukturwandel der Öffentlichkeit『公共性の構造転換』 *618*
パーマ Samuel Palmer（1805-1881）英・画家 *174*
バイロン George Gordon Byron（1788-1824）英・詩人 *162*
The Prophecy of Dante『ダンテの予言』 *162*
(聖)パウロ Paulos（Paul）（c. 10-65/7）小アジア（現トルコ）・宗教家 *45, 246*
パウンド Ezra Pound（1885-1972）米・詩人 *126*
ハズリット William Hazlitt（1778-1830）英・批評家 *124*
パタソン Annabel Patterson 米・英文学者 *173*
ハッセイ Christopher Hussey 英文学者 *241*

ハッチングズ　Kevin Hutchings（1960-　）米・英文学者　*185, 199*
パトモスの(聖)ヨハネ　Johannes （John of Patmos）（不詳）パトモス・黙示録作者　*161*
バトラー　Samuel Butler（1612-1680）英・諷刺詩人　*214, 216*
“A Panegyric upon Sir John Denham's Recovery from his Madness”「デナム卿が狂気から回復したことを称えて」　*214*
バニアン　John Bunyan（1628-1688）英・伝道者，作家　*196*
The Pilgrim's Progress『天路歴程』　*196*
パノフスキー　Erwin Panofsky（1892-1968）独・米・美術史家　*378*
バブ　Lawrence Babb　米・英文学者　*416*
ハムデン　John Hampden（1594-1643）英・政治家　*235, 254*
バリー　Elizabeth Barry（c. 1656-1713）英・女優　*153*
ハリントン　James Harrington（1611-1677）英・政治家，歴史家　*617*
The Commonwealth of Oceana『オセアナ共和国』　*617*
バルトルシャイテス　Jurgis Baltrušaitis（1903-1988）リトアニア・美術史家　*560*
バンクス　Theodore Howard Banks　英文学者　*231, 233-5, 257*
ビード　Bede, the Venerable（c. 673-735）英・神学者，歴史家　*272*
ピープス　Samuel Pepys（1633-1703）英・日記作家，官僚　*121, 217, 567*
ヒッポクラテス　Hippocratēs（c. 469-375 B.C.）ギリシア・医師　*380-2, 531*
ヒトラー　Adolf Hitler（1889-1945）独・政治家　*186*
ピム　John Pym（c. 1583-1643）英・政治家　*254*
ヒューズ　Ted Hughes（1930-　）英・詩人　*522*
“The Thought Fox”「思考に侵入する狐」　*522*
ピンダロス　Pindaros（c. 522-c. 443 B.C.）ギリシア・詩人　*577*
ファウラー　James Fowler（17世紀）英・K．フィリップスの実父　*84*
フィチーノ　Marsilio Ficino（1433-1499）伊・人文主義者，哲学者　*382, 383, 386, 390, 395, 396, 416, 419, 424, 462, 463*
De vita libri tres『生についての三書』　*382, 386, 395*
フィリッパ・オヴ・エノー　Philippa of Hainaut（c. 1314-1369）フランドル生まれ・英・英国王妃　*266, 267*
フィリップス，A．Ambrose Philips（1674-1749）英・詩人　*624*
“The Tea-pot : Or, The Lady's Transformation”「ティー・ポットに変身した女性」　*624*
フィリップス，F．Frances Philips（17世紀）英・オリンダの継娘　*87*
フィリップス，H．Hector Philips（17世紀）英・オリンダの息子　*87, 88*
フィリップス，J．James Philips（Antenor）（17世紀）英・オリンダの夫，政治家，軍人　*86, 87, 99, 109*
フィリップス，K．（オリンダ）　Katherine Philips（Orinda）（1632-1664）英・詩人　*81-4, 86-92, 96, 98-100, 102-14*
Poems『詩集』　*81, 88, 91, 105, 111*
“Bermudas”「バーミューダ」　*84*
“A Friend”「友人」　*91, 92, 96-8*
“Friendship”「友情」　*98, 106*
“A retir'd Friendship, To Ardelia”「浮世離れの友情――アーデリアへ」　*99-102*
“Friendship's Mistery, To my dearest Lucasia”「友情の神秘――最愛のルケイジアへ」　*102, 103*
“Wiston Vault”「ウィストン埋葬所」　*112, 113*
フィリップス，R．Richard Philips　英・オリンダの継父　*86*
ブース　Stephen Booth　批評家　*478*
フェルメール　Jan Vermeer（1632-1675）オランダ・画家　*527*
フォード　John Ford（1586-c. 1639）英・劇作家　*534*
フォンタネッラ　Girolamo Fontanella（1612-1644）伊・詩人　*69*
ブッシュ　Douglas Bush　批評家　*424*
プラーツ　Mario Praz（1896-1982）伊・批評家　*31, 52, 53*
フライ　Northrop Frye（1912-1991）カナダ・

批評家　*19, 161*
プライア　Matthew Prior (1664-1721) 英・詩人，外交官　*212*
ブライト　Timothy Bright (c. 1551-1615) 英・医者，聖職者　*384-6, 389, 393, 394, 397, 398*
A Treatise of Melancholie『メランコリー考』　*384-6, 389*
ブラウン，L.　Lancelot Brown ('Capability' Brown) (1716-1783) 英・庭園設計師　*554*
ブラウン，T.　Thomas Browne (1605-1682) 英・医師，著述家　*288, 289*
Religio Medici『医師の宗教』　*288, 289*
ブラザーズ　Richard Brothers (1757-1824) 英・神秘主義者　*166, 172*
ブラッドショー　John Bradshaw (1602-1659) 英・判事　*163, 330, 369*
ブラッドストリート　Anne Bradstreet (c. 1612-1672) 英生まれ・米・詩人　*81, 82*
プラトン　Platōn (c. 427-c. 347 B.C.) ギリシア・哲学者　*93-6, 154, 382, 393, 419, 437, 438, 462*
Symposium『饗宴』　*93*
Timaeus『ティマイオス』　*437*
(聖)フランソワ・ド・サル　Saint François de Sales (1567-1622) 仏・聖職者，神学者　*64, 72*
フランソワ一世　François I (1494-1547) 仏・国王　*440*
ブラント　Sebastian Brant (1459-1521) 独・詩人　*448, 449*
Das Narrenschiff『阿呆船』　*448-50*
プリニウス　Plinius (Pliny the Elder) (23-79) ローマ・博物学者　*127*
ブルース (ロバート一世)　Bruce, Robert I (1274-1329) スコットランド・国王　*270*
プルースト　Marcel Proust (1871-1922) 仏・小説家　*522*
A la recherche du temps perdu『失われた時を求めて』　*522*
ブルート　Brute (Brutus) (不詳) アエネイスの子孫 (?)　*261, 262*
ブルーム　Harold Bloom (1930-　) 米・批評家　*173, 187, 199*
プルタルコス　Plūtarchos (Plutarch) (c. 46-c. 120) ギリシア・著述家　*127*
ブルックス　Cleanth Brooks (1906-1994) 米・批評家　*20*
ブレイク　William Blake (1757-1827) 英・詩人，画家　*159-204*
Milton『ミルトン』　*159-61, 163-6, 168-70, 176-8, 180-2, 185, 190, 203, 204*
Jerusalem『エルサレム』　*159, 161, 165, 170, 173, 176, 178, 180, 190, 191, 195, 198, 203, 204*
The Four Zoas『四人のゾア』　*159, 164, 168, 176, 185, 186, 189*
America『アメリカ』　*159, 166, 167*
The Book of Los『ロスの書』　*159, 164*
Visions of the Daughters of Albion『アルビオンの娘たちの幻想』　*159*
The Marriage of Heaven and Hell『天国と地獄の結婚』　*159, 176*
Europe『ヨーロッパ』　*167*
"There Is No Natural Religion"「自然宗教はない」　*198*
"All Religions Are One"「すべての宗教は一つ」　*198*
フレッチャー　John Fletcher (1579-1625) 英・劇作家　*85, 153*
フレミング　Ian Fleming (1908-1964) 英・小説家　*522*
Casino Royale『カジノ・ロワイヤル』　*522*
フロアサール　Jean Froissart (c. 1337-c.1410) 仏・年代記作家　*267*
プロティノス　Plōtinos (c. 205-270) エジプト・ローマ・哲学者　*95*
ヘイウッド　Eliza Haywood (c. 1693-1756) 英・作家　*629, 631-3*
The Tea-Table: or, a conversation between some polite persons of both sexes, at a lady's visiting day『ティー・テーブル あるいは，淑女の訪問日に幾人かの上品な男性と女性の間で交わされた会話』　*629, 631*
The Female Spectator『女性のためのスペクテータ紙』　*632, 633*
ヘイリー　William Hayley (1745-1820) 英・詩人，批評家　*167, 169, 174, 188*
An Essay on Epic Poetry『叙事詩論』　*169*

ベーコン　Francis Bacon (1561-1626) 英・哲学者，政治家　*549, 550, 553, 558, 561, 562, 564*
“Of Gardens”「庭園について」　*548-50, 553, 558, 561, 562*
The Essays『随想集』　*549*
(第五代)ベッドフォード伯　Earl of Bedford (1613-1700) 英・政治家・軍人　*621*
ペティグルー　Pettigrew 英・歴史家　*621*
(聖)ペテロ　Petros (Peter) (？-c. 64) カペルナウム・聖人 (もと漁師)　*34, 275*
ペトラルカ　Francesco Petrarca (Petrarch) (1304-1374) 伊・詩人　*33, 441, 444-7*
Il Canzoniere『カンツォニエーレ』　*441*
ペリクレス　Periklēs (c. 495-429 B.C.) ギリシア・政治家　*94*
ヘリック　Robert Herrick (1591-1674) 英・抒情詩人，聖職者　*3, 17-20, 25-8, 210*
“To the Virgins, to make much of Time”「乙女たちへ，時を惜しむことを」　*3, 20, 22-6*
Hesperides『ヘスペリデス』　*17*
“Delight in Disorder”「乱れの悦び」　*18*
“Argument”「要旨」　*18*
“To Violets”「すみれへ」　*19*
“To Daffodills”「水仙へ」　*19*
“His Winding-sheet”「彼の経帷子」　*19, 20*
“Corinna's Going a Maying”「コリナは五月祭に行く」　*20-22*
ベルフォーレ　François de Belleforest (1530-1583) 仏・著述家　*395, 396*
The Hystorie of Hamblet『ハムブレットの物語』　*395, 396*
ヘンリー二世　Henry II (1133-1189) 英・国王　*334*
ヘンリー五世　Henry V (1387-1422) 英・国王　*272*
ヘンリー六世　Henry VI (1421-1471) 英・国王　*275, 334*
ヘンリー七世　Henry VII (Henry Tudor) (1457-1509) 英・国王　*271, 334*
ヘンリー八世　Henry VIII (1491-1547) 英・国王　*275, 277-83, 288, 334, 502*
Assertio Septen Sacramentorum『七つの秘跡の擁護』　*278*
ヘンリエッタ・マライア (マリア)　Henrietta Maria (1609-1669) 仏生まれ・英王妃　*86, 254, 260, 269, 273*
ホイットニー　Geoffrey Whitney (c. 1548-c. 1601) 英・詩人　*450, 452, 454*
A Choice of Emblemes『エンブレム選集』　*450, 454*
ホイットフィールド　George Whitefield (1714-1770) 英・宗教改革家　*166*
ポウプ　Alexander Pope (1688-1744) 英・詩人　*119, 126, 153, 178, 209-11, 218, 219, 222, 351-3, 557, 558, 560, 564, 565, 619*
“On lying in the Earl of Rochester's Bed at Atterbury”「アタベリーでロチェスター伯のベッドに横になってみて」　*153*
Moral Essays『道徳論』　*153*
Windsor-Forest『ウインザーの森』　*209, 211, 219, 221, 222, 351, 352*
An Essay on Criticism『批評論』　*211*
Pastorals『牧歌』　*222*
The Rape of the Lock『巻き毛凌辱』　*619*
ボウルズ　William Lisle Bowles (1762-1850) 英・詩人，聖職者　*219, 344-7, 353*
Fourteen Sonnets『一四のソネット』　*219*
“To the River Itchin”「イチン川に寄せて」　*344-6*
ボーモント　Francis Beaumont (1584-1616) 英・劇作家　*85*
ボールドウィン　William Baldwin (c. 1518-c. 1563) 英・文集編者　*440*
Mirror for Magistrates『為政者の鑑』　*440*
ボス　Hieronymus Bosch (c. 1450-1516) オランダ・画家　*438*
ボダン　Jean Bodin (1530-1596) 仏・政治思想家，経済学者　*387*
ボッカチオ　Giovanni Boccaccio (1313-1375) 伊・小説家，詩人　*532*
Decameron『デカメロン』　*532*
ホッケ　Gustav René Hocke (1908-1985) 独・文化史家　*557*
ホッブズ　Thomas Hobbes (1588-1679) 英・哲学者，政治思想家　*122, 128, 135, 154, 264*
Leviathan『リヴァイアサン』　*128, 154*
ホプキンズ　Gerard Manley Hopkins (1844-1889) 英・詩人，聖職者　*350, 363-7*

"Pied Beauty"「斑の美」 *363*
"Binsey Poplars"「ビンジーのポプラ」 *365, 366*
"In the Valley of the Elwy"「エルウィーの谷で」 *365*
"Duns Scotus's Oxford"「ダンズ・スコウタスのオックスフォード」 *365*
"Inversnaid"「インヴァースネイド」 *365*
"Ribblesdale"「リブルズデイル」 *365*
ホメロス Homēros (前9世紀頃) ギリシア・詩人 *85, 92, 262, 419, 529, 544*
Odysseia (*Odyssey*)『オデュッセイア』 *92*
Īlias (*Iliad*)『イリアス』(『イリアッド』) *92, 529*
ホラティウス Quintus Horatius Flaccus (Horace) (65-8 B.C.) ローマ・詩人 *4, 8, 16, 119, 127, 131, 153, 210, 450, 496, 509, 574*
Odes『頌歌』 *4*
Ars Poetica『詩論』 *210, 450*
ボワロー Nicolas Boileau-Despréaux (1636-1711) 仏・詩人，批評家 *127, 130, 135*
Satire VIII『諷刺VIII』 *127*

マ　行

マーヴェル Andrew Marvell (1621-1678) 英・詩人，政治家 *3, 4, 6-9, 13, 16, 17, 19, 22, 26, 27, 42, 84, 120, 241, 547, 550, 553, 555, 558*
"To His Coy Mistress"「はにかむ恋人へ」 *3, 7-16, 26, 27*
"A Dialogue between the Soul and Body"「魂と身体の対話」 *7*
"The Unfortunate Lover"「不運な恋人」 *7, 8*
"Upon Appleton House"「アップルトン邸に寄せて」 *8, 16, 241*
"An Horatian Ode upon Cromwell's Return from Ireland"「クロムウェルのアイルランドからの帰還に寄せるホラティウス風頌歌」 *8, 16*
"The Nymph Complaining for the Death of her Faun"「仔鹿の死を嘆くニンフ」 *8, 547, 548, 550, 553, 589*
"Upon the Death of the Lord Hastings"「ヘスティング卿の死への挽歌」 *8*
"Eyes and Tears"「目と涙」 *8, 42*
"The Garden"「庭」 *27*
マーストン John Marston (1576-1634) 英・劇作家，詩人 *377*
マープレレット (筆名) Martin Marprelate (16世紀) 英・既成宗教批判者 *172*
マグダラのマリア →(聖)マリア・マグダレン
マクファーソン James Macpherson (1736-1796) スコットランド・詩人 *168*
マグルトン Lodowick(e) Muggleton (1609-1698) 英・宗教家 *172*
マライア，エンリエッタ →ヘンリエッタ・マライア
マリア the Virgin Mary 北パレスチナ・イエスの母 *525*
(聖)マリア・マグダレン Saint Mary Magdalene *31, 33-48, 50-5, 57-73*
マリーノ Giambattista Marino (1569-1625) 伊・詩人 *32, 53, 59, 60, 69*
マリオット Richard Marriot (17世紀) 英・出版業者 *87*
マルクス・アウレリウス Marcus Aurelius Antoninus (121-180) ローマ・皇帝 *380*
マルクス・マルティアーリス Marcus Valerius Martialis (c. 40-c. 103) ローマ・エピグラム作者 *531*
マルサス Thomas Robert Malthus (1766-1834) 英・経済学者 *528*
Essay on the Principle of Population『人口論』 *528*
マンリー Laurence Manley 英・批評家 *497, 501*
ミアズ Francis Meres (1565-1647) 英・批評家，神学者 *450, 470*
Palladis Tamia『知恵の宝庫』 *450, 470*
ミー Jon Mee 米・英文学者 *168*
ミル John Stuart Mill (1806-1873) 英・哲学者，経済学者 *367*
On Liberty『自由論』 *367*
ミルトン John Milton (1608-1674) 英・詩人，文明批評家 *32, 44, 56, 84, 159-79, 181, 182, 184, 185, 187, 189-97, 199-203, 222, 379, 411, 412, 414, 416, 422, 426, 427, 522, 523, 536-42, 551-6, 562, 566*
Lycidas『リシダス』 *44, 162, 173, 178*

"On the Morning of CHRISTS Nativity"「キリスト降誕の朝を歌う」　*56*
Paradise Lost『失楽園』(『楽園喪失』)　*162, 165, 167, 173, 177-82, 184, 187, 189, 222, 522, 523, 536-42, 545, 551-6, 562, 566*
Il Penseroso『沈思の人』　*162, 379, 411-27*
Reason of Church-Government『教会政治の理由』　*163*
Areopagitica『アレオパジティカ』　*163, 165*
Samson Agonistes『闘士サムソン』　*166*
Treatise of Civil Power『市民の力についての論文』　*172*
Paradise Regained『復楽園』　*174, 176, 191, 192*
L'Allegro『快活の人』　*411, 412, 414-7, 421, 422*
モア　Thomas More (1478-1535) 英・詩人, 人文主義者　*95*
モーセ　Moses (紀元前13世紀) イスラエル・民族指導者　*436*
モトレー　John Lothrop Motley (1814-1877) 米・歴史家, 外交官　*527*
モンテーニュ　Michel Eyquem de Montaigne (1533-1592) 仏・思想家　*127, 130, 135*
Apologie de Raimond Sebond『レーモン・スボンの弁護』　*127*

ヤ　行

ヤコブス・デ・ウォラギネ　Jacobus de Voragine (c. 1228-1298) 伊・ジェノヴァ大司教, 修道士　*272*
Legenda Aurea『黄金伝説』　*272*
ヤング　Edward Young (1683-1765) 英・詩人　*426*
ヨハネ(パトモスのヨハネ)　Johannes (John of Patmos) (不詳) パトモス・宗教家　*171*
"The Revelation of St. John the Divine"「黙示録」　*171, 174, 204*

ラ　行

ラーヴァター　Johann Kaspar Lavater (1741-1801) スイス・神秘主義者, 詩人　*178*
Aphorisms on Man『人間についての格言』　*178*
ラヴジョイ　Arthur O. Lovejoy (1873-1962) 米・思想史家　*551, 560*
ラウラ　Laura (14世紀) 伊・ペトラルカの思慕の相手　*441, 444*
ラスキン　John Ruskin (1819-1900) 英・社会思想家　*174*
ラニヤー　Aemillia Lanyer (1569-1645) 英・詩人　*82*
ラブレー　François Rabelais (c. 1494-c. 1553) 仏・作家　*440*
Gargantua『ガルガンチュア物語』　*440*
ラングトン　Stephen Langton (?-1228) 英・聖職者, カンタベリー大司教　*328*
リーヴ　John Reeve (1608-1658) 英・分離派教会信徒　*172*
リーパ　Cesare Ripa (c. 1566-c. 1622) 伊・詩人　*454*
Iconologia『イコノロギア』　*454*
リチャード一世　Richard I (1157-1199) 英・国王　*272*
リリー　John Lyly (c. 1554-1606) 英・劇作家, 小説家　*425*
Midas『ミダス』　*425*
ルイス　C. S. Lewis (1898-1963) 英・批評家, 小説家　*496, 497*
ルーテル　→ルター
ルーベンス　Peter Paul Rubens (1577-1640) フランドル・画家　*273, 327*
ルクレティウス　Titus Lucretius Carus (c.99-55 B.C.) ローマ・詩人, 哲学者　*7, 437, 438, 566*
De Rerum Natura『万物の根源／世界の起源を求めて』　*437*
ルソー　Jean-Jacques Rousseau (1712-1778) 仏・思想家　*166, 194, 202*
ルター　Martin Luther (1483-1546) 独・宗教改革者　*161, 194, 278, 388, 395, 505, 517*
レオ十世　Leo X (1475-1521) 伊・ローマ教皇　*278*
レジーナ　Regina Collier (17世紀) 英・オリンダの友人　*104, 108*
レン　Christopher Wren (1632-1723) 英・建築家　*216*
レンブラント　Harmenszoon Rembrandt von Rijn (1606-1669) オランダ・画家　*529*
ローズ　Henry Lawes (1595-1662) 英・作曲

者　*86, 87, 107-10*
ロード　William Laud (1573-1645) 英・聖職者，カンタベリー大主教　*171, 247, 314, 323, 334, 335*
ロス　Mary Wroth (c. 1587-c. 1651) 英・詩人　*82*
ロチェスター伯(ウィルモット)　John Wilmot, Earl of Rochester (1647-1680) 英・詩人　*117-28, 130, 131, 133, 134, 139-41, 148, 150-4*
“A Satyre against Reason and Mankind”「理性と人間に対する諷刺」　*119, 120, 125-41, 144, 147, 151, 152*
“A Letter from Artemiza in the Towne to Chloe in the Countrey”「ロンドンのアルテミザから田園のクロエへの手紙」　*120, 125, 126, 140-7, 151, 152*
“Upon Nothinge”「ないものについて」　*120, 125, 126, 147-52*
“A Satyr [In the Isle of Brittain]”「諷刺」　*120*
“Song [An Age in her Embraces pas'd]”「歌」　*125*
“An Allusion to Horace”「ホラティウス風に」　*127*
Lucina's Rape Or The Tragedy of Vallentinian『ルシーナの凌辱，あるいはヴァレンティニアンの悲劇』　*153*
ロック　John Locke (1632-1704) 英・哲学者，政治思想家　*264*
ロペ・デ・ベガ　Lope de Vega (1562-1635) スペイン・詩人，劇作家　*67, 68, 74*
Las Lágrimas de la Madalena『マグダラの涙』　*67*
ロレンス　David Herbert Lawrence (1885-1930) 英・小説家　*522*
“The Woman Who Rode Away”「駆け去った女」　*522*

ワ　行

ワーズワース　William Wordsworth (1770-1850) 英・詩人　*159, 343, 345, 347, 348, 350, 353, 367*
“Lines composed a few miles above Tintern Abbey, on revisiting the Banks of the Wye during a Tour”「ティンターン修道院」　*347, 349, 357*
“Ode : Intimations of Immortality from Recollections of Early Childhood”「不滅のオード」　*348*
The Prelude or Growth of a Poet's Mind『序曲』　*361*
ワイアット　Thomas Wyatt (1503-1542) 英・詩人　*441, 444-7*
ワッサーマン　Earl R. Wasserman 英文学者　*239, 279, 286, 300, 302, 306, 326*

作者不詳
The Session of the Poets『詩人達の会議』　*214*
Speculum Augustini『アウグスティヌスの鏡』　*439*
“In Praise of Tea : A Poem”「ティーの讃歌」　*612*
“A Character of Coffee and Coffee-Houses”「コーヒーとコーヒー・ハウスの特徴」　*616*
“A Cup of Coffee: or, Coffee in its Colours”「一杯のコーヒー，またはコーヒーの色」　*616*
“The Character of a Coffee-House”「コーヒー・ハウスの特徴”　*616*
The Women's Petition Against Coffee『女性によるコーヒー反対のための誓願』　*618*
The Mens Answer to the Womens Petition Against Coffee『女性によるコーヒー反対のための誓願に対する男性の返事』　*618*
The Tea Drinking Wife and Drunken Husband『ティーを飲む妻と酔っ払いの夫』　*633*

執筆者紹介（執筆順）

土屋《つちや》　繁子《しげこ》　客員研究員　元関西大学文学部教授
安斎《あんざい》　恵子《けいこ》　客員研究員　中央大学商学部兼任講師
清水《しみず》　ちか子《こ》　客員研究員　相模女子大学名誉教授
兼武《かねたけ》　道子《みちこ》　研　究　員　中央大学文学部准教授
森松《もりまつ》　健介《けんすけ》　客員研究員　中央大学名誉教授
笹川《ささがわ》　浩《ひろし》　研　究　員　中央大学商学部教授
上坪《かみつぼ》　正徳《まさのり》　研　究　員　中央大学法学部教授
石原《いしはら》　直美《なおみ》　客員研究員　中央大学経済学部兼任講師
米谷《こめたに》　郁子《いくこ》　客員研究員　埼玉工業大学人間社会学部准教授
井上《いのうえ》　美沙子《みさこ》　客員研究員　大妻女子大学短期大学部英文科教授
秋山《あきやま》　嘉《よしみ》　研　究　員　中央大学法学部教授
大野《おおの》　雅子《まさこ》　元客員研究員　帝京大学外国語学部准教授

伝統と変革

中央大学人文科学研究所研究叢書　47

2010年3月10日　第1刷発行

編　　者　中央大学人文科学研究所
発 行 者　中 央 大 学 出 版 部
代表者　玉　造　竹　彦

〒192-0393　東京都八王子市東中野742-1
発行所　中 央 大 学 出 版 部
電話　042(674)2351　FAX　042(674)2354
http://www2.chuo-u.ac.jp/up/

奥村印刷㈱

ISBN978-4-8057-5335-4

中央大学人文科学研究所研究叢書

1 五・四運動史像の再検討

A5判 五六四頁
（品切）

2 希望と幻滅の軌跡 反ファシズム文化運動

様々な軌跡を描き、歴史の壁に刻み込まれた抵抗運動の中から新たな抵抗と創造の可能性を探る。

A5判 四三四頁
定価 三六七五円

3 英国十八世紀の詩人と文化

A5判 三六八頁
（品切）

4 イギリス・ルネサンスの諸相 演劇・文化・思想の展開

A5判 五一四頁
（品切）

5 民衆文化の構成と展開 遠野物語から民衆的イベントへ

全国にわたって民衆社会のイベントを分析し、その源流を辿って遠野に至る。巻末に子息が語る柳田國男像を紹介。

A5判 四三四頁
定価 三六七〇円

6 二〇世紀後半のヨーロッパ文学

第二次大戦直後から八〇年代に至る現代ヨーロッパ文学の個別作家と作品を論考しつつ、その全体像を探り今後の動向をも展望する。

A5判 四七八頁
定価 三九九〇円

7 近代日本文学論 大正から昭和へ

時代の潮流の中でわが国の文学はいかに変容したか、詩歌論・作品論・作家論の視点から近代文学の実相に迫る。

A5判 三六〇頁
定価 二九四〇円

8
ケルト　伝統と民俗の想像力
古代のドイツから現代のシングにいたるまで、ケルト文化とその稟質を、文学・宗教・芸術などのさまざまな視野から説き語る。
A5判　四九六頁
定価　四二〇〇円

9
近代日本の形成と宗教問題〔改訂版〕
外圧の中で、国家の統一と独立を目指して西欧化をはかる近代日本と、宗教とのかかわりを、多方面から模索し、問題を提示する。
A5判　三三〇頁
定価　三一五〇円

10
日中戦争　日本・中国・アメリカ
日中戦争の真実を上海事変・三光作戦・毒ガス・七三一細菌部隊・占領地経済・国民党訓政・パナイ号撃沈事件などについて検討する。
A5判　四八八頁
定価　四四一〇円

11
陽気な黙示録　オーストリア文化研究
世紀転換期の華麗なるウイーン文化を中心に二〇世紀末までのオーストリア文化の根底に新たな光を照射し、その特質を探る。巻末に詳細な文化史年表を付す。
A5判　五九六頁
定価　五九八五円

12
批評理論とアメリカ文学　検証と読解
一九七〇年代以降の批評理論の隆盛を踏まえた方法・問題意識によって、アメリカ文学のテキストと批評理論を多彩に読み解き、かつ犀利に検証する。
A5判　二八八頁
定価　三〇四五円

13
風習喜劇の変容　王政復古期からジェイン・オースティンまで
王政復古期のイギリス風習喜劇の発生から一八世紀感傷喜劇との相克を経て、ジェイン・オースティンの小説に一つの集約を見るもう一つのイギリス文学史。
A5判　二六八頁
定価　二八三五円

14
演劇の「近代」　近代劇の成立と展開
イプセンから始まる近代劇は世界各国でどのように受容展開されていったか、イプセン、チェーホフの近代性を論じ、仏、独、英米、中国、日本の近代劇を検討する。
A5判　五三六頁
定価　五六七〇円

中央大学人文科学研究所研究叢書

15 現代ヨーロッパ文学の動向　中心と周縁

際だって変貌しようとする二〇世紀末ヨーロッパ文学は、中心と周縁という視座を据えることで、特色が鮮明に浮かび上がってくる。

A5判　三九六頁
定価　四二〇〇円

16 ケルト　生と死の変容

ケルトの死生観を、アイルランド古代／中世の航海・冒険譚や修道院文化、またウェールズの『マビノーギ』などから浮かび上がらせる。

A5判　三六八頁
定価　三八八五円

17 ヴィジョンと現実　十九世紀英国の詩と批評

ロマン派詩人たちによって創出された生のヴィジョンはヴィクトリア時代の文化の中で多様な変貌を遂げる。英国十九世紀文学精神の全体像に迫る試み。

A5判　六八八頁
定価　七一四〇円

18 英国ルネサンスの演劇と文化

演劇を中心とする英国ルネサンスの豊饒な文化を、当時の思想・宗教・政治・市民生活その他の諸相において多角的に捉えた論文集。

A5判　四六六頁
定価　五二五〇円

19 ツェラーン研究の現在　詩集『息の転回』第一部注釈

二〇世紀ヨーロッパを代表する詩人の一人パウル・ツェラーンの詩の、最新の研究成果に基づいた注釈の試み、研究史、研究・書簡紹介、年譜を含む。

A5判　四四八頁
定価　四九三五円

20 近代ヨーロッパ芸術思想

価値転換の荒波にさらされた近代ヨーロッパの社会現象を文化・芸術面から読み解き、その内的構造を様々なカテゴリーへのアプローチを通して解明する。

A5判　三二〇頁
定価　三九九〇円

21 民国前期中国と東アジアの変動

近代国家形成への様々な模索が展開された中華民国前期（一九一二～二八）を、日・中・台・韓の専門家が、未発掘の資料を駆使し検討した共同研究の成果。

A5判　六〇〇頁
定価　六九三〇円

中央大学人文科学研究所研究叢書

22

ウィーン　その知られざる諸相

もうひとつのオーストリア

二〇世紀全般に亙るウィーン文化に、文学、哲学、民俗音楽、映画、歴史など多彩な面から新たな光を照射し、世紀末ウィーンと全く異質の文化世界を開示する。

Ａ５判　四二四頁
定価　五〇四〇円

23

アジア史における法と国家

中国・朝鮮・チベット・インド・イスラム等における古代から近代に至る政治・法律・軍事などの諸制度を多角的に分析し、「国家」システムを検証解明する。

Ａ５判　四四四頁
定価　五三五五円

24

イデオロギーとアメリカン・テクスト

アメリカン・イデオロギーないしその方法を剔抉、検証、批判することによって、多様なアメリカン・テクストに新しい読みを与える試み。

Ａ５判　三二〇頁
定価　三八八五円

25

ケルト復興

一九世紀後半から二〇世紀前半にかけての「ケルト復興」に社会史的観点と文学史的観点の双方からメスを入れ、複雑多様な実相と歴史的な意味を考察する。

Ａ５判　五七六頁
定期　六九三〇円

26

近代劇の変貌　「モダン」から「ポストモダン」へ

ポストモダンの演劇とは？　その関心と表現法は？　英米、ドイツ、ロシア、中国の近代劇の成立を論じた論者たちが、再度、近代劇以降の演劇状況を論じる。

Ａ５判　四二四頁
定価　四九三五円

27

喪失と覚醒　19世紀後半から20世紀への英文学

伝統的価値の喪失を真摯に受けとめ、新たな価値の創造に目覚めた、文学活動の軌跡を探る。

Ａ５判　四八〇頁
定価　五五六五円

28

民族問題とアイデンティティ

冷戦の終結、ソ連社会主義体制の解体後に、再び歴史の表舞台に登場した民族の問題を、歴史・理論・現象等さまざまな側面から考察する。

Ａ５判　三四八頁
定価　四四一〇円

中央大学人文科学研究所研究叢書

29 ツァロートの道 ユダヤ歴史・文化研究

一八世紀ユダヤ解放令以降、ユダヤ人社会は西欧への同化と伝統の保持の間で動揺する。その葛藤の諸相を思想や歴史、文学や芸術の中に追究する。

A5判 四九六頁
定価 五九八五円

30 埋もれた風景たちの発見 ヴィクトリア朝の文芸と文化

ヴィクトリア朝の時代に大きな役割と影響力をもちながら、その後顧みられることの少なくなった文学作品と芸術思潮を掘り起こし、新たな照明を当てる。

A5判 六六〇頁
定価 七六六五円

31 近代作家論

鴎外・茂吉・『荒地』等、近代日本文学を代表する作家や詩人、文学集団といった多彩な対象を懇到に検証、その実相に迫る。

A5判 四三二頁
定価 四九三五円

32 ハプスブルク帝国のビーダーマイヤー

ハプスブルク神話の核であるビーダーマイヤー文化を多方面からあぶり出し、そこに生きたウィーン市民の日常生活を通して、彼らのしたたかな生き様に迫る。

A5判 四四八頁
定価 五二五〇円

33 芸術のイノヴェーション モード、アイロニー、パロディ

技術革新が芸術におよぼす影響を、産業革命時代から現代まで、文学、絵画、音楽など、さまざまな角度から研究・追求している。

A5判 五二八頁
定価 六〇九〇円

34 剣と愛と 中世ロマニアの文学

一二世紀、南仏に叙情詩、十字軍から叙事詩、ケルトの森からロマンスが誕生。ヨーロッパ文学の揺籃期をロマニアという視点から再構築する。

A5判 二八八頁
定価 三三五五円

35 民国後期中国国民党政権の研究

中華民国後期（一九二八～四九）に中国を統治した国民党政権の支配構造、統治理念、国民統合、地域社会の対応、対外関係・辺疆問題を実証的に解明する。

A5判 六五六頁
定価 七三五〇円

中央大学人文科学研究所研究叢書

36 現代中国文化の軌跡

文学や語学といった単一の領域にとどまらず、時間的にも領域的にも相互に隣接する複数の視点から、変貌著しい現代中国文化の混沌とした諸相を捉える。

A5判　三四四頁
定価　三九九〇円

37 アジア史における社会と国家

国家とは何か？　社会とは何か？　人間の活動を「国家」と「社会」という形で表現させてゆく史的システムの構造を、アジアを対象に分析する。

A5判　三五四頁
定価　三九九〇円

38 ケルト　口承文化の水脈

アイルランド、ウェールズ、ブルターニュの中世に源流を持つケルト口承文化――その持続的にして豊穣な水脈を追う共同研究の成果。

A5判　五二八頁
定価　六〇九〇円

39 ツェラーンを読むということ

詩集『誰でもない者の薔薇』研究と注釈

現代ヨーロッパの代表的詩人の代表的詩集全篇に注釈を施し、詩集全体を論じた日本で最初の試み。

A5判　五六八頁
定価　六三〇〇円

40 続　剣と愛と　中世ロマニアの文学

聖杯、アーサー王、武勲詩、中世ヨーロッパ文学を、ロマニアという共通の文学空間に解放する。

A5判　四八八頁
定価　五五六五円

41 モダニズム時代再考

ジョイス、ウルフなどにより、一九二〇年代に頂点に達した英国モダニズムとその周辺を再検討する。

A5判　二八〇頁
定価　三一五〇円

42 アルス・イノヴァティーヴァ

レッシングからミュージック・ヴィデォまで

科学技術や社会体制の変化がどのようなイノヴェーションを芸術に発生させてきたのかを近代以降の芸術の歴史において検証、近現代の芸術状況を再考する試み。

A5判　二五六頁
定価　二九四〇円

中央大学人文科学研究所研究叢書

43
メルヴィル後期を読む
複雑・難解であることで知られる後期メルヴィルに新旧二世代の論者六人が取り組んだもので、得がたいユニークな論集となっている。
A5判　二四八頁
定価　二八三五円

44
カトリックと文化　出会い・受容・変容
インカルチュレーションの諸相を、多様なジャンル、文化圏から通時的に剔抉、学際的協力により可能となった変奏曲（カトリシズム（普遍性））の総合的研究。
A5判　五二〇頁
定価　五九八五円

45
「語り」の諸相　演劇・小説・文化とナラティヴ
「語り」「ナラティヴ」をキイワードに演劇、小説、祭儀、教育の専門家が取り組んだ先駆的な研究成果を集大成した力作。
A5判　二五六頁
定価　二九四〇円

46
档案の世界
近年新出の貴重史料を綿密に読み解き、埋もれた歴史を掘り起こし、新たな地平の可能性を予示する最新の成果を収載した論集。
A5判　二七二頁
定価　三〇四五円

定価に消費税5％含みます。